WILD CARDS
JUEGO SUCIO

GEORGE R. R.
MARTIN
Editor

WILD CARDS
JUEGO SUCIO

OCEANO

Ésta es una obra de ficción. Todos los personajes, organizaciones y eventos retratados en estas historias son producto de la imaginación de los autores o han sido usados de manera ficcional.

Editor de la colección: Martín Solares
Imagen de portada: Marc Simonetti
Diseño de portada: Estudio Sagahón / Leonel Sagahón y Jazbeck Gámez

WILD CARDS, JUEGO SUCIO

Título original: WILD CARDS V. DOWN AND DIRTY

Tradujo: María Vinós y Ricardo Vinós

© 1988, George R. R. Martin y the Wild Cards Trust

"Sólo los muertos conocen Jokertown" © 1988, John J. Miller
"Todos los caballos del rey" © 1988, The Fevre River Pocket Company
"Concierto para sirena y serotonina" © 1988, The Amber Corporation
"El derrumbe", "La catástrofe" y "¡Qué ruda bestia…!" © 1988, Leanne C. Harper
"Jesús era un as" © 1988, Arthur Byron Cover
"Lazos de sangre" © 1988, Melinda M. Snodgrass
"El segundo advenimiento de Buddy Holley" © 1988, Edward Bryant
"Matices de una mente" © 1988, Stephen Leigh
"Adicta al amor" © 1988, Pat Cadigan
"Mortalidad" © 1988, Walter Jon Williams

D. R. © 2014, Editorial Océano de México, S.A. de C.V.
Blvd. Manuel Ávila Camacho 76, piso 10
Col. Lomas de Chapultepec
Miguel Hidalgo, C.P. 11000, México, D.F.
Tel. (55) 9178 5100 • info@oceano.com.mx

Primera edición: 2014

ISBN: 978-607-735-249-5
Depósito legal: B-15301-2014

Hecho en México / Impreso en España
Made in Mexico / Printed in Spain

9003896010714

A Laura Mixon.
Todos te extrañamos.

Nota del editor

♣ ♦ ♠ ♥

Wild Cards es una obra de ficción ubicada en un mundo completamente imaginario, cuya historia avanza de manera paralela a la
nuestra. Los nombres, personajes, lugares e incidentes abordados en
Wild Cards son ficticios o fueron usados dentro de una ficción. Cualquier parecido a hechos actuales, lugares o personas reales, vivas o
muertas es mera coincidencia. Por ejemplo, los ensayos, artículos y
otros escritos contenidos en esta antología son completamente ficticios, y no existe la intención de implicar a escritores actuales, o
afirmar que alguna de esas personas alguna vez escribió, publicó
o participó en los ensayos, artículos u otros textos ficticios contenidos en esta antología.

Nota al lector
♣ ♦ ♠ ♥

En la vida real siempre se dan miles de historias al mismo tiempo. Hemos tratado de que el mundo de los Wild Cards se parezca a la realidad hasta donde sea posible.

El anterior volumen de la serie de Wild Cards, llamado *El viaje de los ases*, narraba lo sucedido en la gira global de la Organización Mundial de la Salud, que partió de Nueva York el 1 de diciembre de 1986 y regresó el 29 de abril de 1987.

La primera parte del presente volumen contiene la narración de lo sucedido en Manhattan a partir del comienzo de octubre hasta el final de abril, o sea, desde antes del inicio de la gira y durante sus trabajosos recorridos por diversas regiones del mundo.

Los relatos que cierran el mosaico cuentan hechos acaecidos en mayo y junio, tras el regreso de los viajeros.

EL EDITOR

Agradecimientos

♣ ♦ ♠ ♥

El editor desea extender su gratitud y aprecio a Melinda M. Snodgrass, su mano derecha incansable, generosa y plena de energía, que ha aportado largas y difíciles horas como abogada de marca, madre confesora, negociadora, coordinadora de cenas, ayudante del editor, cuidadora de niños, diplomática y la voz de la razón en medio de la lluvia de flechas y otros proyectiles. Sin su cordura, diligencia e imaginación el mundo de Wild Card sería mucho menos interesante, si acaso lograra existir…

Índice

♣ ♦ ♠ ♥

OCTUBRE DE 1986-
ABRIL DE 1987

Sólo los muertos conocen Jokertown

por John J. Miller

I

BRENNAN SE MOVÍA EN LAS SOMBRAS DE LA NOCHE OTOÑAL como si formara parte de ellas, o como si ellas fuesen parte de él.

El otoño ponía un acento frío en el aire que vagamente traía a Brennan recuerdos de las Catskills. Echaba de menos esas montañas más que a ninguna otra cosa, pero mientras Kien siguiese libre, eran tan inalcanzables como los fantasmas de sus amantes y amigos muertos que en las últimas noches perturbaban sus sueños. Amaba las montañas, igual que amaba a todas las personas a quienes había fallado a lo largo de los años, pero ¿cómo amar la sucia extensión de la ciudad? ¿Quién podía siquiera conocer la ciudad, conocer Jokertown? Él, desde luego, no. Sin embargo, la presencia de Kien lo ataba a Jokertown con cadenas de acero adamantino.

Cruzó la calle y se internó por media cuadra de escombros urbanos alrededor del Palacio de Cristal. Con un sexto sentido de cazador percibía que las miradas lo seguían al pasar entre todos los desechos. Colocó la bolsa de lona en que llevaba su arco desarmado en posición más cómoda, mientras se preguntaba –y no por primera vez– quiénes serían esas criaturas capaces de hacer su hogar entre montones de basura. Una o dos veces oyó susurros que no eran del viento, y pudo ver destellos de movimientos que no eran sombras de la luz de la luna, pero nadie interfirió mientras trepaba por la escalera de emergencia oxidada que colgaba de la pared trasera del palacio. Subió al techo sin hacer ruido, burló al sistema de seguridad, que le hubiera dado dificultades si no fuera porque Chrysalis le había indicado cómo manipularlo, y abrió la trampa que daba acceso al tercer piso del palacio, el dominio privado de Chrysalis. El corredor estaba totalmente a oscuras, pero gracias a su memoria pudo sortear las delicadas estanterías llenas de accesorios antiguos para ingresar a la recámara. Chrysalis estaba despierta. Sentada sobre su sofá afelpado color vino, desnuda del todo, jugaba solitario con un mazo de cartas antiguas.

Brennan la contempló un momento. Su esqueleto, su musculatura fantasmal, sus órganos internos y la retícula de vasos sanguíneos dibujaban una filigrana por todo su cuerpo, iluminada con delicadeza por una lámpara Tiffany's que colgaba sobre el sofá en donde tendía sus cartas. Miró el esqueleto articulado de la mano repasar las cartas y sacar el as de espadas.

Ella alzó la cara, sonriendo, y lo miró.

La sonrisa de Chrysalis, como su misma persona, era un enigma. Difícil de interpretar, porque de su cara se veían solamente los labios y algunos indicios de músculos espectrales sobre los pómulos y las mandíbulas; su sonrisa podía significar cualquiera de las mil cosas que puede comunicar una sonrisa. Brennan decidió interpretarla como bienvenida.

—Ha pasado mucho tiempo –le lanzó una mirada crítica–. Suficiente para que te hayas dejado crecer la barba.

Brennan cerró la puerta y apoyó en la pared el estuche de su arco.

—He tenido que atender asuntos –respondió, con voz de sonido suave y profundo.

—Sí –añadió ella–. Algunos de tus asuntos interfieren con los míos.

Era indudable a qué se refería. Varias semanas antes, en el Día Wild Card, Brennan había disuelto una reunión en el Palacio, en que Chrysalis negociaba la venta de un conjunto de libros muy valiosos en el cual se incluía el diario personal de Kien. Brennan, con la esperanza de hallar suficiente evidencia para clavar el despreciable pellejo de Kien a la pared, obtuvo ese volumen, que a fin de cuentas le resultó inútil. Todo lo escrito ahí había sido destruido.

—Lo siento mucho –se disculpó–. Yo necesitaba ese diario.

—Sí –volvió a decir Chrysalis, mientras los músculos espectrales se plegaban, lo que indicaba que fruncía el ceño–. ¿Ya lo has leído?

Brennan titubeó un instante antes de responder.

—Sí.

—¿Y no tendrás reparos en compartir la información que contiene?

Eso era más una exigencia que una solicitud. De nada serviría, pensó Brennan, decirle la verdad. Pensaría que él quería quedarse con todo.

—Es posible.

—En tal caso, supongo que podré perdonarte –declaró ella, aunque el tono de voz no era de quien otorga perdones.

Reunió despacio sus cartas, con los cuidados debidos a objetos antiguos y valiosos, y las puso sobre una mesita de patas de araña junto al sofá. Enseguida se recostó, lánguida, y mostró dos pezones que oscilaban sobre pechos invisibles, cuya firmeza y calor Brennan conocía muy bien.

—Te he traído algo –anunció Brennan en tono conciliador–. No es información, pero te ha de gustar casi lo mismo.

Se sentó al borde del sofá, y sacó del bolsillo de la chamarra de mezclilla un sobre pequeño y translúcido. Al tomarlo de sus manos, un muslo invisible y cálido tocó el de Brennan y se apoyó en él.

—Es una Penny Black –dijo él, mientras ella alzaba el sobre para verlo a la luz–. La primera estampilla de correos de la historia. En estado impecable. Rara y valiosa, sobre todo por estar tan bien conservada. El retrato es la reina Victoria.

—Qué bonita –mostró su enigmática sonrisa–. No te preguntaré dónde la conseguiste.

Por respuesta, Brennan se limitó a sonreír. Sabía de sobra que ella sabía perfectamente de dónde la había sacado. Se la había pedido a Espectro cuando inspeccionaban los álbumes llenos de estampillas raras que había robado de la caja fuerte de Kien, la misma de la cual ella había extraído el diario en las primeras horas del Día Wild Card. A Espectro la había conmovido que Brennan no consiguiera lo que buscaba en ese diario sin ningún valor, y le había obsequiado gustosamente la estampilla cuando se la pidió.

—Bueno, espero que te guste –Brennan se puso de pie y se desperezó, mientras Chrysalis ponía el sobrecito al lado del mazo de cartas.

Fue a la mesa de noche junto a la cama de postes y cortinas de Chrysalis, y tomó de ahí la garrafa de whisky irlandés que ella tenía para él. La alzó, la miró, frunció el ceño y la volvió a dejar sobre la mesa. Volvió a sentarse en el sofá con ella.

Con un movimiento flexible ella se inclinó hasta cubrir el cuerpo de Brennan con el suyo. Él aspiró el aroma almizclado y sexual de su perfume, miró su sangre correr por la arteria carótida del cuello.

—¿Cambiaste de opinión sobre tomar un trago? –le preguntó ella, con suavidad.

—La garrafa está vacía.

Chrysalis se alejó un poquito para mirar sus ojos, en los que se agitaba una pregunta.

—Tú no bebes más que amaretto –enunció Brennan, y ella asintió.

—Cuando por primera vez vine a ti –suspiró–, sólo buscaba información. No quería que se diese algo personal entre nosotros. Fuiste tú quien empezó esto. Para poder continuar y que tenga sentido, es preciso que sea yo el único que se acuesta en tu cama. Yo soy así. Es la única forma en que puedo entregarme a alguien.

Chrysalis se le quedó mirando varios segundos antes de responderle.

—A ti qué te importa con quién me acuesto –repuso al fin, con un acento británico que Brennan, con su oído fino para los idiomas, supo que era fingido.

—Será mejor, entonces, que me vaya –asintió Brennan.

Se puso de pie y se dio la vuelta.

—Espera –le conminó ella, poniéndose de pie también.

Se miraron uno al otro durante un largo momento. Cuando al fin habló ella, su voz tenía tono conciliador.

—Por lo menos, bébete tu whisky. Iré abajo a llenar la botella. Te lo tomas, y luego… luego podemos hablar.

Brennan estaba cansado, y no había ningún otro sitio en Jokertown donde quisiera estar.

—Está bien –aceptó, con voz suave.

Chrysalis se echó encima un kimono de seda estampado con figuras de humo que asumían formas de caballos al galope, y salió de la habitación, con una sonrisa que resultaba más tímida que enigmática.

Brennan se echó a andar dentro del cuarto, miró su propia imagen reflejada en los innumerables espejos antiguos que decoraban las paredes de la recámara de Chrysalis. Sería mejor irse de ahí, pensaba, y dejar que las cosas quedaran así, pero Chrysalis le resultaba fascinante tanto en la cama como fuera de ella. A pesar de sus buenas intenciones. Brennan sabía que necesitaba de su compañía y, admitió ante sí mismo, su amor.

Habían pasado más de diez años desde que se había permitido amar a una mujer. Sin embargo, desde su llegada a Jokertown descubrió que se permitía menos emociones de las que en realidad experimentaba. No podía vivir sintiendo solamente odio. No sabía si le era posible amar a Chrysalis como había querido a la esposa francovietnamita, perdida a manos de los asesinos que trabajaban para Kien. Su voluntad era no amar a ninguna mujer mientras siguiera las huellas de Kien, pero a pesar de una gran fijeza de propósitos, y a pesar de su adiestramiento Zen, lo que su voluntad mandaba y lo que le sucedía a menudo eran cosas del todo diferentes.

Se quedó de pie en el silencio del aposento de Chrysalis, haciendo un esfuerzo bien estudiado por no pensar en el pasado. Pasaron varios minutos antes de que, de pronto, se diera cuenta de que Chrysalis tardaba más de la cuenta en volver.

Arrugó el entrecejo. Resultaba casi inconcebible que le sucediera algo a Chrysalis en el Palacio de Cristal, pero los hábitos de precaución que le habían salvado la vida a Brennan más veces de las que quería recordar le sugirieron ensamblar el arco antes de ir en su busca. Si se tropezaba con ella en la oscuridad se sentiría tonto, pero ya se había sentido tonto en otras ocasiones. Eso era mejor que sentirse muerto, otra sensación que conocía con mayor intimidad de lo que consideraba deseable.

Chrysalis no estaba en los corredores del tercer piso, ni tampoco en las escaleras que bajaban al salón de cerveza, pero al bajar calladamente logró distinguir un murmullo de voces.

Tomó una flecha, la puso en la cuerda del arco y se asomó por el borde del cubo de la escalera, desde donde podía verse la parte trasera del salón de cerveza. Hizo rechinar los dientes. ¡Su cautela estaba justificada!

Chrysalis estaba de pie frente a la larga barra de madera pulida que iba casi de un lado a otro del salón. A su lado, sobre la barra, la garrafa de whisky aún vacía se había quedado olvidada. Connotando enfado, ella tenía los brazos cruzados y apretaba las mandíbulas, para formar con los labios comprimidos una línea delgada.

Dos hombres la estaban sujetando, mientras un tercero se sentaba junto a una mesa, encarándola, frente a la barra. En la penumbra de la luz de noche encendida sobre la barra, Brennan apenas pudo discernir los detalles de la escena, pero vio que los tres hombres tenían caras de expresión dura. El que la miraba desde la silla hacía tamborilear los dedos sobre la superficie de la mesa, al lado de una pistola de cachas cromadas.

—¡Venga! –exclamó el sujeto, en una voz suave pero amenazante–. No queremos más que un poco de información. Nada más. Ni siquiera diremos quién nos la suministró. Habrá guerra pronto, pero no sabemos a quién golpear.

Se reclinó en la silla, en espera.

—¿Y creen que acaso yo lo sé?

Brennan reconoció el tono de rabia en la voz de Chrysalis, pero también que tras la rabia había miedo.

—Pero nosotros *sabemos* que tú sí sabes, linda. Tú sabes todo lo que pasa en este hoyo de mierda que es Jokertown. Lo único que tenemos por cierto es que hay alguien atrás de estas pandillas miserables que se nombran el Puño de Sombra. Invaden nuestro territorio, nos quitan clientes y nos cortan ganancias. Tienen que parar.

—Si supiera de quién se trata –advirtió Chrysalis, con énfasis en la palabra "si"–, el dato les costaría más de lo que pueden pagar.

El hombre sentado a la mesa meneó la cabeza.

—No me estás entendiendo, linda. Si mantienes cerrada la boca, te va a costar más de lo que tú puedes pagar –amenazó, y marcó una pausa volviendo a golpear la mesa con los dedos, después de lo cual desvió su mirada hacia al hombre parado a la derecha de Chrysalis–. Sal, ¿tú crees que se formarán cicatrices en su famosa piel invisible?

Sal ponderó la pregunta.

—Podemos averiguarlo –dijo.

Se oyó un chasquido, y Brennan distinguió el destello de la hoja de un cuchillo. Sal lo puso frente al rostro de Chrysalis y lo movió de un lado a otro. Ella trató de retroceder hacia la barra. Abrió la boca para dar un grito, pero el hombre que estaba a la izquierda le puso una mano enguantada sobre la boca. Sal soltó una carcajada al mismo tiempo que Brennan dejó ir la flecha que tenía en el arco tensado. Dio en la espalda de Sal y el impacto lo lanzó sobre la barra, como impulsado por una catapulta. Con la posible excepción de Chrysalis, nadie comprendió lo que acababa de pasar. El hombre sentado a la mesa agarró la pistola y se puso de pie de un salto. Con la mayor tranquilidad, Brennan le metió la flecha siguiente a través de la garganta. El matón que tenía agarrada a Chrysalis soltó un chorro verbal de obscenidades y quiso sacar una pistola de debajo de la chaqueta, en una funda colgada del hombro. Brennan le lanzó una flecha que se le clavó en el brazo derecho. Soltó la pistola y giró para alejarse de Chrysalis, al tiempo que miraba la flecha cazadora de aluminio hundida en la carne de su brazo.

—¡Ay, Jesús! ¡Ay, Jesús! —farfullaba el matón, mientras trataba de inclinarse para recoger la pistola.

—Si la tocas te meto la siguiente flecha en el ojo derecho —advirtió Brennan desde la oscuridad.

El matón tuvo la sensatez de erguirse. Retrocedió hacia la barra, sin dejar de gemir mientras sostenía el brazo que sangraba.

Brennan avanzó hacia la luz difusa que arrojaba la lamparita de noche sobre la barra. El hombre herido miraba fijamente la flecha con punta de navaja colocada en el arco.

—¿Quiénes son? —preguntó Brennan a Chrysalis en tono rudo, recortando las sílabas.

—Mafia —replicó ella, con una voz quebrada por la tensión y el miedo.

Brennan asintió, sin quitar los ojos del mafioso que, por su parte, no dejaba de mirar la flecha que apuntaba a su garganta.

—Tú ¿sabes quién soy?

El mafioso asintió con movimientos bruscos de la cabeza.

—Sí. Eres Yeoman, el que mata con arco y flecha. Siempre leo todo lo que sale sobre ti en el *Post*.

Las palabras brotaban de su boca en un torrente repleto de terror.

—Cierto —repuso Brennan.

Echó un vistazo rápido al hombre que había estado sentado a la mesa. Estaba hecho un ovillo en el suelo sobre un charco de sangre que aumentaba de tamaño, y del cuello sobresalían unos treinta centímetros de flecha. No se molestó en verificar a Sal, a quien la flecha había perforado limpiamente el corazón.

—Tienes suerte —continuó Brennan, con la misma voz de muerto—. ¿Sabes por qué?

El hombre meneó la cabeza vigorosamente, y suspiró aliviado cuando vio a Brennan aflojar la tensión en la cuerda y dejar el arco a un lado.

—Te necesito para que lleves un mensaje de mi parte. Alguien tiene que decirle a tu jefe que con Chrysalis nadie se mete. Dile que tengo una flecha donde he escrito su nombre, una flecha que le entregaré en el mismo momento que oiga que algo le ha pasado a Chrysalis. ¿Piensas que podrás llevar el recado?

—Claro, desde luego que puedo.

—Qué bueno —Brennan sacó una carta de su bolsillo trasero y se la mostró al mafioso: el as de espadas—. Esto es para que él vea que le dices la verdad.

Agarró al hombre por el brazo y se lo enderezó de un tirón. El hombre soltó un gemido cuando Brennan clavó la carta en la flecha.

—Esto es para asegurarme de que no la pierdas —le explicó Brennan, con los dientes apretados.

Con un jalón repentino y fuerte, ensartó la flecha en el otro brazo del pandillero. El mafioso soltó un grito al sentir dolor agudo e inesperado. Cayó de rodillas, y Brennan dobló el tallo de aluminio de la flecha alrededor de ambos brazos, por debajo, fijándolos como si le hubiera puesto unas esposas. A continuación, lo hizo ponerse de pie. El hombre sollozaba de dolor y miedo, y no se atrevía a mirar a Brennan a los ojos.

—Si te vuelvo a ver en cualquier otra ocasión —le avisó Brennan—, date por muerto.

El matón se alejó tambaleándose, entre sollozos e imprecaciones incomprensibles. Brennan lo siguió con la mirada hasta que lo vio salir por la puerta principal, y sólo entonces se volvió a Chrysalis. Ella lo miraba con miedo en los ojos, y Brennan entendió que en parte él mismo era la causa.

—¿Estás bien? —le preguntó con voz suave.

—Sí… sí, creo.

—Te pedirán que respondas muchas preguntas —le dijo Brennan—, a menos que nos deshagamos de los cuerpos.

—Sí —asintió con la cabeza firmemente, mientras intentaba retomar el control de la situación—. Voy a llamar a Elmo. Él se encargará de esto.

Hizo una pausa y lo miró a los ojos, antes de añadir:

—Te debo.

—¡Créditos y débitos! –suspiró Brennan–. ¿Es necesario que tu vida se conforme a esa tabulación tan rígida?

Ella se mostró sorprendida al oírlo, pero enseguida asintió.

—Sí –afirmó enérgicamente–. Sí que lo es. No hay otra manera de llevar la cuenta, de asegurarte de que...

Su voz se fue apagando, y dándose la vuelta se dirigió al otro lado de la barra.

Miró el cuerpo de Sal, y cuando volvió a hablar sus pensamientos seguían un nuevo curso.

—Sabes, Tachyon me ha invitado a ir a esa gira mundial que ha armado. Creo que le voy a tomar la palabra. Vaya a saber cuánta información obtendré si me codeo con todos esos políticos. Y si se va a desatar la guerra entre la Mafia y los Puños de Sombra de Kien –miró a Brennan a los ojos por primera vez–, entonces estaré más segura en el viaje que en cualquier otro lugar.

Se miraron largamente varios segundos. Brennan hizo un movimiento afirmativo con la cabeza.

—Será mejor que me vaya.

—Pero ¿tu whisky?

Brennan soltó un prolongado suspiro.

—No –desvió la mirada hacia el cadáver a sus pies–. Beber me trae recuerdos, y esta noche no los necesito para nada.

Alzó los ojos hacia ella, y agregó:

—En las próximas semanas... voy a estar... indispuesto. Es probable que no te vea antes de que salgas de viaje. Adiós, Chrysalis.

Lo miró partir, mientras una lágrima cristalina le bajaba por la mejilla. Él se fue sin volver nunca la cabeza, y por eso no se dio cuenta.

II

El Dragón Retorcido se ubicaba en algún lugar dentro de las nebulosas fronteras donde Jokertown se entretejía con Chinatown. Uno de los informantes callejeros de Brennan le había dicho que ese bar era el habitual de Danny Mao, un hombre que gozaba de una posición más o menos elevada en la Sociedad del Puño de Sombra. Se decía que se encargaba de labores de reclutamiento.

Brennan vigiló un rato la entrada. Los copos de nieve arremolinados que no se detenían en el ala de su sombrero vaquero negro se prendían de su bigote grueso de puntas caídas y de sus largas patillas. Un buen número de Hombres Lobo –ese mes llevaban máscaras de Richard Nixon– entraba y salía del bar. Había visto también varios Garzas, aunque en general los de Chinatown se creían demasiado selectos para frecuentar un bar al que iban jokers.

Sonrió, y se alisó las puntas del bigote en un gesto que ya se le había hecho costumbre. Había llegado la hora de ver si su plan era tan genial como a veces creía; más a menudo le parecía sólo un rápido camino hacia una muerte difícil.

Dentro del Dragón hacía calor. Brennan supuso que la temperatura se debía más a los cuerpos apretujados que a la calefacción del establecimiento. Un momento después localizó a Mao en donde su informante le había dicho que estaría, sentado en un apartado al fondo del salón. Brennan se aproximó abriéndose paso entre mesas repletas de clientes, meseras con bandejas, borrachos tambaleantes y varios buscapleitos que cruzaban su camino al apartado.

Junto a Mao se sentaba una chica joven y rubia, con aspecto de estar algo embriagada. En el banco frente a él se apretujaban tres hombres. Uno era un Hombre Lobo con máscara de Nixon, otro un joven de raza oriental y el que estaba al centro era un hombre delgado y pálido que se veía nervioso. Antes de que Brennan pudiese hablar, un bravucón callejero le cerró el paso.

El sujeto medía algo más de un metro noventa, así que su altura sobrepasaba a Brennan, a pesar de que las botas vaqueras alzaban su estatura varios centímetros. El grandulón vestía pantalones de cuero manchado y una enorme chamarra de piel de la que colgaban tramos de cadena. Los pelos peinados de punta agregaban más altura a su talla aparente, y las cicatrices que le cruzaban el rostro, unas de color escarlata y otras negras, acentuaban un aire de ferocidad en su persona, al igual que el hueso –un hueso de dedo humano, notó Brennan– que le atravesaba la nariz.

Las cicatrices que le cubrían mejillas, frente y mandíbulas eran insignia de los Caníbales Cazadores de Cabezas, una pandilla callejera, antes muy temida, que se había desintegrado al matar Brennan al líder, un as llamado Cicatriz. Los miembros de la pandilla que sobrevivieron a la sangrienta lucha por el poder después de la desaparición de Cicatriz fueron atraídos por otras asociaciones de criminales, como la Sociedad del Puño de Sombra.

—¿Qué quieres? –inquirió el Cazador de Cabezas, con una voz que trataba de ser amenazante a pesar de su sonido aflautado.

—Ver a Danny Mao –Brennan respondió con lentitud y en un tono suave que recordaba bien de sus años de infancia. El Cazador de Cabezas se inclinó para oír mejor a Brennan sobre la cacofonía de música, risas maniáticas y medio centenar de conversaciones que inundaban el ambiente.

—¿Para qué?

—Para lo que no te importa, muchacho.

Con el rabillo del ojo, Brennan pudo ver que la conversación en el apartado había cesado, y que todos los ojos estaban mirándolos.

—Yo decido lo que me importa –replicó el Cazador de Cabezas, gesticulando mediante una sonrisa que creía de ferocidad, pues enseñaba dientes afilados con una lima.

Brennan soltó una carcajada.

—¿De qué te ríes, cabrón? –preguntó el Cazador de Cabezas con el entrecejo fruncido.

Brennan, sin dejar de reír, agarró el hueso que perforaba la nariz del Cazador de Cabezas y le dio un fuerte tirón. El Cazador de Cabezas pegó un grito y se agarró con ambas manos la nariz desgarrada, cosa que Brennan aprovechó para colocarle una patada en la entrepierna. Su opositor cayó al suelo, ahogando sus quejas, y Brennan dejó caer sobre su cuerpo encogido el hueso sanguinolento que le había arrancado de la nariz.

—Me río de ti –le respondió Brennan y se sentó en el apartado junto a la chica rubia, que lo miraba atónita desde su embriaguez.

Dos de los tres hombres en la banca frente a ellos empezaron a levantarse, pero Danny Mao hizo un gesto de negligencia con la mano y se volvieron a sentar; murmuraban entre ellos y miraban a Brennan.

Después de quitarse el sombrero y ponerlo sobre la mesa, Brennan se volvió a Danny Mao, que le devolvió la mirada mostrando interés.

—¿Tu nombre? –preguntó Mao.

—Cowboy –dijo Brennan en voz suave.

Mao tomó el vaso que tenía enfrente y tomó un sorbo breve. Miró a Brennan como a un bicho raro, con el entrecejo arrugado.

—¿Eres de verdad? Nunca antes vi un vaquero chino.

Brennan sonrió. Los pliegues orientales que la habilidad quirúrgica del doctor Tachyon había añadido a sus ojos se combinaban con el pelo grueso y lacio y complexión morena para crear la apariencia asiática. Esa ligera alteración de sus rasgos, con la barba recién crecida y su estilo occidental de vestir y hablar, formaban un disfraz sencillo pero eficaz. No podría engañar a alguien que lo conociese bien, pero era poco probable que tal situación sucediera.

La ironía del disfraz, pensaba Brennan, consistía en que todos los aspectos de su nueva identidad, excepto los ojos creados por Tachyon, resultaban auténticos. A su padre le gustaba decir que los Brennan eran irlandeses, chinos, españoles, indios de diversas tribus y norteamericanos de pura cepa.

—Mis ancestros asiáticos ayudaron a construir los ferrocarriles. Yo nací en Nuevo México, pero encontré que el ambiente me limitaba.

Eso también era verdad.

—¿Así que viniste a la ciudad en busca de emociones?

—Hace tiempo –asintió Brennan.

—¿Tus emociones te obligan a usar un alias?

Brennan se encogió de hombros y permaneció callado.

Mao dio otro sorbo a su vaso.

—¿Qué quieres?

—Dicen en las calles –Brennan disimuló su excitación mediante su acento sureño– que tu gente ha iniciado una guerra contra la mafia. Ya dieron el primer golpe: don Picchietti fue asesinado hace dos semanas por un as invisible que le metió un picahielos por el oído mientras cenaba en su propio restaurante. Tengo la certeza de que el atentado vino del Puño de Sombra. La Mafia va a contraatacar, y el Puño necesitará más soldados.

—¿Por qué íbamos a querer contratarte a ti?

—¿Y por qué no? Sé manejarme por mi cuenta.

Mao echó un vistazo a su guardaespaldas de ocasión, que había logrado ponerse de rodillas con la frente apoyada en el suelo.

—Eso puede ser –reflexionó–. Me pregunto si tendrás el estómago lo bastante fuerte.

Se quedó observando a los tres hombres sentados frente a él. Brennan también los miró con atención.

El Hombre Lobo estaba sentado del lado externo, y el hombre oriental, que probablemente sería de las Garzas Inmaculadas, en el interior. El hombre sentado entre ambos, en cambio, no parecía un peleador callejero.

Era pequeño, pálido y delgado. Las manos lucían suaves y débiles; los ojos, oscuros y brillantes. Muchos de los matones de la calle incorporaban rasgos de locura, pero aun a primera vista Brennan supo que ese sujeto estaba más que tocado por la demencia.

—Estos hombres –le informó Mao– están por iniciar una misión. ¿Quieres unirte a ellos?

—¿Qué clase de misión? –inquirió Brennan.

—Si necesitas preguntar, tal vez no seas el tipo de hombre que necesitamos.

—Tal vez –sonrió Brennan– soy cauteloso.

—La cautela es una virtud admirable –dijo con blandura Mao–. También son admirables la obediencia y la fe en los superiores.

Brennan se puso el sombrero.

—Bueno. ¿Adónde vamos?

El hombre pálido en medio de los otros dos se rio. No fue un sonido agradable.

—A la morgue –dijo, gozoso.

Brennan alzó una ceja y miró a Mao.

—La morgue –le confirmó–, como dice Deadhead.

—¿Tienes automóvil? –le preguntó el Hombre Lobo a Brennan, con una voz que era un gruñido tras la máscara de Nixon.

Brennan meneó la cabeza.

—Tendré que robar uno –concluyó el Hombre Lobo.

—¡Entonces podremos ir a la ventanilla de servicio en el auto! –exclamó entusiasmado el hombre al que llamaban Deadhead.

El hombre asiático sentado junto a él hizo un leve gesto de repugnancia, pero no dijo nada.

—¡Vamos! –insistió Deadhead y empujó al Hombre Lobo para que saliera del apartado.

Brennan hizo una pausa para mirar a Mao, que lo observaba con atención.

—Patillas —Mao inclinó la cabeza hacia el Hombre Lobo— tiene el mando. Él te dirá lo que necesitas saber. Estás a prueba, Cowboy. Ten cuidado.

Brennan asintió y siguió al extraño trío hacia la calle. El Hombre Lobo se volvió a mirar a Brennan.

—Soy Patillas —gruñó—. Como dijo Danny, éste es Deadhead, y el otro es Lazy Dragon.

Brennan hizo una inclinación de cabeza hacia el oriental. Se dio cuenta de que su primera apreciación de este individuo era errónea. No era Garza. No llevaba los colores de las Garzas, ni se conducía como miembro de esa pandilla. Era joven, de algo más de veinte años, no muy alto, tal vez de un metro con sesenta y cinco centímetros, y delgado hasta el grado en que sus pantalones colgaban flojos de sus estrechas caderas. La cara era ovalada, la nariz un poco ancha, el pelo más bien largo y peinado de cualquier manera. No tenía la actitud agresiva del bravucón callejero, sino un aire de reserva, casi de un pensador melancólico.

Patillas los dejó esperando en la esquina. Lazy Dragon permanecía en silencio, pero Deadhead emitía un río de charla continua, la mayor parte sin ningún sentido. Lazy Dragon no le prestaba atención, y al poco tiempo Brennan adoptó la misma indiferencia, pero eso no afectaba en absoluto a Deadhead. Seguía parloteando, y Brennan lo ignoró lo mejor que pudo. En una ocasión Deadhead se sacó del bolsillo de su chamarra mugrosa un frasco de píldoras de distintos tamaños y colores, lo sacudió sobre la mano y se echó un puñado de ellas a la boca. Las masticó y se las tragó ruidosamente, sonriendo a Brennan.

—¿Tú tomas vitaminas?

Brennan no sabía si Deadhead le ofrecía de las suyas o si nada más preguntaba sobre sus hábitos. Asintiendo sin compromiso se dio vuelta.

Al fin apareció Patillas con un auto. Era un Buick de tono oscuro, modelo reciente. Brennan se subió al asiento delantero, y Deadhead y Lazy Dragon se sentaron detrás.

—Buena suspensión. Fácil de manejar —comentó Patillas al alejarse de la acera.

A través del espejo retrovisor Brennan vio que Lazy Dragon había sacado del bolsillo una pequeña navaja plegable y un bloque de un material blanco y suave, que parecía jabón. Abrió la navaja y se puso a tallar el bloque.

Deadhead mantenía la producción del chorro de palabras a las que nadie prestaba atención. Patillas conducía bien, maldecía en su voz apagada baches, semáforos y a otros conductores, y miraba de continuo en el espejo retrovisor para seguir los adelantos de Lazy Dragon, que seguía tallando con cuidado el pequeño bloque de jabón con sus manos pequeñas y delicadas.

Brennan no sabía dónde se ubicaba la morgue ni qué aspecto tenía, pero el edificio oscuro e intimidante frente al que se detuvieron colmaba toda expectativa.

—Es aquí –anunció sin necesidad Patillas.

Observaron el edificio unos momentos.

—Demasiada actividad todavía –volvió a gruñir.

En la estructura de muchos pisos había ventanas aún iluminadas, y vieron entrar y salir a varias personas por la puerta principal.

—¿Ya estás listo? –Patillas miró por el espejo.

—Casi –replicó Lazy Dragon sin alzar la vista.

—Listo ¿para qué? –preguntó Brennan, y Patillas se volvió a él.

—Tienes que llevar a Deadhead al depósito que usan para guardar cadáveres a largo plazo. Está en el sótano. Deadhead sabe qué hacer. Tú lo proteges en caso de que algo no ande bien.

—¿Y tú?

Tuvo la impresión de que Patillas sonreía bajo la máscara, pero Brennan no estaba seguro.

—Como ya estás tú aquí, yo sólo los espero en el auto.

A Brennan no le gustaba esa manera de hacer las cosas, pero era obvio que lo ponían a prueba. Igual de obvia resultaba la circunstancia de que no había elección. Hizo un intento más de obtener información.

—¿Qué vamos a buscar?

—Eso lo sabe Deadhead –respondió Patillas, mientras Brennan oía su inquietante parloteo en el asiento de atrás–. Dragon conoce la distribución general. Tú te encargas de que nadie interfiera. ¿Listo?

Lazy Dragon alzó la mirada.

—Listo –dijo, con la mayor calma.

Plegó la navaja, se la guardó y contempló críticamente lo que había hecho. Brennan, confuso y lleno de curiosidad, se volvió para mirarlo mejor, y vio que se trataba de un ratón pequeño pero creíble. Lazy Dragon lo estudió con cuidado, asintió satisfecho, se lo puso en el regazo, se arrellanó en el asiento y cerró los ojos. Nada pasó durante unos instantes, y a continuación el cuerpo de Dragon se aflojó, como si se hubiera dormido o perdido la conciencia, y la pieza tallada empezó a agitarse.

La cola dio un latigazo, las orejas se irguieron y enseguida, al principio con titubeos pero con fluidez cada vez mayor, el objeto se desperezó. Se detuvo un momento para atusarse el pelaje, y de un salto trepó al respaldo del asiento del conductor. Brennan lo observó, y el objeto lo miró de vuelta. ¡Era un maldito ratón vivo! Brennan echó un vistazo al asiento de atrás, donde Lazy Dragon dormía, al parecer. Enseguida miró a Patillas, que observaba tras su máscara de Nixon.

—Bonito truco –Brennan arrastró las palabras.

—No está mal –concurrió Patillas–. Tú lo llevas.

Lazy Dragon, pues era él quien daba vida y poseía a la pequeña figura que había tallado, se trepó al hombro de Brennan, bajó por su pecho y se escondió en el bolsillo de su chaleco. Se asomaba, sosteniendo la lengüeta del bolsillo con sus pequeñas garras. Esto sobrepasaba toda rareza aceptable, pero Brennan tenía la impresión de que la noche reservaba rarezas aún mayores.

—Bueno –dijo–. Hagámoslo.

Lo que fuese.

Ingresaron a la morgue por una puerta lateral de servicio en un callejón, y bajaron por la escalera al sótano. Lazy Dragon saltó del bolsillo de Brennan, descendió por el chaleco y la pierna del pantalón y se adelantó corriendo por el pasillo en que se encontraban. Deadhead se lanzó tras él, pero el Cowboy lo detuvo.

—Vamos a esperar a que vuelva el rat… a que vuelva Lazy Dragon.

Los ojos de Deadhead brillaban, y se mostraba más inquieto. Le temblaban las manos cuando volvió a sacar el frasco de píldoras y se tragó otro puñado, dejó caer una docena de pastillas al suelo, que hicieron ruido de guijarros. Sonreía como maniático, con la esquina de la boca convulsionada en un gesto tortuoso.

¿Qué diablos, pensó Brennan, *estoy haciendo en un corredor de la morgue junto a un loco y un ratón vivo hecho de un trozo de jabón?*

Antes de encontrar una respuesta satisfactoria a su perturbadora pregunta, Lazy Dragon estaba de regreso, moviendo las patitas como si lo persiguiera el gato más voraz del mundo. Se detuvo a los pies de Brennan, danzando agitadamente. Brennan suspiró, se agachó y le ofreció la mano. Lazy Dragon saltó sobre la palma abierta y Brennan, todavía agachado, se acercó el ratón a la cara.

Lazy Dragon se sentó sobre las ancas. Sus ojuelos brillaban con inteligencia. Hizo un movimiento pasándose la garra derecha por la garganta repetidas veces. Brennan volvió a suspirar. Odiaba los acertijos.

—¿Qué pasa? –le preguntó al ratón–. ¿Hay peligro? ¿Alguien en el corredor?

El ratón asintió con la cabeza y alzó una garra.

—¿Un hombre? –inquirió, y de nuevo el ratón asintió–. ¿Armado?

El ratón se encogió de hombros, un gesto de lo más humano que expresaba incertidumbre.

—Entendido –Brennan se incorporó después de poner al ratón en el suelo–. Tú sígueme.

Enseguida se volvió a Deadhead:

—Tú espérame aquí.

Deadhead hizo un gesto que significaba asentimiento, y Brennan se fue por el corredor, con Lazy Dragon a sus talones. No tenía la menor confianza en Deadhead, y se preguntó qué tarea de la misión podría desempeñar. *Es difícil*, pensó, *si el hombre más confiable resulta ser un ratón.* Al dar la vuelta al corredor vio a un hombre sentado en una silla, que comía un sándwich leyendo un libro de bolsillo. Alzó los ojos al sentir que Brennan se acercaba.

—¿En qué puedo ayudarle? –preguntó.

Era de edad mediana, gordo y se estaba quedando calvo. El libro que leía era *Vengador As 49, Misión en Irán.*

—Tengo un envío que entregar.

El hombre frunció el ceño.

—No sé nada de esas cosas. Soy el conserje de noche. Las entregas se hacen de día.

Brennan asintió, con un gesto de comprensión.

—Es entrega inmediata –le advirtió.

Cuando se aproximó lo suficiente, sacó de sus espaldas un estilete que llevaba en una funda del cinturón bajo el chaleco, y puso la punta del cuchillo en la garganta del conserje, lo tocó con suavidad. Los labios del hombre hicieron una O de asombro y dejó caer el libro.

—¡Santo Jesús, señor! ¿Qué hace usted? –exclamó el conserje con voz ahogada, tratando de no mover la garganta al hablar.

—¿Dónde está el depósito a largo plazo?

—Allá, es por allá –indicó moviendo los ojos el conserje, aterrado de mover un solo músculo.

—Ve por Deadhead.

—¡Pero no conozco a nadie de ese nombre! –pretextó el conserje, con gotas de sudor escurriéndole por la frente.

—No te hablo a ti, sino al ratón.

—¡Dios mío! –el conserje, incoherente, se puso a rezar, pensando que Brennan era un orate en plena crisis que de seguro lo asesinaría.

Brennan esperó con paciencia a que regresara Lazy Dragon con Deadhead.

—¿Hay alguien más en este piso? –interrogó Brennan al conserje, con un leve movimiento de muñeca para que sintiera la punta del estilete.

El conserje, que comprendió de pronto lo que se requería, se puso inmediatamente de pie.

—Nadie. A estas horas no hay nadie más.

—¿No hay guardias?

El conserje estuvo a punto de menear la cabeza, pero la proximidad del cuchillo a su garganta lo detuvo.

—No son necesarios. Hace meses que nadie ha querido entrar a la fuerza en la morgue.

—Bueno –aceptó Brennan, y enseguida separó el cuchillo de la garganta del hombre, que dio muestras de serenarse un poco.

—Llévanos al depósito. No hagas ningún ruido ni otros chistecitos.

Para acentuar la amenaza, Brennan le tocó la punta de la nariz con el estilete, y el conserje, con un movimiento cauteloso, asintió.

Brennan se puso en cuclillas y tendió la mano a Lazy Dragon, que enseguida trepó a ella. Se puso el ratón en el bolsillo del chaleco, refrenando una sonrisa que le provocaban los ojos desorbitados del conserje, que parecía querer preguntar algo, pero lo pensaba mejor y se quedaba callado.

—Es por aquí –el hombre dio un paso.

Deadhead y Brennan, con Lazy Dragon asomado en el bolsillo, lo siguieron.

El conserje abrió la puerta del depósito con su llave y los dejó pasar. Era una sala deprimente, oscura y fría, con gavetas a lo largo de los muros que llegaban del suelo al techo, el lugar donde la ciudad guardaba los cadáveres que nadie reclamaba ni identificaba, antes de ser enterrados en la fosa común.

La sonrisa espasmódica de Deadhead se hizo más pronunciada al entrar al depósito, y se puso a dar saltitos sobre uno y otro pie, sin poder reprimir su excitación.

—¡Ayúdenme a encontrarlo! –ordenó–. ¡Ayúdenme a encontrarlo!

—¿Encontrar qué? –preguntó Brennan, del todo desconcertado.

—El cadáver. El cadáver frío y gordo de Gruber.

Miraba frenético a todas las gavetas, y se movía en una suerte de danza macabra recorriendo el depósito a lo largo del muro.

Brennan arrugó el entrecejo y, arreando al conserje por delante de él, empezó a buscar en las gavetas del muro de enfrente. Casi todas las etiquetas de los casilleros, metidas en sus pequeños sujetadores de metal, tenían solamente números, lo que significaba que el cadáver que guardaban era anónimo. Había algunas excepciones.

—Oiga, ¿es esto lo que buscan?

El dócil conserje, que precedía a Brennan, se volvió a mirarlo queriendo ayudar. Brennan avanzó hasta situarse a su lado. La gaveta que señalaba el empleado de la morgue era la tercera a partir del suelo, no más alta que su cintura. La etiqueta rezaba: *Leon Gruber 16 de septiembre.*

—Aquí está –le indicó Brennan a Deadhead, quien cruzó el depósito con pasitos rápidos y cortos. Tenía que haber algún mensaje en el cadáver, algo que solamente Deadhead podría descifrar, dedujo Brennan. Tal vez Gruber había ocultado algo, metido de contrabando en una de sus cavidades corporales… Pero de ser así, pensó, una cosa de esa índole la descubrirían antes los técnicos de la morgue.

—El cadáver lleva bastante tiempo aquí —comentó Brennan, a la vez que Deadhead tiraba de la gaveta para sacar la mesa movible en que yacía el cuerpo.

—Sí, en efecto, mucho tiempo —Deadhead miró la pobre sábana que cubría el cadáver—. Usaron palancas, movieron influencias para que lo conservasen aquí hasta… hasta que yo pudiera salir.

—¿Salir?

Deadhead retiró la sábana y expuso la cara y el pecho de Gruber. En vida había sido un hombre joven y gordo, con un cuerpo blando y pastoso. La expresión de miedo y terror en su rostro era la más grave que Brennan había visto jamás en la cara de un cadáver. El pecho ostentaba una colección de orificios de bala, de pequeño calibre, a juzgar por su aspecto.

—Sí —admitió Deadhead, sin quitar la vista de los ojos abiertos y sin vida de Gruber—. Yo estaba preso… en realidad, estaba en un hospital.

Sacó de alguna parte de su persona una pequeña sierra de metal brillante. Los labios se le agitaban sin cesar con movimientos súbitos, y de la esquina de la boca le escurría un hilillo de baba.

—Por abuso de cadáveres —confesó Deadhead.

—¿Tenemos que llevarnos el cuerpo? —preguntó Brennan, con los labios apretados.

—No, gracias —aclaró Deadhead con singular alegría—. Me lo como aquí.

Se puso a serrar el cráneo de Gruber. La hoja cortaba con facilidad en el hueso. Horrorizados, Brennan y el conserje lo observaron retirar la parte superior del cráneo. Deadhead, con un gusto maniaco y un poco furtivo, se puso a arrancar trozos de los sesos de Gruber y metérselos en la boca; masticaba ruidosamente.

Brennan sintió que Lazy Dragon se ocultaba al fondo del bolsillo. El conserje vomitó, y el Cowboy tuvo que reprimir las oleadas de náuseas que subían a su garganta, controló sus reacciones y apretó los labios.

III

BRENNAN AMORDAZÓ AL CONSERJE CON SU PAÑUELO, Y LO ATÓ POR las muñecas y tobillos con cinta de empacar que había encontrado Lazy Dragon en un rincón del depósito. Tuvo que hacer el trabajo él solo, porque Deadhead, después de devorar el cerebro de Gruber, estaba medio desmayado contra la pared y no hacía sino farfullar incoherencias. Una vez resuelto el asunto del conserje, se llevó al loco parlanchín del depósito de cadáveres, y deseó que Lazy Dragon pudiera explicarle qué demonios pasaba ahí.

—¿Qué tal les fue? –preguntó Patillas cuando Brennan abrió con violencia la portezuela trasera del Buick y metió a Deadhead de un empellón al coche.

Antes de responder, Brennan azotó la puerta y se metió al asiento delantero.

—Bien, supongo. Deadhead se comió su bocado.

Patillas asintió. Encendió el motor y enseguida se alejó de la acera. Lazy Dragon salió del bolsillo de Brennan, se equilibró precariamente en el respaldo del asiento y de ahí pegó un brinco para aterrizar en el regazo de su cuerpo humano, el cual después de un momento se despertó, bostezó y estiró los brazos. El ratón experimentó una transformación un poco análoga a la de la mujer de Lot y volvió a ser un bloque de jabón.

—¿Qué tal les fue? –volvió a preguntar Patillas. Miraba por el espejo retrovisor mientras conducía.

Lazy Dragon guardó la escultura del ratón en el bolsillo de su chaqueta y asintió.

—Todo conforme al plan. Encontramos el cadáver, y Deadhead… ha cenado. El Cowboy se portó bien.

—Bien. Hay que llevar a Deadhead con el patrón mientras digiere.

—Ahora que ya somos compañeros –propuso Brennan–, tal vez quieran contarme qué es lo que pasa.

Patillas hizo una señal obscena a un conductor que se le había cerrado al frente.

—Bueno… Supongo que está bien. Este tipo Deadhead es un as, o algo similar. Puede apropiarse de la memoria de la gente comiéndose su cerebro.

Brennan hizo una mueca.

—¡Dios! De modo que Mao necesita algo que Gruber sabía.

Patillas asintió, y presionó el acelerador al pasarse una luz roja.

—Eso pensamos. O esperamos, mejor dicho. Mira, el jefe de Mao en este asunto es un tipo que se llama Fundido, y necesita encontrar a una as a la que llaman Espectro. Gruber era su agente, hasta que ella lo liquidó. Mao piensa que Gruber poseía suficiente información para que, a través de su memoria, podamos seguir sus huellas.

Brennan apretó los labios para refrenar una sonrisa. Sabía más del asunto que todos esos tipos. Fundido era uno de los ases de Kien que había tratado, sin éxito, de capturar a Brennan y a Espectro el Día Wild Card. Espectro le había contado que alguien –que no era ella– había matado ese mismo día a su agente.

—¿Por qué esperaron tanto tiempo para tomar el cadáver de Gruber? –quiso saber Brennan.

Patillas se encogió de hombros.

—Deadhead estaba en un hospital. La policía lo sorprendió haciendo lo que hace con un cadáver que se encontró en la calle el Día Wild Card. Los abogados tardaron un par de meses en sacarlo de ahí.

Brennan asintió. Para seguir en el papel de un recién llegado ignorante, hizo una pregunta cuya respuesta conocía de antemano.

—¿Y por qué quiere Fundido encontrar a Espectro?

La respuesta debía consistir en que ella se había robado el diario privado de Kien en las primeras horas de la mañana del más loco Día Wild Card de la historia, según sabía Brennan, pero era evidente que el Hombre Lobo no tenía esa información.

—¡Eh! –exclamó Patillas–. ¿Acaso piensas que soy el confidente de Fundido, o qué?

Brennan asintió. Trataba de no caer en introspecciones. Sus recuerdos del pasado a menudo eran dolorosos, pero Espectro –Jennifer Maloy– aparecía con frecuencia en sus pensamientos desde que la había conocido el septiembre anterior. Iba más allá de la aventura que habían compartido el Día Wild Card, era más que la camaradería fácil y una confianza recelosa entre ambos, y más que su cuerpo alto y atlético. Brennan no podía ni quería admitir las razones, pero sabía que intentaría agregarse a la fuerza operativa de los Puños de Sombra encargada de darle cacería. De ese modo estaría en posición de ayudarla en el caso de que los Puños se le acercaran demasiado.

No creía que la memoria de Gruber les sirviera para localizarla. Aunque Espectro no le había dicho el nombre de su agente a Brennan, había mencionado que no le inspiraba confianza y que no sabía cómo se llamaba ella en realidad.

Siguieron avanzando en silencio. Patillas por fin estacionó el auto y apagó el motor frente a un edificio de piedra de tres pisos en el corazón de Jokertown.

—Cowboy, tú y Lazy Dragon ayuden a Deadhead. No puede hacer casi nada por sí solo mientras digiere.

Brennan lo tomó del brazo izquierdo y Lazy Dragon del derecho y se lo llevaron a rastras sobre la acera y por las escaleras hasta la entrada al edificio, donde Patillas se encontraba hablando con uno de los Garzas que estaban de pie en el área de recepción. Pasaron junto a ellos hacia el interior, donde otro guardia Garza habló brevemente en un intercomunicador y enseguida les dijo que subieran. Llevar a Deadhead hasta el segundo piso fue como cargar un saco de cemento, pero Patillas no ofreció ayuda alguna. Al llegar al tercero, otro Garza les abrió paso con un movimiento de cabeza. Avanzaron por un pasillo sobre un tapete raído, y Patillas dio varios golpecitos en la puerta al final del corredor. Se oyó la voz de un hombre diciendo que pasaran, y Patillas abrió la puerta y entró, seguido por Brennan, Lazy Dragon y Deadhead.

La habitación estaba cómodamente dispuesta, en contraste con lo que Brennan había percibido en el resto del edificio. Un hombre de unos treinta años, apuesto, bien vestido y en buena forma física, estaba de pie frente a un carrito de bebidas bien surtido. Por lo visto, acababa de prepararse un trago.

—¿Qué tal salió?

—Muy bien, Fundido, todo salió bien.

Brennan no pudo reconocerlo. Lo había visto por última vez el Día Wild Card, pero en aquella ocasión Fundido permaneció invisible hasta que Espectro lo derribó de un golpe en la cabeza con la tapa de un bote de basura, y lo dejó inconsciente en la calle. Mientras ella lo despachaba, Brennan lidiaba a manos llenas con Garzas, y apenas le había echado un breve vistazo al as caído. Era evidente que

Fundido tampoco podía reconocer a Brennan, que durante aquel encuentro llevaba máscara.

—Ése, ¿quién es? –inquirió el as, moviendo la cabeza en dirección a Brennan.

—Uno nuevo. Se llama Cowboy. Es confiable.

—Más le vale –Fundido se alejó del carrito y se acomodó en un sillón–. Sírvanse lo que quieran.

Patillas se adelantó, voraz. Brennan y Lazy Dragon giraron para soltar al casi comatoso Deadhead, que hablaba de gastos de operación y del precio exagerado de la cocaína, sobre un sillón cómodo, cuando una explosión terrorífica y ensordecedora se dejó oír de pronto resonando por todo el edificio, que se estremeció hasta los cimientos. Al parecer, había detonado en la azotea.

El trago de Fundido se derramó en su sillón. Patillas cayó sobre el carrito de bebidas, y Brennan y Lazy Dragon soltaron a Deadhead.

—¡Por Jesucristo! –juró Fundido, y se levantó de un salto.

El as se dirigió tambaleante hacia la puerta mientras se oía fuego proveniente de armas automáticas en los pisos inferiores.

Brennan siguió a Fundido y se enfrentó a tres hombres armados con Uzis, quienes habían entrado a través del hoyo abierto por la explosión en el techo. Fundido se quedó paralizado por el miedo. Brennan, en una respuesta instintiva, derribó al as justo antes de que una ráfaga de proyectiles salidos de las ametralladoras compactas de los asaltantes se incrustara en la pared por encima de ellos. Brennan llevaba su Browning Hi Power en una funda junto al sobaco, y se dio cuenta de que no le quedaba tiempo para echarle mano y responder al fuego: supo que la siguiente ráfaga de balas lo clavaría al suelo. Maldiciendo el destino que lo obligaba a morir en medio de sus enemigos, de cualquier modo echó mano a la pistola.

Algo lanzado desde el interior de la habitación revoloteó por el pasillo, una pequeña hoja de papel con dobleces intrincados. Antes de que Brennan lograra sacar la automática, y antes de que los invasores pudiesen disparar otra ráfaga, se produjo un remolino brillante en el aire mientras el papel cambiaba, se transformaba, crecía para convertirse en un tigre vivo, que respiraba y rugía, se lanzaba por el corredor con ojos enrojecidos por la rabia, mostrando una boca llena de dientes largos y afilados.

Recibió el impacto de las balas, pero no lo detuvieron. Se lanzó sobre los tres hombres que estaban al fondo del corredor, y Brennan oyó tronar sus huesos al caer la fiera en medio de ellos.

Brennan se puso de rodillas, sacó la Browning y tomó puntería.

Lazy Dragon tenía las garras delanteras sobre uno de los hombres, a quien degolló limpiamente con un solo movimiento de fauces. Un chorro de sangre salpicó el pasillo al tiempo que otro aterrado pistolero descargaba a boca de jarro una larga ráfaga de balas en el cuerpo del tigre. El punto rojo del mecanismo del visor de la pistola de Brennan apareció en la frente del asaltante, y Brennan disparó al tiempo que el tigre se desplomaba, cayendo con todo su peso sobre el tercero de los invasores.

Fundido, haciendo honor a su nombre, se había esfumado. Brennan se irguió a medias y corrió como un cangrejo por el corredor. Metió una bala en la cabeza del hombre que hacía esfuerzos desesperados por librarse del peso de Lazy Dragon, y entonces se arrodilló frente al enorme felino. Estaba cubierto de sangre, aunque Brennan no sabía si provenía de los hombres muertos en torno a él o de su propio cuerpo, que estaba perforado por docenas de heridas. La fiera respiraba con dificultad. Brennan conocía los síntomas de las criaturas heridas de muerte, y supo que Dragon se moría. No tenía idea de qué hacer, ni lo que esto significaba para la forma humana de Lazy Dragon. Dio unas palmadas cariñosas al tigre, y se movió de ahí con rapidez.

En los pisos inferiores seguían sonando las armas automáticas. Brennan fue bajando con cautela hacia el segundo piso, y se asomó por el barandal hacia la planta baja.

Ambas puertas del área de recepción estaban abiertas. En el piso de mármol manchado de charcos yacían media docena de Garzas, hechos pedazos por armas de fuego automático. Mientras miraba Brennan, los pocos sobrevivientes del equipo de asalto retrocedieron de mala gana hacia la salida, e intercambiaban disparos con los guardias Garzas y sus refuerzos. En unos cuantos segundos, el combate se desplazó a la calle, donde resonaron los ecos de las explosiones.

Brennan se puso de pie.

—Malditos italianos –gruñó.

Miró sobre el hombro derecho. Un par de ojos azules, terminaciones nerviosas y fragmentos de tejido conectivo que colgaban de ellos estaban suspendidos en el aire, a metro y medio de altura sobre el suelo. Fundido parpadeó y volvió a la existencia. Con su apariencia un poco desarreglada, lucía iracundo.

—¿Mafia? –le preguntó Brennan.

—Así es, Cowboy. Gente de Rico Covello. Reconocí lo que queda de sus feas caras en nuestros archivos.

Hizo una pausa. Su ira de pronto fue reemplazada por la gratitud.

—Estoy en deuda contigo –agregó–. Me habrían liquidado si tú no me tiras al suelo.

—De no ser por Lazy Dragon –comentó Brennan, encogiéndose de hombros– nos habrían hecho picadillo a los dos. Habría que ver cómo está él. Su tigre quedó acribillado.

—Ya veo.

Volvieron a subir por la escalera. Brennan sintió alivio –aunque enseguida se enojó consigo mismo por tal sentimiento– de ver que Dragon estaba sentado con la mayor tranquilidad en uno de los cómodos sillones de Fundido. Dragon alzó la vista cuando entraron.

—¿Todo bien? –les preguntó.

—Yo no lo pondría así –replicó Fundido, que seguía rabioso–. Esos hijos de puta entraron como en su casa y casi me matan.

Se volvió a Patillas, que estaba de pie en medio del cuarto, en actitud insegura. Fundido lo increpó:

—¿En qué andabas tú, joker de mierda?

—Yo… pensé que alguien debía quedarse con Deadhead –levantó los hombros.

—¡Quítate esa porquería de máscara cuando hables conmigo! –ordenó, furioso, Fundido–. Estoy harto de mirarle la jeta a Nixon. No me importa lo feo que estés, no será peor.

Lazy Dragon contemplaba a Patillas con interés, calculando su probable reacción, y la mano de Brennan se acercó a la funda donde tenía su pistola. Se contaba que los Hombres Lobo sufrían accesos de ira asesina cuando se les desenmascaraba, aunque Patillas, como venía demostrando, no era uno de los más feroces. Se quitó la máscara y se quedó de pie, a disgusto en el centro de la habitación, desplazaba su peso de un pie a otro.

Cada centímetro de la cara lo tenía cubierto de pelo áspero y grueso, menos los ojos. Aun la lengua con la que se lamía nervioso los labios era peluda. Con razón hablaba con tanta torpeza, pensó Brennan.

Fundido gruñó, diciendo algo en voz baja que Brennan no pudo oír, pero que incluía las palabras "joker bastardo", y giró apartándose del Hombre Lobo.

—Tenemos que irnos de aquí. La policía llegará en cualquier momento. Dragon, tú y Patillas llévense a ese monstruo –ordenó Fundido, e indicó con la cabeza a Deadhead, que seguía hundido en un sillón, murmurando–. Vayan por el auto y me recogen en la entrada. Cowboy, tú ven conmigo. Tengo que hacer una valoración de los daños.

Dragón se puso de pie. Brennan se detuvo frente a él, y se miraron uno al otro un rato. Algo raro había respecto a Lazy Dragon, pensó de repente Brennan, algo oculto, por completo insondable, más allá de su poco usual poder de as. Este hombre le había salvado la vida.

—¡Qué suerte que tuvieras un tigre!

—Me gusta tener apoyo a mano –explicó Dragon, sonriente–. Algo más mortífero que un ratón.

—Te la debo –asintió Brennan.

—No se me olvidará –prometió Dragon, y se puso a ayudar a Patillas con Deadhead.

Abajo había cinco Garzas muertos, y media docena de cadáveres de mafiosos. Los Garzas sobrevivientes zumbaban como abejas enfurecidas.

—¡Maldita sea, van en aumento! –exclamó Fundido, meneando la cabeza–. A la Madrecita esto no le va a gustar.

Brennan apagó la expresión de interés repentino que empezaba a asomar a su rostro. No dijo nada, pues temía que lo traicionara la voz. La Madrecita, Sin Ma, era la líder de las Garzas Inmaculadas. En la organización de Kien, si Fundido era un teniente, ella tenía jerarquía de coronel, por lo menos. A lo largo de meses de investigación, Brennan había descubierto que era una descendiente de chinos procedente de Vietnam, que había viajado en la década de los sesenta a Estados Unidos para casarse con Nathan Chow, el líder de una pandilla callejera cuyos miembros se hacían llamar Garzas Inmaculadas.

Su llegada coincidió con un súbito ascenso en la fortuna de los Garzas, que apenas pudo disfrutar Chow, pues murió en 1971 en circunstancias no especificadas, pero misteriosas, a partir de lo cual Sin Ma se puso al frente de la pandilla, haciéndola crecer y prosperar todavía más. Kien, que en aquel entonces era todavía un general del Ejército de la República de Vietnam, la utilizó para introducir heroína a Estados Unidos. No cabía duda de que Sin Ma ocupaba un lugar muy alto en la organización de Kien, uno de los más altos.

—Hay que irnos antes de que lleguen los policías –dijo Fundido, y se volvió a un Garza que cargaba un Ingram–. Váyanse de aquí. Llévense todos los archivos y todas las cosas de valor.

El Garza asintió, hizo un saludo informal con la mano y se puso a dar órdenes en chino, a gritos.

—Vámonos –Fundido avanzó con cuidado entre los cadáveres.

—¿Adónde? –Brennan trató de no traicionarse en el tono de voz.

—Al lugar de la Madrecita en Chinatown. Tengo que contarle lo sucedido.

Una limusina se acercó a la acera. Patillas iba al volante. En el asiento de atrás Deadhead se agitaba al lado de Lazy Dragon. Fundido se metió al auto, seguido por Brennan, sintiendo que las emociones le recorrían el cuerpo como si fuera un alambre tensado al máximo.

Observó con atención la ruta que seguía Patillas; a pesar de eso, no tenía ni idea de dónde se encontraban cuando a fin de cuentas la limusina se detuvo en un pequeño y desvencijado garaje, en un callejón sucio y lleno de basura. Brennan se sentía irritado por no conocer la zona, pues eso afectaba su afinado sentido de control. En los últimos tiempos se había sentido indefenso, y aunque odiaba la sensación, no quedaba otro remedio que aguantarse y seguir.

Patillas, que había vuelto a ponerse la máscara, y Lazy Dragon sacaron a rastras a Deadhead de la limusina, una vez que Fundido así lo ordenó. El significado de la distribución de tareas no se le escapaba a Brennan, quien se daba cuenta de que había ascendido uno o dos peldaños en la estimación de Fundido. Tal era exactamente su propósito. Mientras más lograra acercarse al centro de la organización de Kien, con mayor facilidad podría él derribarla como un castillo de barajas.

La puerta a la que se acercaron no era tan frágil como aparentaba. Estaba vigilada y cerrada con llave, pero el centinela abrió después de asomar un ojo por la mirilla.

—Sin Ma está durmiendo —les advirtió el guardia.

El centinela era un chino grandulón, vestido con los tradicionales pantalones bombachos, un ancho cinturón de cuero y una túnica. La pistola automática enfundada en el cinturón era un estridente anacronismo con el resto de su indumentaria. Brennan suponía que era un sensato término medio en lo que Sin Ma manifestaba como su fuerte apego a las tradiciones.

—Ella deseará vernos —repuso Fundido en tono muy grave—. La esperaremos en la cámara de audiencias.

El guardia asintió, se volvió a un sistema ultramoderno de intercomunicación y habló en chino, demasiado rápido para que Brennan lograra entender. La sala de audiencias era tan lujosa como el exterior del edificio. El motivo de decoración era la China dinástica. Alfombras lujosas, biombos laqueados de mucha hermosura, porcelanas delicadas, un par de demonios templarios de bronce y adornos —sin duda muy valiosos— de marfil, jade y otras piedras preciosas y semipreciosas dispuestas sobre mesas de teca, ébano y diversas maderas raras. A Espectro, pensó Brennan, este lugar le encantaría.

Aunque el ambiente resultaba abrumador, el efecto total era muy agradable: un museo viviente en que las piezas habían sido elegidas con discernimiento y el mejor sentido del gusto.

Sin Ma los estaba esperando cuando entraron. Sentada en una silla dorada que dominaba el muro del fondo de la cámara, se frotaba los ojos para despertarse del todo. Era menuda de cuerpo, con cara rechoncha, ojos oscuros rodeados de pestañas largas y cabellos negros y lustrosos. Aparentaba poco más de los treinta años. Disimuló un bostezo con una mano regordeta y miró a Fundido arrugando el entrecejo.

—Más vale que sea importante lo que te ha traído —clavó la vista en Fundido y sus acompañantes con disgusto, una mirada que al posarse en Brennan expresó también curiosidad. Hablaba inglés a la perfección, con apenas una traza de acento francés.

—Así es —declaró Fundido, y pasó a contarle del ataque de la Mafia contra su edificio.

Mientras él hablaba, una jovencita con una bandeja entró a la habitación y sirvió una tacita de té, que Sin Ma empezó a beber a sorbos breves, al tiempo que escuchaba con expresión de gravedad más y más profunda.

—Esto es intolerable –sentenció cuando Fundido terminó de relatar los hechos–. Tenemos que dar a esos criminales de historieta una lección que jamás olvidarán.

—Estoy de acuerdo –aceptó Fundido–. Sin embargo, según nuestros espías, Covello se ha retirado a sus propiedades en los Hampton. Es una de las fortalezas con mejores defensas que posee la Mafia. La protegen dos murallas: la exterior, blindada, rodea toda la propiedad, y la interior, electrificada, protege el edificio principal. Covello se ha refugiado allí con una compañía de matones armados hasta los dientes.

Sin Ma miró a Fundido con frialdad. Brennan percibió en sus ojos negros una fuerza que no conocía el escrúpulo.

—Los Shadow Fists también tienen armas –anunció, mientras Fundido asentía con la cabeza–, pero no deseamos desperdiciar a nuestros hombres en un intento fútil de vengarnos. Hay que pensar en la indeseable atención que un ataque de esa naturaleza suscitaría en las autoridades.

Se hizo un silencio incómodo. Sin Ma sorbía su té mirando con frialdad a Fundido. Brennan sintió que se presentaba una oportunidad para él.

—Perdón por interrumpir –arrastró las palabras–, pero a menudo un hombre solo puede entrar donde muchos no serían recibidos.

Fundido se volvió hacia él, con un gesto agrio.

—¿Qué quieres decir? –inquirió.

—Una incursión de un solo hombre podría lograr lo que un ataque de muchas fuerzas nunca conseguiría –Brennan alzó los hombros en un gesto despectivo.

Brennan sintió que los ojos de Sin Ma lo taladraban.

—¿Quién es este hombre? –preguntó la dama.

—Se llama Cowboy –informó Fundido, distraídamente–. Es nuevo.

Sin Ma terminó el té y puso la taza sobre la bandeja.

—Al parecer, tiene una cabeza sobre los hombros. Dime –se dirigió a Brennan por vez primera–: ¿te ofreces de voluntario para ser ese hombre solo?

Brennan inclinó la cabeza con respeto.

—Sí, Dama.

Ella sonrió, complacida por el respeto implicado en esa manera de hablar.

—Pero será peligroso –objetó Fundido, con cautela–. Es un gran riesgo.

—Cuando se trata de una venganza –expuso Sin Ma, volviendo los ojos al que hablaba de riesgos–, uno no se para a contemplar el peligro.

Brennan disimuló una sonrisa. Sin Ma era una mujer hecha a su medida.

IV

En el helipuerto de la Calle Treinta Oeste hacía un frío que cortaba hasta el hueso. Un viento helado y penetrante azotaba el manchado overol que vestía Brennan. El aire olía a una nevada inminente, aunque eso era difícil de distinguir entre los aromas a grasa y combustibles del helipuerto en donde, disfrazado de mecánico, aguardaba armado de paciencia.

Brennan sabía esperar. Había pasado dos días con sus noches en espera, metido en un puesto de observación oculto al otro lado del camino que pasaba frente a las propiedades de Covello en Southampton. Por lo visto, Covello prefería la discreción sobre la valentía y se había atrincherado ahí mientras se desarrollaba la guerra entre la Mafia y el Puño de Sombra. Estaba rodeado por una compañía de golpeadores mafiosos armados a conciencia, y lo protegían muros capaces de resistir todo menos un ataque a gran escala. Los únicos vehículos a los que se permitía acceso a los terrenos interiores eran los que traían alimentos para el capo y sus esbirros. Y aun éstos eran revisados muy a conciencia en la entrada.

El otro acceso a la propiedad era el helipuerto situado en la azotea de la mansión. Brennan había visto que el helicóptero de Covello iba y venía varias veces al día, y en distintas ocasiones sus pasajeros eran mujeres de apariencia lujosa y hombres con trajes oscuros. Los hombres fueron identificados, gracias a las instantáneas que Brennan sacó de ellos con un teleobjetivo, como dirigentes de alto rango de otras familias de la Mafia. Las mujeres tenían aspecto de prostitutas.

Una vez terminado su reconocimiento del lugar, Brennan esperó con paciencia en el helipuerto que servía de base en Manhattan para los movimientos del helicóptero de Covello. Ya que no podía atravesar los muros que protegían a Covello, Brennan decidió que era preferible pasar por encima de ellos, volando en el mismo helicóptero del mafioso.

La noche había caído ya cuando el piloto del helicóptero apareció con tres mujeres envueltas en sendos abrigos de pieles que temblaban de frío. No había nadie más cerca de la máquina. Brennan se aproximó mientras el piloto hacía descender la escalerilla a la cabina. Una de ellas intentaba subir, pero la tarea se le dificultaba por llevar botas de tacón alto.

Resultó casi demasiado fácil. Brennan le dio un golpe al piloto, que se tambaleó y estrelló contra el costado del helicóptero, para luego resbalarse al suelo. La chica que se apoyaba en su brazo perdió el equilibrio y se puso a mover los brazos como aspas de molino, pero Brennan la ayudó poniéndole la mano en la grupa.

—¡Ey! —protestó, bien porque la mano de Brennan le agarraba el trasero, o por la manera en que había tratado al piloto.

—Hay cambio de planes —les anunció Brennan—. Váyanse a casa.

La que estaba en la escalerilla habló:

—Pero todavía no nos han pagado.

—Pero tampoco las han matado aún —les explicó Brennan con su mejor sonrisa, aunque sacó todo el efectivo de la cartera para dárselo—. Aquí hay dinero para el taxi.

Las tres se miraron unas a otras, enseguida a Brennan y luego otra vez entre sí. La que estaba en la escalerilla bajó, y encogiéndose por el frío se alejó, murmurando, y las otras dos se fueron tras ella.

Brennan echó al piloto dentro de la cabina del aparato. Estaba del todo inconsciente, aunque con pulso estable y fuerte. Este hombre, después de todo, no significaba nada para Brennan; ni siquiera lo consideraba un enemigo. No era sino un tipo que se cruzaba en su camino. Brennan tomó un ovillo de cordel resistente del bolsillo de su overol, ató al piloto, lo amordazó y lo dejó en el piso de la cabina. Se quitó su traje de mecánico, y lo echó enrollado a un rincón. Se fue a la sección de mando de la cabina y se acomodó en el asiento del piloto.

—Vámonos –anunció al aire vacío, pero los que lo escuchaban en la frecuencia escogida de antemano iniciaron sus propios trayectos hacia Southampton.

Brennan tenía más de diez años de no pilotar un helicóptero, y el modelo en que estaba era del tipo comercial, no militar, pero las manos no tardaron en recuperar su vieja habilidad. Pidió y recibió permiso para despegar, y atendiendo escrupulosamente al plan de vuelo que encontró en una hoja de papel sujeta a una tabla, no tardó en dejar lejos el millón de joyas brillantes que formaba Nueva York.

El vuelo sobre Long Island en esa noche fría y clara le produjo un sentimiento de frescura al que se abandonó. Sin embargo, el helipuerto privado de Covello con sus luces brillantes no tardó en aparecer debajo de él.

Se posó con la suavidad de una pluma, y recibió un saludo con la mano de un guardia que llevaba un rifle de asalto. Brennan suspiró. Se sacudió del cerebro la sensación de limpieza del cielo nocturno. Era hora de volver al trabajo.

El guardia, sin preocupación alguna, se echó andar hacia el helicóptero. Brennan esperó hasta tenerlo a unos pasos de distancia, y entonces se asomó por la ventanilla y le disparó en la cabeza con la Browning, que tenía puesto un silenciador. Nadie lo vio entrar a la mansión por la puerta de la azotea, y su figura, yendo de un cuarto a otro en silencio, con la voluntad inamovible de un espíritu encantado, pasó desapercibida.

Se encontró a Covello en una biblioteca repleta de estanterías de libros que nadie leía, comprados por el decorador de interiores sólo por los colores de encuadernación. El padrone, fácil de reconocer por sus fotos en los archivos de Fundido, jugaba al billar con uno de sus asesores, bajo la mirada silenciosa de un hombre con aspecto de guardaespaldas.

Covello falló un tiro fácil, soltó un juramento y entonces alzó la mirada.

—¿Quién diablos eres tú? –inquirió, con expresión de enojo.

Por toda respuesta, Brennan alzó la pistola y le disparó al guardia atónito. Covello se puso a gritar en una voz de timbre muy alto, como de mujer, y el asesor lanzó un golpe a Brennan con su taco de billar. Brennan lo esquivó agachándose y le metió tres tiros en el pecho, que lo lanzaron sobre la mesa de billar. Mientras el capo corría hacia la puerta, le disparó por la espalda.

Covello aún respiraba cuando Brennan se paró a su lado. En sus ojos había una súplica, e intentó hablar. Brennan quería liquidarlo de un balazo en la cabeza, pero no podía. Tenía órdenes estrictas.

De su bolsillo posterior extrajo un pequeño saco de nylon y de una funda en el cinturón bajo la espalda un cuchillo, mucho más grande y pesado que el habitual.

El reloj corría. Sin duda los gritos de Covello habían dado la alarma en la casa. No quedaba mucho tiempo antes de que llegaran los otros matones. Se inclinó sobre el mafioso moribundo, quien al ver el cuchillo en las manos de Brennan cerró los ojos con horror indecible.

Este hombre no era su enemigo, pero su muerte no significaba una gran pérdida para la sociedad. De cualquier modo, mientras le cortaba la garganta a Covello, poniendo su peso sobre el cuchillo para seccionar la columna vertebral, Brennan no pudo menos que sentir que ese hombre merecía una muerte menos horrible. Que nadie se merecía morir así.

Alzó la cabeza de Covello por su pelo aceitoso y la echó a la bolsa de nylon. Con movimientos rápidos y silenciosos volvió por los pasillos que llevaban a la azotea y al helicóptero que lo aguardaba. Sin embargo, lo habían visto.

Un soldado de la Mafia disparó una ráfaga violenta de balas y gritó a sus compañeros. Los impactos ni siquiera se acercaron a Brennan, pero ya lo tenían ubicado. Avanzó más rápido, corriendo por los pasillos y las escaleras. Al dar una vuelta, tropezó con un grupo de hombres. No tenía idea de quiénes eran, y ellos por su parte se mostraron sorprendidos y algo confusos en medio de esa conmoción. Vació el cargador de la Browning sobre ellos sin dejar de correr, y los hombres se dispersaron mientras los ruidos de los perseguidores sonaban cada vez más cerca.

Habló para oídos invisibles:

—Tengo el paquete y voy al camino de regreso. Necesito apoyo.

Sacó algo del bolsillo del chaleco y lo tiró sobre la alfombra, sin detener su carrera.

De su mano cayó una hoja de papel delicado, que había sido doblada hasta adoptar una forma pequeña y rebuscada. No miró hacia atrás, pero pudo oír el rugido de un gran felino, que resonó en el espacio cerrado del corredor, y se mezcló con ruidos de disparos y alaridos de terror.

La ruta que siguió Brennan en el helicóptero hacia el pequeño aeropuerto del Condado Suffolk no se apegaba a ningún plan de vuelo autorizado. El viaje transcurrió sin la exaltación experimentada poco antes, pues su compañero de viaje en el asiento del copiloto era una bolsa negra que chorreaba sangre.

En el aeropuerto lo esperaban Fundido y Patillas con una limusina.

—¿Qué tal salió?

—Conforme al plan –repuso Brennan y le dio la bolsa a Patillas.

Fundido asintió y dio instrucciones:

—Envuélvela en una cobija o en algo y guárdala en la cajuela.

Al notar la mirada de repugnancia que Brennan dirigía a Patillas mientras se alejaba, se encogió de hombros.

—A mí también me puede, a veces –admitió–. Pero Deadhead es un instrumento útil. Nada más piensa en toda la información que va a sacar del cerebro de Covello.

—Creí que Deadhead estaba ocupado en otro asunto –Brennan trató de sonar despreocupado–. Una as que le dicen Espectro, ¿no?

—Ah, eso –Fundido agitó una mano–. Ya lo resolvió. Por lo visto, Espectro no tenía mucha confianza en Gruber. Ni siquiera le dijo su nombre real. Pero sí se le escapó la fecha de su cumpleaños. Y Deadhead es un dibujante de talento, aunque resulta difícil pensar en él como una persona capaz de poseer cualidades humanas. Tenemos muchos contactos en agencias del gobierno, como por ejemplo, los departamentos de tránsito. Con su fecha de nacimiento y el dibujo de Deadhead, pronto tendremos a esa zorra clavada en la pared.

Una ola de miedo recorrió el alma de Brennan, barriendo con la fatiga que le abrumaba en cuerpo y espíritu. Para ocultarla se frotó la cara y fingió un enorme bostezo.

—¿Ah, sí? –logró darle a su voz un tono informal buscado con desesperación–. Eso suena importante. Me gustaría tomar parte.

Fundido lo miró de cerca, pero acabó por aceptar.

—Claro que sí, Cowboy. Te lo has ganado. No habrá nada antes de uno o dos días. Te ves como si te hiciera falta dormir durante todo ese tiempo.

Brennan se forzó a sonreír.

—Ya lo creo que sí.

Dejaron a Brennan en su apartamento de Jokertown, donde se hundió en el sueño una vuelta completa del reloj. Pasó otro día, y se preocupó por no recibir ninguna llamada. Al fin fue de Patillas la voz pastosa que sonó al otro lado de la línea.

—Tenemos su nombre, Cowboy, y su dirección.

—¿Quiénes vamos?

—Tú y yo, además de un par de Hombres Lobo amigos míos. Ellos tienen la casa vigilada ahora mismo.

Brennan asintió. Resultaba satisfactorio que Lazy Dragon no formara parte de la expedición. Tenía gran respeto por la adaptabilidad y potencia de su as.

—Hay un problema, te lo advierto –añadió Patillas–. Ella se puede convertir en fantasma o algo, y atravesar paredes y otras mierdas, así que no se le puede amenazar, en realidad.

Brennan se sonrió. Jennifer era una contrincante de lo más difícil.

—Sin embargo, Fundido tiene un plan –prosiguió el Hombre Lobo–. Nos metemos a su casa y buscamos ese libro que él quiere. Si no podemos dar con él, podemos tratar de negociar con ella. Tratar de comprarlo, o algo así.

Hizo una pausa, en la que se llenó de satisfacción.

—Y en el curso de las negociaciones, siempre se le podrá meter una bala por la nuca en el momento adecuado. No se puede ser fantasma todo el tiempo.

—Buen plan –se obligó a decir Brennan.

Lo era, en efecto. Sabían su nombre. Sabían dónde encontrarla. Tenía que entrar en acción, pues de lo contrario ella no llegaría viva a fin de mes, aun si encontraban el diario. Su mente corría a toda velocidad.

—Te veo dentro de una hora, en su casa. Dame la dirección.

—Muy bien, Cowboy. ¿Sabes?, es una lástima que se pueda volver fantasma, porque es guapa de verdad. De no ser así, montábamos toda una fiesta con ella.

—Sí, toda una fiesta –repitió Brennan, y colgó una vez que Patillas le dijo cómo llegar al apartamento.

Se quedó con la vista fija en el vacío unos momentos, mientras echaba mano de las disciplinas zen para serenar su mente y recuperar un ritmo normal de pulso. Se precisaba tranquilidad, no un cerebro empapado de odio, rabia y miedo. Parte de su persona se extrañó por estar reaccionando tan intensamente a las noticias de Patillas. Otra parte conocía bien la razón, pero se dijo que era necesario olvidar eso; enterrarlo para examinarlo más adelante. Lo importante era encontrar solución a este lío tan feo… ¡tenía que encontrarla!

Hundió la conciencia en las profundidades del ser para encontrar conocimiento a través de una tranquilidad perfecta y, cuando su mente salió de zazen, tenía la respuesta. Era Kien, y lo que ya sabía sobre ese hombre, sus miedos, sus puntos fuertes y sus debilidades.

Algunos detalles presentaban dificultades y aspectos de riesgo. Tomó el teléfono y marcó un número. Después de varias señales, oyó el sonido de la voz de Espectro en su oído.

—¿Hola?

Él apretó la mano en torno al teléfono. Se daba cuenta de cuánto había extrañado oír esa voz, y cómo, a pesar de las circunstancias, se alegraba de oírla de nuevo.

—¿Hola? –insistió ella.

—Hola, Jennifer. Tenemos que hablar…

La nieve caía en oleadas cegadoras movidas por un viento que aullaba como las almas en pena a través de los cañones de la ciudad gris. Por alguna extraña razón, el frío del invierno se sentía más en la ciudad que en las montañas, pensó Brennan, más frío, más sucio y más solitario. Los Hombres Lobo sin máscara, vestidos con uniformes de personal de mantenimiento, estaban en el vestíbulo del edificio de apartamentos de Jennifer. Uno era alto y delgado, con las mejillas llenas de cicatrices de acné. Sus deformidades de joker se ocultaban bajo un overol de gran tamaño. El otro era también delgado, pero de poca estatura. Su deformidad quedaba de manifiesto en su espina dorsal, con un doblez drástico que hacía rotar el torso sobre las caderas de manera anormal. Patillas y Brennan, también vestidos con overoles, daban patadas en el suelo para quitarse la nieve de las botas.

—Hace un frío del demonio. ¿Ya se ha ido? —preguntó Patillas en voz baja.

El que era alto y flaco asintió.

—Hace menos de diez minutos. Tomó un taxi.

—Bueno, manos a la obra.

Nadie los vio subir al apartamento de Jennifer. Su puerta no ofreció resistencia a las herramientas de ladrón de los Hombres Lobo. Brennan hizo un recordatorio de hablarle a Espectro sobre el tema, en caso, añadió en su pensamiento, de que ambos siguieran vivos cuando terminara el sainete.

—Hay que comenzar por la recámara —dijo Patillas no bien se vieron dentro del apartamento.

Miró las paredes forradas de estanterías con libros.

—¡Mierda! —exclamó—. Encontrar aquí un libro es dar con una maldita aguja en un pajar.

Los condujo a una recámara pequeña, que contenía una cama sencilla, un buró con una lámpara, un viejo armario y más estantes de libros.

—Hay que revisar todos esos malditos libros —volvió a quejarse Patillas—. Uno podría estar hueco, por ejemplo, un falso libro.

—Carajo, Patillas —dijo el Hombre Lobo flaco y chaparro—. Ves demasiadas pelícu…

Se interrumpió y se quedó mirando a la rubia alta, esbelta y hermosa, ataviada en un bikini negro de cordones, recién brotada de la pared. Onduló un poco antes de solidificarse, y les apuntó una pistola con silenciador.

—No se muevan —dijo, sonriendo.

Se quedaron congelados, más por la sorpresa que por el temor.

—¡Ey! —Patillas tragó saliva—. Sólo queremos hablar. Nos enviaron personas importantes.

—Ya lo sé —asintió la mujer.

—¿Lo sabes? —preguntó Patillas, desconcertado.

—Yo se lo dije.

Todos se volvieron a mirar a Brennan. Había abierto el cajón de la mesilla de noche y él también sostenía una pistola. Un arma de aspecto peculiar, con cañón muy largo. Apuntó a Patillas. Los ojos de la cara del joker parecían querer saltar de su peludo rostro.

—¿Qué diablos haces, Cowboy? ¿Qué está pasando?

Brennan lo miró sin expresión alguna en la cara. Movió la muñeca y apretó dos veces el gatillo. Hubo dos pequeñas explosiones en el aire, que casi no hicieron ningún ruido, y los Hombres Lobo miraron con asombro los dardos que se les habían clavado en el pecho, El que era más alto abrió la boca para decir algo, pero se limitó a suspirar, después de lo cual cerró los ojos y se desplomó en el suelo. El otro ni siquiera hizo el intento por hablar.

—¡Cowboy!

Brennan meneó la cabeza.

—Cowboy no es mi nombre. Tampoco lo es Yeoman, pero ése es mejor.

En el rostro de Patillas apareció una mueca de terror casi cómica.

—Miren, déjenme ir. Por favor. No se lo diré a nadie, de verdad. Pueden confiar en mí.

Se puso de rodillas, uniendo las manos en imploración, el rostro cubierto de lágrimas. La pistola de aire de Brennan escupió otro dardo, y Patillas cayó boca abajo sobre la alfombra. Brennan se volvió a Jennifer:

—Hola, Espectro.

Ella dejó caer la pistola sobre la cama.

—¿No puedes…? ¿No puedes dejarlos ir?

—Bien sabes que eso es imposible –negó Brennan, sacudiendo la cabeza–. Se han enterado de quién soy. Me delatarían. Además, eso arruinaría el plan.

—Pero ¿tienen que morir?

Se acercó para estar al alcance de ella, pero se obligó a dejar los brazos al lado de su propio cuerpo.

—Estamos metidos en un asunto de vida o muerte –indicó a los Hombres Lobo drogados–. De aquí nadie puede salir andando, excepto yo, si quieres seguir viviendo. Aun así, no hay garantía de nada.

—Sus muertes caerán sobre mi cabeza –suspiró Jennifer.

—Son ellos quienes tomaron las decisiones que los trajeron a esto. Sus deseos eran de violarte, mutilarte, matarte. Sin embargo…

Brennan apartó los ojos de Jennifer y se miró introspectivamente.

—Sin embargo…

Su voz se perdió en el silencio. Jennifer le puso la mano en la mejilla, y él la miró. Sus ojos oscuros estaban embrujados por recuerdos de muerte y destrucción que, pese a su adiestramiento zen y a su tenaz concentración, nunca permanecían bajo la superficie de su mente.

Jennifer esbozó una sonrisa.

—Me gustan tus ojos nuevos –le dijo a Brennan, quien, casi sin querer, la tomó de la mano.

—Tengo que irme. Pronto oscurecerá y tengo que encargarme de éstos –Brennan señaló con la cabeza a los Hombres Lobo inconscientes–. Además de... otros detalles.

Jennifer asintió.

—¿Te volveré a ver? –inquirió–. Digo, verte pronto.

Brennan retiró la mano y se alzó de hombros.

—¿No te basta con los problemas que tienes encima?

—¡Vaya! ¡Si el rey del crimen de Nueva York me ha señalado con la marca de la muerte! ¡No puede ser mucho peor!

—Ni siquiera puedes *comenzar* a imaginártelo. Mira, lo mejor es que desaparezcas. Tengo que cumplir mis tareas.

Jennifer lo miró, callada.

—Te llamaré –propuso él.

—¿Me lo prometes?

Brennan asintió con la cabeza. Ella miró a los Hombres Lobo una vez más, con los ojos turbados, y volvió a salir atravesando la pared. Brennan no tenía ninguna intención de cumplir su promesa. En absoluto. Pero cuando se echó a la espalda al primero de los jokers inconscientes, su determinación ya iba perdiendo firmeza.

V

Fundido, Sin Ma y Deadhead estaban reunidos cuando se permitió la entrada de Brennan a la cámara de audiencias. Deadhead enunciaba una lista de nombres, direcciones, números de teléfono, cuentas bancarias y contactos con el gobierno. Todo lo que Covello guardaba en las bodegas de su cerebro era propiedad de Deadhead. Todo lo que el *padrone* había conocido...

Una idea surgió en la mente de Brennan. Sólo los muertos, pensó, lo saben todo. Ellos habían terminado, y desde su punto de vista todo estaba finalizado. Sus vidas se habían completado. Sólo los muertos podían conocer del todo Jokertown, pues no tenían necesidad de conocimiento. Al igual que Brennan, cuando vivía en las montañas. Su vida era pacífica, invariable y serena. Y era una vida muerta. Pero había vuelto a vivir. El precio de volver a vivir era la sensación de incertidumbre y pérdida de control que lo invadía cada vez más. Un precio muy alto, pero se daba cuenta de que podía pagarlo por lo menos hasta ese momento del juego.

Fundido y Sin Ma intercambiaron miradas de preocupación cuando lo vieron entrar a solas.

—¿Qué pasó? –preguntó Fundido.

—Una emboscada. Ese loco hijo de puta, Yeoman, mató a Patillas y a los otros Hombres Lobo. Me clavó una mano a la pared –relató Brennan con la mano derecha alzada, envuelta en un pedazo ensangrentado de su camisa.

Le había dolido como mil demonios atravesarse la mano con una flecha. Venía a ser, reflexionó Brennan, una suerte de penitencia por las acciones cometidas desde su llegada a la ciudad.

—¿Y a ti te dejó vivo? –inquirió Sin Ma.

—Quería que les entregara esto. Dijo que a él de nada le servía –replicó Brennan, y les mostró el diario de Kien, que se había quedado en blanco al sacarlo de modo fantasmal Jennifer de la caja fuerte empotrada en la pared de Kien; le desagradaba sobremanera devolverlo y dar a Kien la satisfacción de saber que los secretos consignados a su diario estaban a salvo, pero necesitaba darle algo a Kien para que dejara de perseguir a Jennifer.

Fundido tomó el diario y, confuso, pasó las páginas en blanco.

—¿Fue Yeoman… quien hizo esto?

Brennan meneó la cabeza:

—Dijo que esto pasó cuando se lo robó Espectro.

—Genial –exclamó Fundido y se sonrió–. En verdad genial.

Hasta Sin Ma se mostró complacida.

—Hay algo más –Brennan se obligó a hablar en el tono desapasionado de un simple mensajero.

Su propósito era grabar a fuego sus palabras en la frente de Fundido, para que Kien pudiese notar que tras ellas había una voluntad férrea.

Fundido y Sin Ma se le quedaron mirando, a la espera.

—Dijo que les diera un mensaje. Que le digan a Kien, porque ese fue el nombre que usó, que él sabe en dónde vive Kien, así como Kien sabe dónde vive Espectro. Que le digan que su conflicto va más allá de la vida y la muerte, que es cuestión de honor y retribución, pero que se dará por satisfecho con la muerte de Kien si le sucede algo a Espectro. Dice que tiene esperando una flecha con el nombre de Kien… sólo esperando.

Unos meses atrás había entregado un mensaje similar, en beneficio de otra mujer. Pero, tal vez justificadamente, ella se había rehusado a aceptar su protección, prefiriendo alejarse. En cambio, Jennifer había aceptado su plan como si tuviera una confianza total y verdadera en él.

—Ya veo –Fundido intercambió miradas de preocupación con Sin Ma–. Bueno, pues le daré el mensaje. Claro que se lo daré.

Movía la cabeza afirmativamente, al tiempo que se tiraba del labio inferior con los dedos.

Sin Ma se puso de pie.

—Has demostrado tu valor –le declaró a Brennan–. Espero que tu asociación con los Puños de Sombra sea larga y próspera.

Brennan fijó en ella los ojos y se permitió una sonrisa.

—Estoy seguro de que así será –afirmó–. No lo dudo.

Todos los caballos del rey

I

por George R. R. Martin

TOM ENCONTRÓ EL ÚLTIMO NÚMERO DE ¡ASES! EN LA OFICINA exterior, mientras esperaba a que lo recibiera la ejecutiva de préstamos.

En la portada, la Tortuga volaba sobre el río Hudson a contraluz de un espectacular crepúsculo. La primera vez que vio esa foto, en *Life*, Tom había sentido tentación de ponerla en un marco. Pero eso había sido mucho antes. Ni siquiera el caparazón que mostraba la foto estaba ya en ese lugar, pues los mismos seres de otro planeta que lo habían capturado la primavera anterior lo habían propulsado a algún lugar del espacio.

Debajo de la foto de la portada, en letras negras que resaltaban sobre las nubes de matices escarlatas, el titular preguntaba: "¿La Tortuga: vivo o muerto?".

—¡Joder! —exclamó Tom en voz alta, muy molesto.

La secretaria le lanzó una mirada de desaprobación. La ignoró y se puso a buscar el artículo pasando las hojas. ¿Cómo diablos se les ocurría preguntar si estaba muerto? Lo abatieron con una bomba de napalm, eso era verdad, y a la vista de media ciudad se estrelló en el Hudson. ¿Y qué? Había vuelto, ¿o no? Metido en un viejo caparazón, había cruzado el río para volar sobre Jokertown al amanecer siguiente al Día Wild Card. Miles tenían que haberle visto. ¿Qué más debía hacer?

Encontró el artículo. El autor se basaba en el hecho de que nadie había visto a la Tortuga durante meses. La revista sugería que quizás habría muerto, y su aparición al amanecer era sólo una alucinación colectiva provocada por el deseo de verlo, opinaba un experto entrevistado. Un globo aerostático, proponía otro. O quizás el planeta Venus.

—¡*Venus*! –dijo Tom, indignado.

El viejo caparazón utilizado aquella mañana era un Volkswagen sedán con blindaje. ¿Cómo diablos podían sugerir que era Venus? Dio vuelta a la página y se topó con una fotografía imprecisa de un fragmento de caparazón sacado del agua. El metal estaba doblado hacia fuera, retorcido por una terrible explosión, los bordes desgarrados y afilados como una sierra. *Ni todos los caballos ni todos los hombres del rey pudieron armar a la Tortuga otra vez,* decía el letrero.

Tom aborrecía a los periodistas que se pasaban de listos.

—Miss Trent lo recibirá ahora –anunció la secretaria.

Miss Trent no contribuyó a mejorar su malhumor. Era una mujer delgada, joven, que llevaba gafas con aros de carey demasiado grandes y un pelo oscuro con rayos rubios. Bonita, y por lo menos diez años más joven que Tom.

—Mr. Tudbury –le comunicó, desde atrás de un escritorio impecable de acero y cromo, tan pronto como cruzó la puerta–, el comité de préstamos ha revisado su solicitud. Tiene usted un excelente registro de crédito.

—Sí –confirmó Tom, y se sentó, permitiéndose abrigar alguna esperanza–. ¿Significa eso que me prestarán el dinero?

Miss Trent sonrió con expresión de pena.

—Me temo que no.

Ya se lo esperaba, de algún modo. Trató de reaccionar como si no le importara; los bancos nunca prestan dinero cuando se dan cuenta de que uno lo necesita.

—¿Y mi evaluación de crédito? –preguntó.

—Tenemos un excelente registro de pagos puntuales de sus préstamos, y lo hemos tomado en cuenta. Pero el comité piensa que su deuda total es ya demasiado alta, si se consideran sus ingresos actuales. No podemos justificar una extensión sin garantías. Lo siento mucho. Quizás otra institución de crédito tenga una opinión diferente.

—¡Otra institución de crédito! –repitió Tom, en tono de agotamiento.

¡Menuda oportunidad! Ese banco era ya el cuarto que había intentado. Todos le decían lo mismo.

—Sí, claro –dijo Tom, ya de camino a la puerta cuando vio el diploma enmarcado en la pared de la oficina y giró sobre los talones.

—¡Rutgers! –dijo–. Yo me salí de Rutgers. Tenía cosas más interesantes que hacer. Más importantes que acabar la universidad.

Ella lo miró, callada, con expresión de desconcierto en su linda y joven cara. Por un momento, Tom sintió el impulso de volver, sentarse y contárselo todo. Su rostro era comprensivo, tomando en cuenta que se trataba de una banquera.

—No importa –renunció.

El camino al automóvil se le hizo largo.

Faltaba poco para la medianoche cuando Joey lo encontró, apoyado en un barandal oxidado y mirando a la luz de la luna las aguas del Kill Van Kull. El parque quedaba al otro lado de su casa, cerca de los conjuntos de vivienda popular en donde se había criado. Desde sus tiempos de niño, había hallado solaz en ese lugar, con sus aguas negras y quietas como aceite, mirando las luces de Staten Island a lo lejos, viendo pasar en la noche los enormes buques tanques. Joey lo sabía, porque su amistad se remontaba a los primeros años de escuela. Uno y otro: tan diferentes como la noche y el día, pero hermanos en todo menos el nombre.

Tom oyó pasos detrás de él, miró sobre el hombro, y al darse cuenta de que sólo era Joey se volvió a mirar el Kill. Joey se acercó y se quedó de pie a su lado, con los brazos apoyados en el barandal.

—No te concedieron el préstamo –adivinó Joey.

—No. Lo mismo de siempre.

—Que los jodan.

—No –interpuso Tom–. Tienen razón. Debo demasiado.

—¿Estás bien, Tuds? –quiso saber Joey–. ¿Cuánto hace que estás aquí?

—Un rato. Quería pensar un poco.

—Odio que te pongas a pensar.

—Sí, ya lo sé –dijo Tom con una sonrisa y apartó la vista del agua–. Borrón y cuenta nueva, Joey.

—¿Qué carajos quieres decir con eso?

Tom no hizo caso de la pregunta.

—Me entró nostalgia del último caparazón. Lentes zoom infrarrojos, cuatro monitores grandes y veinte pequeños, tocacintas, ecualizador gráfico, refrigerador, todo en la punta de los dedos, por computadora, la mejor tecnología existente. Trabajé para crear esa cosa *cuatro años*, fines de semana, noches, vacaciones, lo que digas. Ahorré cada centavo para meterlo ahí. Y ¿qué pasa? El maldito aparato me da servicio unos cuantos meses y me lo avientan al espacio los parientes de mierda de Tachyon.

—Qué carajos importa –protestó Joey–. Todavía tienes caparazones viejos en el deshuesadero, usa uno de ellos.

Tom quiso ser paciente.

—El caparazón que los taquisianos lanzaron al espacio es el quinto que hago. Después de perderlo, volví al número cuatro. Ése es el que derribaron con napalm. Si quieres ver sus pedazos, compra la revista ¡*Ases!*, hay una buena foto ahí. Hace años que canibalizamos las partes útiles del dos y el tres. El único que está más o menos intacto es el uno.

—¿Y qué? –insistió Joey.

—¿Y qué? Tiene cables, Joey, no circuitos, sino cables de hace veinte años. Cámaras obsoletas con pocas capacidades de seguir objetos, puntos ciegos, monitores en blanco y negro, un mugre calentador de gas y el peor sistema de ventilación que hayas visto.

Hizo una pausa antes de continuar.

—Todavía no sé cómo fui capaz de llevarlo a Jokertown en septiembre, pero he de haber estado en shock por el golpe, o nunca se me hubiese ocurrido lanzarme a algo tan estúpido. Explotaron tantos bulbos que iba volando casi a ciegas antes de regresar.

—Podemos arreglar todas esas cosas.

—Ni lo pienses –dijo Tom con más vehemencia de la que creía sentir–. Esos caparazones son míos, son una suerte de símbolo de toda mi maldita vida. Aquí estoy pensando en todo eso, y me pone enfermo. El dinero invertido, las horas interminables, el trabajo, todo. En una vida real el mismo esfuerzo habría hecho de mí otra persona. Mírame, Joey. Tengo cuarenta y tres años. Vivo solo. Soy dueño de una casa y un depósito de chatarra, pero ambas propiedades hipotecadas hasta por los pelos. Trabajo cuarenta horas a la semana vendiendo videograbadoras y equipos de cómputo, y, sí, he logrado adquirir una tercera parte del negocio, lo malo es que el negocio ya no es negocio, ja, ja, qué buena broma me han gastado. La mujer que me atendió hoy en el banco tenía diez años menos que yo, y seguramente gana tres veces más. Bonita, además, sin anillo de casada, Miss Trent, decía la secretaria, y me hubiera gustado invitarla a salir conmigo, pero ¿sabes qué? La miré a los ojos y pude ver que le daba lástima.

—Oye, no se vale perder la forma nada más porque una estúpida te mira con desprecio –observó Joey.

—No –dijo Tom–. Tiene razón. Soy mejor de lo que ella sabe de mí, pero eso queda fuera de su conocimiento. Lo mejor de mi persona se me ha ido en crear la Tortuga. El Astrónomo y sus rufianes han estado a punto de *matarme*. A la mierda, Joey. Arrojaron napalm a mi caparazón, y uno de los impactos me puso tan mal que me desmayé. Pude haber muerto.

—No moriste.

—Tuve suerte –Tom hablaba con fervor–. Mucha puta suerte. Con todos los instrumentos reventados, atado a esa cosa que iba cayendo derechita al fondo del río. Aunque hubiese estado consciente, que no era el caso, me resultaba imposible llegar hasta la portezuela y abrirla manualmente, porque me habría ahogado antes. ¡Eso suponiendo que pudiera tan siquiera encontrar la portezuela, con todas las luces apagadas y el caparazón llenándose de agua!

—Creí que no te acordabas de esa mierda –señaló Joey.

—No es que pueda recordarlo –Tom se frotó las sienes–. Al menos no de manera consciente. A veces tengo sueños que... no, a la mierda con eso, la conclusión radica en que fui hombre muerto. Pero tuve suerte, una suerte increíble, porque algo hizo volar el maldito caparazón en pedazos, me lanzó de él sin matarme, y logré alcanzar la superficie. De lo contrario, estaría en una tumba de acero en el fondo del Hudson, con las anguilas entrando y saliéndome por los ojos.

—¿Y qué? –volvió a decir Joey–. No estás muerto, ¿o sí?

—¿Y la próxima vez? Me estoy rompiendo la espalda para encontrar el modo de financiar un caparazón nuevo. Vender mi participación en la tienda, pensé, o quizá vender la casa y mudarme a un apartamento. Pero entonces pienso: fantástico, vendo la casa y construyo un caparazón nuevo y entonces los malditos taquisianos vuelven a aparecer, o resulta que el Astrónomo tenía un hermano que está furioso, o cualquier otra mierda, los detalles son lo de menos, pero *algo* sucede y yo acabo muerto. O a lo mejor sobrevivo, y el caparazón nuevo se va a la basura, como los últimos dos, y me encuentro justo donde empezamos, con la diferencia de que ya ni casa tendría. ¿Para qué demonios hacer todo esto?

Joey lo miró a los ojos. Había crecido a su lado y conocía a Tom como nadie.

—Sí, quizás —acabó por decir—. Pero, entonces, ¿por qué pienso que hay algo que no me quieres decir?

—De niño, era yo muy listo —insistió Tom, apartando claramente la mirada—, pero al hacerme mayor me volví tonto. Esto de la doble vida es una mierda. Vivir una vida es ya bastante difícil para la mayoría de la gente, ¿cómo diablos pude pensar que podría darme el lujo de tener dos?

Se interrumpió un momento, meneó la cabeza.

—Al diablo con todo —concluyó—. Se acabó. Aprendí mi lección, Joey. ¿Piensan que la Tortuga ha muerto? Me parece bien. Que descanse en paz.

—Tú mandas, Tuds —aceptó Joey, poniéndole una mano en el hombro—. Pero es una vergüenza, de todos modos. Harás llorar a mi hijo. La Tortuga es su héroe.

—Pues sí: Jetboy fue mi héroe. Pero murió, también él. Eso forma parte de crecer. Tarde o temprano, todos tus héroes se mueren.

Concierto para sirena y serotonina

I

por Roger Zelazny

NVUELTO POR LAS SOMBRAS, SENTADO EN UN APARTADO DEL restaurante italiano de Vito, callado y a deshora, dedicado a reducir un promontorio de linguini y el nivel de líquido de una botella encestada en paja, con pelos negros entiesados con fijador o tónico, el único comensal en el establecimiento había llamado la atención de los empleados, lo que había dado lugar a varias apuestas cruzadas, pues iba ya por el séptimo platillo principal consumido, cuando un hombre alto como una torre, vestido de civil, con una mano que más parecía un garrote, entró desde la calle, se puso de pie cerca de él y lo miró con ojos enrojecidos.

El hombre mantuvo la vista sobre el comensal, quien por fin le devolvió la mirada, con los ojos cubiertos por gafas reflejantes.

—¿Eres tú a quien ando buscando? –inquirió el recién llegado.

—Es posible –replicó el que cenaba, bajando el tenedor–, si se trata de dinero y ciertas habilidades especiales.

El grandote se sonrió. A continuación, alzó la mano derecha y la dejó caer. El golpe dio en la orilla de la mesa, arrancó la esquina, desgarró el mantel y lo alzó hacia delante. Los linguini se derramaron sobre el regazo del hombre de pelo negro, que al reaccionar con un movimiento brusco desplazó sus gafas y descubrió un par de ojos relucientes, con muchas facetas.

—¡Cabrón! –echó las manos hacia delante, en paralelo con la extremidad garrotera del otro.

—¡Hijo de puta! –gritó el gigante, y retiró de inmediato la mano–. ¡Carajo, me has quemado!

—Carajo, te he soltado una descarga, –corrigió el otro–. Tienes suerte de que no te haya freído. ¿Qué es esto? ¿Por qué destruyes mi mesa?

—Tú eres el que contrata ases, ¿no? Quería enseñarte lo que yo sé hacer.

—No contrato ases. Pensé que eras tú quien andaba buscando uno, por los modos que tienes.

—¡Diablos, no! ¡Cabrón, ojos de insecto!

El otro se movió y ajustó con prontitud las gafas.

—Estoy sufriendo –afirmó– por mirar dos mil dieciséis imágenes de un miserable imbécil.

—¡Te voy a meter tus palabras por el culo! –exclamó el gigante y volvió a alzar la mano.

—Tú lo has querido –repuso el otro, al tiempo que una tormenta eléctrica surgía de entre las palmas de sus manos.

El gigante dio un paso hacia atrás. La tormenta pasó, y el hombre bajó las manos.

—Si no fuera por los linguini en las piernas –comentó–, esto tendría gracia. Siéntate. Podemos esperar juntos.

—¿Gracia?

—Piénsatelo mientras voy a lavarme –sugirió–. Por cierto, el nombre es Croyd.

—¿Croyd Crenson?

—Sí, el mismo. Y tú has de ser Garrote, ¿verdad?

—Sí, pero ¿qué es lo que tiene gracia?

—Equívocos de identidad –le explicó Croyd–. Dos sujetos que piensan que el otro es lo que no es, ¿entiendes?

La frente de Garrote se fue llenando de surcos a lo largo de varios segundos antes de que sus labios dieran forma a una sonrisa incierta. Enseguida se rio, cuatro ladridos que sonaban a toses.

—¡Ya, ya, un montón de gracia! –expresó y ladró de nuevo.

Garrote se metió al apartado, riendo, mientras Croyd salía deslizándose sobre la banca. Croyd se alejó hacia el baño de hombres, y Garrote le pidió a la mesera, que se acercaba para limpiar el tiradero, que le trajera una jarra de cerveza.

Poco después, un hombre de traje negro ingresó al área del comedor desde la puerta de la cocina y se quedó de pie, ceñudo, con los pulgares prendidos del cinturón. Movía un palillo en la boca. Avanzó hacia el apartado.

—Creo que te conozco –dijo, parado junto al asiento.

—Soy Garrote –replicó el otro, y alzó la mano.

—Chris Mazzucchelli. Sí, he oído contar cosas sobre ti. Dicen que sabes abrirte camino a través de lo que sea con ese guante tuyo.

Garrote se sonrió.

—Joder, es verdad –aceptó.

La boca de Mazzucchelli formó una sonrisa alrededor del palillo. Se sentó en el lugar de Croyd.

—Y tú, ¿sabes quién soy? –inquirió.

—Me lleva el diablo, claro que sí. Tú eres el Hombre.

—Es cierto. Supongo que estarás enterado de que se aproximan dificultades, y que yo necesito algunos soldados especiales.

—Mierda, necesitas romper muchas cabezas. Y, mierda, yo soy el mejor en eso –presumió Garrote.

—Lo has dicho muy bien –lo elogió Mazzucchelli, mientras se metía la mano al interior de la chaqueta. Cuando la sacó, tenía un sobre en ella, que arrojó sobre la mesa.

—Un anticipo.

Garrote lo tomó, lo abrió y contó despacio los billetes, moviendo los labios.

—El precio es correcto –anunció una vez terminada la suma–. Ahora ¿qué?

—En el sobre hay también una dirección. Esta noche, a las ocho en punto, vas ahí y recibes tus órdenes. ¿De acuerdo?

—Muy de acuerdo.

Garrote se guardó el sobre y se levantó, al tiempo que estiraba el brazo hacia la jarra de cerveza. La alzó a su rostro, la vació de un trago y eructó.

—¿Quién es el otro, el que está en el baño?

—¿Ése? ¡Mierda! ¡Él es de los nuestros! –replicó Garrote–. Se llama Croyd Crenson. No es buena idea meterse con él, pero tiene mucho sentido del humor.

Mazzucchelli asintió.

—Que pases buen día.

Garrote eructó de nuevo, movió afirmativamente la cabeza, agitó el garrote que tenía por mano y se fue.

Croyd titubeó un breve instante al ver a Mazzucchelli sentado en su sitio. Avanzó, alzó dos dedos en una parodia de saludo y dijo:

—Soy Croyd. ¿Eres el reclutador?

Mazzucchelli lo miró de arriba abajo y detuvo la vista en una gran mancha mojada al frente del pantalón.

—¿Te asustó algo? –le preguntó.

—Sí, es que he visto la cocina –replicó Croyd–. ¿Buscas talento?

—¿Qué tipo de talento tienes tú?

Croyd agarró una lámpara pequeña que estaba en una mesa cercana. Desatornilló el foco y lo tomó con los dedos, lo alzó frente a él. El foco no tardó en empezar a brillar. Entonces se puso más brillante, soltó un destello y se fundió.

—¡Vaya! Se me pasó un poco la mano.

—Puedo comprar una linterna –observó Mazzucchelli– por un dólar y medio.

—Te falta imaginación –replicó Croyd–. Puedo hacer trabajo pesado con alarmas para robo, con computadoras y teléfonos, por no mencionar descargas sobre cualquiera a quien dé la mano. Pero si no te interesa, tampoco soy un muerto de hambre.

Se dio la vuelta para irse.

—¡Siéntate, siéntate! –le pidió Mazzucchelli–. Me han hablado de tu sentido del humor. Me gusta lo que me cuentas, y creo que puedo usarte para un trabajo. Necesito reunir de prisa gente eficiente.

—¿Por qué? ¿Te asustó algo? –preguntó Croyd, metiéndose al asiento que acababa de abandonar Garrote.

Mazzucchelli gruñó, de mal humor, haciendo sonreír a Croyd.

—Es mi sentido del humor –explicó–. ¿Para qué soy bueno?

—Crenson –enunció el otro–, ése es tu apellido. Ya ves, sé quién eres. Sé muchas cosas de ti. Te he estado tomando el pelo. Es mi sentido del humor. Sé que eres bastante bueno en lo que haces, y que acostumbras cumplir lo que prometes. Pero tenemos que hablar de algunas cosas antes de otras. ¿Sabes a qué me refiero?

—No. Pero cuéntame.

—¿Quieres comer algo mientras hablamos?

—Me gustaría probar de nuevo los linguini –propuso Croyd– y otra botella de Chianti.

Mazzucchelli alzó la mano y chasqueó los dedos. Un mesero entró corriendo al comedor.

—*Linguini, e una bottiglia* –pidió–. *Chianti.*

El mesero se fue apresuradamente. Croyd se frotó las manos, haciendo un ruido de estática.

—El que acaba de irse –dijo Mazzucchelli después de un silencio–, Garrote...

—¿Sí? –insistió Croyd, viendo que el otro alargaba la pausa.

—Hará un buen soldado –terminó Mazzucchelli.

Croyd afirmó con la cabeza.

—Eso me parece.

—Pero tú, tú tienes otras habilidades, además de lo que te dio el virus. Entiendo que eres hábil para robar segundos pisos. Conociste al viejo Bentley.

—Fue mi maestro –volvió a asentir Croyd–. Lo conocí cuando él todavía era perro. Por lo que oigo, sabes más de mí que la mayoría de la gente.

Mazzucchelli se quitó el palillo de la boca y dio un trago a su cerveza.

—Ése es mi trabajo –dijo, tras un momento–: saber cosas. Por eso no me interesa mandarte a hacer trabajos de soldado.

El mesero volvió con un plato de linguini, un vaso y una botella, que enseguida descorchó. Puso frente a Croyd cubiertos que tomó del apartado de al lado, y éste de inmediato se puso a comer con un gusto maniático que afectaba un poco el sentido de equilibrio de Mazzucchelli.

Croyd hizo una pausa suficiente para preguntar:

—¿Qué tienes pensado para mí?

—Algo más sutil, si resultas ser la persona adecuada.

—Sutil, ¿eh? –comentó Croyd–. Es lo mío: lo sutil.

—Primero –Mazzucchelli alzó un dedo– es preciso que hablemos de una de esas cosas que se dicen antes de hablar de las otras.

Observando la rapidez con que se vaciaba el plato de Croyd, volvió a tronar los dedos y el mesero se apresuró en traer otro plato de linguini.

—¿Qué es eso? –preguntó Croyd, haciendo a un lado el plato vacío mientras le ponían uno lleno enfrente.

Mazzucchelli puso la mano sobre el brazo izquierdo de Croyd, casi como si fuera su padre, y se inclinó hacia él.

—Sé que andas en problemas –declaró.

—¿Qué quieres decir?

—Se dice que usas anfetaminas–observó Mazzucchelli–, y que de cuando en cuando te vuelves un loco peligroso, matas gente, destruyes propiedades y creas un caos general hasta que se te acaba el vapor, o hasta que algún as amigo tuyo se apiada de ti y te saca de acción por un rato.

Croyd dejó el tenedor y se bebió un vaso de vino.

—Es cierto –aceptó–, aunque no me gusta hablar del tema.

Mazzucchelli se alzó de hombros.

—Todo el mundo tiene derecho a divertirse, a veces –concedió–. Te lo pregunto por razones profesionales. No me agradaría que actuaras de esa manera mientras trabajas para mí en asuntos delicados.

—Esa conducta a la que te refieres no está motivada por la diversión –explicó Croyd–. Lo que pasa es que después de estar despierto un determinado periodo de tiempo, se vuelve una necesidad.

—Uh. ¿Andas cerca de ese punto?

—Para nada –repuso Croyd–. No hay de qué preocuparse por un buen lapso.

—Si te contrato, no quiero preocuparme en absoluto de ese asunto. Es inútil pedirle a nadie que no use drogas. Pero lo que quiero saber es lo siguiente. Si empiezas a usar anfetas, ¿tendrás suficiente sentido para no revolverlo con mi encargo? ¿Irte a estrellar y quemar cosas en algún sitio que no tenga nada que ver con lo que estés haciendo para mí?

Croyd se le quedó mirando antes de asentir lentamente.

—Veo a qué vas. Si eso es lo que me pide la tarea, claro que puedo. No tendría el menor problema.

—Si eso está entendido, entonces quiero contratar tus servicios. Se trata de una tarea más sutil que andar rompiendo cabezas. Tampoco es un robo sencillo de ejecutar.

—He hecho muchas cosas raras –señaló Croyd–. Sutiles, también. Algunas incluso legales.

Ambos sonrieron.

—En esta ocasión, puede ser mejor evitar toda violencia –dijo Mazzucchelli–. Como ya te dije, mi trabajo consiste en saber cosas. Quiero que me consigas cierta información. La mejor manera de obtenerla es cuando ni siquiera se entera nadie de que uno la ha conseguido. Por otra parte, si se requiere causar angustias a alguien, de cualquier modo habrá que sacar la información. Pero al final es preciso hacer la limpieza, y hacerla muy bien.

—Ya me hago una idea. ¿Qué es lo que necesitas saber y dónde lo encuentro?

Mazzucchelli soltó una risa breve, como ladrido.

—Al parecer hay otra empresa haciendo negocios en esta ciudad –le confió, al fin–. ¿Sabes a qué me refiero?

—Sí –repuso Croyd–, y no hay lugar para dos tiendas de abarrotes en la misma cuadra.

—Exacto –declaró Mazzucchelli.

—Por lo tanto, estás aumentando el personal para tener más peso que la competencia.

—Has resumido bien la situación. Ahora bien, como ya te dije, existe determinada información que me es necesaria sobre esa otra empresa. Te pagaré bien por traérmela.

Croyd asintió.

—Estoy dispuesto a hacer el intento. ¿Qué información buscas, en particular?

Mazzucchelli se inclinó hacia delante y habló sin apenas mover los labios.

—El presidente del consejo. Necesito saber quién está al mando.

—¿El jefe? ¿Quieres decir que ni siquiera te ha mandado un pez muerto en los pantalones de alguno? Pensé que se acostumbraba observar ciertos modales en estas cosas.

Mazzucchelli se encogió de hombros.

—Esta gentuza no tiene sentido de la etiqueta. Igual se trata de extranjeros.

—¿Tienes alguna pista, o me lo das en frío?

—Tendrás que ser quien abra el terreno. Te puedo facilitar una lista de lugares que usan para operar. Tengo también un par de nombres de gente que tal vez trabaje para ellos.

—¿Y por qué no atrapas a uno de ellos y se lo preguntas?

—Son operadores independientes, como tú, no miembros de la familia.

—Ya veo.

—Eso no sería el único rasgo común que tienen contigo –añadió a continuación.

—¿Ases? –preguntó Croyd.

Mazzucchelli asintió.

—Si debo lidiar con ases, cuesta más que con los civiles.

—Estoy preparado –Mazzucchelli se sacó un nuevo sobre del bolsillo interior–. Aquí hay un anticipo y la lista. Puedes considerar el anticipo como un diez por ciento del precio total del trabajo.

Croyd abrió el sobre y contó el dinero con rapidez. Al terminar, sonreía.

—¿Dónde recibes resultados? –inquirió.

—El gerente de este lugar siempre sabe dónde encontrarme.

—¿Cómo se llama?

—Theotocopolos. Theo es suficiente.

—Muy bien –anunció Croyd–. Acabas de contratar sutileza.

—Cuando te duermes te conviertes en otra persona, ¿verdad?

—Sí.

—Bueno, si eso sucede antes de que termines el trabajo, el nuevo sujeto sigue bajo contrato conmigo.

—Siempre y cuando le pagues lo convenido.

—Creo que nos entendemos.

Se dieron la mano. Croyd se levantó, salió del apartado y cruzó el salón. Al salir por la puerta, entraron algunos copos de nieve del tamaño de mariposas. Mazzucchelli tomó un nuevo palillo de dientes. Afuera, Croyd se metió a la boca una píldora negra.

Vestido de pantalón gris, blazer azul y corbata color coágulo, con el pelo bien cortado, gafas plateadas y uñas de manicure, Croyd estaba sentado él solo en una pequeña mesa junto a la ventana de Aces High contemplando las luces de la ciudad a través de una nevada azotada por el viento, más allá del plato de salmón al horno. Daba sorbitos a una copa de Chateau d'Yquem mientras pensaba en el paso siguiente de sus indagaciones y flirteaba con Jane Dow, que había pasado ya dos veces a su lado y en ese preciso instante se le aproximaba de nuevo, algo que él consideraba pura coincidencia, y un buen signo, pues con diversos corazones –varios de ellos múltiples– la había deseado en varias ocasiones. Esperando que la ocasión respondiera a sus sentimientos, alzó una mano cuando ella se acercaba y le tocó un brazo.

Se produjo una pequeña chispa y se oyó un chasquido.

—¡Ay! –dijo ella.

Hizo un alto y se frotó el lugar donde había recibido la descarga.

—Cómo lo siento… –empezó a decir Croyd.

—Ha de ser electricidad estática –opinó ella.

—Eso ha de ser –concurrió él–. Sólo quería decirte que tú me conoces, pero no me identificas en esta encarnación. Soy Croyd Crenson. Nos hemos encontrado aquí y allá, siempre de paso, y siempre he querido quedarme un rato contigo, sentarme a platicar un poco, pero por algún motivo nuestros caminos nunca coinciden lo suficiente en el momento preciso.

—Una estrategia interesante –se pasó un dedo por la frente húmeda–, digo, nombrar al as sobre quien nadie puede estar segura. Supongo que semejante artimaña sirve para ligarte a muchas admiradoras.

—Es verdad –Croyd sonrió y abrió el compás de los brazos–. Pero si me esperas medio minuto puedo hacerte una demostración.

—¿Por qué? ¿Qué estás haciendo?

—Lleno el aire de iones negativos –le explicó–, para producir esa deliciosa y estimulante sensación antes de la tormenta. No es más que una muestra de que podríamos pasarlo muy bien si quisieres estar conmigo…

—¡Basta! ¡Ahora mismo! –retrocedió–. A veces hace disparar…

Las manos y la cara de Croyd estaban empapadas. El pelo se colapsó y empezó a gotear sobre la frente.

—Lo siento mucho –se disculpó.

—¡Qué diablos! –se echó a reír, con relámpagos en la punta de los dedos–. Que sea una tormenta de rayos.

Los otros clientes del restaurante lo miraban.

—Por favor –le suplicó–, no sigas.

—Siéntate un poco conmigo y pararé.

—Bueno.

—Te pido perdón –le dijo–. Es culpa mía. Debiera tomar precauciones con los efectos de las tormentas en la proximidad de alguien llamado Water Lily.

Ella sonrió.

—Tienes las gafas todas mojadas –observó ella, al tiempo que se inclinó y se las quitó de la cara–. Voy a limpiar…

—Contemplo dos mil dieciséis aspectos de hermosura húmeda –declaró él mientras ella fijaba los ojos en su rostro–. Como es costumbre, el virus me ha sobredotado en varios sentidos.

—¿En verdad ves tantas imágenes de mí?

—Estas peripecias de joker a veces aparecen entre mis cambios –asintió–. Espero que no te repugne.

—Al contrario, tus ojos me parecen magníficos.

—Qué amable eres. Ahora devuélveme las gafas.

—Un momento –limpió los cristales con el mantel antes de devolverlas.

—Gracias –le dijo y volvió a ponérselas–. ¿Puedo ofrecerte algo de beber? ¿De cenar? ¿Un perro de agua?

—Gracias, pero estoy de servicio. Quizás en otra ocasión.

—Bueno, yo también estoy trabajando. Pero si hablas en serio, quisiera dejarte un par de números de teléfono y mi dirección. Es posible que no me encuentres, pero recibo mensajes.

—Dámelos.

Él garrapateó en una pequeña libreta, arrancó una hoja y se la pasó.

—¿Qué clase de trabajo estás haciendo? –preguntó ella.

—Investigaciones sutiles. Tiene que ver con guerras entre pandillas.

—¿De verdad? He oído que eres más o menos honrado, y que estás más o menos loco.

—No les falta razón –aceptó–. Llámame, o ven a visitarme. Rentaremos equipo de buceo y haré que te lo pases bien.

Ella se sonrió y empezó a levantarse.

—Pues tal vez te tome la palabra.

Él se sacó un sobre del bolsillo, lo abrió, hizo a un lado un rollo de billetes y tomó un trocito de papel que tenía algo escrito.

—Eh, antes de que te vayas, ¿te dice algo el nombre de James Spector?

Ella se quedó helada y su rostro empalideció. Croyd se estaba volviendo a mojar.

—¿Qué he dicho? –le preguntó.

—¿Hablas en serio? ¿De verdad no lo sabes?

—No. Va en serio.

—Ya conoces la cancioncita de los ases.

—En parte.

—Ni mañana ni hoy es feliz Golden Boy –recitó–. Los ojos de Deceso liquidan al más cabrón. Ése es él. James Spector es el nombre de Deceso.

—No lo sabía –comentó–. No he oído nunca mi refrán.

—Tampoco yo.

—Oh, dímelo. Siempre he tenido curiosidad.

—Cuando el Durmiente despierta –dijo ella, despacio–, lo veremos comiendo. Cuando el Durmiente se droga, habrá sangre corriendo.

—Ya veo.

—Si te llamo y estás metido en esa fase…

—Cuando estoy en esa fase no devuelvo las llamadas.

—Deja que te consiga un par de servilletas secas –le ofreció–. Siento lo de la tormenta.

—No te disculpes, no hace falta. ¿Ya te han dicho qué adorable luces cuando exudas humedades?

Lo miró en silencio y luego propuso:

—Pediré que te traigan un pescado seco.

Croyd alzó la mano para soplar un beso en dirección a ella y se dio una descarga eléctrica.

El derrumbe

por Leanne C. Harper

Los primeros en salir de Giovanni's fueron dos de los guardaespaldas. De inmediato se pusieron a escudriñar la calle a través de sus lentes oscuros, en busca de indicios de peligro. El que estaba a la derecha agitó la mano, y enseguida otro guardaespaldas precedió a don Tomasso, cabeza de la familia Anselmi, en el proceso de salir a la calle. El capo necesitaba ayuda para andar. Viejo, encorvado y en manifiesto trance de dolor, llevaba un traje hecho a mano y a su medida, planchado para destacar los pliegues. Él también quiso examinar la calle, haciendo girar la cabeza trémula en medio de los hombros vencidos, como una vieja tortuga. Las luces de neón del restaurante, rojas y verdes, revelaban y ocultaban por turnos su rostro marcado por la edad.

La limusina Mercedes negra de don Tomasso ya estaba parada en doble fila frente a la entrada de Giovanni's. Rodeado por sus hombres, el padrone se aproximó al auto llevando la cabeza lo más alto que podía, en un gesto de desafío dirigido a espectadores invisibles. Detrás del Mercedes de Tomasso se detuvo un BMW oscuro. El anciano hizo un saludo con la cabeza al reconocer al conductor antes de agacharse y entrar a la limusina. Uno de los guardias siguió. Los otros se subieron al BMW, y ambos vehículos se pusieron en movimiento antes de que se cerraran las puertas del segundo.

Bajo la luz mortecina de un farol anaranjado, dos niños se hallaban jugando sobre la acera frente a un edificio de piedra situado en la misma calle del restaurante, a media cuadra. El chico arrojaba la pelota de beisbol a la niña en el momento en que el Mercedes explotó, seguido de la destrucción instantánea del BMW. Las dos bolas de fuego florecieron y se unieron mientras trozos de los autos y tabiques de los edificios cercanos se estrellaban en el suelo.

Rosemary Muldoon siguió observando las llamas en la pantalla grande de video frente a ella. Se mantuvo en silencio, aunque la cinta no mostraba ya más que ruido de estática. Permanecía inmóvil, sentada en la silla labrada de castaño negro, a la cabecera de una larga mesa, pero sus manos crispadas se aferraban a los brazos de la silla hasta quedar blancos los nudillos.

Chris Mazzucchelli se levantó de la silla a su lado para sacar la cinta de la videograbadora. Rosemary miró en torno de ella la biblioteca de su padre, donde siempre se efectuaban las reuniones de su propia familia, los Gambione. Las cosas del penthouse se conservaban tal como estaban antes; ella se limitó a traer algo de equipo de alta tecnología, sobre todo de video y cómputo, para ayudarse a gobernar el imperio que heredaba. En ese preciso momento, sentía un vacío en la habitación, como si incluso su padre la hubiese abandonado.

Cuando Chris volvió a la mesa de reuniones, dejó en ella la cinta y acarició el pelo castaño oscuro de la mujer. Después, le puso la mano en la cara, y Rosemary volvió a ser consciente de sus alrededores.

—Sólo quedamos dos de nosotros, ahora. Don Calvino y yo –Rosemary meneó la cabeza–. En unas cuantas semanas, han matado a tres cabezas de Familias, y ni siquiera sabemos quiénes nos están destruyendo. Sólo sabemos a quiénes usan. Las Cinco Familias no han enfrentado nunca una amenaza parecida. No estamos preparados para combatir a esta escala. Hemos perdido el control de la mayor parte de las drogas en Jokertown. Harlem ha dejado de pagar lo que nos corresponde por las apuestas. Nos pegan por arriba y por abajo. Nos arrebataron la mayor fábrica de drogas que teníamos en Brooklyn.

—Necesitamos prepararnos –recomendó Chris–. Tú eres la única dirigente activa que nos queda. Hablé con los capos de Tomasso; están todos con nosotros, al igual que los demás. Sólo quisiera poderles decir qué dirección seguir. Por ahora, sólo trato de mantener el negocio funcionando para tener dinero, sobrevivir y responder a los ataques. Calvino ha intentado negociar. Hasta ahora, no ha servido de nada. Los dos jefes que quedaban han estado vigilados todo el tiempo; por eso tenemos esta grabación.

Chris agarró la cinta y la lanzó al aire antes de continuar:

—Explosivos controlados a distancia, suponemos que de emulsión. Es posible que tuvieran los automóviles a la vista, para asegurarse de que liquidaban a don Tomasso.

—Entonces sabían de los niños –dedujo Rosemary y alzó la mirada.

—Es probable –Chris alzó los hombros–. Hasta ahora no se han preocupado por no causar víctimas civiles. Son terroristas.

—Son unos hijos de puta.

Chris asintió, y Rosemary supo que su inteligencia se concentraba en averiguar el origen de los explosivos. Una de las cosas que había aprendido desde que trabajaba con él consistía en que nadie se esforzaba tanto para lograr los deseos y objetivos que ella exponía, gracias a su posición como su representante ante las Familias. Rosemary estaba consciente de que los capos no la aceptarían nunca como cabeza de los Gambione. Requerían de la presencia de una figura de poder masculina. Por eso decidió que en público Chris se encargaría de todo, mientras ella, Maria Gambione, tiraba de los hilos. Aunque en la realidad las cosas eran de otro modo. Chris parecía capaz de leer sus pensamientos. Tenía la experiencia práctica que a ella le faltaba. Formaban un gran equipo. Sin su ayuda, ella nunca habría logrado salir adelante.

—Los Puños de Sombra nos han dado problemas, pero nunca imaginé que tendrían la organización para lograr algo así. Por otra parte, sabemos que trabajan con las Garzas Inmaculadas y con los Hombres Lobo de Jokertown. Entre todos ellos, nos están haciendo mucho daño. Pero eso no es más que un montón de pandillas…

—Con el líder adecuado –indicó Rosemary, y extendió las manos–. Con un buen líder todo es posible. Pero a estas alturas ya tendríamos que saber algo sobre él. ¿Cómo han podido mantenerlo en secreto?

—Voy a intentar averiguarlo –propuso Chris, mientras se encogía de hombros–, pero no esperes resultados pronto. Yo tenía otra idea. Piensa en el asesinato de Tomasso. Esos vehículos tienen que haber estado bajo vigilancia de sus hombres más confiables veinticuatro horas al día. ¿Cómo diablos crees que pudieron plantar ahí las bombas?

Chris tiró de una silla y tras darle la vuelta se apoyó en el respaldo.

—¿Cómo?

Rosemary había aprendido a no impacientarse cuando en ocasiones Chris utilizaba el método socrático. Al igual que en la escuela de derecho, el método enseñaba mucho.

—De nuevo, ases. Igual que con don Picchietti. Si no, ¿quién podría entrar y salir sin ser visto? Nadie en realidad sabe cuántos o quiénes son, ni lo que pueden hacer. ¿Y si algunos de ellos han decidido que es una estupidez llevar trajes estrambóticos y comportarse con altruismo? También los jokers. Mira a los Hombres Lobo. Quieren desquitarse con los norms. Estamos hablando de un ejército de gran ferocidad. Fíjate en dónde se desarrollan casi siempre las acciones: Jokertown. A lo mejor es porque ese territorio está controlado por nosotros, a menos que los jokers hayan resuelto que van a actuar por cuenta propia.

Chris se inclinó hacia delante para dar más énfasis a sus palabras. Continuó:

—Si estos sujetos no son todos ases, es indudable que tienen ases que trabajan para ellos. Creo que ése es el camino a seguir. Si no contamos con ases de nuestro lado, nos llevarán al matadero. No podemos competir.

—Me agrada el plan. Puedo recurrir a la oficina del fiscal del distrito para reclutar voluntarios. Eso ayudaría a conducir sus esfuerzos, y varios problemas quedarían resueltos. De ese modo podremos conseguir ases de mayor calidad. Qué pena que haya tantos de los grandes en la gira de la oms.

Aunque Rosemary se lamentaba, movía la cabeza demostrando más entusiasmo por el plan de lo que se le había visto en mucho tiempo.

—Está muy bien –aprobó–. ¿Puedes conseguir algunos?

—Para ser sincero contigo, ya me puse a ello. Tenemos un detective que se llama Croyd haciendo averiguaciones, y un peso pesado, Garrote, que nos vendrá bien en cualquier pelea. Desde luego, no son de la más alta calidad, pues provienen del elemento criminal, como yo.

Chris se enderezó y la miró bajando la cabeza, tratando de ocultar su sonrisa.

—Los encuentro muy satisfactorios. El elemento criminal no es del todo malo –Rosemary extendió los brazos y lo jaló para darle un beso.

Bagabond andaba por una calle repleta de gente del East Village, tratando de no impacientarse con la afición de C. C. Ryder por mirar escaparates. Por lo visto, cada tres metros, la pelirroja –con su peinado de púas– veía algo que quería tener, siempre y cuando eso no la obligase a entrar a la tienda y hablar con los dependientes. Bagabond estaba por sugerir que volvieran a la bodega de la compositora cuando oyó tras ella una voz con acento de Nueva Orleans.

—Ey, ustedes, ¿qué pasa?

El cuerpo de adolescente hiperactiva envuelto en un leotardo de rayas de tigre, con zapatillas de lamé dorado, pertenecía a Cordelia, la sobrina de Jack. De un salto, rebotó del restaurante al que estaba a punto de entrar y, tras tomar por los codos a Bagabond y a C. C. Ryder, las hizo entrar con ella al Riviera antes de que ninguna pudiera formular una protesta. Una vez adentro, C. C. enseguida se desasió, pero ninguna de las mujeres se opuso cuando Cordelia consiguió de inmediato una mesa. Bagabond sabía que era inútil resistir, a menos que una quisiera encararse con una adolescente excesivamente sentimental.

—¿Ya vieron en televisión a Rosemary haciendo un llamado a todos los ases? –Cordelia abrió y cerró el menú con el mismo movimiento–. ¿Te vas a apuntar, Bagabond?

—Nadie me lo ha pedido –Bagabond decidió examinar despacio el menú–. ¿Y tú?

Al mirar por encima del menú, Bagabond se llevó una sorpresa al ver la cara de repugnancia en el rostro de Cordelia. Por primera vez, quizás, había logrado parar en seco a Cordelia.

—Yo, uh, ya no hago cosas de ésas –declinó Cordelia, y abrió de nuevo el menú para clavar la vista en él–. ¿Sabes?, podría lastimar a alguien. *Nunca más* haré cosas así. No está bien.

—No estoy segura de que sea una buena idea –C. C. miró a Cordelia y a Bagabond mientras se levantaba de su asiento–. Un cuerpo de ases justicieros no es lo que la ciudad necesita.

—¿No has visto a Jack últimamente? –Cordelia observó con fijeza a C. C. avanzar hacia la parte trasera del restaurante, y a continuación volvió los ojos a Bagabond, con expresión de inocencia.

—Sí lo he visto. Me preguntó si sabía algo de ti. ¿Nunca piensas en llamar de cuando en cuando a tu tío? –reclamó Bagabond, irritada.

—Es que he estado muy ocupada con Global Fun and Games y todas esas cosas.

—Por no mencionar que prefieres no hablarle, de cualquier modo, ¿verdad?

—No sé qué decir –se sonrojó Cordelia–. ¿Sabes?, es como si ya no lo conociera. No puedes comprender. Yo fui educada en la iglesia. Me enseñaron que uno de los peores pecados consiste en ser homosexual, como Jack.

—Pero eso no se contagia, y además es tu tío –declaró Bagabond, y sin darse cuenta hizo un gesto despectivo con la mano a la chica–. Se ha jugado la vida por ayudarte, y ni siquiera te molestas en llamarle. Qué bueno que tengas un sentido tan claro del bien y del mal. Michael le hace bien. Nunca he visto a Jack tan feliz.

—Sí, bueno, ¡el tal Michael es un hijo de puta! Estaba en un antro del Village la semana pasada, con alguien que no era el tío Jack.

Cordelia estaba furiosa.

—¿Todo bien por acá? –preguntó C. C. mientras se sentaba y las examinaba.

—Ey, no hay problema –Cordelia le indicó a la mesera que se alejara con un ademán de la mano–. Oye, ¿vas a participar en mi función de beneficencia o qué?

—¡Como insistes en pedírmelo!; pero sigo diciendo que no –C. C. menó la cabeza, en señal de afecto y exasperación a la vez–. Yo me he limitado a escribir mis canciones y hacer mis grabaciones en casa. Te aseguro que ni quiero ni necesito tener público.

—C. C., el público te necesita a ti. Es una beneficencia para víctimas de wild card, además de sida. Entre toda la gente, tú deberías sentir solidaridad por la causa.

Bagabond notó que el rostro de C. C. se endurecía al oír mencionar el virus de wild card. Para hacerla regresar a la condición de ser humano, fueron necesarios años de medicamentos, terapias y Dios sabe qué más. La pesadilla real de C. C. consistía en volver a convertirse en un vagón viviente del metro, formado tan sólo por el odio. O algo mucho peor. C. C. había hablado del asunto con Bagabond.

C. C. Ryder sometía a sus emociones al más rígido control, sin permitir jamás que excediesen de un determinado nivel, bastante bajo. Si tomaba los calmantes y antidepresivos que le habían recetado, entonces ya no podía escribir. No ser capaz de componer sus canciones era mucho peor que correr el riesgo de volver a transformarse. Por tanto, evitaba toda situación que pudiese sobrepasar su capacidad de control. Ni siquiera Tachyon podía decirle qué detonaría la serie de cambios interiores que resultarían en una nueva transformación. Bagabond no sabía cómo podía C. C. vivir en un estado de miedo permanente y aún crear su música, pero entendía y aprobaba sus deseos de mantenerse a distancia de la mayor parte de los seres humanos.

—¡Podría ser tu gran regreso a los escenarios!

—Cordelia, ¿cómo voy a regresar si, en primer lugar, nunca he estado en ellos? –objetó C. C., con una sonrisa forzada–. Seguro que habrá mucho mejores candidatos por ahí.

—Pero los más grandes músicos graban tus canciones. Peter Gabriel –enumeró Cordelia, apenas haciendo una pausa en su diatriba por la llegada de las hamburguesas–, Simple Minds, U2… Ya es hora de que todos vean lo que puedes hacer.

Aburrida por la discusión, y sintiéndose segura de que C. C. podía defenderse ella sola, Bagabond extendió su mente por la ciudad, percibiendo los destellos de inteligencias ferales. Oscuridad, luz brillante, hambre, satisfacción, la tensa anticipación del cazador, el miedo frío y trémulo de los acechados; muerte, nacimiento, dolor. Tanto dolor en cada minuto de existencia; ¿por qué insistían estos humanos locos en crear todavía más sufrimiento con sus jueguitos? Jugaban a vivir. Hizo contacto con una ardilla que tenía la espalda rota. La había atropellado un auto en movimiento cerca del Washington Park, y Bagabond hizo detener al mismo tiempo su corazón y su cerebro. En el Central Park, el hijo gris del gato negro y la pinta alcanzó un grupo de robles y, protegido por la maleza, giró y pegó un zarpazo en la nariz al doberman que lo había perseguido. Bagabond compartió la breve sensación de triunfo del gato, antes de que el animal reconociera la presencia de ella y bufase, enfadado. Sin sentir necesidad de forzar el contacto, se movió a otras cosas. Se permitió un momento más para verificar que la más reciente camada del negro y la pinta se hallaba bien, en los tibios túneles de servicio bajo la Calle Cuarenta y dos.

Cuando logró bajar los ojos, Bagabond se dio cuenta de que la conversación de Cordelia con C. C. se había suspendido.

—Suzanne, ¿te encuentras bien?

C. C. posó los ojos sobre la cara de Bagabond, quien movió despacio la cabeza, afirmando.

—Está bien, Cordelia —C. C. atrajo la atención de la jovencita para darle a Bagabond tiempo de volver.

A veces, le resultaba difícil volver al mundo humano, con su ruidosa lentitud. Llegaría un día, pensó ella, mirando a C. C. Ryder, en que no volvería más. La única que entendía eso entre toda la gente que conocía era C. C. Tenía ganas de preguntarle un día a C. C. qué era lo que sentía el Otro. C. C. casi no hablaba de ello, pero cuando lo hacía Bagabond había percibido que detrás de sus ojos aún quedaba una expresión de necesidad encantada.

—Um, bueno. De cualquier modo, GF & G, sabes, estarían felices de ser tu banda para tu reintroducción. La Casa de los Horrores es un lugar íntimo. El mejor para ti y tu música —aseguró Cordelia, extendiendo la mano hacia C. C.—. Ya sabes que Xavier Desmond es uno de tus grandes admiradores.

—Por Dios, chica, estás hecha una representante —protestó C. C., reclinándose en el sillón forrado de plástico de los años cincuenta—. Y ya tengo uno. Con eso es más que suficiente.

—Bueno, eh. Tengo que irme a casa. Es tarde. Gusto de verlas, chicas —se despidió Cordelia.

Puso unos billetes sobre la mesa y se levantó. Tomó su bolsa de piel de armadillo del sillón y se la colgó del hombro, pero al notar la mirada de Bagabond sobre el animal muerto la desplazó a su espalda, y retrocedió hacia la puerta, sin dejar de insistirle a C. C.

—Tienes unas cuantas semanas para decidirte. El concierto no será hasta fines de mayo. Bono dice que tiene grandes deseos de conocerte. Lo mismo que Little Steven.

—*Buenas noches*, Cordelia —replicó C. C., que mostraba signos de haber agotado su paciencia—. Suzanne, estoy demasiado vieja para esto.

Inquieta bajo los hombros afelpados del traje sastre que le había comprado Rosemary, Bagabond salió del ascensor en el piso de aquélla. La recepcionista la reconoció al instante.

—Buenos días, señora Melotti. Permítame avisar a Ms. Muldoon.

—Gracias, Donnis –repuso Bagabond, y se sentó con incomodidad en uno de los sillones de la sala de espera.

—Me temo que ya no alcanzó a Mr. Goldberg. Se acaba de ir hace unos minutos a sus comparecencias en tribunales.

La mujer mayor tras el procesador de palabras sonrió con indulgencia a Bagabond, al tiempo que marcaba el número de Rosemary en el intercomunicador para anunciarla.

—Para variar, todo anda a tiempo el día de hoy. Pase usted.

Bagabond asintió y se irguió de nuevo sobre sus altos tacones. Dando la espalda a la recepcionista, hizo un gesto de dolor dirigido a sus pies. Odiaba los días que le exigían disfrazarse para hablar con Rosemary. Tocó dos veces la puerta cerrada y al entrar vio a la fiscal asistente con el teléfono apoyado en el hombro. Como era su costumbre, Bagabond se sentó en el escritorio de Rosemary. Se puso a oír la conversación.

—¡Qué bueno, teniente! Me alegra saber que la pista sobre la fábrica de drogas de diseño resultó auténtica.

Rosemary hablaba firmando papeles mientras mantenía equilibrado el teléfono, y rodó los ojos hacia Bagabond.

—Ah, ¿resultó que esa operación no era de la Mafia? ¿No tiene indicios sobre los propietarios? Si pudiésemos detectar quién se mueve tras esta guerra sin sentido contra la Mafia, avanzaríamos mucho para ponerle un alto –Rosemary gesticulaba con la cabeza a su interlocutor invisible y casi tiró el teléfono–. Es cierto, pero a la vez que se exterminan unos a otros, hacen daño a personas inocentes... Sí, tenga la seguridad de que de inmediato enviaré a todos los ases que se declaren voluntarios. Tiene toda la razón, la falta de coordinación es un riesgo para todos. Me da mucho gusto poder ayudarle. Claro que sí, estaremos al habla. Adiós.

Rosemary colgó el aparato.

—Anoche suprimimos una planta de fabricación de drogas –explicó

Rosemary sonriendo, con la barbilla apoyada en la mano–. Estoy contenta.

Bagabond asintió, mirando, al otro lado de la oficina, la puerta de madera oscura.

—Algo me da curiosidad –retomó Rosemary, mientras se levantaba y se aseguraba de que la puerta estuviera bien cerrada–. ¿Por qué no te has hecho voluntaria?

Bagabond se daba cuenta, como otras cien veces, de que Rosemary andaba sin la menor dificultad con sus zapatos de tacones de aguja. Al alzar la vista, Rosemary la miraba fijamente, y a lo largo de su mandíbula se agitaba un músculo.

—Nunca me lo pediste –explicó Bagabond, sin sentirse a gusto, pues odiaba el tema de la culpa.

La culpa era cosa de los seres humamos. O sus mascotas.

—No creí que fuese necesario. Pensé que éramos amigas.

Se miraron como dos gatos en disputa territorial.

—Y claro que somos amigas –prosiguió Rosemary, interrumpiendo la confrontación.

La fiscal se sentó y reclinó en su sillón.

—De acuerdo –admitió–, *debí* pedírtelo, y te lo estoy pidiendo ahora. Necesito que me ayudes.

La sonrisa de Rosemary le recordaba a Bagabond el bostezo de un tigre. ¡Cuántos dientes, Señor! De pronto a Bagabond le dio frío.

—¿Y qué puedo hacer yo? Yo hablo con las palomas –Bagabond buscó signos de duplicidad en el rostro de Rosemary.

—Las palomas también ven cosas. Sin duda, a veces cosas interesantes. Me gustaría enterarme de esas cosas.

—¿Cuál de tus personalidades? ¿La de fiscal o la de cabeza de la Mafia?

Los ojos de Rosemary lanzaron un destello a la puerta y volvieron a mirar a Bagabond. Después de un momento de vacilación, volvió a sonreír a la mujer sentada en su escritorio.

—Te sorprendería saber cómo sus intereses están trenzados.

—Te creo –Bagabond meneó la cabeza–. No, creo que no te puedo ayudar.

—Vamos, Suzanne. Están haciendo daño a la gente. Podemos poner un alto a eso –insistió Rosemary y alargó un brazo hacia su ventana.

—Personas que matan a otras personas —observó Bagabond, asintiendo—. Qué bueno. Mientras menos seres humanos haya, estaré más a gusto.

—Ya veo que hoy te has propuesto ser caso difícil —concluyó Rosemary, relajada en su sillón—. Esa historia ya te la he oído.

—Lo digo en serio —ratificó Bagabond, mientras miraba desde lo alto a su vieja amiga.

—Ya lo sé. Pero te necesito de verdad. Tus contactos. Tu información. Además, las víctimas no son sólo seres humanos —expuso Rosemary, abriendo las manos sobre los papeles que cubrían el escritorio.

Las dos mujeres miraron el temblor de los dedos hasta que las manos se cerraron en puños, y Rosemary continuó:

—Don Picchietti y don Covello han muerto ya. Acaban de liquidar a don Tomasso. Era mi padrino. *Por favor*, Bagabond. Ayúdame.

Rosemary puso sus ojos sobre Bagabond, con expresión de súplica en la voz y en la cara.

—A Picchietti lo mataron metiéndole un picahielos en el oído. Nadie de quienes lo rodeaban vio nada —añadió, con una sonrisa torcida—. Por una vez, no mentían.

—No sabes lo que estás haciendo. Pero mi ayuda no puede hacer daño a nada, tampoco —accedió Bagabond, con un gusto amargo en la boca y enfadada por haberse rendido. Sentía que no podía abandonar a su amiga.

—Gracias —resopló Rosemary, relajándose y agarrando la pluma, con la que sus dedos empezaron a jugar—. ¿Has hablado con Jack a últimas fechas?

—Casi nunca hablo con él —Bagabond dejó que una parte de su conciencia viajase a la rata que tenía dispuesta para observar a Jack mientras él trabajaba abriéndose camino en los túneles del metro.

Primero percibió su olor. Enseguida, volviendo la cabeza de la rata hacia Jack Robicheaux, lo percibió con la débil visión de las ratas, en blanco y negro.

—Tal vez puedas hacerle llegar el recado de que me gustaría hablar con él.

Era evidente que Rosemary estaba fatigada de forcejear con Bagabond.

—Puedo dárselo. Pero no prometo nada. ¿A cuál de tus subalternos tengo que dar mis informes?

—No seas ridícula, Suzanne. Me darás a mí directamente cualquier cosa que encuentres.

Cuando Rosemary la miró a los ojos, Bagabond no encontró en ellos ninguna expresión de amistad.

♠

Con las manos cerradas sobre una pila de cajas con expedientes, Rosemary miraba por la ventana de la oficina. Sentía temor por Chris. Hasta saber quiénes estaban tras la guerra contra las Familias, él corría los mayores riesgos al actuar en público como jefe de los Gambione. Tenían pocas pistas, aunque diariamente la Mafia sufría nuevas pérdidas. Para conseguir pistas sobre los líderes, habían podido encontrar e interrogar a casi todos los corredores de apuestas, vendedores de droga, criminales a pequeña escala y extorsionadores, pero sin obtener resultados en ningún caso. Las células de los criminales de bajo nivel no tenían información alguna sobre las células situadas por encima de ellos. Alguna mente brillante había organizado todo y estaba destruyendo a su gente. Sin darse cuenta, meneaba la cabeza, preocupada en parte por las Familias y en parte por la carga de trabajo de su despacho. Cada vez dependía más de sus asistentes para avanzar en las acusaciones de los casos que unos cuantos meses antes resolvía en persona. Se preguntó si alguien se habría dado cuenta de ese hecho, y mentalmente tomó nota de ser más precavida. Pero resultaba muy difícil mantener el equilibrio, mucho más de lo que ella nunca imaginó.

La voz serena de Donnis interrumpió el curso de sus pensamientos de manera tan abrupta que la hizo brincar.

—Alguien desea verla, Ms. Muldoon.

—¿De quién se trata, Donnis? Sabes que tengo cajas de expedientes.

—Bueno, Ms. Muldoon, dice que se llama Jane Dow.

El nombre le resultó conocido a Rosemary, pero de momento no lograba ubicarlo. Al fin se acordó: Water Lily. ¿Qué querría esa chica?

—La veré. Hazla pasar.

Tan pronto entró la chica –no, la joven mujer, se corrigió Rosemary–, cerró con cuidado la puerta.

—Gracias por recibirme, Ms. Muldoon.

—Siéntese, se lo suplico, Ms. Dow. ¿En qué puedo servirle?

Water Lily miró sus manos entrelazadas, y Rosemary observó que se formaban en su frente gotitas de líquido.

—Bueno, en realidad pensé que tal vez yo podría servirle de algo. Sé que buscan ases, y aunque no soy un as principal, creo que podría trabajar para usted. Para ayudar.

Por vez primera, Water Lily miró a la cara a Rosemary y se alzó de hombros.

—En caso de que tuviera algún quehacer para mí –añadió.

Rosemary no podía imaginar qué, pero a esas alturas no desechaba ningún ofrecimiento de auxilio.

—Es posible –suspiró Rosemary–. Dígame antes, con precisión, el alcance de sus poderes.

—Puedo controlar el agua. Soy muy eficaz para crear inundaciones.

Water Lily se sonrojó, e hizo brillar el agua que cubría su rostro. Se veía muy jovencita. Rosemary oyó cómo goteaba el agua, pero prefirió hacer caso omiso de ello.

—¿Toda el agua, en cualquier sitio? Quiero decir, ¿hasta dónde llega su poder? ¿La genera usted misma, o puede usar el agua a su alrededor? –preguntó sucesivamente Rosemary, y enseguida se interrumpió, para disculparse con una sonrisa–. Perdón por el interrogatorio. Es que intento determinar en dónde podríamos usarla.

—Tiene que estar más o menos cerca, pero puedo usar toda el agua de las inmediaciones y controlar la fuerza de su correr. También puedo cambiar el balance de electrolitos de una persona y causarle un desmayo.

Al ser tomada en serio, Water Lily se iba tranquilizando. Ya no oía Rosemary el goteo. La joven continuó:

—He pensado que podría ser útil para controlar multitudes, haciendo perder pie a la gente sin dañarla, mediante una pequeña inundación, o para crear distracciones, según se requiera.

—¿Y también con otros estados del agua, como, por ejemplo, vapor a alta presión?

—No lo sé. Jamás lo he intentado –declaró Water Lily, aunque manifestaba interés en la posibilidad.

—Bueno, todo eso parece ser utilizable. Bienvenida a bordo, Water Lily. ¿O prefiere que le digan Jane?

Rosemary pensaba ya en las redadas que intentaba organizar en contra de algunas de las operaciones del Puño de Sombra. Hacer estallar unas cuantas tuberías causaría daños de asombrosa magnitud. Ofreció una amplia sonrisa a la joven mujer, sin verla.

—Jane, por favor. Me puedes encontrar en Aces High. Traje una tarjeta. Sólo tienes que decirme qué quieres que haga.

Jane se veía muy contenta de haber sido aceptada.

Rosemary se robó media hora de su tiempo para familiarizarse con los casos amontonados frente a ella antes de llamar a Paul Goldberg. Había elegido a ese hombre por ser claramente el mejor para el puesto de su asistente inmediato, con una gran experiencia que Rosemary podía aprovechar.

Paul entró en la oficina y se sentó sin necesitar que nadie lo invitara. Traía en la mano un legajo gordo de reportes, que dejó caer sonoramente sobre el escritorio.

—¡Los últimos informes sobre los casos en tribunal! Ganamos el caso contra Malerucci.

Al oír el nombre, Rosemary alzó la vista.

—Sé que no tenías buena opinión sobre las acusaciones ni las pruebas, pero decidí ir adelante con el juicio. Salió bien. Tal vez no te hayas dado cuenta, pero nos están cuestionando por el número de casos contra la Mafia que hemos llevado a juicio. O, mejor dicho, que no hemos llevado. En varias ocasiones he recibido quejas de policías: dicen que hacen todo el trabajo sin recibir apoyo de la oficina de la fiscalía.

—Los policías se quejan siempre, tú lo sabes, Paul. No entienden que existe algo llamado Constitución que es preciso atender cuando se arrastra a alguien a los tribunales. Felicidades por tu trabajo en el caso de Malerucci, pero corriste un riesgo. Con la evidencia que tenías, el jurado pudo haber formado cualquier veredicto.

—Sobre todo después de que alguien logró meterse al Laboratorio de Evidencia de la Policía y logró destruir la mayor parte de la cocaína –indicó Paul, reclinado en el sillón, poniendo las piernas cruzadas sobre el escritorio de Rosemary–. Aún no hemos podido localizar esa filtración.

—En el futuro, te pido por favor que te apegues a mis instrucciones sobre los casos a perseguir. Hablando estrictamente como tu jefa, apreciaría que así fuera –ordenó Rosemary con una sonrisa, mientras se arrellanaba en su propio sillón.

—Jefa, hay una tendencia en los casos que autorizas, y no soy el único que lo ha observado. ¿Por qué no estamos atacando a la Mafia? En el estado actual de guerra, podemos aprovechar y meter a mucha gente maligna en prisión. Están sin suficientes recursos para proteger a toda su gente.

Extendió el brazo y dio varios golpecitos sobre el montón de papeles sobre el escritorio.

—Todo está aquí. Incluso tenemos un caso de evasión fiscal contra Chris Mazzucchelli. ¿Qué opinas? ¡Déjame caer sobre él!

—No –respondió Rosemary, cuyo rostro asumió su mejor expresión de madona inescrutable–. Quiero esperar hasta que la guerra haya llegado un poco más lejos. Por lo visto, la Mafia se autodestruye. Podemos ahorrarnos el trabajo.

—¿Sabes? –Paul la observó con la mayor atención, lo que la hizo sentirse incómoda–, si ponemos tras las rejas a algunas de esas personas, podríamos estarles salvando la vida.

—Aquí quien toma las decisiones soy yo.

El tono de su voz iba destinado a que Paul se callara, y funcionó, pero a ella no le agradó la expresión en sus ojos al escuchar sus palabras.

Después de establecer estrategias para los veinte casos más urgentes, Rosemary había recuperado la serenidad, al igual que Paul. En el trabajo, él le recordaba mucho a Chris. Ella proponía un plan y él se encargaba de ejecutarlo. Sólo que en el caso de Paul todo era del lado de la ley. Ya habían dado las seis, y cuando conducía a Paul y su montón de cajas con papeles hacia la puerta, él se volvió para hablarle una vez más.

—¿Estuviste alguna vez en los Santos Inocentes? –le preguntó, refiriéndose a su educación primaria católica en tono despreocupado.

—¿Yo? ¡Bromeas! Esa escuela es para niños italianos ricos. Fui a una primaria común y corriente, la ciento noventa y dos, de Brooklyn –Rosemary estudió el rostro de su asistente.

—Ya me lo parecía. Un amigo mío sí estudió ahí, y la otra noche dijo algo loquísimo. Pensó que te veías igual a Rosa Maria Gambione, pero de adulta. ¡Qué disparate!, ¿eh? Ella murió en los primeros años de la década de los setenta. Nos vemos en la mañana.

Paul se despidió, y Rosemary se preguntó si en sus ojos había una advertencia o una acusación.

♥

Bagabond se movía con rapidez por los túneles de mantenimiento del metro, acompañada por el negro y una de sus gatitas. La gatita, con pelaje de manchas rojizas, era aún más grande que su padre. Había visto volver a Jack a su viejo hogar, situado en una estación abandonada del siglo diecinueve, a través de los ojos de una sucesión de ratas. Bagabond prefería encontrárselo bajo tierra. Siempre resultaba más natural hablar con él ahí. Cuando lo veía arriba, era diferente. Los dos eran otras personas. Alzó un poco más su abrigo azul sobre las rodillas y se dio prisa para dar con él antes de que se fuera. El negro iba a su lado, manteniendo el paso, mientras su hija se adelantaba para detectar riesgos.

Bagabond llegó a la puerta y la abrió en el momento en que Jack estaba por agarrar la manija. El hombre pálido y compacto sonrió sorprendido.

—¡Hola, tú!

Puso en el suelo la caja que tenía en brazos y se arrodilló para dejar que el negro le oliera el dorso de la mano. La gata se mantenía a distancia, de pie frente a Bagabond a fin de protegerla.

—Hace mucho que no te he visto. Ya me tenías algo preocupado –dijo Jack cuando se levantó para encarar a la mujer ataviada de harapos–. Pasa y siéntate.

—Has estado ocupado –explicó Bagabond, que se había echado el pelo sobre la cara, encogiéndose dentro de la pila de vestidos y pantalones que llevaba puestos. Ninguna prenda era de su talla; era consciente de que con la voz áspera y modales trémulos pasaba por tener no menos de sesenta años.

—Igual que tú –replicó Jack mientras la miraba bajar con pasos vacilantes los escalones alfombrados, y con una amplia sonrisa en su rostro–. Sólo por esto te ganarías el premio Tony de actuación. Conocí a un productor de Broadway que anda buscando una actriz.

—¿Un amigo de Michael?

Una vez sentada al borde de un sofá victoriano de pelo de caballo, Bagabond se enderezó. La gata color rojizo se sentó a sus pies, sin relajarse. El gato negro se apoyó en la pierna de Jack y alzó los ojos a su cara.

—Sí, un amigo de Michael. ¿Por qué no vienes de visita a pasar un rato con nosotros? Para que conozcas mejor a Michael. Seguro que te gustará.

—¿Por qué no quieres tú conocer a Paul?

Bagabond recogió los pies y los puso en el asiento. Miraba a Jack, sentado en otro sillón antiguo frente a ella.

—No creo que un *yuppie* tenga ningún aprecio por un trabajador de tránsito que hace tareas manuales.

—Tampoco creo que él apruebe mi sentido del estilo –señaló Bagabond, y extendía las capas de sus ropas mal reunidas sobre el sofá.

—¡Así las cosas! –sentenció él, un poco triste–. No me gusta más que a ti, pero nuestras vidas secretas están aprisionadas por las que llevamos como gente normal. ¿No has visto a Cordelia?

—Sí –Bagabond se encogió de hombros, pensando en que seguían evadiendo responsabilidades–. Hice el intento, pero no sé.

Jack se frotó las palmas de las manos en sus pantalones de mezclilla, planchados con una raya impecable.

—Cuando vuelvas a verla dile que… dile que la entiendo. Después de todo, yo crecí en el mismo ambiente que ella. En fin, ya me has localizado. ¿Para qué soy bueno?

Jack se inclinó para rascarle las orejas al negro, y ambos lo oyeron ronronear por unos momentos.

—Rosemary te quiere ver.

Bagabond había doblado las rodillas. Se había envuelto de nuevo en su armadura y evitaba mirar a Jack a los ojos.

—No.

—Jack, ella trata de mantener las cosas en calma. Necesita ayuda.

—Por Dios santo, Bagabond, está del lado de los malos. ¡Es la jefa de la asquerosa Mafia!

Se levantó y se puso a caminar sobre las alfombras orientales. El negro se levantó para acompañarlo, pero después de echar un vistazo a Bagabond, volvió a quedarse acostado. Bagabond recibió un destello de advertencia del gato. No sabía si se refería a ella o a Jack.

—¿Para qué diablos me quiere, de cualquier modo?

—Bueno, puedes ayudarla con la vigilancia. Mantener los oídos abiertos a ver si notas algo raro.

Jack se volvió para encararse con Bagabond.

—Ah sí, claro. ¿Se supone que debo ser su oreja dentro de la comunidad gay? No, tal vez piense que también los reptiles están en su contra. O quizá sólo quiera que arranque de un mordisco uno o dos pies estratégicos. La respuesta es no, carajo.

—Jack, ella necesita que alguien esté de su lado.

—¿Alguien de su lado? Tiene a toda la Mafia de su lado. Me parece un poco difícil de creer que un hombre cocodrilo pueda cambiar las cosas.

Jack se aproximó al sofá y miró desde arriba a Bagabond. Ella se negaba a devolverle la mirada.

—Suzanne, no te metas en esto. Ella ya no siente nada por ti. Sólo te quiere usar. Hará que te maten. Ni siquiera parpadearía.

El negro se levantó y se colocó entre Jack y Bagabond. La gata pelirroja soltó un gruñido profundo y se le erizaron los pelos del lomo. Jack retrocedió unos pasos.

Bagabond se salió del sofá, se puso de pie y miró directamente los ojos verdes de Jack.

—Es mi amiga. Supongo que es la única amiga que tengo.

Se fue hacia las escaleras. Los gatos la siguieron, pero la roja no le quitaba los ojos de encima a Jack mientras retrocedía. El negro dio unos cuantos pasos antes de detenerse para vigilarlo. Enseguida dio un salto para alcanzarlas.

—Bueno, quienesquiera que sean, los mantienes ocupados –Chris se sirvió un bocado del atún asado de Rosemary.

—Dijiste que no tenías hambre –objetó Rosemary y le lanzó un golpe al tenedor.

—Era mentira. Está claro que no son la Yakuza, pues ellos están siendo golpeados también. Perdieron a uno de sus principales aquí mismo, en la ciudad. Por lo visto, a nuestros amigos desconocidos no les importa perseguir a quien sea si no pueden comerse a la Mafia de desayuno. Tu programa de líos autorizados empieza a hacer efecto. Tal vez no estén liquidados, pero es indudable que les has hecho daño. ¿Tienes objeciones a eso?

—No. Ahora que los capos siguen nuestras instrucciones, sé todo lo que pasa en cada Familia. Resulta más fácil.

—Odio decir esto, pero convendría organizar un golpe en contra nuestra. No demasiado severo, sólo algo para desviar las sospechas.

Chris miró a su alrededor la cocina bien iluminada. Era el único lugar alegre en ese penthouse oscuro y deprimido. Hizo una pregunta:

—¿No tienes galletas?

—Me temo que no. ¿Sabes algo que yo ignore?

—No, pero creo que es preciso prevenirse. No quiero que nadie vea una pauta en las acciones de tus ases.

—Estaré bien. ¿Quién podría relacionar a la fiscal asistente con la Familia Gambione? Tú me preocupas más.

Hizo su plato a un lado. No quería mencionar a Chris las sospechas de Paul, porque ya sabía lo que diría. Quiso saber algo:

—¿Qué clase de seguridad llevas contigo?

—Mi Beretta, desde luego –respondió Chris, abriendo su chamarra de cuero negro.

—No me refiero a esa seguridad.

—Bueno, bueno. Hay veces en que no tienes ningún sentido del humor. Tengo algunos tipos de toda confianza. Están a mi lado las veinticuatro horas del día. Ahora mismo, hay uno de ellos aquí afuera. Tengo otros tres abajo. Protección suficiente, nena. Estos hombres están en deuda conmigo, soy dueño de sus almas.

A Rosemary la enfadaba que fuese tan posesivo con una escuadra formada por hombres de ella, pero decidió que no era más que un poco de su paranoia congénita. Cambió de tema:

—Dime cómo andan nuestras operaciones regulares.

—Nada de qué preocuparse. Todo bajo control. Cada una de las otras familias tiene un hombre designado para estar en contacto conmigo. Si hay problemas, yo me encargo. Tú ocúpate de averiguar

contra quién estamos peleando y cómo podemos ganarles. Sabes
–añadió, sonriéndole al techo, feliz–, creo que a esos chicos sigue sin
gustarles mi cola de rata.

—Sigo trabajando en ese asunto. ¿No has investigado a los vietna-
mitas? La pandilla de Puños de Sombra en Jokertown anda metida
en esto, en alguna forma. Eso al menos ha quedado claro.

Rosemary decidió no insistir sobre el tema de su informe regular.
Chris tenía razón: había que pensar en cosas más importantes.

—Intento encontrar a alguien capaz de infiltrarlos. ¿Tienes idea
de la dificultad que significa encontrar tipos de aspecto oriental en
la Mafia? –suspiró Chris en forma dramática–. Voy a ver si la Yakuza
me presta a alguien.

—Buena idea. Mira, Chris, si no te importa, voy a necesitar estar
sola esta noche, ¿sabes? Para hacer planes.

Rosemary titubeaba al hablar, y se preocupó al ver el gesto de desagrado en la cara de Chris.

—Encontraré el modo de entretenerme, entonces.

—No te metas en problemas. No sé qué haría si te perdiera.

—Tampoco yo –repuso Chris, y en el acto se levantó y le dio un beso
a Rosemary arriba de la cabeza–. Puede que no ande por aquí durante unos cuantos días. No te preocupes. Sólo cuestiones del negocio.

Una vez que Chris se marchó, Rosemary entró a la biblioteca. Intentaba mantener ordenadas sus dos vidas, pero cada vez resultaba
más complicado. Se había prometido a sí misma que retiraría a la Mafia de las drogas y la prostitución. Pero una vez desatada la guerra, era
imposible cumplir aquel propósito. Necesitaban el dinero con desesperación. Aparecían dificultades en la fiscalía por proteger a su gente.
Paul Goldberg le había pedido directamente que sus informantes con-
siguieran más datos incriminatorios sobre la Mafia. ¡Ese comentario
sobre Maria Gambione! ¡Dios Santo! Tenía que existir alguna manera
de resolver eso. ¿Matarlo, antes de que pudiera hablar con otros de sus
sospechas? Lo malo estaba en que era novio de Suzanne. ¿Qué hacer?

Le pareció que sería fácil llevar las cosas a espaldas de Chris. En
cambio, él era quien estaba controlando más y más todo lo que sucedía en la calle. Nada pasaba conforme a los planes de ella. Rosemary
apoyó la cabeza sobre la mesa, entre los brazos extendidos.

Sabía que no estaba haciendo su trabajo en la oficina del fiscal.

Pero era sólo cuestión de tiempo, hasta que terminara esa maldita guerra. Entonces podría volver a lo que se había propuesto antes. Podría limpiar la Mafia de las drogas, la prostitución y la corrupción. Tan pronto como ganasen la guerra.

Se despertó de una pesadilla y dio un breve grito, que fue absorbido por la pesada atmósfera de la biblioteca. Soñó que estaba dentro de una pintura medieval que había visto de niña, una crucifixión. Pero en la cruz de en medio estaba su propio cuerpo, todo roto, mientras que Cristo estaba a su derecha y su padre a su izquierda. Rosemary tuvo que abrazarse a sí misma para parar de temblar.

Bagabond se despertó en un instante, sintiendo una señal de peligro tan insistente como las uñas de un gato sobre la piel. Separó las corrientes de pensamientos que entraban en su propia mente y encontró el envío que contenía un grito pidiendo ayuda. Sintió un choque al reconocer a Jack Robicheaux abajo en el callejón. La fuerza y la claridad del envío le bastaron para saber que la criatura que observaba la escena era el negro. ¡Ahí había estado, entonces, durante los últimos días! Cuando desapareció el gato, ella no lo había seguido mentalmente más que para asegurarse de que estaba vivo y bien.

En silencio, le mandó que volviera a casa. El gato se enfureció. Él y Jack habían hecho buenas migas cuando se conocieron. La curiosidad del gato sobre este ser que era hombre y también un gran lagarto había creado un vínculo. El negro se enfocaba sobre la escena al término del callejón iluminado a trechos por los faroles. Jack enfrentaba a un hombre de mucho mayor tamaño que él, que lo desafiaba y no lo dejaba moverse. A pesar de sí misma, Bagabond dejaba al negro transmitir más para entrar en la situación.

—¡Ey, puto de mierda! ¿Te creías muy listo metiéndote en este callejón, eh?

El gigante que amenazaba a Jack era feo. Sus ojos estaban muy juntos, y tenía la frente muy inclinada. De pronto, Bagabond lo reconoció: Garrote. Lo había visto en alguna ocasión en las Tumbas, con Rosemary. Por lo visto, era tan maligno y estúpido como parecía. Jack estaba en dificultades, pero podía defenderse a sí mismo.

—¡Sólo quiero jugar un poco contigo! ¡A los putos como tú les gusta el trato rudo!

—No te metas conmigo, hombre –advirtió Jack, aplastado contra la barda que cegaba el callejón–. Soy un peligro mucho peor de lo que aparento.

—Ay, pero es que quiero dejarte hecho mierda, precioso. Comienzo por tu cara, y de ahí hacia abajo, pervertido. Cuando termine contigo, ya nadie te va a querer.

Garrote quiso agarrar a Jack, pero el hombre más pequeño pudo agacharse y esquivar la manaza.

—Mira, por favor, no quiero lastimarte –dijo Jack, con voz trémula–. No te va a gustar lo que veas.

Bagabond se preguntó de qué tenía tanto miedo Jack.

—¿Crees que sabes de esas cosas de artes marciales de los chinos, eh? –se rio Garrote, y hasta Bagabond hizo un gesto de dolor al oír ese ruido, parecido a una caja de velocidades sin embrague–. No te apures. Ahora soy parte de la Familia. Tengo mi plan de seguro.

El negro insistía al sentir la reticencia de Bagabond para ayudar a su único amigo entre los humanos. En la mente de Bagabond eso tomaba la forma de dolor. Envió desde su propia mente el rechazo por parte de él a la petición de ayuda de ella y Rosemary, pero el gato no se apartaba de lo suyo. Fatigada de ver forcejear a los dos hombres, Bagabond pidió al gato que volviera, y le mostró la transformación en cocodrilo de Jack. Si él no quería ayudar, estaba en su derecho. Ella no lo iba a forzar. Él pensaba que no la necesitaba para nada, de cualquier modo.

La rabia salvaje del negro sobre su posición la inundó, y tuvo que cortar la comunicación. Ya no era problema suyo. Alzó las manos para tocarse con suavidad las sienes adoloridas. El negro había superado sus defensas porque ella no esperaba esa respuesta. Dios santo, ¿Qué les pasaba a todos? ¿Por qué todos la odiaban de pronto *a ella*?

♠

Acurrucada sobre un montón de trapos en un túnel de vapor varios metros bajo la superficie, Bagabond había dormido unas cuantas horas. A pesar de sus esfuerzos, la jaqueca persistía. No pudo hacer contacto con el negro, aunque sabía que no había muerto. Como necesitaba saber la hora, buscó entre las capas de su ropa hasta encontrar el reloj de pulsera sin correa que guardaba con esa finalidad. Le quedaba menos de una hora para llegar a la cita con Paul. Iba a llegar tarde. Le tomaría treinta minutos llegar a la casa de C. C., que era donde guardaba sus trajes y vestidos que tenían que estar colgados. ¡Qué juego más estúpido el de la ropa! Con suerte, C. C. estaría en el estudio, trabajando, y ni siquiera se enteraría de que Bagabond había estado ahí.

Le llegó al fin, de hecho, el único favor de la suerte esa semana: la luz roja estaba encendida en el estudio de C. C., de modo que Bagabond entró y salió sin distracciones. Así y todo, Paul, que siempre era quien llegaba tarde, ya estaba esperándola de pie en el bar de la Calle Cuatro Oeste, donde se habían citado para cenar antes de ir al cine. La cena fue agradable, pero Bagabond se dio cuenta de que Paul no estaba del todo allí con ella, aun mientras la divertía con cuentos de las últimas peripecias y juicios que le había tocado conocer durante la semana.

—Entonces este sujeto se pone a afirmar que su, cómo se llama, su antiguo contacto persa le comunicó que el otro pobre hombre era un griego antiguo, y su enemigo personal. Y se pone a canalizarlo, ahí mismo en el tribunal. Gruñó, rodó por el suelo, habló en lenguas, quién sabe, a lo mejor en parsi. El juez rompió dos mazos pidiendo orden a gritos, mientras que el abogado defensor de este estúpido pide un doctor para su cliente, y al siguiente momento está tratando de armar su defensa sobre la base de ese acceso. Al menos logró posponer la audiencia. Eso significa que la semana entrante tendré que estar otra vez ahí con esos idiotas. *Oy vey*, como decía mi santa madre.

Paul Goldberg le sonrió por encima de su pastel de queso, y le preguntó:

—Y tu semana ¿qué tal?

—Los animales están bien. No hubo problemas graves.

—Qué ciudad para una veterinaria. Entre los poodles y los rottweilers, no sé cómo te las arreglas.

—Por eso prefiero los gatos, o en ocasiones la rata exótica o el mapache.

Bagabond le sonrió de regreso, en tanto se preguntaba por qué se le habría ocurrido a ella todo ese cuento. El humor de Paul cambió de repente.

—Mira, tengo que hablar contigo. ¿Puedes quedarte sin ir al cine esta noche?

Paul miraba su taza de café como si los remolinos de la crema pudiesen revelarle su futuro.

—Suena a un asunto grave.

—Lo es. Al menos, eso creo. Tú eres una persona sensata. Tú me dirás si te parece que estoy loco.

—Mientras no te pongas a hablar en parsi.

—Claro –aceptó, y recogió la cuenta–. Esta vez pago yo. No discutas.

Tomaron un taxi al enorme apartamento de Paul, que tenía dos niveles, situado en los números superiores del Lado Este. Él no le dijo casi nada, sólo examinó sus manos con las uñas cortas y bromeó sobre su carencia de garras. Una vez en el apartamento preparó café y puso un disco de Paul Simon. Cuando por fin se sentó, fue sobre una silla que puso frente a ella, no en el sofá a su lado.

—Están pasando cosas en la oficina. Cosas raras, y necesito de una segunda opinión. Por varias razones, tú no eres la más adecuada para mis preguntas, pero eres mi amiga, y eso es lo que necesito ahora mismo.

Hizo girar la taza de café entre las palmas de las manos.

—Aquí estoy –afirmó Bagabond, pero sabía que no le iba a gustar lo que él estaba por decir.

—Creo que alguien se ha podrido. Tengo gente en la calle, delatores, todos tenemos algunos. Circulan rumores sobre la oficina del fiscal. Rumores sobre conexiones con la Mafia.

—¿Qué tipo de conexiones con la Mafia?

Bagabond se levantó y echó a andar por la habitación.

—Nada específico. Sólo sé que las últimas tres redadas contra operaciones de la Mafia no lograron nada, apenas unos cuantos soldados insignificantes. Nada de drogas ni armas. Nos están dando suficiente para mantenernos contentos, pero no para causarles daño de verdad.

Paul alzó los ojos a Bagabond y, después de una pausa, continuó:

—Nos están utilizando. Las redadas contra los rivales de la Mafia siempre provienen de buenos informes y resultan efectivas para dañar a la oposición. Y creo que sé por qué.

—¿Qué vas a hacer al respecto? –preguntó Bagabond y le dio un sorbo a su café mientras ponderaba las posibilidades.

Si lo mataba ahí mismo, la habían visto entrar y sería sospechosa. Rosemary podría protegerla o no.

—No puedo confiar en nadie en la fiscalía. Y tampoco estoy seguro de la oficina del alcalde.

Paul dejó su taza y se puso a andar frente a la chimenea. Agregó:

—Quiero acudir a los periódicos. Al *Times*.

—¿Estás seguro sobre tu información? –inquirió ella.

Bagabond miró las llamas, más allá de Paul. Rosemary había creado esa circunstancia, por no tener suficiente cuidado.

—Por completo. Puedo corroborar todo lo que he dicho.

Paul le dio la espalda para calentarse las manos sobre el fuego. Bagabond puso los ojos sobre la parte de atrás de su cabeza.

—Sin embargo, espero poder rescatar la situación –prosiguió Paul–. Si la persona en cuestión recupera su sensatez, tal vez pueda evitarse todo esto. Pasan otras cosas raras en esto. Parte de la información que tengo al parecer proviene de la Mafia. Es lo que no entiendo.

Bagabond se acordó de Chris Mazzucchelli. Nunca había podido confiar en ese hombre, a quien Rosemary tanto se apegaba. ¿La estaría traicionando?

—Tendrás que hacer lo que te dicte tu conciencia. Pero tratándose de la Mafia, ¿no es peligroso?

Bagabond tenía el recuerdo de Rosemary hablándole de que todo iba a ser diferente a partir de que ella tomara el mando. Pero Rosemary había tomado sus propias decisiones.

—En verdad lo es. Y ésa es una de las razones por las que te estoy contando todo esto. He hablado con otros y les he dado las pruebas. Porque no quiero ponerte a ti en riesgo.

Paul se mostraba aliviado de que ella no hubiese reconocido abiertamente a Rosemary en la descripción, pero Bagabond se preguntó si la conversación no era una especie de trampa. ¿Habría caído o no?

Paul puso sus brazos alrededor de ella y la atrajo hacia sí. Bagabond no ofrecía resistencia, pero tampoco lo alentaba. Con torpeza, le devolvió el abrazo.

—Puedes quedarte aquí esta noche –Paul le besó la frente.

—No, Paul, no estoy todavía lista para involucrarme de ese modo. Soy anticuada, supongo –afirmó Bagabond, mientras lo empujaba para deshacer el abrazo–. Necesito más tiempo.

—Llevamos meses de salir juntos. Todavía no sé dónde vives. ¿Qué tengo yo para que desconfíes de mí?

Paul se paró frente a ella, los brazos colgando a los lados.

—No eres tú. Soy yo –respondió Bagabond, sin mirarlo a los ojos–. Dame tiempo. O no: tú decides.

—¿Yo decido? –reviró Paul, y meneó la cabeza, resignado–. Sería más fácil si no me provocaras tanta curiosidad. El viernes que viene cenamos y, lo prometo, cine después. ¿Nos vemos aquí?

—De acuerdo. Buena suerte. En lo de tu trabajo.

Bagabond no sabía si tal deseo se refería a Paul o a Rosemary.

♥

Bagabond distinguió los relámpagos de los disparos y oyó el ruido de pistolas, rifles y escopetas que destruían la noche mientras rodeaba el edificio. Acompañada de un pequeño ejército de gatos, ratas y algunos perros salvajes, se dedicaba a patrullar el perímetro, en las palabras usadas por Rosemary en la reunión dos días antes. Cuando alguien intentaba escaparse, ella y los animales lo conducían de regreso a los policías que ya estaban esperando.

Estuvo a punto de tropezar con un cadáver cuya cara había sido desbaratada por un escopetazo. Al retroceder, chocó con un policía negro, que la sostuvo con delicadeza y le ayudó a recobrar el equilibro.

—Señora, será mejor que encuentre otro lugar para dormir esta noche.

Con sus grandes manos la hizo girar para dirigirla a las calles tranquilas de los alrededores y alejarla de la batalla. Esas manos le recordaron las de Garrote cuando intentaba asir a Jack. Se retorció para librarse, dejó al policía agarrando una chamarra sucia de cuero y se alejó cojeando con rapidez.

Cuando volvió a encontrarse de nuevo escondida en las sombras, hizo contacto con sus animales. La roja permanecía con ella todo el tiempo, pero los demás estaban dispersos en torno al edificio. Con los ojos de una rata agazapada sobre un montón de basuras, vigiló los pasos de un joven oriental que trataba de huir de la pelea. Iba dejando huellas de sangre que manaba de la pierna derecha. La rata olfateaba la sangre, al igual que un rottweiler prófugo que de repente apareció en la boca del callejón. El hombre vietnamita ahogó un grito y empezó a retroceder despacio. Bagabond retuvo al perro, lo hizo sentarse sobre las ancas y el perro aulló su convocatoria al cielo.

Había agua en todas partes. Rosemary había dicho que una as nueva llamada Water Lily participaría esa noche en las acciones. Bagabond estaba harta de pisar charcos. Tenía empapados los seis centímetros inferiores de su abrigo y sus faldas, y también sus botas. ¿De dónde venía tanta agua? Deseó que esa noche no hubiera ningún incendio en Jokertown.

Aunque con eso delataba su presencia, Bagabond formó una hilera de gatos ferales para evitar que ningún joker pudiera aproximarse a menos de dos cuadras del frente de batalla. La bodega que estaba al centro del anillo de protección en Jokertown, según Rosemary, funcionaba como uno de los principales depósitos de armas de los Puños de Sombra. La concentración de Bagabond se debilitaba. Rosemary no había pensado en la duración en que su as favorita podía mantenerse en contacto con las mentes de los animales y controlar a centenares de ellos en acciones coordinadas.

La gata roja bufó y sacudió a Bagabond de sus ensueños. Se enderezó de la pared en que se apoyaba para conservar su fuerza. Con la Uzi lista para abrir fuego, otro vietnamita intentaba abrirse paso por la calle oscura, amparado por las sombras sin hacer el menor ruido. Bagabond se concentró en él y enseguida llamó a las ratas. En unos cuantos segundos, centenares de ratas atacaron al hombre y lo obligaron a retroceder. Saltaban sobre sus pantalones y corrían por sus brazos, que el hombre sacudía, mordiéndolo en la cara y el cuello. Por la fuerza de sus números, las ratas lo hicieron tropezar, pues cubrían todo el suelo alrededor de él. Se puso a gritar, mientras disparaba la Uzi sin pausa, de modo que los ecos de las ráfagas daban un ritmo macabro a sus aullidos. La escala de los sonidos iba ascendiendo hasta que se le acabaron las balas de la Uzi y la garganta del hombre ya no era capaz de gritar. El silencio lo interrumpían sólo los movimientos de las ratas. Bagabond las envió a que ocuparan una nueva posición. Le perturbaba ver al hombre tirado en un charco de sangre; no debió haber luchado.

Varios rayos láser se arquearon en el cielo y lo cortaron cual bisturís. Cuando daban en los charcos de Water Lily, levantaban nubes de vapor. La escena, con sus luces intermitentes, evocaba para Bagabond la escenografía del infierno diseñada por Ken Russell.

Rosemary la llamó por medio de la gatita que Bagabond le había dejado para tener comunicación. Bagabond se dio la vuelta y abandonó el cadáver. Ese hombre nada le había hecho. No sería alimento para ella ni para los animales. ¿Qué derecho tenía de matarlo?

Cuando Bagabond arribó, Rosemary se hundió en un portal oscuro y profundo para esperarla. La mendiga avanzaba pegada a la pared, como había visto hacer al vietnamita poco antes. Nadie la vio.

—¿Qué ves? –preguntó de inmediato Rosemary, pues no había tiempo para asuntos preliminares.

—Los tenemos a todos. Nadie ha escapado según mis ojos.

—Bien, bien. Estos hijos de puta no se olvidarán de esto en bastante tiempo –aprobó Rosemary, aunque sus pensamientos estaban en otra cosa–. Ya ves, yo sabía que podías hacer mucho por mí.

Rosemary volvió a la calle al advertir que se acercaba un policía para saludarla.

—¡Qué gran éxito! Esos ases suyos realmente hacen toda la diferencia, aunque me cueste aceptarlo. ¿El negro ése, el Martillo? ¡Es harina de otro costal! Me daban escalofríos con sólo andar cerca de él y su capote.

El capitán extendió la mano para felicitarla.

—Me da mucho gusto poder ayudar, Capitán. Pero el Martillo de Harlem sigue fuera del país. ¿No sería alguno de los suyos, bajo un disfraz? –informó sonriente Rosemary mientras le estrechaba la mano–. Por cierto, ¿no podría alguno de sus oficiales ayudar a esta señora a salir del área? Parece que anda un poco perdida.

Indicaba con la cabeza a Bagabond, que esperaba en el umbral.

Antes de que el policía pudiese echarle el guante, Bagabond se alejó por la acera y se metió por un callejón. Se tomó un momento para dispersar a sus animales, y enseguida siguió a la roja, que se introdujo en el acceso subterráneo que había dejado destapado de antemano. En la noche húmeda bajo las calles se puso a considerar lo que se había logrado. ¿Con qué fin? ¿Para que la Mafia de Rosemary pudiera seguir actuando? Había perdido no menos de veinte ratas, un gato y uno de los perros. *Nunca más, Rosemary. Tus juegos no valen estas pérdidas.* Cuando distinguió el brillo en los ojos de la roja, la siguió a casa por los túneles.

Cuando Rosemary llegó al penthouse de los Gambione, Chris estaba ahí, sentado en el sillón a la cabeza de la mesa de conferencias dentro de la biblioteca de su padre. Permaneció callado mientras ella tomaba asiento al lado de él.

—Hay problemas –anunció Chris con el brazo extendido para tomarla de la mano–. Paul Goldberg sabe quién eres.

—¿Cómo?

Sintió miedo, pero también tuvo una sensación de alivio de que la mascarada tocara a su fin.

—No sabemos cómo, pero eso no importa demasiado a estas alturas, ¿no crees? Hemos tenido tu oficina bajo vigilancia, sólo por principio, y mira lo que encontramos en su apartamento.

Chris empujó hacia ella un sobre que descansaba en la mesa. Al abrirlo descubrió que adentro había fotos de ella con su padre, documentos, todo lo que se necesitaba para clavarla en la pared.

—Tenemos que librarnos de él –Chris tamborileó con los dedos sobre la mesa–, pero quise que me autorizaras antes. Se trata de uno de tus empleados, después de todo.

—Por supuesto, de inmediato –aprobó Rosemary, que miraba las fotografías y las movía de un lugar a otro–. ¿Se lo ha dado a alguien? ¿Quiénes más saben de esto?

—Pienso que lo hemos detectado a tiempo –opinó Chris y tomó una de las fotografías para mirarla casi con pereza–. Te sugiero que verifiques con tu buena amiga Suzanne, sin embargo. Se les ha visto juntos.

—Santo Dios, ella y Paul salen juntos. No sé qué hará ella si lo despachamos. A veces no es muy estable.

—¿Quieres esperar, entonces? Es tu vida o la de él –indicó Chris al tiempo que inclinaba del pesado sillón sobre las patas traseras.

—No, liquídalo. Mátalo cuanto antes –Rosemary miró a los lados como si buscara por dónde huir–. Si aún no ha tenido tiempo de hablar con nadie, estaré a salvo.

—Es la única decisión sensata. Me encargo yo. A menos que…

Chris hizo una pausa al tiempo que dejaba caer las patas del sillón con un pequeño estruendo amortiguado por la alfombra gruesa.

—No, no. Hazlo tú, por favor –pidió ella y lo miró con gratitud–. Gracias.

—No es nada –sonrió él, y después de inclinarse hacia ella le dio un beso–. Para eso estoy aquí.

Al dar vuelta a la esquina del edificio de Paul, Bagabond trataba de bajarse la falda al mismo tiempo que pretendía esquivar los charcos que había dejado la lluvia del día anterior. El portero abrió con un gesto mal disimulado que manifestaba haberla espiado mientras hacía sus arreglos. Ella consideró por un momento ponerle una paloma sobre la cabeza para estropearle un poco más la vida, pero no valía la pena. Tenía en la mente cosas más importantes. No era una decisión definitiva, pero según se presentaran las cosas podría consentir en pasar la noche con Paul. Todavía sentía reparos.

Saludó a Marty con un ademán, y vio cómo marcaba su nombre en el registro de visitantes. Como de costumbre, el ruido de sus tacones sobre el piso de mármol la ponía nerviosa. El ascensor tardó una eternidad en bajar, y cuando por fin llegó, ella creía que todos los que la habían visto entrar sabían lo que estaba pensando sobre Paul. Se sintió ridícula; por Dios, era adulta. Respiró profundamente y entró al ascensor para subir al piso treinta y dos, donde se ubicaba del apartamento de Paul.

Por fortuna, no había nadie en el corredor cuando salió del ascensor. La alfombra parecía tener diez centímetros de grueso, y sus pasos no hacían ningún ruido al andar. Se detuvo ante la puerta de Paul y llamó al timbre. Dejó pasar unos minutos, y volvió a llamar, prestó atención a cualquier ruido que se oyera en el interior, pero no escuchó nada. Escudriñó mentalmente la presencia de animales, como un ratón o una rata, pero el edificio de Paul era demasiado elegante para esas criaturas. Al no encontrar animales adentro, Bagabond metió una paloma por una de las ventanas. Había un par de luces encendidas, pero no logró ver a Paul.

¡Vaya! Qué noche para dejarla plantada. Qué sentido de la oportunidad, Paul. Bagabond dio el primer paso de vuelta al ascensor, sintiendo un sombrío alivio arrumbado en algún rincón de su mente.

Mientras bajaba, se dio cuenta de que forzosamente Paul la esperaba; de lo contrario, el guardia de seguridad no le habría permitido la entrada. Por primera vez, sintió preocupación por él.

Marty, el guardia, había visto llegar a Paul varias horas antes: se había detenido a charlar un poco con él sobre el hecho de que, para variar, venía de ganar uno de sus casos y regresaba temprano para descansar un poco antes de que Bagabond llegase. Marty se sonrojó al mencionar que Paul Goldberg le había encargado estar muy pendiente de su llegada. Incluso había mencionado su propósito de celebrar juntos ella y él. El registro no mostraba ningún movimiento posterior de Paul; ninguno de los porteros lo había visto salir. Marty llamó a otro guardia para que ocupara su sitio y sacó una llave maestra para el apartamento de Paul.

Tan pronto abrió la puerta, Bagabond supo que algo andaba mal. Siguió su sensación de temor y condujo a Marty al baño. Paul estaba desnudo en el jacuzzi de mármol negro. En el agua burbujeante la sangre formaba remolinos alrededor de él. Le habían disparado en el ojo a boca de jarro. Se le quedó mirando mientras Marty, frenético, marcaba el número de la policía.

Los policías se la llevaron a la estación y la estuvieron interrogando durante varias horas. Al comenzar estaban decididos a hacerla confesar el asesinato. Cuando se recibió el informe inicial forense, abandonaron esa línea y se pusieron a atosigarla sobre lo que sabía de las actividades de Paul. ¿Quiénes deseaban su muerte? Ella pensaba todo el tiempo en Rosemary, pero se limitaba a negar cualquier conocimiento sobre el tema.

¿Sería capaz Rosemary de ordenar que lo matasen? ¡Ella sabía que Bagabond quería a Paul! Además, había promovido su relación. ¿Sería capaz de asesinar a alguien a quien respetaba, un compañero de trabajo? Bagabond no se permitía responderse tales preguntas.

Eran casi las seis de la mañana cuando por fin C. C. obtuvo permiso de llevarse a Bagabond a casa. Bagabond permaneció en silencio mientras iban en el taxi hacia el loft de C. C. Buscó a los gatos y en un impulso instintivo los abrazó mentalmente, temblando. C. C. recogió del suelo el periódico de la mañana frente a su edificio, y se lo metió bajo el brazo mientras guiaba a Bagabond hacia el ascensor. Dentro del loft, Bagabond fijó una mirada ciega sobre la pared de enfrente al tiempo que C. C. preparaba té.

De pronto Bagabond se dio cuenta de que C. C. estaba repitiendo su nombre, y volvió en sí. Prefería extender su conciencia a lo largo de la ciudad, porque así se dispersaba su dolor. Sólo el tono de alarma en la voz de C. C. la hizo concentrarse en el periódico que su amiga había desplegado frente a ella.

Una cuarta parte de la primera plana ostentaba la foto de Rosemary Gambione Muldoon.

♠

Rosemary mantenía una fría tranquilidad. El aviso se lo había dado un escritor de obituarios que debía una fortuna en Las Vegas, una deuda que ella había comprado tiempo atrás. Hoy se la había pagado. Al oír el alboroto en la sala de reporteros se había asomado para ver de qué se trataba. Le bastó con ver la foto en la maqueta de la primera plana. Hizo la llamada a su contacto con la Familia. A las dos de la mañana Chris había despertado a Rosemary llamando a la puerta, y juntos habían metido ropas en una maleta.

Chris había traído a cuatro de sus mejores hombres para que la protegieran veinticuatro horas al día. Los seis estaban sentados en la limusina negra que los llevaba a una de las casas de seguridad de los Gambione. Rosemary no hablaba. ¿Qué se podía decir? Una parte de su vida quedaba atrás, destruida. Sólo le quedaba la Familia. Acabaría en lo mismo en que había empezado.

Rosemary estaba sentada a solas dentro de la casa. Los guardias vigilaban el exterior y observaban todas las ventanas y puertas. Chris había salido para organizar un retiro más seguro desde donde ella pudiera seguir dirigiendo a los Gambione. Se sentía más libre y viva que en su doble vida. En la cabeza le nadaban planes para mantener la viabilidad de las Familias. Una vez recuperada su capacidad de concentrarse en los problemas que enfrentaba, todo iba a ser diferente. Paul le había hecho un favor. Una pena que tuviera que morir por eso, pero no se podía arriesgar a la apariencia de debilidad. Se preguntó si Chris tardaría en regresar. Era menester dialogar con él sobre muchas cosas.

Todos los caballos del rey

II

E L AGUA GORGOTEABA SORDAMENTE EN ESE LUGAR OSCURO, cerrado, caliente. El mundo se hundía, giraba y se retorcía. Se sentía demasiado débil y mareado para moverse. Algo helado hacía contacto con las piernas, subiendo cada vez más, y hubo un choque repentino al alcanzar la entrepierna el agua, cuya fuerza lo hizo volver en sí. Se arrancó el arnés que lo sujetaba al asiento, pero era demasiado tarde. El frío le acarició el pecho y, al tratar de alzarse, el piso se movió y le hizo perder pie, y el agua le cubrió la cabeza, y ya no podía respirar, y todo se puso oscuro, muy oscuro, negro como la tumba, y tenía que salir de ahí, debía salir de ahí...

Tom se despertó con el aliento cortado, un grito atorado en la garganta.

En el primer momento de conciencia, aún en la niebla del sueño, alcanzó a oír el tintineo de un vidrio desprendido del marco de la ventana, que se quebraba en el suelo de la recámara. Cerró los ojos y trató de calmarse. En el pecho el corazón le martilleaba, y tenía la camiseta pegada a la piel sudorosa. Sólo un sueño, se decía, pero permanecía la sensación de caer: ciego e indefenso, encerrado en un ataúd de acero en llamas, mientras se precipitaba a las aguas del río que luego se cerraban sobre él. Sólo un sueño, se repitió. Rescatado por su suerte: algo había hecho explotar el caparazón y él había escapado, y eso era todo, estaba vivo y a salvo. Aspiró en profundidad y contó hasta diez, y cuando iba por el siete ya no temblaba. Abrió los ojos.

Su cama era un colchón tirado en el piso de un cuarto vacío. Se incorporó, enredado en las cobijas. En un rayo de luz filtrado por la ventana, varias plumas provenientes de una almohada desgarrada flotaban perezosamente hacia el suelo. El reloj despertador adquirido una semana antes había sido arrojado al otro lado de la habitación, y había rebotado en la pared. En la pantalla digital LED parpadeó una serie aleatoria de números antes de quedar oscura. Las paredes verde pálido estaban del todo desnudas y ostentaban una red de grietas en forma de telaraña. Del techo se desprendió un pedazo de yeso. Tom hizo un gesto de dolor, se liberó de las cobijas y se puso de pie.

Cualquier noche de ésas su jodido subconsciente iba a derrumbar la casa sobre su cabeza. Se preguntó lo que opinarían los vecinos al respecto. Ya había reducido a leña casi todos los muebles de la recámara, y los muros de tabla estucada no resistirían mucho más. Tampoco él, en realidad.

En el baño, Tom tiró al cesto su camiseta empapada y se contempló en el espejo encima del lavabo. Le pareció que lucía diez años mayor que su edad. Un par de meses de pesadillas recurrentes tienen tal efecto, pensó.

Se metió a la regadera y corrió la cortina. En la jabonera una pastilla medio disuelta de Safeguard flotaba en un charquito de agua. Tom se concentró. El jabón se alzó en vertical y flotó hasta su mano. Estaba viscoso. Ceñudo, le dio vuelta a la llave del agua fría con la mente y contrajo los músculos en cuanto sintió el chorro de agua helada. Usando la mano, abrió la llave del agua caliente y se estremeció, aliviado, al entibiarse la regadera.

Iba mucho mejor, reflexionó Tom mientras se enjabonaba. Después de veintitantos años de ser la Tortuga, sus capacidades telequinésicas estaban casi por completo atrofiadas, excepto cuando se encerraba en su caparazón, pero con la ayuda del doctor Tachyon había entendido que se trataba de un bloqueo psicológico, no físico. Desde entonces había estado ejercitándolas y había alcanzado el punto en que mover el jabón y la llave del agua eran pan comido.

Tom metió la cabeza bajo la regadera y sonrió al sentir que el agua caliente cayendo en cascada sobre él le lavaba los últimos residuos de la pesadilla. Era una lástima que su subconsciente se negara a aceptar límites; si pudiera, se sentiría más seguro al ir a dormir, y tal vez su recámara no estuviera hecha pedazos al despertar. Pero en el sueño él era la Tortuga. Débil, mareado, caído y a punto de ahogarse, pero era la Gran y Poderosa Tortuga, capaz de jugar con locomotoras y aplastar tanques con su mente.

La difunta Gran Tortuga. *¡Ni todos los caballos ni todos los hombres del rey!*, pensó Tom, recordando la rima infantil.

Cerró las llaves del agua, se estremeció al sentir frío y salió de la tina para secarse.

En la cocina se preparó una taza de café y un plato de cereal de salvado. Su doctor decía que necesitaba comer más fibra, pero el cereal de salvado siempre le había sabido a cartón mojado; los nuevos cereales de salvado ultrasaludables sabían a virutas de madera. Debería también reducir el consumo de café, pero ese caso no tenía esperanza: a esas alturas, era un adicto.

Encendió el pequeño televisor situado a un lado del horno de microondas y miró el canal de CNN, sentado a la mesa de la cocina. La ciudad había armado una investigación a conciencia sobre el caso de corrupción en la oficina de la fiscalía de Manhattan; era lo menos que podían hacer dada la revelación de que una de las fiscales asistentes era cabeza de la Mafia. Habría acusaciones, prometían. Rosa Maria Gambione, alias Rosemary Muldoon, estaba siendo buscada por la policía para someterla a un interrogatorio, pero se había esfumado, escondida bajo tierra en algún sitio. Tom pensaba que no se le vería demasiado pronto.

Se sintió culpable cuando no hizo caso de la convocatoria de Muldoon para intervenir en la guerra de pandillas que asolaba la ciudad. El carácter de la Tortuga no le permitía ignorar los pedidos de ayuda; en la circunstancia de tener un caparazón en funciones o el dinero para construirlo, su resolución se habría ablandado, haciendo resucitar a la Tortuga de entre los muertos. Pero no fue el caso, así que se negó, y estaba contento de eso. Pulso, Water Lily, Mister Magneto y los demás ases participantes se habían jugado la vida y la reputación; en recompensa, los políticos especialistas en acoso y derribo aparecían en las noticias, exigiendo que se les investigara a todos ellos por sus vínculos con el crimen organizado.

En situaciones como ésa, Tom se alegraba de que la Tortuga ya hubiese muerto.

En la pantalla del televisor apareció un reportaje internacional sobre las últimas novedades de la gira de ases. El embarazo de Peregrine era ya noticia vieja, y no se habían producido nuevos actos violentos como el incidente de Siria, gracias a Dios. Tom miró escenas del aterrizaje del *Carta Marcada* en Japón con algo de resentimiento vago. Siempre quiso viajar, visitar tierras exóticas, ver todas las ciudades fabulosas sobre las que había leído tanto de niño, pero nunca tuvo suficiente dinero. En una ocasión, la tienda lo había enviado a Chicago, a una feria comercial, pero un fin de semana en el Conrad Hilton con otros tres mil vendedores de equipo electrónico no habían logrado satisfacer los sueños de su infancia.

Debían haber invitado a la Tortuga a la gira. Claro que el transporte del caparazón podría presentar problemas, y no le darían pasaporte si no revelaba su nombre verdadero, cosa que no estaba preparado a hacer. Sin embargo, esos problemas se resolverían si alguien se tomara la molestia. Tal vez de verdad pensaban que la Tortuga había muerto, aunque por lo menos el doctor Tachyon estaba al tanto de que no era así.

Ahí estaba, por lo tanto, en Bayonne, con la boca repleta de salvado alto en fibras, al tiempo que Mistral y Fatman y Peregrine se encontrarían sentados en alguna pagoda, tomando un desayuno japonés, ¡quién sabe qué desayunarían los japoneses! Se puso a rabiar. No tenía nada en contra de Peri ni Mistral, pero nadie había tenido que pasar las dificultades superadas por él. Dios Santo, habían invitado incluso al asqueroso de Jack Braun. Pero no a él, oh, no, eso era un montón de jodidos problemas, se tenían que hacer disposiciones especiales, y tenían asignados tantos asientos para los ases, y otros tantos para los jokers, y nadie sabía en qué categoría poner a la Tortuga.

Tom se bebió un trago de café, se levantó y apagó el televisor. A la mierda con todo, pensó. Habiendo decidido que la Tortuga permaneciera muerta, tal vez llegaba el momento de incinerar los restos mortales. Tenía un par de ideas al respecto. Si se manejaba bien, tal vez dentro de un año él también podría darle la vuelta al mundo.

Concierto para sirena y serotonina

II

Después de verificar que nadie lo observaba, Croyd dejó caer en su espresso un par de Bellezas Negras. El suspiro que soltó iba precedido por una maldición pronunciada en voz baja. Las cosas no estaban saliendo conforme a lo previsto. Todas las pistas seguidas de los últimos diez días habían terminado en nada, y estaba ya más adentrado en el panorama de las anfetaminas de lo que resultaba deseable. En una situación ordinaria eso no le preocupaba, pero por vez primera había formulado por separado dos promesas respecto a las drogas y sus acciones. Como una era de negocios y la otra personal, reflexionó, tales promesas lo ataban de ida y vuelta. No quedaba otro remedio: debía mantener el ojo, o por lo menos varias de sus facetas, sobre su propia persona, a fin de no estropear su trabajo, y no quería que Water Lily perdiera interés por él desde su primera cita. Pero como lo habitual era sentir la paranoia antes de que se manifestara, decidió que ése sería su indicador del grado de irracionalidad en el ciclo en que estaba.

Había recorrido toda la ciudad siguiendo dos pistas que terminaron por esfumarse, al parecer. Había verificado cada una de las direcciones de la lista, para alcanzar la conclusión de que habían sido puntos de encuentro escogidos al azar. Lo siguiente era James Spector. Aunque no hubiera reconocido el nombre, sí conocía a Deceso. En varias ocasiones había estado con él. Ese hombre siempre le pareció uno de los ases más sucios. "Los ojos de Deceso liquidan al más cabrón", recitó en voz baja, haciendo una señal al mesero.

—¿Sí, señor?

—Otro espresso, pero en una taza más grande, por favor.

—Sí, señor.

—Mire, de una vez traiga toda la cafetera.

—De acuerdo.

Se puso a tararear en voz más alta, llevando el compás con el pie.

—Los ojos de Deceso. El Deceso con ojos –entonaba.

Dio un salto cuando el mesero puso una taza frente a él.

—¡No trate de tomarme por sorpresa!

—Disculpe. No fue mi intención perturbarlo –murmuró el hombre y empezó a llenar la taza.

—Oiga, no se ponga detrás de mí para servir. Hágase a un lado, adonde yo pueda verlo.

—Seguro.

El mesero se movió a la derecha de Croyd. Dejó la jarra de café en la mesa y se alejó.

Al beber una tras otra taza de café, Croyd se puso a fijarse en pensamientos que no había tenido en mucho tiempo, sobre dormir, la mortalidad, la transfiguración. Después de un rato, pidió otra jarra de café. Sus problemas sin duda merecían dos jarras.

La nevada del anochecer ya había cesado. Sobre las aceras, la capa de dos o tres centímetros relucía bajo los faroles, y un viento tan helado que sus latigazos quemaban formaba remolinos brillantes a lo largo de la Calle Diez. El hombre alto y delgado, cubierto por un pesado abrigo negro, andaba con cuidado, y antes de doblar la esquina miró sobre su hombro, mientras su respiración formaba una nube de vapor. Desde la salida del negocio de paquetería tuvo la sensación de estar bajo vigilancia. Y había una figura, a unos cien metros de distancia, andando por la acera de enfrente, al mismo paso que él. James Spector pensó que podía valer la pena esperar a ese hombre y matarlo, sólo por evitarse molestias más adelante. Después de todo, en su mochila tenía dos botellas de setecientos mililitros de Jack Daniels y seis latas de cerveza Schlitz. Si alguien lo atacara de repente sobre esta acera helada… Contrajo el rostro en una mueca al imaginar las botellas rotas y el prospecto de tener que regresar a la tienda.

Por otra parte, esperar al hombre para matarlo ahí mismo, mientras cargaba el paquete, podía causar un resbalón, aunque fuera solamente por inclinarse a revisar los bolsillos del muerto. Lo mejor sería encontrar un lugar en donde dejar las cosas. Se puso a mirar a su alrededor.

Un poco más adelante, unos escalones conducían a un portal. Se dirigió ahí y puso su paquete en el tercero de ellos, apoyado en un barandal de hierro. Se sacudió el cuello del abrigo y lo dobló hacia arriba, pescó en su bolsillo una cajetilla de cigarros que sacudió para sacar uno de ellos y lo encendió, formando un hueco con las manos. Se recargó en el barandal y esperó, con los ojos puestos en la esquina. En unos segundos, un hombre de pantalones grises y blazer azul entró a su campo de visión. Con la corbata azotada por el viento y el pelo revuelto, se detuvo un momento para mirar, hizo movimientos afirmativos con la cabeza y avanzó. Más de cerca, Spector se dio cuenta de que el hombre llevaba gafas reflejantes, y sintió de pronto un filo de pánico, al ver que el otro contaba con una primera línea defensiva muy adecuada. Y no era casualidad, en la mitad de la noche. Por lo tanto, su perseguidor tenía el aspecto de ser un golpeador. Le dio una larga chupada a su cigarro, y subió de espaldas varios escalones más, sin darse prisa, para alcanzar una altura desde donde patear la cabeza del otro para tumbarle los malditos anteojos.

—¡Ea, Deceso! –gritó el hombre–. ¡Tengo que hablar contigo!

Deceso lo observó y trató de ubicarlo. Nada le resultaba conocido en él, ni siquiera la voz.

El hombre se aproximó y se le quedó mirando, sonriente.

—Sólo te quitaré un minuto de tu tiempo –le prometió–. Es importante. Tengo mucha prisa, pero al mismo tiempo necesito cierta medida de sutileza. No es fácil.

—¿Te conozco de algo? –le preguntó Deceso.

—Hemos cruzado caminos. En otras vidas, por decirlo así. O sea, mis vidas. Además, creo que alguna vez llevaste las cuentas para la empresa de mi cuñado, allá en Jersey. Mi nombre es Croyd.

—¿Qué quieres?

—Necesito saber quién encabeza los esfuerzos por arrebatar sus operaciones a la antigua y benévola Mafia, que lleva más o menos medio siglo de controlar la ciudad.

—Bromeas –dijo Deceso, al tiempo que dejaba caer la colilla y la aplastaba con la punta del pie.

—No –declaró Croyd–. Me es indispensable conseguir ese nombre para poder descansar en paz. Según tengo entendido, además de la contabilidad, haces otro tipo de trabajos para esa gente. Así que dime quién es el mandamás, y me pondré en camino.

—No puedo –repuso Deceso.

—Ya te dije que trato de ser sutil. Prefiero no resolver la cuestión por la fuerza.

Deceso le aplicó una patada en la cara. Las gafas de Croyd salieron volando sobre su hombro, y Deceso puso sus ojos sobre doscientas dieciséis relucientes facetas oculares. No logró cerrar su mirada sobre esos puntitos de luz.

—Eres un as –dedujo–, o joker.

—Soy el Durmiente –Croyd tomó el brazo derecho de Deceso y lo quebró en el barandal–. Era mejor el método sutil. No duele tanto.

Deceso se alzó de hombros, con el rostro contraído por el dolor.

—Puedes romperme el otro, si quieres. Pero no te puedo decir lo que no sé.

Croyd miró el brazo que colgaba del hombro de Deceso. Éste lo agarró con la otra mano, puso el hueso en su sitio y lo sostuvo.

—Te curas muy rápido, ¿verdad? Hasta en unos cuantos minutos, según recuerdo –interrogó Croyd.

—Así es.

—Si te arranco un brazo, ¿te crecería uno nuevo?

—No lo sé, y prefiero no tener que averiguarlo. Mira, se dice que eres un psicópata, y veo que es cierto. Te lo diría si lo supiese. No me gusta esto de las regeneraciones. Pero lo único que hice fue un miserable golpe por encargo. No tengo ni idea de quién está arriba.

Croyd extendió las dos manos y aferró a Deceso por las muñecas.

—Por lo visto, romperte los huesos no sirve de mucho –observó–, pero puedo ser más sutil. ¿Nunca has probado la terapia de electrochoque? A ver qué te parece.

Cuando Deceso dejó de convulsionarse, Croyd soltó sus muñecas. Cuando el primero recuperó el uso de la palabra, insistió:

—No puedo decirte nada. No lo conozco.

—Bueno, vamos a tronarte más las neuronas –sugirió Croyd.

—Espera un poco –interpuso Deceso–. No tengo ni idea de los nombres de los de hasta arriba. No quise nunca averiguarlo, ni me importa un carajo. Sólo sé de un tipo llamado Ojo, un joker. Tiene un solo ojo, enorme, y se pone un monóculo encima. Lo vi una vez en Times Square, me dio el trabajo y me pagó. Eso es lo único que importa. Ya sabes cómo es esto. Tú mismo aceptas encargos.

—¿Ojo? –suspiró Croyd–. Creo que he oído hablar de él en algún lado. ¿Dónde puedo encontrar a este tipo?

—Según sé, suele estar en el Club Dead Nicholas. Juega cartas ahí los viernes en la noche. He querido ir por ahí y matar al muy cabrón, pero no lo he hecho. Me costó un pie.

—¿Club Dead Nicholas? –repitió Croyd–. Creo que no lo conozco.

—Antes era la Funeraria de Nicholas King, cerca de Jokertown. Sirven de comer y de beber, música, pista de baile, y en el cuarto de atrás se juega. Lo abrieron no hace mucho. La decoración se basa en motivos de Halloween. Demasiado morboso para mi gusto.

—Conforme –aceptó Croyd–. Espero que no me estés queriendo joder, Deceso.

—Es todo lo que tengo.

Croyd asintió con movimientos pausados.

—De algo servirá –dijo Croyd con movimientos afirmativos de cabeza, y soltó al otro para retroceder–. A ver si entonces puedo descansar.

Recogió el paquete de Deceso y se lo dio en los brazos.

—Ten. No se te vaya a olvidar. Y ten cuidado al andar. Está muy resbaloso.

Andaba en retroceso mientras murmuraba sin cesar, y así llegó a la esquina. Ahí se dio vuelta y desapareció.

Deceso se hundió hasta sentarse en un escalón. Enseguida abrió una de las botellas y se tomó un largo trago.

Jesús era un as

por Arthur Byron Cover

> *En estos tiempos de dificultades y de aflic-*
> *ción oscura, en esta fértil tierra donde el*
> *trabajo de Satanás está a punto de arrojar*
> *sus frutos, ya no es necesario merodear en*
> *Marx ni meter las narices en Freud; no se re-*
> *quiere la ayuda de liberales como Tachyon;*
> *no se requiere abrirse a nadie que no sea Je-*
> *sús, ¡porque él fue el primero y el más gran-*
> *de de todos los ases!*
>
> Reverendo Leo Barnett

I

Entre Jokertown y la parte baja del East Side hay varias manzanas que tanto la gente normal como las víctimas del virus llaman la Orilla. Nadie sabe qué grupo acuñó el término, pero se usa con el mismo significado en ambos lados. Para un joker es la orilla de Nueva York; para un norm es la orilla de Jokertown.

La gente acude a la Orilla por las mismas razones que va al cine a ver películas sangrientas, o a un buen concierto de heavy metal con anfetas, o se mete a la más reciente moda en las drogas de diseño. A la Orilla uno va en busca de la ilusión de peligro, una ilusión segura, pasajera, de la cual puede luego hablar en fiestas donde hay gente demasiado tímida para atreverse a ir a la Orilla.

Eso pensaba el joven predicador mientras contemplaba a través de la ventana del baño al equipo de los noticieros de la televisión que deambulaba por la calle. El joven predicador se encontraba en el cuarto de un hotelucho que había alquilado a precio bajo para pasar la noche, aunque no intentaba usarlo más de unas cuantas horas. El equipo del noticiero constaba de un reportero vestido de saco y corbata, un operador de Minicam y un sonidista. El reportero paraba a los transeúntes, bien fueran norms o jokers, y les metía el micrófono bajo las narices, pidiéndoles que dijeran algo. Por un momento largo y tortuoso, el joven predicador se preocupó de que su encuentro con Belinda May fuese el objeto de la curiosidad de los reporteros, pero se tranquilizó pensando en que éstos tendrían la rutina de recorrer el vecindario. A fin de cuentas, ¿dónde más tenían la oportunidad de encontrar un inicio llamativo para las noticias de las once de la noche? Al joven predicador no le agradaban los pensamientos pecaminosos, pero bajo las circunstancias abrigaba la esperanza de que el equipo del noticiero se distrajera por algún accidente espectacular de tránsito a unas cuadras de distancia, con mucha atracción visual en forma de fuego y autos destruidos, pero ningún herido fatal, por supuesto.

El joven predicador dejó caer la raída cortina blanca. Terminó de hacer lo que tenía, y enseguida se lavó las manos con movimientos rápidos y eficientes mientras observaba su reflejo cadavérico en el espejo sobre el lavabo oxidado. ¿Estaría tan mal de salud, o era esa complexión amarillenta y pálida consecuencia de la luz desnuda de los dos focos sobre el espejo? El joven predicador era un hombre rubio, de ojos azules, treinta y cinco años recién cumplidos, rasgos apuestos dominados por pómulos altos y un mentón cuadrado con hoyuelo al centro. Por el momento se había quitado la ropa y vestía sólo una camiseta blanca, calzoncillos bóxer color azul claro y calcetines. Sudaba profusamente. Hacía mucho calor, aunque esperaba ponerse mucho más caliente en pocos minutos.

Pese a todo, no podía menos que sentirse fuera de lugar en el miserable cuarto de hotel, en particular con esta mujer que casualmente era una de las participantes clave de su nueva misión en Jokertown. No por faltarle a él experiencia. Lo había hecho muchas veces antes, con las más variadas clases de mujeres, en cuartos parecidos a ése. Las mujeres lo hacían porque él era famoso, o por sentirse bien al oír sus sermones, o queriendo sentirse más cerca de Dios. En ocasiones en que él tenía sus propias dificultades para acercarse a Dios, lo habían hecho por dinero, y los pagos habían sido realizados por un miembro confiable de su círculo más íntimo. Unas pocas tontas habían creído enamorarse de él, una ilusión que él destrozaba sin la menor dificultad, pero tan solo después de saciar sus deseos carnales.

Pero nada en la experiencia del joven predicador podía haberlo preparado para una mujer como Belinda May, que por lo visto estaba ahí por el puro gusto. Se preguntó si la actitud de Belinda May era típica de mujeres cristianas solteras que vivían en ciudades grandes. *¿De dónde podrá venir Jesús,* pensaba, *cuando llegue el momento de su regreso?* Abrió la puerta de la recámara y, antes de dar un solo paso, se llevó el susto de su vida. Belinda May estaba sentada en la cama con las piernas cruzadas fumándose un cigarro, tan linda como es imaginable, pero desnuda como un pajarito. Esperaba verla desnuda, por supuesto, pero no tan pronto. Y bajo las sábanas, con discreción.

—Ya era hora de que aparecieras –dijo ella.

Apagó el cigarro y se metió a sus brazos antes de que él tuviera tiempo de respirar. De pronto supo lo que sentía el sartén sobre el fuego de una estufa. Se le adhería como si quisiese meterse en su cuerpo. La sensación de los pechos apretados contra el cuerpo del joven predicador lo excitaba sobremanera, y también el modo en que se le montó en el muslo para frotarse contra él, como si quisiera sentarse en el hueso. Su lengua parecía una anguila que le exploraba la boca. Le había metido una mano bajo la camiseta mientras le acariciaba las nalgas con la otra.

—Mmm, qué bien sabes –musitó Belinda May en su oreja después de lo que a él le pareció una eternidad transcurrida en un ambiente misterioso que combinaba las estratósferas del cielo con los más bajos niveles del infierno. Sin lugar a dudas, Belinda May era más agresiva sexualmente que las mujeres a las que estaba acostumbrado.

—Anda, vamos a la cama –le susurró, y lo tomó de las dos manos para conducirlo. Se trepó al lecho, se puso de rodillas y lo colocó de pie frente a ella, le tomó una mano y la puso directamente sobre su pubis.

Aunque el joven predicador se llenaba de una satisfacción profunda y duradera cada vez que sus caricias le causaban orgasmo a la mujer, experimentaba una extraña distancia respecto de todo lo que sucedía, como si estuviese presenciando la escena a través de un espejo unidireccional en la pared. Muy consciente de sí mismo, volvió a preguntarse qué hacía en semejante cuartucho, con la pintura pelada de las paredes mal aplanadas, las lámparas vulgares, la cama de resortes quejumbrosos y el televisor que los contemplaba con un ojo que no dormía. Se arrepintió de haber cedido al deseo de Belinda May, que le pidió que el encuentro tuviera lugar en un hotel de la Orilla. Le molestaba pensar que alguna parte de su alma se parecía tanto a la de la gente que visitaba por rutina la Orilla en busca de alguna aventura sin riesgo. El joven predicador prefería creer que Dios había llenado ya los vacíos importantes de su corazón.

No obstante, la hermosura accesible de Belinda May lo perturbaba en niveles más hondos que sus dudas intrusivas sobre sí mismo. La empujó con suavidad sobre la cama, y con una emoción rara, no muy diferente de la que había sentido en su juventud la primera vez que se arrodilló frente a un altar, vio que sus cabellos rubios se extendían sobre la almohada como las alas de un ángel. Ella se movió seductoramente cuando él la besó en la oreja y le lamió el cuello. A continuación quiso besarle los pechos, y sintió una ola renovada de calor en el cuero cabelludo, pues ella le pasaba la mano por el pelo y gemía con suavidad, mostrando su pasión. Enseguida lo besaba en el estómago y recorría los bordes de su ombligo –que estaba volteado hacia fuera– con la punta de la lengua, a fin de añadir un detalle magistral. Se sintió gratificado más allá de su capacidad de entendimiento cuando ella al fin abrió las piernas en una invitación que fue aceptada casi al instante, de manera que enterró su rostro y lamió con ferocidad de pagano. Nunca había conocido a una mujer de sabor tan delicioso. Nunca había deseado con mayor fervor servir a otra persona, en lugar de que lo sirvieran a él. Nunca había adorado con tanta humildad en el altar del amor. Nunca se había rebajado tan a gusto, ni con un abandono así...

—¿Leo? –Belinda se incorporó–. ¿Te pasa algo?

El joven predicador se apoyó en los codos y se miró entre las piernas, donde el miembro masculino colgaba tan flácido como un hombre suspendido de la horca. *Señor, ¿por qué me has abandonado?*, pensó con la mayor melancolía, mientras dominaba un impulso infantil de pánico. Sonrió como borrego y alzó la vista del altar, que seguía invitándolo abierto de par en par, también de su cuerpo cubierto de sudor y los pechos relucientes, hasta posarla en su rostro, que le sonreía con dulzura.

—No lo sé. Tal vez no estoy concentrado esta noche.

Belinda May hizo un mohín y se desperezó con la misma inocencia y naturalidad que si estuviese a solas.

—¡Qué mal! ¿Puedo ayudarte?

Durante los siguientes segundos, el joven predicador ponderó varios factores, casi todos relacionados con lograr un equilibrio entre la franqueza y la diplomacia delicada. Concluyó que ella respondería mejor a la franqueza, pero no sabía hasta donde podía ir. Su sonrisa era de lobo.

—¿Te apetece comer algo?

Su vida entera pasó ante sus ojos cuando ella le pasó la pierna izquierda por encima de la cabeza, saltó de la cama y exclamó:

—¡Qué buena idea! ¡Hay un bar de sushi al otro lado de la calle! ¡Invítame a cenar!

Se fue hacia el baño, y sus nalgas temblaban, tentadoras, con sus pasos. Cerró la puerta y se oyó que abría la llave del agua, pero, antes de hacer lo que necesitaba, volvió a abrir la puerta y asomó la cabeza para decir:

—Podemos volver luego e intentarlo de nuevo.

El joven predicador se quedó sin palabras. Rodó sobre la cama y se puso a mirar el techo. Las grietas formaban pautas aleatorias, un símbolo enigmático de toda su existencia en esa encrucijada. Soltó un largo suspiro. Por lo menos, ser descubierto por el equipo ambulante del noticiero ya no era lo peor que podría sucederle.

Lo peor sería que descubrieran que no había logrado que se le parara.

Si se diera tal caso, el daño a sus ambiciones políticas resultaría incalculable. El pueblo norteamericano era capaz de perdonar cualquier cantidad de pecados en un candidato a la presidencia, pero como requisito mínimo exigía que los pecadores cometieran bien sus pecados.

—Tienes un buen par de manos, de verdad, ¿sabes? –comentó Belinda May desde el otro lado de la puerta.

¡Formidable!, pensó Leo Barnett, sintiendo que lo abandonaban las fuerzas con que estaba aferrado a los bordes del abismo de la desesperación. *¡Adiós a la Casa Blanca! ¡Hola, Cielo!*

II

ESA NOCHE SENTÍA LA CIUDAD DENTRO DE ÉL, SÍ, EN LA MISMA medida en que él se encontraba dentro de la ciudad. Sentía el acero y el mortero, y los tabiques, la piedra, el mármol y el vidrio, sentía cómo sus órganos tanteaban los diversos edificios y sitios de Jokertown cuando sus átomos entraban (y salían) en fase recorriendo (de ida y vuelta) los planos de la realidad. Las moléculas de su cuerpo se frotaban con las nubes que se arremolinaban en dirección a la ciudad como si fuesen una marea de algodones negros; se mezclaban con el aire preñado de humedad, con la promesa de la llegada de más agua, y temblaban con las vibraciones de truenos distantes. Esa noche se sentía inexorablemente ligado al pasado y el futuro de Jokertown. La tormenta de lluvia que se aproximaba no difería en ningún aspecto de la anterior, y sería exactamente como la siguiente. También el acero y el mortero eran constantes, el tabique y la piedra para siempre, el mármol y el vidrio inmortales. En la medida en que la ciudad permaneciese igual, aunque de manera tenue, él seguiría siendo el mismo.

Se llamaba Quasimán. Alguna vez había tenido otro nombre, pero lo único que recordaba sobre su yo anterior al virus se reducía a haber sido experto en explosivos. Por el momento era el cuidador de la Iglesia de Nuestra Señora de la Perpetua Miseria. De él solía decir el padre Calamar: "La pérdida para el escuadrón de explosivos ha sido ganancia para el escuadrón de Dios".

Quasimán no podía hacer nada más que recordar esos hechos escuetos, porque los átomos de su cerebro, como los del resto de su cuerpo, variaban sus fases de manera constante y aleatoria, ingresaban y salían de la realidad, se elevaban a reinos extradimensionales y de un tirón regresaban a los habituales. El efecto de esa condición era doble: hacía de él algo más que un genio y algo menos que un idiota. Casi todos los días, para Quasimán era un triunfo mantenerse entero, en una sola pieza.

Aquella noche, ese modesto objetivo prometía ser más difícil de alcanzar. El aire se hallaba cargado de sangre y trueno. Aquella noche Quasimán iría a la Orilla.

Al llegar a la puerta al final de las escaleras que llevaban a la azotea del pobre edificio donde vivía, varias porciones de su cerebro se asomaron al futuro inmediato. Ya podía sentir el aire fresco de la noche, veía relámpagos distantes, oía el crujido de la grava bajo sus suelas y distinguía la forma de una vagabunda, una joker, dormida al lado de un ducto de aire caliente, con sus posesiones embolsadas y metidas en un carrito de mercado que había subido por la escalera de incendios.

Las intersecciones entre presente y futuro se hicieron más fuertes y vívidas en el instante en que asió la manija de la puerta, y crecieron en intensidad cuando la hizo girar. A esas alturas, Quasimán ya se había acostumbrado a esa clase de precognición, pues para él los niveles diferentes del tiempo chocaban de continuo entre sí, como címbalos discordes. Tiempo atrás había aceptado la única conclusión posible para existir en semejante universo mental: la realidad no era sino un montón de fragmentos de un sueño que se había hecho añicos antes del amanecer del ser.

Futuro y presente se fundieron en la misma substancia en cuanto cruzó la puerta. Ahí estaban los relámpagos, la grava bajo los pies y la mendiga dormida, como él ya lo sabía. Lo que no había percibido era el ruido de los goznes oxidados de la puerta, que chirriaron como una sierra que cortaba el zumbido estable del tránsito de automóviles en la calle. La vieja despertó de su intranquilo sueño. Tenía la piel color café llena de escamas, y su rostro era el de una rata sin pelo. Apartó los labios y dejó ver unos afilados colmillos blancos.

—¿Se puede saber quién demonios eres tú? –inquirió, en un tono de coraje fingido.

Hizo caso omiso de ella. Con la gracia eficiente de un bailarín que ejecuta de manera permanente una coreografía cómica, de humorismo mórbido, desplazó su cuerpo jorobado con la cadera izquierda tiesa hacia el borde del edificio.

Sin el menor titubeo, dio un paso más allá del borde.

La vieja, creyendo que se suicidaba, pegó un grito. Quasimán no le hizo caso.

Estaba demasiado ocupado en lo que siempre hacía después de dar un paso al vacío desde un edificio: dirigir su voluntad a donde deseaba estar. El tiempo y el espacio se plegaron en torno suyo. Al siguiente momento su intelecto, que se desvanecía rápidamente, luchó con todas sus fuerzas por aferrarse a la imagen de su propio yo. Durante un largo nanosegundo estuvo a punto de perderse en el fluir del cosmos. Pero lograba sostenerse, y pasado ese trance se encontró en un callejón de la Orilla. Se acercaba un segundo más al trueno, daba un paso hacia la sangre, entraba a un nuevo suceso que lo aproximaría a la oscuridad final.

III

AQUELLA NOCHE ERA LA GRAN OPORTUNIDAD PARA VITO. EL Hombre jamás le habría dado instrucciones para hacer esa excursión a la Orilla si él no hubiese indicado su capacidad de lidiar con la responsabilidad. Por supuesto, eso mismo significaba que Vito era un poquitín sacrificable, pero eso no le importaba, era algo que venía junto con el territorio. Para poder ascender en la Familia Calvino era necesario correr riesgos.

A últimas fechas se habían abierto oportunidades en la jerarquía de la Familia. Vito, un joven ambicioso, esperaba sobrevivir lo necesario para subir algunos escaños, los suficientes para poder delegar en otros los riesgos más obvios.

Por desgracia, la tregua era probable, si había algo de verdad en las palabras oídas entre la charla de los muchachos mientras se ocupaba de encerar la limusina del Hombre. Estaba claro que el Hombre pretendía conducir algunos asuntos de la mayor importancia con uno de los asquerosos jokers de alto nivel que manejaban los hilos de todos los atentados que estaban diezmando a las Cinco Familias en los últimos tiempos.

Un joker llamado Wyrm, sí, así se llama, pensó Vito, mientras caminaba, tenso, por una acera en medio de la Orilla, y se mezclaba en una inundación de turistas y jokers y tal vez unos cuantos ases. Escudriñó la calle, en busca de posibles dificultades. Ése no era su trabajo –que en realidad consistía en entrar al vestíbulo del hotel de mala muerte y recoger la llave del cuarto en donde el Hombre y el joker se habían citado–, pero no pudo evitar la esperanza de quizás observar algo de importancia en el área de seguridad, para que tal vez el Hombre y sus muchachos lo considerasen un poco menos sacrificable.

No obstante, al pisar el vestíbulo Vito se sentía como un oso ciego que entrara a un campamento lleno de cazadores. Tratando de mantener una postura erecta y la mandíbula firme, como veía hacer a los muchachos cuando intimidaban a algún pícaro, se acercó al mostrador de recepción y le dio un golpe con la palma de la mano, a la espera de dar la impresión de autoridad.

—Estoy aquí de parte de uno de sus, ah, clientes *más importantes* –declaró, pero por desgracia se le quebró la voz.

El encargado, un hombre viejo y sucio de pelo blanco con un ojo tapado por un parche, probablemente un joker queriendo pasar por persona normal, apenas alzó los ojos de la revista pornográfica que leía. En la contraportada, esa publicación ostentaba un artículo sobre el joker como fetiche sexual, ilustrado con una foto borrosa de un fortachón sobre las ancas de una criatura con ojos bellos y lujuriosos, pero que por lo demás tenía el aspecto de un gigantesco helado de vainilla con brazos y piernas raquíticos y diminutos pies y manos. El hombre, sin hacer caso de nada, le dio vuelta a la hoja.

Vito carraspeó.

El encargado carraspeó también. Después de una larga pausa, se dignó a alzar la mirada y explicó:

—Aquí tenemos muchos clientes importantes, jovencito. ¿A cuál de ellos representas?

—Al que tantos favores le debes.

Las palabras apenas habían salido de los labios de Vito cuando el viejo pegó un brinco, agarró una llave de los casilleros y se la presentó a Vito.

—Todo está listo, señor –dijo–. Espero que nuestras instalaciones sean de su agrado.

—No es mi opinión la que cuenta –Vito tomó la llave que le ofrecía el otro–. Ten cuidado, o se te van a pegar las páginas.

Se dio vuelta hacia la salida. Por un momento se preguntó si debería verificar el cuarto, pero se acordó de que sus instrucciones eran sucintas y concretas: *Vas al vestíbulo, recoges la llave y nos la traes.*

Sus observaciones le habían enseñado a Vito, que había presenciado cómo otros aprendían por el camino duro, que a los muchachos no les agradaban los tipos con iniciativa.

Volvió al aire fresco exterior y bajó la cabeza como si anduviera contra un viento fuerte, aunque apenas soplaba, y en esa postura su pelo negro y grasiento le tapaba los ojos. Sus expectativas de que esa noche las cosas le favorecerían, sobre la base de lo que había sucedido hasta ese punto, perdieron toda su confianza al percibir por todas partes la presencia en ambos lados de la calle de hombres que le eran conocidos. Algunos de pie, otros sentados en las mesas de comida chatarra, otros más metidos en automóviles estacionados. Las únicas ocasiones en que tantos miembros de familias con sus esbirros se juntaban solían ser los funerales. La única diferencia era que, en lugar de llamar la atención con su vestuario de luto, intentaban pasar desapercibidos. Vito no reconoció a algunos personajes a quienes los muchachos acompañaban, pero la confianza comunicada por sus actitudes emanaba un aire de crueldad retenida, que producía inseguridad aun en los más curtidos.

Con cien preguntas en la mente, Vito aceleró el paso hacia la esquina en donde Ralphy lo esperaba. Ralphy era uno de los ayudantes de mayor confianza del Hombre. Se rumoraba que su talento de gatillero era insuperable, y que en una ocasión le había pegado un tiro a un candidato a la alcaldía a doscientos metros de distancia, y a continuación se había perdido en la multitud, frente a las cámaras de los noticieros. Vito no dudaba que eso fuera posible. A sus ojos, Ralphy era una fuerza, más que una persona. Así que al pararse Vito a la distancia respetuosa de unos metros de Ralphy, miró los ojos fríos color marrón sobre mejillas picadas de viruelas y supo que veía a un hombre capaz de matarlo con la misma indiferencia con la que se pisa un bicho. Vito exhibió la llave.

—¡Aquí la tengo!

—Muy bien —dijo Ralphy con su voz pedregosa, sin hacer ningún ademán de tomar la llave—. ¿Examinaste la habitación?

—No. No me ordenaron que lo hiciera.

—Así es. Ve ahora mismo y examínala.

—¿Qué está pasando? —barbotó Vito—. Me dijeron que era una reunión de paz.

—Tú no has oído nada. Sólo tomamos precauciones y te hemos nombrado voluntario.

—¿Qué debo buscar?

—Lo sabrás cuando lo encuentres. De prisa, muévete.

Vito se movió. No sabía si estar eufórico o preocupado por que se le hubiera confiado esta parte de las operaciones. Su línea de pensamiento se vio interrumpida al chocar contra un joker jorobado con una cadera tiesa, que surgió de un callejón.

—¡Eh, ten cuidado! –ladró, y le dio un empujón al joker.

El joker se detuvo, asustado, y miró a Vito asintiendo y babeando. Un destello momentáneo apareció en sus ojos, y el joker se puso a abrir y cerrar el puño. Durante ese momento el joker se enderezó, y Vito tuvo la más clara imagen de que podría romper granito con ese enorme puño.

Enseguida, el joker se desinfló, volvió a babear un poco y se volvió a meter al callejón donde chocó con un bote de basura. Sin hacer caso de Vito, se puso a buscar en la basura, de donde extrajo un pollo seco a medio comer, le dio un gran bocado con sus dientes blancos y rectos y masticó furiosamente.

Asqueado, Vito giró sobre sus talones y se apresuró a volver al hotel. Sólo después de entrar por las puertas giratorias al vestíbulo pensó Vito que las ropas del joker –una camisa de leñador y unos blue jeans– estaban muy limpias y atildadas. No recordaba nunca haber visto mendigos que rebuscaban comida en la basura con parches recién cosidos en las rodillas.

Vito encogió los hombros y apartó la imagen de ese hombre. Pasó frente al mostrador, donde el encargado seguía con la nariz hundida en la revista, y pensando que podría verse atrapado en el ascensor junto a alguien desagradable, un encuentro que podría reducir a cero su probabilidad de sobrevivir la reunión de la paz, prefirió subir los seis tramos de escaleras hasta el tercer piso. El pasillo estaba en penumbra, y las débiles luces fluorescentes iluminaban a la par que confundían la vista, y apenas se reflejaba su luz en las paredes sucias color canela, que creaba un resplandor desagradable.

Encontró el cuarto. Miró a ambos lados del pasillo. No había nadie ahí. Podían escucharse los sonidos apagados de algunos televisores dentro de otras habitaciones, y lo que parecía ser las cañerías de una habitación al otro lado del pasillo. Todo esto, en la opinión de Vito, era congruente con las actividades de un hotel, pero de cualquier modo se sentía incómodo por dentro, con esos pinchazos que siempre acompañan la sensación de estar siendo vigilado. Temblándole los dedos insertó la llave en la cerradura y abrió la puerta.

Y se encontró cara a cara con un hombre feo como el demonio. Le faltaba casi toda la mandíbula; tenía dos agujeros en lugar de nariz y una lengua bifurcada que entraba y salía de la boca. La sonrisa que se formó en el rostro del joker mientras miraba a Vito con ojos amarillos de depredador era de la más pura maldad. Vito estaba habituado a versiones del mal más banales o convencionales. El joker disfrutaba al percibir que había asustado a Vito hasta la médula.

—Veo que losss Calvino han puesssto a trabajar a losss niñosss —ironizó el joker–. Di a tu jefe que puede entrar. Estoy sssolo.

IV

—Quizá deberías quitarte los calcetines la próxima vez —sugirió en tono travieso Belinda May cuando el joven predicador volvió a cerrar la puerta.

Se le contrajo la cara al percibir el reto juguetón de sus palabras y probó la manija para asegurarse de que el cerrojo estaba echado. Con una risita, Belinda May le pasó un brazo.

—Un poco de alegría, reverendo, te tomas demasiado en serio.

Apretó el abrazo, y el corazón del joven predicador latió con violencia, mientras se esforzaba por sonreír.

—Nada más acuérdate de lo que dice Norman Mailer —le susurró, seductora, al oído–. A veces el deseo no basta. Eso no te hace ser menos hombre.

—No he leído a Mailer —repuso él mientras iban hacia el ascensor.

—¿Te parecen demasiado cochinos sus libros?

—Eso es lo que dicen.

—No hace más que escribir sobre la vida. La vida es lo que nos pasa ahora mismo.

—La Biblia me dice todo lo que es necesario saber sobre la vida.

—¡Pura mierda!

El joven predicador, escandalizado por su blasfemia, abrió la boca para replicar, pero antes de que pudiese pronunciar una palabra, ella volvió a hablar:

—Es un poco tarde para hacerte el inocente, Leo.

El joven predicador reprimió su ira. No tenía la costumbre de enfadarse más que frente a sus congregaciones, ni tampoco de que le respondieran. Pero por encima de todo lo demás, no podía habituarse a la compañía de una hembra que no creía que fuesen incuestionables las posiciones de él en términos de los dilemas morales del amor, la vida y la búsqueda de felicidad. Sin embargo, en la circunstancia del momento se veía obligado a admitir, aunque no frente a Belinda May, que él estaba equivocado, pues claro que había leído las obras de Norman Mailer, en particular *La canción del verdugo*, su estudio exhaustivo de un tormentoso joven as, ejecutado por convertir en pilares de sal a nueve personas inocentes. El joven predicador aún conservaba un ejemplar del libro, escondido en un cajón de gabinete en el estudio de su casa en el suroeste de Virginia, un lugar donde no era probable que nadie más lo viese. En ese mismo cajón, entre varios más, ocultaba muchos otros libros de dudoso contenido moral, a salvo de la curiosidad de sus más cercanos colaboradores, así como otros predicadores escondían los contenidos de sus gabinetes de bebidas alcohólicas.

No podía hacer nada sino dejar que Belinda May se aprovechara de él por el momento. A él le atraía sobre todo el proyecto de aprovechar su cuerpo más adelante. Además, no le interesaba tanto la mente de ella.

Ella lo volvió a apretar mientras esperaban la llegada del ascensor. La emoción que sintió fue del doble de fuerza, pues le apretaba una nalga.

—Tienes un culito hermoso para ser candidato presidencial –lo elogió–. Casi todos los aspirantes parecen perros rastreadores.

Los ojos de él se movían de un lado a otro, en señal de sospecha.

—No te preocupes –le dijo ella y le dio un pellizco–. Aquí no hay nadie.

Al abrirse las puertas del ascensor se encararon con cuatro hombres que tenían rostros impasibles y ojos de acero. El joven predicador sintió que se le aflojaban las rodillas, y el apretón que le volvió a dar Belinda May era también un signo primario y directo de miedo y necesidad de ser protegida.

La atención del joven predicador se fijó en los dos hombres situados al centro. Uno era bajito y gordo, de cara roja con labios gruesos. Sobre la cabeza, varias mechas de pelo blanco trataban sin éxito de cubrir el cráneo calvo que relucía bajo la lámpara fluorescente. Tenía los ojos grandes y saltones, como si se le pudieran desprender de la cara con un golpe en la espalda. Los dedos de sus manos eran gordos y carnosos. A pesar de llevar un traje negro bien cortado, con clavel rojo en la solapa, camisa blanca y un chaleco gris, su gusto al vestir quedaba en entredicho gracias a una corbata de un rojo casi fluorescente. Ese hombre fumaba con toda tranquilidad un enorme habano. El tabaco estaba oscurecido en un extremo por su saliva, lo cual le daba el aspecto de un pedazo de excremento seco.

El hombre sopló una nube de humo a la cara del joven predicador. Un acto deliberado de desconsideración, y el joven predicador detuvo su impulso de reaccionar debido a la fría mirada proveniente de los ojos cafés del hombre alto, picado de viruelas, que estaba parado junto al gordo. Ese otro tipo tenía labios finos y pálidos, con aspecto de cicatrices. El pelo castaño lo llevaba tan pegado al cráneo que el joven predicador imaginó que acaso se ponía una media en la cabeza para dormir. Llevaba una gabardina color beige que mostraba con claridad un bulto en el bolsillo derecho. Dos hombres corpulentos los franqueaban, con las alas de los sombreros inclinadas, de modo que sus caras quedaban ocultas por la sombra. Uno tenía los brazos cruzados, mientras que el otro, como el joven predicador terminó al fin por comprender, agitaba un brazo para indicar a la pareja que les abriera paso.

La pareja obedeció. Los cuatro hombres abandonaron el ascensor y se fueron por el pasillo sin mirar atrás. El joven predicador no pudo evitar detenerse para observarlos, aunque Belinda May quería meterse a la cabina.

—¡Leo! ¡Ven! –susurró, mientras sostenía con el cuerpo las puertas automáticas del ascensor.

El joven predicador se apresuró a entrar.

—¿Quiénes eran?

—¡Ahora no! –le conminó Belinda, y sólo cuando el ascensor iba en camino volvió a hablar–. Ése es la cabeza de la Familia Calvino. ¡Una vez lo vi en las noticias!

—¿Qué es la Familia Calvino?

—La Mafia.

—Ah, ya veo. Allá de donde vengo no tenemos nada de Mafia.

—La Mafia está en donde quiere estar. En la ciudad hay cinco Familias, aunque por ahora sólo hay tres cabezas. En los últimos tiempos los asesinatos entre pandillas se han multiplicado.

—Pero si ese tipo es tan poderoso, ¿qué hace aquí?

—Te apuesto a que ha venido por negocios. Calvino Número Uno sin duda mandará incinerar sus zapatos tan pronto salga de aquí.

Las puertas del ascensor se abrieron al vestíbulo. Sin importarle en absoluto que hubiera varias personas esperando subir, incluyendo a un joker con cara de rinoceronte, Belinda May se le enganchó del brazo mientras le preguntaba:

—¿No trajiste por casualidad una caja de profilácticos?

Sintió que la cara se le ponía de un rojo subido. Pero si alguna de estas personas lo reconocía, no dio el menor signo de ello. Al menos no oyó pronunciar su nombre, ni el chasquido de una cámara. Al salir por las puertas giratorias, se dio cuenta de que su alivio por no haber sido reconocido era ilusorio. Si algún periodista de los que escarban en el lodo lo anduviera siguiendo, el joven predicador no lo sabría hasta que viera las noticias de la tarde o lo leyera en las primeras planas de los periódicos sensacionalistas que se vendían en los supermercados.

—Belinda, ¿por qué dijiste eso? –demandó.

—¿Qué? ¿Sobre los profilácticos? –preguntó con toda la inocencia del mundo, al tiempo que sacaba de su bolsa un cigarro y un encendedor–. Sólo te hice una pregunta de lo más razonable. Creo que es importante que las personas que realizan actividades sexuales estén protegidas por prácticas seguras, ¿no crees?

—Sí, pero ¿enfrente de todos?

Ella se detuvo al borde de la acera, le dio la espalda un momento, cubrió con la mano el cigarro que tenía en la boca y lo encendió. Cuando se volvió hacia él, exhalando humo, habló.

—¿Y qué les importa? Además –añadió, con una sonrisa traviesa–, pienso que deberías celebrar mi optimismo inherente.

El joven predicador se cubrió el rostro con una mano y cerró en un puño la otra. Sentía que los ojos de todos los individuos que estaban en la calle se ponían sobre él, aunque cualquier observador casual de la situación lo juzgaría presa de un acceso de paranoia.

—¿Dónde quieres que comamos? —preguntó él.

Belinda May le dio un piquete juguetón en las costillas.

—¡Ánimo, reverendo! Sólo estoy bromeando. Te preocupas demasiado. Si sigues preocupándote tenemos para varias semanas en ese cuarto. No estoy segura de que mi plástico tenga crédito suficiente.

—Oh, no te preocupes por eso. Yo dispondré que la Iglesia te reembolse. Entonces, ¿dónde quieres comer?

—Ese lugar luce bien —apuntó con el dedo al otro lado de la calle—. "Sushi Kosher de Rudy."

—No se diga más.

La tomó del codo y la condujo a la esquina para cruzar. Miró a ambos lados cuando las luces se pusieron verdes, no sólo para verificar que todos los automóviles se detenían —algo que los habitantes de una gran ciudad no daban nunca por sentado—, sino para comprobar que no necesitaba preocuparse por ninguna presencia particular. El equipo de las noticias acosaba a una mujer joven al final de la cuadra siguiente, pero no había nadie más. Sintió una seguridad razonable de que para cuando volvieran los reporteros ya estarían sentados dentro de la protección del restaurante.

Antes de bajar de la acera, alguien que llegó desde su lado ciego le propinó un empellón. En una noche común y corriente el joven predicador habría vuelto la otra mejilla, pero su frustración no era común y corriente. Soltó un grito:

—¡Eh! ¡Tú! ¡Mira por dónde andas!

Enseguida, para su horror, se dio cuenta de que estas durísimas palabras se las había lanzado a un joker.

Se trataba de un joker que mostraba síntomas obvios de retraso mental, con una joroba y ojos apagados. Tenía el pelo rojo y rizado, y vestía una camisa de leñador y pantalones de mezclilla, todo recién planchado.

—Perdón —dijo el joker y se metió la punta del dedo en la nariz, aunque enseguida cambió de parecer y se limitó a limpiarse los morros con el dorso de la mano.

No se sabe por qué motivo el joven predicador sospechó que el gesto era afectado, y se sintió más seguro de que tal era el caso cuando el joker se inclinó, todo tieso, y dijo:

—Supongo que las preocupaciones de mi propio mundo me distrajeron un poco. Usted me perdona, ¿verdad?

A continuación el joker se apartó del borde de la acera como si cambiara de opinión sobre el rumbo de sus pasos. Un hilillo de baba colgaba de los labios, casi como una palabra no dicha.

Abriendo mucho los ojos, el joven predicador, confuso, dio varios pasos tras el hombre. Belinda May lo detuvo:

—Leo, ¿adónde piensas que vamos?

—Tras él, por supuesto.

—¿Por qué?

El joven predicador se quedó pensando un momento, sintiendo una gran incomodidad.

—Pensé hablarle sobre las misiones. Ver si no se le podría ayudar un poco. Parece necesitarlo.

—Buenos sentimientos, pero no puedes. Andas de incógnito, ¿o no te acuerdas?

—Es cierto. Está bien.

De cualquier modo, el jorobado se había perdido de vista. La lastimosa criatura se mezclaba con la multitud.

—Vamos, hay que atender a la panza —volvió a insistir ella y lo tomó por el codo. Se abrieron camino a través de un montón de automóviles embotellados en la intersección.

El joven predicador seguía mirando hacia atrás; trataba de ver al jorobado, cuando se vio detenido de pronto. Al dar vuelta a la cabeza, se encontró con un micrófono a pocos centímetros de la cara. El equipo del noticiero de televisión le cerraba el camino.

—Reverendo Leo Barnett —dijo el reportero, un hombre pulcro con pelo negro rizado, que llevaba gafas y un traje azul de tres piezas—, ¿qué está usted haciendo aquí en la Orilla? ¡Son bien conocidas sus opiniones sobre los derechos de los jokers!

El joven predicador vio de nuevo su vida pasar ante sus ojos. Formó una sonrisa bastante floja.

—Ah, la señorita y yo estamos paseando y nos dirigimos a comer.

—¿No tiene ningún anuncio para nuestras páginas de sociedad? —preguntó maliciosamente el reportero.

Las comisuras de la boca del joven predicador se dieron vuelta.

—Mi política consiste en jamás responder preguntas de carácter personal. La joven dama que me acompaña esta noche trabaja en una misión que mi iglesia ha abierto en Jokertown, y me ha sugerido que probemos algo de la buena cocina que ofrece la Orilla.

—Algunos comentaristas se extrañarán de que alguien que se ha pronunciado desde el púlpito con tanta estridencia en contra de los derechos de los jokers se preocupe por sus problemas de cada día. Parece incluso peculiar. ¿Por qué exactamente abrió usted esta misión?

El joven predicador decidió que le desagradaba la actitud del reportero.

—Tenía que cumplir una promesa, por eso lo hice –declaró en tono cortante, tratando de implicar que era el fin de la entrevista. Eso era precisamente lo opuesto de su objetivo.

—¿Y de qué promesa se trata? ¿A quién se la hizo usted? ¿A su congregación?

El reportero mordía el anzuelo. De pronto, el problema del predicador era contener la risa. La información que tenía en mente no se había hecho pública aún. Su instinto le dictaba que las circunstancias eran favorables para soltarla.

—Bueno, si usted insiste…

—Se han hecho muchas especulaciones sobre el tema, señor, creo que el público tiene el derecho a saber.

—Sea. Una vez conocí a un joven. Lo había infectado ya el virus de wild card, y en consecuencia estaba sometido a grandes dificultades. Pidió una entrevista conmigo, y yo acudí a él. Rezamos juntos, y me dijo que aunque yo no podía hacer nada ya por él, quería que yo le prometiera ayudar a todos los jokers que me fuese posible, para que no cayeran en problemas como los que él padeció. Me sentí conmovido e hice la promesa. Unas horas después fue ejecutado por electrocución. Yo miré cómo la corriente de veinte mil voltios pasaba por su cuerpo y lo dejaba más frito que una tira de tocino, y supe que tendría que cumplir mi promesa, sin importar lo que nadie pensara al respecto.

—¿Ejecutado? –repitió estúpidamente el reportero.

—Así es. Fue un caso de asesinato en primer grado. Convirtió a varias personas en pilares de sal.

—¿Usted le prometió eso a Gary Gilmore? –preguntó incrédulo el reportero, con la cara color ceniza.

—Absolutamente, aunque quizá no era un joker, quizás alguien lo podría llamar as, o un individuo dotado de algunos de los poderes de un as. No sé, en realidad. Apenas estoy empezando a saber sobre algunas de estas cuestiones.

—Ya lo veo. El hecho de abrir la misión de Jokertown ¿significa que ha modificado usted su posición con respecto a los derechos de los jokers?

—De ninguna manera. El hombre común debe ser protegido ante todo, pero siempre he insistido en que tenemos la obligación de tratar compasivamente a las víctimas del virus.

—Ya veo.

El rostro del reportero seguía descompuesto, mientras que el sonidista y el operador de la Minicam se sonreían uno al otro. Les parecía evidente tanto a ellos como al joven predicador que el reportero carecía del ingenio y la agilidad mental para hacer la siguiente pregunta lógica.

Sin embargo, el joven predicador tuvo un impulso de misericordia –además de confiar en que ya había obtenido su nota de sesenta segundos en el noticiero–, y decidió darle una oportunidad al reportero. Dentro de ciertos límites, por supuesto.

—Mi acompañante y yo tenemos que ir a comer, pero tenemos tiempo para una pregunta más.

—Claro, hay algo más que a nuestros televidentes les gustaría saber. Usted no mantiene en secreto su ambición de llegar a la presidencia.

—Eso es cierto, pero por el momento no tengo nada que agregar al respecto.

—Sólo una pregunta, señor. Usted acaba de cumplir los treinta y cinco, que es la edad mínima que la ley dicta para ser presidente. Algunos de sus adversarios potenciales han declarado que a los treinta y cinco años no se puede tener la suficiente experiencia de la vida que requiere ese puesto. ¿Qué responde usted a esas declaraciones?

—Jesús tenía sólo treinta y tres años cuando cambió el mundo para siempre. Está claro que un hombre que ha logrado llegar a la avanzada edad de treinta y cinco podrá tener efectos positivos. Ahora, si ustedes me disculpan…

Tomó a Belinda por el brazo, pasó rozando al reportero y sus asistentes y la llevó al restaurante.

—Lo siento mucho, Leo, no sabía.

—Todo bien, creo que los pude manejar bien y, además, hace tiempo que deseaba contar esa historia.

—¿Conociste en realidad a Gary Gilmore?

—Es algo que se ha guardado en secreto. No se había presentado ningún motivo para darle publicidad, pero ahora eso puede ayudar a la misión en el terreno de las relaciones públicas.

—Entonces, ¿conociste a Mailer? Él ha declarado que no pudo confirmar las identidades de todas las personas que vieron a Gilmore cerca del final.

—Por favor, tenemos que guardar algunos secretos entre nosotros. De lo contrario, ¿qué descubriremos mañana uno del otro?

—¿Una mesa para dos personas? –inquirió el *maître*, un hombre en smoking, con cara de pez, que llevaba una escafandra de agua para poder respirar. Sus palabras en el altavoz de su escafandra gorgoteaban de modo siniestro.

—Sí, en la parte de atrás, por favor –solicitó el joven predicador.

Cuando se encontraron solos en su apartado, Belinda May encendió un cigarro más y conjeturó:

—Si esos reporteros se enteraran sobre nosotros, ¿serviría de algo decirles que solamente usaremos la posición del misionero?

V

QUASIMÁN NO LE TEMÍA A LA MUERTE, PERO LA MUERTE NO LE TEMÍA tampoco a él. Quasimán vivía con un pedacito de muerte en el alma cada día, un trocito de terror y belleza, de sangre y trueno. Fragmentos de su futuro fallecimiento siempre estaban chocando con imágenes fugaces de su pasado anterior al virus, que le recorrían el cerebro.

¡Cuán distantes eran esos fragmentos! Quasimán tuvo la clara sensación de que el futuro podría estar más cerca de lo que él esperaba.

Se arrastró a un puesto de periódicos y se quedó de pie frente a la hilera de revistas porno. Pensó que algo le era muy familiar en el rostro del hombre con quien se había tropezado, pero lo eludía al girar partes de su cerebro hacia otras dimensiones. Quasimán habría dado todo por hacer que una cantidad suficiente de su cerebro se reorganizara en un solo plano para poder recordar, pero por el momento lo más importante era que su memoria le indicara a qué había ido en primer lugar a la Orilla.

De pronto, se le enfrió mucho una de las manos. La miró, y se había ido a algún otro universo, pues su muñeca terminaba en un muñón, como si la mano se hubiese hecho transparente. Sabía que tenía mano todavía, porque de lo contrario habría sentido mucho dolor, como sucedió en alguna ocasión, cuando una criatura multidimensional se había comido uno de los dedos del pie que andaba viajando. El frío extremo le entumía todo el brazo hasta el hombro, pero nada podía hacer al respecto sino esperar y sufrir hasta que la mano volviera. No tardaría mucho. Eso era lo más probable.

Aun así, no pudo evitar el pensamiento de que Cristo había visitado una sinagoga y curado a un hombre que tenía la mano seca.

En su corazón, algo parecido a la fe le decía que el padre Calamar lo había enviado a la Orilla para cumplir una misión. Que la idea de la misión se originara en la mente febril del padre Calamar era dudoso. Muchas personas provenientes de diversos senderos de la vida pedían ayuda a la Iglesia de Nuestra Señora de la Perpetua Miseria, y el padre Calamar siempre se alegraba de proveerla, cuando veía que todo iba hacia un buen fin.

Quasimán arrastraba los pies de un lado a otro de la calle y observaba la escena. Algunos de los hombres sentados en las mesas sobre las aceras le parecían sospechosos. Las ropas arrugadas de aquel que estaba absorto en una revista sobre inversiones en el puesto de periódicos, pensándolo bien, indicaban que no era el tipo de gente que lee artículos para inversionistas. Por último, una cantidad desusada de hombres atentos, con expresiones agrias, estaban sentados dentro de automóviles, observando y esperando. En el cerebro de Quasimán se manifestaron algunos trocitos de muerte, una muerte que apuntaba, gracias a Dios, a los malencarados.

Por un instante, Quasimán vio las calles cubiertas de sangre. Pero al inspeccionar más atentamente el ambiente se dio cuenta de que se trataba de una ilusión de óptica, creada por las luces rojas de neón reflejadas en el agua que se juntaba en charcos poco profundos.

Esa revelación, sin embargo, no bastaba para explicar el olor a sangre y miedo que permeaba el aire, como un recuerdo de lo que aún no había sucedido.

Mientras partes importantes del grupo de músculos del muslo derecho se desplazaban hacia otra dimensión donde el aire tenía cierta calidad aceda, Quasimán avanzó torpemente hacia una esquina.

Allí, haciéndose pasar por un mendigo, esperaría a que la sangre y el miedo se volvieran reales.

En sus oídos resonaba la memoria del trueno.

VI

—LA GUERRA ES MALA PARA LOS NEGOCIOS —dijo filosóficamente el Hombre.

Se encontraba sentado, con las piernas cruzadas, en una silla situada en un rincón del cuarto, al lado de una mesa y de la otra silla. Sin poner atención, hacía girar en los dedos su puro a medio fumar.

—Essspecialmente mala para los perdedoresss —dijo Wyrm con una sonrisa desde la otra silla.

Vito, que estaba al lado de la puerta con los brazos cruzados sobre el pecho, sintió que algo se helaba dentro de su persona. Había supuesto, como seguramente lo habían supuesto también el Hombre y los muchachos, que este joker no era sino un contacto de negocios con intereses fuera de la ley, como ellos. Pero Vito no podía dejar de sentir que este Wyrm tenía agenda propia.

Si el jefe del clan Calvino se hallaba tan perturbado como Vito, no daba ningún signo de ello. Su actitud connotaba fuerza, la posición segura de alguien que movía los hilos para mover a los otros cuatro hombres de la habitación. De ellos, Mike y Frank tenían como recurso la fuerza, y Vito no les temía en particular, aunque jamás querría estar en conflicto con ninguno de los dos. En cambio, era prudente tenerle algo de miedo a Ralphy todo el tiempo, aun cuando estaba de buen humor.

A pesar de todo, Vito notaba que el Hombre actuaba con deferencia ante este joker incapaz de mantener la lengua bífida metida en la boca. Hasta ese momento, cada vez que Wyrm alzaba la voz, el Hombre se esforzaba por calmar sus emociones. Cuando Wyrm hacía demandas, el Hombre decía que se pondría a ver qué podían hacer él y los muchachos para atenderlas de manera equilibrada. Y cada vez que Wyrm retaba al Hombre a cruzar una raya, el Hombre declinaba con la mayor cortesía. Vito tuvo que admitir que abrigaba preocupaciones por el futuro de las Cinco Familias, si para sobrevivir iban a tener que agacharse ante los jokers.

—Ademásss, el hombre muere un poco cada día –añadió Wyrm con una sonrisa de astucia–. ¿Acaso hay demasssiada diferencia si muere por completo de una vez?

El Hombre se rio. La sonrisa era condescendiente. Si Wyrm se dio cuenta del insulto que implicaba, no dio indicación alguna.

—Hubo un tiempo en que yo pensaba igual –declaró el Hombre–. Me deleitaba en los periodos de violencia, y me daba placer ver caer a mis enemigos. Pero todo eso fue antes de casarme y tener mi propia familia. A partir de ahí comencé a buscar una manera más ordenada de dirimir diferencias. Por eso nos hemos encontrado ahora, para dirimir nuestras diferencias como hombres civilizados.

—No soy en particular muy humano.

El Hombre se sonrojó, asintiendo.

—Suplico que me disculpe. No quise ofender.

Vito miró a Ralphy, que se recargaba en la pared a un lado de un escritorio. La mejilla se le contraía en un tic, un signo de que Ralphy se estaba poniendo nervioso. También los dedos de su mano derecha se abrían y cerraban. Ralphy y el Hombre se intercambiaron miradas, y cuando el Hombre volvió a encararse con Wyrm, Ralphy lanzó una mirada significativa a Mike y Frank, que estaban sentados en la cama observando lo que sucedía con la mayor atención. Mike y Frank movieron la cabeza afirmativamente.

Vito no estaba seguro del significado exacto de esas miradas, pero no pensaba preguntar.

—Se han efectuado grandes matanzas, y ha corrido demasiada sangre –afirmó el Hombre–. Y todo ¿para qué? Es una ciudad grande. Es la puerta del resto del país. Sin duda el territorio es suficiente para todos.

—Usted no entiende. Mis sssocios tienen objetivos más elevados que forrarse los bolsillosss.

—A eso me refiero –replicó el Hombre–, aunque no quisiera ser malinterpretado: la avaricia es algo noble y bueno. Hace girar al mundo. Pone los mercados al alza.

—Al alza o a la baja, esss lo mismo para el dueño del edificio donde essstá el mercado. Mis sssocios y yo exigimos tener una porción justa de cada una de las operaciones que ssse efectúan en el mercado. Lo que ustedes hagan con sus negociosss es asunto suyo, pero tendrán que hacerlo después de negociar con nosotrosss.

Ralphy se enderezó. Mike y Frank echaron mano a las armas que traían enfundadas bajo sus sacos, pero la señal que el Hombre les hizo con un dedo los detuvo. El silencio llenó la habitación como si fuera el olor de una pizza en un horno de microondas. Wyrm se pasó la lengua de dos puntas sobre el rostro, como si ya estuviera saboreando las delicias del porvenir.

Vito estaba deliberando hacia dónde tirarse al suelo.

El Hombre se le quedó viendo a Wyrm unos segundos. Con expresión meditativa se frotó la papada. Se puso el puro en la boca, sacó un encendedor del bolsillo y en unos cuantos segundos el aire del cuarto se llenó del picante aroma del humo de tabaco cubano.

—Vito, tengo hambre.

Se buscó la cartera, que Ralphy tomó de su mano y pasó a Vito.

—Toma mis tarjetas de crédito –dijo el Hombre– y ve a ese bar de sushi al otro lado de la calle. Ordena una selección generosa. ¡Para seis personas! ¿Quién sabe? Para cuando vuelvas a lo mejor hemos concluido las negociaciones y nos encontrarás viendo un juego de hockey. ¿Verdad, señor Wyrm?

Wyrm asintió siseando.

—Es increíble ver cómo el juego se pone más emocionante cada año –comentó el Hombre, y se arrellanó en su sillón–. Esta noche el partido de los Rangers va estar bueno, ¿no cree usted, mister Wyrm?

Wyrm se limitó a asentir con la cabeza.

Al echarse a andar por el pasillo hacia el ascensor, Vito se daba cuenta del alivio que significaba no estar en compañía de Wyrm. Se imaginó que el Hombre tendría los mismos sentimientos que él, y Vito sintió admiración por la manera en que el Hombre disimulaba su incomodidad. Wyrm parecía no darse cuenta.

Desde luego, uno nunca sabía con seguridad lo que percibía un joker, o de qué escogía no hacer el menor caso.

VII

—¿Qué quieren ustedes? –le preguntó el Hombre a Wyrm una vez que Vito había salido–. Somos gente de negocios. ¿Qué podemos hacer, en medida razonable, para poder vivir juntos?

—Sssí, esssa es la cuestión –repuso Wyrm–. La organización a la que represento, como la que usted representa, es muy grande. Poseemos influencia considerable. Esss natural que queramos másss.

El Hombre dio varias fumadas a su puro.

—No se me escapa el tamaño de sus ambiciones –dijo, sarcástico.

—No esssperaba menos de usted –sentenció Wyrm, sonriendo–. Sssólo quiero acentuar que, al igual que en su cassso, no puedo hacer promesas que involucran a otrosss.

—Eso no es así, yo sí puedo –aclaró el Hombre, al tiempo que indicaba a Ralphy no hacer ninguna señal a Mike y Frank–. Y presumo que a usted también le han conferido esa capacidad, pues de lo contrario no se habría tomado la molestia de conferenciar a solas con nosotros. No somos ingenuos, mister Wyrm. Sin duda, tiene algo de flexibilidad para negociar, porque de no ser así, ¿qué caso tiene que usted haya venido tan completamente solo a esta reunión?

—Usted está solo, ¿no es así? –dijo Ralphy, sin hacer el menor caso de las miradas iracundas que el Hombre le lanzaba, al tiempo que iba a la ventana y apartaba la cortina para mirar las calles de abajo.

—Asssí esss –replicó Wyrm.

De pronto, se oyeron los ruidos de dos hombres que discutían en el pasillo. El tono se puso violento, y se oyó el sonido de un puño que golpeaba una mandíbula, seguido de un gruñido y un impacto durísimo contra la pared, que hizo temblar el piso. Uno de los hombres gritó una maldición, y entonces se impactó, con el doble de estruendo, contra la otra pared.

Ralphy se apartó de la ventana, e instruyó a Mike y Frank:

—Investiguen de qué se trata.

El ruido del altercado en el pasillo proseguía sin señas de abatirse.

Mike y Frank salieron del cuarto. Ralphy los siguió hasta la puerta para cerciorarse de que estaba echado el cerrojo. Oyeron a Mike decir algo, y en seguida cesaron los ruidos del pasillo.

—No ha respondido aún a mi pregunta –dijo el Hombre.

—¿Qué pregunta? –Wyrm miró a Ralphy que volvía a ocupar su puesto junto a la ventana.

—¿Qué podemos hacer para poder vivir juntos?

—Oh, creo que puedo dar una ressspuesta *razonable*.

Llamaron a la puerta.

—¿De qué se trata? –gritó Ralphy.

—Será mejor que vengas –respondió Frank.

—Me parece bien –dijo el Hombre, respondiendo al comentario de Wyrm–. Los intereses de los Calvino buscan ser razonables.

Wyrm hizo ruidos sibilantes, al meter y sacar la lengua.

Ralphy abrió la puerta y soltó un ladrido:

—¿De qué se trata, por Dios?

La respuesta fue un disparo. La bala abrió un agujero del tamaño de un dólar de plata en la espalda de Ralphy, y salpicó el cuarto de sangre roja, brillante. Ralphy estaba ya muerto antes de caer al suelo. Tuvo unos espasmos mirando el techo con ojos vacíos.

De pie, en el quicio, había dos tipos duros vestidos con gabardinas. Ocultaban sus rostros bajo máscaras de plástico, que aun en medio de la sorpresa y el shock, el Hombre consideró que le eran conocidas de un modo perturbador. Entre ellos estaba Frank, con una pistola apuntada a la cabeza.

Se oyó otro disparo. Una erupción de sangre y sesos salió de la sien de Frank y se estampó en la puerta. Frank se desplomó en el suelo.

—¿Mike? –inquirió el Hombre en voz baja.

Habían pasado muchos años sin que el Hombre se viera obligado a presenciar actos de violencia en persona. No porque tuviese miedo, ni porque la edad lo volviera más blando, sino por seguir los consejos de sus abogados. Por eso sus reacciones fueron un poco más lentas de lo debido, y tardó un instante en darse cuenta de que estaba cien por ciento solo.

Cuando por fin se irguió con la intención de llamar a sus hombres en la calle, Wyrm ya lo tenía sujeto. El Hombre se resistió, pero

Wyrm era demasiado fuerte. En sus garras, el Hombre se sentía como una muñeca de trapo.

Lo último que vio el Hombre fue la boca abierta de Wyrm que se le acercaba a la cara. El Hombre cerró los ojos, lleno de pánico, y no los abrió mientras lo besaba Wyrm. El Hombre trató de gritar, pero la inconsciencia se apoderó de él al tiempo que Wyrm le arrancaba de un mordisco los labios y los escupía al suelo.

VIII

—¿Y NUESTRA COMIDA? —PREGUNTÓ EL JOVEN PREDICADOR.

Su tono era de impaciencia, pero también de ejercicio retórico. Vio a la mesera que se les aproximaba, con una colección de bandejas en brazos que abría demasiado.

Se detuvo primero en un apartado de cuatro personas, y sirvió dos platos de mariscos al vapor en barquitos de algas, más otro de fideos escarchados con salsa de cacahuate y miso, y uno más de una variedad de carnes y verduras, fritos al estilo tempura. Un gran tazón de arroz y nuevas bebidas se añadieron rápidamente para toda la mesa.

La ventilación transportó el aroma de tempura a las narices del joven predicador, y la boca se le llenó de saliva. En su alma roía el gusano de la envidia mientras echaba un vistazo a esos afortunados cuya comida ya había llegado. Era un grupo de dos parejas. Tres de ellos, incluyendo un hombre oriental, tenían aspecto bastante normal, pero no podía apartar los ojos de la víctima del virus con piel escarlata, una bella mujer con ojos compuestos, como los de las mariposas, color rosa tenue, y dos antenas rojo sangre que le nacían en la frente. Llevaba un vestido escotado que revelaba sus formas, y que eran normales, y tal vez por eso más provocadoras. Dedujo que la capa plateada que relucía colgada en un perchero junto a la mesa le pertenecía.

El área de cenar del bar de sushi tenía forma de L, con la puerta de acceso y la caja registradora en el ángulo central. El joven predicador y Belinda May estaban en la fila de cabinas en el lugar más discreto del corredor corto, que no se veía desde las ventanas a la calle a un costado del corredor largo. El joven predicador distrajo su mirada de las bellezas del as mirando al *maître* con cabeza de pez llevar a una mesa a una pareja que venía riéndose de chistes que se decían. La caja registradora la atendía un joven sombrío, con pelo negro brillante que le daba un aire de delincuente juvenil o un pandillero de una película de gánsteres.

—Leo, no dejas de mirar a esa chica –acusó Belinda May, con un destello travieso en los ojos.

—No es verdad. Estaba mirando al chico de la caja.

—Mmm. Tiene aspecto de principiante de gánster. Por alguna razón, esta noche todos están en la calle. ¿Te diste cuenta?

—No noté nada.

—De cualquier modo: hace unos momentos no le quitabas los ojos de encima a esa mujer as.

—Bueno, sí. ¿Quién es?

—Se llama Pesticida. Se ha vuelto famosa, gracias a que escribe una columna de sociales para el *Grito*, de Jokertown. A lo que voy es que si te dedicas esta noche a ver a una mujer, tiene que ser a mí.

El joven predicador alzó su taza de café como si fuese a brindar.

—Trato hecho.

El gusano de la envidia se dio por derrotado cuando la mesera al fin les trajo la comida. En pocos segundos, los restos de la conversación trivial se desvanecieron. El joven predicador se sirvió un trozo de robalo hirame, tan atractivo con su color de marfil pulido, como un blanco resplandor. El arroz frío estaba de verdad rico, y el sabor del robalo era una delicia.

Los dedos de Belinda May revoloteaban en torno a la combinación de sushi y tempura en su plato, y no tardaron en posarse sobre un trozo de maguro de color rojo profundo. Mordió el atún por la mitad y masticó con la misma expresión de éxtasis que el joven predicador recordaba demasiado bien.

Él tomó un camarón de cola de abanico y se lo comió todo menos la punta. El camarón bajaba por su garganta como un guijarro baja por un tubo demasiado estrecho cuando de pronto una corriente repentina de aire helado azotó el interior del bar de sushi. Alzó la vista para ver a los clientes en las demás mesas, incluyendo a Pesticida, volverse hacia la puerta. Acababa de ingresar una pandilla de jovenzuelos rufianescos, vestidos con abrigos Mackintosh como si fueran uniformados. Era indudable que los animaba un propósito siniestro.

El joker con cabeza de pez les dirigió algunos gorgoteos a través de su bocina, tal vez exigiendo que abandonaran de inmediato el restaurante. El rufián bajito que se manifestaba como líder del grupo respondió con un martillo amenazador, dirigido a la escafandra de agua del joker.

Sus caras, pensó Leo, sintiendo que se apretaban los músculos de las tripas. Apenas percibió al joven delincuente de la caja salir por la puerta. *Algo en sus caras...*

Las caras de estos pandilleros eran todas iguales, inmóviles, desprovistas de vida. Con sobresalto, el joven predicador se dio cuenta de que llevaban máscaras de plástico. El aspecto familiar –una nariz exageradamente chata y un rizo de pelo rubio sobre una frente amplia– se distorsionaba de una forma que sería satírica a no ser por la sensación de amenaza que exudaba de ellos.

El horror súbito lo apresó cuando se dio cuenta de que esas caras eran la suya. ¡Los pandilleros llevaban máscaras de Leo Barnett!

Apenas sintió el toque de Belinda May para frenarlo al tratar de levantarse para salir.

—¡No te vayas! ¡No atraigas su atención! –le susurró–. ¡Son Hombres Lobo! ¡Una pandilla callejera de jokers! ¡Ellos saben quién eres tú!

Sus palabras le recordaron que muchos jokers hablaban en público del odio que sentían hacia él por sus posiciones políticas y morales. Esas reacciones habían fortalecido la creencia entre sus propios seguidores de que era preciso hacer algo para poner fin al problema del virus de wild card. Y a su vez, esto último contribuyó a que las víctimas fortalecieran sus creencias respecto a tomar medidas para poner fin a la represión política. El joven predicador se echó a temblar. ¿Qué hacer si lo reconocían los Hombres Lobo?

En su cerebro aparecieron pensamientos salvajes, llenos de miedo, que le dieron vergüenza. Unos segundos antes era un cliente anónimo en un bar de sushi; de pronto se había vuelto un pararrayos que cualquiera que estuviera en peligro podría señalar para distraer a los pandilleros.

—¡Por Dios santo, siéntate! –dijo en voz muy baja, y tiró de él hacia abajo, hasta hacerlo darse un ruidoso sentón.

Un escalofrío recorrió todo su ser cuando vio al más próximo de los Hombres Lobo volver la mirada hacia él. El sentón había hecho suficiente ruido. Por instinto se cubrió la boca con la mano, como quien quiere esconder un hipo o un comentario inoportuno. Por unos momentos se atrevió a pensar que su recurso funcionaba, pues el pandillero se limitó a rascarse los pliegues de piel que colgaban bajo la máscara con su tentáculo.

En el intervalo, el *maître* se mantenía inmóvil bajo la amenaza del martillo sobre la cabeza. Uno de los pandilleros sacó una pistola de su gabardina. Al otro extremo del bar de sushi se producía una conmoción, al reaccionar varios clientes a lo que estaba pasando.

Otro de los pandilleros sacó un machete de su abrigo y lo lanzó al aire. Se dio unos golpecitos en la frente de la máscara, con el evidente propósito de señalar poderes telequinésicos sobre el arma, que se perdió de vista volando por el corredor como una versión gigantesca de esas estrellas ninja que Leo había visto que lanzaban en las películas de kung fu.

Se oyó un fuerte ruido: ¡ssshhhick!

Hubo gritos de gente. Otros dos pandilleros sacaron cuchillos y se movieron al otro lado del bar. El machete volvió a la mano de quien lo había lanzado como si fuera un búmeran. El pandillero de los tentáculos hizo una indicación con la cabeza a dos de sus camaradas, señaló a alguien, enseguida a alguien más y, por último, a Leo. El trío se acercó por el corredor. El joven predicador apenas notó los gritos que provenían del otro extremo.

Dulce Jesús bendito, haz que no vengan hacia mí, pensó. Aterrado de que su menor movimiento haría que los Hombres Lobo se fijasen en él, ni siquiera quería limpiarse las gotas de sudor de la frente. Al margen de lo que pasara a continuación, se iba a poner en el centro de todas las miradas de la nación. Rezó a Dios, pidiendo ser guiado.

Pero no fue escuchado. Se limitó a esperar. Los siguientes segundos parecieron eones, extensiones interminables de tiempo puntuadas por los sonidos de disparos que se oían afuera, los ruidos de frenazos y los gritos de la gente. La Orilla había pasado a ser zona de guerra y estaba en erupción.

Los pandilleros que se habían ido volvieron, sus cuchillos ensangrentados. El líder gritó a uno de los que se iban aproximando al joven predicador:

—¿Qué demonios hacen, estúpidos? ¡Hay que largarnos de aquí!

El pandillero con tentáculos volvió la cabeza el tiempo suficiente para decir:

—Un minuto, hombre. Aquí tenemos asuntos pendientes que atender.

Un pandillero obeso con pinzas de langosta en lugar de manos se detuvo en el apartado donde estaba sentada Pesticida, le puso una pinza bajo la barbilla y le alzó la cara.

—Qué bonita, qué bonita. Si tu cara fuese como la mía, no te atreverías a que te la vieran en público.

El pandillero de los tentáculos se volvió al joven predicador como para indicarle "en un momento estoy contigo".

El pandillero que amenazaba a Pesticida se distrajo un momento por el ruido de ametralladoras afuera, y ella aprovechó esa oportunidad para apartarle la pinza de un golpe con su mano pequeñita y se levantó, retadora. Comparada con el hombre a quien encaraba, se veía frágil, pequeña e indefensa.

Mientras tanto, el sentido de iracundia del joven predicador iba creciendo, más allá de los límites marcados por el miedo y el sentido común.

La alarma del bar de sushi empezó a dar campanadas estridentes, sin la menor señal de parar.

—¡Hiciste una estupidez, cara de pescado! – exclamó el líder de los pandilleros, y le pegó con el martillo en la escafandra de agua.

El joker empezó a toser de inmediato, al no poder sacar oxígeno del aire. Se cortó las manos en los fragmentos de vidrio de su escafandra al llevárselas a la garganta, como si quisiera defenderse de un estrangulador invisible.

Mientras todo el mundo observaba las agonías del *maître*, una extraña luz amarilla empezó a brillar dentro del cuerpo de Pesticida. Era de tal intensidad que sus ropas se veían como gasas sobre un reflector. Se volvió visible su esqueleto, entre la silueta de su piel y las de sus órganos internos, más débiles.

Se evidenciaba que dentro de ella se acumulaba una fuerza oscura.

Abrió la boca como para gritar. En cambio, de su boca brotó una intensa luz como de rayo láser que impactó sobre el pandillero con manos de langosta.

La fuerza negra ascendía por su garganta. Y salió por la boca.

Y siguió el camino de la luz.

Consistía en una horda de insectos color escarlata, con alas en la espalda y aspecto terrible, que chirriaban como el coro incesante de una pesadilla. Cubrieron al pandillero como un enjambre de langostas antes de que pudiera reaccionar. Los insectos empezaron a masticar de inmediato: masticaron su abrigo, su máscara, el cascarón de sus extremidades y el interior de su cuerpo en cuestión de segundos.

El pandillero aulló y cayó de espaldas sobre un apartado vacío. Rodó sobre el asiento y se puso a darse golpes frenéticos en su propio cuerpo con lo que le quedaba de pinzas, tratando de parar la horda de insectos que lo devoraban. Pesticida lo miraba de pie, inmóvil, brillante, con ojos sin vida que envueltos en el resplandor parecían joyas de ébano.

Ella no se dio cuenta de que otro pandillero le apuntaba una pistola a la cabeza. El disparo que sonó apenas se oyó bajo el ruido de la alarma. Los sesos de Pesticida mancharon la pared y cayeron sobre el amigo que la acompañaba. Cayó en sus brazos, ya muerta. El pandillero retrocedió, apuntando el arma a los compañeros de ella para que no intentaran hacer nada.

El líder volvió a gritar:

—¡Ya, con un carajo, vámonos de aquí!

Belinda May también gritaba:

—¡No, Leo, no!

Y es que el joven predicador había cedido a los impulsos de ira y se lanzaba ya contra los dos pandilleros que permanecían en el corredor. No tenía ni idea de lo que planeaba hacer. Sólo sabía que el único crimen de Pesticida consistía en haberse defendido de una agresión, aunque fuera de manera extraña.

Sus planes desorientados fueron abortados por el pandillero con tentáculos: ¡el brazo del Hombre Lobo se alargaba desde su manga! Se enrolló entorno del cuello del joven predicador y lo alzó del suelo, como si fuera una muñeca suspendida de una horca. El joven predicador pateaba y agitaba los brazos, tratando de gritar, pero el tentáculo le apretaba demasiado. Lo único que podía hacer en realidad era ahogarse. Pasaba suficiente aire para respirar, mas no para gritar. A pesar de todo, seguía resistiendo y lanzando puntapiés.

Algo duro lo golpeó en la parte posterior de la cabeza. Era el techo. Sintió que el mundo giraba en torno a él al retraer el pandillero su tentáculo.

El movimiento lo acercó a su agresor. Pudo mirar los extraños ojos grises detrás de la máscara.

—Mira lo que tengo –dijo el pandillero–. ¿Qué se siente mirar tu propia cara, predicador? ¿No es bonito vivir con miedo, verdad?

Los gritos del joven predicador se le ahogaban en la garganta.

El pandillero se rio de manera muy desagradable.

—Te tengo que dar las gracias por darnos algo con que jugar cuando se acabe la función de esta noche. No te apures. Te la devolveremos sin lastimarla. Sólo le dañaremos el orgullo.

En un instante, el joven predicador se convirtió en un animal, un animal atrapado y frenético. Sus débiles puños golpeaban con furia –pero en vano– el tentáculo. Oyó gritar a Belinda May, pero no percibía lo que estaba sucediendo, pues sintió que lo alzaban de nuevo. Su última visión coherente fue el pandillero muerto que seguía siendo devorado por los insectos, que actuaban más despacio, ya que su anfitriona estaba muerta. A pesar de eso, habían consumido ya la mitad del torso, así como la mayor parte de los brazos y muslos. Los insectos, chirriando, se metían por los ojos del joker y salían por lo que quedaba de la máscara, para lanzar su último suspiro.

El último pensamiento coherente del joven predicador fue: *Oh, bueno, al menos nadie podrá culparme por desmayarme bajo estas circunstancias.*

Su cabeza golpeó una viga y se apagaron las luces.

IX

Madre de la Misericordia ¿ha llegado el fin de Vito?, pensó el joven criminal al salir corriendo del bar de sushi hacia la calle. Por un momento tuvo la esperanza de que todo fuera obra de su imaginación. Que los Hombres Lobo andarían en una racha insignificante de robos, y que el Hombre que lo esperaba en el cuarto del hotel se enfadaría porque se había ido del bar de sushi sin ni siquiera pedir la orden de comida. En ese momento empezaron los disparos.

Vito se echó sobre la acera y rodó hasta quedar debajo de un automóvil. Se dio un golpe con el concreto en la rodilla y se raspó la frente con el metal, pero exceptuando la incomodidad de la sangre que goteaba sobre el ojo izquierdo, se encontraba más allá de atender heridas menores. Al considerar la manera en que se desenvolvían las cosas, pensó que necesitaría mucha suerte para sobrevivir la noche.

Al otro lado de la calle, dos de los muchachos eran atacados por más miembros de las pandillas callejeras de Hombres Lobo. Uno de ellos logró apuñalar a un Hombre Lobo en el pecho, y al tiempo que surgía el chorro de sangre, otro Hombre Lobo lo degollaba de oreja a oreja desde atrás. Era difícil determinar qué sangre era de quién. El otro muchacho sacó la pistola, pero no hizo más que un disparo –que atinó a dar entre los ojos de la máscara de plástico de un Hombre Lobo– antes de que lo dejaran hecho trizas varios atacantes. Los Hombres Lobo, a pesar de que sus víctimas estuvieran ya muertas sin dejar lugar a dudas, continuaban cortando ambos cuerpos con tal furia que Vito pensó que serían capaces de arrojar los pedazos de carne al resto de la pandilla.

El resto de los Hombres Lobo, sin embargo, se encontraba un poco demasiado absorto en sus ocupaciones para darse cuenta. En las calles de la Orilla irrumpió el caos. Los norms y los jokers corrían en todas direcciones, buscaban cubrirse con lo que fuera sin encontrarlo. Volaban demasiadas balas por todas partes, y por eso nadie estaba seguro. Los Hombres Lobo que no participaban en combates personales con los miembros de la Familia Calvino disparaban indiscriminadamente sus ametralladoras en todas direcciones, a veces derribaban a sus mismos compañeros en sus esfuerzos por exterminar a todos los que tuvieran aspecto de poder estar con los Calvino. Los miembros de la Familia Calvino respondían con la misma moneda, menos algunos que intentaban escapar en sus autos.

Vito se tapó la cabeza con las manos y observó a un Hombre Lobo pararse frente a un automóvil que venía hacia él y rociar el parabrisas con ráfagas de ametralladora. Vito no supo si el conductor era acribillado o lograba agacharse. En todo caso, el que iba al lado del conductor perdió la mayor parte del cerebro. El coche atropelló al Hombre Lobo atacante y se llevó a varios peatones que aplastó contra un auto estacionado. Algunos sobrevivieron el impacto sólo para pasar sus últimos segundos esperando que los autos estallaran en llamas. La explosión fue espectacular. Trozos de metal ardiente y carne quemada volaron por el aire y aterrizaron en el suelo en una suerte de ballet de violencia en cámara lenta, de esos que Vito pensaba que no se veían sino en las películas.

Arrastrándose hacia la parte de atrás del automóvil bajo el cual estaba, Vito pensaba que lo más seguro era poner la mayor distancia entre él y todos esos despojos ardientes. Al lado suyo se desarrollaba una pelea. No podía ver más que las piernas de las personas que luchaban, pero dedujo que un turista lleno de pánico intentaba arrebatarle a un Hombre Lobo su pistola. La novia del turista quería detenerlo. Vito no había decidido aún quién llevaba la mejor parte en el altercado cuando el Hombre Lobo logró derribar al otro, que cayó sobre el trasero, encorvado, pues el último golpe le había sacado el aire. La novia, una mujer negra que llevaba un vestido verde muy ajustado, se arrodilló junto a él y le dijo algo que Vito no pudo oír por todo el ruido alrededor suyo. Lo que fuese, no les sirvió de nada porque dos segundos después ambos estaban tirados en el suelo, acribillados en un charco de sangre. El estómago de Vito se endureció como una losa al mirar que el Hombre Lobo se alejaba. Resolvió quedarse en donde estaba hasta que uno de los lados fuera exterminado o hasta que llegara la policía, lo que primero sucediera. No iba a portarse como esos tontos que quieren presumir ante la novia, y no tendría nada que presumir sobre sus acciones a quienes quedaran del clan Calvino el día siguiente. Iba a ocuparse de sobrevivir, nada más. Eso era bastante.

Al darse vuelta, Vito vio unas piernas conocidas que se arrodillaban junto a la pareja acribillada. Como bajaba el rostro, pudo verle la cara: era el jorobado, que hacía la señal de la cruz. Vito se preguntó cuán inteligente sería en realidad este perturbado.

De pronto, el jorobado volvió la cara, y Vito se encontró mirando directamente los ojos del loco.

Creyó ver que en esos ojos sucedían muchas cosas. Se nublaron de pronto, como si estuviesen fijos en un punto lejano a la vuelta de la esquina. El miedo apareció en la mirada del jorobado. Su cara se quedó sin color, y abrió la boca como para decir algo.

Pero si tenía algo en mente, era demasiado tarde para decirlo. En un breve segundo antes de que Vito quedara envuelto en las llamas del coctel Molotov que se estrelló bajo el auto, le pareció curioso observar que los ojos de jorobado retrocedían bruscamente de algo que aún no sucedía.

X

EL JOVEN PREDICADOR DESPERTÓ TIRADO EN EL SUELO DEL BAR DE sushi. El lugar estaba repleto de personas que trataban de refugiarse del caos de fuera, que evocaba una de las visiones más horrorosas del Apocalipsis.

Sin embargo, el lugar donde yacía el joven predicador estaba casi vacío. Sólo contenía varios cadáveres y muchos insectos muertos.

Belinda May no aparecía por ninguna parte.

El joven predicador se irguió, se sacudió los insectos muertos que colgaban de su saco y sus pantalones, y se sentó en el más próximo de los apartados para cuidar su doliente cabeza. Se tocó el lugar donde las punzadas eran más fuertes. Al retirar los dedos, vio que estaban manchados de sangre seca.

Afuera iba en aumento la estridencia de las sirenas de los autos que se aproximaban. Llegaba la policía. Esperaba que con ellos trajesen un complemento de paramédicos. Por supuesto, los disparos y los gritos seguían sonando en las calles, así que la escena del buen libro todavía no llegaba a su conclusión.

De pronto el bar de sushi se sacudió por la onda de choque de una explosión cerca de ahí. El joven predicador se metió bajo la mesa y chocó con la cabeza contra el pedestal. No le importó; después de las cosas por las que había pasado, un poco más de dolor insoportable no cambiaba nada.

Se arrastró sobre el piso entre pilas de insectos muertos, bajo las piernas inertes del cadáver de Pesticida, sin dejar de preguntarse dónde podría estar Belinda May. Sus procesos de pensamiento no andaban bien, pero sabía que las nieblas mentales no le impedirían encontrarla. ¿Qué diría la gente? ¿Qué diría Dios, qué dirían los reporteros? Peor aún: ¿qué iba a decir ella si él intentaba volver a tomarla y descubría que no tenía valor suficiente para desafiar el fuego y el azufre a cambio del honor de abrirla como si fuera el Mar Rojo?

De manera imprecisa se daba cuenta de que algunas personas trataban de impedirle avanzar cuando se levantó y fue tambaleando hacia la calle, donde ardían los restos de un automóvil. Menos personas de lo que él esperaba corrían, llenos de pánico. Las aceras estaban cubiertas de cadáveres, ensangrentados o carbonizados. El joven predicador alentó la esperanza de que el noticiero de televisión estuviese grabando todo.

¿Dónde está Belinda May?, se volvió a preguntar.

Entonces vio al pandillero de los tentáculos en medio de la calle. Sostenía en lo alto a Belinda May y desafiaba a que otros la usaran como práctica de tiro.

El pandillero se acercó a unos mafiosos con ametralladoras que, aunque muy golpeados y heridos, seguían con vida. Y alzaban sus armas.

El pandillero bajó el cuerpo de Belinda May. ¡La iba a usar como escudo!

XI

YA ERA DEMASIADO TARDE PARA QUE SIRVIERA DE NADA, PERO QUASIMÁN recordó que el padre Calamar lo había enviado a la Orilla para impedir que Wyrm atacara a un líder de la Mafia.

Por supuesto, ni Quasimán ni el padre Calamar ni tampoco el individuo que les había provisto la información sobre el atentado que se planeaba habían imaginado que Wyrm iba a cubrir sus huellas en un mar de sangre. Una idea efectiva, aunque brutal. Quasimán sabía que nadie le echaría la culpa por no haber prevenido el derramamiento de sangre esa noche, pero a pesar de eso se aborreció a sí mismo por su incapacidad de impedir tanto sufrimiento.

¡Había visto morir a tanta gente! No conservaba todos los detalles, pues porciones de su cerebro entraban y salían de la realidad, pero nada podía disminuir el profundo sentimiento de desolación que lo abrumaba. La peor de las muertes presenciadas era la del chico escondido debajo del automóvil. Lo había visto convertirse en pasto de las llamas antes de que sucediera. Tal vez por eso le impresionaba tanto.

Sin embargo, la noche no había terminado aún. Quasimán había visto la sangre, pero faltaba que llegara el trueno.

Quasimán percibió al fin los sonidos de las sirenas, cada vez más cerca, al tiempo que decidía que le convendría irse de allí con los demás sobrevivientes. Todavía peleaban en las calles algunos mafiosos contra varios Hombres Lobo, pero sin duda Wyrm se había largado de ahí tiempo atrás. Quasimán intentaba visualizar adónde quería ir cuando vio al Hombre Lobo, que cargaba con su tentáculo a una mujer inconsciente sobre la cabeza, mientras caminaba por el centro de la calle hacia un par de pistoleros, que a su vez alzaban sus armas.

Quasimán no necesitó de su sentido precognitivo para adivinar lo que pasaría a continuación. Supo que era preciso salvar a esa mujer, como fuese.

Iba a dar vuelta en el espacio, pero en ese momento vio al hombre de cara conocida que corría hacia donde estaba el Hombre Lobo con la mujer. Las explosiones que resonaban en la cabeza de Quasimán no eran exactamente truenos.

XII

SI EL JOVEN PREDICADOR HUBIERA PODIDO PENSAR EN SERIO SOBRE la situación, se habría arrodillado para rezar. En cambio, se lanzó contra el Hombre Lobo y lo derribó. El tentáculo del pandillero tronó como látigo, y Belinda May fue lanzada lejos del peligro. Su cuerpo cayó sobre el techo de un auto. Al mismo tiempo que el Hombre Lobo y el joven predicador golpeaban el suelo, los dos miembros del clan Calvino accionaron los gatillos de sus ametralladoras.

El joven predicador se llevó una sorpresa al no tener ningún presentimiento de cómo sería su futuro inmediato. En cambio, tuvo un curioso sentimiento de compunción, acompañado de una sensación de alivio particular, lo que no era del todo contradictorio. Recogió su mente dentro de sí misma, y después de apretarla como una bola psíquica, la arrojó a un lugar que en una ocasión anterior no se había atrevido a mirar.

Los disparos eran como truenos de tormenta magnificados a una potencia infinita. Casi podía visualizar cada bala en su carrera dentro del cañón. Si había llegado el último nanosegundo de su vida, estaba dispuesto a vivirlo plenamente. Todavía tenía mucho tiempo.

Envuelto por el frío, percibió que iba cayendo hacia abajo. Abajo, abajo, abajo, hacia un infierno mucho más frío que cualquier pesadilla polar. Su alma se disipaba. ¿Era eso la muerte? ¿Se vería tirado en la calle, rodeado por los que habían muerto antes que él? ¿Sería llevado hacia una luz blanca que lo llamaba, donde la Virgen María y Jesucristo estaban lado a lado con su propia madre, esperándolo con los brazos abiertos? ¿Iba a saber lo que era irse al cielo?

¿Por qué, entonces, sentía que su mente se desgarraba en mil direcciones? Cientos de destellos de calor intenso se alternaban con otros cientos de cero absoluto. Tuvo el súbito entendimiento de que todos sus conceptos de la eternidad no eran sino relojes vistos en sus sueños, y sus conceptos del infinito apenas briznas en una caja de arena. El joven predicador no podía escapar a la idea de haberse fundido con todos los tiempos y lugares concebibles, como preludio a su disolución en los tiempos y lugares inconcebibles que estaban un poco más allá de los confines de la realidad.

La muerte resultaba ser una experiencia más complicada de lo que nunca imaginó. Se preguntaba si las balas ya habrían penetrado su cuerpo, si le rompían el cráneo, si su corazón y sus pulmones estaban ya perforados.

Sintió gratitud porque no había dolor. Todavía. Tal vez le sería concedido librarse de ese aspecto desagradable de su muerte.

Sin embargo, era extraño sentirse tan entero y completo cuando en realidad se estaba desbaratando.

Más extraño todavía resultaba que la nada, que al principio era incomprensible e indescriptible, de pronto se había convertido en una explanada de concreto, con líneas a intervalos, igual a una acera.

Pero lo más extraño de todo consistía en que en lugar de estar tirado en la calle junto al cadáver del Hombre Lobo con tentáculos, se encontraba aún vivo. La acera estaba empapada de sangre, pero no era la suya, gracias a Dios.

Pero ¿qué era lo que pesaba tanto sobre él? ¿Cómo había llegado ahí?

Lo que pesaba se deslizó a la acera, a un lado. Era el joker jorobado a quien había dirigido palabras duras esa misma noche, un poco antes. El jorobado yacía boca arriba, inerte como un muerto, y se hundía un centímetro en el concreto. El joven predicador sólo podía formarse conjeturas al respecto, pero sentía certeza de que el jorobado lo había salvado, y le costaba la vida.

De pronto, alguien le puso un micrófono frente a la cara. Miró hacia arriba y vio al reportero de televisión, rodeado de sus ayudantes, inclinado sobre él. El sonidista llevaba una venda ensangrentada sobre la muñeca, y el reportero tenía una herida en la frente. La cámara estaba encendida. El sonido también. El reportero habló.

—Ey, mister Barnett, ¿cómo se encuentra usted? ¿Tiene algo que decir a sus…?

Antes de que el joven predicador pudiera hablar, un policía dio un fuerte jalón al reportero. Otro policía tomó al joven predicador y trató de sacarlo de abajo del jorobado. Los aullidos de sirenas llenaban el aire de vibraciones estridentes, y una multitud de luces rojas y azules en rotación añadían un nivel adicional de irrealidad a la escena.

—¡Con un carajo, quítese de encima! –gritó el joven predicador y se deshizo del policía.

Oyó indistintamente que el reportero decía en voz baja al micrófono:

—Los primeros con la noticia, Canal Cuatro. Aquí se lo hemos mostrado antes, un ministro del culto que habla usando palabras obscenas en público. No dudo que muchos de sus feligreses se pregunten qué pasa con el mundo…

El joven predicador sintió un relámpago de ira por las impertinencias de ese payaso, pero decidió que sería paciente y pediría la maldición de Dios sobre ese sujeto en algún otro momento. Lo único que le importaba era el as o joker, o lo que fuera, que le había salvado la vida. Se arrodilló junto a su cuerpo, que se hundía cada vez más en la acera. Un paramédico estaba hincado también junto a los otros dos, con una cara que expresaba confusión.

—¡Sálvelo! –imploró el joven predicador–. ¡Tiene que salvar a este hombre!

—¿Cómo? –preguntó el paramédico–. No sé qué le pasa. ¡Ni siquiera puedo tocarlo!

Era verdad. Las manos del paramédico se hundían en el cuerpo del jorobado. El médico soltó un grito y, tras sacar las manos, se las metió bajo los sobacos, mientras temblaba como si se hubiera sumergido en un ambiente de congelamiento profundo. El joven predicador recordó haber sentido frío él también cuando creyó que estaba muriéndose. Una parte pequeña y oscura de ese frío se le había quedado en el alma, como un amigo no deseado.

Se daba cuenta de que ni el paramédico ni nadie más podrían asistir al jorobado, cuya forma estaba desvaneciéndose en una silueta de su figura anterior, y mientras lo miraba, su cuerpo se hundió otro centímetro en el concreto. Los ojos opacos del pobre hombre miraban el cielo, y su respiración parecía torturarlo, como si el aire que entraba a su garganta fuese poco adecuado para la tarea que debía hacer.

—¿Quién eres? –preguntó Leo–. ¿Cómo puedo ayudarte?

El hombre abrió y cerró los párpados. No se podía saber si estaba lúcido.

—Me llamo… Quasimán –musitó–. Nunca he transportado tanto peso… tan duro… apenas puedo sostenerme entero…

Se interrumpió, tosiendo. El joven predicador alzó la vista y ahí estaba Belinda May, de rodillas junto a él.

—¿Estás bien? –le preguntó él, con brevedad pero emocionado.

—Sí –repuso ella–. ¿Qué te pasó a ti?

—No estoy seguro, pero creo que este hombre es responsable.

—¡Dios mío, ya me acuerdo de él! Leo, tienes que ayudarle.

—Pero ¿cómo? Ni siquiera lo puedo tocar.

Un destello de travesura volvió a aparecer en los ojos de Belinda May.

—Eres predicador –le dijo, en un tono de voz similar al que había usado para decirle que quería irse a la cama con él–. ¡Cura al pobre hombre!

Muchos años habían pasado desde los actos de curación por la fe realizados por el joven predicador. Sus asesores decían que era mejor no seguir haciendo tales actos, pues no se veían bien en la televisión, sobre todo considerando que abrigaba ambiciones presidenciales.

Sin embargo, no podía permitir que ese espíritu noble se extinguiese. No; en su poder... en el poder de Dios estaba evitarlo. Alzó los ojos al cielo. Las nubes, preñadas de lluvia, se iluminaban con relámpagos ocasionales, y a lo lejos se oía el rumor de los truenos. Aspiró profundamente. Extendió los brazos hacia esas nubes, y hacia la tierra bajo la plancha de concreto de la ciudad, y convocó las oscuras fuerzas de la creación. Juntó todo eso en su espíritu y formó con ello una sola bola de energía.

Enseguida, metió las manos al interior de Quasimán. La variedad de sensaciones que llegaban a sus dedos se originaban en un lugar que no podría conocer jamás... Al menos no durante su vida.

Tuvo que forzar su voluntad para mantener la calma, no hacer caso al frío, desasociarse de la comezón que sentía en las manos y el abrumador entumecimiento de los dedos. Cuando sintió que su voluntad triunfaba, gritó, metiendo en sus palabras toda la pasión de que era capaz:

—¡Sánate, cabrón hijo de puta! *¡Sánate!*

Por fin, cayó la lluvia. El trueno estalló sobre sus cabezas como si un explosivo nuclear desgarrara el cielo.

XIII

ESA NOCHE MURIERON MÁS DE CINCUENTA PERSONAS EN LA ORILLA. Otras cien sufrieron heridas graves. Sin embargo, esa carnicería no fue la noticia principal en los programas de aquella noche, ni tampoco el encabezado favorecido en los periódicos a lo largo y ancho del país. A fin de cuentas, la guerra entre las pandillas llevaba tiempo de estarse desarrollando, y el hecho de que veintenas de inocentes hubiesen quedado atrapados bajo un horrible fuego cruzado era lamentable, pero no demasiado importante para los redactores de las noticias de un día a otro.

Entre Nueva York y Los Ángeles hay un lugar muy grande. Se llama Corazón de América, y para quienes ahí viven, la noticia del momento era que el reverendo Leo Barnett proclamaba su candidatura a la presidencia de Estados Unidos. Había puesto sus manos sobre el bulto de algún pobre joker y lo había devuelto al mundo, al sacarlo de un viaje involuntario con destino desconocido. Hizo lo que nadie había hecho nunca: curar a un joker usando tan sólo el poder de su fe. Había demostrado que el más grande poder en la tierra era el amor de Dios y de Nuestro Señor Jesucristo, y había puesto algo de ese amor en una criatura cuyo cuerpo había sido corrompido por aquel obsceno virus alienígena. Hasta en los medios noticiosos liberales, que habían captado el suceso en cinta de video para que el mundo lo contemplase a sus anchas, se tuvo que admitir que el reverendo Leo Barnett había realizado un acto asombroso. Tal vez no lo suficiente para calificarlo como apto para la presidencia, pero desde luego hacía de él alguien digno de observar.

También contribuyó que, inmediatamente después de curar al joker y ver cómo se lo llevaban los paramédicos en una camilla, el reverendo Leo Barnett no consultó a sus asesores ni esperó a ver qué importancia asumía en las noticias de esa noche, ni tampoco se preocupó por las reacciones de la opinión pública, sino que se acercó con la mayor sencillez al conjunto de cámaras y micrófonos y proclamó que la palabra de Dios marcaba llegada la hora para declarar su candidatura. Dio una demostración clara y poderosa de que era capaz de tomar una decisión y actuar en consecuencia.

El lugar del reverendo Leo Barnett en las encuestas ascendió a niveles muy respetables casi de inmediato. Desde luego, algunos votantes se sentían perturbados por el hecho de que el candidato anduviera en la Orilla, sobre todo respecto al cuarto que él y la joven misionera habían alquilado, pero a fin de cuentas ninguno de los dos estaba casado. Y se hablaba, aunque nadie lo confirmó, de un inminente anuncio de compromiso. Según se dio a conocer, las mujeres del Partido Demócrata habían recibido una impresión particularmente fuerte de que el reverendo Leo Barnett encontrara su amor verdadero y su destino político en la misma noche. De ser eso cierto, entonces quizá la matanza no había sido en vano.

> *Si Dios no juzga a Estados Unidos, tendrá*
> *que disculparse con Sodoma y Gomorra.*
> REVERENDO LEO BARNETT,
> candidato presidencial.

Todos los caballos del rey

III

EL DEPÓSITO DE CHATARRA SE ASENTABA CON DUREZA JUNTO a las aceitosas aguas verdes de la bahía de Nueva York, en el extremo de Hook Road. Tom llegó temprano al lugar, quitó el candado y abrió las puertas en la cerca de cadena. Dejó estacionado su Honda al lado de la choza con techo de lámina hundido, en donde otrora Joey Di Angelis viviera con su padre, Dorn, en los días en que el depósito de chatarra era un negocio activo, y se sentó un momento en el automóvil, con los brazos cruzados sobre el volante.

Había pasado incontables noches de domingo dentro de esa choza, cuando todavía era habitable, leyéndole a Joey viejos ejemplares de Jetboy, después de haber rescatado su colección de cómics de una hoguera encendida por la Asociación de Padres de Familia.

Al otro lado, tras la choza, estaba el sitio donde Joey trabajaba en sus autos, antes de que se convirtiese en Chatarra Joey Di Angelis, el rey del circuito de los derbis de demolición.

Y más allá, donde nadie iba nunca, tras la montaña de chatarra oxidada, estaba el lugar donde él y Joey habían soldado planchas blindadas sobre la carrocería de un Volkswagen sedán para fabricar el primer caparazón. Mucho tiempo después, cuando Dorn ya había muerto y Tom le había comprado el depósito a Joey para cerrarlo, habían excavado un búnker debajo, aunque al principio sin mucha sofisticación. No tenían más escondrijo que una lona grasienta.

Tom salió de su coche y se quedó de pie, con las manos metidas en los bolsillos de su amorfa chamarra de ante marrón, aspirando el aire salado de la bahía. Hacía frío ese día. Al otro lado del río una barcaza cargada de basura pasó despacio, con grupos de gaviotas revoloteando en torno a ella como moscas emplumadas. Se distinguía la vaga silueta de la Estatua de la Libertad, pero Manhattan se ocultaba tras la neblina de la mañana.

Aunque no se viera, ahí estaba, y en una noche clara podían verse las luces que brillaban en las torres. Una vista de puta madre. En Hoboken y Jersey City, casas dilapidadas y condominios apretujados que ofrecían vistas similares se vendían por precios de seis dígitos. Constable Hook era una reserva para uso industrial, y el terreno de Tom estaba rodeado por una bodega de importaciones y exportaciones, una vía muerta de tren, una planta de tratamiento de aguas negras y una refinería de petróleo abandonada, pero Steve Bruder decía que nada de eso importaba.

Ese gran pedazo de terreno junto al agua era materia idónea para un proyecto de desarrollo, había declarado Bruder cuando Tom le comentó que pensaba vender su viejo depósito de chatarra. Su opinión tenía autoridad; como especulador de bienes raíces en Hoboken y Weehawken, se había hecho millonario rehabilitando viejas viviendas en forma de condominios de alto precio que luego vendía a los yuppies de Manhattan. Lo siguiente sería Bayonne, es lo que decía Steve. En diez años, este cinturón oxidado desaparecería, y en su lugar se alzarían nuevos desarrollos de viviendas. Si entraban ellos primero, se llevarían la mejor tajada.

Tom conocía a Steve Bruder desde la infancia y lo aborrecía la mayor parte del tiempo, pero por una vez sus palabras fueron música en los oídos. Cuando Bruder le ofreció comprarle directamente el depósito de chatarra, el precio le hizo sentirse mareado, pero resistió la tentación. Ya lo tenía pensado de antemano.

—No –le había dicho–. No tengo pensado vender. Quiero ser uno de los socios de este proyecto de desarrollo. Yo aporto el terreno, tú pones el dinero y los conocimientos, y dividimos las utilidades por partes iguales.

Bruder le había sonreído con boca de tiburón.

—No eres tan tonto como pareces, Tudbury. ¿Te están aconsejando o es idea tuya?

—Quizá por fin me he vuelto listo –replicó Tom–. Bueno, ¿qué dices? ¿Sí o no? ¿Cagas o dejas cagar?

—No son buenos modales hablarle así a un socio. ¡Llorón! —Bruder extendió la mano.

Apretaba con mucha fuerza, pero Tom hizo un esfuerzo por no fruncir la cara.

Tom miró el reloj. En una hora más Steve estaría ahí con los banqueros. Una mera formalidad, según él. El préstamo sería un caramelo; la propiedad aullaba su potencial. Una vez que tuvieran la línea de crédito, procederían a cambiar la situación legal del terreno. Para la primavera habrían limpiado toda la chatarra, y la tierra se subdividiría en lotes para construcción.

Tom no sabía por qué había llegado tan temprano... tal vez para recordar.

Tenía gracia que tantos recuerdos importantes estuvieran arraigados en el depósito de chatarra. Sin embargo, al considerar la historia de su vida, resultaba apropiado. Pero todo eso iba a cambiar. Thomas Tudbury estaba a punto de hacerse rico.

Tom dio una vuelta despacio en torno a la choza, pateó una llanta vieja y enseguida la alzó con la mente. La sostuvo a metro y medio del suelo, le dio un empujón telequinésico que la puso a girar y contó. Al llegar a ocho, la llanta empezó a cabecear, a los once, cayó. No estaba mal. En la adolescencia, antes de que se metiera a un caparazón, podría haber sostenido la llanta todo el día. Pero en aquella época el poder era de Tom, pues aún no se lo había pasado —igual que le había dado todo lo demás— a la Tortuga.

—¿Vender el depósito de chatarra? —había preguntado Joey cuando Tom le contó sus planes—. Hablas en serio, ¿verdad? Vas a quemar un puente muy importante. ¿Qué pasa si encuentran el búnker?

—No encontrarán más que un maldito hoyo en el suelo. Se preocuparán del asunto no más de cinco o diez minutos. Lo rellenarán de tierra y eso será todo.

—¿Y qué con los caparazones?

—No hay caparazones —sentenció Tom—. Sólo chatarra de caparazones. "Ni todos los caballos ni todos los hombres del rey", ¿te acuerdas? Saldré una de estas noches y seré la Tortuga sólo lo suficiente para tirarlos a la bahía.

—Qué desperdicio —comentó Joey—. ¿No eres tú el que decía cuánto dinero y sudor habías invertido en esas estupideces?

Se bebió un trago largo de cerveza y meneó la cabeza. Con cada año que pasaba, Joey se parecía más a su padre, Dorn. Los mismos brazos flacos, el mismo vientre duro como roca, el mismo pelo salpimentado. Tom se acordaba de los tiempos en que esos cabellos eran negros del todo, y le caían sobre los ojos. Esos días anteriores a las anillas en las latas de cerveza, Joey solía llevar colgada del cuello una llave de la iglesia atada con una tira de cuero, y no se la quitaba nunca, ni siquiera la vez que se había puesto una máscara de rana para ir a Jokertown con la Tortuga para ayudar a rescatar al doctor Tachyon de un lapso de alcoholismo.

Habían pasado desde entonces veintitrés años. Tachyon no había envejecido, pero no se podía decir lo mismo de Joey ni de Tom. Envejecer sin crecer, pero todo eso estaba a punto de cambiar. La Tortuga había muerto, pero la vida de Tom Tudbury apenas iba a comenzar.

Se apartó de la orilla. Los faros rotos parecían mirarlo como ojos ciegos de montañas de automóviles muertos; de pronto, sintió una mirada viva sobre él, y al volverse vio una gran rata gris que se asomaba desde el interior húmedo y podrido de un sofá victoriano sin patas. En las profundidades del depósito de chatarra pasó entre dos largas filas de refrigeradores antiguos, con todas las puertas cuidadosamente removidas. Al extremo más apartado había un área plana de tierra en donde no había nada más que una placa cuadrada de metal incrustada en la tierra. Pesaba mucho, como Tom sabía por experiencia. Fijó la vista en la anilla grande soldada al metal, se concentró, y al tercer intento logró apartarla lo suficiente para destapar la oscura boca de un túnel.

Sentado al borde del hoyo, Tom se deslizó para entrar poco a poco en la oscuridad. Al llegar al fondo, tanteó las paredes hasta encontrar la linterna que había dejado ahí. Avanzó con su luz por el túnel hasta llegar al búnker. Los viejos caparazones lo esperaban ahí, callados.

Sabía que pronto sería menester deshacerse de ellos. Pero no ese día. Los banqueros no explorarían esa parte del depósito. No querían sino echarle un vistazo a la propiedad, apreciar la vista, tal vez firmar unos cuantos papeles. Ya habría tiempo de sobra para tirar esa chatarra a la bahía; no iría a ninguna parte.

El caparazón dos estaba cubierto por símbolos de la paz y margaritas pintadas, aunque los colores ya habían perdido su brillo, y lucían deslavados y pelados. Bastaba con mirarlos para suscitar recuerdos de viejas canciones, viejas causas, viejas convicciones. La marcha sobre Washington, los altavoces con folk-rock a todo volumen, la leyenda HAZ EL AMOR, NO LA GUERRA garrapateada sobre su armadura. Gene McCarthy se había trepado a ese caparazón para pronunciar a lo largo de veinte minutos un discurso con la escueta elocuencia que lo caracterizaba. Chicas hermosas en jeans y blusas vaporosas hubieran peleado por una oportunidad de subir a su lado. Tom recordaba una en particular, con ojos del azul de la flor de maíz, bajo una banda para el pelo tipo indio, y pelo rubio y liso que llegaba más allá del trasero. Ella lo amaba, según le musitaba acostada sobre el caparazón. Quería que él abriera la portezuela para dejarla entrar; deseaba mirarle a la cara y ver sus ojos; no le importaba si era un joker, como decían por ahí, ella lo amaba y deseaba que ahí mismo él se la planchara, en ese momento.

Por causa de ella, su erección había parecido una palanca dentro de sus jeans, pero no por eso había abierto la portezuela del caparazón. Ni entonces ni nunca. Ella quería a la Tortuga, pero dentro de la armadura sólo existía Tom Tudbury. Se preguntó qué sería de aquella chica, qué aspecto tendría, qué recuerdos vendrían a su mente. A esas alturas era probable que tuviese una hija de la misma edad de ella cuando había querido meterse al caparazón con él.

Tom pasó la mano sobre el metal frío y trazó con el dedo otro símbolo de la paz en la gruesa capa de polvo que cubría el caparazón. En verdad, en aquellos tiempos pensaba que él podría hacer cambiar las cosas. Formaba parte de un movimiento para detener la guerra y proteger a los débiles. El día en que la Tortuga ingresó a la lista de los enemigos de Nixon, se había sentido más orgulloso que nunca.

Ni todos los caballos ni todos los hombres del rey…

Más allá del caparazón pintarrajeado había otro, menos vistoso y más reciente, que también había brindado servicios difíciles. Se detuvo a observar la abolladura donde un lunático lo había golpeado con una bala de cañón; lo había dejado oyendo campanadas durante varias semanas. Debajo, pensó Tom, si uno sabía dónde buscar, encontraría la huella de una mano humana pequeña, hundida diez centímetros en la placa de blindaje, un recuerdo dejado por una as malhechora a quien la prensa llamaba la Escultora. Era un estuche de monerías: el metal y la piedra fluían como agua en sus manos. Los medios masivos la consintieron hasta que empezó a usar las manos para dar a las puertas la forma de bóvedas bancarias. La Tortuga la entregó a la policía, mientras se preguntaba qué harían para impedirle salir de prisión por su propio pie, pero ni siquiera tuvo que hacer el intento, porque había aceptado un indulto con la condición de trabajar para el Departamento de Justicia. A veces, era un mundo muy raro.

No quedaba mucho de los caparazones dos y tres, sólo la estructura y las placas de blindaje. Los interiores habían sido reciclados: cámaras, circuitos electrónicos, calentadores, ventiladores y muchas otras cosas, todas las cuales costaban dinero, algo que nunca abundaba. Los viejos caparazones sacrificaban sus piezas para construir los nuevos, siempre que era posible. De cualquier modo, no servía de mucho: aún costaban una fortuna. Calculaba haber invertido no menos de cincuenta mil dólares, la mayor parte obtenidos mediante crédito, en el caparazón que los malditos taquisianos habían tirado por la escotilla. Seguía pagando esas deudas.

En el rincón más oscuro del búnker encontró el más viejo de todos los caparazones. Ni siquiera las capas de placas blindadas, adheridas con torpe soldadura, ocultaban la línea conocida del primer Volkswagen sedán con el que habían comenzado esa historia, en el invierno de 1963. Por dentro, el caparazón era oscuro y poco ventilado; apenas había lugar para moverse, y faltaban todas las comodidades que se habían incorporado más adelante a los demás caparazones. Pasando la luz de la linterna por el exterior, observó cuán ingenuo era en aquel tiempo y soltó un suspiro. Pantallas de televisores en blanco y negro, una carrocería de Volkswagen, cables eléctricos de hacía veinte años, bulbos. Todo más o menos intacto, por la sencilla razón de ser obsoleto. La sola idea de haber cruzado la bahía unos meses antes adentro de ese caparazón le hacía estremecerse.

Sin embargo… ¡el primero de los caparazones, y los recuerdos asociados a él eran los más intensos! Se le quedó mirando un buen rato, repasando su memoria: la construcción, las pruebas, los vuelos. La primera vez que había cruzado el río a Nueva York. ¡Casi se había cagado de miedo! En aquella ocasión ubicó el incendio, sacó por telequinesis a la mujer y la puso a salvo. A pesar de los años transcurridos, todavía podía visualizar el vestido de la mujer, con las llamas lamiendo la tela mientras la depositaba en la calle.

—Lo intenté –dijo en voz alta, cuyos ecos resonaron en la penumbra del búnker–. Hice algunas cosas bien.

Tras él sonaron unos ruidos rastreros. Ratas, con toda probabilidad. Había caído a hablar con ratas. ¿A quién quería convencer? Miró los caparazones, tres de ellos formados en un fila torcida. ¡Cuánta chatarra, destinada al fondo de la bahía! Le pareció triste. Se acordó de lo que decía Joey, sobre desperdiciar todo eso, y tuvo el chispazo de una idea. Se sacó del bolsillo una libreta y garrapateó sonriendo una nota como recordatorio para sí mismo. Llevaba veinte años de apostar con los caparazones en la calle, sin nunca encontrar el frijolito debajo de ninguno de ellos. ¡Tal vez fuera posible convertir los caparazones viejos en una *lata* de frijoles!

Veinte minutos después llegó Steve Bruder, con las manos enfundadas en finos guantes de cuero y un abrigo de Burberry, acompañado por dos banqueros, todos a bordo de un largo Lincoln Town Car. Tom dejó a Bruder hablar mientras andaban por la propiedad. Los banqueros admiraron las vistas y demostraron cortesía al no hacer caso de las ratas del depósito de chatarra.

Esa misma tarde firmaron los papeles. Se fueron a cenar a Hendrickson para celebrarlo.

Concierto para sirena y serotonina

III

EL VIENTO IBA Y VENÍA COMO UNA MAREA PESADA, HACÍA vibrar los vidrios de las ventanas y estrellaba pequeños fragmentos de hielo contra los leones de piedra que flanqueaban la entrada. Al abrirse la puerta de la Clínica de Jokertown se intensificaron los sonidos. Un hombre se introdujo por ella y se puso a golpear el suelo con los pies y a sacudirse la nieve de su blazer azul oscuro. No hizo el menor esfuerzo por cerrar la puerta tras él.

Madeleine Johnson, a quien se le conocía ocasionalmente como la Dama Pata de Gallina, se encontraba de guardia parcial en el escritorio de recepción, haciendo un favor a su amiga Cock Robin, con quien estaba viviendo una buena relación. Alzó los ojos del crucigrama que trataba de resolver, se tocó la carúncula de gallina con el lápiz y gritó:

—¡Oiga! ¡Cierre esa maldita puerta!

El hombre bajó el pañuelo con el que se limpiaba la cara y se le quedó mirando. Ella se dio cuenta de que sus ojos tenían facetas. En su rostro, los músculos de las mandíbulas se tensaban y aflojaban.

—Le pido disculpas –dijo, y fue a cerrar la puerta.

El hombre hizo girar su cabeza lentamente, como si estudiara todos los detalles de la sala, aunque con esos ojos no era fácil determinar qué miraba. Por fin volvió a sonar su voz:

—Es necesario que hable con el doctor Tachyon.

—Pero el doctor no está en la ciudad –le informó ella– y no volverá pronto. ¿Qué necesita?

—Quiero que me ponga a dormir.

—Esto no es clínica veterinaria.

Ella se arrepintió enseguida de sus palabras, porque él se le acercó, envuelto por un halo visible en torno a él, emitiendo chispas como un generador de electricidad estática. No le parecían signos de virtud, ya que enseñaba los dientes con ferocidad y abría y cerraba las manos como si se preparase para alguna actividad agotadora.

—Esto es una emergencia. Mi nombre es Croyd Crenson. Han de tener mi expediente. Es mejor que lo encuentre. Me pongo violento.

Ella volvió a dar un grito, se levantó y salió a toda prisa; dejó dos plumas que flotaron en el aire frente a él. El hombre extendió la mano para apoyarse en el escritorio, y a continuación volvió a secarse la frente. Sus ojos cayeron sobre una taza de café a medio llenar, junto al crucigrama. La agarró y se la bebió de un trago.

Unos momentos más tarde se oyó un estruendo en el pasillo tras el escritorio. Un joven rubio de ojos azules se detuvo en el umbral y se le quedó mirando. Llevaba una camisa polo verde y blanca, un estetoscopio y una sonrisa de playero. De la cintura para abajo, su cuerpo era el de un caballo palomino, con la cola trenzada de manera muy coqueta. Tras él se agitaba Madeleine.

—Es él –le indicó al centauro–. Dijo "violento".

Sin dejar de sonreír, el joven cuadrúpedo entró a la sala y extendió una mano.

—Soy el doctor Finn –se presentó–. He pedido su expediente, mister Crenson. Pase a la sala de consulta, puede irme contando lo que le pasa mientras me lo traen.

Croyd le estrechó la mano, asintiendo.

—¿Tendrán algo de café por ahí? –preguntó.

—Creo que sí. Enseguida le traerán una taza.

Croyd se había echado a andar dentro del cubículo de consulta, bebiendo café, mientras el doctor Finn leía su expediente, bufando en varias ocasiones y, en una de ellas, haciendo un ruido parecido a un relincho.

—No me di cuenta de que eras el Durmiente –comentó por fin, cerró el expediente y puso los ojos sobre Croyd–. Estos materiales de tu expediente han ido a parar a los libros de texto.

Con un dedo de manicure, el doctor tamborileaba sobre los papeles.

—Eso me han dicho –replicó Croyd.

—Es obvio que tienes un problema –observó el doctor Finn– que no puede esperar a ser resuelto en el próximo ciclo. ¿En qué consiste?

Croyd forzó una débil sonrisa.

—Es cuestión de poder seguir con el juego, de poder dormir.

—¿Cuál es el problema?

—No sé si lo diga el expediente –explicó Croyd–. Estoy aterrado de dormirme.

—Algo menciona sobre la paranoia. Quizás un poco de terapia…

Croyd dio un puñetazo en la pared y dejó un hoyo.

—No es paranoia –interrumpió–, no cuando el peligro es de verdad. Puedo morirme mientras estoy en hibernación. Puedo despertar convertido en el más asqueroso joker que nadie pueda imaginarse, y con un ciclo normal de sueño y vigilia, lo cual me dejaría así para siempre. Sólo es paranoia cuando los temores son infundados, ¿no?

—Bueno –aceptó el doctor Finn–, creo que podríamos denominarlo así cuando el miedo es desproporcionado, aunque esté justificado. No lo sé; no soy psiquiatra. Pero he visto en el expediente que tomas anfetaminas para evitar dormir todo el tiempo que te sea posible. Seguro que sabes que esas drogas añaden un fuerte acento químico a los sentimientos de paranoia que ya están presentes.

Croyd metía el dedo en el hoyo que acababa de hacer en la pared, y sacaba trocitos sueltos de yeso.

—Por supuesto –continuó el doctor Finn–, en parte es cuestión de semántica. No importa cómo lo llamemos. Lo fundamental es que te da miedo dormir. Pero esta vez, ¿crees que te debes dormir?

Croyd, sin dejar de andar, se puso a tronarse los nudillos. Fascinado, el doctor Finn contó cada chasquido. Cuando oyó el número siete, se preguntó qué haría Croyd cuando se le acabaran los nudillos.

—Ocho, nueve, diez –subvocalizó.

Croyd hizo un nuevo hoyo en la pared de otro puñetazo.

—Uh, ¿quieres un poco más de café?

—Sí, como cuatro litros.

El doctor Finn salió de ahí como si sonara una señal de empezar la carrera.

Un poco después, sin decirle a Croyd que el café que bebía a grandes tragos era descafeinado, el doctor Finn prosiguió:

—Temo que añadir más medicamentos a las anfetaminas que ya has tomado puede tener efectos adversos.

—He hecho dos promesas –explicó Croyd–, y ambas implican que trataría de dormir esta vez, sin resistirme. Pero si no puedes hacerme dormir rápidamente, lo más probable es que me vaya, pues la ansiedad es insoportable. Si eso sucede, sé que no tardaré en volver a tomar benzis y dexis. Inyéctame un narcótico. Acepto el riesgo.

El doctor Finn sacudió las crines.

—Preferiría antes intentar algo más sencillo y mucho menos peligroso. ¿Te parece que hagamos un poco de entrenamiento de ondas cerebrales y sugestión?

—No conozco ese procedimiento –dijo Croyd.

—No es nada traumático. Los rusos llevan años de hacer estos experimentos. Basta con poner estos audífonos en los oídos –explicó, mientras le humedecía los lóbulos con alguna sustancia–. Te pondremos en la cabeza una corriente de bajo amperaje, por ejemplo, de cuatro hertzios. Ni siquiera la sentirás.

Ajustó un control de la caja de la que salían los cables.

—Y ¿ahora qué? –inquirió Croyd.

—Cierra los ojos y relájate un minuto. Tal vez tengas una sensación de estar a la deriva.

—La siento.

—Pero también sientes el peso, adentro. Te pesan los brazos y las piernas.

—Pesan mucho –aceptó Croyd.

—Es difícil pensar en algo en particular. Tu mente va a la deriva.

—Voy a la deriva.

—Y ha de sentirse muy rica esa sensación. No te has sentido mejor en todo el día: por fin, una oportunidad de descansar. Respira despacio, que el aire entre en todos los lugares donde haya tensión. Ya casi estás ahí. Vamos muy bien.

Croyd farfulló algo ininteligible.

—Lo estás haciendo bien de verdad. Tienes aptitud para esto. Casi siempre, cuento hacia atrás desde diez. Contigo, vamos a empezar en ocho, pues ya estás casi dormido. Ocho. Estás lejos, y te parece bien. Nueve. Ya estás dormido, pero ahora vas a dormir a mayor profundidad aún. Diez. Duermes tranquilamente, sin miedo ni dolor. Duermes.

Croyd empezó a roncar.

No había camas libres, pero como el cuerpo de Croyd se había endurecido con rigidez de maniquí un poco antes de tomar un color

verde brillante, su pulso y respiración reducidos a un punto inter-
medio entre el oso que hiberna y el oso ya muerto, el doctor Finn
lo puso, de pie, al fondo del clóset de las escobas, donde no ocupaba mucho espacio. Clavó en la puerta el papel con el cuadro clínico,
después de haber anotado: "Paciente sugestionable en extremo".

MAYO DE 1987

Todos los caballos del rey

IV

—**N**ECESITO UNA MÁSCARA.

El pedido lo recibió un dependiente tan alto y delgado que resultaba grotesco; sus modales eran imperiosos, como sugería el rostro del faraón cuya mascarilla mortuoria llevaba puesta.

—Desde luego —le dio a sus ojos el mismo tono dorado de piel de su máscara—. ¿El señor tiene alguna idea específica?

—Que sea impresionante —formuló Tom.

Por menos de dos dólares, en cualquier tienda de dulces de Jokertown uno podía comprar una máscara barata de plástico, suficiente para esconder el rostro, pero en Jokertown una máscara barata era como un traje barato. Tom deseaba ser tomado en serio ese día, y Holbrook's era la tienda de máscaras más exclusiva de la ciudad, según la revista *New York*.

—¿Me permite, señor? —reaccionó el dependiente, con una cinta de medir en la mano.

Tom movió afirmativamente la cabeza y se puso a estudiar la exhibición de máscaras tribales en el muro más lejano mientras el otro le tomaba medidas a la cabeza.

—Sólo tardo un minuto —prometió el hombre y se desvaneció tras una oscura cortina de terciopelo que daba a una trastienda.

Tardó más de un minuto. Tom era el único cliente. Era un lugar pequeño, pobremente iluminado pero con decoraciones de lujo. Tom experimentaba mucha incomodidad. Cuando el dependiente volvió, llevaba en los brazos media docena de cajas de máscaras. Las puso en el mostrador y abrió la primera para que Tom la inspeccionara.

En un lecho de pañuelos de papel de color negro descansaba una cabeza de león. La cara estaba hecha de una piel suave y pálida, tan suave al tacto como el ante más fino. Los rasgos quedaban encuadrados por un nimbo de melena dorada.

—Nada más impresionante que el rey de las fieras –dijo el dependiente–. El pelo es auténtico; cada hebra viene de una melena de león genuina. Noté que usa anteojos, señor. Si nos proporciona su receta, Holbrook's tendrá el gusto de ajustarle lentes especiales a la máscara.

—Es bonita –Tom pasó los dedos por los pelos–. ¿Cuánto?

El dependiente lo miró con frialdad.

—Mil doscientos dólares, señor. No incluye los lentes.

Tom retiró la mano de modo abrupto. Los ojos dorados de la cara del faraón lo miraron con cortesía condescendiente, no exenta de diversión. Sin decir una palabra, Tom giró sobre los talones y salió de Holbrook's.

Por $6.97 se compró una máscara de rana hecha de hule, en una tienda de periódicos y revistas del Bowery dentro de una fuente de sodas. Cuando se la puso en la cabeza, la máscara resultó un poco grande, y necesitaba llevar las gafas balanceadas en unas enormes orejas verdes, pero tenía cierto valor sentimental. Al diablo con lo impresionante.

Jokertown lo ponía muy nervioso. Una cosa era volar sobre sus calles, pero andar por ellas era otra proposición. Por fortuna, la Casa de los Horrores estaba ahí mismo en el Bowery. Los policías, al igual que cualquier otra persona cuerda, evitaban los callejones oscuros de Jokertown, sobre todo desde que la guerra entre pandillas había comenzado, pero a lo largo del Bowery los norms seguían frecuentando los cabarets de jokers, y donde había turistas también había patrullas de policía. El dinero de los norms era el fluido vital de la economía de Jokertown, y estaba escaseando, dada la situación.

Incluso a una hora tan tardía había actividad en las aceras, y nadie le prestó atención especial a Tom con su cara de rana mal puesta. Después de la segunda cuadra, se sentía casi cómodo. Durante veinte años había visto en sus monitores todos los horrores que *ofrecía* Jokertown; en esos momentos sólo variaba el ángulo de visión.

En los viejos tiempos la acera de enfrente de la Casa de los Horrores habría estado repleta de taxis dejando a sus pasajeros, con limusinas estacionadas a la espera de que acabase la segunda función. Pero aquella noche la acera estaba desierta, y no había ni siquiera un portero. Al entrar, Tom vio que tampoco había recepcionista. Empujó las puertas dobles, y cien ranas diferentes lo contemplaron desde las profundidades plateadas de los célebres espejos de la Casa de los Horrores. El hombre que estaba en el escenario tenía una cabeza del tamaño de una pelota de beisbol, y enormes bolsas de su propia piel, que parecían contener guijarros, colgaban sobre su torso desnudo y se inflaban y desinflaban como fuelles de gaitas, lo que llenaba la sala de una música triste y extraña que surgía de una docena de improbables orificios. Tom lo miró sintiendo una fascinación mórbida hasta que el *maître* apareció a su lado.

—¿Desea el señor una mesa?

Era pequeño y rotundo como pingüino, y ocultaba su rostro bajo una máscara de Beethoven.

—Deseo ver a Xavier Desmond –anunció Tom, con voz ahogada por la máscara de rana que sonaba extraña a sus propios oídos.

—Mister Desmond apenas ha vuelto del extranjero hace unos días –le informó el *maître*, con tono orgulloso–. Fue uno de los delegados de la gira mundial del senador Hartmann. Está muy ocupado.

—Esto es importante –interpuso Tom.

El *maître* asintió.

—¿Quién lo busca?

—Dígale que... –titubeó Tom– ...dígale que un viejo amigo.

Cuando el *maître* los dejó solos, Des se levantó y se acercó rodeando el escritorio. Se movía despacio y apretaba los delgados labios bajo la trompa que le crecía en el sitio donde debería haber una nariz en una cara normal. Al verlo ahí, en el mismo cuarto, se notaban muchas cosas que no aparecían en la pantalla de televisión: lo viejo que era y lo enfermo que estaba. La piel le colgaba tan flojamente como la ropa, y el dolor se desbordaba de sus ojos.

—¿Qué tal estuvo la gira? –preguntó Tom.

—Agotadora –repuso Des–. Vimos toda la miseria del mundo, todo el sufrimiento, todo el odio, y experimentamos su violencia en forma directa. Pero no dudo que eso ya lo sepas. Salió en los periódicos.

Alzó la trompa, y los dedos que crecían en la punta tocaron ligeramente la máscara de Tom.

—Perdón, viejo amigo, pero no puedo recordar tu cara.

—Llevo la cara escondida –indicó Tom.

Des sonrió débilmente.

—Una de las primeras cosas que aprende un joker es mirar bajo la máscara. Soy un joker viejo, y tu máscara es bastante mala.

—Hace mucho tiempo, tú compraste una máscara igual de barata que ésta.

—Estás en un error –Des frunció el entrecejo–. Me temo que nunca he sentido la necesidad de ocultar mis rasgos.

—La compraste para el doctor Tachyon. Una máscara de pollo.

Sorprendidos y curiosos, los ojos de Desmond se clavaron en los suyos, aunque conservaban una expresión cautelosa.

—¿Quién eres?

—Creo que lo sabes –repuso Tom.

El viejo joker guardó silencio durante un prolongado momento. Por fin movió la cabeza asintiendo y se hundió en el sillón más próximo.

—Se habló de que habías muerto. Veo con gusto que no es cierto.

Ese sencillo enunciado y la sinceridad con que se expresaba Desmond hicieron que Tom se sintiera torpe y apenado. Por un momento tuvo el impulso de irse sin decir una palabra más.

—Siéntate, por favor –pidió Desmond.

Tom se sentó, se aclaró la garganta y trató de pensar en cómo dar principio a lo que quería decir. El silencio los cubrió como una atmósfera incómoda.

—Me doy cuenta –abrió Desmond– de que para ti estar sentado aquí en mi oficina ha de ser igual de raro que para mí. Muy agradable, pero raro. Sin embargo, algo te ha hecho venir, aparte del deseo de mi compañía. Jokertown te debe mucho. Dime qué puedo hacer por ti.

Tom se lo dijo. No mencionó sus motivos, pero le comunicó que había tomado su decisión y le contó lo que pensaba hacer con los caparazones. Mientras hablaba, apartó la mirada de Des y dejó que sus ojos vagaran por todas partes menos el rostro del viejo joker. Pero no dejó de pronunciar todas las palabras requeridas.

Xavier Desmond lo escuchó con la mayor cortesía. Cuando Tom terminó, Des se veía avejentado, y más cansado. Asintió con movimientos lentos de cabeza, pero sin decir nada. Los dedos de la trompa se le abrían y cerraban.

—¿Estás seguro? –preguntó al fin Des.

Tom asintió, y enseguida le preguntó:

—¿Te encuentras bien?

—No –replicó Des, y formó una sonrisa pálida y fatigada–. Soy demasiado viejo, y mi salud no es buena, y el mundo persiste en decepcionarme. En los últimos días de la gira, sentí un gran anhelo de volver a Jokertown y la Casa de los Horrores. He venido a casa y ¿qué encuentro? El negocio peor que nunca, las pandillas haciendo la guerra en las calles de Jokertown, un próximo presidente que bien puede ser ese charlatán religioso, el que ama tanto a mi gente que la quiere poner en cuarentena. Ahora, el más viejo de nuestros héroes ha decidido apartarse de la lucha.

Des se pasó los dedos de la trompa por el pelo gris y ralo, y alzó la mirada a Tom.

—Te pido perdón. Eso no fue justo. Has arriesgado mucho, y a lo largo de veinte años estuviste en tu puesto por todos nosotros. Nadie tiene derecho a pedirte más. Ten por cierto que si necesitas mi ayuda, puedes contar con ella.

—¿No sabes quién es el dueño? –inquirió Tom.

—Un joker –repuso Des–. ¿Te sorprende? Los dueños originales eran norms, pero él compró su parte, uh, hace ya bastante tiempo. Es muy rico, pero prefiere no hacerse notar. Un joker rico es una víctima potencial. Puedo arreglar una reunión, con todo gusto.

—Sí –aceptó Tom–. Muy bien.

Cuando terminaron de hablar, Xavier Desmond lo acompañó a la salida. Tom prometió llamar en una semana para enterarse de los detalles de la reunión. Afuera, en la acera, Des se paró al lado de Tom, que trataba de parar un taxi. Uno que pasaba aminoró la marcha, pero al ver a semejante par el conductor aceleró de nuevo.

—Abrigaba la esperanza de que fueses joker –dijo en voz baja Desmond.

Tom lo miró con intensidad.

—¿Acaso sabes que no lo soy?

Des sonrió, como si la pregunta no fuera digna de respuesta.

—Quería creer, como tantos otros jokers. Escondido en tu caparazón, podías ser cualquiera. Con todo el prestigio y la fama de que disfrutan los ases, ¿para qué querrías esconder tu cara y mantener tu nombre en secreto, si no eras uno de los nuestros?

—Tenía mis propias razones –expuso Tom.

—Bueno, ya no importa. Supongo que la lección aquí es que los ases son ases, también tú, y que los jokers tendremos que aprender a cuidarnos a nosotros mismos. Te deseo buena suerte, viejo amigo.

Des le estrechó la mano y se alejó.

Pasó otro taxi. Tom le hizo la señal, pero no se detuvo.

—Creen que eres joker –dijo Des desde la entrada de la Casa de los Horrores–. Es por la máscara. Quítatela y no tendrás ningún problema.

Sus palabras no perdían su tono bondadoso. Des cerró la puerta después de entrar.

Tom miró la calle arriba y abajo. No había nadie. Ninguno podría verle la cara. Con cuidado, nervioso, alzó las manos y se quitó la cara de rana.

El siguiente taxi frenó de inmediato a su lado.

Lazos de sangre

I

por Melinda M. Snodgrass

—¡RENUNCIO! ¡RENUNCIO! ¡NO NECESITA TUTOR, NECE-SITA UN CARCELERO! ¡UN MALDITO ENTRENADOR DE ANIMALES! ¡UNA TEMPORADA EN LA CÁRCEL!

Al azotarse la puerta, los papeles apilados en su escritorio se estremecieron como los bastimentos de una fortaleza de celulosa blanca. Tachyon, con un contrato de alquiler flácidamente suspendido de los dedos, se quedó mirando la puerta con expresión divertida. Se abrió una rendija.

Un par de ojos, que nadaban como lunas azules detrás de lentes gruesos, atisbaba cautelosamente en torno a la puerta.

—Lo siento –musitó Dita.

—Todo está bien.

—Con éste ¿cuántos van ya? –preguntó ella, mientras asentaba una nalga bien formada en la esquina del escritorio. Los ojos de Tachyon se deslizaron sobre la extensión de muslo blanco que la minifalda dejaba al descubierto.

—Tres.

—¿La escuela, quizá?

—De ninguna manera.

Tachyon reprimió un escalofrío al contemplar el caos que su nieto crearía en el mundo de la escuela pública, con sus normas de lucha de todos contra todos. Con un suspiro, dobló el contrato de alquiler y se lo metió al bolsillo.

—Tengo que ir a casa y ver cómo está. He de intentar hacer otros arreglos.

—¿Y esta correspondencia?

—Tendrá que esperar.

—Pero…

—Algunas de estas cartas llevan seis meses esperando. Pueden esperar unos cuantos días más.

—¿Y las visitas?

—Volveré a tiempo.

—El doctor Queen…

—No estará contento conmigo. Un suceso común y corriente.

—Luces fatigado.

—Lo estoy.

En efecto, estaba cansado, pensó, mientras bajaba por los escalones de la Clínica Memorial Blythe van Renssaeler, omitiendo dar las acostumbradas palmaditas en las cabezas de los leones de piedra que flanqueaban la escalera. En la semana transcurrida desde su regreso de la gira de la Organización Mundial de la Salud no había encontrado tiempo para descansar. Por todas partes surgían preocupaciones: su impotencia, que lo dejaba con un sentido cada vez mayor de presiones y frustración; la candidatura de Leo Barnett, los crímenes de guerra que amenazaban la vida pacífica (¿pacífica?, ¡ja, ja!) de Jokertown; James Spector, que andaba suelto y seguía…

Sin embargo, todas esas cosas se presentaban a distancia, meras bagatelas si se comparaban con la llegada de una nueva presencia a su vida. Un niño activo de once años de edad que descomponía todas sus rutinas y le hacía darse cuenta de lo estrecho que podía resultar un apartamento de una recámara, qué tardado era encontrar algo de mayor tamaño, y de los costos involucrados en hacer una mudanza.

Y además había que enfrentar el problema del poder de Blaise. Durante su infancia, Tachyon a menudo despotricó de su crianza como un señor psi taquisiano. Pero en ese momento deseaba poder aplicar algunos de esos severos castigos a su rebelde heredero, que se resistía a entender la enormidad de sus pecados cuando ejercitaba desenfadado sus poderes psi sobre los seres humanos que lo rodeaban, que eran como ciegos en lo que a la mente se refiere.

Para ser honestos, no era tan sólo cuestión de perdonarle los castigos. En Takis los niños aprendían a sobrevivir en la atmósfera plena de intriga de las habitaciones de las mujeres. Rodeados de otros mentalistas, los niños no tardaban en aprender cautela en el ejercicio desenfrenado de sus poderes. No importaba cuán potente fuese un individuo, siempre había un primo mayor o un padre con más experiencia y más poder.

Una vez que salían del harem, se asignaba a cada niño un compañero/sirviente escogido entre las órdenes inferiores. La meta era que se imbuyera al joven señor o señora psi un sentido de deber hacia las gentes sencillas a quienes gobernaban. Ésa era la teoría; en los hechos, se generaba una suerte de desprecio indulgente hacia la gran mayoría de la población taquisiana, y una actitud despreocupada que conducía a considerar poco deportivo o interesante influir sobre los sirvientes. Pero sucedían tragedias: sirvientes obligados a la autodestrucción por un capricho o berrinche de sus amos.

Tachyon se frotó la frente con la mano y consideró sus opciones. Seguir pronunciando sermones sobre la bondad, la responsabilidad y el deber. O convertirse en el elemento más peligroso de la vida de Blaise.

Pero yo deseo su amor, no su miedo.

El niño le hacía pensar en alguna criatura feral de los bosques. Arrellanado en un sillón grande, Blaise miraba con cautela a su abuelo y se tiraba del cuello de encajes a la Vandyke que se derramaba sobre los hombros de su chaqueta blanca de sarga. Unas medias rojas y una faja del mismo color hacían eco al rojo de sus cabellos. Tach arrojó las llaves a la mesita de café y se sentó en el brazo del sofá, manteniendo una distancia prudente del niño hostil.

—Diga lo que diga, no fui yo.

—Algo has de haberle hecho.

Hablaban en francés.

—No.

—Blaise, no digas mentiras.

—Es que él no me gusta.

Tach se acercó al piano y tocó varios compases de una sonatina de Scarlatti.

—Tus maestros no necesitan hacerse amigos tuyos. Lo que necesitan es… enseñar.

—Pero yo ya sé todo lo que necesito saber.

—¿Ah, sí? –Tachyon pronunció esas sílabas largamente, en tono frígido.

La barbilla del niño se endureció, y las defensas de Tach repelieron un potente asalto mental.

—Eso es todo lo que necesito saber, al menos respecto a la gente ordinaria —arguyó el jovencito, sonrojado bajo la mirada de su abuelo—. ¡Yo soy especial!

—Ser un bruto ignorante no es nada especial en el mundo. Tendrás mucha compañía.

—¡*Te odio!* ¡Quiero irme a casa!

La última palabra se ahogó en un sollozo. Blaise enterró el rostro en la superficie del sillón.

Tach se aproximó a su nieto y lo tomó en brazos.

—Oh, querido mío, no llores. Extrañas tu casa, eso es natural. Pero en Francia no hay nadie que te cuide, ¡y yo quiero tanto tenerte a mi lado!

—Pero *aquí* no hay ningún lugar para mí. Me has metido a la fuerza. Igual que metes un libro entre los demás.

—No es cierto. Tú le das sentido a mi vida.

Ese comentario era tal vez demasiado críptico para que lo entendiese un niño. Tachyon volvió a intentarlo:

—Creo que he encontrado un apartamento nuevo. Iremos a verlo esta tarde, y me dirás exactamente cómo vamos a arreglar tu cuarto.

—¿De verdad?

—Claro que sí —le aseguró al niño, y le limpió la cara con un pañuelo—. Pero ahora debo volver al trabajo, así que te llevaré con *Baby*, y ella te contará cuentos sobre tu sangre.

—*Très bien.*

Tach sintió un destello de culpa momentáneo, pues el plan tenía por objeto no darle placer a Blaise, sino asegurar su buena conducta. Encerrado entre las paredes de la nave taquisiana, inteligente y con vida propia, Blaise estaría a salvo, y el mundo también.

—Pero solamente en inglés —añadió Tachyon con severidad—. *Tant pis.*

La expresión en el rostro de Blaise se alargó al oír esa condición.

Una vez de vuelta en la clínica trabajó durante cinco horas frenéticas. Por desgracia, la mayor parte era trabajo burocrático. Se sobresaltó al acordarse de Blaise, y abrigó la esperanza de que *Baby* lo hubiese entretenido lo suficiente. Después de recoger al niño,

Tachyon lo llevó apresuradamente a sus clases de karate. Allí lo esperó en la oficina, leyendo el *Times*, mientras oía precavido los ruidos procedentes del dojo. Por lo visto, Blaise se estaba comportando. *Concierto de beneficio wild card/sida en la Casa de los Horrores*. Era típico de Des, reflexionó Tachyon. Resultaba interesante que el evento tuviera lugar en Jokertown. Era probable que ningún otro local en Nueva York aceptara el espectáculo, pues querrían forrar de plástico los asientos.

Una y otra condiciones presentaban muchas semejanzas. Como bioquímico, él veía otro tipo de correlación, entre el herpes y el wild card. Pero un concierto de beneficio herpes/wild card/sida ofrecería demasiadas oportunidades desafortunadas para provocar comentarios sexuales.

Advertencia: las autoridades sanitarias han dictaminado que coger puede ser peligroso para la salud.

—Bueno, entonces yo debería vivir dos mil años –murmuró Tach, mientras cruzaba las piernas.

Blaise apareció, adorable en su uniforme blanco. Respecto a ese traje, se habían presentado dificultades con el gerente de la escuela de karate. El color estándar era negro, pero a pesar de haber vivido en la Tierra más de cuarenta años, Tach conservaba un prejuicio invencible respecto a dicho color. Eran los trabajadores quienes se vestían de negro, no los aristócratas.

El niño echó sobre los brazos de Tach su ropa.

—¿No te vas a cambiar?

—No –repuso el pequeño, y se trepó a una silla para investigar una exhibición de shurikiens, kusawagamas y naginatas.

—¿Hay problemas con la barrera del lenguaje? –le preguntó a Tupuola mientras escribía un cheque.

—No. Incluso en los últimos días su inglés ha mejorado en forma impresionante.

—Es un chico muy brillante.

—Sí, eso es lo que soy –dijo Blaise, y caminó sobre las sillas para abrazarse al cuello de Tachyon. Tupuola frunció el ceño y se puso a jugar con una pluma.

—Quisiera que me enseñaras a mí tus avances en el inglés –dijo el abuelo.

—Es más fácil hablar francés contigo –explicó Blaise en esa lengua.

Tach pasó la mano por el pelo rojo y lacio de su nieto.

—Creo que tendré que cultivar una sordera selectiva –se rio.

—¿De qué te ríes? –quiso averiguar Blaise, tirando al abuelo del hombro.

—Me acordaba de un incidente de mi niñez. No era yo mucho mayor que tú. Quince años, más o menos. Había resuelto que el ejercicio físico era aburrido. Lo único que importaba era el boxeo. Se me hizo la costumbre de ordenar a mis guardaespaldas que hiciesen todos los ejercicios físicos que me correspondían. Era yo un principito insufrible.

Tupuola se rio, y Tach meneó la cabeza, triste.

—Y ¿qué pasó?

—Mi padre me pescó.

—¿Y? –preguntó Blaise con ansiedad.

—Y me pegó una paliza.

—Sin duda, tus guardaespaldas deben de haber gozado de eso –dijo, entre risas, Tupuola.

—Oh, no, su adiestramiento era demasiado bueno para que mostraran sus emociones, aunque creo recordar que los traicionaban algunos movimientos reprimidos de los labios. Fue una gran humillación –suspiró.

—Yo no le hubiera dejado –intervino Blaise, con ojos encendidos.

—Ah, pero yo respetaba a mi padre, y sabía que tenía razón en castigarme. Hubiera violado los mandamientos del psi entrar en una larga y complicada batalla mental contra mi padre frente a los sirvientes. Además, podría haber perdido –Tachyon alzó el dedo índice al lado de la nariz del niño–. Algo que siempre debe tomarse en consideración si se es taquisiano.

—Los mandamientos del psi. Suena a uno de esos libros místicos de los años sesenta –comentó Tupuola.

—Tal vez debiera escribirlo yo –concluyó Tach, tras lo cual se levantó y se volvió hacia el pequeño–. Hablando de esos años sesenta, hay alguien a quien quiero que conozcas.

—¿Alguien divertido?

—Sí, además de que es bueno, y gran amigo mío.

—¡Pero no es alguien con quien pueda jugar! –se enfurruñó Blaise, con las esquinas de la boca hacia abajo.

—No, pero tiene una hija.

—¡Contémplame, Mark, he vuelto! –anunció Tach haciendo girar su sombrero emplumado en la entrada a la Calabaza Cósmica ("Alimentos para el Cuerpo, la Mente y el Espíritu"), tienda de *delicatessen* y accesorios para consumo de drogas.

El doctor Mark Meadows, alias Capitán Trips, se erguía como cigüeña en el mostrador, con un paquete de tofu recién abierto que equilibraba delicadamente en los dedos.

—¡Vaya, doctor! Qué gusto verte por aquí.

—Mark, éste es mi nieto, Blaise.

Jaló del niño, que se ocultaba tras su abuelo, y le dio un suave empujón al frente.

—*Blaise, je te présente monsieur Mark Meadows.*

—*Enchanté, monsieur.*

Mark hizo con la mano un signo de la paz dirigido a Blaise y enfocó la mirada sobre Tach.

—Veo que tienes mucho que contar.

—En efecto, mucho. Y pedir un favor que necesito de ti.

—Lo que sea, hombre, no tienes sino que decirlo.

Tachyon miró significativamente a Blaise.

—Enseguida. Quiero que antes Blaise conozca a Sprout.

—Uh, claro, claro.

Subieron por una escalera empinada hacia el apartamento de Mark, dejaron a Blaise jugando con la adorable hija de Mark, que era víctima de retraso mental, y se sentaron en el pequeño y caótico laboratorio del hippie.

—Venga, cuéntame todo.

—En términos generales, fue una pesadilla. Muerte, hambre, enfermedad, pero al final… Blaise, y eso hace que haya valido la pena.

Tachyon andaba por el laboratorio, pero de pronto detuvo sus pasos.

—Sobre él he enfocado mi vida, Mark, y quiero que él lo tenga todo.

—Hombre, los niños no necesitan todo. Sólo necesitan amor.

Tach puso la mano en el hombro de su amigo.

—Eres tan bueno, mi querido, querido amigo.

—Pero si no me has dicho nada. ¿Cómo lo encontraste? ¿Y qué hay tras toda esa mierda que sucedió en Siria?

—A eso me refiero con lo de la pesadilla.

Hablaron; Tachyon comentó sobre sus temores respecto a Peregrine y todos los sucesos que culminaron en el descubrimiento de Blaise. Omitió su confrontación final con Le Miroir, el terrorista francés que había tenido bajo su control a su nieto, taquisiano en la cuarta parte de su sangre. Presintió que Mark, un hombre dulce y sensible, se escandalizaría por la frialdad con que Tachyon lo había ejecutado. El mismo Tachyon no aprobaba su propia conducta. Después de haber vivido años en la Tierra, casi tantos como los años vividos en Takis, pertenecía más al segundo de esos mundos que al primero.

Miró el reloj incrustado en su tacón y exclamó:

—¡Arde el cielo! Mira qué hora es.

—¡Oye, qué buenas botas!

—Sí, las encontré en Alemania.

—Oye, algo sobre Alemania…

—A la próxima, Mark, tengo que irme. Pero ¡qué idiota soy! Vine no sólo por el placer de verte, sino para pedirte que me prestes ocasionalmente a Durg. Es virtualmente inmune a los efectos del control mental, y yo no puedo tener conmigo a Blaise todo el tiempo, ni tampoco puedo encerrarlo en *Baby* cada vez que deba atender mis responsabilidades.

—Durg como niñera. Una idea que detiene la mente.

—Ya lo sé, y puedes creer que me disgusta profundamente que el monstruo de Zabb cuide a mi nieto, pero Blaise es como una madre de enjambre entre los planetas si lo dejo entre humanos normales. No tiene la menor autodisciplina, y no veo cómo diablos introducírsela.

Trips pasó el brazo sobre los hombros de Tachyon, y se dirigieron a la puerta del laboratorio.

—Amigo, hay que darle tiempo al tiempo. Y relájate. Nadie es padre de nacimiento.

—Ni tampoco abuelo.

Mark se rio al mirar la cara delicada y juvenil.

—Creo que no le será fácil verte como abuelo. Tendrás que conformarte con...

Lo que sus ojos vieron en la sala cortó las palabras y el aliento de Mark. Sprout se había desnudado, se había dejado sólo su calzoncito de ositos, y bailaba con refinamiento mientras cantaba una cancioncita. Riéndose, Blaise brincaba en el sofá y la manejaba como si fuera un títere.

—*K'ijdad*, ¿no es chistosa? ¡Qué mente más simple!

El poder de Tachyon se desencadenó como látigo, y Germinia, liberada de repente del aterrador control desde el exterior, estalló en lágrimas, asustada y desorientada. Mark la abrazó.

—¡SIMPLE! ¡TE VOY A ENSEÑAR UNA MENTE SIMPLE!

El niño empezó a moverse por el cuarto como un autómata oxidado bajo el brutal imperativo de la mente de su abuelo.

—¿TE PARECE AGRADABLE? ¡TE DIVIERTES AHORA!

—¡NO, HOMBRE, NO! ¡DETENTE!

Mark sacudió con dureza el cuerpo de Tachyon.

—Está bien –añadió, en tono más suave, viendo que se desvanecía la máscara diabólica sobre los rasgos de Tachyon, que ordinariamente eran gratos a la vista.

—¡Cómo lo siento, Mark! –musitó Tach–. De veras, lo siento muchísimo.

—Hombre, está bien. Hay que tranquilizarnos... todos.

Tachyon cayó a lenguaje telepático:

¿Podrás perdonarme alguna vez?

No hay nada que perdonar, hombre.

Meadows hincó una rodilla frente al niño que sollozaba, y lo tomó con suavidad por los hombros.

—Ya lo ves, estás igual de asustado que Sprout. No es divertido estar sometido al poder de otra persona.

Hizo una pausa antes de agregar:

—Es cierto que la mente de Sprout es débil, y razón de más para que alguien fuerte como tú sea bueno con ella y la cuide, y también cuide a otros que son como ella. ¿Me entiendes?

Blaise movió la cabeza, afirmando, pero Tachyon no confiaba en la expresión cerrada de esos ojos de color entre púrpura y negro. Sus sospechas se confirmaron en cuanto salieron a la calle, frente a la Calabaza Cósmica, y el niño exclamó:

—¡Qué pobre diablo!

—ENTRA EN ESE TAXI.

◆

—¡Ancestros!

Se oyó el vidrio quebrarse bajo tacones de botas. Por un breve instante el tiempo rodó hacia atrás, y sintió que el pasado le mordía la garganta como un animal.

Los vidrios se estrellan y caen, por todas partes se rompen los espejos, por el aire vuelan cuchillos plateados… en los espejos quebrados salpica la sangre.

Tachyon se sacudió de la pesadilla con que soñaba despierto y miró la carnicería que llenaba la Casa de los Horrores. Un conserje con suficientes brazos para manejar tres escobas se ocupaba en barrer los vidrios rotos tirados en el suelo. Des, con la cara gris y el ceño fruncido, hablaba con un hombre vestido con traje de negocios. Tachyon se les acercó.

—No estoy del todo seguro de que la póliza…

—¡Claro que no! ¿Por qué me atrevería a pensar que tras veinticuatro años de pagar todas las primas a tiempo, y no presentar ningún reclamo, se me va a dar derecho a cobertura?

—Lo he de verificar, mister Desmond, y me pondré en contacto con usted.

—¡Por la pureza del Ideal! ¿Qué está pasando aquí?

—¿Quieres un trago?

—Por favor.

Tachyon sacó la cartera, y Des miró los billetes, con los labios torcidos en una sonrisita rara, y los dedos en el extremo de su incongruente trompa haciendo movimientos nerviosos. El alienígena se sonrojó, y en tono defensivo quiso explicarse:

—Siempre pago por mis bebidas.

—Ahora.

—Eso fue hace mucho tiempo, Des.

—Es cierto.

Tachyon dio una patada a un fragmento de espejo.

—Aunque Dios sabe que esto lo trae todo de regreso.

—La Nochebuena de 1963. Hace mucho tiempo que murió Mal.

Y pronto morirás tú también.

No, era imposible pronunciar tales palabras. Pero ¿no hablaría Des? Aunque Tachyon respetaba, por supuesto, el deseo de privacidad en sus preparaciones para morir, le lastimaba que el viejo joker mantuviera su silencio.

¿Cómo podré despedirme de ti, mi viejo amigo? Pronto será demasiado tarde.

El coñac explotó como una nube ardiente en su garganta, que aniquiló el nudo que se le había formado ahí. Tachyon dejó el vaso y dijo:

—No has contestado a mi pregunta.

—¿Qué quieres que te responda?

—Des, soy amigo tuyo. Hace más de veinte años que tomo mis copas en este bar. Al verlo reventado en pedazos, quiero saber por qué.

—¿Por qué?

—¡Porque tal vez pueda yo hacer algo!

Tachyon se bebió el resto de su coñac y miró a Des a los ojos, frunciendo el ceño.

Des agarró el vaso y volvió a llenarlo.

—Durante veinte años pagué protección a los Gambione. Ahora hay una nueva pandilla que quiere entrar a la fuerza, y tengo que pagar a los dos. Se vuelve difícil cubrir los gastos.

—¿Una pandilla nueva? ¿Qué pandilla?

—Se hacen llamar Puños de Sombra. Son matones de Chinatown.

—¿Cuándo comenzó esto?

—La semana pasada. Supongo que esperaron a que yo regresara a la ciudad.

—Eso significa que han estudiado Jokertown a conciencia.

—¿Y por qué no iban a hacerlo? Son hombres de negocios –replicó el joker, encogiéndose de hombros.

—Son criminales.

—También –Des alzó los hombros otra vez.

—¿Qué vamos a hacer?

—Seguir pagando a ambos y esperar que me permitan vivir en paz.

—Lo que dure vivir –murmuró Tachyon y se bebió el coñac recién servido.

—¿Qué dices?

—Por todos los diablos, Des, no estoy ciego. Además soy doctor. ¿Qué tienes? ¿Cáncer?

—Sí.

—¿Por qué no me lo dijiste?

—Muchas razones, todas complicadas –suspiró el viejo–. De las cuales prefiero no hablar ahora mismo.

—¿O nunca?

—Eso también es posible.

—Te cuento entre mis amigos.

—¿De verdad, Tachy? ¿Amigo mío?

—¿Acaso lo dudas? ¡No! No me contestes. Ya lo he visto, en tus ojos y en tu corazón.

—¿Por qué no en mi mente, Tachyon? ¿Por qué no lees ahí?

—Porque respeto tu privacidad y… –se interrumpió para aspirar una bocanada de aire–… porque no me atrevo a confrontar lo que podría ver en tu mente.

Hablaba con serenidad. Puso unos billetes más sobre la barra y se echó a andar hacia la puerta.

—Veré qué puedo hacer para que tus esperanzas se hagan realidad –se despidió.

—¿Qué?

—Que puedas terminar en paz tus días.

Era la misma historia de Ernie's, y de la Delicatessen de los Tragones, y la Lavandería La Mancha y de tantos otros casos, que asustaba recordarlos a todos. Con el entrecejo arrugado, Tachyon peló una naranja, y sintió el ardor del jugo sobre una cortada de papel que no había notado antes. Matones salidos de Chinatown. Matones de la mafia. Y él, un bocón que prometía hacer algo al respecto. ¿Cómo qué?

Terminó de pelar la naranja y se metió un gajo a la boca. Una brisa ligera pasó por sus rizos y trajo consigo el sonido de la risa dichosa de Blaise. Un llamado en la voz profunda de Jack Braun hizo que el niño corriera por el parque, lo que dejó un rastro de movimiento con sus medias rojas. Braun se inclinó hacia atrás, con el balón de futbol americano en su gran mano, y lo lanzó al aire. Parecía un actor de cine, con el pelo blanqueado por el sol sobre la frente, las piernas tostadas y musculosas que se proyectaban desde unos shorts de safari y una camisa hawaiana muy atractiva, de colores brillantes.

Tach echó unas migajas de pan a algunas palomas que mostraban interés. Qué ironía. *Domingo en el parque con Jack.* El odiado enemigo transformado en... bueno, tal vez no se le podía considerar amigo, pero al menos se toleraba su presencia. Ayudaba a ello que el impulso de Jack era ver a Blaise, y eso lo elevaba en la estimación de Tach. Amar a Blaise era recibir una luz favorable. Y este paseo había logrado hacer salir a Tachyon de la depresión en que había permanecido varios días después de su última vista a la Casa de los Horrores.

Tragó el gajo de la naranja, pero su estómago se rebeló. Con una queja, rodó sobre su espalda en la cobija extendida, tratando de reprimir sus náuseas. Era el precio de la preocupación. En los últimos días su estómago se había vuelto una bola apretada y dolorida. Repasó su letanía de problemas.

El miedo que se extendía como una sombra palpable sobre Jokertown. Leo Barnett y su ofrecimiento de curar a los jokers con el poder de su dios; si no respondían a esa medicina, era síntoma de la gravedad de sus pecados. ¿Y si lo elegían presidente?

Peregrine: en un mes más nacería su hijo. El ultrasonido que le había hecho dos días antes seguía indicando un feto viable y normal, pero Tach sabía con un horror que tocaba las honduras de su alma los daños que podía causar la tensión del parto a un bebé de wild card. *Sangre y Línea, que este pequeñuelo sea normal.* De lo contrario, la destruiría a ella.

Y aún no había acudido a la delegación de policía para trabajar con un dibujante en el retrato hablado de James Spector...

Una chica que hacía ejercicio pasó corriendo a su lado, acompañada de un perro afgano que saltaba tras sus talones. Sobre su piel el sudor brillaba, y varias mechas de cabellos largos y negros se habían pegado a su espalda descubierta. Tach miró los músculos de sus piernas y su espalda, contempló los pechos llenos que se movían debajo de su camiseta, y sintió que se le secaba la boca y que el pene se apretaba contra la bragueta. Era una visión amarga y seductora de entereza, pues tras una infinidad de encuentros desesperados ya sabía que el poder lo abandonaría en el momento preciso.

Furioso, rodó sobre el estómago y dio varios puñetazos al suelo, furioso por su impotencia y por la indisciplina de su mente, que en cuanto veía un cuerpo de mujer se dejaba distraer de sus preocupación por un as asesino.

Sintió un dedo de pie en las costillas, y de un salto se puso de pie.

—Ey, ey –Braun le mostró la palma de la mano–. Tranquilo.

—¿Dónde está Blaise? –inquirió Tach, mientras miraba a su alrededor.

—Le di dinero para que se comprara un helado.

—No debiste dejarlo ir solo. Puede pasar algo…

—Ese niño se sabe cuidar solo –opinó Braun y se sentó con las piernas cruzadas sobre la cobija, encendiendo un cigarro–. ¿Puedo ofrecerte un consejo?

—Sí.

—Ya no estás en Takis. Aquí él no es un príncipe de sangre azul.

Tachyon soltó una breve y amarga risa.

—Ya lo creo que no. Es una abominación. En Takis sería destruido.

—¿Qué?

El alienígena recogió las cáscaras de naranja y las llevó a un bote de basura.

—Las penas más graves se reservan para quienes mezclan su semilla fuera de su clase. ¿Cómo podríamos gobernar si todos tuviesen nuestros poderes? –explicó, mientras tiraba las cáscaras sobre el hombro.

—Qué encanto de cultura. Pero así apoyas mi argumentación.

—¿Qué argumentación?

—Lo estás volviendo loco. Demasiada presión. Esperas que se rija por reglas de conducta que no pueden aplicarse aquí en la Tierra, y al mismo tiempo lo tienes terriblemente consentido. Lecciones de música, clases de karate, profesores de álgebra, biología y química…

—En eso te equivocas. Su tercer tutor renunció hace varios días, y no puedo encontrar quién lo sustituya. *Por eso* tengo que exigirle tanto. Su poder y su crianza lo hacen especial. Al menos, especial para mí.

—Tachyon, escúchame. No puedes darle a un niño cada juguete y capricho que se le ocurra, decirle que es especial, especial y especial, y luego molestarte porque es un cabroncito arrogante. Déjalo ser niño. ¡Fíjate en su ropa!

—¿Qué tiene de malo su ropa? –demandó Tachyon, con una amenaza en el tono de su voz.

—Quítale las calzas, los encajes y los sombreros. Cómprale unos jeans y una gorrita de beisbol. Él vive en *este* mundo.

—Yo no he elegido el conformismo.

—Sí, pero tú eres un raro. En tu caso es un espectáculo lo que tienes montado. Además eres adulto, un hijo de puta increíblemente arrogante, y no te importa un bledo lo que la gente diga de ti. No quieres que Blaise abuse de su poder, pero casi lo has obligado a hacerlo. Nadie es tan cruel como los niños, y él se atormenta hasta que suelta la violencia. Entonces tú desapruebas y te manifiestas decepcionado, y él lo resiente, y qué perfecto círculo vicioso has creado.

—Deberías escribir un libro. Sin duda, tu vasta experiencia te ha dado autoridad sobre la educación de los niños.

—Con todos los diablos, Tachyon, a mí me cae bien el niño. Incluso a veces tú me caes bien. Basta con que lo ames, Tachyon. Y te relajes un poco.

—Pero lo amo.

—No lo amas a él, sino lo que él representa. Te obsesionas con él debido a tu im… –se interrumpió a media palabra y se le puso la cara de un rojo subido–. ¡Diablos! Cómo lo siento. No era mi intención hablar del tema.

—¿Cómo sabes de eso?

—Fantasy me lo dijo.

—Puta.

—Oye, cálmate también en eso, y ya verás cómo todo encuentra arreglo. No es grave.

—Braun, no puedes ni siquiera concebir lo grave que es. Progenie, continuidad… ¡Con un carajo! ¿Vas a ofrecer terapia psicológica en tu casino nuevo? Haz lo que puedas, Jack: a la deriva, ganando dinero. ¡Pero a mí déjame en paz!

—¡Con mucho gusto!

Tachyon recogió la canasta del almuerzo y la cobija, y salió de estampida en busca de Blaise.

—¿Y el tío Jack?

—El tío Jack tiene una cita en Atlantic City.

—Se volvieron a pelear. ¿Por qué se pelean tanto ustedes dos?

—Historias antiguas.

—Pues harías mejor en olvidarlas.

—No empieces tú, ahora –lo reprendió Tach, haciendo parar a un taxi.

—¿Adónde vamos?

—A casa de Mark.

—Ah.

—J. J., por favor espérame –instruyó Tachyon cuando llegaron frente a la Calabaza Cósmica.

—Como quieraz, pero el taxímetro zigue corriendo –replicó el conductor, en un acento pesado y difícil de ubicar.

—No importa.

—Yo también me quedo esperando aquí –dijo Blaise, con un hilo de voz.

Tachyon sintió vergüenza por un instante, al recordar cómo había perdido el control durante su anterior visita a la Calabaza.

Metió la cabeza por la puerta.

—Mark.

—Hola.

—Una pregunta rápida. ¿Te han molestado emisarios de organizaciones criminales?

Los clientes que estaban comiendo se quedaron mirando al taquisiano con los ojos muy abiertos.

—¿Uh?

—¿No te han pedido que pagues protección? –insistió Tach, con un bufido de irritación.

—Ah, ya sé a qué te refieres. Sí, hombre, hace meses, pero verás… pedí a uno de mis… *amigos* que apareciera por aquí, y ya no han vuelto.

—¡Si todos tuviésemos amigos como los tuyos, Mark!

—¿Eso era todo?

—Todo.

—¿Puedo ayudar en algo?

—No lo creo.

Tachyon volvió al taxi y dio la dirección de la clínica.

—Ooooh, Jokertown. ¿Uzté es ese doctore?

—Sí.

—Lo he veído en la televizión. Pere Garina.

—Sí, Peregrine, y sí, era yo.

—¡Zanto Dioz!

La exclamación del taxista desplazó la atención de Tach a lo que pasaba en la calle. Un montón de patrullas de la policía, con las luces intermitentes encendidas, había taponado la calle Hester. Una ambulancia con la sirena a todo volumen pasó rápidamente junto a ellos.

—Jodé, ha de zer otro de ezoz, como dicen, atentatos.

—Párese, párese aquí mismo.

Tach saltó del taxi y se metió bajo la cinta de la policía. Los gritos agudos de una mujer llenaban el aire, y una voz de bajo amplificada por un altavoz ordenaba a la gente apelotonada que circulara. Tachyon localizó al detective Maseryk y se abrió paso hacia él.

—¿Qué?

—¿Cómo diablos...? Oh, es usted, doctor.

Curioso, el detective miró al niño que observaba con interés los cuerpos que yacían en el restaurante destrozado.

Tachyon se volvió a Blaise.

—Vuelve al taxi y espérame allí.

—¡Aah!

—¡Ahora mismo!

—Otra fiestecita, al parecer –comentó Maseryk una vez que Blaise se alejó de mala gana–. Sólo que en esta ocasión hubo un invitado sorpresa.

Indicó con la cabeza a la mujer que lloraba a gritos aferrada a una forma pequeña metida en una bolsa para cadáveres que metían en una ambulancia.

Tachyon corrió hacia la camilla, abrió la bolsa y miró al niño. Para empezar, no había sido muy agradable nunca su cuerpo, achaparrado y grueso en el trasero, con aletas anchas, pero se veía mucho peor con media cabeza arrancada. Dándose vuelta, el taquisiano sujetó a la mujer en un fuerte abrazo.

—¡MI BEBÉ! ¡MI BEBÉ! ¡QUE NO SE LLEVEN A MI BEBÉ!

Un rescatista se acercaba, con la jeringa hipodérmica en la mano. Tachyon contuvo a la mujer con un leve toque de su poder, y se la pasó al hombre.

—Sean buenos con ella.

—Parecen chicos de los Gambione –comentó Maseryk, con los ojos puestos en uno de los cadáveres derribados, de cuya boca asomaban varias tiras de espagueti, que le manchaban el mentón de rojo–. Pasaron los Puños y soltaron una ráfaga. Encontraremos el auto, pero veremos que era robado, así que otra vez estaremos en un callejón sin salida. Es triste lo del niño, sin embargo. Eso de estar en el lugar equivocado y en el peor momento.

El detective se dio cuenta de que Tachyon guardaba un silencio obstinado, y miró hacia abajo.

—No quiero callejones sin salida. Quiero a los que hicieron esto –declaró el alienígena.

—Estamos trabajando para detenerlos.

—Quizá me ha llegado la hora de intervenir.

—¡No, por Dios! ¡Lo que menos necesitamos es que vengan civiles a estorbar!

—¡Nadie mata a mi gente en mi pueblo!

—¿Y eso? ¡El alcalde se va a llevar una gran sorpresa cuando se entere de que fuiste tú el que salió electo en las últimas votaciones! –gritó el detective, pues Tachyon ya le daba la espalda y se alejaba.

—¡Coñac! –espetó Tachyon a Sascha, el barman ciego del Palacio de Cristal.

Arrojó sobre el bar su sombrero de terciopelo azul, adornado con perlas y lentejuelas y se bebió de un trago el coñac.

—¡Otro! –puso la copa.

Sintió una oleada del perfume exótico de frangipani. Chrysalis se acomodó en la banca junto a él. Los ojos azules lo miraron impávidos desde el interior de las cuencas de hueso vacías.

—Se supone que un buen brandy es para saborear, no para tragarlo como un vago emborrachándose con alcohol barato. A menos que eso andes buscando.

—¡Vaya! Suenas a reclutadora de AA.

Chrysalis acercó la mano para enrollar en el dedo índice un rizo del pelirrojo.

—¿Qué es lo que te pasa, Tachy?

—Es esta absurda guerra entre pandillas. Hoy mataron a un inocente que cayó bajo el fuego cruzado. Un niño joker. Creo que vivía en esta misma cuadra. Recuerdo que lo vi el septiembre pasado, el Día Wild Card.

—Oh –replicó ella, todavía jugando con su pelo.

—¡Deja de hacer eso! ¿Es todo lo que tienes que decir?

—¿Y qué debo decir?

—No estaría mal un poco de indignación.

—Yo me dedico a la información, no a la indignación.

—Eres una zorra muy fría, a veces.

—Eso está garantizado por las circunstancias, Tachyon. No pido lástima ni tampoco la ofrezco. Hago lo que es menester para sobrevivir tal como soy. En lo que me he convertido.

Tachyon sintió que el alma se le echaba para atrás al oír tanta amargura en la voz de ella. Chrysalis era una de sus hijas bastardas, nacida de su derrota y su dolor.

—Chrysalis, tenemos que hacer algo.

—¿Algo como qué?

—Como evitar que Jokertown se vuelva un campo de batalla.

—Eso ya ha sucedido.

—Pues entonces que les resulte demasiado peligroso hacer sus guerras aquí. ¿Me ayudarías?

—No. Si tomo partido, pierdo mi neutralidad.

—Estás dispuesta a vender armas a todos los contendientes, ¿eh?

—Si es preciso.

—¿Qué andas buscando tú, Chrysalis?

—Estar a salvo.

—Nadie está a salvo de este lado de la tumba –se levantó del banco.

—Ve y escupe fuego, Tachyon. Y cuando tengas algo más concreto que ofrecer, mejor que un deseo amorfo de proteger a Jokertown, ponte en contacto conmigo.

—¿Para qué? ¿Venderme al mejor postor?

Fue el turno de ella de retroceder, y la sangre llenó los sombríos músculos de su rostro como una marea oscura.

—Vamos, vamos, pónganse en orden –reprendió Des, mientras daba golpecitos delicados con una cuchara en el costado de una copa de brandy.

La multitud inquieta por fin tuvo un estremecimiento final, como una bestia al quedarse dormida, y la Casa de los Horrores se llenó de silencio. Mark Meadows, aún más vacuo y absurdo en los reflejos de los espejos distorsionantes, resultaba llamativo por su misma normalidad. El resto de la sala parecía una reunión de fenómenos de feria. Ernie el Lagarto había alzado la cresta, y la emoción del momento lo había puesto de color escarlata. Arachne, con las ocho piernas ocupadas en recoger el hilo de seda extruido por su cuerpo bulboso, tejía un chal. Shiner, junto al enorme Doughboy que se amontonaba a su lado, se agitaba nervioso en su butaca. Morsa, que llevaba una de sus estridentes camisas hawaianas, sacó un periódico de su carrito de compras y se lo dio a Tragaldabas. Troll estaba recargado, con sus tres metros de altura, contra la puerta, como para repeler a quien viniese de fuera.

—Doctor.

Des se dejó caer como traje descartado sobre la butaca. Cuando Tachyon se enfrentó al público, estaba pensando en cuánto tiempo le quedaría al viejo antes de verse forzado a ir al hospital para una última estancia.

—Damas y caballeros, ¿han oído hablar de Alex Reichmann?

Hubo murmullos de asentimiento, simpatía e indignación.

—Tuve la desgracia de tropezar con la escena del atentado unos momentos después de que los Puños de Sombra dieran su golpe. No solamente lograron matar a sus objetivos, sino también a uno de los nuestros. Hace pocas semanas que estoy de regreso. He oído relatos de intimidación y de vandalismo, pero decidí permanecer neutral. Para citar a otro médico, tal vez más célebre que yo: "Soy doctor, no policía".

Hubo algunas risas.

—Pero la policía no está cumpliendo su deber en lo que a nosotros se refiere –prosiguió Tachyon–. No lo hacen a propósito, sino que la guerra sobrepasa con mucho su capacidad de mantener la paz. Quiero proponer el día de hoy que formemos nuestras propias fuerzas para implantar la paz. Vigilantes de barrio a gran escala, pero con un añadido. Muchos de ustedes están en esa incómoda categoría de joker/ases.

El alienígena señaló con la cabeza a Ernie y a Troll, de quienes se conocía su fortaleza sobrehumana.

—Propongo también formar equipos de respuesta. Parejas de jokers y ases listos para acudir en auxilio de cualquier ciudadano de Jokertown que lo requiera. Des nos ha ofrecido ya la Casa de los Horrores como tronco central, un conmutador, por decirlo así, para atender esas llamadas. Quienes acepten formar parte de este esfuerzo especificarán las horas en que puede contarse con ellos, y sus direcciones de la casa y el trabajo. Quienquiera que esté atendiendo el conmutador formará el equipo adecuado para el problema y lo despachará a atender la llamada.

—Quiero indicar algo, Tachy –dijo Jube–. Esos tipos tienen armas.

—Es cierto. Pero no son más que norms.

—Y algunos de mis amigos… es decir, los amigos del Capitán, son resistentes a las balas –agregó Mark Meadows.

—Como la Tortuga y Jack y el Martillo.

—Entonces ¿propones usar ases también? –inquirió Des, con una leve arruga en el ceño.

Tach lo miró con cara de sorpresa.

—Sí.

—Puedo comentarte que Rosemary Muldoon intentó hacer lo mismo en marzo, y entonces salió a la luz que ella era de la Mafia. Eso ha dejado un mal sabor en la boca respecto a los ases.

Tachyon desechó la objeción agitando las manos.

—A ninguno de nosotros se le puede acusar de pertenecer a la Mafia. ¿Qué piensan ustedes? ¿Están dispuestos a trabajar conmigo en esto?

—¿Qué posición ha tomado Chrysalis? –preguntó Tragaldabas–. ¿Cómo interpretar su ausencia de esta reunión?

—Bueno… –empezó a explicar Tach, pero se le notaba incómodo.

—¡Sí! –gritó Gills–. Chrysalis no ha venido, y eso es importante. Tal vez ella sepa algo.

Tachyon se llenó de desaliento mirando el mar de caras frente a él. Se cerraban como flores de noche cuando aparece el sol.

—Los dos personajes principales de Jokertown han sido Chrysalis y Des –gritó Tragaldabas, sacudiendo su barba de gallo sobre el pico–. Si ella no participa en esto, yo no confío.

—¿Y yo, qué? –exclamó Tachyon.

—No eres de los nuestros. No lo serás nunca –dijo una voz desde la parte posterior de la sala.

Tachyon no pudo identificar a la mujer cuya voz se había oído. Sintió que un peso demoledor se le metía al pecho con sus palabras.

—Mira, no es que nos parezca mala tu idea –dijo Rareza–. Sólo queremos decir que sin Chrysalis nos falta una pieza principal.

—Y ¿si consigo que Chrysalis se una a nosotros? –propuso el taquisiano, desesperado.

—Entonces estamos contigo.

◆

Digger Downs bajó trotando las escaleras de los aposentos privados de Chrysalis en el tercer piso. Tachyon lo miró con rabia y asintió. Notó que el reportero llevaba una copia del último número de la revista *Time*, con la foto de Gregg Hartmann en la portada y el encabezado: "¿Será candidato?", junto con un ejemplar del libro *Quién es quién en América*.

—Ey, Tachy, hola, Des. ¿Qué hay de bueno?

—Lárgate, Digger.

—Oye, no estarás todavía ofendido.

—Lárgate.

—El público tiene el derecho a estar informado. Mi artículo sobre el embarazo de Peregrine ha prestado un servicio valioso al señalar los peligros que implica un niño wild card.

—Tu artículo no fue sino basura sensacionalista.

—Estás enfadado porque Peri te regañó. Nunca podrás ser su amante, doctor. Dicen que ella y su novio ése piensan atar el…

Tachyon aplicó control mental sobre el reportero y lo manipuló para que bajara las escaleras y saliera a la calle por la puerta del Palacio de Cristal.

—Yo definiría eso como uso de violencia –opinó Des.

—A ver cómo lo prueba.

—A veces te falta sensibilidad, Tachyon.

El alienígena se dio la vuelta, se apoyó en el barandal y miró al joker bajo un ceño adusto.

—¿Qué quieres decir con eso, Des?

—Que no debes involucrar a los ases en lo que debería ser un proyecto de jokers. ¿O no crees que tenemos con qué hacerlo sin su ayuda?

—Oh, ¡arde el cielo! ¿Por qué serás tan susceptible? Al invitar ases mi intención no era insultar a nadie. Pensé que nos convenía aumentar la potencia de nuestro lado, eso es todo.

—¿Por qué estás haciendo esto?

—Porque están haciendo daño a mi gente. Nadie dañará a mi gente.

—¿Y?

—Y Jokertown es mi pueblo.

—¿Y?

—¡Y qué!

—Tú, Tachyon, vienes de una cultura aristócrata. ¿Acaso consideras que nosotros formamos parte de tu señorío feudal?

—¡Eso no es justo, Des! –exclamó el taquisiano, pero supo que su protesta se atemperaba por la culpa mientras subía unos escalones más–. Está bien, no habrá ases.

Chrysalis los esperaba, sentada en una silla de terciopelo rojo y respaldo alto. Su cuarto estaba repleto de antigüedades victorianas, y los espejos llenaban las paredes. Tach reprimió un escalofrío, sin entender cómo podía ella soportarlos. Y de nuevo sintió una punzada de culpa. Si Chrysalis quería mirarse en los espejos, ¿quién era él para juzgar? Él, que en diversos sentidos era su creador. Miró a Des ceñudo, deseando que el viejo joker no le hubiese suscitado tantas emociones incómodas.

—Así que sin mí no pueden formar su escuadrón de matones –les dijo en su acento británico lleno de afectación.

—Pensé que te habría llegado el chisme.

—En eso me ocupo, Tachy.

—Chrysalis, por favor, te necesitamos.

—¿Y qué me darás a cambio?

Des se sentó frente a ella, con las manos metidas entre las rodillas, y se inclinó hacia delante.

—Hazte un regalo a ti misma, Chrysalis.

—¿Qué?

—Por una vez en tu vida, deja a un lado las cuestiones de utilidades y márgenes. Eres una joker, Chrysalis, ayuda a tus hermanos. Llevo veintitrés años de luchar a favor de los jokers, para que podamos tener este cachito de tierra. Veintitrés años con la LADJ, y la medida de mi vida son mis pequeños triunfos. Ahora que me muero veo cómo todo se erosiona. Leo Barnett dice que somos pecadores y que nuestras deformidades son el juicio de Dios. Los Puños y la Mafia nos consideran sólo como consumidores, los más feos y odiosos que tienen, pero consumidores a fin de cuentas, y nuestro pueblo es su central de abastos. Para ellos solamente somos cosas, Chrysalis. *Cosas* que meten en sus venas sus drogas y meten sus vergas en las vaginas de sus mujeres. *Cosas* a las que pueden aterrorizar, *cosas* que pueden matar. Ayúdanos a detenerlos. Ayúdanos a obligarlos a que nos vean como seres humanos.

Chrysalis se le quedó mirando con su rostro transparente e impávido. El cráneo sin sentimientos.

—Chrysalis, tú admiras todo lo británico. Haz honor a una vieja costumbre británica, la de otorgar a un moribundo su último deseo. Ayuda a Tachyon. Ayuda a nuestra gente.

El taquisiano extendió la mano y enganchó sus dedos al extremo de la trompa de Des. Lo atrajo hacia él y lo abrazó. Y se despidió de su amigo.

Concierto para sirena y serotonina

IV

AL DESPERTAR, CROYD EMPUJÓ VARIAS ESCOBAS, METIÓ EL pie en una cubeta y cayó hacia delante. La puerta del clóset apenas ofreció resistencia al empujón salvaje de sus manos. Al abrirse y caer él al suelo, deslumbrado y dolorido por la luz que se le clavaba en los ojos, dio comienzo a la memoria de las circunstancias anteriores a su reposo: el doctor centauro –Finn– y su chistosa máquina de dormir, sí... Otra muerte pequeña que significaba una nueva transformación al dormir.

Acostado en el pasillo, se contó los dedos. Eran diez, en efecto, pero su piel era de un color blanco mortecino. Se sacudió la cubeta del pie, se paró y volvió a tropezar. Su brazo izquierdo de inmediato descendió, tocó el suelo con la mano y pegó un empujón que lo proyectó hacia atrás para sobrepasar su posición y ejecutó un salto mortal de espaldas para aterrizar sobre los pies y volver a rebotar, tras retroceder un poco. Quiso cortar la caída metiendo las manos contra el suelo, pero antes de hacer contacto las retiró y se dejó caer, sencillamente. Sus años de experiencia le sugerían una sospecha sobre el nuevo factor que se había metido en su situación de vida. El exceso en movimientos compensatorios significaba algo sobre sus reflejos.

Al levantarse de nuevo, lo hizo con movimientos muy lentos, pero mientras exploraba se fueron normalizando. Cuando al fin encontró un baño, se habían desvanecido todas las trazas de exageración en rapidez o lentitud. Al mirarse al espejo vio una figura más alta y delgada, pero sobre todo un semblante de ojos color de rosa y abundante pelo blanco sobre su frente alta y glacial. Se dio masaje en las sienes, se lamió los labios y se alzó de hombros. El albinismo no le era ajeno; no era la primera ocasión en que reaparecía con deficiencias pigmentarias.

Buscó sus gafas reflejantes, pero recordó que Deceso se las había quitado con un golpe de pie. No importaba; ya conseguiría otras, y tendría que comprarse un bloqueador solar. Tal vez conviniese teñirse el pelo, para no llamar demasiado la atención.

El estómago le enviaba señales frenéticas de vacío total. No quedaba tiempo para el papeleo, ni registrar su alta de la clínica, aunque tal vez ni siquiera su ingreso estuviese formalizado, cosa que le pareció probable. Mejor sería evitar a todo el mundo, para no sufrir más demoras en el camino hacia sus alimentos. Ya habría alguna otra ocasión para darle las gracias a Finn.

Siguiendo la pauta de los movimientos que le había enseñado Bentley mucho tiempo atrás, con todos sus sentidos plenamente desplegados, salió al mundo.

—Hola, Jube, uno de cada uno, como siempre.

Jube examinó la alta y cadavérica figura frente a él, y en las gafas reflejantes que cubrían los ojos del hombre vio imágenes reducidas de sus colmillos y su propia cara abotagada.

—¿Croyd? ¿Eres tú, amigo?

—El mismo, y acabo de levantarme. Esta vez he dormido en la clínica de Tachyon.

—Ésa ha de ser la razón por la que a últimas fechas no se cuentan historias de los desastres de Croyd Crenson. ¿En verdad te dormiste tranquilamente en tu última buena noche?

Croyd asintió, observando los titulares de la prensa.

—Es una manera de decirlo –aceptó–. Circunstancias muy poco usuales. Una sensación chistosa. ¡Oye! ¿Qué es esto?

Alzó uno de los periódicos y lo miró con atención, leyendo el encabezado.

—"Baño de sangre en el Club de los Hombres Lobo". ¿De qué se trata? ¿Una mierda de guerra de pandillas?

—Una mierda de guerra de pandillas –confirmó Jube.

—¡Carajo! Necesito subir al palo de inmediato.

—¿Qué palo?

—Un palo metafórico –replicó Croyd–. Si hoy es viernes, ha de ser Dead Nicholas.

—Oye, chico ¿estás bien?

—No, pero veinte o treinta mil calorías significarán un primer paso en la dirección correcta.

—Para matar el hambre un poquito –concurrió Jube–. ¿Ya supiste quién ganó el concurso de belleza Miss Jokertown la semana pasada?

—¿Quién?

—Nadie.

Al entrar Croyd en Club Dead Nicholas un órgano tocaba el "Blues de Wolverine". Cortinas negras en las ventanas, ataúdes por mesas y sudarios para el uniforme de los meseros.

Habían removido el muro del crematorio, que se había vuelto una parrilla abierta atendida por dos jokers diabólicos. Croyd avanzó a la sala y pudo observar que los ataúdes-mesas estaban abiertos bajo tapas de vidrio grueso, bajo las cuales se veían figuras vampíricas –supuestamente hechas de cera– en diversos estados de mal reposo.

Un joker sin labios, nariz ni orejas, igual de pálido que él, se aproximó enseguida a Croyd y le puso una mano huesuda en el brazo.

—Mis disculpas, señor. ¿Me permite ver su tarjeta de miembro?

Croyd le enseñó un billete de cincuenta dólares.

—Claro, claro –dijo el lúgubre mesero–. Le llevaré la tarjeta a su mesa. También una copa de cortesía. ¿Supongo que cenará aquí?

—Sí. También me han contado que hay buena baraja.

—El cuarto de atrás. La costumbre es que otro jugador lo presente a los demás antes de ser admitido.

—Conforme. En realidad, espero a alguien que vendrá a jugar esta noche. Uno que se llama Ojoker. ¿Ya está aquí?

—No. Mister Ojo fue devorado. En parte. Un cocodrilo, el septiembre pasado. En los drenajes. Lo siento mucho.

—¡Ay! –replicó Croyd–. No lo traté muy a menudo. Sólo para algunos negocios que me encargaba.

El mesero lo observó con atención.

—¿Y tu nombre es…?

—El Blanqueado.

—No me interesa saber de tus negocios –dijo el hombre–, pero hay un tal Melt, con quien el Ojo se juntaba. A lo mejor él puede ayudarte, o no. Lo mejor será que lo esperes y hables con él. Cuando llegue le diré que te busque.

—Muy bien, gracias. Cenaré mientras lo espero.

Bebiendo su cerveza de cortesía, tras encargar un par de filetes, Croyd se sacó un mazo de cartas Bicycle del bolsillo, lo barajó y puso una carta cara abajo y a su lado otra cara arriba. Sobre la mesa transparente se encaró a un diez de diamantes, sobre la imagen al fondo de la mueca de agonía de una dama colmilluda que tenía una estaca clavada en el corazón, y unas gotitas de rojo junto a la boca. Croyd dio la vuelta a la carta tapada, que resultó ser un siete de tréboles. Le volvió a dar la vuelta, miró a su alrededor y la volteó otra vez. Era la sota de espadas, haciéndole compañía al diez. El interruptor de frecuencia intermitente era un truco que había practicado por diversión en una vida anterior en la que sus reflejos se habían potenciado. Cuando trató de acordarse, la memoria acudió casi de inmediato, y eso le hizo especular sobre qué otras acciones estaban inmersas en sus circunvoluciones frontales. ¿Reflejos de batir las alas? ¿Contracciones de garganta para voces ultrasónicas? ¿Pautas de coordinación para apéndices extra?

Se alzó de hombros y se repartió manos de póker que ganaban siempre a las que le tocaban a la dama de la estaca hasta que llegó su comida.

Cuando iba por el tercer postre se le acercó el lívido mesero, acompañado por un individuo alto y calvo cuyo cuerpo parecía estarse derritiendo como la cera de una vela. Sus rasgos se distorsionaban de continuo por el paso de bultos bajo la piel que parecían tumores.

—Me dijo usted, señor, que deseaba conocer a Melt –dijo el mesero.

Croyd se levantó y extendió la mano.

—Me llaman el Blanqueado –dijo–. Por favor, tome asiento. Permítame invitarle una copa

—Si me quieres vender algo, no te molestes –le advirtió Melt.

Croyd meneó la cabeza mirando alejarse al mesero.

—Me dicen que aquí se juega bien a la baraja, pero no tengo a nadie que me presente –le informó.

—Ah, juegas a las cartas –comentó Melt, entrecerrando los ojos.

—A veces tengo suerte –replicó Croyd con una sonrisa.

—¿De veras? ¿Y conociste al Ojo?

—Lo suficiente para jugar a las cartas con él.

—¿Eso fue todo?

—Puedes comprobarlo con Deceso –le aconsejó Croyd–. Él y yo estamos en el mismo ramo empresarial. Los dos somos excontadores que hemos evolucionado a negocios más grandes. Mi nombre lo dice todo.

Melt echó un rápido vistazo en derredor, y enseguida se sentó.

—No hables de eso en voz demasiado alta, ¿sabes? ¿Estás buscando trabajo?

—No, ahora mismo no, en realidad. Sólo quiero jugar un poco a las cartas.

Melt se lamió los labios al tiempo que un bulto le bajaba por la mejilla izquierda, pasaba sobre su mandíbula y le distendía el cuello.

—¿Tienes mucho papel verde para poner en el tapete?

—Suficiente.

—Bueno, te meteré en la jugada –afirmó Melt–. Me gustaría quitarte algo de tu lechuga.

Croyd sonrió, pagó la cuenta y siguió a Melt al cuarto de atrás, en donde el ataúd en funciones de mesa de juego estaba cerrado y tenía superficie no reflejante. Había siete sentados en la jugada, y tres de ellos se quedaron sin dinero antes de la medianoche. Croyd, Melt, Bug Pimp y Runner contemplaron sus montones de dinero crecer y mermar frente a ellos hasta las tres de la mañana. Entonces Runner bostezó, se estiró y sacó una pequeña botella de píldoras de uno de sus bolsillos interiores.

—¿Alguien necesita ayuda para mantenerse despierto?

—Yo me limito al café –dijo Melt.

—Yo nunca toco eso –declaró Croyd.

Media hora después, Bug Pimp tuvo que abandonar el juego e hizo algunos ruidos sobre las damas joker que metió a sus corridas a las que les faltaba la carta precisa. Hacia las cuatro, Runner había quebrado y se marchó. Croyd y Melt se miraron uno a otro.

—Los dos vamos ganando –dijo Melt.

—Es cierto. ¿Agarramos el dinero y nos vamos corriendo? –replicó Croyd, sonriente.

—Opino lo mismo –dijo Melt–. Reparte.

El sol del amanecer hacía cosquillas en los vitrales. Los murciélagos mecánicos siguieron a los hologramas fantasmales a su reposo. Melt se frotó las sienes y luego los ojos, y preguntó:

—¿Aceptas un pagaré?

—No –rechazó Croyd.

—No debiste dejarme jugar esa última mano, entonces.

—No me avisaste que no te quedaba nada más. Creí que podrías firmar un cheque.

—¡Vaya mierda! No tengo. ¿Qué quieres hacer?

—Que me pagues con alguna otra cosa, supongo.

—¿Cómo qué?

—Un nombre.

—¿El nombre de quién? –inquirió Melt, metiendo la mano bajo la chamarra y rascándose el pecho.

—La persona que te da órdenes.

—¿Qué ordenes?

—Las que tú luego transmites a Deceso.

—Hablas en broma. Arriesgo el culo dando un nombre así.

—No tendrás culo que arriesgar si no me lo das.

La mano de Melt salió de su chamarra con una pistola automática .32, que dirigió hacia el pecho de Croyd.

—A mí no me asustan los fortachones. Tengo aquí balas dum dum. ¿Sabes lo que te hacen?

De repente, la mano de Melt estaba vacía, y le empezó a brotar sangre de la uña del dedo que tenía sobre el gatillo. Croyd torció la pistola hasta deformarla, antes de sacar el cargador y las balas.

—Es cierto, son dum dum –admitió–. Mira a estos jodidos plomos chatos, ¿qué te parece? A propósito, mi nombre no es el Blanqueado, sino Croyd Crenson, el Durmiente, y nadie me deja de cumplir. Tal vez hayas oído decir que estoy un poco loco. Dame el nombre, y así no tendrás que confirmar esa historia.

Melt se lamió los labios, al tiempo que los bultos bajo su piel brillante incrementaban el tempo de sus movimientos.

—Si se enteran, soy hombre muerto.

—Yo no se lo diré, si tú tampoco lo dices –prometió Croyd alzándose de hombros, y empujó un montón de billetes hacia Melt. Ésta es tu parte por meterme al juego. Dame el nombre, agarra el dinero y camina; de lo contrario te dejaré repartido en tres de estas cajas –amenazó Croyd, y le dio una patada al ataúd.

—Danny Mao –susurró Melt–, en el Dragón Retorcido, cerca de Chinatown.

—¿Él te da la lista, te paga?

—Eso es.

—¿Quién le tira de las cuerdas a él?

—De eso no tengo ni idea. Sólo sé de él.

—¿Cuándo va al Dragón Retorcido?

—Creo que pasa ahí mucho tiempo, porque los otros que están en el lugar lo conocen. Me llama y voy. Dejo mi chamarra en el guarda-rropa de la entrada. Cenamos o tomamos unos tragos. No hablamos de negocios. Pero al irme, en el bolsillo de la chamarra encuentro un papel con uno, dos o tres nombres y un sobre con dinero. Igual que con el Ojo. Así lo tiene organizado.

—¿Y la primera vez?

—La primera vez dimos un paseo largo y me explicó la manera de trabajar. A partir de ahí, siempre ha sido como te dije.

—¿Eso es todo?

—Todo.

—Bueno. Estamos a mano.

Melt tomó su montón de billetes y se lo metió al bolsillo. Abrió la boca distorsionada como si fuera a decir algo, pero se lo pensó mejor, volvió a pensar y por fin dijo:

—No hay que salir juntos.

—Me parece bien. Adiós.

Melt se movió hacia una puerta lateral, flanqueada por un par de lápidas. Croyd recogió sus ganancias y empezó a pensar en su desayuno.

Croyd subió en el ascensor a Aces High y echó en falta el poder de vuelo en una tarde perfecta de primavera. Al llegar se introdujo a la sala, hizo una pausa y miró en torno suyo.

Había seis mesas que en conjunto llenaban doce parejas, y una dama de pelo oscuro, con una blusa escotada, estaba sola en una mesa para dos cerca del bar, dando vueltas a un agitador dentro de una bebida exótica. En el bar ocupaban sus respectivos bancos tres hombres y una mujer, y por el aire fresco circulaban las notas de un jazz suave y moderno, como acompañamiento a los sonidos de la batido-ra y de las risas, del hielo, el líquido y el vidrio. Croyd avanzó.

—¿Está Hiram por aquí? –preguntó al barman.

El hombre lo miró y meneó la cabeza.

—¿Lo esperan esta noche? –insistió.

—Últimamente no ha venido por aquí –replicó el otro, alzando los hombros.

—¿Qué me dices de Jane Dow?

El hombre que atendía el bar lo observó con mayor atención.

—Ella tampoco está –declaró.

—O sea: no sabes si ninguno de ellos vendrá esta noche.

—No lo sé.

Croyd asintió con la cabeza.

—Soy Croyd Crenson y pienso cenar aquí esta noche. Te pido que me avisen si llega Jane.

—Es mejor que dejes un recado escrito en el mostrador de reservaciones antes de pasar a tu mesa.

—¿Me puedes dar algo para escribir?

El barman buscó bajo el mostrador, sacó un bloc y un lápiz y se los pasó. Croyd garrapateó unas cuantas palabras.

Al poner el bloc en la mesa, su mano quedó cubierta por otra, mucho más delicada, de complexión oscura y uñas pintadas de rojo brillante. Su mirada subió por el brazo, recorrió el escote plateado, hizo una pausa y ascendió. Era la dama solitaria con la bebida exótica. Mirándola más de cerca, su cara le era un poco familiar...

—¿Croyd? –musitó ella– ¿También a ti te han dejado plantado?

Al mirar sus ojos oscuros, un nombre del pasado salió a flote.

—Veronica –dijo él.

—En efecto. Qué buena memoria para un psicópata.

—Es mi noche libre de psicopatía. Estoy limpio del todo.

—Con esas patillas blancas te ves maduro y distinguido.

—¡Maldita sea! –exclamó él–. ¿De veras no vino tu clie...? ¿Tu cita?

—Eso parece. Creo que los dos hemos pensado en juntarnos, además.

—Es verdad. ¿Ya cenaste?

Ella se sacudió el pelo y sonrió.

—No, y tengo ganas de algo especial.

Él la tomó del brazo.

—Hay que conseguir una mesa. Tengo una idea estupenda sobre algo especial.

Croyd arrugó la nota que había escrito y la dejó en el cenicero.

El problema con las mujeres, reflexionó Croyd, residía en que por magníficas que fuesen en la cama, siempre les llegaba la hora en que necesitaban usar ese mueble para dormir, una cosa de la que él en general no era capaz, ni deseaba compartir con nadie. En consecuencia, cuando Veronica por fin se rindió agotada al sueño, Croyd se levantó y se echó a andar por su apartamento de Morning Heights, adonde los dos habían llegado un poco después de la medianoche.

Abrió una lata de sopa de carne y verduras, la vació en una cazuela y la puso al fuego. Preparó una cafetera. Mientras esperaba a que estuvieran listas, llamó a sus otros apartamentos que tenían contestadores automáticos, y utilizó el activador remoto para escuchar sus mensajes. No había nada nuevo.

Cuando terminó su sopa, después de comprobar que Veronica seguía dormida, sacó la llave de su escondite y abrió una puerta reforzada que daba a una habitación pequeña sin ventanas. Encendió la única luz, cerró y fue a sentarse junto a una estatua de vidrio que se reclinaba sobre la cama. Tomó a Melanie de la mano y se puso a hablarle, al principio en voz muy suave, aunque poco después las palabras salían atropelladamente. Le contó del doctor Finn y su máquina de dormir, y le habló sobre la Mafia y Deceso y el Ojo y Danny Mao –a quien aún no lograba localizar–, y le recordó tiempos anteriores, cuando todo estaba estupendamente bien. Habló hasta quedarse ronco, y al terminar salió, cerró la puerta con la llave y la devolvió a su escondite.

Volvió a la recámara cuando oyó algunos movimientos adentro. Ya se extendía la luz de un pálido amanecer, como una infección, por el oriente.

—¡Hola, damita! –llamó–. ¿Estás lista para una dosis de café? ¿Y un bistec para tu momento angular?

Hizo una pausa mientras observaba toda la parafernalia de drogas dejada por Veronica sobre la mesa junto a la cama. Ella lo miró, le guiñó un ojo y sonrió.

—Un café, mi amor, me vendría muy bien. Me gusta ligero. Sin azúcar.

—Enseguida –repuso él–. No sabía que usabas drogas.

Ella se miró los brazos desnudos, asintiendo.

—No se nota. No puedes usar la vena, porque echas a perder la mercancía.

—Entonces, ¿cómo…?

Ella armó una hipodérmica y la llenó. Enseguida sacó la lengua, la alzó con la punta de los dedos de la mano izquierda y le administró la inyección por debajo.

—¡Ay! –exclamó Croyd–.¿Dónde te enseñaron ese truco?

—En la casa de D. ¿No quieres que te meta una aquí?

Croyd negó con la cabeza.

—No en estos días del mes.

—No se entiende lo que dices.

—Conmigo se trata de una necesidad específica. Cuando llegue la hora, me meteré algunos corazones púrpura o unas benzis.

—Oh, *bombitas. Sí* –repuso ella, asintiendo–. Mezclas de heroína y cocaína, STP, mierda de octanos altos. Para volverse loco. He oído lo que dicen de tus hábitos. Un delirio.

Croyd se encogió de hombros.

—Lo he probado todo.

—¿Pero no el yagé?

—También. No es tan bueno como dicen.

—¿Desoxina? ¿Desbutol?

—Sí, no están mal.

—¿Y el khat?

—Sí, carajo. Me he metido hasta *hudca. ¿*Tú no has probado el *pituri?* Eso sí que está bueno. La rutina es un poco asquerosa, sin embargo. La aprendí de un aborigen. ¿Qué me dices del *kratom?* Viene de Tailandia...

—Me quieres tomar el pelo.

—No.

—Santos cielos, nunca acabaríamos de hablar de estos temas. No dudo que pueda aprender mucho contigo.

—Ya me encargaré de eso.

—¿Seguro que no quieres que te la ponga?

—Por ahora, me basta con el café.

La mañana penetró el cuarto y se derramó sobre sus movimientos perezosos.

—Aquí hay una que se llama "El Mono Púrpura Ofrece el Durazno y te lo Quita". Lo aprendí de la dama que me dio el kratom, o mejor dicho ella me lo contó.

—Está buena esa mierda –musitó Veronica.

Cuando Croyd entró al Dragón Retorcido por tercera vez en el mismo número de días, se fue directamente a la barra, se sentó bajo una linterna de papel rojo y pidió una Tsingtao.

Un caucasiano de mal talante, con cicatrices que le adornaban toda la cara, estaba sentado a dos bancos al lado izquierdo. Croyd le echó un vistazo, apartó la vista y volvió a mirar. La luz brillaba a través del septo de la nariz del hombre. Tenía un hoyo de buen tamaño ahí, y en la punta de la nariz se amontonaban restos de costras y piel color de rosa. Parecía como si se le hubiera quitado de pronto la costumbre de usar un aro en la nariz.

—¿Te acercaste demasiado al carrusel? –le preguntó Croyd, sonriente.

—¿Eh?

—¿O será que el feng shui no es bueno aquí? –continuó Croyd.

—¿Qué carajos es feng shui? –replicó el hombre.

—Pregunta a cualquiera de éstos –dijo Croyd, y señaló el salón con la mano–. En especial, pregúntale a Danny Mao. Feng shui es la manera en que la energía circula por el mundo, y a veces te mete en nudos extraños. Una señora de Tailandia me contó todo sobre el tema. Como, por ejemplo, una corriente asesina de chi que entra de pronto por esa puerta, rebota en este espejo, se divide en ese objeto decorativo con el ba-gua que está allá y…

Hizo una pausa para beberse la cerveza, bajar de su banco y avanzar.

—…¡y te pega en la mera nariz!

El movimiento que hizo Croyd fue demasiado rápido para que el hombre lo percibiera, así que gritó al sentir que le pasaban un dedo por la perforación del septo.

—¡Para! ¡Dios Santo! ¡Para ahora mismo! –gritó.

Croyd lo tomó del codo y lo hizo bajar del banco.

—Dos veces me han dado largas en este antro –dijo, en voz muy alta–. Me prometí que hoy la primera persona con quien me encontrara me iba a hablar con claridades.

—¡Hablaré! ¡Hablaré contigo! ¿Qué quieres saber?

—¿Dónde está Danny Mao?

—No lo sé. No conozco a… ¡ahh!

Croyd había doblado el dedo y trazado la figura del ocho con él para enseguida enderezarlo.

—Por favor –suplicó el hombre–. Vámonos. No está aquí. Está en…

—Yo soy Danny Mao –dijo una voz bien modulada que venía de una mesa que ocultaba en parte una maceta con una planta polvorienta.

El propietario de la voz se levantó y la fue siguiendo en torno a la planta. Era un hombre de edad mediana, rasgos orientales y un rostro sin expresión, salvo una ceja arqueada.

—¿Qué asunto te trae por aquí, cara pálida?

—Es privado –señaló Croyd–. A menos que quieras gritar en medio de la calle.

—No concedo entrevistas a extraños –Danny se acercó a Croyd.

El hombre cuya nariz estaba a merced del dedo de Croyd gimió cuando éste se dio la vuelta y lo arrastró tras de él.

—Ya me presentaré cuando estemos en privado –propuso Croyd–. No te molestes.

El hombre lanzó el puño con la velocidad de un relámpago. Croyd movió su mano libre con la misma rapidez, y el golpe impactó la palma abierta. Siguieron tres golpes más, y Croyd detuvo cada uno de la misma manera. La patada la detuvo tras su talón, y alzó el pie súbitamente. Danny Mao dio una voltereta hacia atrás en el aire, logró caer sobre los pies y recuperó el equilibrio.

—¡Mierda! –observó Croyd, y movió rápidamente la otra mano.

El extraño aulló al reventarse algo en su nariz y salió impulsado hacia delante para estrellarse en Danny Mao. Los dos rodaron por el suelo, y la nariz del aullador los manchó a ambos de rojo.

—Es por el mal feng shui –explicó Croyd–. Hay que estar muy atento con eso. Nunca perdona.

—Danny –dijo una voz desde atrás de un biombo de madera labrada al otro extremo del bar–, tengo que hablar contigo.

A Croyd la voz le resultó conocida, y cuando el pequeño joker de cara anaranjada, cubierta de escamas y con colmillos afilados asomó la cara a un lado de la esquina del biombo vio que, en efecto, se trataba de Válvula, que tenía facultades erráticas de telepatía y a menudo era utilizado como vigía.

—A lo mejor es buena idea –le aconsejó Croyd a Danny Mao.

El hombre de la sangrante nariz se alejó cojeando en dirección al baño, al tiempo que Danny se levantó con movimientos gráciles, se sacudió los pantalones y le dedicó una mirada breve pero incisiva a Croyd antes de acudir a Válvula.

Tras unos minutos de conversación Danny Mao salió de atrás del biombo y se le puso enfrente.

—Tú eres el Durmiente –le dijo.

—Sí –aceptó Croyd.

—Saint John Latham, del bufete Latham, Strauss.

—¿Qué?

—El nombre que necesitas. Te lo doy: Saint John Latham.

—¿Así, sin resistencia? ¿Gratis, a cambio de nada?

—No. Has de pagar. A cambio de esta información, pienso que pronto dormirás el sueño eterno. Buenos días, mister Crenson.

Danny Mao se dio vuelta y se alejó. Croyd estaba por hacer lo mismo cuando salió del baño el hombre de la nariz intervenida, con un montón de papel sanitario sobre la cara.

—¡Espero que sepas –anunció a través de la mano– que acabas de ingresar a la lista de mierdas de los Caníbales Cazadores de Cabezas!

—Diles que se cuiden del chi asesino –le aconsejó Croyd mientras asentía lentamente–, y no metas la nariz donde no debes.

El segundo advenimiento de Buddy Holley

♣ ♦ ♠ ♥

por Edward Bryant

Miércoles

EL MUERTO ATRAVESÓ LA PUERTA DE PINO MACIZO DE UN PUÑETAZO. No se le rompieron los nudillos, pero se le desgarró la piel. La sangre corrió por las astillas de la puerta. Dolía, pero no lo suficiente. No, no dolía mucho, para nada, si se tomaban en consideración otras cosas. "¡Otras cosas!" Menudo eufemismo en clave para designar gente, relaciones, amantes y parentela. La mezquina política de rechazos y traiciones. ¡Santo Dios, eso sí que dolía!

Muy maduro de tu parte, amigo, pensó Jack Robicheaux. Completar el proceso de duelo a una velocidad de Mach 10. Pasar en un vuelo por la negación y directamente a la autocompasión. Todo un adulto, a los cuarenta y tantos. Con un carajo.

Con cuidado retiró la mano de la puerta destrozada. Las largas astillas de madera apuntaban en la dirección menos adecuada, efecto natural del impacto. Era como extraer su carne de una trampa con dientes.

Jack giró sobre los talones y volvió sobre sus pasos a la ruina de su sala. Conservaba el aspecto del camarote de mando del capitán Nemo en el Nautilus, después de la lucha del submarino con el calamar gigante en medio de la mayor tormenta caída sobre el Atlántico en un siglo.

Amaba su sala. "Amar": qué chistoso volver a usar ese verbo. Dio una patada a un sextante antiguo hecho pedazos y cruzando la habitación fue hacia la puerta al exterior –la que daba a un pasillo conectado con los túneles de mantenimiento del metro– y le echó el cerrojo. En ese momento captó el aroma cítrico de la loción de afeitar de Michael. En el espacio ocupado por la puerta, se le presentó un destello de la imagen de la espalda de Michael alejándose de él, con los hombros encorvados por la negación, pero se desvaneció en un instante y dejó de existir sin una queja.

Jack pasó sobre el aparato de teléfono integrado a una efigie de Huey Long. Por un milagro había aterrizado de pie en el suelo, con el auricular aún colgado en la mano derecha que alzaba Huey. El viejo Huey se comunicaba como alma que lleva el diablo. ¿Por qué Jack no podía?

No podía llamar a Bagabond. No quería llamar a Cordelia.

No quería llamar a nadie. Además, le parecía haber hablado lo suficiente. Había hablado con Tachyon. Su receta de una manzana al día no había funcionado. Y había hablado con Michael. ¿Qué le quedaba? ¿Un cura? De ninguna manera. Atelier Parish había quedado muy atrás. Demasiados años. Demasiados recuerdos.

Jack pasó al otro lado de la barra de caoba labrada con ornamentos de bronce y olió las polvorientas cortinas de terciopelo grueso al abrir el gabinete. El brandy había costado casi sesenta dólares, un precio bastante elevado para un trabajador asalariado de mantenimiento de tránsito, pero qué diablos, en las novelas náuticas siempre les administraban brandy a los sobrevivientes de los naufragios y las tormentas, y además la botella de cristal cortado armonizaba perfectamente con la decoración victoriana de la sala.

Se sirvió una dosis triple, se la bebió como si fuera doble y volvió a llenar el vaso. No solía tragar sus bebidas así, pero…

—Hay un dato interesante sobre mister Kaposi.

Eso había dicho Tachyon. Su inmaculada bata blanca de médico resplandecía, casi con el albedo de un campo ártico de nieve. Bajo las luces del cuarto de consulta sus cabellos rojos tenían aspecto de llamaradas.

—Poco antes de descubrir y dar nombre a su sarcoma en 1872 –había continuado Tachyon–, Kaposi se cambió de nombre. Antes se llamaba Kohn.

Jack se le quedó mirando, incapaz de formar las palabras que quería pronunciar. ¿De qué carajo hablaba Tachyon?

—Hubo un pogromo en Checoslovaquia, por supuesto –refirió Ta-chyon, haciendo gestos expresivos con sus finos dedos–. Él reaccio-nó a los prejuicios mal informados que han sido la maldición tanto de jokers y ases como de pacientes de sida. Los virus exóticos son como el mal de ojo.

Jack se miraba el pecho desnudo y tocaba con aprensión las man-chas oscuras como moretones sobre sus costillas.

—No necesito de maldiciones dobles. ¿No se supone que es una por cliente?

—¡Cómo lo siento, Jack! –titubeó Tachyon–. Es difícil determi-nar cuándo fuiste infectado. Los tumores están muy avanzados, pero la biopsia y los resultados anómalos de laparoscopía sugieren un efecto sinérgico entre el virus wild card y el organismo VIH que ataca al sistema inmune. Sospecho que hay un proceso de galope acelerado.

Jack meneó la cabeza, como si sólo oyera a medias.

—Hace un año me hice la prueba y salió negativa.

—Es lo que me temía, entonces –aseveró el doctor–. No puedo ha-cer pronóstico de tu infección.

—Yo sí que puedo –replicó Jack.

Tachyon se alzó de hombros, con un gesto de comprensión.

—Debo preguntarte –dijo– si habitualmente usas nitrato amílico.

—¿Poppers? –Jack meneó la cabeza–. Para nada. No me interesan mucho las drogas.

Tachyon hizo una anotación en el cuadro de Jack.

—Es una droga que suele asociarse con Kaposi.

Jack volvió a negar con la cabeza.

—Entonces es otra cosa –concluyó el doctor.

Jack se le quedó mirando con fijeza. Era como mirar desde el cen-tro de un bloque de hielo. Sentía entumido todo el cuerpo. Sabía que el choque psíquico pasaría pronto. Y entonces…

—¿Qué?

—Es necesario que te pregunte esto. Debo saber sobre contactos.

Jack tomó aliento.

—Uno. Sólo ha habido uno.

—Es preciso que hable con él.

—¿Acaso bromeas? –protestó Jack–. Hablaré con Michael primero.

Y entonces le diré que venga a verte. Pero antes hablaré con él... sí, con él...

Su voz iba perdiéndose.

Enseguida le recordó a Tachyon que la relación entre médico y paciente era confidencial. Tachyon se mostró ofendido, pero Jack no se disculpó. Dicho eso, se marchó. Eso había sido en la mañana.

Era una ocasión especial. Sentía como si se estuviera emborrachando en su propio funeral.

—Los cajún hacen estupendos velorios –dijo en voz alta, mientras se servía otro brandy.

¿No estaba llena la botella un poco antes? No se acordaba. Ya iba por la mitad.

Volvió a mirar el teléfono. ¿Para qué llamar a nadie? Después de todo, nadie quería hablar con él. Pensando en el tema, esos últimos meses de vida con Michael habían sido como vivir solo. Bien podía morir solo. *Guárdate la autocompasión.* ¡Pero era tan *fácil*!

—¿Qué hay de nuevo? –es lo que había dicho Michael, mientras cerraba la puerta antes de abrazar a Jack.

Ningún otro saludo. Ni preámbulo. Tan rubio como Jack era moreno, alto y de miembros esbeltos, Michael siempre parecía llevar algo de la luz primaveral del sol de la calle cada vez que bajaba a la vivienda subterránea de Jack. Pero no ese día. Jack no podía leer su expresión.

—¿Uh? –preguntó Michael cuando Jack se deshizo del abrazo–. ¿Anda algo mal?

Jack escrutó el rostro de Michael. Los rasgos de su amante eran la viva imagen de lo saludable. De lo inocente.

—Tal vez sea mejor que te sientes –sugirió Jack.

—No –repuso Michael, encarándolo–. Nada más dime lo que tengas que decirme.

Jack tenía la boca seca.

—Hoy fui a la clínica.

—¿Y qué?

—Las pruebas...

Se detuvo, y necesitó empezar de nuevo:

—Las pruebas salieron positivas.

Michael lo miró con expresión vacua.

—¿Qué pruebas?

—Sida –pronunció la palabra odiosa y sintió que el estómago le daba una vuelta.

—No –dijo Michael–. Para nada. Es imposible.

—Sí –insistió Jack.

—Pero ¿quién...? –empezó a decir Michael, y se interrumpió abriendo los ojos–. Jack, no habrás tú...

—No –lo miró Jack–. No ha habido nadie. Solamente tú, *mon cher*.

Michael inclinó la cabeza a un lado.

—Tiene que haber sido alguien. Quiero decir, yo no...

—Esto no es la inmaculada concepción. Michael. No hay milagro. *Tiene* que haber alguien.

—No –Michael movió la cabeza con vehemencia–. Es imposible.

Hubo un destello en sus ojos, y apartó la mirada. A continuación, giró sobre sus talones, abrió la puerta y se fue.

—No –volvió a oír Jack que decía Michael mientras se iba.

Sentir el filo oxidado que se retorcía en sus tripas.

El brandy, se le ocurrió, era como una vacuna antitetánica emocional. Lo malo era que no le hacía efecto. Al contrario, lo empeoraba, al reducir su capacidad de controlar sus sentimientos.

De pronto tuvo la sensación de haber inhalado todo el oxígeno que podía ser respirado en su casa. Sintió la necesidad de salir, de andar por la calle. Con cuidado, dándose cuenta de que sus movimientos eran exagerados, puso en su sitio la botella de brandy. A continuación, Jack salió por la misma puerta que Michael. Siguió las huellas fantasmales hacia los túneles y escaleras que lo conducían a la calle.

Anduvo. Jack podía haber tomado el vagón de mantenimiento de abajo, pero resolvió que no quería hacerlo. La noche era demasiado fría, pero no le molestaba. Necesitaba algo astringente que lo limpiase, que le quitara los moretones de la carne. Se dio cuenta de que deseaba sentir un dolor declarado.

Se fue caminando en dirección opuesta al centro, sin comprender en dónde estaba hasta que vio el letrero de Young Man's Fancy. No debería estar aquí, pensó, entre todos los lugares. En ese lugar había conocido a Michael. No debía andar para nada en el lado oeste del

Village. Y menos en ese bar. Pero era demasiado tarde. Ahí estaba. ¡Mierda! Se dio la vuelta para irse.

—¡Hola, guapo! ¿Andas buscando un culito? ¿O quieres que te den por ahí?

La voz era demasiado conocida. Jack alzó los ojos y vio emerger de la sombra la cara memorable de Garrote, cargada de músculos, en la entrada a una lavandería cerrada que se situaba bajo el bar. Jack se dio la vuelta y se alejó.

Oyó tras él los pasos de zapatos Brogan talla dieciocho sobre la acera. Dedos de las dimensiones de salchichas alemanas se cerraron sobre el hombro de Jack y lo hicieron girar.

—¡Qué ojos tan hermosos! –dijo Garrote–. No tengo más que meterte los dedos en las cuencas y los haré saltar como cerezas verdes de una galleta.

Jack encogió los hombros para desasirse de la mano. Estaba impaciente y con pocos deseos de ser precavido. No le importaba nada.

—Vete a la mierda –le dijo.

—También tengo que hacerte una igual a ésta –insistió Garrote, poniéndose los dedos rechazados sobre una cicatriz irregular e inflamada que le recorría toda la cara hasta rematar en su mentón bulboso.

Jack recordaba el grito triunfal del gato negro de Bagabond. Ese felino era viejo, pero con suficiente agilidad para evitar los puños de Garrote mientras hundía sus garras en la fea cara de aquel hombre.

—Los arañazos de gato pueden infectarse –recomendó Jack, que seguía avanzando por la calle–. Deberías atenderte eso. Conozco a un doctor de verdad bueno.

—Una mierda como tú va a necesitar a un enterrador –amenazó Garrote–. Mister Mazl se pondrá muy contento si le traigo tu pito en una bolsa de sándwich. A los Gambione les gusta hacer salchichas con pitos amarillos como el tuyo.

—No tengo tiempo para estas pendejadas –dijo Jack.

—Tendrás que hacer tiempo –insistió Garrote, abriendo las mandíbulas en un gesto capaz de deformar a un bebé nonato–. Creo que tú y yo podemos hacer unas luchitas de cocodrilo.

Las puertas del Young Man's Fancy se abrieron y un grupo de una docena de hombres salió a la calle. Garrote se detuvo titubeante a medio paso.

—Testigos —le advirtió Jack—. Mejor bájale.

—Puedo tronarlos a todos —Garrote examinó a sus posibles víctimas.

Golpeó la palma de la mano con la mutación de garrote que tenía en la otra, haciendo un ruido como el de un bistec que cayera a un piso de mosaico desde la altura de una escalera.

—¿Un golpeador de homosexuales? —dijo el hombre que parecía conducir a los otros—. ¿Todavía sigues acechando por acá, tú con tu aliento de cañería?

Se metió la mano a la chamarra y la volvió a sacar empuñando un acero de brillo azul.

—¿Quieres ver mi imitación de Bernie Goetz? —se rio—. Te garantizo que te mueres.

Garrote miró el semicírculo de caras.

—Tengo que proteger mi trabajo —acabó diciéndole a Jack.

Se volvió al hombre de la pistola.

—Oye, tú —le dijo—. Te voy a sacar las tripas con mi dedo pulgar. Nomás espera.

Se volvió a continuación a Jack.

—Y en cuanto a ti, a ti te voy a hacer daño de verdad.

—Sí, otro día —repuso Jack.

—Ya lo verás —dijo Garrote, que no podía encontrar mejor parlamento para hacer mutis, y dicho eso se marchó por la calle dando zancadas.

—Amiguitos rudos —comentó el hombre, tras guardarse la pistola—. Ojalá sepas en qué te metes.

—Gracias —repuso Jack—. No lo conozco. Me pidió fuego.

Se dio vuelta y se echó a andar en dirección opuesta, sin hacer caso de los murmullos a su espalda.

—De nada, hombre —dijo el dueño de la pistola—. Buena suerte, amigo.

Jack dio vuelta a la esquina y enfiló hacia una calle más oscura. ¡Jesús, qué frío hacía! Se abrazó. No se había puesto chamarra. El frío entorpecía sus movimientos. Mala señal. Se tocó tentativamente el dorso de la mano izquierda con los dedos de la derecha. La piel se sentía áspera, escamosa; empezaba a transformarse. ¡No! Se echó a correr. ¡No necesitaba eso, encima de todo! No esa noche. Síntomas de estrés. Casi le daba risa.

Buscó una boca de metro, sin importarle cuál. Globo rojo o verde. BMT, IRT o PATH. Al centro o en dirección opuesta. Mientras las escaleras fueran hacia abajo, daba lo mismo.

Buscó la pluma de vapor que delataba la tapa de acceso al drenaje. Ésa era la solución, el drenaje. Sería lo mejor. En el drenaje no habría gente. Esos túneles, cálidos y viscosos, daban a la bahía. ¡Buena cacería! Pensó en sus dientes de cocodrilo desgarrando un lucio albino. Eso estaba bien. A Bagabond le daban lo mismo los peces mutantes. Comida. Sangre. Muerte. Agotamiento. Vacío.

Jack se tambaleó hacia una oscuridad más profunda, se acercó a una reja caliente.

Estoy perdiendo la razón, pensó.

Vio la cara de Michael, La de Bagabond. La de Cordelia también. Sí. Estaba perdiendo todo.

Jack se sumergió en la noche.

Jueves

El volumen de la mezcla pirata del nuevo álbum de George Harrison era suficiente para causar temblores en las imágenes enmarcadas de la pared de la oficina. El tamaño de la habitación no era suficiente para ofrecer mejor acogida al amplificador del tocacintas. No era una oficina grande. Ni ocupaba la esquina de la torre de oficinas, pero por lo menos era un despacho aparte, con paredes permanentes, y sí tenía una ventana.

Cordelia Chaisson se sentía feliz en ella.

Sobre su viejo escritorio de madera, además de la computadora, tenía pilas de álbumes discográficos, cintas y dossiers de prensa. Las fotos sobre la pared opuesta eran de Peregrine, David Bowie, Fantasy, Tim Curry, Lou Reed y otras personalidades de mundo del espectáculo, fuesen o no ases. En medio de las fotografías había un bordado de punto de cruz en un marco en el que se leía ¡MALDITA SEA, QUÉ BIEN LO HAGO! Pegado a la pared con chinchetas, atrás y a la derecha de Cordelia, había un rectángulo grande de cartulina con una lista de nombres, muy enmendada con tachones, signos de interrogación y notas en taquigrafía como "verificar productora", "fanático rel." y "no trabajan en días feriados de la G. Bretaña".

El teléfono timbró. Pasaron varios momentos antes de que Cordelia lo notara. Bajó el volumen del sonido y tomó la llamada. Era la voz de una de sus jefas, Luz Alcalá.

—Dios del cielo, Cordelia, ¿no podrías usar los audífonos?

—Lo siento –se disculpó Cordelia–. Me dejé llevar por la música. Es un gran disco. Ya le bajé el volumen.

—Gracias –suspiró Alcalá–. ¿Ya sabes quiénes grabarán los promocionales?

—Estoy revisando la lista. Tal vez Jagger –titubeó la joven–. Al menos, no ha dicho que no.

—¿Hablaste con él durante la semana pasada?

—Bueno… La verdad, no.

La voz de Alcalá asumió un tono de reproche.

—Cordelia, admiro tus logros para esta función de beneficio. Pero Global Fun and Games tiene otros proyectos que necesitan ser atendidos también.

—Lo sé –aceptó Cordelia–. Perdón. Es que tengo muchas cosas en el aire.

Intentando dar un giro más optimista a la conversación, cambió de tema:

—Esta mañana llegaron las autorizaciones de China. ¡Eso significa que transmitiremos a más de la mitad del mundo!

—Por no mencionar a Australia –bromeó Alcalá, riéndose.

—¡Incluyendo a Australia!

—Llama al agente de Jagger –sugirió Alcalá–. ¿De acuerdo?

—De acuerdo.

Cordelia colgó el teléfono. Tomó en sus manos la pequeña escultura de piedra en forma de lagarto, que estaba medio cubierta por una pila de fotos. En realidad era un cocodrilo australiano, pero le habían asegurado que era su primo, y por lo tanto un fetiche apropiado. Prefería pensar en la figura como un cocodrilo. Cordelia volvió a poner la figura sobre el escritorio, frente a una pequeña fotografía en blanco y negro enmarcada de un joven aborigen, con una mirada huraña.

—Wyungare –musitó, con labios en forma de beso.

A continuación dio vuelta en su silla giratoria para contemplar la cartulina de la pared. Con un rotulador grueso, empezó a tachar nombres. Al final quedaban en su lista U2, el Jefe, Little Steven, los Coward Brothers y Girls with Guns. Nada mal, pensó. En absoluto.

Reía con satisfacción. Había más, pensó. Volvió a alzar el rotulador.

Las tres habían tomado un almuerzo tempranero en la Acrópolis de la Calle Diez, cerca de la Sexta Avenida. Cordelia les había ofrecido llevarlas a un lugar más fino. Después de todo, tenía cuenta de gastos. La Acrópolis era un simple café, parecido a otros miles en la ciudad.

—El Riviera queda a una cuadras de aquí –les ofreció–. Es un buen lugar.

Pero C. C. Ryder no quería ni oír hablar del tema. Prefería un lugar de reunión anónimo. Y pidió que se reunieran antes de la hora de comer de toda la gente. Y además puso por condición que fuera Bagabond también.

Le concedió todos los deseos, porque Cordelia la necesitaba. Así que fueron a dar a un apartado forrado con plástico imitación de piel, con C. C. y Bagabond en un lado, mirando a Cordelia y a la puerta. Cordelia alzó la vista del menú y sonrió.

—Puedo recomendar el copón de frutas.

C. C. no devolvió la sonrisa. Tenía expresión grave. Se quitó su gorra de cuero pork pie casi amorfa y se sacudió los cabellos rojos que parecían púas. Cordelia observó cuánto se parecían los ojos verdes de C. C. a los del tío Jack. Tengo que llamarlo, pensó. No quería hacerlo, pero sentía la obligación.

—¿Han visto mis ojeras de mapache? –preguntó C. C. señalando su cara.

Esa mañana no tenía aspecto de gran estrella y poeta del rock. Con toda deliberación se había puesto unos jeans viejos y gastados, que parecían lavados en ácido. Su sudadera John Hyatt mostraba una historia similar de muchas sesiones de lavandería.

—Para nada –negó Cordelia.

La piel de C. C. era suave y blanca, casi de albino.

—Qué raro, deberían notarse –comentó C. C., con el fantasma de una sonrisa en los labios–. No he logrado pegar el ojo con todo el tema del concierto de beneficio.

Cordelia no dijo nada; se limitó a mirar a la cantante a los ojos.

—Me doy cuenta de que esto es el último acto para Des –prosiguió C. C.–, y sé que es por una buena causa. Un beneficio que junta a los pacientes de sida con las víctimas de wild card tendría que haberse dado hace mucho, y ya es hora de que suceda.

Cordelia asintió. Las cosas iban de maravilla.

—Pienso que también a mí me ha llegado la hora –añadió C. C., al tiempo que ampliaba la sonrisa– de salir del clóset de la ansiedad y cantar frente a personas vivas. La respuesta es sí.

—¡Magnífico! –exclamó Cordelia, y se tendió sobre la mesa con ferocidad para abrazar a C. C.

Sobresaltada, Bagabond se alzó a medias de su asiento. Cordelia, al notar de reojo ese movimiento, pensó que sería capaz de degollarla si creyera que atacaba a C. C. Cordelia oyó un gruñido sordo, parecido a los de los gatos de Bagabond, cuando se separó de C. C. para volver a sentarse.

—¡Es maravilloso! –volvió a exaltarse Cordelia, pero se contuvo al mirar el rostro de C. C., donde enseguida pudo leer lo que expresaba–. Perdóname –se disculpó, y recobró su sobriedad–. He adorado tu música y las letras de tus canciones durante tanto tiempo, y he deseado más que nada en el mundo verte cantar tus canciones.

—No va a ser fácil –intervino Bagabond, con cara de preocupación–. ¿Cuánto tiempo queda? ¿Diez días?

—Apenas –aceptó Cordelia.

—Voy a necesitar cada minuto.

—Todo lo que quieras. Te daré a alguien para hacer contacto conmigo, que te suministrará lo que necesites, en cualquier momento, alguien de confianza, como tú.

—¿De quién hablas? –inquirió Bagabond, de pronto llena de sospechas.

Los músculos de su cara desvaída se endurecieron, mientras entrecerraba los ojos. Cordelia tomó aire.

—El tío Jack –respondió.

—¿Por qué? –insistió Bagabond, con la expresión descompuesta–. ¿Por qué no yo?

A su lado C. C. volvió la cabeza para mirarla.

—Tú puedes ayudar a C. C. todo lo que quieras –se apresuró a replicar Cordelia–. Pero necesito que el tío Jack participe en esto. Es muy competente, tiene inteligencia y se puede confiar en él. Estoy metida en una camisa de once varas, y necesito toda la ayuda que pueda pescar.

Su expresión era de la mayor sinceridad.

—¿Y ya lo sabe Jack? –preguntó Bagabond.

Cordelia titubeó.

—Bueno, he estado esperando un poco antes de hablar con él –repuso, dándose cuenta de que las inflexiones del acento cajún se posesionaban de su lengua, y tuvo que disciplinar su mente–. He dejado mensajes en su contestador. No me ha tomado las llamadas.

Bagabond se recostó en su asiento y cerró los ojos. Pasó un minuto, que pareció larguísimo. El mesero griego se acercó para tomar sus órdenes. C. C. le pidió que volviera un poco más tarde.

Cuando abrió los ojos, Bagabond sacudió la cabeza, como para aclararse las ideas.

—Pues no sé cuándo podrá este chico contestar a tus llamadas.

—¿Qué quieres decir?

Cordelia sintió un desequilibrio, como si todos sus planes no fueran sino papeles que resbalaban sobre una mesa que se quiere nivelar.

—Todo está roto –describió Bagabond–. Jack está lejos; es probable que en la bahía en Nueva York, me parece. Está pasándolo bomba, en la alta sociedad de criaturas de las que no se ven en el Acuario Castle Clinton. Con toda la carne cruda que se está metiendo, no pienso que vaya a venir a cenar a casa por un tiempo.

—*Quelle damnation* –murmuró Cordelia y se volvió hacia C. C.–. En todo caso, llámame a la oficina mañana temprano y tendré algo preparado, ya sea el tío Jack o alguien más.

—Tendrá que ser alguien más –dijo Bagabond.

Cordelia sonrió, como señal de paz. El mesero volvió, y ella pidió el copón de frutas.

♣

En la lista de músicos participantes en el concierto de beneficio, Cordelia añadió el nombre de C. C. en grandes letras negras.

—¡Maldita sea! –dijo en voz alta Cordelia, hablándose a sí misma–. ¡Qué bien lo hago!

Garrapateó un nombre más en la cartulina.

Viernes

Merde.

No había que darle más vueltas al asunto. Así se sentía al arrastrarse hacia su casa a primera hora de la mañana. Ni la menor sensación de bienvenida lo acogió al entrar a la ruina de su sala. Jack avanzó tropezando entre los escombros. Enfrente se abría la puerta destrozada de su recámara. Todavía le dolía la mano. Sólo que también los dientes le dolían. La cabeza, las manos y cada hueso del cuerpo: en todas partes tenía dolor.

—*Enter* –maldijo, al ver el parpadeo de la luz roja de su contestador.

Estuvo a punto de no hacer caso de ese demonio de un ojo, pero terminó por inclinarse y oprimir de un manotazo el botón para escuchar mensajes.

Tres de los mensajes eran de su supervisor. Jack comprendió que necesitaba reportarse un poco más tarde en la mañana, para poder conservar su trabajo. Le *gustaba* vivir ahí, y disfrutaba del privilegio de tener un empleo lucrativo viviendo en la oscuridad.

Los otros ocho mensajes eran todos de Cordelia. No muy informativos, pero no parecían indicar ninguna emergencia. Cordelia repetía que era importante que Jack se pusiera en contacto con ella, pero el tono no indicaba peligro mortal.

Jack rebobinó la cinta del contestador y apagó la máquina. A continuación entró a la cocina. Miró el refrigerador y no se molestó en abrirlo. Ya sabía lo que había dentro. Además, no tenía hambre. Le rondaba una cierta idea de lo que había estado devorando las últimas veinticuatro horas, y no quería pensar en eso. Lucios albinos, ciegos. Eso no se encontraba en ningún menú de los restaurantes de cocina cajún en Nueva York.

Entró a la recámara y se dejó caer en el lecho. Ni siquiera pensó en desvestirse. Sólo se movió lo suficiente para enrollarse en la colcha antigua. Se quedó dormido.

Justo a las ocho de la mañana lo despertó el timbre del teléfono junto a la cama. Supo la hora porque los números rojos LED se incrustaron en su retina cuando por fin abrió los ojos y tendió la mano para parar los timbrazos que le desgarraban el oído interno.

—Mmmppk. ¿Sí?

—¿Tío Jack?

—Sí, ¿uh? ¿Cordi? –replicó, comenzando a espabilarse.

—Soy yo, tío Jack. Perdóname si te he despertado. He querido hablar contigo desde hace días.

Bostezó y se ajustó el teléfono para que lo sostuviera la almohada.

—Está bien, Cordi. De cualquier modo tengo que llamar a mi jefe y decirle que me ha dado algo, y he estado demasiado enfermo para llamar en estos días.

—¿Estás enfermo? –preguntó Cordelia, asustada.

Jack volvió a bostezar. Se acordó de lo que podría decir.

—En perfecta salud –mintió–. Nada más me fui de parranda, eso es todo.

—Bagabond dijo que...

—¿*Bagabond*?

—Sí –repuso Cordelia, que elegía con cuidado cada palabra–. Le pedí que te buscara. Dijo que estabas en la bahía, uh, matando cosas.

—Lo has descrito.

—¿Algo no anda bien?

Hizo una pausa de varios segundos antes de responder. Tomó aire.

—Estrés, Cordi. Eso es todo. Necesito relajarme un poco.

—Como tú digas, tío Jack –dijo Cordelia, sin sonar demasiado convencida–. Oye, ¿puedo ir a visitarte esta noche con una amiga?

—¿Quién? –preguntó Jack, poniéndose en guardia.

—C. C.

Jack pensó en ella y recordó haberla visitado en la clínica de Tachyon. Tenía todo lo que ella había grabado, sus discos y cintas, en los estantes de su sala.

—Supongo que pueden venir –aceptó Jack–. Será un pretexto para limpiar la casa.

—No es necesario –propuso Cordelia.

—Oh sí, ya lo creo que hay necesidad –se rio Jack.

—¿Te parece bien a las cinco y media?

—Suena bien. A propósito, ¿de qué se trata?

—Necesito que me ayudes, tío Jack –dijo ella, con sinceridad, y le contó cómo iban las cosas con su concierto de beneficio–. Estoy hundida, tío Jack. No puedo hacerlo todo.

—Pero yo no sé mucho sobre cómo organizar estos eventos.

—Ya sabes, es el rocanrol –indicó ella–. Tú puedes resolver todo lo que pasa, siempre.

Casi todo, corrigió mentalmente. Frente a sus ojos flotó un instante el rostro de Tachyon, y enseguida el de Michael.

—Aduladora.

—Es la *verité*.

Pasaron unos momentos en silencio.

—Tengo que decirte algo –dijo al fin Jack–. No hemos hablado mucho…

—Ya lo sé –replicó ella–. Por ahora no he pensado en eso.

—¿No has resuelto nada?

—Todavía no.

—Te agradezco que seas sincera.

Hubo otra pausa de varios segundos. Le pareció que Cordelia quería decirle algo más, pero lo único que finalmente oyó fue:

—Muy bien, tío Jack, gracias. Estaré ahí con C. C. a las cinco y media. Adiós.

Jack se encontró escuchando el silencio hasta que se desconectó el circuito. A continuación se dio vuelta y marcó el número de su supervisor del Departamento de Tránsito. No tendría que fingir síntomas de enfermedad para convencerlo.

Cuando por la tarde abrió la puerta a Cordelia y C. C., Jack comprendió que haber limpiado la sala acabaría siendo la parte fácil del día. Cordelia entrecerró los ojos al mirarlo, como si tuviese frente a ella dos imágenes y quisiera elegir la que prefería percibir.

—Tío Jack.

Hubo un momento de tensión. Por lo visto, vacilaba entre darle o no un abrazo.

La mujer junto a ella fue quien definió el instante.

—¡Jack! –prorrumpió–. ¡Qué gusto verte de nuevo!

Pasó ante Cordelia y entró a la sala, para darle a Jack un fuerte abrazo y un beso cálido en los labios.

—¿Sabes? Cuando estuve internada en la clínica –le contó–, aunque durante mucho tiempo no supe nada de lo que pasaba, de verdad me significó mucho que fueses a verme. Si algo llegara a pasarte a ti, te aseguro que ahí estaré en las horas de visita, ¿te parece?

C. C. sonreía.

—Me parece bien – asintió él.

—*Mon Dieu!* –exclamó Cordelia–. ¿Qué pasó aquí?

Los esfuerzos de restauración de Jack habían salido a medias. Pedazos de antigüedades y muebles rotos se amontaban a un lado de la habitación. No había tenido corazón para llevar todo al contenedor de basura arriba. Quedaba aún la posibilidad de hacer reparaciones y restauraciones cuidadosas.

—Anoche me resbalé al entrar –explicó.

—Derribado a disparos cuando intentaba escapar –comentó con ironía Cordelia–. Lo que sea que haya pasado, de verdad es una pena. ¡Este lugar era tan hermoso!

—A pesar de todo, no es nada feo –opinó C. C., y se dejó caer en un love seat con patas labradas en forma de garra, mientras extendía los brazos sobre los cojines mullidos y le sonreía a Jack–. Es estupendo. ¿No tienes café?

—Claro que sí –repuso él–. Ya está hecho.

—Iba a venir Bagabond –empezó a decir C. C.

—Tenía quehacer en el otro lado de la ciudad –explicó Cordelia.

—Creo que quería mandarte saludos –intervino C. C.

—Claro –aceptó Jack, pensando "ya, ya".

Cordelia ofreció ayudar a servir el café, pero Jack la hizo volver a la sala. Cuando todo el mundo estaba ya en sus sitios con tazas humeantes y panecillos dulces con mermelada de fresa, Jack habló:

—¿Y, entonces?

—Sucede que tu sobrina es muy persuasiva. Pero mi ego no lo es menos. Voy a salir de mi encierro para el concierto benéfico, Jack. Volveré a cantar en público. De golpe. Nada a medias. Dos mil millones de espectadores es el cálculo. Ahí estaré, frente a Dios y el mundo. Nada como combatir de frente los casos de agorafobia aguda.

Se rio.

—Qué valiente –sentenció Jack–. Me alegro de que lo hagas. ¿Cosas nuevas?

—Algunas viejas, algunas nuevas –repuso ella–. Algunas prestadas, y algo de blues. Todo depende de cuánto tiempo me otorgue la jefa.

C. C. hizo un ademán hacia Cordelia.

—Veinte minutos –anunció Cordelia–. Lo mismo que todos los demás. El Jefe, Girls with Guns, tú.

—La igualdad es algo grandioso –declaró C. C., mirando a Jack–. ¿Así que tú me ayudarás a prepararme para mi gran noche?

—Uh –respondió Jack.

—Global Fun and Games puede persuadir al Departamento de Tránsito para que te den tiempo libre –le informó con rapidez Cordelia–. Hablé con uno de los funcionarios de relaciones con la comunidad. Dijo que le parecía estupendo que alguien del Departamento participara en un evento de esta naturaleza.

—Uh, uh –repitió Jack.

—Con tu sueldo –prosiguió Cordelia–, además de los honorarios que te pagaría Global Fun and Games.

—Tengo mis ahorros –afirmó Jack.

—Tío Jack, *te necesito.*

—No es la primera vez que me dices eso.

En ese momento, se lo pedía con dulzura.

—Pues te lo vuelvo a pedir.

Jack percibía la voz, la expresión y los ojos de Cordelia lanzando un llamado coordinado.

—Sería bueno trabajar contigo –dijo C. C., y le guiñó un ojo esmeralda–. Tendrás pase al escenario. Te codearás con las grandes estrellas.

Jack miró a las mujeres alternadamente. Por fin declaró:

—Bueno. Trato hecho.

—¡Genial! –exclamó Cordelia–. Te iré dando los detalles según avancemos. Pero hay algo que quiero mencionarte de una vez.

—¿Por qué será que siento –comentó Jack– que en este instante yo debería ser un cocodrilo mirando el garfio?

—¿Tienes planes para mañana en la noche? –inquirió Cordelia.

Jack abrió las manos.

—Pensaba dedicarme a reparar algunas sillas.

—Pues vendrás con nosotras a New Brunswick.

—¿En Nueva Jersey?

JUEGO SUCIO

—Iremos al Holidomo –asintió Cordelia–. Vamos a ver a Buddy Holley.

—¿*El* Buddy Holley? –dijo Jack–. Creí que había muerto.

—Lleva años en el circuito lounge. Vi una nota sobre sus apariciones en la *Voice*.

—Ella quiere que participe en el concierto –volvió a decir C. C.

—¿Un número de nostalgia? –quiso aclarar Jack.

Cordelia se sonrojó.

—Crecí oyendo su música. Adoro a ese hombre. No es que haya organizado nada respecto a su participación en el beneficio. Pero quiero verlo y determinar si sigue siendo el que fue.

—Te arriesgas a recibir una sorpresa desagradable –opinó C. C.–. Guitarra de barro y cosas así.

—Correré ese riesgo.

—"Not Fade Away" es una de mis canciones favoritas de toda la vida –intervino Jack–. Yo apoyo que él participe.

—Dile –aconsejó C. C.

—Bagabond también irá –confesó Cordelia de mala gana.

—Entonces no sé –dudó Jack.

Pensó en su primer encuentro con Garrote, cuando el gato negro lo salvó de tener que pelear con el psicópata golpeador de gays. ¿Había actuado por iniciativa propia el gato, o lo había sugestionado Bagabond? Nunca le había hecho esa pregunta a la mujer. Tal vez el día siguiente fuera ocasión adecuada.

—¿Tío Jack? –lo intimó Cordelia.

—Que empiece el rocanrol.

Sábado

—¡Santo Dios! –barbotó C. C. en voz baja para que sólo la escuchara Jack–. ¡Está cantando un cover de Prince! ¡Del maldito Prince!

—Y ni siquiera es un buen cover –concurrió Jack.

Cordelia se había preocupado porque el tráfico glacial del túnel Holland los retrasaba para llegar a tiempo al primer set de Buddy Holley. Otra preocupación consistía en que los juveniles de Jersey se llevaran el Mercedes prestado por Luz Alcalá.

—Es en un Holiday Inn –comentó Jack cuando llegaron.

—¿Y qué?

—Pues que el estacionamiento está iluminado.

—Hay un lugar cerca del vestíbulo –indicó aliviada Cordelia.

—¿Quieres que le dé un billete de diez al cuidador para que vigile el auto?

—¿Lo harás? –replicó Cordelia, tomándolo en serio.

Se estacionaron, cerraron el Mercedes y entraron al Holidome de New Brunswick.

El viaje desde la ciudad había sido muy tenso. Jack sentado adelante, y Cordelia de conductora; atrás, Bagabond se arrinconaba del lado opuesto a Jack, como queriendo alejarse de él lo más posible. Tanto C. C. como Cordelia se esforzaban por mantener viva la conversación. Jack resolvió que resultaba inapropiado preguntar a Bagabond sobre si su ocasional salvador felino, el gato negro, habría actuado por su cuenta o bajo las órdenes de su ama.

—Esto va a estar genial –había anunciado Cordelia, metiendo un audiocasete de los grandes hits de Buddy Holley y los Crickets en el tocacintas Blaupunkt. Los altavoces tenían potencia sobrada.

—Cordelia –suplicó Bagabond–, a mí me gusta mucho Buddy, pero estás lastimándome el oído.

—Ah, perdón –fue la respuesta de Cordelia.

Bajó el volumen a un nivel apenas soportable.

El tráfico de sábado por la tarde se había entorpecido hasta detenerse cerca de la entrada al túnel. El hedor de los escapes de los autos se concretaba en nubes de humo visibles. El cuarteto del Mercedes pudo así oír toda la colección de Cordelia de cintas de Buddy Holley antes de llegar a Nueva Jersey.

El reloj corría, y Cordelia se iba poniendo más y más nerviosa.

—A lo mejor tienen un grupo telonero –murmuró.

No hubo teloneros, pero resultó lo de menos. Cuando los cuatro entraron por las puertas del Holidome, vieron que no había dificultad para encontrar mesa. La mitad de los lugares estaban vacíos; por lo visto, las bacanales del sábado por la noche en New Brunswick no se centraban allí. Escogieron una mesa a unos tres metros del escenario, Jack y Bagabond en lados opuestos, escudados por C. C. y Cordelia. Y Buddy Holley, en escena, ejecutaba un cover de Prince.

Jack reconoció a Holley por los retratos discográficos. Sabía que el músico tenía cuarenta y nueve años, una edad cercana a la suya. Holley se veía más viejo. Demasiada carne en la cara; la chaqueta plateada de lamé no ocultaba del todo su barriga. Ya no llevaba sus conocidas gafas de montura negra; sus ojos se ocultaban tras unos lentes de aviador muy de moda, que no le tapaban las ojeras. Pero seguía tocando su Fender Telecaster como un ángel.

Su grupo no estaba al mismo nivel. El guitarrista rítmico y el bajista parecían no tener más de diecisiete años, y tocaban sin ninguna inspiración. La indistinta mezcla de sonido tampoco ayudaba. El baterista pegaba en la tarola con un volumen suficiente para cubrir enteramente la voz de Holley.

En rápida sucesión, Buddy Holley pasó de Prince a una mala canción de Billy Idol, para seguir con un cover mediocre de Bon Jovi.

—No me lo puedo creer –comentó C. C., mientras le daba un buen trago a su Campari tonic–. Lo único que hace es covers de lo más comercial, la mierda de los cuarenta más populares.

Cordelia observaba en silencio. Se notaba que su expresión inicial de entusiasmo se desvanecía.

Bagabond meneó la cabeza en señal de desaprobación.

—No debimos venir.

Jack pensó: *Quizás esté tomándose su tiempo.*

—Hay que esperar un poquito –sugirió.

Mientras unos aplausos tibios se apagaban tras un intento audaz de evocar a Ted Nugent, se dejó oír un grito proveniente del fondo del salón:

—¡Vamos, Buddy! ¡Échate unos clásicos!

Surgió una ovación despoblada, más ruidosa en la mesa de Cordelia.

Buddy Holley agarró la Telecaster por el cuello y se inclinó hacia los espectadores.

—Bueeno –alargó las palabras con su acento del oeste de Texas–. No acostumbro atender solicitudes, pero han sido un público fantástico…

Retomó la guitarra y tocó una secuencia rápida de acordes que su banda intentó seguir.

—¡Santo Dios! –volvió a exclamar C. C., y tomó otro trago, mientras Buddy Holley ejecutaba "Hurray for Hazel", de Tommy Roe, seguido de unos versos fugaces de "Sheila", y terminaba con una versión lúgubre, casi en tono de blues, de "Red Roses for a Blue Lady", la pieza de Bobby Vinton. Y continuó en la misma vena, tocando muchas canciones que los Bobbys y los Tommys de los años cincuenta y sesenta habían puesto de moda.

—Yo quiero oír "Cindy Lou" o "That'll Be the Day", o "It's so Easy", o "T Town" –suspiró Cordelia, revolviendo su gin tonic–. No esta mierda.

Yo me conformaría con "Not Fade Away", pensó Jack. Miró a Buddy Holley efectuar su lamentable retrospectiva del pop y empezó a sentirse de verdad deprimido. Era suficiente para desear que Holley se hubiese muerto al principio de su fama inicial, en lugar de convertirse en una atroz parodia de sí mismo.

En las mesas en torno a ellos la gente se reía y mantenía conversaciones achispadas por el alcohol. Los espectadores, por lo visto, se habían olvidado ya de que Buddy Holley estaba en escena. Cuando Holley terminó con su lista de canciones, introdujo con mucha sencillez el número final.

—Para cerrar, algo nuevo –anunció.

Los espectadores ya no querían saber nada, y emanaban hostilidad.

—¡Que te jodan! –gritó alguien.

—Pues pongan la rockola.

Holley se encogió de hombros, giró sobre los talones y se fue del escenario.

Los músicos de la banda guardaron sus instrumentos en silencio. El baterista se levantó y dejó las baquetas sobre un amplificador.

—¿Por qué no quiere tocar sus piezas clásicas? –dijo Cordelia–. Aguanten un momento.

La joven se levantó y alcanzó a Buddy Holley, que se acercaba al bar. La vieron hablar agitadamente con el cantante. Lo llevó hacia la mesa, tomó una silla y lo hizo sentarse en ella a base de pura fuerza de voluntad. A Holley parecía divertirle su reacción. Cordelia presentó a sus amigos. El músico repitió con cortesía cada nombre y estrechó las manos del grupo.

Jack encontró que el apretón de manos era firme, sin la menor blandura.

—Somos cuatro grandes admiradores tuyos –declaró Cordelia.

—Cómo siento que hayan venido. Creo que debo una disculpa a todos –Holley se encogió de hombros–. No fue nada buena la función de esta noche. Pero en realidad *casi todas* las noches de lounge son así.

Holley sonrió, con expresión despectiva.

—Pero ¿por qué no tocas tu propia música? –inquirió Bagabond sin mayor preámbulo.

—Tus viejas canciones –agregó Cordelia–. Las de leyenda.

Holley pasó los ojos por sus compañeros de mesa.

—Tengo mis razones –les confió–. No es que no quiera. Sencillamente no puedo.

—Bueno –sonrió Cordelia–, a lo mejor yo logro hacerte cambiar de punto de vista.

Pronunció su discurso sobre el concierto de beneficio en la Casa de los Horrores, diciendo que Holley podría actuar temprano, en la función del sábado siguiente, tal vez con una combinación de la música que lo había colocado en el superestrellato en los años cincuenta y sesenta. Y quizá –no era más que una posibilidad– el concierto y la transmisión tendrían el poder de rejuvenecer su carrera.

—Como cuando el Jefe se encontró a Gary U. S. Bonds tocando en bares como éste –concluyó Cordelia.

Buddy Holley se mostraba atónito frente al derrame de entusiasmo de Cordelia. Puso los codos en la mesa y contempló el vaso de agua de soda con lima que había puesto frente a él la mesera. Por fin, alzó la vista y sus rasgos mostraron una leve sonrisa.

—Oye –dijo–. Gracias. De verdad estoy agradecido. Lo que me has dicho es lo mejor de la noche, qué digo, lo mejor del año. Pero no puedo.

Apartó la vista.

—Claro que sí puedes –afirmó Cordelia.

Él meneaba la cabeza.

—Por lo menos, ¡piénsalo!

—No sirve de nada –explicó él, dándole palmaditas en la mano–. No funcionaría. Pero te agradezco que hayas pensado en mí.

Hizo despedida de esas palabras, y se levantó, inclinó la cabeza al grupo y se alejó, entre las nubes de humo, hacia el escenario para tocar la segunda parte.

—¡Maldita sea! –masculló Cordelia.

Jack contempló la espalda del músico que se encaminaba hacia el escenario y se subía a la plataforma. Algo sobre la manera de andar de ese hombre le resultaba muy familiar. Era una sensación de derrota. Jack pensó que poco antes había visto los mismos hombros caídos y cabeza inclinada: al mirarse en un espejo esa mañana.

Se preguntó qué desastres y cuántos años habían abatido a Buddy Holley. *Desearía…* pero no pudo completar su pensamiento. Luego se dijo para sus adentros, *Desearía poder ayudarlo.*

—¿Quieren irse o nos quedamos? –preguntó C. C. mirando a Cordelia.

—Vámonos –dijo Cordelia.

Y, bajando el tono de voz hasta hacerse casi inaudible, agregó:

—Pero creo que volveré.

—¿Cómo el general MacArthur? –preguntó Bagabond.

—Más bien como el sargento Preston de la Policía Montada –corrigió Cordelia.

Domingo

—¿A QUIÉN CREES QUE LLAMAS "POLLITA"? –DEMANDÓ CORDELIA, con voz más fría que el océano de Jones Beach.

—Lo que digo –explicó el recepcionista matutino del Holiday Inn– es que no podemos dar números de habitaciones de los huéspedes a cualquier pollita que los pida.

Le sonrió, queriendo mostrarse amable.

—Son las reglas.

—¿Quiere que le diga a qué hora me levanté para tomar el tren? –atacó Cordelia–. ¿Sabe el tiempo que tuve que esperar un taxi en la estación de New Brunswick?

Los labios del empleado del hotel perdían la facilidad de la sonrisa.

—Lo siento.

—¡Mire, no soy una seguidora de grupos! –declaró Cordelia, y de un manotazo estampó su lujosa tarjeta de negocios sobre el mostrador–. Voy a intentar hacer una estrella de Holley.

—Eso fue hace tiempo –comentó el empleado.

Tomó la tarjeta y la leyó. Bajo el nombre de Cordelia se leía "Productora asociada". El título pomposo compensaba el salario.

—¿Va en serio? ¡Mierda! ¿Usted trabaja con Global Fun and Games, los mismos que hacen el show de Robert Townsend y todo lo de Spike Lee?

Parecía más o menos impresionado.

—¿Y va a rescatar a Buddy Holley de este hoyo de mierda?

—Voy a intentarlo.

—¡Vaya, vaya! –accedió el dependiente con una sonrisa y miró el tarjetero de huéspedes–. Cuarto número ochenta y cuatro veinte.

Echó una mirada cómplice a Cordelia.

—¿Y?

Con un tono de voz que implicaba "¿no sabe usted nada?", el dependiente le confió:

—Son los números de las carreteras principales que salen de Lubbock. La carretera a Nashville.

—Oh –repuso Cordelia.

Cuando llamó a la puerta de la habitación 8420 eran las 9:25 y Buddy Holley estaba durmiendo, como delataba su aspecto al abrir la puerta. Sus pelos con mechones grises estaban desarreglados. Llevaba las gafas torcidas sobre su cara al mirar hacia el pasillo.

—Soy yo, Cordelia Chaisson, ¿te acuerdas? ¿Anoche?

—Hum, sí –repuso Holley, ya más despierto–. ¿Qué se te ofrece?

—Te invito a desayunar. Necesitamos hablar tú y yo. Es de verdad importante.

Holley meneaba la cabeza, divertido.

—¿Eres la fuerza irresistible? ¿O el objeto inamovible?

Cordelia se alzó de hombros.

—Dame diez minutos –concedió–. Nos vemos en el vestíbulo.

—¿Me lo prometes? –dijo Cordelia.

Holley sonrió con levedad, asintió y cerró la puerta.

Buddy Holley acudió a la mesa del desayuno con pantalones de mezclilla bien planchados, una camisa de vaquero con flores y una chamarra de pana marrón. Se le veía bastante acabado, pero cómodo.

Se sentó y dijo:

—¿Me vas a evangelizar de nuevo?

—A ver si puedo. Hablaremos del asunto cuando nos traigan un poco de café.

—Yo tomo té –anunció él–. Té de hierbas. Lo traigo aquí conmigo. La selección de tés de la cocina es de lo más pobre.

La mesera acudió a tomarles la orden.

—Lo que llevas al cuello –señaló Holley con la mirada–. ¿Un fetiche? Lo vi anoche, pero estaba distraído.

Cordelia desabrochó la cadenilla y le pasó el fetiche. El pequeño cocodrilo de plata y el diente fosilizado se habían fijado al delicado óvalo de piedra con una hebra burda de tripa. Holley dio vueltas al objeto en sus dedos para examinarlo en todos sus detalles.

—No parece del suroeste de Norteamérica. ¿Polinesia, tal vez? ¿Australia?

—¡Muy bien! –lo elogió Cordelia–. De los aborígenes.

—¿Qué tribu? Conozco bien a los Aranda, también a los Wikmunkan y los Murngin, pero no logro reconocer esto.

—Lo hizo un joven aborigen urbano –explicó Cordelia.

Titubeó un momento, pues la excitaba y le dolía pensar en Wyungare. ¿Qué estaría pasando con la revolución en la Australia central? El concierto había distraído su atención y no estaba enterada de las noticias.

—Me lo dio como regalo de despedida.

—Bien, haré conjeturas –propuso Holley–. ¿La piedra viene de Uluru?

Cordelia asintió. Uluru, el nombre verdadero de lo que los europeos llaman Roca de Ayers.

—El reptil es tu tótem, por supuesto.

Alzó el objeto a la luz antes de devolverlo.

—Tiene un poder considerable. No es un simple adorno.

Ella se volvió a abrochar la cadena.

—¿Cómo lo sabes?

Él sonrió de un lado de la cara.

—Te lo cuento con la condición de que no te rías en voz alta, ¿sí?

Cordelia estaba desconcertada.

—Bueno.

—Desde que todo se fue al diablo… desde que hacia 1972 mi vida se vino abajo –relató, entre titubeos–… he estado buscando por ahí.

—¿Buscando qué? –preguntó Cordelia tras una pausa.

—Lo que fuera, algo que tuviera significado. Nada más por… buscar.

Cordelia se quedó pensando un momento antes de hablar.

—¿Espiritualidad?

—Absolutamente –replicó Holley, con movimientos afirmativos de mucha vehemencia–. Se acabaron las limusinas, las casas, el avión privado y la vida a todo dar, la…

Se interrumpió a media frase, y enseguida resumió.

—Todo se fue. Tenía que encontrar algo que no fuera darle a la botella hasta el fondo.

—¿Lo encontraste?

—En eso sigo –replicó él, mirándola a los ojos sonriente–. Muchos años y muchas millas. ¿Sabes algo? Soy más popular en África y el resto del mundo que en mi propio país. Allá por el año 75 mi agente me dio una última oportunidad y me metió a una disparatada gira panafricana. Las cosas se derrumbaron… bueno, yo fui quien se derrumbó. Realmente me puse mal después de no presentarme a una función en Johannesburgo. No sé cómo me las arreglé para robar una camioneta Land-Rover, y acabé bebiendo litro y medio de Jim Beam allá en territorio salvaje. ¿Sabes cómo funciona el envenenamiento por alcohol? Caray, yo era un caso avanzado.

Cordelia no apartaba los ojos de él, cautivada por el ritmo de su voz del oeste de Tejas, llano y vibrante. El hombre que tenía enfrente era un narrador de cuentos.

—Me encontraron los aborígenes. Una tribu que venía del Kalahari. Lo primero que vi al volver en mí fue un chamán !kung inclinado sobre mí, soltando los alaridos más atroces que jamás he oído. Más adelante entendí que para sacarme la enfermedad la estaba absorbiendo él y luego vomitándola al aire.

Con expresión contemplativa, Holley se puso el dedo pulgar sobre el diente incisivo.

—Eso fue el comienzo.

—¿Y después? –preguntó Cordelia.

—Sigo mirando por ahí. Buscando en todas partes. Cuando fui a tocar a unos bares en las Dakotas y el oeste medio, supe de Rolling Thunder y las generaciones de Black Elk. Mientras más aprendía, más quería saber –comentó, con voz soñadora–. Cuando estuve con los lakota, pedí a gritos que se me diera una visión. El chamán me condujo a la ceremonia inipi y me mandó a la montaña a recibir a los wakan, los Seres Sagrados.

Holley sonrió con expresión amarga.

—Vinieron los Seres del Trueno, pero eso fue todo –se alzó de hombros–. Quedé empapado y pasé mucho frío. Así las cosas.

—Y seguiste buscando.

—Es lo que hago –admitió Holley–. Aprendo. No he vuelto a beber desde Sudáfrica. Tampoco he vuelto a usar drogas. Sobre mis enseñanzas, no es fácil trabajar con la dura crianza de una secta bautista que recibí, pero eso es lo que trato de hacer.

Se le ocurrió a Cordelia que Buddy Holley, con todo lo que decía, era un hombre bien anclado en el universo físico. No recibía la misma impresión de disociación etérea que compartían estrellas del rock transformadas espiritualmente, como Cat Stevens o Richie Furay. Mordió un pedacito de su panqué inglés.

—Casi todo lo que sé de esos temas lo aprendí de mi amigo aborigen, pero he reflexionado. A veces, en mi trabajo, me pregunto si las estrellas de rock, los cantantes de pop, los artistas del espectáculo en Norteamérica no serán un equivalente contemporáneo del chamán.

Holley asintió con la mayor seriedad.

—Eso es indudable. Hombres y mujeres de poder.

—Tienen la magia.

Buddy Holley se rio.

—Por suerte, los que creen tenerla no tienen nada. Y quienes de verdad poseen el poder, no son conscientes de ello.

Cordelia terminó de comer su panqué.

—Los participantes en el concierto del sábado tienen poder todos.

Holley asumió una expresión precavida.

—Ya lo sé, estoy cambiando de conversación –dijo Cordelia con ligereza.

—Las cosas no han cambiado desde anoche. Quieres que toque mis viejas canciones clásicas. Eso es lo que no puedo hacer.

—¿Se trata... –empezó a decir Cordelia, buscando las palabras apropiadas– de una crisis de confianza?

—Es probable que en parte sí.

—Lo mismo que con C. C. Ryder –dijo Cordelia–. Pero cambió de parecer, y sí se va a presentar.

—Bien por ella –declaró Holley y enseguida titubeó–. La verdad es que *no puedo* tocar las canciones que tú me pides.

—¿Por qué no?

—Porque ya no son mías. Hace mucho, cuando todo se estaba yendo al diablo, un negocio de Nueva York que se llama Shrike Music adquirió mi catálogo completo. Son unos caramelos. ¿No conoces su logotipo? Una nota musical clavada en una pica. Han congelado mis canciones. Es odioso, pero no puedo hacer nada por recuperarlas.

Holley abrió las manos como demostrando su carencia de toda esperanza.

—Ya veremos si puedes o no –dijo Cordelia sin la menor vacilación–. Global Fun and Games tiene influencias. ¿Es ése el único problema?

—Te crees capaz de todo, ¿verdad? –le comentó Holley, sonriente, pero meneando la cabeza.

Su sonrisa era genuina, y mostraba una hilera de dientes parejos y blancos.

—Mira, de acuerdo –prosiguió–. Si logras liberar algo de mi música, tal vez podamos arreglarnos. Por los viejos tiempos.

—No comprendo –dijo Cordelia.

—Te voy a contar algo –anunció Buddy Holley, mientras sus rasgos y su voz se llenaban de animación–. ¿En la escuela secundaria de Lubbock? Cuando Bob Montgomery y yo queríamos organizar una banda y hacíamos unas grabaciones bien locas, había una chica. Yo pensaba que ella, ¡bueno!...

Hizo una pausa para tomar aliento y su sonrisa era cohibida.

—Ya sabes cómo van esas historias. Ella nunca se fijó en mí. Dos años después, cuando grabé "Girl on My Mind" en Nashville, era ella quien estaba en mi mente. En esos tiempos, la gente de Decca quería que yo sonara igual que los demás, con un hit de rocanrol en 1956. Me salí de la fórmula con "Girl".

Meneó la cabeza y concluyó.

—De cualquier modo, tú me la recuerdas. Ella también sabía abrirse camino.

El narrador se recostó en el sillón y se le quedó mirando a Cordelia.

—¡Qué magnífica historia! –se entusiasmó Cordelia–. Es como…

—Como la historia del rock and roll –terminó Holley.

Ambos prorrumpieron en risas. Las cosas estaban encaminadas, pensó Cordelia.

Lunes

Lo primero que hizo Cordelia el lunes por la mañana fue sentarse en el escritorio a contemplar sus pecados mientras esperaba a que la comunicaran con el departamento de derechos y permisos de Shrike Music. La música de fondo para el circuito de espera en los teléfonos de Shrike sonaba a una endecha clásica y sombría. Cordelia sospechó que se trataba de una táctica deliberada de desaliento psicológico.

Mientras se miraba las uñas, recordó que aún no le había llamado a Mick Jagger. Luz Alcalá se iba a enfadar. Al menos le había devuelto el Mercedes a Luz sin un rasguño. Bueno, era preciso atender prioridades. A ella le parecía muy importante lograr que Buddy Holley participara en el concierto de la Casa de los Horrores.

Miró los mensajes telefónicos que tenía apilados en el escritorio. El manager de U2 necesitaba comunicarle que The Edge se había machucado los dedos con la portezuela de un auto el fin de semana. Tal vez U2 no podría contar con los servicios de su guitarrista. En tal caso, pensó ella, podría convencer a Bono de dar un recital acústico.

Los técnicos habían dejado una nota también para avisarle que el ShowSat III hacía cosas raras sobre el Océano Índico. Se estaban ocupando de ello. Tenían algo de confianza de poder arreglar los retransmisores defectuosos. ¿"Algo"? pensó. ¡Mierda! Había que cambiar ese "algo" por una absoluta certeza. Sabía de sobra que no tenía suficiente poder para que Global Fun and Games comisionara un transbordador para reparar el satélite en menos de cinco días. Ni con muchos días. ¡Dios!, ¿en qué estaba *pensando*? Cordelia se tomó un trago de café y miró con enfado el teléfono. ¿Cuánto tiempo la iba a tener colgada Shrike?

Otra de las notas era de Tami, la guitarrista de Girls with Guns, que era medio esquimal. La mejor banda neopunk del mundo compuesta por mujeres estaba encallada en Billings. ¿No podría Cordelia enviar suficiente dinero para que *todos* los miembros de la banda pudiesen ir a Nueva York el sábado? Era posible. Cordelia tomó nota. Había que hablar con Luz.

Se oyó un doble pitido en el teléfono, y una voz anunció:

—Miss Delveccio, derechos y permisos.

Cordelia se presentó, tratando de adoptar un tono de calma y seguridad. A ella le parecía que estaba causando una excelente impresión.

—Deseo hablar del catálogo de Buddy Holley –arrancó Cordelia–. Tengo entendido que Shrike posee los derechos. Aquí en Global Fun and Games tenemos grandes deseos de que mister Holley presente una selección de sus antiguos éxitos en un concierto de beneficio para víctimas de epidemias.

Hubo una breve pausa.

—¿Qué clase de víctimas de epidemias? –inquirió miss Delveccio.

A Cordelia le desagradó el tono de su voz. Un acento de la parte sur del Bronx.

—Hmm, del sida y del virus wild card. La transmisión en vivo alcanzará a más de…

Miss Delveccio la interrumpió.

—Ah, ya veo, se refiere a *ese* concierto de beneficio. Lo siento, miss Chaisson, pero será del todo imposible colaborar en este proyecto con Global Fun and Games. De verdad lo siento.

No parecía sentirlo en lo más mínimo.

—Pero sin duda podemos…

—Shrike tiene los derechos de licencia exclusiva sobre la música de mister Holley. No será posible otorgar los permisos que usted necesita.

El tono de su voz era el de una sentencia *definitiva*.

—Si me permitiera hablar con el jefe de su departamento…

—Me temo que mister Lazarus no vendrá hoy.

—Tal vez si…

—Gracias por pensar en nosotros, miss Chaisson –dijo miss Delveccio–. Que pase un buen día.

Colgó.

Cordelia se quedó mirando el teléfono uno o dos minutos. ¡Maldición! Le deseó a miss Delveccio una menstruación especialmente difícil. Un minuto después encendió su terminal de escritorio y bajó el *Variety* online. Pasó varias páginas electrónicas al azar y prendió el módem introduciendo la clave de la base de datos con los índices de *Variety*. Había muchas entradas asociadas con Shrike Music, y aunque no se encontraban tantas de Buddy Holley, una de ellas se refería a ambos. La fecha era tres meses antes, cuando ella estaba en Australia. Al parecer, Shrike Music había firmado un megacontrato con la segunda empresa publicitaria de Estados Unidos. Esta empresa tenía como cliente a una importante organización evangélica, la cual se proponía promover sus parques temáticos y otras subsidiarias comerciales mediante lo que el artículo, citando a Leo Barnett, llamaba "la inocente pero enérgica nostalgia de la música de Buddy Holley".

Oh, pensó Cordelia, oh, no. Ya se explicaba todo. Con razón Shrike no deseaba que las canciones de Holley se asociaran al concierto. Tenía un problema frente a ella.

Luz Alcalá asomó la cabeza por la puerta de la oficina y saludó:

—Buenos días, Cordelia. ¿Pasaste un buen fin de semana?

Cordelia alzó los ojos.

—Buenísimo. ¿Ya recibiste las llaves de tu coche? Gracias de nuevo por prestármelo.

Luz asintió, observándola.

—Oye, ¿estás bien? Te noto un poco distraída.

—Es que es lunes por la mañana.

Luz sonrió, comprensiva.

—A propósito, ¿pudiste hablar con nuestro amigo licántropo?

Cordelia meneó la cabeza. Tenía que pensar rápido.

—Todavía no logro encontrarlo.

—¿Te sugiero algo? Después de hablar con los managers, intenta hacer contacto con los presidentes de las compañías para las que graban. Cuando no obtienes satisfacción, hay que ir al piso de arriba. Eso casi siempre funciona.

¡Ajá!, pensó Cordelia.

—Gracias –dijo.

Luz conversó un poco más y se fue. Enseguida, Cordelia volvió a marcar el número de Shrike y pidió que la comunicaran con la oficina del presidente. Después de pasar por dos capas de secretarias, logró por fin alcanzar a un tal Anthony Michael Cardwell. Cardwell fue más comprensivo que miss Delveccio, pero a fin de cuentas no resultó mejor.

—Es cierto, Shrike Music es una empresa responsable ante la comunidad, y participamos en muchos proyectos de esa índole, pero nuestro compromiso más importante es con los accionistas y propietarios corporativos –declaró–. Espero que sepa entender lo delicado de mi posición.

Mierda, pensó Cordelia, furiosa. Lo que ella dijo fue más o menos eso. Demasiado directa. El presidente de Shrike Music no quiso alargar más la conversación.

Después de colgar el teléfono, Cordelia se puso a tamborilear en el escritorio con los dedos. Acudir al piso de arriba, según Luz. Cordelia tocó el teclado de la terminal y buscó la lista de investigación de las bases de datos de la industria del entretenimiento. Mientras examinaba las raíces del árbol genealógico corporativo de Shrike, se preguntó cómo le iría al tío Jack.

Con toda naturalidad Jack le había creído a Cordelia el domingo por la noche, cuando ella le contó que las cosas lucían bien en términos de conseguir los permisos para que Holley pudiera tocar su propia música. Y también que Global Fun and Games se encargaría de la licencia laboral de Jack el lunes por la mañana. Jack quedaría en libertad para ayudar en el transporte de Holley a Manhattan. Cordelia le había alquilado una habitación en el centro, en el Hotel California, el principal hotel de Manhattan para músicos visitantes.

—A la gerencia –le había dicho Cordelia– no le importa lo que hagan con los cuartos, siempre y cuando se paguen todos los daños. Aceptan tarjetas Amex platino.

Hacia el lunes a mediodía, mientras Cordelia jugaba a los detectives, Jack estaba instalando a Buddy Holley en el octavo piso del Hotel California.

—Tienen cuenta abierta –les dijo el recepcionista.

En vista de eso, ordenaron almuerzos suntuosos.

Jack observó a Holley desempacar un tocacintas compacto y una caja de casetes. Una selección ecléctica de música New Age –mucho

Windham Hill y una serie de cintas de relajación con sonidos de viento, tormenta, mar, lluvia– y una variedad de grabaciones de rock, blues y country de la épocas tempranas.

—Aquí tengo material bastante singular –anunció Holley, agarrando varias cintas con aspecto de ser copias caseras–. Tiny Bradshaw, Lonnie Johnson, Bill Doggert, King Curtis. También cosas más conocidas, como Roy Orbison, Buddy Knox, Doug Sahm. Toda una colección de texanos, estos últimos. También cosas de George Jones; ese chico me enternece el corazón. Con mi primera banda, tocamos con él en el cincuenta y cinco, en el programa de Hank Cochran.

—¿Qué es eso? –preguntó Jack, señalando lo que por lo visto era el único vinilo en la caja de cintas.

—Eso es mi orgullo –dijo Holley, alzando el disco de 45 rpm–. "Jole Brown", el primer disco de Waylon Jennings. Se lo produje yo en otros tiempos, cuando él cantaba con los Crickets.

Jack tomó el disco y lo examinó escrupulosamente, como si fuera una reliquia sagrada.

—Creo haber oído esto en wsn.

—Sí –concurrió Holley–. Todos a quienes respeto de esa era aprendieron música oyendo el programa de la Grand Ole Opry.

Jack dejó el disco de "Jole Brown". Sintió que una gran lasitud se apoderaba de él. Miró los restos del almuerzo. Las náuseas se mecían en su estómago. Sentado en el sofá del hotel, quiso mantener firme la voz.

—Antes de venir a Nueva York yo oía la Opry todo el tiempo. Y cuando llegué aquí, pude sintonizar una estación de Virginia que lo transmitía.

—¿Tú eres de donde viene tu sobrina? –preguntó Holley con mucho interés.

Jack asintió.

—¿Tu tótem es también el cocodrilo?

Jack no dijo nada y trató de controlar un dolor nuevo en sus tripas.

—El cocodrilo es un guardián poderoso entre los espíritus animales –comentó Holley–. Yo nunca me metería con uno.

Jack dobló el cuerpo, tratando de no gemir.

Holley se puso a su lado.

—¿Te sientes mal?

Pasó las manos por el pecho y el estómago de Jack. Sus dedos revolotearon con ligereza sobre la barriga del doliente. Soltó un silbido.

—Oye, hombre, creo que tienes un problema aquí.

—Ya sé –gimió Jack.

En el pasado solía evitar sin problemas las molestias de gripes estomacales. Pero Tachyon le había informado sobre las infecciones oportunistas. Tuvo por un instante la imagen de una multitud de virus convergiendo sobre él desde todos los orificios pestilentes del mundo.

—Quizás es una gripe –sugirió.

Holley meneó la cabeza.

—Lo que yo detecto es una intrusión pesada, de alta potencia.

—Es un bicho.

—El bicho ha podido entrar a ti porque se ha estropeado tu protección, tu escudo personal.

—No lo podría decir mejor ni yo mismo –admitió Jack.

Holley retiró las manos del abdomen de Jack.

—Mira, perdóname, no es cuestión personal. No sé si te lo dijo Cordelia, pero yo… bueno, yo sé algo sobre estas cosas.

Jack le clavó los ojos, sorprendido.

—Lo que tú necesitas –prosiguió Holley– es un tratamiento tradicional. Necesitas que te succionen esta intrusión. Me parece que no hay de otra.

Jack no pudo evitar un acceso de risa creciente. No se acordaba de haberse reído tanto en mucho tiempo. Le dolía reírse, pero también le hacía bien. Buddy Holley lo miraba, con expresión de asombro. Por fin Jack logró enderezarse y dijo:

—Perdón, es que no creo que succionarme, uh, una intrusión del cuerpo sea una idea buena ni prudente en este momento.

—No me malentiendas –insistió Holley–. Hablo de un tratamiento psíquico, sacar lo que te causa dolor usando el poder del alma y el cuerpo.

—Yo hablo de otra cosa –dijo Jack, pero volvió a reírse.

¡Pero, *Dieu*, se sentía mejor!

♠

Hacia las dos de la tarde, Cordelia había logrado tener acceso a la base de referencia de la Biblioteca Pública de Nueva York, así como a la base de datos del Registro Público de Albany. Varias páginas del cuaderno estaban llenas de números y notas garrapateadas. Su tarea era como uno de esos rompecabezas de mil piezas que nunca tenía suficiente paciencia de completar.

Shrike Music era una subsidiaria de Monopoly Holdings, una corporación de Nueva York. Cordelia llamó al número central de Manhattan, buscando al presidente. A quien consiguió finalmente fue al vicepresidente de asuntos corporativos. El hombre le dijo que el tema de Buddy Holley quedaba fuera de su competencia, pero que podía enviar una carta con todos los detalles al presidente de Monopoly, un tal Connel McCray. Pero ¿no podía hablar directamente con McCray?, inquirió Cordelia. El presidente se encontraba indispuesto. Era difícil saber cuándo volvería a su oficina.

A partir del registro público, Cordelia pudo ver que Monopoly Holdings era una división de la Infundibulum Corporation, un consorcio controlado por CariBank en Nassau. Llamar a Infundibulum resultó en veinte minutos de tiempo perdido esperando una conversación insatisfactoria con el asistente ejecutivo del presidente del consejo de administración. Una llamada de larga distancia a Nassau culminó en una voz con fuerte acento de Bahamas que declaró estar en confusión total respecto al asunto de Holley.

Después de colgar, Cordelia consideró la frustración que representaba el teléfono.

—Creo que me voy a casa –se dijo a sí misma.

Era necesaria una interrupción. Podía volver más tarde a la oficina y trabajar toda la noche.

Veronica y Cordelia compartían un apartamento en un piso alto del centro, en Maiden Lane. No tenía mucha vista; las ventanas de la sala daban a un patio estrecho, con vecinos en el piso once a diez metros de distancia. Al principio era como mirar una gran pantalla de televisión con programas muy aburridos. Cordelia pronto aprendió a no hacer caso del resto del edificio. Era agradable tener su propio cuartito. Veronica podía usar el resto del apartamento como quisiera.

Cordelia quería aprovechar al máximo su cuarto, y encargó a un carpintero de SoHo que construyera un soporte barato sobre vigas de madera para poner su cama. Un tapanco instantáneo para dormir. Sólo debía acordarse de no rodar y caerse durante la noche. El espacio de casi dos metros bajo el colchón le servía para un clóset, estanterías de libros y lugares donde guardar sus álbumes. Eso dejaba mucho sitio en la pared para poner impresiones y carteles. Una pared estaba dominada por una fotografía a color de Ayers Rock al amanecer.

En la pared opuesta estaba un póster común y corriente, con la leyenda CUANDO ESTÉS HASTA EL CULO DE COCODRILOS, pero con la conocida máxima corregida como SABRÁS QUE HAS VUELTO A CASA.

Cordelia metía una cinta de Suzanne Vega al aparato de sonido cuando entró su compañera de apartamento. Veronica llevaba un escurridizo vestido blanco, con peluca platino y lentillas de contacto color violeta.

—¿Baile de disfraces? –preguntó Cordelia.

—Sólo salgo con alguien –dijo Veronica, haciendo rodar los ojos–. Un tipo que viene de Malta con dos obsesiones, Marilyn Monroe y Liz Taylor. Oye, cambiando de tema, ¿te quedan boletos para el sábado?

—A dos mil quinientos dólares por cada uno, no puedo dar cortesías –se disculpó Cordelia.

—No hay problema. Son para la gerencia. Miranda e Ichiko tienen con qué pagar. Sólo quieren un poco de consideración para conseguir una buena mesa. Cerca del escenario. ¿Se puede?

—Veré qué puedo hacer –prometió Cordelia y escribió algo en su libreta de cosas pendientes y la volvió a guardar en su bolsa.

—¿Qué tal el trabajo? –preguntó, inocente, Veronica.

Cordelia le contó.

—Suena como si necesitaras un verdadero detective –opinó Veronica.

—Si conociera a uno, se lo pediría. Estoy desesperada.

—Bueno –sugirió Veronica–. Sucede que tal vez yo pueda ayudarte.

—¿Quieres decirme a qué te refieres?

Qué alivio sería poder encomendar la tarea a otra persona, pensó Cordelia.

—Todavía no –la contuvo Veronica–. Déjame trabajar en ello. Tú asegúrate de conseguirnos buenos lugares.

—Y tú ayúdame a poner a Buddy Holley frente a las cámaras –dijo Cordelia–, y dejaré que Miranda e Ichiko se sienten en el escenario detrás de los monitores. Si quieren, que sostengan los micrófonos. Lo que deseen sus corazones.

—Trato hecho. Bien, antes de irme –declaró Veronica–, ¿a quién le toca comprar la comida del gato?

◆

Los hombres se sentaron a oír música y beber. Buddy Holley bebía agua de soda. Jack, cerveza. El servicio a los cuartos era de lo más atento. Hablaron. De cuando en cuando, Holley se levantaba para cambiar las cintas de audio. Pasaron por Jimmie Rodgers y Carl Perkins, por Hank Williams y Jerry Lee Lewis, por Elvis Presley y Conway Twitty. A Jack le sorprendió ver que el cantante tenía también cintas de artistas nuevos: Lyle Lovett, Dwight Yoakum y Steve Earle.

—Como dijo el mono –resumió con sencillez Holley–, hay que ir al paso de la evolución.

Hablaron sobre la década de los cincuenta, sobre la campiña bayou de Luisiana y la seca vastedad del oeste de Texas.

—¡Qué digo! –decía Holley– No dice mucho de Lubbock que el único lugar donde se puede ir el sábado en la noche es el pueblo de Amarillo. Estuve ahí después del auge del petróleo, volví después de la crisis, y en ninguna de esas ocasiones había cambiado nada.

—¿No hay día de Buddy Holley?

—Tendré que morirme para que eso suceda.

Jack decidió que tenían mucho en común. Sólo que en Atelier Parish no habría nunca un día de Jack Robicheaux. Ni siquiera después de morir. Revolvió en la caja de casetes y sacó uno que no estaba etiquetado, excepto por la palabra "nuevo".

—¿Qué es esto?

—No es nada –dijo Holley–. Nada que quisieras oír.

Algo en su forma de protestar sembró una sospecha en Jack. Cuando Buddy Holley se levantó para ir al baño, Jack puso el casete misterioso en el tocacintas y apretó el botón de encendido. La música era simple, sin ornamentos. No había banda, ni pistas dobles, ni capas de sonido. El canto era reflexivo en la primera canción, exuberante en la segunda. Las letras reflejaban madurez. Los hipos característicos de sus vocalizaciones seguían ahí. Esto era puro Buddy Holley. Jack no había oído nunca esas canciones.

Oyó que se abría la puerta del baño. Buddy Holley dijo:

—Cuando se estrelló el avión con mi familia y Shrike compró toda mi música, la gente pensó que yo iba a parar de escribir. Supongo que por unos años fue así.

Dio comienzo la tercera canción.

—Todo esto es nuevo –dijo Jack con reverencia–, ¿verdad?

La voz de Buddy Holley era suave y poderosa.

—Tan fresco como una resurrección.

Martes

La Casa de los Horrores no era el Carnegie Hall, ni mucho menos, y al igual que cualquier otro centro nocturno de Manhattan, la luz del día no la favorecía. El martes por la mañana los espejos estaban polvorientos y con churretes. Para el sábado quedarían pulidos a la perfección. Al mirar Jack hacia el escenario, lo que vio fue sobre todo sillas amontonadas sobre mesas. Las pocas ventanas y claraboyas admitían franjas de sol de primavera en las que danzaban miríadas de motas de polvo. El olor a rancio flotaba en la atmósfera. El otro aroma era de lubricante para máquinas.

Jack estaba de pie a un lado de Buddy Holley. Al lado de Holley estaba C. C. Ryder. Al otro lado de C. C. estaba Bagabond, que había resuelto ser protectora y continua acompañante de C. C. Jack se daba cuenta de que él, de manera consciente, había adoptado el mismo papel respecto a Buddy Holley. Sentía auténtica simpatía por el cantante, más allá de una mera cuestión de nostalgia por las décadas de los cincuenta y los sesenta. Sentía que crecía una amistad genuina entre él y el texano. *Qué lástima*, decía la voz antipática que le hablaba dentro de la cabeza: *una amistad que no durará mucho tiempo.* Esa mañana, más temprano, Jack había ido a ver a Tachyon. El doctor propuso hospitalizarlo.

—De ninguna manera –fue la respuesta de Jack.

Tachyon había apelado a su razón.

—¿Acaso puedes predecir lo que será mi propia versión del virus?

Tachyon tuvo que admitir que no, en verdad no lo sabía. Pero era preciso tomar precauciones... Jack se encogió de hombros con amargura y se fue.

Xavier Desmond, cuya trompa elefantina parecía estarse marchitando sobre su pecho, vigilaba los preparativos sobre el escenario. Se movía despacio, con los movimientos de un hombre que se sabe cercano a la muerte, y sin embargo, se le notaba inefablemente orgulloso. Por una noche, los ojos de casi todo el mundo estarían contemplando su amadísima Casa de los Horrores.

Las escaseces de espacio disponible del centro nocturno se complicaban todavía más gracias a las pistas para las cámaras de televisión que se habían tendido frente al escenario y a los lados. Los técnicos habían tenido el ingenio de colgar del techo un micrófono boom súper delgado Louma.

—¡Que no roce los candiles! –había indicado Des, mientras el operador a distancia conducía a la montura de cámara por sus diversos pasos, como si fuese una mantis.

Aun con las franjas de luz rebotando en las esferas de espejitos, el lugar se veía sin atractivo alguno.

Buddy Holley se rascó la cabeza.

—Oh, qué caray, he visto peores escenarios que éste.

C. C. se rio y confesó:

—Y yo he *actuado* en ellos.

—Al parecer no pondrán alambrada de gallinero en torno al escenario, ¿uh?

C. C. se alzó de hombros, y adoptó un profundo acento texano:

—Joe Ely me contaba de lugares tan duros que tenías que vomitar tres veces y enseñar un cuchillo o no te dejaban entrar. ¡Y eso para los músicos!

—El lugar de Des tiene más clase –indicó Jack–. Supongo que los que paguen dos mil quinientos dólares por entrada no van a aventar botellas de Corona a los músicos.

—Sería más auténtico si las aventaran –opinó Holley, mirando a C. C.–. Tengo que confesar algo: me emociona la idea de verte cantar.

—Yo lo mismo –dijo C. C.–, pero admito que estoy más tensa que un gato. ¿Tú ya estás seguro de poder participar?

Holley se volvió a Jack.

—¿Sabemos algo de tu sobrina?

Jack meneó la cabeza.

—Hablé con ella por la mañana. Creo que las cosas avanzan muy lentamente con Shrike, pero ella dijo que no debemos preocuparnos. Trámites burocráticos.

C. C. le clavó un dedo en las costillas a Holley.

—Óyeme, si tú vas, yo también voy.

—¿Un desafío? –preguntó Holley, con una lenta sonrisa–. ¿Crees que esto será igual de divertido que apostar tu auto en una carrera? ¡Diablos! Acepto. Yo voy antes, como el Fantasma de los Éxitos del Pasado, y si hace falta, haré un cover de, por ejemplo, Billy Idol.

—¡No! –protestó Bagabond–. ¡Eso no lo hagas!

Para Cordelia las cosas no estaban yendo demasiado bien. Llegó a la oficina a las siete. Por desgracia, estaba tan distraída que se le olvidó la secuencia de las zonas horarias del oeste. El manager de giras de Little Steven no quedó muy contento de que lo despertara con su llamada al cuarto de hotel poco después de las cuatro de la mañana.

Por otra parte, recibió mejores noticias hacia las diez. Mediante radiografías, se había determinado que los dedos de The Edge no estaban fracturados; se trataba de un ligero esguince. Aunque la función de esa noche en Seattle se había cancelado, era probable que el guitarrista ya estuviera tocando el sábado.

Seguía pendiente la cuestión de Shrike Music. Cordelia había armado un elaborado diagrama de flujo con líneas y flechas que describían la complicada armazón que ejercía propiedad sobre la empresa musical. Tenía las listas de los consejos de administración, presidencias, vicepresidencias y jefaturas de departamentos de promoción. Y abogados, santo Dios, hordas de abogados. Pero nadie quería hablar con ella. ¿Por qué motivo?, se preguntó. *No será que tengo mal aliento*, pensó, riéndose mientras sentía su fatiga. Se había quemado antes de empezar. Mucho antes. Ya tendría tiempo para derrumbarse el sábado por la noche, después del concierto. Se sirvió otra taza de café colombiano alto en cafeína y se puso a pensar en serio sobre Shrike y sus amos, y por qué todo el mundo la evitaba como si fuera una investigadora de una comisión del congreso reuniendo pistas sobre sobornos a radiodifusoras.

El teléfono sonó. ¡Qué bueno! Tal vez fuera alguno de los ejecutivos conectados con Shrike o sus bizantinos propietarios que por fin le devolvían una llamada.

—Hola –dijo su compañera de departamento–, ¿ya tienes las entradas?

—¿Y tú? ¿Ya tienes a Spenser o tal vez a Sam Spade para mí?

—Es todavía mejor –le contó Veronica–. Quiero que hables con una persona que está aquí conmigo.

—¡Veronica…! –empezó a decir, sintiendo que le fastidiaban esos juegos de capa y espada.

—Habla Croyd –se identificó una voz masculina que no conocía–. Me conoces. Tuvimos una cita juntos, tú, yo y Veronica.

—Ya me acuerdo –aceptó Cordelia–, pero…

—Me dedico a las investigaciones –explicó con llaneza.

—Me parece que ya sabía eso, pero no creo…

—Escucha, nada más –la volvió a interrumpir Croyd–. La idea es de Veronica, no mía. Tal vez pueda ayudarte. O tal vez no. Tú necesitas saber algo de Shrike Music.

—Así es. Buddy Holley y yo necesitamos averiguar quién es el verdadero dueño de su música, para conseguir los permisos necesarios, y así convencerlo de que se presente el sábado…

—¿Acaso no tienes el teléfono de Shrike? –preguntó Croyd–. ¿No está en la guía?

—Me cierran el paso como si fuesen la Mafia o algo parecido.

Ella oyó una risa seca.

—Tal vez eso sean.

—Lo que puedas hacer –repuso Cordelia– quedaré muy...

Croyd volvió a interrumpir.

—Veré si logro averiguar algo para ti. Te llamaré.

La conexión se cortó.

Cordelia colgó el auricular y se permitió una sonrisa. Cruzó los dedos, ambas manos. A continuación tomó la nota siguiente entre las que requerían su atención. Era más sencilla. Tal vez pudiera en menos de una hora enterarse con exactitud del problema por el cual Girls with Guns estaban varadas en Cleveland.

Miércoles

GLOBAL FUN AND GAMES HABÍA RESUELTO QUE LA BANDA LOCAL DE la Casa de los Horrores sería el apoyo tanto de C. C. Ryder como de Buddy Holley. En realidad, fue C. C. quien dio su aprobación; Global Fun and Games se limitaba a pagar los cheques.

—Son todos buenos músicos –le dijo C. C. a Holley–. Para mí es suficiente.

Él los miraba afinar sus instrumentos: dos guitarristas, el baterista, una mujer en el teclado y un saxofonista.

Jack también observaba. Los ensayos serían largos y tediosos. Pero para un observador, eso era ver la industria del espectáculo en movimiento. Divertido y glamoroso. El paraíso.

C. C. condujo a Holley al escenario. Bagabond se quedó sentada en una de las mesas al frente, y su actitud delataba que estaba ahí a la fuerza. Jack sabía que deseaba en realidad seguir a C. C. y estar allá arriba, en escena.

—¿No te molesta si me siento contigo? –le preguntó, poniendo una mano en el respaldo de la silla frente a ella. Los ojos oscuros de Bagabond se fijaron sobre él durante un instante muy breve; ella apenas se alzó de hombros, y Jack se sentó.

—Muy bien –decía C. C. a los músicos en escena–. Esto es lo que voy a usar para abrir. O quizá para cerrar, maldita si lo sé. Se trata de una pieza nueva, y la voy a incluir en mis veinte minutos.

Enchufó su guitarra de ébano de doce cuerdas y tocó una progresión de acordes.

—Nos dan tres días para afinar –prosiguió–. Es la ventaja que tenemos sobre conjuntos como U2 o el del Jefe.

Todos se sonrieron.

—Bien, vamos sobre la pieza. Se llama "Baby, tienes las cartas ganadoras en la mano". Uno, dos, tres, ¡cuat!

En cuanto C. C. se puso a tocar, ya parecía abrumada. Jack pensó que "nerviosa" no era un adjetivo adecuado. No había público, quitando los músicos, los técnicos que trabajaban sobre el sonido y las luces, o unos cuantos observadores, como Bagabond y Jack. La guitarra de C. C. sonaba muy desafinada. Se detuvo y miró al escenario mientras todos los presentes parecían retener colectivamente el aliento. C. C. alzó los ojos, y a Jack le pareció que tan sólo hacer ese movimiento le costaba un gran esfuerzo. Acarició las cuerdas de su guitarra con los dedos.

—Lo siento –dijo.

Eso fue todo. Y enseguida se puso a tocar.

Baby, han repartido las cartas/Baby, no cabe duda/Cuando llegue el momento/Tus cartas son las ganadoras.

El baterista encontró el ritmo. El bajo se agregó. La guitarra rítmica tomó su lugar, con suavidad. Jack vio que los dedos de Buddy Holley acariciaban con levedad las cuerdas de su Telecaster desconectada.

Jugaste cuando eras niña/Jugaste hasta hacerte vieja/Baby, nunca te enteraste de nada/Porque siempre decías "no juego".

La mujer del teclado derramó un vibrante trino desde su Yamaha. Jack parpadeó. Holley sonrió. Era el sonido tintineante de un Farfisa de los buenos viejos tiempos, antes de los sintetizadores.

Baby, no digas "no juego"/No cuando en la mano/tienes cartas ganadoras.

Al terminar, hubo un largo silencio absoluto en la Casa de los Horrores, interrumpido por los aplausos de los técnicos, que fueron los primeros. Los siguieron los músicos de C. C., que gritaban con entusiasmo, Bagabond se puso de pie. Jack vio a Xavier Desmond al fondo de la sala, y creyó ver que le rodaban las lágrimas por la cara.

Buddy Holley se rascó la cabeza y sonrió. Era un poco como Will Rogers, pensó Jack.

—¿Sabes, querida amiga? Creo que los que estamos aquí hemos tenido el privilegio de asistir al mejor momento del concierto.

C. C. se veía pálida, pero sonrió y dijo:

—No, todavía le falta. Sonará mucho mejor.

Holley meneaba la cabeza.

C. C. Ryder se le acercó y alzó la cara hacia él.

—Es tu turno de subir al barril, muchachote.

El hombre seguía meneando la cabeza, pero acariciaba la guitarra con los dedos.

C. C. se tocó un lado de la cabeza.

—Yo ya te enseñé mi cosita. Te toca.

Holley se encogió de hombros.

—¡Qué carambas! Alguna vez hay que hacerlo, supongo.

—Pero nada de Billy Idol –demandó Bagabond.

—Conforme, nada de Billy Idol –se rio Holley.

Dio unos cuantos acordes contemplativos. Enseguida habló.

—Esto es nuevo –anunció, y miró a Jack–. Ni siquiera está en la cinta que oíste.

Los sonidos de la guitarra adquirieron profundidad y fuerza.

—Esto se llama "Bestia ruda".

Y Buddy Holley tocó y cantó.

—Fue increíble, Cordi. Es el Buddy Holley de antes, pero con toda su madurez metida en la música –comentaba la voz de Jack, en tono exuberante y de aprobación incondicional–. Todo lo que tocó era nuevo, y es grandioso.

—Nuevo, ¿eh? –dijo Cordelia, dando golpecitos al teléfono con el dedo índice de la mano derecha–. ¿Igual de grandioso que "That'll Be the Day" y "Oh Boy"?

—¿Acaso es mejor "Maxwell's Silver Hammer" que "I Want to Hold Your Hand"? –reviró Jack, y la emoción le quebraba la voz–. No es comparar manzanas con naranjas. Las piezas nuevas tienen la energía de sus primeras canciones, pero son más...

Jack parecía estar buscando la palabra apropiada.

—... ¡más sofisticadas!

Cordelia se quedó mirando sin ver las fotografías al otro lado de la oficina. Algo hizo clic en su mente. *Siento que se me enciende un foco sobre la cabeza*, pensó. *Tengo que ir más despacio, estoy perdiéndome mucho.*

—Lo que estoy pensando –dijo ella– es que Shrike no tiene los derechos de las composiciones nuevas. Lo que puedo hacer es ponerlo en medio del espectáculo, y quizá cortar su participación a diez minutos.

—Dale veinte –exigió Jack con firmeza–. Debe tener lo mismo que los demás.

—Quizás –admitió Cordelia–. De cualquier manera, debe estar al centro de la función, así que el público ya habrá entrado en calor antes de decidir si protestan porque Buddy Holley no canta "Cindy Lou".

Se produjo una pausa. Al fin sonó la voz de Jack en el teléfono.

—Creo que eso a él no le importará.

—Estupendo, entonces. Esto simplifica mucho las cosas. Puedo decirles a los idiotas de Shrike que se vayan al cuerno –dijo Cordelia, y sintió que un peso aplastante se le quitaba de encima–. ¿Estás seguro de que podrá hacer su presentación sólo con material nuevo?

Las palabras de Jack constituyeron un encogimiento de hombros verbal:

—Han roto el hielo, por lo que se ve. Él y C. C. se refuerzan mutuamente. Creo que esto va a funcionar.

—Genial. Gracias, tío Jack. Tenme al tanto de todo.

Al colgar el teléfono, Cordelia se encontró de muy buen humor. Podía contar con Buddy Holley. Y ya no era necesario el encargo disparatado hecho a Croyd. Pero nadie le contestó cuando llamó al apartamento. Sólo la máquina contestadora.

Tal vez, pensó con alegría, *de aquí en adelante todo será fácil.*

Jueves

Cordelia se dio cuenta de que la melodía que tarareaba era "Real Wild Child". Ese rock animado se ajustaba bien a su estado de ánimo aquella tarde. Se preguntó dónde la habría oído, al identificar la melodía. Sabía que no estaba en ninguno de sus discos de Buddy Holley. Esa canción debía de estar nadando en el aire.

Con los dedos tocó el ritmo de los solos de guitarra que aún le resonaban en la cabeza mientras marcaba los números de sus llamadas vespertinas. Estaba hablando con la Casa de los Horrores cuando su sopa vietnamita llegó a la oficina. Jack sonaba contento.

—Los ensayos van muy bien –le contó–. C. C. y Buddy se llevan de maravilla. Hasta Bagabond me hizo un movimiento de cabeza cuando le di los buenos días.

—¿Qué tal la música?

—Los dos están preparando sobre todo material nuevo. Bueno, lo de Buddy es *todo* nuevo.

—Pero ¿tiene con qué llenar los veinte minutos? –preguntó Cordelia.

—Ya te dije antes que no hay el menor problema con él. Te lo vuelvo a decir. En realidad, podrías darle una hora.

—No sé si eso les gustaría a U2 o al Jefe –dijo Cordelia en tono seco.

—No dudes que les gustaría.

—No lo vamos a averiguar –concluyó Cordelia, aspirando la fragancia del cangrejo y los espárragos que emanaba la cubetita de poliestireno con su sopa–. Tengo que colgar, tío Jack. Me han traído de comer.

—Está bien –aceptó la voz de Jack, con un titubeo–. Oye, ¿Cordi?

—¿Mmmp? –replicó ella, con la boca llena.

—Gracias por pedirme que hiciera esto. Ha sido magnífico. Estoy muy agradecido. Esto ha logrado… que se aparte mi mente de todo lo demás que pasa en el mundo.

Cordelia tragó la sopa caliente.

—Nada más continúa manteniendo felices a C. C. y a Buddy Holley. Y también a Bagabond, si te es posible.

—Trataré.

Hacia las dos de la tarde, Cordelia marcaba el número de la firma de contratistas dedicada a exorcizar los demonios del ShowSat III cuando de pronto, de reojo, vio una figura desconocida perfilada en el vano de la puerta. Colgó el teléfono y contempló a un hombre distinguido, de edad madura, vestido en un traje de seda color crema cuyo precio, estaba segura, sería mayor que tres meses de su sueldo. El corte era de una precisión a la unidad final de angstrom. El nudo de su foulard era exacto. Con la cabeza inclinada, la miraba con ojos penetrantes.

—Va usted demasiado bien vestido para ser Tom Wolfe –dijo ella.

—No es el caso para nada. Es decir, no soy Tom Wolfe –dijo, sin sonreír–. ¿Me permite entrar a conversar un poco con usted?

—¿Teníamos una cita? –le preguntó Cordelia, confusa, mirando su calendario–. Me temo que no…

—Pasaba por aquí cerca –dijo el hombre–. Tenemos una cita. Lo que pasa es que no le informaron.

Extendió la mano.

—Disculpe que no me presente de manera más formal. Soy Saint John Latham, a sus órdenes. Represento a Latham, Strauss. Supongo que habrá oído algo sobre quiénes somos.

Cordelia percibió el brillo de uñas con manicure al estrecharle la mano. Un apretón que por parte de él era seco y superficial.

El hombre se sentó en el sillón de las visitas. Como fondo del traje de Latham, el sillón Breuer lucía un poco pobre.

—Deseo entrar en materia, Ms. Chaisson… ¿o me permite llamarla Cordelia?

—Si quiere –replicó Cordelia, tratando de ordenar sus pensamientos.

El hecho de que el socio principal de una de las más caras y agresivas firmas de abogados en Nueva York estuviera sentado en su oficina podría no ser un buen presagio.

—Procedamos –anunció Latham, juntando las yemas de los dedos con los índices debajo del mentón–. He sido informado de que ha estado causando una conmoción considerable entre varios de los clientes corporativos de Latham, Strauss. Ya se habrá enterado de que estamos bajo contrato con el Grupo CariBank, y por lo tanto tenemos interés en todas sus subsidiarias.

—No sé si estoy entendiendo…

—Es obvio que es usted muy creativa con la computadora y el módem, Cordelia. No ha sido demasiado discreta al llamar a una diversidad de funcionarios corporativos.

De pronto todo estaba claro para Cordelia.

—¡Oh! –exclamó–. Es sobre Shrike Music y Buddy Holley, ¿verdad?

El tono de la respuesta de Latham era parejo, con frialdad de superconductor.

—Me parece que muestra un interés desproporcionado por la familia corporativa de CariBank.

Cordelia sonrió y alzó las manos.

—Ey, no hay problema, mister Latham. Ya se resolvió. Holley tiene toda una colección de música nueva en la que Shrike no puede intervenir.

—Ms. Chaisson, Cordelia. La Shrike Music Corporation es lo menos sustancial de sus averiguaciones. Lo que nos afecta en Latham, Strauss es su manifiesta búsqueda de información sobre el resto de la familia de CariBank. Esa información puede resultar... problemática.

—De verdad, aclaremos esto –dijo Cordelia con determinación–. Enfrentamos un no problema. Es la verdad, mister Latham. No hay problema.

Le sonrió.

—Y, si usted me disculpa –dijo–, tengo muchísimo trabajo atrasado.

Latham se le quedó mirando.

—Desista usted, Ms. Chaisson. No se meta en lo que no le concierne o, créame usted, se arrepentirá mucho.

—Pero...

—Muy arrepentida estará –la amenazó Latham mirándola hasta que ella parpadeó–. Espero que me haya entendido.

Se dio la vuelta y salió, dejando un susurro de ropa cara.

Ella se dio cuenta del impacto que había recibido. *Que me cuelguen de un cable en el bayou*, pensó. *Me acaba de amenazar uno de los abogados depredadores más poderosos de Nueva York. Pues que me demande.*

Los quehaceres de Cordelia eran tantos esa tarde que su mente se apartó de la visita de Latham. Llamó a los técnicos encargados de las transmisiones satelitales y descubrió el hecho feliz de que el ShowSat III había vuelto a operar con normalidad. Eso significaba que una porción considerable de gente en el otro lado del planeta tendría la oportunidad de ver el concierto de beneficio de la Casa de los Horrores.

—Al parecer, los duendes se han ido de vacaciones –dijo el ingeniero a quien consultó.

El conmutador de Global Fun and Games le pasó una llamada por cobrar de Tami desde Pittsburgh.

—¿Qué diablos haces ahí? –demandó Cordelia–. Envié dinero suficiente para que todas las Girls with Guns pudieran llegar hoy a Newark en el avión.

—No sé si puedas creer lo que te voy a contar –le dijo Tami.

—Es probable que no.

—Compramos un montón de plumas de ave.

—¿No sería cocaína?

—¡Claro que no! -se escandalizó Tami–. Nos encontramos con una chica que tenía una selección increíble, Justo lo que necesitábamos para el vestuario del sábado en la noche.

—Las plumas no cuestan seiscientos dólares.

—Éstas sí. Son raras.

—Y esas plumas ¿te ayudan a volar? –sugirió peligrosamente Cordelia.

—Pues… no –dijo Tami.

—Te enviaré otro giro. Dame tu dirección –suspiró Cordelia–. ¿Les agrada viajar en autobús?

Viernes

JACK Y BUDDY HOLLEY VOLVÍAN AL CAMERINO DEL SEGUNDO, después de haber visto al Jefe ensayar sus números. La sesión final de ensayos de Holley quedó programada a las diez de esa misma noche. Little Steven, U2 y los Coward Brothers habían hecho sus pruebas por la tarde, más temprano. The Edge había tocado, aunque haciendo muecas de dolor. Y luego había llegado el Jefe con su gente del otro lado del río.

—No estamos en mala compañía –comentó Holley.

—¿El Jefe? –aclaró Jack–. Súper derecho. ¿Cómo te sentiste cuando te contempló como si fueras una de las caras esculpidas en Mount Rushmore que hubiera vuelto a la vida?

—Caramba.

Holley no dijo nada más.

—Me impresionó a mí mucho que te preguntara si ibas a tocar "Cindy Lou".

Holley se rio.

—Hay algo chistoso sobre esa canción. Estuvo a punto de no ser "Cindy Lou".

Jack lo miró con expresión interrogante.

Dieron la vuelta al pasillo detrás del escenario. Esa parte tenía mala iluminación.

—Ten cuidado con el cable en el suelo –le advirtió Holley–. Ah, la buena "Cindy Lou". Ése fue el título original desde el comienzo, pero cuando los Crickets y yo estábamos a punto de grabar, el baterista, Jerry Allison, me pidió que lo cambiara.

—¿Qué cambiaras la música? –preguntó Jack.

—Que cambiara el título. Es que Jerry se iba a casar con una chica que se llamaba Peggy Sue, y pensó que a ella le iba a encantar que una canción llevara su nombre.

—Pero no lo cambiaste.

Holley se rio.

—Ella lo dejó. Rompió el compromiso antes de que hiciéramos nada permanente con esa canción. Así que se quedó "Cindy Lou".

—Me gusta más –comentó Jack.

Dieron una vuelta más y llegaron al pequeño camerino en donde Holley guardaba su guitarra y otras cosas que había transportado desde el hotel. Holley entró el primero. Cuando accionó el interruptor, nada pasó.

—El malvado foco se ha de haber fundido.

—No lo creas –dijo una voz desde el interior.

Tanto Jack como Holley pegaron un brinco.

—¿Quién anda ahí? –demandó Jack.

Holley empezó a retroceder hacia la puerta.

—Un momento –dijo la voz–. Todo está en orden si ustedes son Buddy Holley y Jack Robicheaux.

—En eso has acertado –dijo Holley.

—Me llamo Croyd.

—No conozco a ningún Croyd –declaró Holley.

—Yo sí –intervino Jack–. Es decir, sé quién eres.

La voz se rio antes de volver a hablar.

—Tengo un poco de prisa, e intento ser sutil, así que es mejor que entren y cierren la puerta.

Los dos hombres hicieron lo que el de adentro sugería. Croyd encendió una linterna de pluma y pasó la luz por sus rostros un momento.

—Bien, son quienes dicen ser.

Puso la linterna en la mesa de maquillaje, pero no la apagó.

—Tengo información para tu sobrina –le comunicó a Jack–, pero en su oficina no saben en dónde está, y no tengo tiempo de esperar a que aparezca.

—Bueno –aceptó Jack–. Dime a mí. Anda como rana brincando de un lado a otro, haciendo diez mil cosas antes de mañana en la noche.

—Me pidió que investigara sobre Shrike Music –dijo Croyd.

—¿Ah, sí? –preguntó Holley, alerta.

—Yo pensé que tal vez sería una de las fachadas de los Gambione. Ya saben, una operación de lavado de dinero de la Mafia.

—¿Y? –insistió Jack–. ¿También ahí se ha ensuciado las manos Rosemary Muldoon?

—No –opuso Croyd–. No lo creo. Lo que sea Shrike, y es algo más sucio que el diablo, no creo que esté relacionado con los Gambione ni con las demás familias. Dile eso a Cordelia Chaisson.

—¿Algo más? –inquirió Jack.

—Sí. Hasta donde pude seguir la pista, pude averiguar que el cerebro tras Shrike es el abogado Trampas. Ya saben, el abogado Saint John Latham. Si es así, dile a tu sobrina que se maneje con mucho cuidado. Ese Trampas es un hijo de puta de verdad peligroso.

—Bueno –acató Jack–. Se lo diré.

—Si averiguas algo más… –empezó a decir Holley.

—Nada más –interrumpió Croyd, con una risa muy seca–. Debo lidiar con mis propios problemas.

—Oh –dijo Holley–. Muchas gracias, de cualquier modo. Al menos sé que mis canciones no están enredadas con lasaña.

—Quiero decir una cosa –anunció Croyd, con algo de animación en la voz–. "Shake, Rattle and Roll" es una de las mejores piezas de rock que jamás se han grabado. No hagas caso de lo que diga nadie sobre el tema. Sólo quería decirte eso antes de irme.

—Bueno –replicó Holley, avanzando en la oscuridad hacia la mesa de maquillaje–. Muchas gracias. Quiero darle la mano al hombre que me ha dicho eso.

—¿Qué quieres que te diga? –comentó Croyd–. Hace mucho que me gusta tu trabajo. Qué bueno que estés de vuelta.

Jack creyó adivinar un rostro pálido de albino en la oscuridad, y un relámpago de ojos rosas al tiempo que se apagó la linterna.

—Buena suerte con el concierto.

La forma indistinta de Croyd pasó por la puerta y desapareció.

—Muy bien –suspiró Jack–. Voy a ver si consigo un foco nuevo.

Hizo un gesto de dolor. Había vuelto, el dolor y algo más. En la oscuridad se tocó la cara. La piel tenía escamas. El virus desgastaba su capacidad de control. Se volvía cada vez más difícil permanecer... No quiso terminar la frase en sus pensamientos. La palabra que faltaba era *humano*.

Sábado

Las olas del océano de audio de U2 rodaron sobre ellos. Los dedos de The Edge estaban curados para el concierto. Bono entró a "With or without You", con su voz –que nunca cantaba igual la misma canción– en gran forma.

C. C. miró a Buddy Holley con repentina preocupación. Extendió el brazo para ayudarle a conservar el equilibrio. Jack se aproximó del otro lado.

—¿Qué te pasa, cariño? –le preguntó ella, y le tocó la frente con el dorso de la mano derecha–. Estás muy caliente.

Bagabond se mostró afligida.

—¿Necesitas un médico?

Los cuatro dieron un paso atrás mientras un camarógrafo con SteadiCam pasaba rápidamente a su lado, en dirección al escenario.

Holley se enderezó.

—Estoy bien. Me encuentro en forma. Fue sólo un poco de sudor escénico.

—¿Seguro? –inquirió escéptica C. C.

—Creo que sí –repuso Holley–. Creo que sentí un poco de melancolía momentánea.

Sus tres compañeros expresaron en sus rostros incomprensión uniforme.

—Esperar salir a escena –explicó Holley– me afecta de manera extraña. Veo todo esto y pienso en Ritchie y el Bopper, y cómo los dos cayeron con Bobby Fuller en aquel Beechcraft en 1968, cuando Bobby estaba iniciando su gira de retorno. Santo Dios, cómo los extraño.

—Tú estás vivo –señaló Bagabond–, y ellos no.

Holley se le quedó mirando. Poco a poco, formó una sonrisa.

—Eso es hablar claro –comentó, mirando desde atrás del telón a la sala llena de espectadores–. Así es: estoy vivo.

—Siéntate un momento –sugirió Jack–. Descansa un poco.

—Recuérdame –pidió Holley–. ¿Cuándo salgo a escena?

—Los siguientes son los Coward Brothers. Luego Little Steven y yo –dijo C. C.–. Prepararé al público para ti. Vas antes de Girls with Guns y el Jefe.

—¿Estamos cómodos todos en la misma hamaca? En compañía de los grandes éxitos –comentó Holley, meneando la cabeza–. Si alguien dejara caer una bomba nuclear sobre este concierto ahora mismo, ¿sabes en qué cambiaría el mundo? En nada.

Se tambaleó un poco.

—Bueno, quizás en un poquito chiquito.

—Siéntate ya –ordenó con firmeza C. C.

◆

Jack miró el escenario. Ése era casi el único concierto de rock no envuelto en densas nubes de humo al que había asistido. En el confinamiento de la Casa de los Horrores, tanto la administración como el Departamento de Salud y algunos músicos habían insistido en la abstinencia. El equipo técnico utilizaba una máquina de niebla para lograr los efectos de iluminación deseados. Con las luces sobre la cara, Jack no podía ver nada. Pero sabía quiénes estaban allí.

Cordelia estaba sentada a un lado de la cuerda que separaba el lugar reservado para el director de cámaras con sus monitores. Todo al parecer marchaba bien. Las señales de los satélites tejían una red satisfactoria sobre el mundo, aunque sólo Dios sabía si había ojos mirando las pantallas.

Todos los asientos estaban ocupados. Para la zona sin asientos, la gente había pagado dos mil dólares. Cordelia había mirado en torno suyo justo antes de que anunciaran a U2. La mesa inmediata tras ella la ocupaba un joven senador de Nueva Jersey, la esposa del senador –que encabezaba el desarrollo cultural de Hoboken–, un joven actor romántico y su agente de la ICM. En la mesa siguiente a la izquierda se encontraba el grupo del senador Hartmann. Tachyon andaba por la parte de atrás. Xavier Desmond, resplandeciente, tenía un asiento de primera fila.

A su derecha, Miranda e Ichiko la habían observado, y la saludaron con la mano, sonrientes. Cordelia les había devuelto la sonrisa. Luz Alcalá y Polly Rettig, las directoras de Global Fun and Games, estaban en la mesa de Cordelia. De cuando en cuando le prodigaban elogios. Era obvio que apreciaban mucho el desarrollo del concierto. *Un exitazo*, pensó Cordelia. *Así lo describirán los de* Variety. *Más les vale, maldición*.

U2 terminó su segmento; el cuarteto irlandés salió del escenario entre atronadores aplausos y volvió a salir para tocar un breve *encore*. Eso ya estaba previsto en la planeación de tiempos.

Al finalizar esa última canción, bajó la pantalla del techo de la Casa de los Horrores, rozando apenas a la grúa Louma, y el spot mediático donado por el Proyecto Sida de Nueva York apareció proyectado. Era el comercial. A nadie le molestaba. Cordelia se preguntó si no convendría asomarse tras bastidores para verificar que todo estuviese en orden. No, decidió. Necesitaba estar en su sitio y esperar ahí cualquier crisis. No era necesario salir a buscarlas.

Los Coward Brothers salieron a escena bajo una lluvia de aplausos. T-Bone y Elvis encendieron a todos con "People's Limousine". Los dieciséis minutos siguientes pasaron como un relámpago.

Entre segmentos, mientras la transmisión incluía mensajes grabados, el director de luces lanzaba los reflectores sobre las esferas de espejos y los candiles de la Casa de los Horrores, haciendo estallar el interior del centro nocturno en una fantasmagoría de fragmentos de luz.

Aparecieron a continuación Little Steven y su banda. Los asistentes eran rápidos y precisos para montar el equipo. Los músicos se enchufaron al sistema de sonido y empezaron a tocar. Para cada canción, Little Steven se ponía una nueva bufanda, y eso hacía feliz al público.

Había llegado el turno de C. C. Ryder. Agarró con las dos manos el cuello de su reluciente guitarra negra de doce cuerdas.

—No la ahorques —le aconsejó Holley, tocando las manos de ella suavemente con las suyas.

—¡A romperse la pierna, mucha mierda! —citó Jack el augurio tradicional, dándole un abrazo, sin que Bagabond pareciera molestarse.

La vagabunda abrazó a C. C. durante varios segundos.

—Estarás magnífica —profetizó.

—De no ser así —comentó C. C.—, desearía volverme un tren expreso esta vez.

Jack sabía que ella aludía a su transformación de wild card años antes, cuando un trauma la había catalizado en un facsímil más que fiel de un vagón del metro local.

C. C. subió a escena a toda velocidad y ya no se detuvo. Era como si echara una red de poder sobre el público. Al principio tuvo un instante de vacilación, pero enseguida reunió fuerzas. La energía emanaba de ella hacia la gente, se amplificaba y volvía hacia la cantante. La magia de una auténtica empatía, pensó Jack.

Empezó con una de sus más conocidas canciones, y de ahí pasó a sus baladas nuevas. Para Jack, los veinte minutos transcurrieron en un momento. Para el final, C. C. tocó la misma canción que había estrenado al empezar sus ensayos.

> Baby, no digas "no voy"
> No cuando en la mano
> Tienes la carta ganadora…

…*Tú tienes la carta ganadora*, decía el estribillo. *Nunca lo olvides.*

C. C. inclinó la cabeza. Los aplausos eran megatónicos. Cuando salió del escenario esperó a estar más allá del telón para desplomarse. Jack y Bagabond la atraparon.

—¿Qué te pasa? —preguntó Bagabond—. Oh, C. C.

—Nada —repuso C. C., sonriéndoles con una expresión de inmensa fatiga—. No me pasa nada en absoluto.

—Qué bien –murmuró Cordelia mientras se proyectaba el spot de la Clínica de Jokertown–. Sigue Buddy Holley.

A pesar de lo que le había contado el tío Jack, se preguntó si convendría cruzar los dedos. De las manos y de los pies también.

—Aguanta un segundo –dijo el director de cámaras, inclinándose hacia Cordelia–. Hay cambio de planes.

¡Mierda!, se dijo Cordelia para sus adentros.

—¿Qué?

—Una pequeña rebelión entre los músicos, al parecer. Están en ello.

—Pues que se apuren –comentó Cordelia, mirando el display de tiempo en la consola–. Tienen veintidós segundos.

—Pero se supone que es mi turno ahora –decía Buddy Holley, testarudo.

—La cosa es que el Jefe y Girls with Guns han decidido actuar ahora y dejarte a ti el acto final.

Bagabond miró más allá de los dos amigos.

—El Jefe y esa chica Tami están jugando a las vencidas. Parece que ella va ganando.

—Pero es *mi* turno –insistió Holley.

—Carajo, cállate la boca –dijo en una voz muy cariñosa Tami, la líder de Girls with Guns, que se acercaba frotándose el hombro derecho.

Hizo un gesto hacia el Jefe, que se sonreía.

—Él y yo creemos que casi todo lo que sabemos lo hemos aprendido de ti. Por eso es mucho mejor que tú seas el clímax, el gran final. Es definitivo, Bud.

Se alzó sobre la punta de los pies y le plantó un beso en la boca. Holley se mostró sobresaltado.

El director de cámaras hacía señales frenéticas.

Los implacables ojos de vidrio de las SteadiCams se enfocaron sobre el escenario. Girls with Guns subieron a nuevas alturas de energía al arrancarle el corazón a la acaramelada pieza de Tommy Boyce y Bobby Hart, "I Wonder What She's Doing Tonight", machacándola entre improvisaciones, untando los residuos en sus labios burlones y, simplemente, estallando como un volcán endemoniado. Culminaron con "Proud Flesh", un cortante himno al romance y el nihilismo.

Cuando Tami conducía a sus hermanas hacia la salida del escenario, le dijo al Jefe:

—A ver cómo superas eso.

El Jefe realizó un esfuerzo inmejorable.

Oh, Dios, pensó Cordelia, al desvanecerse los ecos finales. Miró al Jefe alzar su guitarra con una mano, levantando el puño con la otra, *oh, Dios, que Buddy pueda lograrlo, por favor.* El Jefe agradeció una vez más los aplausos y enseguida salió del escenario con su banda.

Cordelia parpadeó. Creyó captar un vislumbre de Saint John Latham en una mesa, hacia la parte de atrás. *El dinero de Latham, Strauss era tan aceptable como el de cualquier otro,* pensó. El problema residía en que Latham fijaba su vista en ella directamente.

Suspiró cuando el penúltimo de los anuncios acabó y el director preparó la grúa Louma. El monitor mostró una toma que recorría el escenario de un lado a otro.

—¡Ahora! –ordenó el director por su micrófono.

Por favor, por favor, imploró Cordelia en su mente.

—¡Hola, Lubbock! –saludó Buddy Holley a su público inmediato y a sus quinientos millones de sombras electrónicas.

Los espectadores sonrieron.

Jack también sonreía desde su punto de observación al borde del escenario. Se puso de cuclillas, para no estorbar a la cámara que cruzaba a su lado sobre sus rieles. El dolor le mordía las tripas de manera constante, al grado que no sabía si le resultaba posible mantener esa postura. Se dio cuenta de que lo que deseaba sobre todo era acostarse. Descansar. *Pronto,* pensó, mórbido, *muy pronto podré descansar todo lo que quiera. Para siempre.*

Holley tocó su primera nota y deslizó los dedos sobre el acorde. El toque mágico de Buddy Holley. Se había convertido en una técnica estándar, pero tres décadas antes fue una revolución.

Be-be-be-bestia ruda

Ahí seguía el hipo característico, aunque nadie del público había oído antes esta pieza de Buddy Holley.

> Cuando baje la luna
> y el amo-or te haga falta
> yo llamaré a la puerta
> para que me dejes entrar.

A Jack le sonaba como el primer Dylan, con un toque de Lou Reed. Pero en general, era puro Holley.

Be-be-be-bestia ruda. Era casi un lamento.

Jack se dio cuenta de que estaba a punto de llorar.

> Ni mis amigos
> ni mi centro
> se sostienen,
> y cada una de mis emociones
> se ha puesto a la venta.

Estaba llorando.

> Soy presa de la ruda bestia
> en el camino de la bestia ruda.

La Telecaster de Buddy Holley sollozaba, con un sentimiento que nada tenía que ver con la autocompasión, sino con una honesta tristeza.

Sin amigos. Sin amor. Para siempre.

Jack amaba la música, pero el dolor se volvía horroroso. Cuando excedió los límites de lo soportable, se levantó y se alejó callado. Se perdió el encore.

Cordelia ya esperaba el comienzo del encore final, en el cual todos los artistas saldrían a escena y se tomarían de manos y brazos. Parpadeó y tuvo que mirar dos veces, al darse cuenta de que Buddy Holley estaba a punto de caer al suelo al tiempo que agradecía los aplausos de la última canción. A la poca distancia que los separaba, ella podía notar su cara encendida de fiebre. Holley se tambaleó. Dios santo, pensó ella, está enfermo, ¡se va a desplomar!

Pero no se desplomaba. Era como si la calentura de la piel se metamorfoseara en una onda de calor que recorría su cuerpo de pies a cabeza.

¿Qué diablos le pasa?, pensó Cordelia.

Enseguida, fue la carne misma de Buddy Holley la que formaba ondas. Un nimbo de transformación de energía resplandeció en torno a su cuerpo. Sostenía al frente su Fender Telecaster, y en esa actitud sucedió algo asombroso. Las cuerdas de acero se volvieron dúctiles, derritiéndose como melaza, saliendo de los trastes como rayos, y se extendieron hacia fuera como líneas de chispas plateadas. Se enredaron en torno de las monturas de las cámaras y las luces, como serpientes selváticas.

¿Una ilusión?, pensó Cordelia. Quizá fuera telequinesis. Las cuerdas de la guitarra formaban una gigantesca armazón como en el juego de pata de gallo. Buddy Holley miraba todo lo que sucedía, y luego fijó la vista en sus manos. Despacio, alzó la cabeza y dirigió la mirada hacia arriba. Holley parecía ver algo que nadie más comprendía. Sonrió, y su rostro fue asumiendo una expresión de gran alegría.

Enseguida se puso a bailar. Al principio con pasos lentos y deliberados, y a continuación más y más rápido, girando por el escenario. El público contemplaba atónito.

Cordelia ya había visto antes la misma danza, o algo muy similar. Evocó su recuerdo. Wyungare. Él bailaba de la misma manera, en el trance profundo del tiempo de soñar, en el corazón del desierto de Australia. Era la danza del chamán.

La sonrisa en la cara de Holley seguía aumentando. Brincaba y giraba. Screamin' Jay Hawkins o James Brown no lo habrían hecho mejor. Y de pronto, Holley saltó hacia la red de luces casi invisibles hechas de chispas de plata.

Giró. Su mano derecha se le desprendió del brazo, cercenada en la muñeca, dejando salir un chorro de humo escarlata.

Se oyó a alguien jadear en el público.

Holley seguía danzando. La otra mano. El brazo derecho, hasta el codo. La pierna izquierda, en la rodilla. El humo escarlata se curvaba siguiendo sus movimientos, como en los fuegos artificiales giratorios.

Cordelia se dio cuenta de que el director le hablaba:

—¿Cortamos a un spot?

La voz del director estaba muy tensa. Pero, para Cordelia, de repente todo estaba muy claro.

—No. Deja correr. Se transmite todo.

Buddy Holley era un remolino dentro de la red de chispeantes hilos de energía. Se desmembraba frente al público, que dejaba oír murmullos y gritos.

En la silla junto a ella, Cordelia oyó hablar a Polly Rettig.

—Dios todopoderoso, esto es como el Kid Dinosaurio.

—No —dijo Cordelia en voz alta—. Nada de eso. Es el espectáculo de la muerte y resurrección. Es solamente un chiste. Entretenimiento.

—¿*Entretenimiento*? —dijo Rettig—. Pero si... se está matando.

—No lo creo —disintió Cordelia—. Se transforma, pero no muere. Es un truco de chamán.

El resto de Buddy Holley, un torso casi sin miembros, trastabilló y cayó sobre el suelo del escenario. Las partes mutiladas se amontonaban a un lado. Se alzaron cortinas de humo brillante entre manantiales de chispas.

El público contemplaba el espectáculo, sin saber cómo reaccionar.

Cordelia sentía seguridad y estaba en calma. Confiaba en Wyungare. Se preguntaba si las transmogrificación de Holley sería consecuencia directa del virus de wild card. Eso podría explicar su enfermedad aparente.

Hubo movimientos en la pila de brazos y piernas. Los huesos se reconectaban, articulación por articulación, y los ligamentos y los músculos se enrollaban en ellos. La piel se deslizó sobre los miembros, y los miembros se unieron en un cuerpo.

Buddy Holley estaba de pie frente a ellos, de nuevo entero. No era completamente el original, pues este Buddy Holley tenía mejor aspecto, sin la llanta en la cintura ni las bolsas bajo los ojos. Sus cabellos eran negros y relucientes, sin las canas. La piel no mostraba arrugas.

La gente comenzó a aplaudir. Las ovaciones crecieron al liberarse toda la tensión colectiva. Alguien detrás de Cordelia comentó:

—Es la más fantástica actuación de toda la vida, ¡joder!

La guitarra también se había vuelto a armar. Holley recogió su Telecaster y la sostuvo con facilidad.

Ya consiguió lo que deseaba, pensó Cordelia. En voz alta, dijo:

—Se ha convertido en chamán.

—Buddy Holley y los Chamanes —dijo otra voz tras ella—. ¡Qué nombre! Después de esto, se venderá como los calzones de Fawn Hall. Hombre, este Holley podría ser candidato a la presidencia.

Cordelia volvió la cara y vio que era el hombre de ICM quien hablaba. Le dedicó una mirada frígida y volvió a mirar el escenario. El nuevo ser que había sido Buddy Holley sonreía, pacífico. Enseguida, pasó la mano por las cuerdas de su guitarra. El acorde vibró como si resonara en los corazones de cada persona del público.

Qué sonido, pensó Cordelia. *Es para generar estados de conciencia exaltada. Esto es el poder del rock and roll.* A continuación, Buddy Holley, el renacido hombre de poder, erguido frente al público, ejecutó la mejor versión de "Not Fade Away" que se había tocado jamás.

Se trataba de un portento, sospechó Cordelia.

♥

Al salir con disimulo de la Casa de los Horrores por una puerta al callejón, Jack se sentía enfermo de la mente y el espíritu. *Debí quedarme para ver el encore de Buddy,* pensaba. Pero sin duda Buddy lo haría bien.

Se oyó que algo enorme, de dimensiones sobrehumanas, se arrastraba sobre el asfalto al desplazar su peso.

Jack se detuvo abruptamente al notar que una sombra más profunda que la penumbra del callejón caía sobre él.

—Ya me figuraba yo que en esta fiesta de lujo para putos me iba a encontrar a mis amiguitos –dijo Garrote–, pero nunca pensé que tú serías el primero que se jodiera.

Sin decir agua va, su mano derecha deformada se disparó y pescó a Jack a un lado de la cabeza, lanzándolo contra el muro de tabique de un edificio.

Jack sintió que se rompía algo, sin saber si sería hueso o cartílago. No supo más que se alejaba de la luz que había. Deseaba la oscuridad, pero aún no, y no de esa manera. Trató de luchar. Se dio cuenta de que Garrote lo agarraba y lo mantenía de pie. Garrote soltó el cinturón de Jack y le bajó los pantalones.

—Tengo un regalito de despedida para ti, Jack. Es algo que te va a encantar. Te apuesto a que tu sobrina Cordelia se lo comerá todo cuando se lo dé a ella también.

Jack trataba de volver del todo en sí. En ese instante sintió lo que Garrote le metía entre las nalgas. En el cuerpo. Dilatando, desgarrando. Nada le había dolido tanto nunca. *¡Nada!*

—A la niñita me la jodo después –anunció Garrote.

¡Santo Jesús!, pensó Jack en su agonía, *¡Cordelia!*

—¡A ella no la toques, bastardo de rata, *cochon!*

—¡Ay, qué groserote! –replicó Garrote, con una risa aguda–, pero a mí sólo Fatman puede dañarme.

Empujó hacia delante y Jack gritó.

¿Dónde estaba el *otro*?, pensó desesperado Jack, mientras sentía que su cerebro naufragaba en una demoledora niebla de dolor. *¡Te necesito! ¡Ahora! Tengo que transformarme. Una vez más. Tengo que matar a este hijo de puta.*

Percibió que el cambio comenzaba a producirse. También supo que se moría.

Qué bien, pensó, qué bien para los dos. ¡Y qué sorpresa para Garrote!

Jack sintió cómo le brotaban los dientes al tiempo que se le alargaban las mandíbulas. *Por pestilencia o por garra, hijo de puta, morirás.*

Su rabia feroz lo llevó un poco más lejos.

¡Bagabond!, gritó su mente en la noche. *¡Óyeme! Salva a Cordelia.*

Resonaba el eco de la amenaza de Garrote: *a la niñita me la jodo después.*

Todo se perdió como ondas en el vacío. Y murió.

El muerto se hundió en la oscuridad.

Lazos de sangre

II

EL TURNO QUE IBA DE LAS SIETE A LA MEDIANOCHE ESTABA justo terminando. El turno de la medianoche a las cinco de la mañana se preparaba para salir del Palacio de Cristal a las calles de Jokertown. Sonaron toses, carraspeos y algunas risas contenidas mientras se formaban junto a las armazones de mesas donde les servían de comer. Hiram Worchester, el propietario inmensamente grande e inmensamente elegante de Aces High, supervisaba los esfuerzos alimentarios. De esa manera manifestaba su apoyo, que resultaba bienvenido para las patrullas de Jokertown, siempre fatigadas.

Tachyon, sentado en una mesa, con el pie enfundado en una bota puesto sobre la silla, olfateó con aprecio. *Coq au vin*. Vio que Sascha hacía una pausa para hablar con Hiram. El as gigantesco inclinó la cabeza hacia una de las alcobas privadas, y se movieron hacia allá. Tendrían algún negocio pendiente, pensó Tachyon. En el Palacio de Cristal todo mundo se dedicaba a hacer negocios.

Las puertas del Palacio se abrieron de par en par, y Mister Cadaverina entró y realizó una inspección ocular. Con él entró un olor indescriptible, y el frío de la tumba emanaba de su figura alta y tiesa. Bajo su absurdo sombrero pork pie, una máscara de calavera decorada con plumas blancas miraba socarrona en torno a la sala. Se oyeron murmullos y maldiciones entre los jokers ahí reunidos. Con la peste de Mister Cadaverina, ni siquiera la deliciosa comida de Hiram era fácil de tragar.

Tachyon, que se había puesto un pañuelo perfumado en la nariz, estaba a punto de unirse a la fila cuando la voz estridente de Digger Downs lo retuvo en su sitio.

—Oh, no, doctor, es hora de la entrevista.

—¿Por qué yo, Digger?

—Porque has quedado en deuda conmigo desde ese acto de control mental de la semana pasada. No fue bonito, Tachy, nada bonito.

—Digger, si no fueras tan irritante y falto de escrúpulos...

—La capitana Ellis no aprueba este movimiento de vigilancia y protección —disparó enseguida el reportero—. Dice que alguien saldrá lastimado, y que no será uno de los malos.

—Yo le diría a la buena capitana Ellis que el tema de la protección ha sido unilateral. Y ella es demasiado pesimista. Creo que podemos cuidar de nosotros mismos. El Ideal sabe que hemos tenido suficiente práctica.

Tachyon recordaba todos los años en que la policía curiosamente no mostraba ningún interés por la violencia y los asesinatos contra jokers, mientras que acudían listos para actuar tan pronto un turista daba un grito. Las cosas habían mejorado algo, pero la relación seguía siendo incomoda entre los jokers de Nueva York y las fuerzas del orden.

Digger lamió la punta de su bolígrafo, un gesto bobo lleno de afectación.

—Mis lectores desean saber por qué las patrullas están formadas solamente por jokers. Ya que tú estás al frente, ¿por qué no usar las armas más poderosas? Como, por ejemplo, ¿el Martillo o Mistral? ¿J. J. Flash o Starshine?

—Éste es un barrio de jokers. Podemos cuidarnos solos.

—¿Significa eso que hay hostilidad entre los jokers y los ases?

—Digger, no seas imbécil. ¿Te sorprende tanto que estas personas quieran manejar esto por sí mismas? ¡Se les ve como fenómenos, se les trata como niños retrasados y se les ignora para favorecer a sus hermanos más afortunados y espectaculares! ¿Debo indicarte que tu revista se llama ¡Ases!, y nadie anda pensando en fundar una revista concomitante que se llame Jokers? Mira a tu alrededor. Es una actividad que nace del amor, del orgullo. ¿Cómo decir a estas personas que no tienen la fuerza o la inteligencia suficientes para defenderse, que necesitamos llamar a los ases?

Claro que eso era precisamente lo que él deseaba hacer hasta que Des le abrió los ojos. Pero Digger no necesitaba saber eso. De todas maneras, Tach tuvo la gracia de sonrojarse al apropiarse desvergonzadamente de la prédica de Des y aplicarla al periodista.

—¿Algún comentario sobre Leo Barnett?

—Es un lunático atizador de odios.

—¿Puedo citar esas palabras?

—Hazlo.

—¿Quién será entonces el caballero blanco? ¿Hartmann?

—Tal vez. No lo sé.

—Creía que ustedes dos eran grandes amigos.

—Somos amigos, pero no íntimos.

—¿Por qué piensas que Hartmann ha sido tan amistoso con los jokers? ¿Interés personal? ¿Es portadora su esposa? ¿Tendrán un bebé joker ilegítimo escondido en algún sitio?

—Creo que es amigo de los wild cards porque es un hombre bueno –replicó fríamente Tachyon.

—Hablando de bebés joker monstruosos, ¿qué es lo último que se sabe del embarazo de Peregrine?

Tachyon se puso rígido de rabia, pero se controló, deshizo los puños y logró relajarse.

—No, Digger, no dejaré que me provoques de nuevo. Nunca dejaré de lamentar que por un descuido dejé filtrar la noticia de que el padre del hijo de Peregrine es un as.

—Te invito un trago, Tachy –ofreció el reportero, mirando la copa casi vacía.

—¡NO!

—Dime algo, para todos los ansiosos admiradores que se preocupan por Peri.

—Oh, vete a otro lado, Digger, por favor. Eres una plaga peor que las moscas.

Hizo un ademán con la mano hacia los jokers, y añadió:

—Entrevístalos a ellos y déjame en paz. Yo soy mucho menos importante.

—¡Santo Dios, Tachy! ¿Y esa modestia? ¿Viniendo de ti?

El taquisiano lo miró fijamente, y Digger tomó el vaso de la mesa y volcó el brandy que quedaba sobre su cabeza.

—No estoy... de muy buen humor... ahora mismo.

—¡No me jodas! –dijo el reportero, secándose el cuello mojado–. Ya son dos, Tach. Te la cobraré en la próxima entrevista, pronto.

—¡Estaré tan impaciente!

—¡Cabrón!

Tachyon miró arisco su vaso vacío y enseguida buscó con la mirada a un mesero. Durg at'Morakh bo-Isis Vayawand-sa despachaba impasiblemente un enorme plato de comida, pero Tachyon observó que sus ojos pálidos se desplazaban en varias ocasiones hacia la escalera. Chrysalis apareció, y el matón Morakh se movió sobre pies ligeros pese a su inmensa masa y en un instante se puso a su lado. Le alzó la mano con gracia de cortesano y depositó en ella un beso ferviente. Chrysalis la retiró, brusca, y lo miró fríamente. Atraído a pesar suyo, Tachyon deambuló hacia ellos, tratando de enterarse de lo que decían. De pronto, la mano de Chrysalis soltó una bofetada que hizo resonar su eco en el bar lleno de gente.

—¡Tachyon! –gritó ella.

Él, obediente, la siguió a su mesa. Chrysalis jugaba con su baraja de cartas antiguas. Las mezcló rápidamente varias veces y tendió un solitario.

—¡Haz que tu monstruo favorito deje de molestarme! –exigió ella.

—No es mío, es de Mark, y ¿cuál es el problema?

—Me quiere.

—¡Santo Dios!

Una maraña de emociones en conflicto pasó sobre su persona.

Asco y sorpresa de que Durg sintiese atracción por la joker. Era un monstruo, pero taquisiano, a pesar de todo.

Se avergonzó de su propia reacción. Chrysalis le daba lástima, acosada por un pretendiente tan monstruoso.

—¿No puedes quitármelo de encima?

—Haré todo lo posible, pero recuerda que desde la infancia fue criado para odiarme y despreciarme, primero por Vayawand y luego por mi primo Zabb. Me tolera ahora sólo gracias a Mark.

—Por favor.

—Bueno, pero has de ser un poco más indulgente. Es posible que los Morakh constituyan una perversión, pero son taquisianos, y están acostumbrados a conseguir todo lo que quieren del resto de las personas. No olvides que es una máquina de matar.

—Gracias, Tachy. Me haces sentir mucho mejor.

—Perdón.

—Bueno, tal vez la Mafia o los Puños me rompan la cabeza antes

que él. ¡Pensar que dejé que me convencieras de esto! Sabes, todo es
por tu culpa. Oh, deja de verte tan abrumado. Fue en broma.

—No lo es para mí.

Dita llegó por el corredor, haciendo ruido con sus altos e improbables tacones sobre el suelo de mosaicos.

—¡Doctor, mister Marion renunció!

Tachyon alzó la vista del cuadro clínico que estudiaba.

—¿Quién?

—Mister Marion, el tutor.

—¡Mierda! –exclamó Tachyon.

Dita se le quedó mirando, pues no era una palabra que se oyera
en sus labios.

—Dita, estoy demasiado ocupado para lidiar con eso ahora mismo, y como esto nunca sale bien, ocúpate por favor de contratar un
nuevo tutor.

—Pero yo no sabría cómo buscar.

—Debe poseer conocimientos firmes de matemáticas y ciencias.
Vendría bien algo de historia y literatura, y que tenga por lo menos
apreciación de la música.

Se oyó en el sistema de sonido una voz suave, después de unos
zumbidos.

—El doctor Tachyon a urgencias. El doctor Tachyon a urgencias.

—Pero...

—Sólo usa tu criterio.

Poniéndose el estetoscopio en torno al cuello, Tach alzó el teléfono del mostrador de enfermeras del tercer piso.

—¿Qué sucede?

—Wild card –respondió sencillamente el doctor Finn.

Sin perder más tiempo, se encaminó al ascensor.

Sobre la mesa de examen, la niña se revolvía. Los cascos del doctor Finn resonaban sobre los mosaicos con ruidos nerviosos mientras intentaba sostenerla. Era el primer médico joker en la Clínica
Memorial Blythe van Renssaeler, y al principio tuvo que enfrentar
resistencia de la comunidad joker, pues la gente temía que hubiese

aprobado sus exámenes en la escuela de medicina por esquemas de acción afirmativa, y no por sus propios méritos. Tras dos semanas de trabajo con el joven médico, Tach podía garantizar que esos temores eran infundados.

La madre de la niña miraba a Tachyon con ojos de pánico.

En lo superficial, era persona normal, pero lo que se guardaba en sus códigos genéticos era tema distinto. ¿Manifestación o una nueva infección? Sólo lo revelarían las pruebas.

—El examen inicial no indica ninguna transformación. Hemos estabilizado la presión arterial y el pulso, y he ordenado un triunfo...

—Gracias, doctor. ¿El nombre de la señora?

—Wilson –dijo una enfermera.

—Wilson –repitió Tachyon, y tomándola del brazo la alejó de la niña convulsionada.

—Su hija ha contraído el wild card, y los síntomas indican que le ha tocado una Reina Negra.

La mujer gimió, y se puso una mano sobre la boca.

—Tenemos que tomar una decisión muy rápida. Podemos darle una dosis de un contravirus que he desarrollado...

—¡Déselo!

—Pero tengo que advertirle que este tratamiento ha tenido éxito sólo en veinte por ciento de los casos. El resultado más común es que no haya mejoría. El virus sigue su proceso. También hay una pequeña posibilidad de una reacción mortal al triunfo.

—De cualquier modo se está muriendo. Qué importa si es antes.

Una enfermera apareció a su lado con los papeles que debía firmar.

Tachyon preparaba ya la jeringa. Entre Finn y tres enfermeras lograron mantener inmóvil a la niña. Apretó el émbolo. Tach la sostuvo por la muñeca, sintiendo cómo la agitación del pulso en sus dedos cada vez se hacía más débil. La línea del monitor se hizo recta. El silbido de alarma encontró eco en un alarido de la madre.

Lo que venía después era odioso. Palabras inadecuadas de consuelo, la autorización para una autopsia, pruebas de sangre de ambos padres, aunque en este caso eso quedaría incompleto, pues Beth Wilson era madre soltera. El hombre que había engendrado a la pequeña Sara había desaparecido de su vida tiempo atrás. Se había gastado en taxis los últimos treinta dólares de su pensión, yendo de un hospital a otro, y en todos la rechazaban al descubrir el virus, hasta llegar a la clínica de Jokertown. Tach le dio algo de dinero y la mandó a su casa con Riggs en la limusina.

Recostado en su sillón, Tach sacó una botella del cajón del escritorio y se tomó un trago largo.

—¿Puedo tomar un poco? –preguntó Finn.

Se había acomodado en el piso, con las cuatro patas dobladas bajo su cuerpo de manera pulcra. Su piel dorada se estremecía bajo una de sus ancas, y se dio vuelta para rascarse en ese lugar. Tach, arrellanado en su asiento, observó al joven y decidió que Finn se parecía a un personaje de Disney: la cara pequeña, en punta, ojos azules, rizos blancos que le caían desordenados sobre la frente y bajaban por su nuca para adoptar forma de crin. Tras él, su cola se extendía como una capa blanca. Cuando entraba a cirugía, le hacían una trenza que envolvían con cinta quirúrgica. Tach una vez sugirió que se la cortara, y la respuesta fue una mirada horrorizada. Se dio cuenta de que ese pelo que caía hasta el suelo era la principal causa de alegría y orgullo de Finn.

Mirando los cascos, del tamaño de tazas de té, Tach deseaba preguntar si Finn había nacido así o se había metamorfoseado después de nacer. Si la transformación había sido intrauterina, Tachyon apostaría a que le habían practicado una cesárea a la madre. Pero sería de mal gusto preguntar. Aunque Finn tenía el aspecto de haberse ajustado con mucha facilidad, Tachyon era el primero en admitir que apenas si conocía al hombre.

El doctor daba vueltas al frasco en sus dedos y miraba ceñudo al espacio.

—¿Qué te pasa? –preguntó Tach.

—Hasta ahora nunca había trabajado entre jokers.

—¿Oh?

—Sí. Con suficiente dinero e influencias mi padre logró enviarme a las mejores escuelas de medicina y meterme al programa de residentes de Cedars, en Los Ángeles.

—Entonces, ¿por qué estás aquí?

—Me pareció que ya iba siendo hora de que conociera a algunos jokers. Observar la experiencia de los jokers.

—Eso es noble.

—Para nada. Es sentimiento de culpa. Crecí en Bel Air, en un palacio colonial. Si mi padre no podía comprar a la gente para que aceptaran a su hijo, lo conseguía mediante la intimidación.

—¿A qué se dedicaba tu padre?

—Se dedica aún. Es productor de cine. De mucho éxito.

—Y tú quisiste ser doctor.

—Bueno, no era muy viable hacerme actor.

—Es cierto –Tachyon se levantó–. Si quieres adquirir un poco más de experiencia de joker, me dirijo ahora al Palacio de Cristal para recibir el informe diario. ¿Quieres acompañarme?

—Desde luego. Eso es mejor que esperar a que traigan a otra Reina Negra. Quisiera que ustedes hubieran hecho algo más de trabajo de laboratorio antes de probar en campo el xenovirus Takis-A.

—Pero, Finn, con cualquier criterio ha sido un éxito asombroso.

—Sí, cuéntaselo a la señora Wilson.

Las luces se habían apagado en un esfuerzo para que la adolescente flaca acurrucada en una silla junto a Chrysalis estuviera más cómoda. Video era una muchacha de dieciséis años, de talla pequeña, que nunca bailaría en su fiesta de graduación, ni iría al cine, ni, en resumen, viviría rodeada de ninguna de las comodidades de la vida moderna. La presencia de cualquier equipo eléctrico cerca de ella le provocaba fibrilaciones ventriculares, que, sin tratamiento médico inmediato, le causarían la muerte.

Video parecía normal hasta que uno notaba sus ojos. Sus cabellos castaños largos, con raya en medio, caían sobre los hombros. Entre las cortinas de pelo, se asomaba una carita estrecha y preocupada. Y los ojos: blancos y perfectamente redondos, parecían ondular y cambiar como la espuma de las olas, o las nubes bajo el viento.

—Hola, doctor Tachyon –farfulló la chica, con la boca llena de chicle.

—Hola, Video, ¿cómo te encuentras el día de hoy?

—Bastante bien.

—Éste es el doctor Finn.

—Hola.

—¿Qué nos cuentas sobre el día de hoy?

—Pude andar por ahí bastante bien, así que caminé un trecho.

—Excelente.

—Uh, ¿doctor?

—¿Sí?

—Usted es amigo del senador Hartmann, ¿verdad?

—Sí.

—¿Va a ser candidato?

—¿Quieres decir, candidato a la presidencia?

—Sí.

—No lo sé, Video.

—Yo quiero que sí se lance. A uno de mis amigos lo golpearon cerca de esa misión de Barnett.

—¿Fueron gentes de Barnett los agresores?

—No lo sé. Él cree que sí. Los policías dijeron que probablemente serían Hombres Lobo.

—En otras palabras, no hay pruebas.

—Paul estaba seguro –insistió ella, con expresión testaruda.

—Pero eso no es una prueba.

—Bueno, yo creo que ese tipo no debería ser presidente.

—Yo dudo que lo sea –afirmó Tachyon, deseando sentirse tan seguro como sonaba.

—El senador Hartmann debe ser candidato.

—Se lo pediré la próxima vez que lo vea.

—Si tuviera dieciocho años, yo votaría por él.

—También se lo diré. Ahora, la proyección.

—Oh, bueno.

La chica fijó la mirada en el espacio diáfano delante de la mesa de Chrysalis. Varias figuras tomaron vida.

Un hombre de rasgos orientales vestido con los colores de su pandilla metía la punta de su navaja de resorte en la rendija nasal de Tragaldabas. Movió la mano, y la sangre se derramó sobre el pico del viejo. Con un grito se desplomó. Un pandillero alto y flaco, vestido con cadenas y pantalones de cuero manchados, se sonrió, y el gesto acentuó las cicatrices negras y escarlatas de su cara como un relieve de horror. El pelo en púas aumentaba su altura a más de dos metros.

Agarró al joker por el mechón de plumas que tenía en su cabeza calva. Las plumas, arrancadas, se quedaron en la mano.

—¡Úsalas para un sombrero! –gritó el hombre de rasgos orientales, divertido.

De repente, Elmo apareció en la puerta de la Deli y se arrojó contra el occidental alto de las cicatrices. Lucharon. El enano se inclinó hacia delante, y sus poderosas mandíbulas se cerraron sobre la nariz vendada de su oponente. Elmo tiró hacia atrás, y el hombre soltó un aullido, tapándose con una mano la herida abierta y sangrante el lugar donde había estado una nariz. Elmo escupió la nariz sobre la palma de su mano.

—Qué asco –comentó Finn.

…Las Hermanas Torcidas se estremecieron y se adhirieron aún más estrechamente por la cintura. El pelo gris se curvaba como humo en torno a sus cuerpos desvaídos. Brotaba suave e insustancial como el hilo de una araña, insinuante como un suspiro. Trepaba para introducirse por la nariz, por los labios. Se engrosaba hasta tomar la consistencia de algodón apelmazado en los bronquios y los pulmones. Los bravucones se cayeron sobre el suelo de la deli como si fueran globos desinflados.

…Un par de hombres con chaquetas deportivas de poliéster, ostentando cadenas de oro, metieron la cabeza de Mancha dentro de una de sus propias lavadoras en la Lavandería La Mancha. La sacaron ahogándose y chorreando, con el pelo de colores y la piel llenos de jabón. Mister Cadaverina entró por la puerta, flexionó los dedos y puso la mano sobre el hombro de uno de los golpeadores. El hombre retrocedió, pegó un grito y se derrumbó, y su compañero no tardó en unírsele.

—¿Qué usa? –preguntó Tachyon, mirando a Chrysalis.

—Hipotermia.

—Oh –repuso, haciendo una señal a Video para que continuara.

…La puerta trasera de la panadería derramaba su luz en el callejón. Sonaron gritos en la cocina. Elementos de los Puños de Sombra acechaban como sabuesos alertados en el callejón, apresurándose a entrar en combate con sus competidores de la Mafia. Varios jokers aterrorizados estaban con la espalda en la pared, entre humos de las donas que se quemaban en aceite hirviente.

En la distancia sonó un silbato, que flotaba sobre el estrépito de las bocinas y de los trenes del metro. El tema de *La hora señalada*...

Tachyon se tapó la cara con las manos.

—No sabía que habías estado ahí.

—Sé cómo andar sin ser notada –admitió Video, expresando orgullo.

Chrysalis le lanzó una mirada irónica al taquisiano.

—Qué interesante. El doctorcito sale a cabalgar con la brigada. Adelante, Video, esto lo quiero ver yo.

—La panadería de Doug está a una cuadra de la clínica. Compro donas ahí todas las mañanas. Cuando se recibió la llamada, los más convenientes fuimos Troll y yo.

—No lo dudo –repuso Chrysalis arrastrando las palabras.

...Tachyon, con la Magnum .357 como un cañón en su pequeña mano, entraba desde el callejón mientras Troll irrumpía por la puerta principal, y con un puño cerrado del tamaño de un jamón se ponía a golpear cabezas como un hombre que toca los bongós. Uno de los matones de la Mafia sacaba una pistola .22 y la disparaba a quemarropa sobre el pecho de Troll. La bala rebotó en la gruesa piel verde del joker y se alejó zumbando. El rostro del hombre se puso blanco. Troll lo alzó agarrándolo de la camisa.

—No debiste hacer eso, hombrecito, porque ya me hiciste enojar de verdad.

Con tranquilidad, Troll le rompió los brazos y enseguida las piernas, y lo arrojó a un rincón como si fuera un costal descartado. Un costal que no paraba de gritar.

Tachyon desplazaba sus ojos de un hombre al siguiente, y cada uno de ellos se desmoronaba como un bulto roncador tan pronto los extraños ojos color lila se posaban sobre él. Uno de los Puños logró sacar una automática .45. Tachyon disparó y le arrancó el arma de la mano, y a continuación elevó la pistola a los labios y sopló el cañón...

—¡Presumido! –comento Chrysalis.

—Tengo buena puntería –se defendió el alienígena, alzando los hombros.

—No me creo que no supieses que Video estaba ahí. Diste toda una actuación buscando el aplauso de las masas.

—Chrysalis, me haces daño diciendo esas cosas.

—Tachyon, eres un hijo de puta arrogante, y no intentes discutir que no es así.

—No sabía que estabas participando en todo eso –intervino Finn.

—Yo lo organicé… o ayudé a organizarlo. Es mi obligación compartir los riesgos.

El alienígena se bebió su trago e hizo una inclinación de cabeza a Video y Chrysalis.

—Señoritas, estoy muy agradecido –se despidió, pero antes de llegar a la puerta se detuvo.

—A propósito, Chrysalis, ¿qué opinas de estas acciones?

—Creo que los hemos obligado a huir. Espero que no decidan atacarnos a nosotros.

—¿Tienes miedo?

—Puedes apostar tu culito alienígena a que tengo miedo. Y sé más de la situación que tú. Por ejemplo, quiénes están detrás de todo.

—Pero no me lo vas a decir.

—En eso aciertas.

JUNIO DE 1987

Todos los caballos del rey

V

ENTRADA SÓLO $2.50, ANUNCIABA EL CARTEL SOBRE LA TAQUILLA oscura a la entrada del Museo de la Fama Wild Card del Bowery.

No había nadie en la taquilla; las puertas del museo estaban cerradas. Tom accionó el timbre junto a la taquilla. Apareció un ojo, un ojo viscoso de color azul pálido, al extremo de un largo tallo carnoso que se enrollaba en el marco de la puerta. Se enfocó sobre Tom y parpadeó dos veces.

Un joker apareció en la taquilla. Tenía una docena de ojos situados en largos tallos prensiles que le brotaban de la cabeza y se movían sin cesar, como serpientes. El resto de su persona era común y corriente.

—¿No sabes leer? –preguntó en una voz aguda y nasal–. Estamos cerrados.

En una mano traía un pequeño letrero que puso frente a la ventana de la taquilla, que rezaba CERRADO.

El modo que tenía el joker de mover los ojos le produjo a Tom una sensación de malestar en la boca del estómago.

—¿Tú eres Dutton?

Uno a uno, los ojos se dieron vuelta y quedaron quietos, hasta que todos se enfocaron sobre Tom, observándolo.

—¿Te espera Dutton? –le preguntó el joker.

Tom asintió.

—Bueno, entonces, entraremos por la puerta lateral.

Se dio vuelta y salió de la taquilla, pero dos o tres de sus ojos se mantuvieron mirando a Tom, curiosos y sin un parpadeo.

La entrada lateral consistía en una pesada puerta de metal contra incendios que daba a un callejón. Nervioso, Tom esperó mientras se descorrían cerrojos y se quitaban trancas desde adentro. Se contaban cosas de los callejones de Jokertown; aquél le pareció a Tom especialmente oscuro y siniestro.

—Es por aquí –indicó el de los tallos oculares cuando al fin se abrió la puerta.

El museo no tenía ventanas, y los corredores del interior parecían todavía más siniestros que el callejón. Con curiosidad, Tom miró a su alrededor mientras recorrían varias largas galerías, con barandales de bronce cubiertos de polvo y dioramas con figuras de cera a ambos lados. Mil veces había flotado sobre el Museo del Bowery en su personaje de la Tortuga, pero jamás había entrado.

Con las luces apagadas, las figuras en la penumbra cobraban una notable apariencia de vida. El doctor Tachyon se erguía sobre un montículo de arena blanca, con su nave espacial pintada al fondo, en una escena en que también se representaban soldados nerviosos bajando de un jeep. Jetboy se agarraba el pecho frente a un doctor Tod con cara de metal que lo llenaba de balas. Una rubia vestida con leotardo desgarrado luchaba por liberarse de las garras del Gran Simio, que trepaba al edificio del Empire State. Una docena de jokers, cada uno más torcido que el anterior, se revolvían de modo sugerente en algún sótano húmedo, con ropas tiradas alrededor de ellos.

Su guía desapareció al dar la vuelta el corredor. Tom lo siguió y se topó con un cuarto repleto de monstruos. Envueltas en sombra, las criaturas parecían tan reales que Tom detuvo sus pasos. Arañas del tamaño de una camioneta, bichos voladores que excretaban ácido, gusanos gigantescos con anillos de dientes de sierra, monstruosidades humanoides cuya piel temblaba como gelatina, todos lo rodeaban por tres lados, apelotonados unos contra otros, con expresiones de intentar la fuga tras la superficie curvada de vidrio.

—Es el diorama más nuevo –anunció una voz tranquila a sus espaldas–. La Tierra contra el Enjambre. Hay que accionar los botones.

Tom bajó la vista. En un panel junto al barandal había media docena de botones rojos de buen tamaño. Presionó uno. Dentro del diorama, un reflector iluminó un simulacro en cera de Modular Man suspendido del techo, con rayos gemelos de luz escarlata que salían de las armas montadas en los hombros. Los rayos dieron sobre uno del Enjambre, aparecieron varios hilillos de humo y se oyó un sibilante grito de dolor proveniente de altavoces ocultos.

Tom apretó otro botón y Modular Man se desvaneció en la sombra. Las luces iluminaron la figura de Aullador en su traje amarillo de pelea, recortado sobre una nube de humo que salía de un tanque en llamas. El simulacro abrió la boca, y los altavoces aullaron. Un ser del Enjambre se retorció en agonía.

—A los niños les encanta –siguió la voz–. Pertenecen a una generación criada a base de efectos especiales. Me temo que exigen algo más que simples figuras de cera. Hay que adaptarse a los tiempos.

Un hombre alto vestido con un traje oscuro de corte antiguo estaba de pie junto a una puerta, y al lado de él se agazapaba el joker con los tallos de ojos.

—Soy Charles Dutton –dijo el hombre, extendiendo una mano enguantada.

Una capa negra de paño grueso le colgaba de los hombros. Su aspecto era el de un hombre que acaba de descender de un coche de caballos en el Londres victoriano, de no ser por la capucha cuya sombra ocultaba su cara.

—Nos sentiremos más cómodos en la oficina –propuso Dutton–. Por aquí.

De repente, Tom sintió ansiedad. Se volvió a preguntar qué diablos hacía en aquel lugar. Una cosa era volar sobre Jokertown como la Tortuga, seguro dentro de un caparazón de acero; otra muy distinta, andar por esas calles él solo con su carne vulnerable. Pero había ido demasiado lejos ya para retroceder. Siguió a su anfitrión, que entraba por una puerta con el letrero EXCLUSIVAMENTE EMPLEADOS, y bajó tras él por unas escaleras. Cruzaron una nueva puerta y atravesaron un taller cavernoso en el sótano hasta entrar en una oficina pequeña pero con muebles confortables.

—¿Algo de beber? –ofreció el encapuchado.

Se acercó a un bar en un rincón de la oficina y se sirvió un brandy.

—No, gracias –respondió Tom.

Se emborrachaba con facilidad, pues el alcohol lo afectaba demasiado, y necesitaba estar del todo lúcido ese día. Además, beber con la maldita máscara de rana puesta resultaría complicado.

—Por favor, dígame si cambia de parecer –dijo Dutton, con la copa en la mano, sentándose tras un escritorio antiguo con patas de animal–. Le suplico que tome usted asiento. Tiene aspecto de estar muy incómodo de pie.

Tom no escuchó sus palabras. Algo había captado su atención: sobre el escritorio descansaba una cabeza.

Dutton advirtió el interés de Tom y le dio vuelta a la cabeza para mostrar la cara. Era un rostro muy apuesto, pero sus rasgos perfectos estaban helados en un rictus de sorpresa. En lugar de pelo, la parte superior del cráneo era un domo de plástico con una antena de radar debajo. El plástico estaba agrietado. Del cuello cercenado se asomaban cables cortados, derretidos y carbonizados.

—Es Modular Man –enunció Tom, sentándose al borde de una silla.

—Sólo su cabeza –corrigió Dutton.

Debía ser una réplica de cera, se dijo Tom. Alargó el brazo para tocarla.

—Esto no es cera –dijo.

—Claro que no –declaró Dutton–. Es auténtica. Se la compramos a uno de los meseros del Aces High. No me pesa decirle que nos costó una fortuna. En el nuevo Diorama queremos dramatizar el ataque del Astrónomo contra el Aces High. Recordará usted que Modular Man fue destruido en aquellos combates. Esta cabeza le prestará verosimilitud a la exhibición, ¿no cree usted?

Tom sentía malestar físico de pensar en eso.

—¿Van a exhibir también el cadáver de Chico Dinosaurio? –dijo, con escasa amabilidad.

—El niño fue cremado –replicó Dutton, desenfadado–. Sabemos de buena fuente que la funeraria lo sustituyó por un muerto anónimo. Limpiaron sus huesos con escarabajos de alfombra y le vendieron el esqueleto a Michael Jackson.

Tom se quedó sin palabras.

—Se siente escandalizado –adivinó Dutton–. Si bajo esa máscara usted fuese un joker, lo vería de otra manera. Esto es Jokertown.

Alzó la mano y echó atrás la capucha que le cubría el rostro. Una calavera sonrió a Tom desde el otro lado del escritorio, con ojos oscuros hundidos bajo un pronunciado puente de las cejas, una piel amarillenta estirada sobre un rostro sin nariz, labios ni pelo, mostrando los dientes desnudos en un rictus sonriente.

—Cuando uno ha vivido lo suficiente, nada escandaliza –comentó Dutton.

Tuvo conmiseración y volvió a ponerse la capucha y la calavera viviente volvió a hundirse en la sombra, aunque Tom sentía el peso de su mirada.

—Bien –volvió a hablar el encapuchado–; Xavier Desmond me ha dado a entender que usted tiene una proposición que hacerme. Algo importante para una nueva exposición.

A lo largo de sus años como la Tortuga, Tom había visto a muchos jokers, pero siempre a la distancia, en sus pantallas de televisión, con varias capas de metal blindado entre él y ellos. En aquel sótano, con un hombre encapuchado cuyo rostro era una calavera amarillenta, tenía otro tipo de sensaciones.

—Pues sí –aceptó, sin sentirse muy seguro.

—Siempre estamos interesados en adquirir elementos nuevos para exhibición, mientras más espectaculares mejor. Des no es persona de hipérbole fácil, y me ha dicho que usted nos ofrece algo único en verdad. Me interesa. Exactamente, ¿qué naturaleza tiene esta pieza?

—Los caparazones de la Tortuga –dijo Tom.

Dutton guardó silencio varios momentos antes de preguntar:

—¿No se trata de réplicas?

—Los caparazones de verdad –declaró Tom.

—El caparazón de la Tortuga fue destruido el Día Wild Card –objetó Dutton–. Sacaron algunos fragmentos del fondo del Hudson.

—Ése fue uno de los caparazones. Hubo modelos anteriores. Tengo tres de ellos, incluyendo el primero de todos. Placas blindadas sobre una carrocería de Volkswagen. Algunos bulbos se han fundido, pero por lo demás está bastante intacto. Lo pueden limpiar, preparar las pantallas de televisión en un circuito cerrado y subir a los visitantes para que simulen un vuelo ahí dentro, con un pago adicional. Los otros dos caparazones no son más que cascarones vacíos, pero de cualquier modo son objetos de mucho interés. Si tiene un cuarto de dimensiones adecuadas, podría colgarlos del techo, como los aeroplanos en el Smithsonian.

Tom se inclinó hacia delante, antes de proseguir.

—Si usted quiere que esto sea un museo de verdad y no una vulgar colección de fenómenos para turistas, necesita artefactos auténticos.

—Me intriga —asintió Dutton—. Admito que es tentador, pero cualquiera puede construir caparazones. Necesitaríamos una prueba de autenticidad. Si no le molesta que le pregunte, dígame ¿cómo llegaron a sus manos?

Tom titubeó. Xavier Desmond le había asegurado que se podía confiar en Dutton, pero no le era fácil olvidar veinticuatro años de guardar su secreto.

—Son míos. Soy la Tortuga.

Dutton hizo una pausa todavía más larga.

—Hay quienes aseguran que la Tortuga murió.

—Se equivocan.

—Ya veo. Supongo que no estará dispuesto a presentarme pruebas.

Tom respiró hondo. Cerró las manos sobre los brazos de su silla. Miró el escritorio, concentrándose. La cabeza de Modular Man se alzó treinta centímetros en el aire y se dio la vuelta poco a poco hasta quedar enfrentada a Dutton.

—La telequinesis es un poder bastante común —dijo Dutton, sin dejarse impresionar—. La Tortuga era notable no por su telequinesis, sino por la fuerza con que la aplicaba. Si usted puede alzar el escritorio, quedaré persuadido.

Tom titubeó. No quería estropear la venta admitiendo que no podía alzar el escritorio, no cuando estaba fuera del caparazón. De pronto, sin pensar, se oyó hablar:

—Si compra usted los caparazones, yo los haré volar aquí mismo. A los tres.

Las palabras habían salido de su boca con la mayor facilidad y soltura, y no fue hasta que estaban flotando en el aire que se dio cuenta de lo que decía.

Dutton hizo otra pausa mientras reflexionaba.

—Podríamos grabar en videotape la llegada, y proyectar eso como parte de la exposición. Creo que eso puede ser suficiente autentificación. ¿Cuánto pide usted?

Tom por un momento se sintió presa de un pánico ciego. La cabeza de Modular Man cayó de golpe sobre el escritorio de Dutton.

—Cien mil dólares —balbuceó.

Era el doble de lo que se había propuesto pedir.

—Es demasiado. Le ofrezco cuarenta mil.

—A la mierda –opuso Tom–. Esta pieza es única.

—Hay tres de ellas, en realidad –indicó Dutton–. Puedo subir mi oferta a cincuenta mil.

—Tan sólo por su valor histórico merecen más. Esto va a dar respetabilidad a un museo jodido. Habrá ríos de gente esperando entrar.

—Sesenta y cinco mil –ofreció Dutton–. Me temo que es mi última oferta.

Tom se levantó, aliviado pero también un poco decepcionado.

—Ni hablar. Gracias por su tiempo. ¿No tendrá usted el número de teléfono de Michael Jackson?

Al ver que Dutton no respondía, se dirigió hacia la puerta.

—Ochenta mil –dijo Dutton a sus espaldas.

Tom se dio vuelta. Dutton tosió a modo de disculpa.

—Eso es a lo más que puedo llegar. En realidad, no podría subir mi oferta ni aunque quisiera. No sin liquidar otras inversiones, algo para lo que no estoy preparado.

Tom se detuvo en la puerta. Casi había escapado. Pero ya estaba atrapado de nuevo. No vio ninguna manera de salirse del acuerdo sin parecer un tonto.

—Necesitaré el pago en efectivo.

—Me imagino –comentó Dutton, riéndose– que sería difícil cobrar un cheque a nombre de la Gran y Poderosa Tortuga. Me llevará unas semanas reunir esa cantidad en efectivo, pero supongo que podré arreglarlo.

El encapuchado se alzó de su silla y rodeó su escritorio.

—Entonces, ¿estamos de acuerdo?

—Si añade usted la cabeza de Modular Man.

—¿La cabeza? –exclamó Dutton, entre sorprendido y divertido–. ¡Qué sentimental!

Tomó la cabeza de Modular Man y se le quedó mirando a los ojos.

—Ya sabe usted que es solamente una máquina. Una máquina rota.

—Él era uno de los nuestros –declaró Tom con una pasión que le sorprendió a él mismo–. Me siento mal de dejarlo aquí.

—¡Ases! –suspiró Dutton–. Bueno, supongo que podemos hacer una réplica en cera para el diorama del Aces High. Es suya la cabeza, tan pronto recibamos los caparazones.

—Entregaré los caparazones cuando me den mi dinero –objetó Tom.

—Me parece justo –repuso Dutton.

¡Santo Jesús!, pensó Tom, ¿qué carajos acabo de hacer? Enseguida se controló. Ochenta mil dólares era mucho dinero.

Suficiente dinero para que valiera la pena volverse tortuga una vez más.

Concierto para sirena y serotonina

V

DESPUÉS DE HACERLE UN PEQUEÑO FAVOR A VERONICA, informar de sus progresos a Theotocopolos y telefonear a Latham, Strauss para pedir una cita, Croyd se juntó a cenar con Veronica. Le contó lo que había hecho a lo largo del día, y ella meneó la cabeza cuando oyó sobre Saint John Latham.

—Estás loco. Si se trata de un hombre con tantas conexiones, ¿para qué quieres enredarte con él?

—Alguien quiere saber lo que anda tramando.

—Al fin he conocido a un tipo que me gusta –frunció el ceño–. No quiero perderlo tan rápido.

—No me hará daño.

Veronica suspiró y le puso la mano en un brazo.

—Hablo en serio –dijo.

—Yo también. Soy capaz de cuidarme solo.

—¿Qué quieres decir con eso? ¿Qué tan peligroso es?

—Necesito terminar un trabajo, y creo que está casi listo. Es probable que pronto pueda entregarlo sin mayor dificultad y cobrar el resto del dinero, Tal vez me venga bien tomar unas vacaciones antes de volver a dormir. Pensé en que podríamos ir juntos tú y yo a un lugar de veras bonito, como el Caribe.

—Oh, Croyd –musitó ella, tomándolo de la mano–, has pensado en mí.

—Claro que he pensado en ti. Mira, mi cita con Latham es para el jueves. Es posible que el fin de semana termine mi trabajo. Y entonces tendremos tiempo sólo para nosotros dos.

—Debes tener mucho cuidado.

—Carajo, casi he terminado. Aún no me he encontrado con ningún problema.

♣

Después de parar en uno de sus bancos para conseguir fondos adicionales, Croyd tomó un taxi al bufete de abogados Latham, Strauss. Había conseguido la cita con la artimaña de un caso ficticio, con promesa de grandes honorarios, y llegó quince minutos antes de la hora. Al entrar a la sala de espera, tuvo que suprimir un repentino deseo de tomar drogas. Estar con Veronica le hacía pensar en eso antes de que fuera tiempo.

Se identificó con la recepcionista, se sentó y leyó una revista hasta que ella por fin habló.

—Mister Latham lo recibirá ahora, mister Smith.

Croyd asintió, se levantó y entró a la oficina privada. Latham se alzó de su asiento para recibirlo, exhibiendo un traje gris de corte elegante, y le ofreció la mano. Era de estatura un poco menor que Croyd. Sus refinadas facciones no mostraban ninguna expresión.

—Mister Smith –dijo a modo de saludo–. ¿No desea sentarse?

—No –replicó Croyd, que permaneció de pie.

Latham alzó una ceja, y se acomodó en su asiento.

—Como guste –aceptó–. ¿Quiere usted hablarme sobre su caso?

—No hay ningún caso. Lo que necesito es información.

—¿Ah? ¿Qué información?

En lugar de responder, Croyd apartó la mirada de él para examinar la oficina. A continuación, su mano se movió hacia delante para agarrar un pisapapeles de piedra anaranjado y verde que estaba en el escritorio de Latham. Lo sostuvo frente al rostro de Latham y apretó la mano. Se oyó un ruido parecido al de un molino de mineral. Cuando abrió la mano, dejó caer sobre el escritorio un montón de grava.

Latham permaneció impávido.

—¿Qué clase de información busca?

—Usted ha hecho algunos trabajos para el nuevo grupo criminal –observó Croyd–, el que está tratando de ocupar el lugar de la Mafia.

—¿Usted pertenece al Departamento de Justicia?

—No.

—¿La oficina del fiscal?

—No soy policía –explicó Croyd– ni tampoco soy abogado. Solamente soy una persona que requiere de una respuesta.

—¿Cuál es la pregunta?

—¿Quién es la cabeza de la nueva familia? Eso es todo lo que necesito saber.

—¿Por qué?

—Porque tal vez alguien quiera encontrarse con dicha persona.

—Qué interesante –comentó Latham–. ¿Y usted desea contratar mis servicios para organizar ese encuentro?

—No. Lo único que quiero saber es el nombre de la persona que está a cargo.

—*Quid pro quo* –observó Latham–. ¿Qué ofrece usted a cambio?

—Puedo ahorrarle gastos muy considerables de cirujanos ortopédicos y fisioterapeutas –replicó Croyd–. Ustedes los abogados saben de esas cosas, ¿no?

Latham puso en su rostro una sonrisa del todo artificial.

—Si usted me mata, dese por muerto. Si me hace daño, dese por muerto. Si me amenaza, dese por muerto. El truquito de la piedra no significa nada. Hay ases dispuestos a acudir con poderes más efectivos. Ahora explíqueme algo, ¿fue una amenaza eso que profirió?

Croyd respondió con otra sonrisa.

—Yo moriré pronto, mister Latham, para nacer de nuevo bajo una forma por completo diferente. No lo voy a matar. Pero supongamos que logro hacerlo hablar, para parar el dolor, y supongamos que sus amigos pusieran un contrato para matar al hombre que ve frente a usted. No importa. Este hombre ya no existiría. Soy una serie de efímeros biológicos.

—Usted es el Durmiente.

—Sí.

—Ya veo. Y si le doy la información que busca, ¿qué cree que me pasará a mí?

—Nada. ¿Quién se enteraría?

Latham suspiró.

—Me coloca usted en una situación muy comprometida.

—Ésa era mi intención –admitió Croyd, mirando su reloj–, y estoy retrasado. Hace un minuto y medio que debí empezar a darle una paliza, pero intento ser un tipo decente con usted. ¿Qué sugiere que hagamos, licenciado?

—Estoy dispuesto a cooperar –dijo Latham–, porque no creo que a estas alturas eso haga la menor diferencia en lo que pasa.

—¿Por qué no?

—Puedo darle el nombre, pero no el domicilio. No sé desde dónde controlan sus negocios. Siempre nos encontramos en tierra de nadie, o hablamos por teléfono. Tampoco puedo, sin embargo, darle un número de teléfono, porque son siempre ellos los que llaman. Y digo que no hará la menor diferencia porque no creo que los intereses que usted representa tengan capacidad de hacerles daño. El grupo está demasiado bien equipado con ases. Además, estoy convencido de que muy pronto habrán completado lo que podríamos llamar una "toma de posesión corporativa". Si su cliente desea salvar vidas y aun lograr una modesta indemnización, digamos, como un fondo de retiro, yo me encargaré de facilitar el convenio.

—No –dijo Croyd–, no tengo instrucciones para hacer tratos de esa especie.

—Me sorprendería que las tuviera –Latham miró el teléfono–. Pero si desea comunicar mi sugerencia, por favor, use mi teléfono.

Croyd no se movió.

—Les pasaré el recado, junto con el nombre que usted me va a dar.

—Como usted guste –asintió Latham–. Mi oferta de negociación no garantiza la aceptación de términos específicos, y me siento obligado a advertirle que podría no ser aceptable para el otro lado.

—Les diré eso también –dijo Croyd–. ¿Cuál es el nombre?

—También, para ser por completo escrupuloso, debo decirle que si me obliga a divulgar el nombre, tengo el deber de informar a mi cliente que he revelado su nombre, y quién me ha obligado a hacerlo. No puedo asumir ninguna responsabilidad sobre las acciones que resulten en consecuencia.

—No se ha mencionado el nombre de mi cliente.

—Al igual que en tantos otros casos de la vida, hemos de guiarnos por suposiciones.

—Basta de dar vueltas y deme el nombre.

—Muy bien –aceptó Latham–. Sin Ma.

—Dígalo otra vez.

Latham repitió el nombre.

—Escríbalo.

Anotó el nombre en una hoja de papel de un bloc, que arrancó y le pasó a Croyd.

—Oriental –especuló Croyd–. Supongo que este tipo es el líder de un tongo o una triada, o una yakuza, uno de esos clubes culturales asiáticos.

—No se trata de un tipo.

—¿Es mujer?

El abogado hizo movimientos afirmativos de cabeza.

—No puedo darle una descripción. Supongo que es de talla pequeña.

Croyd echó un vistazo rápido, pero no pudo determinar si quedaba el residuo de una sonrisa en los labios del otro.

—Apuesto a que tampoco se le puede encontrar en la guía telefónica de Manhattan.

—Esa apuesta la ganaría. Ya le he dado lo que vino a buscar. Lléveselo a su casa, no creo que le sirva de nada.

Se levantó, se apartó del escritorio y fue hacia la ventana, desde donde se puso a mirar el tránsito.

—¡Sería grandioso –dijo después de una larga pausa– que hubiese una manera de presentar ante un tribunal una demanda contra los taquisianos por parte de ustedes los fenómenos wild card!

Croyd se dirigió por sí mismo hacia la salida, no muy complacido con lo que podría haber desencadenado.

Necesitaba un restaurante con una mesa cercana a un teléfono público. Lo encontró al tercer intento y se apresuró a hacer la primera llamada. Le respondieron a la cuarta señal.

—Vito's, restaurante italiano.

—Aquí Croyd Crenson. Quiero hablar con Theo.

—Un momento. ¡Ey, Theo! Ya viene.

Pasó medio minuto. Un minuto.

—¿Sí?

—¿Quién habla? ¿Eres Theo?

—Sí.

—Dile a Chris Mazzucchelli que Croyd Crenson tiene un nombre que darle, y necesita saber en dónde quiere que se lo diga.

—Bien. Vuelve a llamar en media hora, o tres cuartos de hora, ¿sí?

—Claro.

A continuación, Croyd llamó a Tavern-on-the-Green y pudo hacer una reservación para dos personas a las ocho y cuarto. Enseguida llamó a Veronica, que respondió al sexto timbrazo.

—¿Hola? –respondió ella, pero su voz sonaba débil y distante.

—Veronica, amor, soy yo, Croyd. No es definitivo, pero creo que estoy a punto de terminar este trabajo, y quiero celebrar. ¿Te parece si salimos a las siete y media y empezamos a festejar?

—Ay, Croyd, me siento mal de verdad. Me duele todo, devuelvo lo que como y estoy tan débil que apenas puedo con el teléfono. No puedo más que dormir.

—¡Cómo lo siento! ¿Necesitas algo? ¿Aspirinas? ¿Helado? ¿Caballo? ¿Nieve? ¿Bombitas? Dime lo que quieres y yo te lo consigo.

—Ah, qué lindo eres, pero no. Estaré bien, y no quiero que te contagies de lo que tengo. Sólo necesito dormir. ¿Te parece bien?

—Está bien.

Croyd volvió a su mesa. Su comida no tardó en llegar. Cuando terminó, volvió a ordenar un nuevo platillo y se puso a jugar con un par de pastillas que sostenía entre el pulgar y el índice. A fin de cuentas se las tragó con un té helado. Volvió a pedir de comer y revisó sus diversos teléfonos personales para ver si tenía mensajes hasta que le volvieron a servir. Cuando dio cuenta de su plato, volvió a llamar a Theo.

—¿Qué te dijo?

—No he podido encontrarlo, Croyd. Sigo intentando. Vuelve a llamar, como en una hora.

—Lo haré –prometió Croyd, y enseguida llamó a Tavern-on-the-Green para cancelar su reservación.

Volvió a la mesa y comenzó a pedir los postres.

Antes de que pasara la hora volvió a telefonear, porque había varios asuntos que necesitaba atender. Por fortuna, Theo había logrado hacer contacto y le dio una dirección en los números altos del lado este.

—Esta noche has de estar allí a las nueve. Chris quiere que hagas un informe completo a la gerencia.

—No es más que un nombre. Puedo dárselo por teléfono.

—Yo sólo soy el servicio de mensajería, y he cumplido.

Croyd colgó, pagó la cuenta y contempló la tarde abierta ante él.

Al pisar la calle, un hombre bajito y de hombros anchos, con rasgos orientales, salió de un umbral que estaba a unos tres metros a la izquierda, con las manos metidas en su chaqueta azul de satín y los ojos puestos en el suelo. Al girar hacia Croyd, alzó la cabeza y sus ojos se encontraron un momento. Después Croyd pensó que fue en ese instante cuando supo lo que iba a ocurrir a continuación. De cualquier modo, todo se aclaró un momento después, cuando la mano derecha del hombre emergió de la chaqueta, con los dedos enroscados de manera poco usual en el mango de un cuchillo grande y ligeramente curvado, con la hoja extendida hacia atrás a lo largo del antebrazo del hombre y el filo hacia fuera. Enseguida, mientras avanzaba, sacó la otra mano empuñando de la misma manera un cuchillo igual. Las dos armas giraron al unísono, cada vez más rápido. Los reflejos anormales de Croyd entraron en acción, y al moverse para enfrentar el ataque, los movimientos del otro cayeron en un ritmo de cámara lenta. Girando para evitar las dos hojas de acero, Croyd tendió el brazo sobre la línea de metal reluciente, agarró una mano y la torció hacia dentro. El borde del cuchillo se volvió hacia el abdomen del atacante, en donde penetró la punta, que enseguida se movió en diagonal hacia arriba, entre chorros de sangre y entrañas derramadas. Al doblarse el hombre, Croyd pudo ver el emblema de una grulla blanca que decoraba la espalda de la chaqueta.

Enseguida, una ventana al lado se hizo añicos, y el ruido de un disparo atronó sus oídos. Se dio vuelta, sosteniendo al derrotado agresor frente a él, y vio un automóvil oscuro de modelo reciente que avanzaba al lado de la acera, en dirección casi paralela a él. Había dos hombres en el vehículo, el conductor y un pasajero en el asiento de atrás que le apuntaba con una pistola desde la ventanilla abierta.

Croyd avanzó y metió por la ventanilla del coche el cuerpo del hombre. No fue fácil hacerlo caber, pero Croyd lo empujó con fuerza y entró como pudo, aunque perdió algunos órganos que quedaron tras él. Sus últimos gritos se mezclaron con el rugido del motor al tiempo que el automóvil saltaba hacia delante y se alejaba a toda velocidad.

Quedaba demostrado, pensó Croyd, que Latham le había dicho la verdad y nada más que la verdad, aunque no necesariamente toda la verdad. Se sintió complacido por su trabajo, en cierto modo.

Sin embargo, era menester seguir mirando sobre el hombro todo el tiempo hasta conseguir que le pagaran. Y eso le parecía insultante.

Tuvo cuidado de no pisar algunos de los fragmentos de su atacante y se buscó en un bolsillo la cajita de píldoras. Insultante.

Al acercarse al edificio de apartamentos esa noche, se dio cuenta de que un hombre metido en un automóvil estacionado al frente hablaba a un pequeño aparato de radio sin apartar la mirada de él. Desde el segundo atentado contra su vida, Croyd prestaba mucha atención a los autos estacionados. Frotándose los nudillos, giró de súbito y se acercó al coche.

—Croyd –dijo el hombre, en voz baja.

—Así es. Más te vale estar de mi lado.

El hombre asintió y pasó una bola de chicle a su mejilla izquierda.

—Puedes subir –le avisó–. Tercer piso, apartamento treinta y dos. No es necesario llamar a la puerta. Un tipo está ahí para abrirla.

—¿Está Chris Mazzucchelli ahí?

—No, pero están todos los demás. Chris no ha podido venir, pero no importa. Diles a esas personas lo que quieren saber. Es igual que decirle a él.

Croyd meneó la cabeza.

—Chris es quien me contrató, y Chris es quien tiene que pagarme. Sólo hablaré con él.

—A ver, un momento.

El hombre presionó un botón en su radio y se puso a hablar en italiano. Miró a Croyd después de unos segundos, alzó el dedo índice y asintió con movimientos de cabeza.

—Y ahora, ¿qué pasa? –preguntó Croyd cuando la conversación del hombre concluyó–. ¿Lo encontraron de repente?

—No –repuso el vigilante, volviendo a desplazar su bola de chicle dentro de la boca–, pero en un minuto podremos aclarar todo a tu satisfacción.

—Me parece bien –aceptó Croyd–. Satisfacción es lo que quiero.

Esperaron. Unos minutos después, un hombre de traje oscuro salió del edificio. Por un momento, Croyd pensó que se trataba de Chris, pero al observarlo con más atención notó que era más delgado y un poco más alto. El recién llegado se acercó y saludó con la cabeza al hombre del auto, que a su vez inclinó la suya hacia Croyd, y dijo:

—Aquí está él.

—Soy el hermano de Chris –dijo el hombre, con una ligera sonrisa–, y por ahora no es posible que lo veas en persona. Yo hablo por él, y puedo decirte que es correcto que les digas a las personas de arriba lo que has descubierto.

—Está bien –concurrió Croyd–. Pero también he venido a cobrar el resto de mi dinero.

—No sé nada al respecto. Tal vez lo mejor sea que se lo preguntes a Vince. Se apellida Schiaparelli. A veces se encarga de la nómina. Aunque quizá sea mejor no preguntarle.

Croyd se dirigió al vigilante.

—Tienes tu maquinita. Llama a ese fulano y pregúntale. El otro lado ya me ha atacado por causa de la información que está en mi poder. Si mi dinero no está listo, me voy.

—Espera un poco –intervino el hermano de Chris–. No hay por qué alterarse. Aguarda.

Indicó con el dedo pulgar el aparato de radio y el guardia se puso a hablar por él. Escuchó, esperó y miró a Croyd.

—Están buscando a Schiaparelli –explicó.

Después de escuchar una voz indistinta, habló, volvió a escuchar y miró de nuevo a Croyd.

—Sí, tiene el dinero.

—Qué bueno –repuso Croyd–. Dile que me lo traigan abajo.

—No, tienes que subir tú por él.

Croyd sacudió la cabeza.

El hombre lo miró y se pasó la lengua por los labios, como si le repugnara llevar ese mensaje.

—Esto no hará buena impresión, pues parece como si no tuvieses confianza.

—La impresión es correcta –sonrió Croyd–. Haz tu llamada.

El guardia obedeció, y después de varios minutos un hombre grueso de pelo gris salió del edificio y se quedó mirando a Croyd, quien le devolvió la mirada.

—¿Usted es mister Crenson? –dijo, mientras se le acercaba.

—Es correcto.

—¿Y quiere recibir ahora su dinero?

—Así es.

—Por supuesto, aquí lo tengo —dijo el otro, mientras metía una mano en la chaqueta—. Chris lo envió. Le molestará que sea usted tan desconfiado.

Croyd extendió la mano por toda respuesta. Cuando el hombre depositó un sobre cerrado en ella, lo abrió y contó los billetes. Enseguida asintió.

—Vamos —dijo, y siguió a Schiaparelli y al hermano de Chris a la entrada del edificio. El hombre del aparato de radio se quedó meneando la cabeza.

Arriba, Croyd fue presentado a un grupo de hombres, algunos viejos y otros de edad madura, y a sus guardaespaldas. Declinó la copa que le ofrecían, pues su deseo era dar el nombre y largarse de ahí. Sin embargo, le pareció que convenía justificar el pago recibido y relatarles cómo había obtenido la información. Así que antes de decirles el nombre de Sin Ma les contó todo, paso a paso, desde Deceso hasta el Loophole, el abogado Trampas. Y después relató los intentos contra su vida tras la entrevista con Latham.

Esperaba la pregunta que le plantearon a continuación. ¿En dónde se la podía encontrar?

—Eso no lo sé —repuso Croyd—. Chris me pidió solamente un nombre, no la dirección. Si quieren contratarme para que les consiga ese dato, supongo que podría hacerlo, aunque les saldría más barato usar sus propios recursos.

Sus palabras provocaron respuestas agrias. Croyd se alzó de hombros, les deseó buenas noches y salió de ahí, aceleró sus movimientos hasta hacer borrosa su figura y vio que el forzudo junto a la puerta miraba a sus patrones como si esperara una orden.

No fue sino un par de cuadras más lejos que una pareja de esos combatientes callejeros lo alcanzaron, e intentaron que hiciera devolución de sus honorarios. Arrancó de la calle una tapa de coladera y metió sus cuerpos por la abertura antes de volverla a poner en su sitio, para añadir un toque final de sutileza antes de considerar cerrado el caso.

Matices de una mente

por Stephen Leigh

Miércoles, 9:15 a.m.

A LO LARGO DE SIETE DÍAS, DESDE QUE HABÍA ARRIBADO A Nueva York, Misha se reunió todas las noches con el joker Gimli y las abominaciones que se juntaban en torno suyo.

Siete días de vivir, a la espera, en una llaga purulenta llamada Jokertown.

Siete días sin tener visiones. Y eso sí que era grave.

La vida de Misha siempre se regía por sus visiones. Ella era Kahina, la Vidente: los sueños de Alá le habían mostrado a Hartmann, el Satanás de cuyas garras pendían los hilos en que danzaban sus títeres. En sus visiones había visto a Gimli y a Sara Morgenstern. Las visiones de Alá la condujeron de vuelta a la mezquita del desierto al día siguiente de haber degollado a su hermano, para poder recibir de uno de los fieles el objeto que podía conducirla a la venganza haciendo caer a Hartmann: el regalo de Alá.

Era el día de la luna nueva. Misha creyó que era señal de nuevas visiones. Esa mañana había rezado a Alá durante más de una hora, acunando en los brazos el don que le había dado.

Pero Él no le otorgaba nada.

Al levantarse por fin del suelo, abrió el baúl laqueado que contenía su ropa junto a la cama desvencijada, Misha se quitó su chador y sus velos, y volvió a vestirse con una blusa y una falda larga. Aborrecía esa tela ligera y de colores brillantes, y se sentía desnuda y pecaminosa. Los brazos descubiertos le daban la impresión de ser vulnerable.

Misha envolvió el regalo de Alá con el chador que no se atrevía a ponerse en la ciudad. Lo había puesto bajo el algodón negro cuando de pronto oyó el ruido de pasos tras ella.

El miedo y la ira la ahogaban. Cerró de golpe la tapa del baúl y se enderezó.

—¿Qué haces aquí? –gritó y se dio vuelta, sin darse cuenta de que hablaba en árabe–. ¡Fuera de mi cuarto!

No se sentía segura en Jokertown. Llevaba una semana allí, y ni por un instante había creído estar a salvo. Antes, siempre había contado con la presencia de su marido, Sayyid, o su hermano, Nur, además de sirvientes y guardaespaldas.

La presencia de Misha en el país era ilegal, y vivía sola en una zona repleta de violencia. Las únicas personas que conocía eran jokers. Tan sólo dos noches antes habían matado a alguien a disparos en la calle justo fuera del conjunto de los dormitorios desvencijados donde tenía su cuarto, cerca del lado este del río. Se dijo a sí misma que nada más se trataba de un joker, que su muerte no importaba.

Los jokers estaban malditos. Eran las abominaciones de Alá.

Era un joker el que estaba de pie dentro de su cuartucho, junto a la puerta, y la miraba.

—Vete de aquí –dijo en un inglés trémulo, con fuerte acento extranjero–. Yo tengo pistola.

—Es mi cuarto –repuso el joker–, lo puedo recuperar. Tú eres persona normal. No deberías estar aquí.

La forma flaca y huesuda dio un paso hacia delante y la luz que entraba por la única ventana la iluminó. Misha de inmediato reconoció al joker.

Llevaba una venda en la cabeza a la altura de la frente, hecha de trapos blancuzcos, con restos de coágulos y manchas de sangre seca color marrón. El pelo estaba todo embadurnado y tieso. Las manos también las tenía manchadas, y las vendas empapadas dejaban caer gruesas gotas rojas al suelo. La ropa que cubría su cuerpo raquítico se abultaba en diversos lugares, cubriendo nudos que delataban otras heridas abiertas y sangrantes en el resto de su cuerpo.

Lo había visto todos los días, con la vista fija en ella, observando. En los pasillos afuera de la puerta del cuarto, en la calle del edificio, andando detrás de ella. Nunca le hablaba, pero expresaba un evidente rencor.

—Estigmato –le dijo Gimli el primer día, cuando ella le confesó que le daba miedo–. Ése es su nombre. Sangra todo el jodido tiempo. ¡Hay que tener un poco de compasión! El buen Estig no le causa problemas a nadie.

De cualquier manera, a ella la atemorizaba la mirada ojerosa y lívida de Estigmato. Estaba ahí siempre, con un gesto huraño cada vez que lo miraba a la cara. ¡Era un joker! Con eso bastaba. Uno de los hijos de Satán, marcado como wild card por el diablo.

—Vete de aquí –repitió Misha.

—Pero es mi cuarto –insistió él, con petulancia infantil, frotando los pies en el suelo, nervioso.

—Te equivocas. Yo he pagado.

—Pero era mío antes. Lo he tenido siempre, desde que…

Apretó los labios. La mano del joker se cerró en un puño, que agitó chorreando sangre escarlata a través de los vendajes rezumantes. Su voz era un chirrido quejumbroso.

—Desde que me pasó esto. Aquí vine la noche en que me tocó mi wild card. Fue hace nueve años, y me echaron por no poder pagar los dos últimos meses. Les dije que pagaría, pero no quisieron esperar. Prefieren el dinero de un norm.

—El cuarto es mío –volvió a aseverar Misha.

—Tú te quedaste con mis cosas. Dejé aquí todo.

—No fui yo, sino el dueño el que se llevó las cosas tuyas y las encerró en el sótano.

El rostro de Estigmato se torció en una mueca. Escupió las palabras como si le estuvieran quemando la lengua.

—¡Él es normal, y tú eres normal! –gritó–. En esta zona son indeseables. Los odiamos.

Sus acusaciones provocaron que las frustraciones disimuladas de Misha hirvieran. Una furia helada se apoderó de ella, y la impulsó a levantarse y apuntar al joker con el dedo.

—¡Ustedes son los proscritos! –exclamó, dirigiéndose a Estigmato pero también a todo Jokertown.

Podría haber estado en Siria, predicando a los jokers que mendigaban en las puertas de Damasco.

—¡Dios los aborrece! –prosiguió–. Arrepiéntete de tus pecados, y tal vez encuentres perdón. Pero no desperdicies tu veneno conmigo.

En medio de su sermón le sobrevino el familiar sentido de desorientación y el mundo empezó a girar.

—¡No! –vociferó, resistiendo el acceso visionario.

Un instante después, sabiendo que era inútil escapar de *hikma*, la visión divina, se abandonó a ella:

—In sha' Alá.

Porque Alá venía conforme a Su propia manera y voluntad.

La habitación y Estigmato se desbarataban en su mirada. La mano de Alá la tocó, y los ojos de Misha se convirtieron en Sus ojos. Se hundió despierta en una pesadilla, y la sórdida realidad de Jokertown, su cuarto mugroso y las amenazas de Estigmato se desvanecieron de su percepción.

Estaba de nuevo en Badiyat Ash-sham, en el desierto, de pie en la mezquita de su hermano.

Nur al-Allah se erguía frente a ella, con el resplandor esmeralda de la piel perdido bajo gruesos arroyos de sangre que bajaban por la parte delantera de su chilaba. Su mano temblorosa la señaló, acusándola; alzaba el mentón para exhibir la herida abierta en la garganta, con bordes fruncidos del color del hueso. Quería hablar, y su voz, imperiosa y resonante en vida, se atragantaba con polvo y grava. Ella no entendía nada, sino el odio en sus ojos. A Misha se le cortó el aliento bajo esa mirada maligna que la acusaba.

—¡No fui yo! –sollozó, cayendo de rodillas ante él, en actitud de suplicante–. ¡Fue la mano de Satán que se apoderó de la mía! Utilizó mi odio y mis celos. Por favor…

Quería argüir su inocencia frente a su hermano, pero cuando alzó la vista, en lugar de Nur al-Allah quien estaba frente a ella era Hartmann.

Él se reía.

—Yo soy la bestia que desgarra los velos de la mente –dijo.

Con un súbito movimiento de la mano le tocó la cara sin que ella pudiera retroceder a tiempo. Sus uñas se clavaron como garras en las cuencas de sus ojos y le desgarraron la suave piel del rostro. Ciega, gritó, con la cabeza arqueada hacia atrás en tormento, retorciéndose pero incapaz de apartarse de Hartmann, cuyos dedos seguían destrozándola.

—Aquí no nos ponemos velos. No llevamos máscaras. Te voy a

revelar la verdad que está debajo. Te voy a mostrar el color del joker que está adentro.

Sus garras se endurecieron, hirieron su cara, arrancaron tiras de carne, se clavaron y cortaron, y Misha sintió la sangre brotando de sus facciones arruinadas. Ella gimió, sollozando, y agitó las manos para apartarlo, mientras él seguía cavando en su rostro, arrancando la carne del músculo y el músculo de los huesos.

—Vamos a desnudarte la cara –dijo Hartmann– y todos correrán huyendo de ti al verte, llenos de horror. Mira, mira qué colores lleva tu cabeza por dentro: eres una joker, otra pecadora, como los demás. Puedo ver tu mente, puedo probar su sabor. Eres igual que los demás. Eres igual.

A través de los chorros de sangre, miró hacia arriba. Aunque la aparición era todavía la figura de Hartmann, tenía cara de un hombre joven, y el zumbido de mil avispas furiosas lo rodeaba. En medio de su tortura, Misha sintió el consuelo de una mano en el hombro, y al volverse vio a Sara Morgenstern a su lado.

—Perdón –le dijo Sara–. Es culpa mía. Haré que se vaya.

La visión de Alá desapareció y la dejó jadeando en el suelo. Temblando, sudando, alzó las manos para tocarse la cara, y se maravilló al sentir la carne intacta.

Estigmato miraba a la mujer que sollozaba sobre las ásperas tablas del suelo.

—Tú no eres una maldita persona normal –declaró, y la voz del joker tenía matices de compasión–. Eres de los nuestros.

Suspiró, y gotitas de sangre aparecieron, se hincharon y cayeron.

—Sigue siendo mi cuarto, y lo quiero –agregó, pero sin amargura en la voz–. Esperaré, esperaré.

Con movimientos suaves se fue hacia la puerta.

—¡Es una de los nuestros! –volvió a decir, mientras meneaba la cabeza envuelta en sus vendas ensangrentadas.

Viernes, 6:10 p.m.

—Así que los rumores son ciertos. Estás de vuelta.

La voz sonaba tras él, en la sombra de un contenedor de basura lleno hasta los topes. Gimli giró súbitamente, huraño. Sus pies salpicaron una mezcla de agua con aceite de motor que encharcaba el callejón, residuos de las lluvias de la tarde.

—¿Quién carajo eres?

La mano izquierda del enano se cerró en un puño a su costado, y la derecha se quedó muy cerca de la abertura del rompevientos que llevaba a pesar del calor de la noche, donde colgaba el peso de una .38 con silenciador.

—Tienes dos segundos antes de que te conviertas en rumor tú mismo –añadió.

—Vaya, vaya, el temperamento de siempre, ¿no? –dijo la voz, y a Gimli le pareció que era de un hombre joven.

La lámpara de un farol se derramaba sobre una figura al lado del contenedor.

—Soy yo, Gimli –dijo el hombre–: Croyd. Aparta esa mano maldita de tu pistola. No soy policía.

—¿Croyd? –repitió Gimli, entrecerrando los ojos.

Sus músculos se aflojaron un poco, aunque su cuerpo compacto y musculoso permaneció en la misma actitud agazapada.

—Esta vez tu as de verdad te jugó chueco. Nunca te había visto con un aspecto como éste.

El hombre soltó una risa sin alegría. Su cara y sus brazos tenían un color chocante de porcelana blanca, y sus pupilas de rosa apagado; el pelo alborotado de tono castaño oscuro tenía el efecto de acentuar por contraste la palidez del rostro.

—Sí, qué mierda. No debo ponerme al sol, pero en todo caso siempre he sido gente nocturna. Me teñí el pelo y empecé a usar gafas oscuras, pero las he perdido. Lo bueno es he conservado la fuerza, esta vez. Y eso ha sido útil, también –añadió, como una reflexión final.

Gimli esperó. Si el hombre era Croyd, todo bien. Pero de no ser así, Gimli no quería darle la menor oportunidad de hacer nada. Estar en Nueva York de nuevo lo ponía nervioso. Polyakov no los recibiría antes del lunes, el día en que se rumoraba que Hartmann anunciaría su candidatura; la jodida mujer árabe odiaba a los jokers, la mitad del tiempo soltando tonterías religiosas, y la otra mitad experimentando "visiones"; a sus antiguos compañeros de JSJ se les había extinguido la llama mientras él estaba en Europa y Rusia, y nadie se sentía seguro, bajo la guerra entre los Puños de Sombra y la Mafia y las arengas provocadoras de Barnett.

Sin embargo, estar encerrado en la bodega le ponía los nervios de punta.

Se había dicho que dar un breve paseo en la noche se los aplacaría un poco.

Otra idea de mierda.

Gimli veía enemigos en cada sombra; era la única forma de permanecer libre y con vida. Ya era demasiado problemático que, por causa de Hartmann, las autoridades federales y estatales estuviesen investigando la antigua red de JSJ y molestando a todo el mundo. Las escaramuzas entre jokers y norms tenían el efecto de que todos los jodidos policías de Nueva York anduvieran en Jokertown, y Gimli era demasiado reconocible para andar tranquilo por la calle, aunque tomara toda clase de precauciones. No se arriesgaba a fingir que Hartmann preferiría que no lo mataran "al resistir arresto" en lugar de meterlo a la cárcel; no era tan estúpido.

Era mejor precaverse. Ser furtivo. Cometer un error y dejar un cadáver, antes que darse a notar.

—Mira, Croyd, de momento me encuentro un poco paranoico. Me incomoda mucho que me vea gente que no conozco…

Croyd dio un paso hacia él. Se mordió el labio inferior con dientes torcidos, y Gimli se sorprendió al ver el color rojo subido de las encías del albino, que le recordaba a alguna película de zombis barata.

—¿Tienes anfetas, Gimli? Tus contactos siempre han sido buenos.

—He estado fuera. Las cosas cambian.

—¿No tienes anfetamina? ¡Mierda!

Gimli sacudió la cabeza. Al menos, eso sonaba a Croyd. El hombre se puso ceñudo y desplazó su peso de un pie a otro.

—Así es la vida –dijo, por fin–. Tengo otras fuentes, aunque se están secando o se me están negando a mí. Mira, lo que se dice en la calle es que JSJ se va a reformar. Deja que te regale un consejo. Después de Berlín, debes abandonar la lucha contra Hartmann. Es buen tipo, digas lo que digas. En cambio, hay que acabar con ese Barnett, hijo de perra. Yo mismo habría hecho el intento, si al despertar tuviese el poder adecuado. Todo el mundo en Jokertown te lo agradecerá.

—Ya lo pensaré.

El albino se volvió a reír, con el mismo graznido seco.

—No crees que soy yo, ¿verdad?

Gimli se alzó de hombros. Su mano volvió a acercarse a la abertura de su rompevientos, y vio que el hombre observaba sus movimientos con atención.

—Sigues vivo, ¿no? Eso ya es algo.

El albino que podría ser o no ser Croyd se acercó tanto que Gimli pudo oler su aliento.

—Sí –concedió–. Y quizá la próxima ocasión te achate el cuerpo más de lo que está. Croyd se acuerda de las cosas, Miller.

Croyd tosió, sorbió la nariz y se la limpió con la manga. Con una mirada enrojecida de soslayo un poco exagerada, se alejó. Gimli lo observaba, preguntándose si no estaría cometiendo un error. Si no era Croyd…

Lo dejó que se fuera. Gimli esperó en el callejón hasta que el hombre torció la esquina, y sólo entonces echó a andar, dio varias vueltas para verificar que nadie lo seguía.

Después de un rato, se encontró junto a la puerta trasera de una bodega dilapidada cerca del río del este.

Gimli distinguió a Video en el tejado. La saludó con la mano e hizo una inclinación de cabeza hacia Sudario, que se materializó entre las sombras de la entrada. La cara de Gimli se arrugó al oír las discusiones dentro de la bodega, voces que gruñían como una tormenta distante sobre el horizonte.

—¡Joder! –murmuró– ¡Ahí van de nuevo!

Sudario se ajustó la correa de su metralleta y se encogió de hombros.

—Necesitamos diversión –dijo–. Es casi igual de buena que la de Berlín.

Gimli abrió la puerta de un empujón. La confusión de palabras se volvió inteligible.

Esmeril le gritaba a Misha, que estaba de pie con los brazos cruzados y una expresión de ultraje moral en la cara, mientras Cacahuate intentaba retener al joker con piel de escofina. Esmeril agitaba un puño en dirección a Misha, empujando a Cacahuate.

—¡...tu fanatismo ciego, egoísta! Tú y Nur no son más que Barnetts con disfraz de árabe. Por dentro, sus almas pomposas están llenas de odio. ¡Te voy a dar una lección de odio, perra inmunda! ¡Te voy a enseñar lo que se siente!

El ruido de los goznes herrumbrosos de la puerta hizo que Cacahuate volviera la cabeza, con los brazos todavía en torno a Esmeril. Estaba cubierto de raspones por el esfuerzo de retener al áspero joker, los antebrazos llenos de rasguños ensangrentados. La piel de una persona normal habría sido del todo excoriada, pero la carne quitinosa de Cacahuate era más resistente.

—¡Gimli! –suplicó.

Esmeril giró en el abrazo de Cacahuate, arrancándole un grito de dolor. Mirando al enano, señaló a Misha con el dedo.

—¡*Deshazte* de ella! –gritó–. ¡No voy a poder soportar más su mierda!

Torció el cuerpo para soltarse de Cacahuate, que lo dejó ir.

—¿Qué carajo les pasa? –atronó Gimli, cerrando la puerta con gesto severo–. Se puede oír su escándalo desde la mitad del callejón.

—No voy a tolerar más insultos –advirtió Esmeril, y se acercó amenazador a Misha.

Gimli se interpuso entre ambos con firmeza.

—Dijo que el Padre Calamar se irá al infierno cuando muera –añadió Cacahuate, mientras secaba sus heridas con un pañuelo–. Quise explicarle a Esmeril que ella no entiende nada, pero...

—Dije sólo la verdad –intervino Misha, que no podía creer que no la entendieran; le temblaba la cabeza, y extendía los brazos como si pidiese ser absuelta de toda culpa–. Dios mostró Su reprobación del sacerdote al hacerlo joker. Sí, el Padre Calamar podría ser enviado al infierno, pero la misericordia de Alá es infinita.

—¿Ya ves? –le dijo Cacahuate a Esmeril, con una sonrisa vacilante–. Todo está bien, ¿sí?

—Sí, yo soy joker, y tú y Gimli son jokers, y a *todos* nos están castigando, ¿no? Eso es mierda, y no quiero oírlo. ¡Que te jodan, puta!

Esmeril le alzó el dedo a Misha y giró sobre sus talones. El portazo que dio al salir reverberó durante varios segundos.

Por encima del hombro, Gimli miró a Misha. Consideraba que lucía hermosa en su vestido negro funerario, pero siempre estaba incómoda con ropa occidental. Perturbaba a su gente con sus misticismos y rudezas. Esmeril, Sudario, Caléndula y Video la aborrecían con intensidad, mientras que Cacahuate –por raro que resultara– parecía estar perdidamente enamorado, aunque ella no expresaba sino desprecio por el joker retardado.

Gimli había determinado que él también la aborrecía. Lamentaba el impulso que lo condujo a encontrarse con ella tras el fiasco de Berlín, y deseaba nunca haberla referido a Polyakov. De no ser porque aseveraba tener evidencia contra Hartmann, y el hecho de que seguían a la espera de la información de los rusos, el Departamento de Justicia habría ya recibido una denuncia anónima. Le gustaría ver lo que el jodido Hartmann querría que hiciesen con ella.

Ella era un maldito as. Los ases sólo se preocupaban por sí mismos. Los ases eran aún peores que las personas normales.

—Tienes un tacto notable, ¿sabes? –le comentó.

—Él me hizo una pregunta. Yo sólo le dije lo que me dijo Alá. ¿Qué tiene de malo la verdad?

—Si quieres sobrevivir en Jokertown, es mejor que aprendas a callarte esa boca de mierda. Y ésa es la verdad.

—No tengo miedo de ser mártir de Alá –repuso altiva, con un acento que confundía las consonantes–. Al contrario: lo anhelo. Estoy cansada de esperar. Prefiero atacar abiertamente a la bestia Hartmann.

—Hartmann ha hecho mucho por los jokers... –comenzó Cacahuate, pero Gimli no lo dejó continuar.

—Será pronto. Hablé con Jube esta noche. Se dice que Hartmann pronunciará un discurso en la manifestación de apoyo del Parque Roosevelt el lunes. Todos creen que anunciará allí su candidatura. Polyakov nos dijo que se pondría en contacto con nosotros tan pronto como Hartmann se haya postulado oficialmente. Entonces actuaremos.

—Es preciso hacer contacto con Sara Morgenstern. Las visiones...

—No significan nada –interrumpió Gimli–. Haremos nuestros planes en cuanto esté aquí Polyakov.

—Yo iré a ese parque, entonces. Quiero ver a ese Hartmann de nuevo. Quiero oírlo.

Su rostro adoptó una expresión salvaje, de una ferocidad que rayaba en lo cómico.

—¡Ni te acerques por ahí, maldita sea! –Gimli alzó la voz–. Con toda la mierda que pasa en esta ciudad el parque va a estar infestado de agentes de seguridad.

Ella lo miró fijamente, y en sus ojos Gimli observó una intensidad de la cual no la creía capaz y que le hizo parpadear.

—Tú no eres mi padre ni mi hermano –le dijo, como si hablara a un niño de poco entendimiento–. No eres mi marido, no eres Nur. No me puedes dar órdenes como a los demás.

Gimli sentía que se llenaba de una rabia ciega e inútil. Se contuvo con un esfuerzo. *No falta mucho. Unos cuantos días más.* Le devolvió la mirada, y cada uno contempló la repugnancia que inspiraba al otro.

—Hartmann podría ser buen presidente –dijo Cacahuate, casi en un susurro, mirándolos.

No le hicieron el menor caso. Los rasguños de sus brazos seguían manando sangre.

—Odio este lugar –declaró Misha–. Tengo impaciencia por irme de aquí.

Se estremeció, y deshizo el contacto visual con Gimli.

—Hay muchas personas aquí que sienten la misma impaciencia del carajo, señaló el enano.

Los ojos de Misha se entrecerraron al oír esas palabras. Gimli se sonrió con inocencia.

—Unos cuantos días más. Ten paciencia –prosiguió Gimli.

De ahí en adelante no se aceptan más apuestas. Dejaré que Esmeril y los demás hagan lo que se les antoje contigo.

—Y mientras llegue ese momento –añadió en voz alta–, guárdate tus jodidas opiniones.

Lunes, 2:30 p.m.

Misha, que en otros tiempos había sido llamada Kahina, se acordaba de los sermones. Su hermano, Nur al-Allah, alcanzaba la mayor elocuencia al describir los tormentos del más allá. Su voz imperiosa y resonante martilleaba sobre los fieles desde el *minbar*, mientras el calor del mediodía agobiaba la mezquita de Badiyat Ash-sham, y a todos les parecía que las fosas del infierno se abrían a sus pies.

El infierno de Nur al-Allah estaba repleto de jokers odiosos que bailoteaban, esos pecadores a quienes Alá maldecía con la enfermedad del virus wild card. Eran una imagen terrenal de los tormentos eternos que aguardaban a todos los pecadores, un inframundo vil lleno de cuerpos retorcidos que parodiaban la forma humana, con pus que resbalaba por sus caras costrosas, repletos del hedor del odio, la revulsión y el pecado.

Nur no lo sabía, pero Misha sí: el infierno era Nueva York. El infierno era Jokertown. El infierno era el Parque Roosevelt en una tarde de junio. Y ahí estaba retozando el mismo Satán, frente a sus adoradores: Hartmann, el demonio que tenía hilos atados a los dedos, el fantasma que la embrujaba cuando soñaba despierta. El mismo que, usando las manos de Misha, había destruido la voz de su hermano.

Había leído en los periódicos los titulares elogiosos de Hartmann, que exaltaban su frialdad en las crisis, su compasión y su trabajo por encontrar maneras de disminuir el sufrimiento de los jokers. Ella sabía que en el parque miles de personas deseaban verlo, y también lo que todos esperaban que anunciara. Estaba al tanto de que la mayoría consideraba que Hartmann era una voz de cordura que se opondría a los desvaríos piadosos y llenos de odio de Leo Barnett y otros de la misma calaña.

Sin embargo, los sueños de Alá le habían revelado al Hartmann verdadero, y Alá había puesto en sus manos el regalo que causaría su caída. Por un momento, la realidad del parque vibró y amenazó con dejar su sitio a la pesadilla, y Misha estuvo a punto de gritar.

—¿Estás bien? Te estremeces.

Cacahuate la tocó en el brazo, y Misha se apartó involuntariamente del contacto con sus dedos córneos, inflexibles. Vio el dolor en sus ojos, casi perdidos en el escudo de escamas que conformaba su rostro.

—Se supone que no deberías estar aquí –lo conminó–. Gimli dijo...

—Está bien, Misha –susurró él.

El joker apenas lograba mover los labios, y su voz sonaba como la de los ventrílocuos.

—A mí también me repugna mi aspecto –prosiguió–. Así sucede con muchos de nosotros. Estigmato, por ejemplo. Yo entiendo.

Misha se apartó del dolor culpable que le producía la compasión expresada por esa voz arruinada. Las ganas de velarse la cara y esconder sus sentimientos de Cacahuate le causaban dolor en las manos. Pero el chador y los velos permanecían guardados dentro del baúl, en su cuarto. Llevaba suelto el pelo, que caía sobre sus hombros.

Cuando estés en Nueva York no puedes vestirte de negro, no durante un día de verano. Ya han de sospechar de tu presencia en la ciudad. Si sales a la calle, trata de mezclarte con los demás, si tienes la intención de permanecer libre. Alégrate de que al menos puedes caminar bajo la luz del día. Gimli no se atreverá a asomar la cara. Eso le había dicho Polyakov antes de salir ella de Europa. Parecía un consuelo muy mezquino.

En el Parque Roosevelt, pese a lo dicho por Gimli la noche anterior, de ninguna manera llamaría la atención. El lugar era un caos repleto de gente. Jokertown había derramado sobre la hierba su vida extraña y vibrante. Era como estar de vuelta en el año 76, y que las máscaras de Jokertown se hubieran dejado a un lado. Todos andaban sin avergonzarse de la maldición de Alá, exhibiendo los signos visibles de sus pecados, mezclándose ostentosamente con los que llamaban norms. Estaban hombro con hombro deformes alrededor de un escenario alzado al extremo norte del parque, el que quedaba más cerca de Jokertown, aplaudiendo a los oradores que predicaban solidaridad y amistad. Misha escuchaba, miraba y se estremecía, como si el calor de la tarde fuese una quimera, un fantasma de sueño, como lo demás.

—Tú de verdad odias a los jokers, ¿no? –preguntó en voz baja Cacahuate al tiempo que se aproximaban al escenario.

Bajo sus pies la hierba se quebraba y se mezclaba con el lodo, pedazos de periódicos y propaganda política. Esto también era algo que ella detestaba de aquel infierno, siempre con multitudes, siempre sucio.

—Sudario me contó lo que predicaba tu hermano. Nur no suena muy diferente a Barnett.

—Nosotros… el Corán enseña que Dios afecta directamente al

mundo. Da recompensas a los buenos y castigos a los malos. A mí eso no me parece horrible. ¿Tú crees en Dios?

—Claro que sí. Pero Dios no castiga a nadie con un maldito virus.

Kahina asintió, con los ojos negros llenos de solemnidad.

—En tal caso, tu Dios es un Dios muy cruel, que inflige una vida de dolor y sufrimientos a muchos inocentes. A menos que sea tan débil y pobre que no pueda impedir que algo así suceda. En cualquiera de los casos, ¿cómo puedes adorar a una divinidad así?

Cacahuate se confundió al oír una refutación tan contundente. En los pocos días que llevaba allí, Misha había entendido que ese joker era amistoso, pero de mente simple. Él trató de encogerse de hombros, alzando toda la parte superior del cuerpo, y se le llenaron de ojos las lágrimas.

—No es por nuestra culpa... –empezó a decir.

Su dolor le tocó los sentimientos a Misha, que se contuvo a punto de interrumpir. De nuevo, anheló estar cubierta por un velo para no delatar su compasión. *¿No te has enterado de lo que Tachyon y los otros han implicado entre líneas?*, quería gritarle ella. *¿No ves eso que no se atreven a decir, que el virus amplifica flaquezas y debilidades, que no hace sino tomar lo que encuentra en la persona infectada?*

—Lo siento mucho –suspiró–, de verdad que lo siento, Cacahuate.

Estiró el brazo para tocarle el hombro con la mano, esperando que él no se diera cuenta de que le temblaban los dedos ni de que el contacto era efímero.

—No hagas caso de lo que he dicho. Mi hermano era cruel y duro; a veces me parezco demasiado a él.

Cacahuate se sorbió la nariz. Una sonrisa apareció en su rostro de aristas duras.

—Tá bueno, Misha –dijo, y el perdón inmediato expresado por su voz le dolió a ella más que todo.

El joker miraba el escenario, y los pliegues se hicieron más profundos en su piel escabrosa.

—¡Mira, ahí está Hartmann! Yo no sé por qué tú y Gimli le tienen tan mala voluntad. Es el único que ayuda...

Las observaciones de Cacahuate se perdieron en el griterío de las masas alrededor de ellos, que alzaron los puños y prorrumpieron en aclamaciones. Y Satán entró al escenario.

Misha reconoció a los que estaban con él: el doctor Tachyon, vestido en colores estrambóticos; Hiram Worchester, rotundo e inflado; también uno que llamaban Carnifex, que no paraba de observar a la multitud y la hizo desear ocultarse. Una mujer estaba de pie al lado del senador, pero no era Sara, la que tanto aparecía en sus sueños, la mujer con quien había hablado en Damasco. Entonces, sería su esposa, Ellen.

Hartmann meneaba la cabeza, sonriendo bajo la adulación que surgía de los presentes. Alzó las manos, y las aclamaciones subieron de tono, la voz unida de la multitud que resonaba en los rascacielos al oeste. Unas letanías empezaron a sonar cerca del escenario y se fueron extendiendo hasta que todo el parque cantaba: "¡Hartmann! ¡Hartmann!", subían los cánticos al escenario. "¡Hartmann! ¡Hartmann!"

El senador se sonrió en ese momento, todavía meneando la cabeza como si no lograra dar crédito a sus sentidos, y a continuación se acercó a la batería de micrófonos. Su voz era llana y profunda, llena de sentimiento por los que estaban ante él. Esa voz le recordaba a Misha la voz de su hermano; un sonido que por sí mismo era ya la verdad.

—¡Qué gente maravillosa, todos ustedes! –dijo el senador.

Todos respondieron con un aullido, un huracán sonoro que casi dejó sorda a Misha. Los jokers se apretujaron en torno al escenario, arrastrando a Misha y Cacahuate, que no podían resistir el movimiento de la multitud. Las aclamaciones sonaron durante un largo minuto antes de que Hartmann alzara de nuevo los brazos, gesto que fue imponiendo silencio en los presentes.

—No quiero pararme aquí a recitar las cosas que están acostumbrados a oír de políticos como yo –comenzó por fin su discurso–. He estado fuera mucho tiempo, y lo que he visto del mundo me ha dejado muy asustado, francamente. Lo que más me ha asustado es encontrar a mi regreso, *aquí*, los mismos prejuicios, los mismos actos de intolerancia e inhumanidad. Ha llegado la hora de dejar de jugar a la política para retomar un camino seguro y digno. Estos tiempos no son seguros ni dignos. Vivimos tiempos de peligro.

Hizo una pausa para tomar aliento, y su respiración estremeció el sistema de sonido.

—Hace casi exactamente quince años, estuve aquí, sobre la hierba del Parque Roosevelt, y cometí un "error político". En estos últimos tiempos he meditado mucho sobre aquel día, y juro ante Dios que sigo sin entender por qué me condenan por no haberme arrepentido. Lo que vi ante mis ojos aquel día fue una violencia cruda, sin sentido. Un hervor de odios y prejuicios, y eso me hizo perder la compostura. ¡Me *enojé*!

Las últimas palabras las gritó, y los jokers gritaron para responder con su aprobación. Esperó a que se hiciera de nuevo el silencio antes de volver a hablar. Su voz sonó grave y oscura.

—Existen otras máscaras, además de las que se han hecho famosas gracias a Jokertown. Máscaras que ocultan una fealdad mucho peor que la de cualquier producto de wild card. Tras esas máscaras hay una infección que es demasiado humana. He oído su voz en las favelas de Rio, en los *kraal* de Sudáfrica, en los desiertos de Siria, en Asia y en Europa, y en América. Es una voz rica, confiada, tranquilizadora, y persuade a quienes odian que van bien, que lo bueno consiste en odiar. Predica que ser diferente es ser inferior. Ser negros, o ser judíos o ser indios, o sencillamente ser *jokers*.

El énfasis en la última palabra hizo que el monstruo de mil cabezas volviera a rugir, un muro de angustia que hizo estremecer a Misha. Le molestaba que las palabras de Hartmann le evocaran sus visiones. Casi volvió a sentir que sus garras le arrancaban la carne de la cara. Misha giró la cabeza al lado derecho y vio a Cacahuate con la boca abierta, embelesado como todos los demás, proclamando su entusiasmo.

—No puedo permitir que esto suceda –continuó Hartmann, en voz más alta y perentoria, exaltado con las emociones del público–. No puedo quedarme nada más mirando, cuando veo que puedo hacer algo. He visto demasiado. He oído la voz de la insidia del aborrecimiento, y ya no puedo tolerarla. Me estoy enojando otra vez. Quiero arrancarle la máscara y mostrar la auténtica fealdad que hay abajo, la fealdad del odio. Me asusta el estado de cosas del mundo y mi país, y no me queda más que un camino para responder a tal sentimiento.

Volvió a hacer una pausa y esperó hasta que todo el parque parecía contener su aliento colectivamente. Misha volvió a estremecerse. *Es el sueño de Alá. Habla como el sueño de Alá.*

—A partir del día de hoy, he renunciado a mi escaño en el Senado y al puesto que ocupo como presidente consejero de SCARE, con la finalidad de concentrar toda mi atención en un nuevo proyecto, una tarea en la que voy a necesitar el apoyo de todos ustedes. Declaro mi intención de postularme como candidato demócrata a la presidencia en 1988.

Las últimas palabras quedaron sepultadas por el clamor titánico de las ovaciones. Misha ya no podía ver a Hartmann, perdido como estaba en un mar ondulante de brazos y estandartes. No se imaginaba que los sonidos pudieran alcanzar tal volumen. Las aclamaciones la ensordecieron, y se tuvo que cubrir los oídos con las manos. La cantilena *¡Hartmann! ¡Hartmann!* volvió a sonar al tiempo que miles de puños de jokers se agitaban llevando el compás.

¡Hartmann! ¡Hartmann!

El infierno era un lugar ruidoso y caótico, y el odio que animaba a la mujer se disolvió en medio de la jubilosa celebración. A su lado, Cacahuate cantaba con los demás, y Misha, desesperada, lo contempló con revulsión.

Qué fuerte es este hombre, Alá, más fuerte que Nur. Muéstrame el camino correcto. Dime que mi fe tendrá su recompensa.

Pero ningún sueño acudió a ella en respuesta a sus ruegos. Sólo las voces bestiales de los jokers adorando a Satán, que se refocilaba en sus alabanzas. Por fin se podía dar comienzo a la batalla. Esa misma noche. En la reunión nocturna decidirían cómo destruir al diablo.

Lunes, 7:32 p.m.

POLYAKOV FUE EL ÚLTIMO EN LLEGAR A LA BODEGA.

Eso puso a Gimli de pésimo humor. Ya tenía suficientes problemas por no poder confiar con certeza en ninguno de la vieja organización de JSJ en Nueva York. Estaba harto tras dos semanas de soportar a Misha y sufrir su desprecio por los jokers. Fastidiado por el hecho de que los ases del Departamento de Justicia de Hartmann recorriesen todos los rincones de Jokertown buscándolo a él, a Gimli, y también porque las provocaciones de Barnett sugerían que cualquier joker era víctima propicia para agresiones de pandillas de norms, además de que las continuas batallas entre organizaciones criminales hacían de cualquier calle un territorio de alto riesgo.

Además, se estaba resfriando. Estornudó y se sonó la nariz con un gran pañuelo rojo.

Eran tiempos de mierda para Jokertown.

La llegada de Polyakov sólo tuvo el efecto de volver aún más ruin el humor de Gimli. El ruso irrumpió ruidosamente en la bodega sin llamar a la puerta.

—La joker de la azotea está de pie a la luz del farol –proclamó, estentóreo–. Cualquier idiota la puede ver. ¿Y si en lugar mío fuese la policía? Todos ustedes ya estarían muertos o bajo arresto. ¡Amateurs! ¡Diletantes!

Gimli se limpió sus bulbosas y tiernas narices y miró el pañuelo.

—La joker del techo es Video. Lanzó una imagen tuya a esta habitación para advertirnos de tu llegada, y necesita la luz para proyectar. Cacahuate y Esmeril te habrían detenido en la puerta si no doy la señal de conocerte.

Gimli se metió al bolsillo el pañuelo húmedo y dio dos golpes en la pared con el puño.

—¡Video! –gritó al techo–. Proyecta por favor una repetición para nuestro invitado, ¿sí?

El aire al centro de la bodega vibró y se oscureció. Por un momento, todos miraron el callejón fuera de la bodega, donde un hombre corpulento aguardaba en la sombra. La oscuridad se fundió en pulsaciones y enseguida apareció una imagen de la cabeza y los hombros del personaje. Era Polyakov, haciendo una mueca al mirar a Video. La imagen se desvaneció al tiempo que Gimli se reía.

—Ni siquiera viste al cabrón de Sudario atrás de ti, ¿no es cierto? –dijo el enano.

Una figura esbelta se materializó entre las sombras detrás de Polyakov. Con un dedo le picó en la espalda.

—Pum –musitó Sudario–. Ya te maté. El juego del joker ruso.

Junto a la puerta, Esmeril y Cacahuate se sonrieron.

Gimli se vio obligado a admitir que Polyakov lo tomaba bastante bien, para ser un norm. El hombre grandulón asintió, sin molestarse en mirar a Sudario.

—Mis disculpas. Es obvio que conoces a tu gente mejor que yo.

—Sí, ya lo creo que los conozco –dijo Gimli, sorbiendo la nariz y sintiendo que los senos frontales le goteaban como grifos descompuestos–. Asegúrate de que nadie entre aquí. No más invitaciones –agregó, dirigiéndose a Sudario, y el joker moreno y delgado asintió.

—Es la hora de la carne muerta –volvió a susurrar Sudario.

Una sonrisa se dibujó entre sus formas vaporosas y se disolvió en la sombra.

—Ya veo que tenemos ases con nosotros –comentó Polyakov.

Gimli rio sin alegría.

—Si pones a Video cerca de un aparato eléctrico, su sistema nervioso sufre una sobrecarga. Si la pones frente a un aparato de televisión, su corazón cae en arritmia. Si se acerca demasiado, podría morir. Y Sudario pierde sustancia día con día, como si se evaporase. En un año más estará muerto o se convertirá en un ser inmaterial de modo permanente. Ases, una mierda, Polyakov, son jokers, al igual que el resto de nosotros. Los mismos que seleccionan para destruir en tus laboratorios rusos.

Polyakov se limitó a gruñir al oír el insulto; Gimli se sintió decepcionado. El ruso se metió los dedos a los cabellos cortos grises y asintió.

—Rusia ha cometido errores, igual que Norteamérica. Yo quisiera que muchas cosas no hubiesen sucedido nunca, pero estamos aquí para cambiar lo que podamos cambiar, ¿no es así?

Fijó la mirada en Gimli sin parpadear. Preguntó:

—¿Ha llegado la as siria?

—Aquí estoy.

Misha se acercó desde el fondo de la bodega. Gimli observó su mirada dura hacia Cacahuate y Esmeril. Su actitud era agria y condescendiente al andar, como si esperara que la sirvieran. Tal vez Gimli la encontrase atractiva en extremo, con su piel morena de Arabia, pero no se hacía ninguna ilusión –salvo en algunas de sus tardías fantasías nocturnas– de que nada sucediera en ese terreno. Sabía el aspecto que él mismo ofrecía: "un sapito verrugoso y nocivo, que se alimenta del tronco podrido del ego". Era una frase de Wilde.

Gimli era un joker, y a fin de cuentas eso era lo único que le importaba a esa perra. Misha había puesto las cosas en claro, haciendo

saber a Gimli que sólo lo toleraba para conseguir vengarse de Hartmann. Ella no lo veía en absoluto como una persona, sino nada más
como un instrumento, algo que se tenía que usar porque ninguna
otra cosa podría cumplir con la tarea requerida. Esa realidad lo perturbaba cada vez que le ponía encima los ojos; bastaba con ver a la
mujer para tener ganas de gritarle.

Uno de estos días haré de ti un jodido instrumento para mí.

—Estoy lista para comenzar –anunció, provocando un gruñido de
Gimli–. Las visiones de hoy han sido optimistas.

—Tus malditos sueños no van a preocupar al senador, ¿o sí?

Misha giró, con fuego en los ojos.

—Te burlas de los dones de Alá. Por eso te castigó haciendo de ti
una burla de hombre.

Eso bastó para derrumbar las pocas barreras que le quedaban.
Una ira rápida y candente corrió por las venas de Gimli.

—*¡Puta de mierda!*

El enano se plantó sobre las piernas abiertas y musculosas, expan-
diendo su pecho de barril. Alzó un puño y levantó el dedo, dirigido
a ella.

—¡No acepto esa clase de mierda, ni de ti ni de nadie!

—¡BASTA! –explotó Polyakov en el momento en que Gimli daba un
paso hacia Misha.

El rugido del ruso hizo a Gimli volver la cabeza, y el movimiento
le causó punzadas en la cabeza.

—¡Amateurs! –escupió Polyakov–. Estas estupideces, Tom Miller,
son las que los destruyeron en Berlín, según me contó Mólniya.
Ahora le creo. Hay que poner fin a estos pleitos mezquinos. Tenemos un objetivo común: enfoquen ahí su rabia.

—Los discursos son pura mierda –objetó Gimli, pero se detuvo,
bajó el puño y aflojó los dedos–. ¡Menuda conspiración! ¿No les
parece? Un joker, un as y un norm. Quizás hayamos cometido un
error, ¿saben? No estoy muy seguro de que tengamos un objetivo
común.

Miró furioso a Misha.

—Ninguno de nosotros quiere que Hartmann asuma el poder político –comentó Polyakov alzando los hombros–. Cada quien tendrá
sus propios motivos, pero en la meta estamos de acuerdo. No deseo

ver a un as con poderes desconocidos ejerciendo la presidencia de una nación opuesta a la mía. Yo sé que Kahina desea vengarse por la muerte de su hermano. Tú tienes un viejo rencor guardado contra el senador. Aunque esta mujer te desagrade, ella posee pruebas duras en contra de Hartmann.

—Eso es lo que dice. Nosotros aún no las hemos visto, ¿no es cierto?

Polyakov replicó con un gruñido:

—Todo lo demás es evidencia circunstancial y de oídas. Comencemos. Por mi parte, deseo ver el don de Misha.

—Empecemos por hablar de realidades. Luego podemos especular con fantasías religiosas –objetó Gimli.

Sentía que se le escapaba el control del grupo; el ruso tenía presencia, carisma. Los demás ya lo miraban como al líder del grupo. *Olvídate de tus sentimientos, por malos que sean. Tienes que vigilarlo, o tomará el poder.*

—De cualquier modo, insisto –se obstinó el ruso.

Gimli inclinó la cabeza encarando a Polyakov, que le devolvió una mirada blanda. Por fin Gimli se aclaró la garganta ruidosamente y se sorbió los mocos.

—Está bien –gruñó.

—Estás en escena, Kahina.

Cuando Gimli la miró, ella le obsequió una rápida sonrisa de triunfo. Eso hizo que Gimli se decidiera. Cuando eso hubiera terminado, le presentaría la factura a Misha por sus arrogancias. Él mismo se encargaría de cobrarla, si fuese necesario.

Misha se fue al fondo de la bodega y volvió con un bulto de tela enrollada.

—Cuando los ases nos atacaron en la mezquita, Hartmann cayó herido –dijo–. Su gente lo examinó allí, rápido, pero se retiraron inmediatamente después. Yo...

Se interrumpió, y se le oscureció el rostro con el recuerdo del dolor.

—Yo... había escapado ya. Mi hermano y Sayyid, ambos con heridas terribles, reunieron a sus seguidores y huyeron a las profundidades del desierto. Al día siguiente, una visión me ordenó volver a la mezquita. Allí esto me fue entregado. Es la chaqueta que llevaba Hartmann cuando le dispararon.

Desenrolló su paquete sobre el suelo de cemento.

La chaqueta en sí no tenía nada de impresionante: deportiva, a cuadros, gris, sucia y arrugada. La tela despedía un débil tufo a moho. En el hombro derecho, un hoyo desgarrado estaba rodeado de una mancha irregular rojo parduzco, que se extendía bajando por el pecho. Adentro había un legajo de papeles en un sobre de manila. Misha rebuscó entre ellos.

—Fui a ver a cuatro doctores en Damasco con la chaqueta –continuó la mujer–. Hice que examinaran las manchas de sangre de manera independiente, y cada uno me dio el reporte de que se trata de sangre definitivamente infectada con el virus de wild card. El tipo de sangre corresponde al de Hartmann: A positivo. He verificado a través del hombre que me la dio que se trata de la chaqueta que llevaba puesta Hartmann; él la recogió después del combate, pensando en dársela a Nur como una reliquia.

—Una carta de verificación de un terrorista y una mancha de sangre que podría proceder de cualquiera, carajo –bufó Gimli–. Mira, todos los que estamos aquí podríamos creer que es la sangre de Hartmann, pero eso por sí solo no es nada. Ese hijo de puta ha presentado sus análisis de sangre. ¿Crees que no puede presentar una prueba con resultados negativos, con toda la gente que conoce?

Polyakov hizo movimientos afirmativos de cabeza.

—Puede, en efecto. Lo hará.

—Entonces hay que atacarlo físicamente –dijo Misha, que seguía sin poder entender a todas esas personas–. Si no aceptan mi regalo, entonces hay que matar a Hartmann. Yo los ayudo.

El aspecto que tomaba su cara hizo reír a Gimli, y la risa le provocó una tos llena de flemas.

—Por Dios, lo último que me falta es que me dé catarro –musitó, y luego alzó la voz–. Traes una sed de sangre del carajo, ¿verdad?

Misha se cruzó de brazos, desafiante.

—Yo no tengo miedo. ¿Y tú?

—No, maldita seas, pero soy realista. Mira, tu hermano lo tuvo rodeado de guardias con Uzis, y logró escapar, ¿o no? Yo tenía a ese cabrón atado a una silla, y todos estábamos armados, y uno por uno la mayoría nos fuimos de allí, una decisión que una hora después no podíamos creer haber tomado. Y entonces Mackie Messer, que es la versión humana de una pistola cargada y sin seguro, se volvió loco y acabó con los pocos que se quedaron, dejando al buen senador intacto.

Gimli escupió.

—Su poder consiste en obligar a la gente a hacer cosas, eso tiene que ser —concluyó el enano—. Está rodeado de ases. Por ese camino no vamos a ninguna parte con ese hombre.

Polyakov asintió.

—Por desgracia, estoy de acuerdo. Misha, tú no conoces a Mólniya, el as que estaba con Gimli en Berlín —dijo—. Podía matar a Hartmann con tan sólo tocarlo. Yo hablé con él largo y tendido. Hizo cosas que eran torpes y estúpidas para un hombre de su lealtad y experiencia. Su desempeño fue del todo inconsistente con su trayectoria. Tuvo que haber sido manipulado; parte de la evidencia que yo tengo en mi poder es su deposición.

Esmeril le dio un codazo a Cacahuate.

—El año setenta y seis —le indicó a Gimli—. Yo me acuerdo. Le hablaste a Hartmann cuando estábamos todos listos para marchar. Y de pronto nos dijiste que diéramos la vuelta y regresáramos al parque.

El recuerdo era igual de amargo que once años antes. Gimli había cavilado muchas veces en lo ocurrido. En 1976 JSJ había estado a punto de convertirse en una voz legítima para representar a los jokers, y sin embargo él había perdido la partida. Después de los disturbios, JSJ y el poder de Gimli se habían desbaratado. Desde Berlín, desde su encuentro con Misha, sus cavilaciones habían adquirido matices diferentes.

Ya sabía quién era culpable de su fracaso.

—Eso es cierto. ¡El hijo de puta! Por eso quiero acabar con él. Con Barnett o cualquiera de los otros políticos norms sabemos a qué atenernos; ya les tenemos tomada la medida. Con Hartmann es distinto. Y por eso él es más peligroso que cualquier otro. ¿Te acuerdas de Oso Hormiguero, Cacahuate? Él murió en Berlín, junto con muchos otros. A fin de cuentas, Hartmann tiene la culpa de todas esas muertes.

La totalidad del cuerpo de Cacahuate se sacudió cuando trató de menear la cabeza.

—Eso no me parece bien, Gimli. De verdad, Hartmann trabaja a favor de los jokers. Logró abolir las Actas, nos habla bonito, viene a Jokertown...

—Sí. Lo mismo que haría yo si quisiera acabar con las sospechas de todos. Como digo, sabemos quién es Barnett y lo que representa. Podemos enfrentarlo en cualquier momento. Hartmann me da más miedo.

—Entonces haz algo –intervino Misha–. Tenemos su chaqueta. Tenemos tu historia y la de Polyakov. Dásela a los periódicos de ustedes, y que ellos se encarguen de liquidar a Hartmann.

—Aún no tenemos ni una mierda. Negará todo. Exhibirá otros análisis de sangre. Señalará que las "evidencias" proceden de un joker que lo secuestró en Berlín, un ruso que está vinculado a la KGB y de ti, una visionaria a quien sus *sueños* han revelado que Hartmann es un as, y además sufre el delirio lunático de haber sido *obligada* a atacar a su hermano el terrorista. Un caso típico de transferencia de culpa.

Gimli disfrutó al ver que el rostro de Misha se iba poniendo colorado del cuello hacia arriba. *¡Ajá, perra! Esto sí te dolió, ¿verdad?*

—Es cierto, tenemos pruebas circunstanciales –prosiguió Gimli–, pero si las publicamos, se reirán de nosotros, tanto él como la prensa. Tenemos que unirnos con otros. Que sean ellos los que vayan al frente.

—Infiero que ya has pensado en alguien –comentó Polyakov.

Gimli creyó percibir un desafío en la voz del ruso.

—Así es –admitió ante Polyakov–. Opino que hay que llevar lo que tenemos a Chrysalis. Por lo que sé, está muy interesada en Hartmann, y no tiene rencores. Nadie sabe tanto de Jokertown como Chrysalis.

—Nadie sabe tanto de Hartmann como Sara Morgenstern –objetó Misha a la propuesta de Gimli, agitando la mano–. Los sueños de Alá me enseñan su cara. Es ella quien destruirá a Hartmann, no Chrysalis.

—Claro, es la amante de Hartmann. Si creemos que Hartmann posee poderes mentalistas, ¿a quién es más probable que tenga sometida a su control?

El dolor golpeaba a Gimli en las sienes, y sentía la cabeza repleta de mocos.

—Hay que acudir a Chrysalis –insistió.

—No sabemos que Chrysalis tenga ningún interés por ayudarnos. Tal vez Hartmann también la controla. Mis visiones...

—Tus visiones son una mierda, mujer, y estoy harto de que me andes jodiendo con esos cuentos.

—Son el regalo de Alá.

—Son el regalo del wild card, y todos los jokers sabemos lo que hay en *ese* paquete –replicó Gimli, pero se distrajo al oír que se abría la puerta de la bodega.

Giró la cabeza para ver a Polyakov en el umbral.

—¿Adónde diablos crees que vas?

Polyakov exhaló con fuerza.

—Ya he oído suficiente. No tengo la menor intención de ser pescado en medio de un montón de estúpidos. Vayan con Chrysalis o vayan con Morgenstern, no me importa con quién. Les deseo suerte. Quizá funcione. Pero no quiero tomar parte en ello.

—¿Nos dejas? –preguntó Gimli, sin poder dar crédito a sus oídos.

—Compartimos un interés, como ya he dicho. Parece que no tenemos nada más en común. Hagan lo que les parezca, para eso no me necesitan. Yo continuaré a mi manera. Si descubro algo interesante, me pondré en contacto con ustedes.

—Si intentas algo tú solo, es probable que te atrapen. Y alertarás a Hartmann.

Polyakov se alzó de hombros.

—De ser cierto lo que aseveras sobre Hartmann, entonces ya está alertado.

Hizo inclinaciones respectivas de cabeza a Gimli, Misha, Esmeril y Cacahuate. Cruzó el umbral y cerró con suavidad la puerta tras él.

Gimli sentía las miradas de los otros sobre él. Hizo un gesto obsceno a la puerta.

—¡Que se vaya al diablo! –alzó la voz–. No lo necesitamos.

—Entonces yo acudiré a Sara –insistió Misha–. Ella nos ayudará. *No hay otra opción. Ya no.*

Gimli asintió de mala gana.

—Está bien –suspiró–. Cacahuate te conseguirá un billete de avión a Washington. Y yo iré a ver a Chrysalis.

Se tocó la frente con la mano. La temperatura era alarmante.

—Pero por ahora, me iré a acostar.

Jueves, 10:50 p.m.

Gimli le había aconsejado que verificara a conciencia que el apartamento de Sara no estuviese bajo vigilancia. Misha pensaba que el enano era un paranoico, pero esperó algunos momentos antes de cruzar la calle, observando. Nunca podía saberse con seguridad. Sayyid, su marido, la habría apoyado, y él sabía del tema por ser el encargado de todos los aspectos de la seguridad de la secta nur.

—Ningún amateur puede detectar a un profesional, a menos que éste así lo disponga —recordaba haberlo oído decir en alguna ocasión. Siempre que pensaba en Sayyid le venían recuerdos dolorosos: su voz despectiva, sus modales atosigantes, su cuerpo monstruoso. Al verlo caer frente a ella y oír los huesos quebrarse como ramas secas y los gemidos que salían de su cuerpo engurruñado, había sentido alivio mezclado con horror.

Misha sintió un escalofrío y cruzó la calle.

Presionó el botón de intercomunicación en la puerta de la calle y se maravilló una vez más de la obsesión norteamericana con recursos ineficaces de seguridad: la puerta era de vidrio biselado, y no detendría a nadie desesperado por entrar. La voz que contestó sonaba fatigada y precavida.

—¿Sí? ¿Quién es?

—Soy Misha. Kahina. Por favor, necesito hablar contigo…

La pausa que siguió fue muy larga, y Misha pensó que tal vez Sara no contestaría, pero por fin se oyó un chasquido en el intercomunicador.

—Sube —dijo la voz—. Segundo piso, al frente.

Se oyó un zumbido en la puerta. Por un instante, Misha no supo qué hacer, pero enseguida empujó la puerta y ésta se abrió. Entró al aire acondicionado del recibidor y subió por las escaleras. La puerta estaba entreabierta; en la rendija entre puerta y marco, un ojo la observó acercarse. Desapareció, y Misha oyó cómo la cadena se retiraba de la puerta, que se abría un poco más, sólo lo suficiente para dejarla pasar.

—Entra —invitó Sara.

Era más delgada de lo que recordaba Misha; casi huesuda. Su rostro estaba lívido y tenso, y se veían bajo sus ojos ojeras profundas. Los cabellos tenían aspecto de no haber sido lavados en varios días; los mechones colgaban sobre los hombros sin brillo ni cuerpo. Cuando Misha entró, la mujer cerró la puerta, y enseguida apoyó la espalda contra ella.

—Tienes aspecto diferente, Kahina –dijo Sara–. Sin chador, ni velo ni guardaespaldas. Pero recuerdo tu voz y tus ojos.

—Las dos hemos cambiado –dijo Misha, con suavidad, y vio un destello de dolor en los ojos de Sara.

—Supongo que así es la vida, ¿uh? –comentó Sara y se apartó de la puerta, frotándose los ojos con los nudillos de la mano.

—Escribiste sobre mí después de… después de lo del desierto. Lo leí. Tú me sabes entender. Tienes alma buena, Sara.

—A últimas fechas ya no escribo casi nada –explicó Sara y caminó hacia el centro de la sala. Sólo había una lámpara encendida. En la suave penumbra, Sara se dio la vuelta.

—Oye, ¿por qué no te sientas? ¿Quieres algo de beber? ¿Qué prefieres?

—Agua.

Sara se encogió de hombros. Fue a la cocina y volvió unos minutos después con dos vasos. Le dio uno a Misha, que pudo percibir aroma de alcohol en el otro. Sara se sentó en el sofá, frente a la silla de Misha, y bebió un trago largo.

—Nunca he pasado tanto miedo como ese día en el desierto. Pensé que tu hermano… –dijo Sara, titubeando y mirando a Misha por encima del borde de su vaso– …pensé que tu hermano estaba loco del todo. Supe que nos iba a matar. Y entonces…

Sara se interrumpió y volvió a beber de su vaso.

—Entonces lo degollé –concluyó Misha.

Las palabras le dolieron, como siempre. Ninguna de las dos miraba a la otra. Misha dejó su vaso sobre la mesa junto al sofá. El tintineo del hielo contra el vidrio le parecía estruendoso.

—Debe de haber sido una decisión muy difícil para ti.

—Más de lo que piensas –replicó Misha–. Nur era, y sigue siendo, el profeta de Alá. Fue mi hermano. La persona a quien mi esposo seguía. Yo lo amaba por Alá, por mi familia, por mi marido. Tú no has sido nunca mujer en la sociedad de la que vengo yo, no conoces mi cultura. No puedes ver los siglos de condicionamiento. Lo que yo hice es imposible. Me hubiese cortado la mano antes que permitirlo.

—Sin embargo, lo hiciste.

—No lo creo –objetó Misha, en voz suave–. Y pienso que tú tampoco lo crees.

El rostro de Sara estaba en la sombra, a contraluz, con un halo en torno a sus cabellos. Misha no veía más que el brillo de sus ojos y el reflejo en sus labios mojados mientras volvía a alzar su vaso.

—¿Kahina ha vuelto a soñar? –preguntó irónica Sara, pero Misha distinguió un temblor en su voz.

—Yo te fui a ver en Damasco por causa de las visiones de Alá.

—Lo recuerdo.

—Entonces te acuerdas de que en aquella visión Alá me dijo que tú y el senador eran amantes. Que vi un cuchillo, y vi a Sayyid tratando de quitármelo. Que vi cómo Hartmann tomaba tu desconfianza y la transformaba, y cómo tomaba mis sentimientos para usarlos en contra mía.

—Dijiste un montón de cosas –protestó Sara, arrellanándose más en el sofá, con las rodillas contra el pecho–. Hablaste de símbolos, imágenes raras que podían significar cualquier cosa.

—El enano estaba también en la visión –insistió Misha–. Acuérdate de lo que te dije. El enano fue Gimli, en Berlín. Allí Hartmann volvió a hacer lo mismo.

—¡Berlín! –exclamó Sara, expeliendo las palabras con dureza–. Pero todo es pura coincidencia. Gregg es un hombre de buenos sentimientos, compasivo. Eso lo sé mejor que tú y mejor que nadie. Yo lo he visto. He estado con él.

—¿Es coincidencia? Tú y yo sabemos quién es. Es un as.

—Te digo que eso es imposible. Hay análisis de sangre que lo prueban. Y aun si *fuese* cierto, ¿en qué cambiarían las cosas? Él quiere trabajar por los derechos y la dignidad de todas las personas, a diferencia de Barnett o de tu hermano, o terroristas como los de JSJ. Lo que tú me cuentas son puras insinuaciones en contra de Gregg.

—En los sueños de Alá…

—*No son los sueños de Alá* –interrumpió enojada Sara–. Son el resultado del maldito wild card. Connatos proféticos. Hay media docena de ases que tienen la misma potencia. Ves fragmentos de los futuros posibles, y eso es todo. Pequeños avances inútiles que no tienen nada que ver con ningún dios.

Sara estaba alzando la voz. Misha pudo ver que le temblaba la mano al tomar otro trago.

—¿Qué pensaste tú que había hecho él, Sara? –le preguntó–. ¿Por qué lo odiabas tú antes?

Misha pensó que tal vez Sara iba a negarse a hablar de eso, pero no fue así.

—Me equivoqué. Pensé que... pensé que él pudo haber matado a mi hermana. Había coincidencias, sí. Pero me equivoqué, Misha.

—Sin embargo, me doy cuenta de que sientes miedo, porque tal vez tuviste razón, y sabes que lo que digo puede ser verdad. Mis sueños me dicen que, desde lo de Berlín, te estás haciendo preguntas. Que sientes miedo porque te acuerdas de la otra cosa que te dije en Damasco: lo que él haga conmigo lo hará contigo también. ¿Acaso no te das cuenta de cómo cambian tus sentimientos cuando estás con él? ¿No te hace dudar eso?

—¡*Maldita seas*! –exclamó Sara, arrojando el vaso, que se estrelló en la pared, al tiempo que ella se levantaba–. ¡No tienes el menor *derecho*!

—Tengo pruebas –insinuó con suavidad Misha, enfrentando serenamente la mirada de la otra.

—¡Sueños! –espetó Sara.

—Más que sueños. En la mezquita, durante los combates, hirieron al senador. Tengo la chaqueta que llevaba puesta. Mandé analizar la sangre. Ahí está la infección, tu virus de wild card.

Sara negó con la cabeza haciendo movimientos salvajes.

—No. Eso es lo que tú deseas que salga en las pruebas.

—O bien Hartmann ha presentado análisis de sangre falsificados. Eso sería fácil para él, ¿no te parece? –persistió Misha, sabiendo que la clave era Sara, como decían todas las visiones–. Eso podría validar tus sospechas sobre lo de tu hermana. Y explicaría lo que me sucedió a mí. Y todo lo que pasó en Berlín. Lo explicaría todo, y respondería a todas tus dudas.

—En ese caso acude a la prensa con tus pruebas.

—Lo voy a hacer. Ahora mismo.

La cabeza de Sara se seguía moviendo, en obstinada negación.

—No tienes suficiente.

—No por sí solo. Necesitamos todo lo que puedas decirnos. Debes de saber más, otros incidentes raros, otras muertes...

Sara seguía meneando la cabeza, pero encorvaba los hombros y su ira se evaporaba. Se apartó de Misha.

—No puedo confiar en ti. Por favor, vete.

—Mírame, Sara. En esto tú y yo somos hermanas. Hemos sido lastimadas las dos. Quiero que se haga justicia por el daño, igual que tú necesitas justicia para tu hermana. Lloramos y sangramos y no podremos encontrar curación hasta que lo sepamos. Sara, yo sé cómo mezclar el odio con el amor. Somos afines en eso, por raro y terrible que parezca. Las dos nos hemos dejado cegar por el amor. Yo amo a mi hermano, pero también odio lo que hizo. Tú amas a Hartmann, y sin embargo hay otro Hartmann más oscuro debajo de aquél. No puedes hacer nada contra él, porque si lo hicieses eso probaría que entregarte fue un error, pues cuando está contigo lo único en que puedes pensar es en el Hartmann a quien amas. Tendrías que admitir que te equivocaste. Que te permitiste amar a alguien que sólo quería usarte. Por eso sigues esperando.

No hubo respuesta. Misha asintió, suspirando. No podía decir nada más, pues cada una de sus palabras abría una nueva herida en Sara. Se acercó a la puerta, y al pasar junto a ella le tocó levemente la espalda. Misha sintió que los hombros de Sara se movían con lágrimas silenciosas. La mano de Misha estaba en el pestillo cuando Sara habló a sus espaldas, con la voz ahogada.

—¿Juras que es su chaqueta? ¿La tienes?

Misha no quitó la mano del pestillo, sin atreverse a volver la cabeza, no queriendo abrigar esperanzas.

—¿Confías en Tachyon? –volvió a preguntar Sara.

—¿El alienígena? No lo conozco. Gimli no parece tenerle simpatía. Pero si tú confías en él, entonces yo también.

—Tendré que ir a Nueva York esta semana, dentro de unos días. Podemos vernos el jueves enfrente de la clínica de Jokertown a las seis de la tarde. Trae la chaqueta. Haremos que la examine Tachyon, y después ya veremos. Eso es todo, veremos. ¿Te parece suficiente?

Misha casi se atragantó de puro alivio. Quería reírse, abrazar a Sara y llorar con ella. Pero se limitó a mover la cabeza en afirmación.

—Estaré ahí, te lo prometo, Sara. Yo sólo quiero la verdad, eso es todo.

—¿Y si Tachyon dice que eso no prueba nada?

—Entonces tendré que aceptar la culpa de mis actos –replicó Misha, empezando a accionar el pestillo–. Si no estoy ahí, será porque él me ha detenido. Entonces tú sola tendrás que decidir lo que haces.

—Lo cual te da una muy buena excusa –observó Sara–. Basta con que no vayas.

—Eso no lo crees, ¿verdad?

Silencio.

Misha abrió la puerta y salió.

Martes, 10:00 p.m.

Chrysalis abrió la puerta de su oficina. No prestó atención al enano que estaba sentado en su silla, con los pies descalzos apoyados en el escritorio. Cerró la puerta, y los sonidos de una noche activa en el Palacio de Cristal se abatieron.

—Buenas noches, Gimli.

Gimli se sentía muy mal. La ausencia de toda sorpresa en los ojos de Chrysalis sólo lo hizo sentirse aún peor.

—Debería saber que es inútil tratar de sorprenderte con la guardia baja.

Ella le ofreció una sonrisa con los labios apretados, que flotaba sobre un tejido de músculos y tendones.

—Supe que habías vuelto hace varias semanas. Eso ya es noticia antigua. ¿Cómo va tu resfriado?

Gimli se sorbió la nariz, una inhalación larga y húmeda. Por su columna bajó otro escalofrío, como una bandeja de cubitos de hielo.

—Del carajo. Siento que me lleva el diablo. Hace dos días que tengo fiebre; no se me quita con nada. Y veo con claridad que hay en mi organización un soplón que no puede cerrar la boca.

La miró con ojos llenos de rencor.

—Si usaras zapatos no te resfriarías. Me trajiste un paquete, además.

—¡Carajo! –espetó Gimli.

Bajó las piernas y se alzó de la silla haciendo una mueca. El movimiento súbito le causaba mareo, y tuvo que conservar el equilibrio apoyando una mano en el escritorio.

—Podría haber entrado por la puerta principal, para lo que me valió tanta astucia. ¿Por qué no nos saltamos toda la conversación y me das tu respuesta?

—En realidad aún no sé lo que me quieres pedir –replicó ella, con una risita seca–. Después de todo, hay límites, y a últimas fechas me he ocupado de cosas más inmediatas que la política. No hay seguridad para *ningún* joker en la calle, no es sólo tu caso. Pero puedo hacer conjeturas educadas. Yo diría que tu visita a la ciudad se relaciona con el senador Hartmann.

Gimli soltó un bufido.

—¡Mierda! Después del desastre de Berlín tu conjetura me parece muy fácil.

—Tú eres el que se impresiona por mis conocimientos, no yo. Tú eres quien tiene que estar escondido cerca del río este para que los federales no te arresten.

—Ya veo que las filtraciones son *enormes*.

El enano meneaba la cabeza. Gimli dio la vuelta al escritorio y se volvió a desplomar en la silla de ella. Cerró los ojos un segundo. *Cuando regreses puedes acostarte de nuevo. A lo mejor cuando despiertes se te habrá pasado.*

—Santo Dios, me siento fatal.

—Nada contagioso, espero.

—Tú y yo ya sufrimos las peores infecciones que jamás podremos contraer –declaró Gimli, mirando de soslayo a Chrysalis con ojos enrojecidos–. Y hablando del tema, ¿supongo que ya estarás enterada de que nuestro senador Hartmann es un maldito as?

—¿De veras?

Gimli quiso burlarse.

—También yo sé algunas cosas, querida dama. Una de ellas es que Digger Downs anda haciendo preguntas raras, y que tú lo has estado viendo mucho. Mi conjetura es que piensas lo mismo que yo.

—¿Y de ser así? Suponiendo que tuvieras razón, que no la tienes, ¿a ti qué te importa eso? A lo mejor sería bueno tener un presidente as. Muchos comparten la opinión de que Hartmann ha hecho más por los jokers que JSJ.

Al oír eso, Gimli se alzó como un disparo, olvidando su enfermedad. La ira marcó pliegues profundos en sus facciones.

—JSJ fue la única organización que les dijo a los norms que no pueden hacer lo que se les antoje con nosotros los jokers. No nos pusimos ahí tendiendo el sombrero con la trompa, como ese lameculos de Des. JSJ les hizo prestar atención, aunque tuviéramos que partirles la cara. No voy a oír esta mierda de que Hartmann es mejor que nosotros.

—En ese caso, te sugiero que te marches de aquí.

—Y en ese caso no verás el jodido paquete.

Pudo ver que Chrysalis se ponía a considerar la cuestión, y Gimli se sonrió, olvidando su explosión de mal genio. *Sí, tienes hambre de eso. Es la vieja Chrysalis, fingiendo indiferencia. Yo sabía que iba a quererlo. Al carajo con Misha si no le gusta.*

—Nunca te ha dado por compartir cosas, Gimli. ¿Qué pago quieres por el paquete?

—Que hagas público todo esto. Que comuniques todo lo demás que tengo para ti, aparte de lo que tú y Downs hayan escarbado. Saquemos a Hartmann de la carrera.

—¿Por qué? ¿Por ser un as? ¿O por una pequeña venganza personal de Gimli?

Gimli hizo crujir los dientes, pero un estornudo descompuso su figura.

—Porque es un hijo de puta hambriento de poder. Es como los demás burócratas del gobierno, egoístas y acumuladores de dinero, pero con un as para ayudarse. Es peligroso.

—Si sacas a Hartmann de la contienda, el próximo presidente podría ser Leo Barnett.

—¡Eso es mierda!

Gimli escupió, y Chrysalis miró horrorizada el escupitajo sobre su alfombra. El enano prosiguió:

—Puede que consiga la nominación, pero eso no es igual a la presidencia. Barnett no es más que un norm. Puede ser removido, si llega a hacer falta. Con Barnett al menos sabemos qué esperar. Hartmann es una jodida incógnita. Uno no sabe qué es lo que tiene, ni lo que va a hacer con eso.

—A lo mejor hace algunas cosas bien.

—O hace que todo sea peor. Esto no es para mí, es para los jokers. Mira los hechos a los que tanto aprecias. Hartmann destruye lo que toca. Utiliza a la gente. Los mastica y luego escupe la cáscara cuando se termina el sabor. Me usó a mí. Usó a la hermana de Nur, manipuló las mentes de muchas personas en Berlín. Es una botella de nitroglicerina. Sabe Dios qué otras atrocidades habrá cometido.

Hizo una pausa a la espera de sus objeciones, pero ella guardó silencio. Gimli sacó un fajo de pañuelos desechables del bolsillo, se sonó la nariz y sonrió.

—Y tú sospechas también –continuó–. Lo sé, carajo, si pensaras lo contrario no escucharías todo lo que te he venido diciendo. Quieres ver mi paquetito, porque podría probarte que es verdad.

—*Probar* es un término nebuloso. Mira a Gary Hart. No se necesitaron "pruebas" contra él; bastó con que no desmintiera a sus acusadores.

—Con el wild card sí vale la prueba. Está en la sangre. Y yo tengo en mi poder una muestra de la sangre de Hartmann.

Gimli sacó del envoltorio la chaqueta de Hartmann. Mientras extendía la tela manchada de sangre sobre el escritorio de Chrysalis, le contó la historia. Al terminar, un suave color había coloreado la piel transparente de Chrysalis, y el encaje de los vasos sanguíneos se dilataba y extendía con su emoción. Gimli se reía, aunque la fiebre le martilleaba la cabeza.

—Es tuyo, gratis –le dijo, pero lo interrumpió un fuerte acceso de tos.

Se contrajo en espasmos profundos y tuvo que esperar a que se le pasaran, tras lo cual se limpió la nariz con la manga.

—Tú me conoces, Chrysalis. Soy capaz de muchas cosas, pero no de mentir. Si te digo que es sangre de Hartmann, es la verdad. Pero no es suficiente. Hace falta más. Tú tienes que hacer algo con esto. ¿Te interesa?

Ella tomó la tela con los dedos, tocando las manchas de sangre tentativamente.

—Déjamela –propuso–. Quiero que un amigo mío aplique las pruebas. Puede tardar unos cuantos días. Si las manchas son de un as, entonces puede que hagamos un trato.

—Eso pensé –asintió Gimli–. O sea, tú tienes más información sobre Hartmann, ¿no? Cuida bien la chaqueta. Ya te buscaré después. Por ahora, me voy a morirme a mi casa.

Martes, 11:45 p.m.

Cuando dejó a Chrysalis, Gimli iba temblando de fiebre. Llegó en la parte de atrás de la camioneta de Esmeril, pero le informó al joker que volvería por sí solo. *¡A la mierda con los riesgos!*, se había dicho. *Estoy harto de hacer de fugitivo. Tendré cuidado.*

Salió a la calle por la puerta trasera del Palacio de Cristal a un callejón que apestaba a cerveza rancia y comida descompuesta. Sintió un golpe de náusea súbita en las tripas, y apoyado con una mano en el contenedor de basura vomitó violentamente, vació el estómago con la primera arcada y luego sufrió espasmos inútiles. Al terminar, no sintió alivio. Tenía un nudo en el estómago, y le dolían los músculos como si lo hubiesen apaleado. Además, la fiebre le seguía subiendo.

—Ay, joder –se quejó, se atragantó y escupió con la boca seca.

Deseó haber hecho caso a Esmeril, que quería esperarlo. Empujó el contenedor para enderezar su cuerpo y, agarrándose el estómago, se echó a andar hacia la bodega. *Seis malditas cuadras. No es demasiado lejos.*

Llevaba cuatro de ellas andadas cuando la panza volvió a rebelarse. La segunda vez fue mucho peor que la anterior. No le quedaba nada en el estómago. Gimli trataba de sobreponerse y perseveraba en arrastrar los pies hacia delante.

—¡Santo Cristo! –gritó, y retorció la cara en un gesto de agonía repentina.

El dolor lo hizo caer de rodillas, y se hincó detrás de una fila de botes de basura, mientras trataba desesperadamente de respirar entre las oleadas de náuseas incontenibles. Se quemaba por dentro, la cabeza le estallaba, el sudor empapaba sus ropas. Se puso a golpear al pavimento con los puños hasta que se le cubrieron de sangre, tratando de dominar la tortura interior por medio de dolores externos.

Se puso peor. Todos los músculos de su cuerpo sufrieron un espasmo al mismo tiempo, y Gimli soltó un alarido inhumano. Rodó sobre el piso, retorciéndose, y los músculos se alzaron en una rebelión descontrolada: las piernas agitándose, las manos trabadas, la espalda arqueada en tormento. El brazo se fracturó bajo la presión salvaje de las contracciones del bíceps y el tríceps, y un extremo del hueso rompió la piel y quedó expuesto. El hueso se retorcía ante sus ojos como un objeto vivo y hacía más grande la herida. Los intestinos parecían estar inundados de ácido, pero por alguna razón el dolor comenzaba a ceder, y eso le dio más miedo. Iba a entrar en estado de choque.

Los espasmos concluyeron abruptamente y lo dejaron enroscado sobre el piso en posición fetal. Gimli no podía moverse. Hizo intentos voluntariosos de parpadear y doblar un dedo, y se dio cuenta de que no tenía el menor control sobre su cuerpo. Por un momento, Gimli pensó que se le había pasado. Alguien lo encontraría, sus gritos habrían sido escuchados. Los habitantes de Jokertown sabrían qué hacer con él: lo llevarían a la clínica de Tachyon.

Pero no concluía. Frente a sus ojos abiertos estaba su brazo roto, y mientras lo miraba, vio cómo la punta quebrada del hueso se derretía como si fuese una vela dentro de un horno. Pudo sentir que su cuerpo se aflojaba, se movía interiormente, se fluidificaba. Su piel se infló como un balón distendido al máximo con agua hirviente. Trató de gritar, pero ni siquiera logró abrir la boca. Sus ojos se apagaban: los botes de basura, el brazo roto frente a su cara, todo se disolvió, distorsionado, y el mundo se fue apagando hasta desaparecer. No pudo aspirar el aire. Sintió que se ahogaba, incapaz de tomar aliento.

Por lo menos, Chrysalis tiene la jodida chaqueta. Ese pensamiento se le presentó de manera tan absoluta que se sorprendió.

Se oyó un ruido como de papel que se desgarra, lo que alarmó a una rata curiosa que se acercaba a ese extraño bulto en el suelo. Gimli no pudo verlo ni oírlo, pero la sensación estaba ahí, como si le hubieran metido en la espina dorsal una varilla de fierro al rojo blanco. Un pequeño desgarrón apareció en la mitad de su espalda. Poco a poco la fisura fue creciendo, y la carne se fue abriendo en largos jirones.

En el vacío silencioso y angustiado en que se hallaba, Gimli se preguntó si no estaría ya muerto y sometido a los tormentos eternos del infierno que Misha le había prometido como destino de todos los jokers. Aulló con la mente, maldijo a Misha, a Hartmann, al wild card y al mundo.

Perder el sentido fue una bendición.

Miércoles, 12:45 a.m.

En cuanto abrió Misha la puerta de la bodega, cayó en el trance de soñar despierta. La pintura de grafitis se volvió fluida, y la puerta se deformó como un muñequito de plomo en la lumbre.

En la oscuridad que sobrevino se oían risas; era Hartmann quien se reía, y los hilos de un títere danzaron en el aire frente a sus ojos. Al echarse Misha hacia atrás, los hilos se tensaron y subieron, y pudo ver la figura de un jorobado que oscilaba en sus extremos. La malevolencia de aquel rostro la hizo tambalearse: era una cara de niño, pero infundida de maldad a tal grado que su aliento parecía veneno. Era un rostro que recordaba haber visto en otras visiones, con su sonrisa torcida y cruel, y un brillo en los ojos que era promesa de dolor. La criatura la miraba mientras giraba colgada de los hilos, callada e inmóvil, bajo la risa atronadora de Hartmann.

Un instante después, desapareció la visión. Frente a ella, la puerta, y su mano lista para dar vuelta a la llave.

—¡Alá! —musitó, sacudiendo la cabeza, pero el movimiento no la ayudó a despejarse de la sensación de terror inminente. Las imágenes del sueño permanecían en su mente, y podía oír los latidos de su propio corazón. La cerradura cedió, y abrió la puerta.

—¿Gimli? —llamó—. ¡Hola!

La bodega estaba tan oscura como su sueño. No había nadie.

En su cabeza hubo una avalancha de punzadas, y el demonio del sueño amenazaba con reaparecer. En la penumbra de los rincones de la bodega, algunas manchas de luz se movían al compás de su mareo intermitente.

La puerta de la oficina se abrió, y el brillo de las lámparas le deslumbró los ojos, cegándola. Apareció una sombra, y Misha dejó escapar un grito.

—Perdón, Misha —dijo Cacahuate—. No quise asustarte.

Extendió una mano como para darle unas palmaditas en el hombro, y Misha se quitó. La mano del joker se quedó suspendida en un ademán torpe. Ella se recompuso, ceñuda.

—¿En dónde está Miller? —inquirió con dureza.

Cacahuate bajó la mano, y sus ojos tristes se fijaron en las manchas del piso de cemento. Sus hombros se alzaron pesadamente y sin gracia.

—No lo sé. Hace horas que tenía que haber vuelto, pero no sé nada de él. Esmeril, Sudario y Video sí estaban aquí, y dijeron que volverían más tarde. Nadie quiso quedarse conmigo.

—¿Qué tienes, Cacahuate? Te has quedado solo otras veces.

—Polyakov llamó por teléfono. Hay que avisarle a Gimli, dice, que Mackie ya llegó a Estados Unidos. Dice que las pistas de los papeles no son más que documentos oficiales del gobierno. Teme que Hartmann esté enterado de todo.

—¿Ya lo sabe Gimli?

—Todavía no. Tengo que avisarle. ¿Me esperas aquí?

—No –replicó, con demasiada rapidez y rudeza, pero no quiso suavizar su voz con explicaciones–. He hablado con Sara. Necesito la chaqueta. Se la vamos a llevar a Tachyon.

—La chaqueta no está aquí; Gimli se la llevó. Tendrás que esperar.

Misha se limitó a encogerse de hombros, lo cual sorprendió a Cacahuate, que esperaba un estallido de furia.

—Me voy a casa. Volveré después.

Giró para irse.

—Yo no te odio –dijo la voz infantil de Cacahuate a sus espaldas–. Tuviste buena suerte con tu wild card, y yo no, pero no te odio por eso. Ni tampoco te odio por lo que tú y Nur le hicieron a personas como yo. Tengo muchos motivos para odiarte, pero no te odio porque pienso que, a fin de cuentas, a ti el maldito virus te ha causado más daño que a mí.

Misha permanecía de espaldas, sin moverse, desde las primeras palabras.

—Yo tampoco te odio, Cacahuate –respondió.

Estaba abrumada por el agotamiento de un largo día, de la huida, del encuentro con Sara, y por el sentimiento de terror que aún la envolvía. No tenía energía para discutir ni para explicar.

—Nur odia a los jokers. Barnett odia a los jokers. A veces los jokers odian a los jokers. Tú, Gimli y el ruso quieren lastimar al único hombre que parece estimarnos. No entiendo –suspiró Cacahuate–. ¿Qué importa que sea un as? Quizá por esa razón trabaja por los jokers. Y hace bien en guardar el secreto; yo haría lo mismo, si pudiera. Yo sé lo que se siente cuando recibes un trato distinto de la gente que se te queda mirando, mientras finge que eso no importa.

—¿No nos has estado escuchando, Cacahuate? –replicó Misha, girando para encararlo–. Hartmann es un manipulador. Juega con su poder. Lo usa para sus propios fines, lastima y mata gente.

—Yo no estoy seguro de eso que creen –insistió Cacahuate–. Aunque así fuera, ¿acaso no causaba muertes lo que tú y Nur predicaban? ¿No fue por eso que mataron a centenares de jokers?

La mansedumbre de su voz tenía el efecto de hacer más punzantes sus acusaciones. *Yo también tengo las manos manchadas de sangre.*

—Cacahuate... –comenzó, pero se detuvo.

Necesitaba cubrir sus ojos con un velo y ocultar sus sentimientos bajo una tela negra. Pero no podía. Estaba ahí sin remedio, mirando ese rostro triste y arrugado.

—¿Cómo es posible que no me odies? –le preguntó.

Él logró algo parecido a una sonrisa.

—Antes te odiaba. Hasta que te conocí. ¿Sabes? La sociedad de tu país te ha hecho daño. Como a todos, ¿verdad? Te veo luchar contra eso, y sé que en tu corazón eres buena. Además Gimli dice que tú desaprobaste muchas de las cosas que decía Nur.

Su sonrisa se amplió, un gesto de tentativa que aumentó los riscos de su gruesa carne.

—Si te parece, te acompañaré para protegerte de Estigmato.

Ella no pudo menos que devolverle la sonrisa.

—¡Vaya! ¡Qué conmovedora escena!

Aquella voz totalmente inesperada, que delataba un fuerte acento alemán, tuvo el efecto de hacer que ambos girasen. Un joven jorobado, de figura anémica, vestido de negro, entró atravesando el muro de la bodega como quien cruza un banco de niebla. Misha reconoció de inmediato su cara flaca y su gesto cruel, y también la enfermedad que se escondía detrás de esos ojos. Los martillazos de miedo que recorrían su cuerpo eran un recordatorio eficaz; él tenía el mismo desenfado feroz que el títere colgado de los hilos de Hartmann.

—Kahina –dijo el recién llegado con voz trémula y cortante.

Misha supo que todo había concluido tan pronto oyó que la llamaba por su título honorífico. El jovenzuelo resoplaba como un caballo purasangre en estado de nervios.

¡Hartmann sabe! Nos ha descubierto, pensó la mujer.

—Ya es hora –volvió a hablar el jorobado.

Ella no pudo más que negar con la cabeza.

Cacahuate se movió para situarse entre el intruso y Misha. La mirada sardónica del hombre-niño se paseó sobre el joker.

—¿No te contó Gimli nada sobre Mackie? ¡Hombre!, todos se cagan de miedo con Mackie. ¡Si hubieses visto los ojos de la zorra de la Facción cuando la despaché! Yo tengo un as que es el mejor de todos...

La voz de Mackie expresaba una satisfacción inquieta. Quiso aferrar a Misha, pero Cacahuate interpuso un golpe. De repente la mano del intruso tembló y comenzó a vibrar con un zumbido feroz.

Brotaron chorros de sangre, y la mano de Cacahuate cayó al suelo.

Cacahuate se quedó quieto un momento, mirando sin creer los borbotones de sangre. Un instante después soltó un grito. Se le aflojaron las piernas y cayó al suelo. Mackie alzó la mano de nuevo y se dejó oír el zumbido de sierra mecánica.

—¡No! –gritó Misha.

Mackie titubeó, mirándola. Ella se sintió enferma al percibir el placer que el muchacho sentía; mostraba la misma expresión que había visto antes en su hermano, la misma del rostro de Hartmann en los sueños de Alá.

—¡No! –suplicó–. Te lo ruego. Iré contigo. Haré lo que tú me digas.

La respiración de Mackie se entrecortaba ruidosamente mientras sus emociones fluctuaban en su rostro como las sombras que arrojan las nubes en movimiento. Cacahuate se quejaba a sus pies.

—Es un maldito joker. Creí que tu deseo era aniquilarlos a todos. De éste me encargo yo. Rápido, vas a ver qué bien lo hago.

Su cara se había puesto seria, y su enfermedad tomó el aspecto de una excitación lúbrica.

—¡Por favor!

Mackie no respondió. Misha se detuvo y arrancó una tira de tela de la bastilla de sus faldas. Se hincó junto al joker derribado, que se agitaba en el suelo

—Cómo lo siento, Cacahuate –dijo, mientras enrollaba la tela en torno a su brazo arriba del muñón, y a continuación la apretaba para hacer parar la sangre y la fijaba con un nudo–. Nunca te he odiado. Sólo que no sabía cómo decírtelo.

La mano de Mackie le tocó el brazo y Misha hizo un gesto. Aunque la horrible vibración había cesado, sus dedos la hicieron gritar de dolor.

—Así sea –aceptó Mackie, mirando a Cacahuate en el suelo–. Cuando veas a Gimli, dale un mensaje de Mackie: "Auf Wiedersehen".

Su tono de voz era como el de una conversación normal, y sonreía. Alzó a Misha del suelo.

—No te asustes –la quiso tranquilizar–. Esto se va a poner diverti- do. Ya verás qué divertido.

Sus carcajadas de maniático se clavaron en Misha como si fueran mil pedazos de vidrio.

Jueves, 3:40 a.m.

En el callejón tras el Palacio de Cristal una figura tapada con una capa negra se acercó a un hombre que llevaba una careta de payaso. La cara bajo la capucha parecía estar cubierta por una más- cara de esgrima.

—Todo en orden, senador, fuimos los últimos en salir –dijo la apa- rición–. Los demás clientes ya se fueron, y los empleados se acaban de ir; el lugar está vacío. Chrysalis está en la oficina, con Downs.

La voz sonaba femenina, y eso significaba que el personaje de Patti se había posesionado de Rareza esa noche. Lo que Gregg tenía en- tendido es que ese joker había sido anteriormente tres personas, dos hombres y una mujer involucrados en una relación amorosa de larga duración. El virus wild card los había juntado a los tres en un solo ser, aunque la fusión no quedó completa, sino que fluía de un perso- naje a otro. Bajo la capa de Rareza las formas se amontonaban y cam- biaban, pues su cuerpo nunca reposaba; Gregg la vio una vez sin el tapujo, y la visión le resultó muy perturbadora. Rareza siempre ha- blaba de sí en plural, y estaba sujeta a una constante metamorfosis. Patti, John, Evan: nunca era alguno de ellos por completo. No podía estabilizarse y siempre se encontraba luchando con sus formas. Sus huesos crujían, la carne se abultaba y torcía, los rasgos cambiaban.

Ese proceso interminable significaba una agonía. El que mejor lo conocía era el Titiritero, y Rareza, por el simple hecho de existir, le proporcionaba el alimento emocional que le era indispensable. El mundo de Rareza estaba empapado de dolor, y las matrices vibrantes de su mente con facilidad caían en una depresión taciturna y negra.

Lo único constante en Rareza era la fuerza de su forma maleable. En ese aspecto, Rareza superaba a Carnifex, y rivalizaba con Mordecai Jones o Braun. Rareza abrigaba, también, una gran lealtad al senador Hartmann.

A fin de cuentas, Rareza sabía que Gregg era una persona compasiva. A Gregg los jokers sí le importaban; era la voz de la razón frente a fanáticos de la calaña de Leo Barnett. Estaba claro: muy pocas personas se habían atrevido a preguntarle a Rareza sobre sí misma, y el senador había sido capaz de escuchar con simpatía el largo relato de la vida del joker. Gregg era un norm, pero se mezclaba con los jokers, conversaba con ellos, les estrechaba la mano y luego cumplía sus promesas de campaña.

Rareza haría cualquier cosa que le pidiera el senador Hartmann. En el interior de Gregg, el Titiritero se estremecía de placer. Aquella noche prometía grandes delicias.

El Titiritero estaba harto de actuar con comedimiento, aunque Gregg no sintiese lo mismo.

Gregg obligó a esa personalidad oculta a permanecer en un rincón de su mente.

—Gracias, Patti —repuso.

A través del Titiritero, sintió un brote de placer al apreciar cómo a las personalidades individuales de Rareza les gustaba ser reconocidas.

—¿Ya sabes el resto? —añadió.

Rareza asintió. Algo que podría ser un pecho empujaba ligeramente el lado izquierdo de la capa.

—Yo vigilaré el lugar. Nadie podrá entrar más que las dos personas que me dijiste. Es sencillo.

Las palabras se estorbaban entre sí al cambiar la forma de su boca bajo la máscara de esgrima.

—Bien. Aprecio tu disposición.

—Para usted, no hay problema. No tiene más que decir lo que desea.

Gregg sonrió y se forzó a dar a Rareza una palmadita en el hombro. Bajo la capa, las cosas del cuerpo cambiaban de forma. Necesitó reprimir un escalofrío cuando apretó un poco la mano.

—Gracias, de nuevo. Saldré en unos veinte minutos más o menos.

La gratitud y la lealtad que irradiaban de Rareza hacían que el Titiritero se riera por dentro. Gregg se ajustó la careta de payaso, al tiempo que Rareza se recargaba sobre las puertas traseras. Chirriaron, y se oyó que adentro se rompía una cadena de metal. Gregg se metió al centro nocturno por las puertas desquiciadas.

—Ya hemos cerrado –Chrysalis estaba de pie en la puerta de la oficina, y sostenía en la mano una pistola de aspecto amenazante; tras ella Gregg pudo distinguir a Downs.

—Me estabas esperando –dijo Gregg en voz baja–. Me enviaste un mensaje.

Se quitó la careta de payaso. Aun sin disponer del vínculo de títere con Chrysalis, podía sentir en ella una mezcla de miedo y desafío, un tañido amargo y metálico que despertaba los apetitos del Titiritero. Gregg soltó una risa leve y permitió que su propio nerviosismo se añadiera al sonido.

¿Por qué tanta incertidumbre?

Debería ser obvio. Aun con la información que nos pasó Video, hay mucho que ignoramos. Gimli no confiaba demasiado en ella, y no la dejaba ver todo. Éstos tienen lo que estaba en poder de Kahina y Gimli.

Y tú me tienes a mí.

Gregg había planeado bien las cosas: durante varios años Video había sido un títere maravilloso y flexible. Sin embargo, a pesar de todo lo que ella había logrado canalizar hacia él, aun con lo que había averiguado a través de agencias gubernamentales y otras fuentes, seguía tanteando en la penumbra. Bastaría con dar un paso mal para que todo se fuera al traste.

Siempre cuidadoso, Gregg buscaba los caminos más seguros. La temeridad no era de su agrado, y aquello era un acto temerario. Pero a partir de los acontecimientos de Siria y de Berlín se había visto obligado a escoger un sendero diferente.

—Lamento no haber llegado dentro de tus horas hábiles –continuó, en tono casi de disculpa–. Pensé que nuestra reunión tenía un carácter demasiado privado para eso.

Muy bien. Déjales pensar que estamos negociando desde una posición de poder, al menos por ahora. Necesitas saber qué es lo que saben ellos.

Chrysalis bajó la pistola. Los músculos se expandieron dentro de su brazo transparente y bajo el pecho; el vestido que llevaba no se esforzaba por ocultar su cuerpo. Frunció unos labios rojos que semejaban flotar sobre la carne de vidrio.

—Senador –declaró, con el acento falso que tanto molestaba a Gregg–, supongo que está usted al tanto de lo que Downs y yo deseamos tratar con usted.

Gregg inhaló hondo. Sonrió.

—Desean tratar sobre ases –dijo–, en particular de los que se guardan, por decirlo así, en una manga, y ahí se ocultan. Quieren ver qué podría hacer yo a favor de ustedes. Creo que es algo que suele llamarse chantaje.

—¡Qué palabra más fea! –exclamó ella, apretando los labios y parpadeando con sus ojos de casa de los espantos, al tiempo que volvía a entrar a la oficina–. Pase usted, por favor.

La oficina de Chrysalis era lujosa. Un escritorio de roble pulido, sillones forrados de cuero, una alfombra costosa al centro de un piso de duelas, libreros de madera en los que se agrupaban ordenados los lomos de libros ornamentados con hoja de oro. Downs estaba sentado, pero su actitud era la de un hombre nervioso. Sonrió incierto a Gregg al verlo entrar.

—Eh, senador, ¿qué cuenta de nuevo?

Gregg no se molestó en responder. Miró a Downs con dureza. El hombrecillo se sorbió las narices y se hundió en el sillón. Chrysalis pasó a su lado, en una oleada de perfume, y se sentó tras el escritorio. Hizo un ademán indicando las sillas vacías.

—Tome asiento, senador. No creo que nuestra reunión se prolongue.

—¿De qué estamos hablando, exactamente?

—Hablemos del hecho de que he considerado hacer público que es usted un as. No dudo que eso le causaría un gran disgusto.

Gregg había esperado que Chrysalis lo amenazara, pues sin duda tenía el hábito de conseguir sus resultados con esa táctica, y no dudaba que ella se sentía a salvo de toda violencia física en ese lugar. De soslayo, Gregg observaba a Downs. En la gira de wild card, el comportamiento del reportero lo clasificaba dentro del tipo de hombres nerviosos, y en aquel instante era incapaz de controlar su agitación. La frente se le cubría de gotas de sudor, se frotaba las manos y se movía sobre el asiento. Chrysalis aparentaba serenidad, pero eso estaba fuera del alcance de Downs.

¡Qué bien! El Titiritero se puso en estado de alerta. *Nos equivocamos al no tomarlo. ¡Deja que me apodere de él ahora!*

No. Todavía no. Espera.

—Usted es un as, ¿verdad, senador?

Chrysalis hizo su pregunta con la mayor naturalidad, fingiendo despreocupación.

Él sabía que anticipaban un desmentido, y por eso sonrió, asintiendo.

—Sí –replicó, con la misma naturalidad.

—¿Sus pruebas de sangre son falsas?

—Y pueden volver a falsificarse. Aunque no pienso que vaya a ser necesario.

—¿No estará confiando demasiado en su poder?

Gregg, mirando a Downs más que a Chrysalis, notaba la inseguridad. Sabía lo que pensaba el reportero: ¿un telépata que proyecta? ¿Un poder mental como el de *Tachyon*?¿Y si no podemos controlarlo?

Gregg sonrió tranquilo, para reforzar la credulidad del otro.

—Tu amigo Downs no está tan seguro –le indicó a Chrysalis–. Todos en Jokertown saben la noticia de que la piel vacía de Gimli fue hallada en un callejón anoche, y se pregunta si habré tenido algo que ver en ello.

Estaba blofeando. Como todo el mundo, Gregg se había sorprendido (y alegrado) con la noticia. Vio cómo el color abandonaba el rostro de Downs.

—Se pregunta si no seré capaz de coaccionarte usando mi as para que cooperes.

—No puedes. Y lo que le sucedió a Gimli nada tuvo que ver contigo, al menos no de manera directa –replicó Chrysalis con energía–. Nada importa lo que él piense. Mi conjetura es que tienes un poder mental, pero dentro de alcances bastante limitados. Aun si pudieras hacernos decir que sí ahora, no puedes obligarnos a nada más.

¡Ella sabe! El alarido del Titiritero resonó dentro de la cabeza de Gregg. Tienes que matarla. Por favor. Va a sabernos muy rico. ¡Podemos obligar a Rareza a que lo haga!

Sospecha, eso es todo, respondió él.

¡No hay diferencia! Mátalos. Tenemos títeres que gozarán al hacerlo. Que los maten, y ya no habrá de qué preocuparse.

Si los matamos ahora tendremos que cubrir más nuestras huellas. Misha no ha querido hablar, seguimos sin saber qué evidencias están en manos de Chrysalis. Gimli ha desaparecido del cuadro, pero queda el otro hombre de los recuerdos de Video, el ruso.

Y Sara.

La mofa del Titiritero lo hirió.

Cállate. A Sara podemos tenerla bajo control. Chrysalis tiene planes preparados en caso de su muerte. No podemos correr el riesgo.

Todo el debate interior sucedió en un abrir y cerrar de ojos.

—Soy un político. Aquí no es como en Francia, donde el wild card se considera chic. Estoy en una contienda en la que Leo Barnett manipulará el odio a los jokers. Yo vi cómo las insinuaciones aniquilaron la carrera de Gary Hart. No voy a permitir que eso me suceda a mí. Sin embargo, la gente podría considerar la evidencia que tú podrías presentarles. Tal vez pierda votos. Algunos dirán que se pueden falsificar las pruebas de sangre. Sospecharán de los sucesos de Siria y Berlín. No me puedo dar el lujo de perder terreno por causa de las especulaciones.

—Eso significa que podemos llegar a un entendimiento –sonrió Chrysalis.

—Tal vez no. Creo que sigues teniendo un problema.

—Senador, la prensa tiene obligaciones... –empezó a declarar Downs, pero se calló con la mirada arrasadora que le lanzó Hartmann.

—La revista *¡Ases!* mal puede considerarse prensa legítima. Vamos a ponerlo en estos términos. Ustedes no saben de qué soy capaz. Les diré que los sucesos de Berlín y Siria no fueron accidentes. Les diré que, en estos momentos, la pequeña banda de Gimli está siendo arrestada. Les diré que, si deseo encontrarlos, no hay manera de que puedan escapar de mí.

Volvió la cabeza hacia la puerta.

—¡Mackie! –llamó.

Se abrió la puerta. Sonriente, Mackie entró, conduciendo a una mujer que se tambaleaba, envuelta en una larga capa negra. Mackie arrancó la capa de sus hombros, revelando un cuerpo desnudo y embarrado de sangre. Le dio un empujón por detrás a la mujer, que cayó sobre la alfombra frente a la horrorizada Chrysalis.

—Soy persona razonable –dijo Gregg mientras Chrysalis y Down miraban a la gimiente tirada en el suelo–. Sólo les pido que piensen en esto. Tengan en cuenta que disputaré toda evidencia. No olviden que puedo exhibir pruebas de sangre negativas. Piensen que no quiero que se oiga ni un suspiro en términos de rumores. Y consideren que, si los dejo con vida, es sólo porque son las dos mejores fuentes de información que conozco: oyen todo, o al menos eso me han hecho creer. Qué bueno. Aprovechen sus fuentes. Porque si oigo el menor rumor, si veo cualquier artículo en los periódicos o en ¡Ases!, si me doy cuenta de que la gente anda haciendo preguntas extrañas, si me atacan o si me hacen daño, o si siento una vaga amenaza, ya sé adónde venir.

Downs miraba a Misha con la boca abierta. Chrysalis se reclinó en el escritorio. Trató de mirar a Gregg a los ojos, pero no pudo.

—Como pueden darse cuenta, soy yo quien intenta utilizarlos, y no al revés –continuó Gregg–. Los hago responsables del silencio y de la seguridad. Son muy buenos haciendo lo que hacen. Comiencen por ubicar a mis enemigos y ocúpense de detenerlos. Soy vengativo, y soy peligroso. Soy todo lo que temían Misha y Gimli sobre mí.

Hizo una pasa.

—Y si alguien llega a enterarse de eso, juzgaré que la culpa recae en ustedes. Pueden hacer daño a mi campaña presidencial si eligen ser héroes, pero eso será todo. No podrán probar nada más. Después de todo, la realidad es que nunca he matado a nadie por mi propia mano. Una vez concluido el proceso, seguiré en libertad. Y los hallaría sin la menor dificultad. Y entonces recibirán el trato que reservo a mis enemigos.

El Titiritero se carcajeaba en su interior, anticipando lo que vendría a continuación. Gregg sonrió a Chrysalis y a Downs. Abrazó a Mackie, que lo miraba ansioso.

—Que lo disfrutes –le dijo.

Inclinó la cabeza hacia Chrysalis, con notable sangre fría, y salió de la oficina. Cerró la puerta tras él y se quedó apoyándose en ella hasta oír el zumbido del as de Mackie.

Gregg dejó en libertad al Titiritero para que acompañara la locura del muchacho en su extraña y colorida cabalgata. Mackie apenas necesitaba estímulo.

Adentro de la oficina, Mackie se hincó y tomó la cabeza de Misha en las manos, meciéndola. Ni Chrysalis ni Downs hicieron movimiento alguno.

—Misha –canturreó suavemente.

La mujer abrió los ojos, y el dolor que él vio tras ellos lo hizo suspirar.

—¡Eres una mártir tan bien portadita! –le dijo.

Luego, volviéndose a los otros, con un brillo de admiración en los ojos:

—No quiere hablar, no importa qué le haga.

Movía las manos sobre el cuerpo lacerado.

—Podría ser santa. ¡Cuánto silencio en el dolor! Una nobleza del carajo.

Le dedicó una sonrisa de ternura a la pobre mujer.

—Para comenzar, la poseí como un muchacho, antes de hacerle ninguna llaga. ¿Tienes algo que decir ahora, Misha?

Su cabeza osciló despacio de un lado a otro.

Misha sonreía con espasmos y respiraba jadeando.

—No es cierto que odies a los jokers –le dijo a Misha, mirándola a la cara–. No es posible; de lo contrario, ya habrías hablado.

Había una tristeza rara en sus palabras.

—*Shahid* –musitó ella, a través de sus labios hinchados cubiertos de sangre seca.

Mackie inclinó el oído tratando de escuchar.

—Habla en árabe –les dijo a los otros–. Yo no entiendo árabe.

El zumbido de sus manos parecía un aullido. Le pasó los dedos por los pechos como una caricia que hacía brotar chorritos de sangre. Misha soltó un grito con voz enronquecida. Downs se puso a vomitar. Chrysalis permaneció estoica hasta que Mackie deslizó la mano sobre el vientre de Misha derramando sus intestinos enrollados sobre la alfombra.

Al terminar se levantó y se sacudió los restos de la carnicería que lo manchaban por delante.

—El senador me dijo que ustedes sabrían qué hacer con todo el tiradero –les dijo–. Dice que ustedes saben de todo y que conocen a todo el mundo.

La risa de Mackie era aguda y maniática. Empezó a silbar: Brecht, *La ópera de tres centavos*.

Agitando despreocupadamente una mano a modo de despedida, atravesó el muro y se fue de allí.

Jueves, 7:35 p.m.

Sara estaba de pie en una esquina, frente a la clínica de Jokertown. Vientos fríos procedentes de Canadá acumulaban nubes bajas, húmedas, que escupían sus goterones sobre el pavimento.

Volvió a consultar su reloj. Hacía más de una hora que Misha debía haber llegado.

"Estaré ahí, te lo prometo, Sara. Si no estoy ahí, será porque él me ha detenido."

Sara soltó una maldición apenas audible, sin saber qué pensar ni qué sentir.

"Entonces tú sola tendrás que decidir lo que haces."

—¿Puedo ayudarla en algo, Ms. Morgenstern?

La voz profunda de Tachyon la hizo dar un salto. El alienígena de cabellos escarlata la miró desde su altura, con una expresión a tal grado preocupada que le hubiera provocado un efecto cómico en otras circunstancias. Durante la gira, más de una vez él había manifestado señales de que la encontraba atractiva. Sara reaccionó con una detestable risa de timbre histérico.

—No, no, doctor, estoy bien. Estaba… estaba esperando a alguien. Quedamos de encontrarnos aquí.

Tachyon asintió con gesto solemne, pero sus ojos sorprendentes no se apartaban de ella.

—Te vi desde la clínica; me da la sensación de que estás nerviosa. Pensé que tal vez podría yo servirte en algo. ¿Estás segura de que no puedo ayudar?

—No es necesario –objetó, en voz demasiado alta y cortante, y tuvo que sonreír para suavizar el efecto–. De veras, doctor. Gracias por el ofrecimiento. Estaba a punto de irme, de cualquier modo. Me parece que ella no va a venir.

Él asintió. La miró. Al fin se alzó de hombros.

—Ah –dijo–, bueno, qué gusto volver a verte. Ahora que se acabó el viaje, no hay por qué tratarnos como si fuésemos extraños, Sara. ¿Tal vez quieras salir a cenar conmigo una de estas noches?

—Gracias, pero…

Sara se mordió el labio inferior. No deseaba más que Tachyon se fuera de ahí. Era menester pensar, irse de ese sitio.

—¿Tal vez la próxima vez que venga a la ciudad? –ofreció.

—Me encargaré de que no se te olvide.

Tachyon inclinó la cabeza a la manera de un lord victoriano, mirándola fijamente, de una manera extraña. Tras un momento, se dio vuelta. Sara lo observó cruzar la calle hacia la clínica. El cielo comenzó a soltar una llovizna pertinaz. El alumbrado parpadeaba en el atardecer. Sara volvió a mirar a ambos lados de la calle. Un joker con caparazón y piernas torcidas de manera extraña se arrastraba desde la acera al umbral de una puerta. La lluvia empezaba a formar charcos en torno a las coladeras tapadas por la basura.

"En esto tú y yo somos hermanas."

Sara se bajó de la acera y llamó a un taxi que estaba parado calle abajo. El conductor norm la miró por el espejo retrovisor. Su mirada era directa y grosera. Sara volvió la cabeza.

—¿Adónde quiere ir? –preguntó con marcado acento eslavo.

—Conduzca afuera del centro –indicó–. Sólo sáqueme de aquí.

"Lo que él haga conmigo lo hará contigo también. ¿Acaso no te das cuenta de cómo cambian tus sentimientos cuando estás con él? ¿No te hace dudar eso?"

¡Ay, Andrea, lo siento, cuánto lo siento!

Sara se acomodó dentro del taxi y se puso a mirar a través de la ventanilla cómo la lluvia manchaba las torres de Manhattan.

Lazos de sangre

III

UN MAPA CON LA RED DE COORDENADAS DE MANHATTAN desde la Calle Ochenta y Siete hasta la Cincuenta y Siete relucía en la pantalla de la computadora. Tachyon apretó un botón y apareció otra sección de treinta manzanas. Estudió dos puntos rojos. Deseaba tener una pantalla grande de verdad, en la que cupiera todo Manhattan. Resolvió que a pesar de las crisis crecientes de la clínica, iba a ser necesario pasar varias horas a bordo de *Baby*. Su wetware y hardware eran infinitamente superiores a lo mejor que tenían en la Tierra, y ella podía mostrarle en pantalla completa los orígenes de esta fuente misteriosa y elusiva de wild card.

Victoria Reina, jefa de cirugía de la clínica, entró sin llamar a la puerta.

—Tachyon, no puedes seguir así. Sales a las rondas con las patrullas de jokers, atiendes a los pacientes, te dedicas a la investigación y correteas con tu hijo queriendo ser superpapá.

El doctor se presionó los ojos irritados con los pulgares, y enseguida golpeó la pantalla de CRT con los nudillos.

—La solución al problema anda aquí, en algún sitio. Sólo necesito encontrarla. Dieciocho casos nuevos de wild card en un periodo de cuatro días. Eso no es racional, no debería suceder. Esperaba que fuera una situación sencilla, como un conjunto aún no detectado de esporas. Pero la dispersión de los brotes elimina esa posibilidad. He llamado al servicio meteorológico nacional, y me van a enviar las grabaciones del clima de las últimas dos semanas. A lo mejor ahí está la clave: que alguna anomalía meteorológica o sísmica haya causado una serie de infecciones.

—No tiene caso. Andas al borde de la desesperación, y todavía desperdicias tu tiempo, tan limitado.

—¡MALDITA SEA! –explotó Tachyon, y se alzó de la silla apoyándose en el escritorio–. La jodida prensa me respira en la nuca, exigiendo una respuesta, algo que tranquilice a sus lectores. ¿Hasta cuándo seguiré limitado a gestos tranquilizadores mientras esto se transforma en un pánico a gran escala? ¡Nada más piensa en lo que Barnett hará con el tema!

Ella lo aferró por las muñecas y le hizo poner las manos sobre el escritorio, y se inclinó hacia él hasta que sus narices casi se tocaron.

—¡No puedes hacerte responsable de cada cosa que sucede en el mundo! Ni de las guerras de pandillas en Jokertown, ni de los charlatanes de extrema derecha que se lanzan a la presidencia. Ni tampoco del wild card.

—A mí me criaron para ser responsable. Lo traigo en la sangre y en los huesos, desde hace mil generaciones. ¡Éste es mi pueblo, ésta es mi gente, ES MI NIETO, Y MI CLÍNICA, Y, SÍ, ES MI VIRUS!

—¡NO TE ENORGULLEZCAS DE ESO!

—¡NO LO HAGO! –gritó Tachyon, zafando las manos, y se fue al otro lado del cuarto.

—¡ERES ARROGANTE E IRRACIONAL!

—¿PUES QUÉ SUGIERES, ENTONCES? ¿A FAVOR DE QUIÉN ABDICO DE MI RESPONSABILIDAD? ¿A QUIÉN CONDENO A CARGAR CON LA CULPA Y EL ODIO? ¡ES MI GENTE, SÍ, Y EN EL FONDO TODOS ME ODIAN!

Apoyó la cabeza en la pared y estalló en sollozos descontrolados.

La cara de la mujer se endureció. Usando el grifo del baño, llenó un vaso de agua y se lo arrojó al rostro.

—¡Basta! ¡Tienes que dominarte! –lo conminó, puntuando cada palabra con una fuerte sacudida de hombros.

Tosiendo, se secó el rostro y tomó aire.

—Gracias, ya estoy mejor.

—Ve a tu casa, duerme un poco y permite que se te ayude. Trae a Meadows para que ayude en la investigación y deja las condenadas patrullas en manos de Chrysalis.

—¿Y Blaise? ¿Qué hago con Blaise? Es la persona más importante de mi vida, y lo tengo muy descuidado.

—El problema contigo, Tachyon –dijo Victoria al tiempo que salía de la oficina–, es que ¡cada cosa de tu vida es lo más importante!

Hubo que realizar una apendectomía rutinaria. No debió dedicar su tiempo a esa intervención, pero Tommy era el sobrino del viejo mister Cricket, y no puede uno ser descortés con los antiguos amigos. Tachyon se quitó la bata de cirugía color verde bilis, se cepilló los cabellos cortos y gesticuló. A continuación, emprendió la ronda en cada uno de los cuatro pisos de la clínica.

Por ser de noche, las luces del hospital estaban aminoradas. En algunas habitaciones se oían televisores a volumen muy quedo, murmullos de conversaciones y, en una de ellas, sollozos desesperados. Por un instante titubeó, pero se decidió a entrar. Unas mandíbulas poderosas y un par de ojos opacos ovalados lo contemplaron, enmarcados por cabellos grises y resecos. El cuerpo acabado apenas cubierto por la bata de la clínica era de una mujer.

—¿Señora?

Tachyon tomó el cuadro clínico y le echó un vistazo: Wilma Banks. Setenta y un años. Cáncer de páncreas.

—Oh, doctor, lo siento mucho. No fue mi intención… Estoy bien, en realidad. No quiero molestar… la enfermera fue muy tajante…

—No molesta. ¿De qué enfermera me habla?

—No quiero andar de chismosa ni causar dificultades.

Sin duda quería ambas cosas, pero Tachyon la escuchó con paciencia. No le importaba que algunos pacientes lo aburrieran con banalidades; el doctor insistía en que todo el personal de la clínica prestara sus servicios con la mayor cortesía.

—Y luego, mis hijos no vienen nunca a verme. Yo digo, ¿para que tuve hijos si me abandonan cuando más los necesito? Dediqué treinta años de mi vida a trabajar para que ellos disfrutaran de ciertas ventajas. Mi hijo Reggie es corredor de bolsa en una empresa grande de Nueva York, tiene casa en Connecticut y su mujer no soporta verme. Sólo he ido una vez a su casa, y eso porque ella se había ido de viaje con mis nietos.

No había nada que decir. Se sentó a su lado, la tomó de la mano y la escuchó. Fue por un vaso de jugo de arándano del mostrador de las enfermeras, donde regañó con severidad al personal, y se lo llevó a la anciana. Siguió con su ronda.

El café ingerido a lo largo de todo el día subía por su garganta, revuelto con ácido estomacal. Bueno, ya que se ponía bilioso, pensó, bien podía tomar el trago amargo de una buena vez. Empujó la puerta de un cuarto privado y entró. Apenas podía asignar lugares en la clínica, pero ninguno de los pacientes merecía ser internado junto al horror comatoso que se hallaba tras la puerta. Después de treinta años de examinar víctimas de wild card, Tachyon creía haber visto las cosas más terribles, pero el hombre que estaba retorcido sobre la cama ponía esa noción en ridículo.

Atorado a medias del proceso metamórfico entre hombre y cocodrilo, el cuerpo de Jack se había distorsionado por las presiones antinaturales de una interacción entre los virus del sida y de wild card. Los huesos del cráneo se habían alargado, produciendo el hocico de un cocodrilo. Por desgracia, la mandíbula inferior no se había transformado. Pequeña y vulnerable, colgaba bajo los tremendos dientes afilados de la quijada superior. Una sombra de barba manchaba el mentón. En su torso, la piel se mezclaba con las escamas. Los límites entre las dos áreas se habían agrietado en fisuras rojas, por las que rezumaba suero.

Tachyon se estremeció. Esperaba que en su estado de coma profundo Jack no sintiera dolor, pues su condición era un tormento. Durante varios años, Jack había visitado lealmente a C. C. Ryder con la mayor paciencia. Resultaba irónico que ella, una vez sanada, hubiese renacido a una nueva vida, mientras que el fiel y paciente Jack ocupaba su lugar.

—¡Oh, Jack! ¿Qué amante llora por ti, o acaso él se murió antes de que tú entraras a esta muerte en vida? –musitó el doctor.

Volvió a leer sus notas en el cuadro clínico, que indicaba que el virus del sida no avanzaba cuando Jack asumía su forma de cocodrilo.

Como hojas caídas, los recuerdos, negros y marchitos, se esparcieron en torno suyo. Tachyon se paseó entre ellos, sonrojándose, pues estaba invadiendo un territorio íntimo. En las profundidades de la mente de Jack brillaba una chispa de luz. El alma humana. Todavía a mayor profundidad estaba el mecanismo que lanzaría completamente a Robicheaux a su forma de cocodrilo. Un toque de Tachyon, y la transformación sería permanente.

Él era médico. Había hecho el juramento de salvar vidas. Jack

Robicheaux estaba sentenciado a muerte. La presencia del virus de wild card añadido al código de sus células mantenía controlado el virus del sida. Pero sólo retrasaba algo inevitable. Tarde o temprano Jack moriría.

A menos que…

A menos que Tachyon lo ayudara a transformarse para siempre. Algo que no era humano no podía morir de una enfermedad humana.

¿Había que pagar cualquier precio por la vida? ¿Tenía él semejante derecho?

¿Qué hago, Jack? ¿Decido por ti, ya que tú no puedes elegir?

¿Acaso era eso diferente del acto de desconectar un respirador artificial? ¡Claro que sí!

Un poco más tarde, recargado contra las paredes del ascensor que se movía con rechinidos suaves hacia el piso de abajo, volvió a pensar en los consejos que le había dado Reina sobre conseguir ayuda adicional. *Pero muchas de estas cosas sólo puedo hacerlas yo. Y sólo hay un ejemplar de mi persona. Y todos quieren un pedacito.* Sacudiendo la cabeza como caballo fatigado, pasó a la sala de emergencias.

Casi fue atropellado por una enfermera que llevaba un frasquito de triunfo. *Treinta y dos*, pensó, *sube la cuenta*, y siguió sus pasos al otro lado del biombo. Finn ya preparaba la inyección. Poniéndose al lado de la camilla, Tachyon inició un examen rápido. La blusa de la mujer estaba abierta y mostraba una complexión color café con leche. Los monitores estaban adheridos a la piel con cinta, y una enfermera sujetaba una máscara sobre su boca y nariz. Un líquido viscoso y nocivo brotaba por todos los poros del cuerpo de la paciente y había empapado sus ropas. Dio señales de su desprendimiento profesional al no reconocerla hasta alzar un párpado. La enfermera quitó la máscara para dejarle sitio al doctor, y…

Entre náuseas, hizo a un lado las sales aromáticas y forcejeó para zafarse de las manos que lo sujetaban.

—¿Está usted bien?

—¡Doctor!

—Beba esto.

—¡No se fijen en mí! –ordenó, apoyándose como un borracho del brazo de una enfermera para ponerse de pie.

Logró agarrar la muñeca de Finn y le hizo retirar la jeringa.

—¿QUÉ DIABLOS ESTÁS HACIENDO?

—Es… es lo único que podemos intentar… esto es wild card.

—¡NO PUEDE SER! ¡YO CONOZCO A ESTA MUJER! ¡ES UN AS!

El médico joker retrocedió al observar una expresión de loco en la cara de Tachyon. El taquisiano reanudó su examen. Finn saltó hacia delante y lo agarró.

—¡Pierdes el tiempo! ¡Es la única oportunidad que tiene! ¡Es wild card!

—¡Imposible! El virus fue diseñado para resistir cualquier mutación. Ella es un as estable. No puede ser reinfectada.

—¡*Mírala*!

Jadeando, Tach miró la jeringa, desplazó la vista hacia el cuerpo rezumante de Roulette y por fin otra vez a la inyección.

—¡Dame eso!

Los dedos resbalaban sobre la sustancia mucosa y maloliente, y la aguja raspó la vena. Roulette gritó.

—Limpien esto –ordenó el médico.

Sin embargo, por más que limpiaban, los poros seguían rezumando. Por fin Tachyon logró clavar la aguja en la vena.

¡Ancestros! Que esto funcione. ¡Que sea ésta la vez que sí funcione!

Pero en los últimos tiempos sus plegarias no habían sido escuchadas.

Roulette empezaba a parecerse a una momia de mil años a medida que la humedad abandonaba su cuerpo. De pronto, sus párpados pestañearon. Sus ojos lo miraron a la cara.

—Tachyon –graznó–. Estaba regresando. A ti.

Tomo aire como un acordeón moribundo.

—¿Me sigues esperando? –añadió.

—Sí.

—¡Mentiroso! Me estoy muriendo. Quedas libre.

—¡Roulette!

Su piel sentía repugnancia, pero se forzó a poner su mejilla tocando la de ella. Las lágrimas de él se mezclaron con las mucosidades.

—Tú destruiste mi vida. Tú y tu enfermedad. Por fin ha llevado a término su trabajo. Estoy… tan… contenta.

Varios minutos después Finn tuvo que arrancar de ahí a Tach a la fuerza, y tapó el cuerpo con una sábana. El dolor subió por el cuerpo del alienígena cuando sus rodillas chocaron con el piso frío de mosaico. Con las manos sobre la boca, trataba de ahogar sus sollozos. Lloraba por tristeza, pero también por culpa, porque *no había* estado esperando.

Sobre todo, lloraba de terror.

◆

—Hoy me enojé de verdad, pero pensé en eso, como me dijiste que hiciera, y no los controlé.

—Qué bueno –replico Tachyon, contemplando el refrigerador abierto como queriendo encontrar iluminación en un empaque de leche agria y un tazón de duraznos cubiertos de hongos.

—¿Qué dices?

El cuerpo del chico se puso tieso.

—Oh, Blaise, qué orgulloso me siento de ti.

Estrechado en los brazos de Tachyon, la rigidez desapareció del pequeño cuerpo.

—Y estás hablando en inglés. Me he dado cuenta también de eso. Es que estoy tan cansado que me cuesta un poco llevar el ritmo.

Blaise alzó la mano y puso el puño sobre la boca de Tachyon. Tach le dio un beso. En un cambio de tema súbito y abrupto, el niño le preguntó:

—El tío Claude no era muy buena persona, ¿verdad?

—No, pero pueden entenderse sus motivos. Nunca es fácil ser joker.

—Si tú fueras joker, ¿qué harías?

—Me mataría.

Blaise miró con asombro la expresión indescriptible en el rostro estrecho de su *k'ijdad*.

—¡Qué tontería! Lo que sea es mejor que estar muerto.

—No estoy de acuerdo. Cuando seas mayor lo entenderás.

—Todos me dicen eso –replicó Blaise, haciendo un puchero.

Salió de la cocina y se tiró sobre el sofá.

—¡Todos! –prosiguió–. Jack, Durg, Mark, *Baby*. Supongo que ha de ser cierto, ya que las naves, los humanos y los taquisianos están todos de acuerdo. Pero no hablo de ser un joker asqueroso, como Mocomán. ¿Qué tal si fueras como Jube, o Chrysalis, o Ernie?

—Aun así, no podría vivir –explicó Tach, mientras se acomodaba con el niño en el sofá–. El ideal de mi cultura es la perfección. Los niños defectuosos son destruidos al nacer, y si se determina que un individuo no tiene suficiente valor genético, se le esteriliza.

—Entonces, ser ordinario es tan malo como ser de... defectuoso –comentó, tartamudeando con la palabra desconocida.

—No del todo, pues una pauta genética demasiado aleatoria puede ser peligrosa para una persona. Yo casi fui esterilizado por tener sangre Sennari, pero mis considerables aptitudes mentales fueron suficientes para compensar esa influencia y... otros defectos.

—¿Tienes un hijo en Takis?

—No.

Tachyon se preguntó si aún existiría el esperma guardado por él en un banco de Takis, o si los seguidores de Zabb se habrían encargado de destruirlo. O peor aún, ¿habría impregnado Taj a alguna hembra? Resultaba irónico que en una cultura de tecnología tan avanzada como la taquisiana, se mantuviera una desconfianza fundamental respecto a la inseminación y las matrices artificiales. Lo de las matrices era explicable: en una cultura telepática era deseable que el niño estuviese unido a la madre, pero no había la misma justificación respecto al acto sexual.

Excepto la más obvia.

¡Diez meses! Diez meses sin actividad sexual.

Alejó su mente de esa idea deprimente y volvió a enfocarse en Blaise. Había tantas cosas que enseñarle sobre la cultura taquisiana y, sin embargo, ¿valía la pena, en realidad?

Era un niño que nunca podría presentar a su familia. Era una abominación. Y en la cultura taquisiana abundaban elementos que vistos de cerca arrojaban muchas dudas. ¿Cómo explicar a un niño de once años que las venganzas hereditarias, el control de embarazos, la tensión que formaba parte inseparable de la vida entre los señores psi, que debían cumplir expectativas desaforadas, no eran cosas románticas ni maravillosas, sino mortíferas al extremo, al grado que habían expulsado a su abuelo a un mundo que no era el suyo?

—Cuéntame un cuento.

—¿Qué te hace pensar que yo me sé cuentos?

—Tú eres de un cuento de hadas, más que persona real. Tienes que saberte cuentos.

—Está bien. Te contaré cómo H'ambizan pudo domar a la primera nave, algo que sucedió hace mucho.

—No.

—¿No?

La cara de Blaise expresaba la opinión de que su abuelo era un idiota.

—Ahhh, ya entiendo. Érase una vez, hace mucho, mucho tiempo…

Alzó una ceja inquisitiva. Blaise asintió, satisfecho, y se acurrucó bajo el brazo de Tachyon.

—…tanto tiempo que aun el más viejo de los *Kibzren* mentiría si te dijese que se acuerda, la gente se veía forzada a viajar de una estrella a otra dentro de naves de acero. Todavía peor, no tenían permiso de construir sus propias naves, pues los Alaa –¡que se marchite su descendencia!– habían firmado un contrato con los Señores del Comercio, que prohibía que la gente fabricara naves para viajar al espacio exterior. La riqueza de Takis se desangraba en el espacio, de esa manera, para ir a dar a los bolsillos de la rapaz Red.

—¿Qué es la Red?

—Es un inmenso imperio comercial, formado por ciento treinta y un razas. Un día, paseando a la deriva entre las nubes donde nacen las estrellas, el notable astrónomo H'ambizan vio algo que lo llenó de asombro. Jugando entre las nubes de polvo cósmico, como si fuesen marsopas en las olas, o mariposas entre las flores, había formas increíbles, de gran magnitud. Y H'ambizan cayó sobre el puente, agarrándose la cabeza, que se le había llenado de un gran canto. Sus asistentes murieron de alegría y de shock, al no poder sus mentes asimilar los pensamientos de otras criaturas. Pero H'ambizan, que era de los Ilkazam, estaba hecho de mejor materia. Logró dominar el miedo y el dolor, y se lanzó con un solo pensamiento, una sola orden. Tan grande era el poder de ese pensamiento, que el honor de las naves guardó silencio, y se reunieron en torno a la pequeña nave de metal como ballenas con una cría.

Hizo una breve pausa.

—H'ambizan eligió al líder del honor y, protegido contra el vacío, pisó la superficie áspera de la nave. Lleno de curiosidad, Za'Zam, padre de las naves, hizo una cavidad para recibir al hombre.

—Y entonces... ¡H'ambizan controló con su mente a la nave y la obligó a que lo llevara a casa! –gritó Blaise.

—No, querido. H'ambizan cantó, y Za'Zam escuchó, y los dos se dieron cuenta de que después de mil veces mil años de soledad, habían por fin encontrado la mitad del alma de cada uno. Za'Zam se dio cuenta de que, guiado por estas minúsculas y raras criaturas, los Ishb'kaukab abandonarían sus vidas de nómadas de pastoreo y alcanzarían grandes cosas. Y H'ambizan se dio cuenta de que se había ganado un amigo.

Tach se inclinó para depositar un beso en la cabeza del niño. Blaise se quedó absorto, mordiéndose el labio inferior. Alzó la cara hacia el abuelo.

—¿Por qué no se dio cuenta H'ambizan de que ya podía luchar contra la Red? ¿Por qué pensó en esa tontería?

—Porque ésta es una historia de nostalgia y arrepentimiento.

—¿Se supone que es sutil?

—Sí.

—Pero ¿lucharon H'ambizan y Za'Zam contra la Red?

—Sí.

—¿Ganaron?

—Más o menos.

—¿Es de verdad esta historia?

—Más o menos.

—¿No es eso como estar más o menos embarazada?

—¿Y tú qué sabes de esas cosas?

Blaise alzó la nariz y asumió aspecto de gente superior.

—Algún día que esté menos cansado te contaré sobre la manipulación genética y el programa de crianza a lo largo de eones que tuvo lugar antes de que lográramos criar naves como *Baby*.

—¿No había naves salvajes?

—Sí, claro, pero no eran tan inteligentes como la del cuento.

—Pero... pero...

Tach puso un dedo sobre los labios del niño.

—Luego. Tu estómago hace tantos ruidos que pensé que iba a dar un brinco y pegarme un bocado en el brazo.

—¡Un nuevo poder de wild card! ¡Los estómagos que matan!

Tach echó atrás la cabeza, riéndose.

—Ven, pequeño *kukut*, te invito a cenar.

—En un McDonald's.

—¡Uy, qué alegría!

El tutor no ha renunciado.

Ese pensamiento fue tan sorprendente que le hizo detenerse.

—¡El tutor no ha renunciado! –repitió Tachyon, maravillado.

Corrió a la puerta del despacho y la abrió de golpe. Dita giró y lo miró, nerviosa.

—¡El tutor no ha renunciado! ¡Dita, eres una maravilla!

La hizo sonrojarse al darle un beso en cada mejilla, y enseguida la alzó de su silla y se la llevó por la oficina bailando una polka. La volvió a depositar en la silla y se dejó caer sobre el sofá, mientras jadeaba y se abanicaba. Las semanas de trabajo y tensión incesantes le estaban pasando factura.

—Tengo que contemplar este parangón con mis propios ojos. Volveré en una hora.

Pudo oír la voz de Blaise, gorjeando como pajarito o como una flauta de plata, y los tonos más graves de la voz de un hombre, con timbre de chelo o fagot. En aquella voz había calidez y consuelo, un sonido que resultaba provocador por lo familiar. Tachyon entró al salón. Blaise se encontraba sentado en la mesa del comedor, con una pila de libros al lado. Un viejo corpulento de pelo canoso y una expresión de ligera melancolía guardaba el lugar del niño con un dedo índice chato. Tenía un acento musical, similar al de Tachyon.

—Oh, ideal... ¡no!

Victor Demyenov alzó los ojos oscuros para enfocar los iris color lila de Tachyon. Tenía en la cara una expresión irónica y un poco maliciosa.

—*K'ijdad*, él es George Goncherenko.

La alarmante rigidez de su abuelo hizo que el niño se alarmara.

—¿Algo anda mal? –preguntó Blaise, titubeando.

—No, mi niño –dijo George-Victor–. Se ha sorprendido de ver que nos llevamos tan bien. Has aterrorizado a tantos de mis predecesores.

—Pero no a ti—dijo Blaise, y se volvió enseguida hacia Tachyon—. No tiene miedo de nada.

¡Más te vale tener miedo de mí!, le gritó vía telepática Tachyon al agente de la KGB.

No. Cada uno de nosotros está en manos del otro.

—Blaise, ve a tu cuarto. Este caballero y yo necesitamos hablar un poco.

—No.

—¡HAZ LO QUE TE DIGO!

—Anda, pequeño –lo persuadió George-Victor, tocándolo con suavidad–. Todo va a salir bien.

Blaise abrazó ferozmente al hombre mayor y salió corriendo del cuarto.

Tachyon cruzó a zancadas la habitación y fue a servirse un brandy con manos temblorosas de miedo y sorpresa.

—¡Tú! ¡Pensé que te habías ido de mi vida para siempre! Me dijiste que te ibas a retirar. Que habías acabado. Mentiste.

—¿Mentir yo? ¡Vamos a hablar de mentiras! Tú no me dijiste algo que yo necesitaba. ¡Y por eso lo perdí todo!

—No… no sé de qué me hablas.

—¡Venga, Danzante, te adiestré mejor que esto! De manera deliberada no compartiste la información sobre Blaise. Tienes suficiente oficio para saber el valor que tenía ese detalle de información.

Hamburgo, 1956. Una casa de huéspedes pobre pero limpia. Victor administra mujeres y alcohol en dosis controladas mientras adiestra e interroga al taquisiano destrozado. Unos años después, lo arrojaron de una patada, para dejarlo continuar su descenso a las cloacas. Les había dado todo lo que poseía, y no fue suficiente. El secreto corroía su interior, pero treinta años era mucho tiempo, y había empezado a pensar que estaba a salvo. Y fue entonces que llegó la llamada en la parte final de la gira de la Organización Mundial de la Salud. Su control de la KGB estaba de vuelta en su vida.

—Mis mandos superiores se han enterado de la existencia de Blaise, su potencial y sus poderes, y sin embargo, yo, tu adiestrador, tu jefe, me quedé a oscuras. Ellos no creyeron en mi estupidez. Sacaron la única conclusión posible.

Sus cejas alzadas señalaron la respuesta que debía dar su antiguo discípulo.

—Pensaron que habías cruzado al otro lado, como agente doble.

Victor hizo un gesto al oír esa frase tan teatral. El brandy estalló en la garganta de Tachyon cuando se lo bebió de un trago. Era necesario dar una explicación, una forma de justificarse.

—Quise ponerlo a salvo de ti.

—Creo que yo soy el menor de sus problemas.

—¿A qué te refieres? ¿Qué quieres decir con eso?

—Nada. No importa.

—¿Fue eso un comentario sobre mí?

—Santo Dios, no. No quise sino indicar que vivimos en tiempos peligrosos.

—Victor, ¿te están buscando? –inquirió Tachyon, sin saber si quería aludir a la KGB o a la CIA.

—No. Todos piensan que he muerto. No queda nada de mí. Restos de un auto y dos cuerpos carbonizados dentro de él, imposibles de identificar.

—Tú los mataste.

—No te hagas el escandalizado, Danzante. Tú también has matado. De hecho, tenemos más cosas en común tú y yo de lo que piensas. Como ese niño.

—¡Quiero que desaparezcas de mi vida!

—He venido a tu vida para quedarme. Más vale que te acostumbres.

—¡Te despediré!

La voz de Demyenov lo dejó helado antes de dar un paso:

—Pregúntale a Blaise.

Tachyon recordó el abrazo. Nunca había visto al niño expresar tanto afecto desde que había sacado a Blaise de Francia. Era evidente que amaba al grisáceo ruso. ¿Qué pasaría en la relación entre Tach y el niño si removía abruptamente a su preceptor? Se hundió en el sofá y puso la cabeza en las manos.

—¡Oh, Victor! ¿Por qué?

En realidad no esperaba respuesta, y no la obtuvo.

—Ah, sí, como ahora somos amigos, deberías saber mi nombre verdadero. Los amigos no se dicen mentiras. Mi nombre es Georgy Vladimirovich Polyakov. Pero tú llámame George. Victor ha muerto. Lo mataste tú.

Adicta al amor

por Pat Cadigan

L A VISTA DE LA CIUDAD QUE OFRECÍA ACES HIGH LO DEJABA
a uno sin aliento, y podía considerarse fuente de inspiración.
Encallada en las arenas de la tarde, Jane miraba el panorama
desde la ventana de la cocina sin verlo, con el estómago bailando el
vals habitual entre la frustración y la infelicidad. Tras ella, el personal de la cocina trabajaba en dar cuenta del almuerzo de la tarde
y comenzaba a hacer los preparativos para la cena. Discretamente
pasaron por alto el hecho de que ella no había tocado su ensalada,
preparada ex profeso. Durante los últimos días había abandonado
toda pretensión de envolver la comida para luego tirarla disimuladamente por ahí.

Sabía que se rumoraba sobre su anorexia, lo cual no era la imagen
más deseable para un establecimiento como Aces High. Un chiste de
mal gusto para Hiram, que la había promovido de recepcionista a
supervisora suplente. Hiram se comportaba de manera extraña en
aquellos días, pero no perdía peso. Había dado la vuelta al mundo
en esa gira de la buena voluntad. Hiram Worchester, Embajador de
la Buena Voluntad. Sonaba mil veces mejor que Jane Dow, la Tonta
de la Mafia.

Sus recuerdos de los tiempos con Rosemary sólo la hundían más
en la depresión. La extrañaba o, mejor dicho, extrañaba a la persona que ella creyó que era Rosemary, y echaba en falta la misión que
creía cumplir bajo sus órdenes. Todo sonaba muy bien, muy noble:
contrarrestar la histeria anti as y anti joker que se estaba apoderando de algunas personas, azuzadas por políticos y predicadores evangélicos extremistas. A sus ojos, Rosemary era un caso de auténtico
heroísmo, alguien con un halo luminoso: en su desesperación había

necesitado alguien heroico después de los horrores de los Masones y el asesinato grotesco y terrible de Chico Dinosaurio. Su propio roce con la muerte no le impresionaba tanto, excepto el contacto con esa pequeña y malvada criatura llamada el Astrónomo. Casi no pensaba en eso ya. Rosemary fue el antídoto contra el veneno del Astrónomo.

Hasta el mes de marzo, el antídoto mantuvo efectividad, y entonces fue cuando Jane Dow dio en pensar si no hubiera sido mejor que Hiram la dejara tirada en la calle.

Por lo visto, tenía un instinto infalible para mezclarse con las peores personas. Quizás ése fuera su verdadero poder, no la aptitud para llamar el agua. Podría alquilarse como medidor de maldad, pensó con amargura, y cambiarse el nombre, de Water Lily a Detector. *Sí, esos tipos me gustan mucho, llamen a la policía, han de ser tratantes de personas o pornógrafos infantiles.*

Conjuró una imagen mental de Rosemary Muldoon sonriendo y encomiando su dedicación al trabajo, y sintió una punzada de culpa y deslealtad. No le era posible pensar en Rosemary como una persona malvada de verdad. Buena parte de ella seguía queriendo creer en la sinceridad de Rosemary, en su voluntad por hacer algo a favor de las víctimas del virus wild card, al margen de sus actividades como cabeza de una familia de la Mafia.

Sí, pensó con ferocidad, había mucho de bueno en Rosemary, no era como todos los demás. Quizás algún suceso terrible la obligó a aceptar la Mafia. Eso podía entenderlo, Dios, claro que lo entendía.

Su mente hizo a un lado ese recuerdo, y vino a reposar en un hombre llamado Croyd. Conservaba todavía el número de teléfono que él le había dado. *Cuando quieras compañía… tener con quién hablar… no dudo que podría escucharte horas. Tal vez toda la noche, pero eso dependería de ti, Ojitos Brillantes.* Nadie nunca había mostrado tanto desenfado al flirtear con ella. Croyd el de las gafas reflejantes la había llamado Ojitos Brillantes, y ese recuerdo la hizo sonreír sin darse cuenta. No se había descubierto ningún vínculo entre él y la organización de Rosemary. Quizá se encontrara bien enterrado; de lo contrario, habría sido otro idealista, igual que ella. Como deseaba creer en lo segundo, lo cierto sería probablemente lo primero. Así y todo, sentía la tentación de llamar a esos números de teléfono y darle una sorpresa. Pero no quedaba en sus posibilidades el obligarse a hacerlo. Ésa bien podría ser la razón por la cual él se los había confiado.

Toda su vida volteada de cabeza y al revés: eso describía los efectos del virus wild card en su existencia, blanco de todas las bromas de mal gusto que el universo le gastara.

Dentro de su cabeza sonó abrupta la voz de Sal, hablándole. *No eres justa contigo misma. Nunca creíste en la bondad de los Masones ni te cegaste ante el Astrónomo, a quien viste como quien en realidad era. En lo que se refiere a Rosemary, ella es más lista que tú –más lista en términos de sabiduría callejera–, y se aprovechó de ti; la vergüenza no es tuya, sino para ella, en caso de que tenga la capacidad de sentir vergüenza.*

Sí. De estar vivo, Salvatore Carbone habría pronunciado palabras semejantes a ésas. El hecho de poder recordar a Sal la hizo pensar que su caso no era del todo desesperado. Sin embargo, aquella idea no tuvo suficiente virtud para mejorar su estado de ánimo ni provocarle apetito.

—Disculpa, Jane –dijo una voz tras ella.

Era Emile, llegado a Aces High no mucho antes que ella, y recién ascendido a *maître*. Apresurada, se secó la cara, satisfecha consigo misma por su capacidad de controlar mejor su tendencia de extraer del aire enormes cantidades de agua cuando sufría estrés. Se dio la vuelta e intentó presentarle una sonrisa de cortesía.

—Será mejor que vengas a la bodega de descarga.

Ella parpadeó, confusa.

—¿Perdón?

—Se ha presentado una situación y pensamos que tú eres la única con poder de decidir.

—Mister Worchester siempre…

—Hiram no está, y francamente su presencia no serviría de nada.

Tensa, miró a Emile, uno de los críticos más asiduos e implacables de la conducta de Hiram, ese grupo que crecía a diario, compuesto por empleados insatisfechos. Aunque le costara trabajo a Jane aceptarlo, tenían más razón de lo que ella admitía.

Desde su regreso de la gira, Hiram había estado… raro. No mostraba el menor interés real ni entusiasmo alguno por Aces High, y actuaba como si el restaurante fuera un horroroso albatros muerto que llevara colgado al cuello, un obstáculo enfadoso que le impedía realizar cosas más importantes. Y su conducta con el personal resultaba abominable. Sus modales casi cortesanos, trocados en distracciones y groserías abusivas. No hacia ella, que era la excepción. Hiram mantenía su conducta amistosa, a costa de muchos esfuerzos por controlarse y enfocar su atención. Ella siempre lo había atraído; lo supo desde la noche en que él le había salvado la vida. Sentía cierta culpabilidad por no corresponderle. Quedar obligada con alguien que la quería cuando ella no podía devolverle su cariño formaba una de las situaciones más incómodas imaginables. Le devolvió el dinero que él gastó en comprarle buena ropa, y puso toda su voluntad en ser la mejor empleada que él podría pedir con tal de conservar la seguridad (y el generoso salario) de su trabajo. A últimas fechas eso significaba tener que tomar partido por él, aun frente a personas que lo conocían desde mucho antes que ella, de quienes podía esperarse una mayor devoción por muchas razones. Algunos de los más favorecidos, sin embargo, eran los más virulentos, tal vez por haber disfrutado de la época maravillosa de Aces High. *¡Si tan sólo pudiera lograr que Hiram escuchara!*, pensó, mirando los fríos ojos verdes de Emile. Si tan sólo lograra hacerle entender que erosionaba su propia autoridad, credibilidad y respeto, entonces él podría detener su terrible caída, darles vuelta a las cosas y volver a ser de nuevo Hiram Worchester, Gran Maestro Restaurantero. Por el momento, era un muerto en vida.

—¿Qué clase de situación? –preguntó, cautelosa.

Emile meneó la cabeza con oscilaciones muy breves, que parecieron un estremecimiento.

—Es más fácil que vengas –dijo–. Se necesita acción rápida por parte de alguien con suficiente autoridad. Por favor, sólo ven conmigo.

Jane tomó aliento, se forzó a adoptar la mayor compostura y fue con Emile al ascensor.

La escena que tenía lugar en las puertas de descarga parecía salida de una película de los Hermanos Marx, pero sin la misma gracia; más bien, una imitación de una película de los Hermanos Marx, pensó Jane, contemplando al personal de descarga trabajar con furor para volver a cargar un camión mientras que dos empleados del Mercado de Pescado Brightwater lo descargaban (o volvían a descargarlo). Al mismo tiempo, un tercer empleado de Brightwater encaraba a Tomoyuki Shigeta, el nuevo chef de sushi de Aces High. El hombre de Brightwater era un norm bajito y robusto, que daba signos de alta presión arterial; Tomoyuki era un as delgado de dos metros y diez que, en el periodo de la luna nueva, vivía como delfín entre las once de la noche y las tres de la mañana. Entre ambos daban la impresión de ser una pareja de cómicos que ensayaban su rutina, aunque el hombre de Brightwater era quien gritaba, mientras que Tomoyuki se limitaba a pronunciar una o dos palabras en voz suave, que tenían el efecto de irritar aún más al otro, que elevaba el volumen de sus gritos.

—¿Qué es lo que pasa aquí? –preguntó Jane, en su voz más profesional.

Nadie le hizo caso. Suspiró, miró a Emile y a continuación pegó un grito.

—¡Todo el mundo, *a callar*!

En esa ocasión, su voz cortó el aire, y *todos* se callaron y se volvieron hacia ella al mismo tiempo.

—¿Qué es lo que pasa aquí? –volvió a inquirir, mirando a Tomoyuki. Él hizo una inclinación.

—Brightwater ha entregado un cargamento de pescado echado a perder. Toda la carga está pasada, y diría que ya estaba mal antes de hoy.

El tono culto de la voz de Tomoyuki, con ecos de un brahmín de Boston, no expresaba hostilidad ni impaciencia. Jane pensaba que jamás había conocido a un hombre tan profesional como él. Le gustaría tratar con más personas así.

—El pescado estaba echado a perder antes de que lo metieran al camión para entregarlo aquí. A menos que Hiram tenga otro proveedor, no podremos ofrecer la barra de sushi del crepúsculo.

Jane olfateó el aire, sin tratar de ser demasiado obvia al respecto. Olía a pescado, como si la mayor parte del océano hubiese sido arrastrada y tirada en la inmediata vecindad. No podía decir si el olor era bueno o malo, sólo que era ofensivo en su intensidad, y si se quedaba en la puerta no tardaría en pudrirse, si acaso no lo estaba ya.

—Mire, señora, esto es pescado, y el pescado apesta –arguyó el hombre de Brightwater, frotándose el labio bajo la nariz, como para dar más énfasis a sus palabras–. He entregado muchas cargas de pescado oloroso a Hiram Worchester y a muchos otros clientes durante muchos, muchos años, y siempre huele igual.

Miró a Tomoyuki con un gesto de repugnancia.

—Se *supone* que el pescado ha de oler mal. Nadie puede decirme nada diferente. Y nadie me puede devolver la carga, a menos que sea Hiram Worchester en persona.

Jane movió ligeramente la cabeza, asintiendo.

—¿Está usted al tanto de que el señor Worchester me ha otorgado poderes para actuar en su nombre en todas las transacciones comerciales relacionadas con el menú de Aces High?

El hombre de Brightwater –su nombre era Aaron, según la etiqueta sobre el bolsillo de la camisa– inclinó su ancha cabeza y la miró con los ojos entrecerrados.

—Nada más dígalo, ¿le parece? No trate de confundirme con sus palabras, míreme a los ojos y escúpalo.

—A lo que me refiero –dijo Jane, un tanto cohibida– es que mi decisión es la decisión de Hiram Worchester. Él me apoya al cien por ciento.

La mirada de Aaron pasó de Jane a Emile, luego a uno de los cargadores y por fin a Tomoyuki, que lo miró incólume.

—Oh, por Dios, ¿para qué te miro a ti? Tú la apoyarás al cien por ciento.

Tomoyuki se volvió a Jane, alzando las cejas en una pregunta callada.

—El pescado, Tom, ¿está malo? –dijo en voz baja.

—Sí. No me cabe la menor duda.

—¿Es eso lo que le dirías a mister Worchester?

—Al minuto.

Ella asintió.

—Entonces, va de vuelta a Brightwater. *Sin discusión* –añadió, al ver que Aaron abría la boca para discutir–. Si no ha salido de este puerto de descarga en quince minutos, llamaré a la policía.

La cara ancha de Aaron se retorció con una expresión de incredulidad hostil.

—¿Llamará a la policía? ¿Cuál sería el cargo?

Aspiró ruidosamente por la nariz, tratando de que se oyera.

—Arrojar basura. Depositar residuos ilegalmente. Contaminación del aire. Cualquiera de esos sirve. Que tengan buen día.

Se dio la vuelta y volvió al edificio, tapándose la nariz y la boca con la mano. De pronto el olor era demasiado nauseabundo para soportarlo.

—Bien hecho, Jane –la felicitó Tom cuando él y Emile la alcanzaron en el ascensor–. Ni el mismo Hiram lo habría hecho mejor.

—Hiram no lo habría hecho, punto –murmuró sombrío Emile.

—Emile, no *seas* así –dijo ella, y vio cómo él reaccionaba con sorpresa.

—¿Que no sea cómo?

Las puertas del ascensor se abrieron y entraron los tres.

—No hables mal de Hiram. Es decir, de mister Worchester –explicó ella, apretando el botón de Aces High–. Es malo para la moral.

—Lo que es malo para la moral es *Hiram*, en caso de que no te hayas dado cuenta. Si él estuviera en realidad ocupándose de las cosas, Brightwater ni siquiera *pensaría* en tratar de pasarnos sus pescados podridos. Debe haberse corrido la voz, y todos saben que él ya no sirve para nada.

—*Por favor*, Emile –imploró ella, y puso la mano sobre su brazo delgado, mirándolo a la cara–. Todos sabemos que algo anda mal, pero cada vez que tú o algún otro empleado dice cosas como éstas se reducen las posibilidades de que él pueda ponerse en orden otra vez. No podrá recuperarse de lo que tanto lo afecta, sea lo que sea, si todos nos ponemos en su contra.

De hecho, Emile se manifestó un poco avergonzado.

—Dios sabe que si alguien le desea bien soy yo, Jane. Pero su modo de comportarse estos días me hace pensar en, bueno, en un drogadicto –señaló Emile, con un estremecimiento–. Yo *detesto* a los drogadictos. A *todos* los adictos.

—Hay mucho de verdad en lo que dices, Jane –opinó Tom desde la esquina opuesta del ascensor, donde estaba de pie con los brazos cruzados sobre su cuerpo esbelto–, pero eso no nos ayuda a tener la barra de sushi del crepúsculo esta noche. Hiram no ha querido compartir conmigo su plan de emergencia para esta clase de situación. A menos que tú sepas qué hacer, o puedas encontrar a Hiram y pedirle que te lo diga, Aces High tendrá que incumplir uno de sus ofrecimientos. Y eso podría significar la ruina. Un pajarito me ha dicho que mister Cenafuera sacó reservaciones para esta noche, con la misión específica de reseñar la barra de sushi para la revista *New York Gourmet*. No necesito decirte lo que significaría para Aces High una reseña negativa.

Jane se frotó la frente, cansada. Esto, pensó, ha de ser lo que llaman humor negro. Todo va de mal en peor, al grado que uno se pone a reír, y no para hasta que se lo llevan.

Con desenfado, Tom se movió al otro lado del ascensor para ponerse junto a Emile. Con igual desenfado, Jane se volvió a un lado para que pudieran tocarse sin que ella los viese. Se suponía que nadie debía saber que eran amantes, aunque ella no se imaginaba por qué insistían tanto en guardar el secreto. Quizá tuviera algo que ver con el sida, pensó ella. La percepción de los gays como portadores del virus del sida había vuelto a despertar la persecución contra los homosexuales. Casi se alegraba de que Sal no hubiera vivido para ver eso.

—Puedo localizar a Hiram —dijo ella tras una breve pausa—. Estoy bastante segura de saber en dónde está. Emile, por favor, mantén todo en orden hasta mi regreso.

Entregó a Emile la llave extra de la oficina de Hiram.

—Por si las dudas, pero no la vas a necesitar. Cuando regrese, tendremos barra de sushi. Puede que la selección sea un poco más limitada de lo que nos gusta, pero saldremos adelante a base de... mantener el estilo. ¿Tú crees que podemos, Tom?

—Yo puedo mantenerlo —dijo Tomoyuki, con el rostro perfectamente impávido, mientras Emile reprimía una sonrisa.

Al verlos a ambos, Jane sintió una soledad repentina e insufrible.

—Muy bien —dijo ella, que en realidad no se sentía nada bien—. Agarro mi bolsa y me voy.

El ascensor se detuvo para que pudieran salir en el piso del comedor de Aces High.

—Con suerte, tendrán noticias mías en menos de una hora.

—¿Y sin suerte? —preguntó Emile, pero sin mala intención.

—Sin suerte —dijo ella, pensativa—, ¿crees que te podrías reportar enfermo, Tom?

—Pude haber hecho eso para empezar —dijo Tom, un poco cortante.

—Sí, pero entonces ni siquiera lo hubiéramos intentado, ¿verdad?

Hizo un esfuerzo por emparejar alturas y mirarlo cara a cara.

—Seguiremos intentándolo hasta que no haya nada qué intentar. ¿Me entienden?

Los dos hombres asintieron.

—Una cosa más –dijo ella mientras empezaban a alejarse–. De aquí en adelante vamos a referirnos a él como mister Worchester. Esto es para todos, aun para mí. Nos ayudará a mantener la moral. Será más fácil incluso para nosotros mismos.

Emile, que había fruncido el ceño, se mordió el labio, pero acabó por asentir.

—Entendido, Jane. ¿O debo llamarte Ms. Dow?

—No me obsesiona el poder, Emile –aclaró ella, bajando los ojos–. Si de verdad entiendes, te darás cuenta de eso. Estoy tratando de salvarlo. A mister Worchester. Le debo eso. Cada uno de nosotros se lo debe, de manera particular.

Tom se le quedó mirando, y por primera vez ella notó una expresión afectuosa en su rostro suave y frío. Abrumada por una sensación de torpeza, se excusó y fue a buscar su bolsa a la oficina de Hiram y a llamar un taxi. Mientras volvía a bajar por el ascensor tuvo un sentimiento triunfal. El temperamental Tomoyuki le había manifestado simpatía, y eso no era poca cosa, y Emile, al menos por el momento, estaba alineado con ella. Él de seguro sentía también algo de afecto, pensó, casi eufórica. Quizás ese deseo tan fuerte de agradar a otros resultara una debilidad terrible, pero gracias a ello estaba logrando muchas cosas. O las lograría, siempre y cuando pudiera hacer que Hiram cumpliese las promesas que ella había hecho, o insinuado.

El taxi la esperaba frente a la entrada. Se subió a él y dio al conductor una dirección en Jokertown, sin hacer caso de la segunda mirada que le echó. *Ya sé, no tengo aspecto de ser más que un bocado para el Lobo Feroz*, pensó ella con acidez mientras se acomodaba en el asiento. *¡Cómo te sorprendería saber que he matado gente, y que podría convertirte en polvo si intentaras hacerme daño!*

Suprimió ese pensamiento, un poco avergonzada. Era mentira que no le obsesionara el poder. Claro que sí tenía dicha obsesión; era difícil no tenerla si uno poseía capacidades de as. Era el lado oscuro de su talento, y precisaba resistirlo constantemente para no convertirse en alguien como aquel horrible Astrónomo, o como el pobre de Fortunato. Se preguntó qué habría sido de él y dónde andaría, y si la recordaría a ella como ella a él.

Se detuvieron en una luz roja, y un joker harapiento con grandes orejas de borrico se echó encima del cofre del auto tratando de limpiar el parabrisas. Sin hacer caso de las imprecaciones del taxista, Jane hizo un esfuerzo por prepararse para la inevitable confrontación con Hiram. En teoría, ella no sabía en dónde estaba él, ni tampoco con quién estaba. Quizás Hiram la despediría en el acto y la echaría a la calle antes de que ella pudiera articular una palabra, mientras Ezili se reía tras él.

Jane le tenía terror a encararse a Ezili. Todos la llamaban Ezili Rouge. Según el chisme que rondaba en Aces High, era una especie de superprostituta en Haití cuando Hiram la "rescató" de la aplastante pobreza de los barrios bajos. Es decir, ella era virtualmente una as en el departamento sexual, y se decía que cualquier hombre (o mujer) que pasaba por una experiencia con ella ya no quería hacerlo con nadie más. Se suponía que Hiram había pasado por dicha experiencia. Otros chismes la acusaban de ser juguete de un superrey de las drogas que estaba escondido; también de ser ella la superreina de las drogas; o de haber viajado a Estados Unidos chantajeando a Hiram o a alguien más, y cualquier cantidad más de disparates.

Al margen de la veracidad de cualquier chisme, a Jane no le agradaba ella, y el sentimiento era mutuo. La única vez que Ezili visitó Aces High, aquello fue odio a primera vista para ambas. La repulsa de Jane tuvo que ver con un *calor* atosigante que emitía ella, y se sintió intimidada por sus ojos extraños, donde lo que suele ser blanco tenía un color rojo sangre. Ezili, arrogante, se dirigía a ella como *Ms. Dow*, y lo pronunciaba para rimar con *cow*, y no *low*, con una entonación burlona que le produjo rabia al instante. Lo peor de todo era que, por lo visto, Hiram estaba sometido a su influencia. Jane había percibido en su rostro una extraña mezcolanza de deseo, servilismo e indefensión cada vez que la miraba o mencionaba su nombre, aunque en ocasiones aparecía una expresión de puro aborrecimiento. Jane sospechaba que, en el fondo, a Hiram no le gustaba Ezili más que a ella.

—¡Eh, tú, bonita!

Sobresaltada miró hacia arriba para ver el rostro del joker presionado sobre la ventanilla.

—¡Sal de ese taxi, nena, yo te llevaré al cielo! ¡Tengo otra cosa de burro, además de las *orejas*!

El semáforo cambió, y el taxi arrancó con brusquedad, lanzando al joker a un lado. A pesar de sí misma, a Jane le dieron ganas de reír. No se comparaba la crudeza del joker con las invitaciones gentiles que ella rechazaba con cortesía en Aces High, pero por alguna razón el joker la conmovía, tal vez por su comicidad, o por ser una víctima que rechazaba dejarse humillar por su aflicción, o porque no se había atrevido a confesar qué cosa de burro era la que tenía. Alguien más terrenal que ella se habría reído a carcajadas. *No soy más que una flor de invernadero*, pensó, con un poco de amargura. *Una flor de invernadero que mata.*

El taxi dobló una esquina y avanzó dos calles hasta detenerse a la mitad de la tercera.

—Es aquí –anunció arisco el chofer–. ¿No le importa apurarse?

Miró el taxímetro y metió varios billetes por la rendija frente a ella.

—Quédese el cambio.

La puerta se atoraba, pero el chofer no mostró la menor disposición de bajarse del auto y ayudarla. Disgustada, la abrió de una patada al segundo intento.

—Sólo por eso no me molestaré en desearle que tenga buen día –murmuró al tiempo que el taxi se alejaba a toda máquina de la acera.

Jane miró el edificio frente a ella. Había sido renovado al menos en dos ocasiones, pero no tenía remedio: era feo con ganas, y ruin, aunque sólido; no se vendría abajo a menos que el Gran Simio lo demoliera a patadas, excepto, recordó, que el Gran Simio no existía ya. Cinco pisos, y el lugar que ella buscaba estaba en el de arriba. Ella había crecido en el séptimo de siete pisos en un edificio de apartamentos de los que no tienen ascensores, y todos los días de su vida de joven había subido y bajado corriendo sin detenerse las escaleras varias veces al día. Cinco pisos no le causarían mayor problema, pensó.

A la mitad del segundo piso tuvo que disminuir la carrera, pero logró seguir su ascenso sin hacer pausa, recuperando el aliento en los descansillos. La oscuridad del interior se aminoraba gracias a una claraboya escarchada en el techo, al centro de la espiral cuadrada de las escaleras, pero arrojaba una luz anémica y triste.

El piso de arriba estaba ocupado por un solo apartamento. Hiram bien podría haber puesto su nombre en la puerta, pensó ella mientras hacía una pausa después de subir todas las escaleras, jadeando un poco. En lugar de la puerta mezquina y grisácea de las demás entradas del edificio, el apartamento ostentaba una puerta de buena madera labrada hecha a la medida, con un llamador de bronce modelado y una agarradera de estilo antiguo, en lugar del pestillo. El cerrojo, en cambio, era del todo moderno y seguro, pero con una apariencia igual de refinada. *Hiram, Hiram*, pensó ella con tristeza, *¿acaso te conviene anunciar tu presencia en un lugar como éste?*

¿Qué diría al abrir la puerta, cuando la viera? ¿Qué pensaría? No importaba. Ella estaba obligada a hacerle ver lo que estaba pasando, porque eso podría salvaguardarlo, salvarle la *vida*. Sería un poco diferente de la manera en que él la había salvado a ella, pero Aces High era la vida misma para él, y si lograba poner eso a salvo, entonces habría logrado pagarle por el bien recibido. Se restauraría el equilibrio entre ellos, una cosa que antes ella no hubiera considerado de ninguna manera posible.

De ninguna manera excepto una, y ahí era donde ella no podía. No tenía la emoción requerida. Sabía que Hiram la aceptaría, de cualquier modo, y que le tendría consideración y la trataría con ternura, y que también se esmeraría por divertirla: todo lo que cualquier mujer podría pedirle a su amante. Pero a fin de cuentas cometería una grave injusticia con él, y cuando llegara el inevitable final los dos sufrirían daños permanentes. Hiram se merecía algo mejor. Un hombre tan bueno como él debería tener alguien cuya devoción estuviese a la altura de la suya propia, alguien capaz de entrar completamente a todos los compartimentos de su vida y de darle todos los placeres de una compañía afectuosa. Lo que él necesitaba era alguien que no pudiera vivir sin él.

¿En lugar de alguien que sin él habría muerto?, replicó su mente en un susurro malvado, y sintió de nuevo una punzada culpable. *Bueno,*

está bien, se regañó a sí misma interiormente, *soy una perra y una ingrata. Tal vez sea una falta mía el no poderlo amar, siendo él tan bueno. Si la gratitud me hiciese enamorarme de él, tal vez sería yo una mejor persona.*

Y tal vez, en tal caso, él no se encerraría en un apartamento de Jokertown con un ser tan venenoso como Ezili Rouge.

Dios, se dijo Jane. Era preciso hablar con Hiram. Le era difícil pensar que él escogía hacerse acompañar de una criatura como Ezili. Necesitaba alejarlo de ella, encontrar una forma de que ella no pudiera entrar a Aces High. Haría lo requerido para ayudarlo, lo que fuera, en especial si la condición para poner a salvo a Hiram consistía en no volver a tratar con esa mujer.

Se obligó a acercarse a la puerta del apartamento y llamó tres veces. Quien abrió la puerta, para su desconsuelo, fue Ezili.

Iba vestida, si se podía llamar vestido a eso, con un suspiro de tela dorada, y no llevaba nada debajo. Jane la miró a la cara, sin permitir que sus ojos descendiesen más allá del mentón de la mujer, y le habló con su voz más seca, controlando el tono de cada palabra.

—Debo ver a Hiram. Sé que está aquí, y es imperativo que hable con él.

En el rostro de Ezili apareció una sonrisa perezosa y caliente, como si Jane hubiera dicho lo único que ella deseaba escuchar. Meciendo un poco su cuerpo, como si bailara al compás de una música que sólo ella podía oír, retrocedió e hizo un ademán lleno de gracia al invitarla a pasar al interior.

El apartamento la sorprendió. La sala estaba cuidadosamente decorada con motivos haitianos por todas partes, lo cual reflejaba también los gustos refinados de Hiram. Jane no podía mirar más que la alfombra color café oscuro, idéntica a la de la oficina de Hiram. El lugar era muy de Hiram, pero un Hiram cambiado, el extraño que había vuelto de la gira. Y había vuelto con Ezili, que se movía perezosa en torno a ella, como si fuera un animal depredador que ha visto su bocado favorito caer en sus garras por sí solo.

—Hiram está en la recámara –dijo Ezili–. Ya que es *imperativo* que hables con él, supongo que tendrás que verlo ahí.

De pie frente a Jane, la otra mujer alzó los brazos para pasarse las manos por la nuca, lo cual tuvo el efecto práctico de arrojar sus grandes senos al rostro de Jane, que mantuvo la mirada firme, rehusándose a desviarla. Algo brilló en la mano de Ezili después de volverla al frente.

Sangre. Jane estuvo a punto de perder su severa compostura. *¿Sangre?* En nombre de Dios, ¿en qué andaba metido Hiram? La mano enrojecida de Ezili onduló en el aire en ademán de dirección.

—Por ahí. Entra y lo verás. Está en la cama.

Jane pasó al lado de ella y entró, cruzando el umbral entre sombras. Se aclaró la garganta a punto de hablar, pero en ese punto se quedó helada.

Hiram no estaba en la cama, sino arrodillado en el suelo junto a ella, en actitud de oración. Pero era obvio que no estaba rezando.

Al principio creyó que lo había sorprendido en el acto de llevar a cuestas a un niño pequeño, y pasó por su mente un destello de idea: que se trataba de un hijo de él y Ezili, con el embarazo y el parto acortados por la infección de wild card, que además habría hecho de la criatura un joker horriblemente deformado.

Dio un paso hacia él, con los ojos anegados en lágrimas de piedad.

—¡Oh, Hiram, yo...!

Por la cara de Hiram pasó una expresión de rabia que dejó lugar a otra de la más honda pena, y ella pudo ver lo que en realidad tenía sobre la espalda.

—H-H-Hiram...

Su voz se perdió cuando notó que en las facciones de Hiram aparecía un gesto desencajado de curiosidad. No era un padre interrumpido mientras jugaba con su niño; ningún hijo se agarraría al cuello de su padre con la boca. La criatura marchita sobre la espalda de Hiram oscilaba de una manera que le recordaba los movimientos de Ezili. Jane giró hacia la puerta para huir de ahí, pero se congeló con la certeza de era demasiado tarde.

Sintió el impacto de su cuerpo contra el suelo como si pesara por lo menos ciento cincuenta kilos.

Después, cuando logró forzar su voluntad a pensar en ello, supo que tuvo que pasar por lo menos medio minuto antes de que Hiram lograra moverse hasta el lugar en donde ella permanecía como anclada al piso por el estómago. Le pareció que pasaba un tiempo interminable, en medio de un silencio absoluto, antes de que Hiram se levantara y por fin llegara a donde yacía ella. El agua brotaba de su cuerpo, empapando su ropa y la alfombra.

Trató de decirle algo a Hiram, pero su caída le había sacado el aire y no pudo hablar. En cuanto pudiera articular su voz, le diría que no necesitaba hacerlo, que sin importar en qué problemas anduviera metido, ella nunca lo traicionaría ante nadie, e intentaría ayudarlo en todo lo que fuera posible...

Se oyó un roce de ropas mientras Hiram se acostaba en la alfombra junto a ella, encarándola con la misma expresión peculiar de curiosidad. *No me reconoce*, pensó ella, sorprendida y horrorizada. La criatura seguía pegada a su espalda, y ella cerró los ojos con fuerza para no verla.

—Dentro de unos momentos no te va a ser tan difícil mirarme –le dijo Hiram.

Era una voz extraña, como de alguien que imitara su manera de hablar.

—Hi-Hiram –musitó trabajosamente Jane–. Yo n-nunca t-te haría d-daño...

Unos dedos pequeños le tocaron la espalda, y se dio cuenta de lo que estaba pasando. Abrió los ojos.

—No, Hiram –suplicó, con su voz cobrando más fuerza–. No lo dejes, no lo dejes...

La cosa aquella ya estaba en su espalda, y pudo sentir que algo se movía sobre su cuello.

De pronto, se quitó la sensación de peso. En los ojos de Hiram brillaban unas lágrimas, y creyó oírlo susurrar: *Corre*.

En ese instante, algo se le clavó en el cuello.

Al primer contacto perdió el conocimiento. Era como si nadara en el aire, y las corrientes del viento la llevaran de un lugar a otro. *No peso nada*, pensó, *Hiram ha hecho que yo no pese, y por eso floto en el aire del cuarto*. Enseguida se le aclaró la visión y se dio cuenta de que seguía tirada en el piso. Hiram extendía los brazos hacia ella, queriendo rodear su cuerpo y atraerla hacia él.

—No lo hagas –dijo su voz, pero no tenía control sobre ella.

Algo hablaba usando su voz. La asedió un sobresalto de pánico, pero el sentimiento enseguida se transformó en un placer suave que se iba volviendo más intenso.

Hiram titubeó un momento y continuó atrayéndola hacia él.

—¡Dije que no lo hagas!

El tono de mando en la voz de Jane detuvo en seco a Hiram. Desde la última pequeña porción de su ser que seguía siendo ella misma, Jane vio cómo su mano se alzaba y se detenía, al tiempo que una pequeña catarata de agua se materializaba en el aire y caía sobre la alfombra. Pasó por ella una oleada de placer que inundó toda su persona menos la parte que seguía horrorizada. Era como si estuviera dividida en dos personas, una de ellas muy grande, llena de un placer irresistible y los apetitos más enérgicos, y una Jane Dow muy, muy pequeña encerrada en una jaula y enterrada a demasiada profundidad para salir y recuperar el control, aunque era capaz de observar –y sentir– todo lo que la otra, la grande, hacía. Se dio cuenta de que la grande no era otra sino la criatura pegada a su espalda.

Se puso en pie y se estiró, sintiendo sus músculos. Hiram se incorporó y la miró con ojos dolidos y llenos de sospechas.

—Prometiste –dijo, huraño, como si fuera un niño pequeño a quien no se le ha dado una golosina.

—Te prometí placer más allá de todo lo que ofrece tu mundo blanco y artificial –dijo la criatura que usaba su voz–. Eso te lo he cumplido. Por favor, no me distraigas cuando estoy conociendo a mi nueva montura.

La Jane pequeñita dio un salto de indignación, pero no tardó en ser sometida. En algún lugar de su mente sintió la presencia de la humillación y del pánico, pero tan de lejos que podría ser algo que le pasaba a otra persona. El placer puro que recorría su cuerpo en olas cada vez más fuertes, *eso* era lo único que le sucedía en realidad.

—¿Y por qué no? –preguntó Hiram, en tono de queja–. ¿No he sido bueno contigo? ¿No te doy todo lo que quieres, y no te entrego a todos los que me pides? Hasta te la di a *ella*. Yo la quería toda para mí, pero no dejé de compartir contigo.

La criatura se rio con la risa de Jane. Hubo otro brote de indignación que se convirtió en placer con más rapidez que antes.

—¿Estás enamorado de esta florecita blanca?

Él bajó los ojos y murmuró algo que ella no pudo entender. Pudo haber sido una afirmación. Una parte de ella consideraba que eso era importante, pero el placer creciente lo desplazaba todo. Junto a eso nada tenía importancia.

—Ah, pero a mí me quieres más. ¿Verdad?

Hiram alzó la cabeza.

—Sí –aceptó en una voz sin tono.

Jane sintió que la criatura le hacía mover la mano para tocar la cabeza de Hiram con una superioridad benévola, nobleza obliga, y cada movimiento volvía a mover las olas de placer por su persona.

No creía posible que un simple movimiento tuviese el poder de llenarla de éxtasis puro. Era la única palabra posible: *éxtasis*.

—Y yo te quiero a ti, por supuesto.

La criatura buscaba por su mente todos los pensamientos relacionados con Hiram. Jane percibía desde un lugar distante una voluntad de resistencia, de impedir la invasión, expulsarlo, cómo podía atreverse… pero… ¿resistir el placer? No. Que tomara lo que él quisiera, que lo tomara todo, con tal de poder seguir sintiéndose de esa manera.

—¿Cómo no amar tus gustos y tus apetitos, tu capacidad de disfrutar de la vida?

La criatura exploró cosas más profundas, y Jane pensó que parecía sonar como una campana, con vibraciones celestiales.

—Me siento… muy ligado a ti. No puedo vivir sin ti.

Se arrodilló junto a él y le tocó la cara. Hiram estaba al borde del llanto.

—¿Te resulta difícil escuchar estas palabras de mi boca?

La criatura volcaba todos los conocimientos de su mente, y ella quería sentir pena, pero aun las reacciones químicas en las células del cerebro detonaban nuevos placeres en su interior. *¿Cómo era posible sentir tanto de eso sin morir?*, se preguntó. ¡Tal vez se estaba muriendo! En ese caso, todo estaba bien, si morir era tan rico, se moriría. *Lo que quieras, le prometía a la criatura*, suplicándole que la quisiera a ella, que la amara. *Lo que sea. Siempre.* Le decía algo que ya sabía, y una forma de vida tan superior no perdería el tiempo oyendo súplicas, pero Jane le ofrecía sus ruegos, de cualquier modo. No se merecía menos.

—*Siempre* tenemos que hacer lo que favorece a nuestros intereses –le dijo a Hiram la criatura a través de ella.

Se sintió agitar en su interior como un cachorrito feliz, porque la criatura había elegido sus propias palabras, y eso la hacía sentirse alguien.

—Hiram mío, en esta montura hay mundos por descubrir. Muchos.

Sí, muchos, todos, farfulló ella. *Lo que quieras. Para siempre.*

—Será para mí un placer nuevo, el placer del descubrimiento, de una gratificación que por fin se acepta.

La criatura usaba su cara para sonreír, y eso era como si un sol brillara por dentro.

—Llama a Ezili, que venga con nosotros.

Hiram se aproximó a la puerta. Jane se subió a la cama, disfrutando cada movimiento por separado y todos juntos. ¡Nunca se había dado cuenta de qué buen cuerpo tenía! ¡Cuántas sensaciones le regalaba! Ya no perdería más tiempo en su vida. El mundo estaba lleno de placer.

—Ah, lo que yo suponía.

Al oír la voz de Ezili, se volvió hacia ella riéndose.

—Ezili le Rouge, mi amor. Mira cuánto placer inesperado.

Jane se levantó, disfrutando sus sensaciones, y se alisó las caderas con las manos. Ezili se le acercó y la miró de arriba abajo.

—Entonces, ¿te agrada?

Jane contemplaba el rostro de Ezili como si fuese lo más fascinante que hubiese visto jamás. ¿Cómo pensar que había maldad en los ojos de Ezili? Daba gusto mirar su color rojo, el solo acto de ver era placentero, y al ver a Ezili el placer aumentaba, porque ella lo complacía tanto a él, al Amo. Amaba sin remedio a Ezili, porque ella hacía feliz al Amo, y la felicidad del Amo se traducía en un mayor éxtasis para ella.

—¡Me agrada tanto!

Jane tendió la mano a Ezili, pero entonces se detuvo, temblando un poco. *¿Qué estoy haciendo? No, ¡no! ¡Alto,* ALTO!

Enseguida el placer regresó, prometiendo mayores placeres, y su mano se movía sobre el pecho de Ezili. Con prontitud, Ezili se descubrió el torso.

Jane miró a Hiram sonriendo.

—Esto es algo que de seguro nunca pensaste que verías.

La humedad se condensó del aire, y cayó sobre ella y Ezili como una suave neblina, que se movía sobre ellas. Inclinó la cabeza hacia el pecho de Ezili. La carne mojada era suave y firme, y estaba muy caliente. Hiram hizo un poco de ruido, que para Jane apenas alcanzó registro, pues el hecho de oír cualquier cosa tenía la virtud de elevar el placer a nuevas alturas.

El placer absoluto, descubrió, podía causar que una persona se desmayara. Al menos en ella tenía ese efecto. A veces le parecía que estaba a punto de perder toda noción de sí, pero enseguida encontraba la curva de una cadera, o enfocaba sus ojos sobre la cara de Ezili. Y las pulsaciones de placer se amontonaban de nuevo hasta que la abrumaban.

En una ocasión, mientras Ezili se hincaba delante de ella, se encontró mirando a Hiram a los ojos, y experimentó un contacto casi psíquico con él. Hiram sentía apetito por ella, por Ezili, por las dos juntas, pero sobre todo por la cosa que ella tenía en la espalda. Se sentía un poco abandonado y desconcertado; conocía ese placer, no sólo el placer del cuerpo de Ezili, sino el del éxtasis del beso. El beso. La boca de Ezili, por experta que fuese, palidecía al lado del verdadero beso.

Sin darse cuenta ya de sus actos, hizo un lado a Ezili y se entregó del todo a la criatura, para obedecer sus silenciosos mandatos, absorbiendo todo lo que podía hacerle por sí sola.

A fin de cuentas, se encontró languideciendo en la cama, medio consciente de sí misma, todavía en el resplandor del placer. Percibía los pliegues de la sábana junto a su piel, la humedad entre los muslos y el agua que acariciaba con dulzura su cuerpo, los murmullos de Hiram y Ezili, que hablaban. Debería sentirse incómoda, pues el Amo (*Ti Malice*, le dijo su mente, y ella aceptó el nombre) seguía pegado a su espalda, pero le parecía del todo natural, como si ése fuera su lugar desde siempre, aunque nunca antes lo hubiera echado en falta. Suspiró, contenta. ¿Cómo había podido vivir sin el consuelo de sentir su peso ahí, esa dulce presión sobre su cuello? Hasta ese momento había sido un ser incompleto, patético, sin terminar. Ahora estaba íntegra, más que íntegra: tal vez sobrepasaba lo humano.

Sí, era mucho más que humana. Toda su vida había estado esperando eso, sin saberlo, esperando ser montada por esa criatura de una hermosura tal que conducía a su espíritu a nuevas alturas de su conciencia. Eso era vivir en un plano sobrehumano. Todos los pensamientos que se le ocurrían... pero, ante todo, el placer. Estaba hecha para sentir placer, pensó con felicidad. ¡Qué suerte haberlo descubierto!

—Ezili –dijo su voz.

Fuera del alcance de sus ojos, sintió que Ezili reaccionaba con toda su atención.

—Sigo esperando –informó Ezili, en un tono que era a la vez petulante y obediente.

—Todavía no se acaba.

Ezili suspiró. Un momento después, Jane sintió el contacto de la mano de Ezili.

—No, eso no. ¿No tienes aquí tu capa para viajar? Deseamos… viajar –expuso Jane, y se oyó reír en voz baja.

—¿Y yo qué? –preguntó Hiram.

—Tú me puedes ayudar a vestirme –sugirió Jane, alzando una mano hacia él–. Ven, ayúdame.

La capa de viajar era de buen tamaño, con capucha y un cuello grande en varios pliegues. Los pliegues servían para ocultar al bulto de la criatura, que se habría notado bajo una chamarra o un suéter. La capa resultaba algo ostentosa, pero en las calles de Nueva York en los tiempos del wild card no llamaría demasiado la atención. Las formas envueltas de jokers que ocultaban sus rasgos prominentes eran desde años antes un lugar común.

Ezili acomodó la capucha para ocultar del todo el rostro de Jane, que se ciñó la capa, disfrutando del placer que le daba el contacto con la tela.

—Algún sitio interesante –le dijo a Ezili–. Esta vez, que sea con un hombre.

—¿Y yo? ¿Me quedo aquí esperando? –inquirió Hiram, en un tono servil que daba satisfacción.

—Ya sabes que más tarde vendré por ti. Quédate.

—Sí –afirmó Hiram, con los ojos fijos en la alfombra–. Siempre. Llamaré al auto.

◆

Jane vio con deleite que Hiram usaba para su transporte una limusina privada, y que el conductor mantenía cerrada la partición a prueba de sonido en todo momento. Así podía sentirse en privado con Ezili o quien fuera.

Era como ser una reina, pensó Jane, una reina o una emperatriz. Por fin entendía lo que podía significar ser alguien como el Astrónomo, ser de esa manera. Ella lo había llamado veneno, y se había resistido a usar aspectos de su propio poder. ¡Como para reírse! Lo que ella había considerado maldad no era sino una cuestión de poder. El bien y el mal no existían, solamente el poder, y el placer que de él se derivaba. Todo podía sacrificarse al poder, absolutamente todo, lo que fuera necesario. *Lo que quieras. Siempre.*

Pasaron un puesto de periódicos, y alcanzó a ver una imagen de Jumpin' Jack Flash en la portada de una revista. Algo vibró dentro de ella. Qué bueno sería poder poseerlo en ese instante. Pero el mundo estaba lleno de hombres bien parecidos, pelirrojos y de otros. ¿Qué tenía que ver lo de bien parecido, de cualquier modo? Se decía de los jokers que, mientras más grotesca fuera su deformidad, estaban mejor dotados para ciertas cosas, y tenían habilidades especiales...

¡Ey, nena! ¡Tengo otra cosa de burro, además de las orejas! Le dio un pellizco a Ezili para obtener su atención, con una nueva explosión de placer originada en el movimiento, y le dijo adónde quería ir. Y enseguida se sentó, mientras Ezili le explicaba al conductor, experimentando el éxtasis de inhalar y exhalar el aliento. Adentro y afuera.

El joker de las orejas de burro no dio señal de reconocerla. Se quedó mirando, con su botella para echar chorritos en una mano y un trapo mugroso en la otra, mientras Jane lo invitaba a entrar por la portezuela abierta. Por un momento, pareció dispuesto a entrar, pero en cuanto vio a Ezili se dio a la huida. Jane tuvo un acceso de ira, y también eso le dio mucho placer. De ahí en adelante sentiría todas las emociones posibles, si le complacían a su Amo. *Lo que quieras. Siempre.*

Ezili cerró la puerta y le dijo al conductor que siguiera.

—No te apures– ronroneó a Jane o a Ti Malice, daba lo mismo–. Encontraremos a otro menos hablador, más cumplidor.

El siguiente joker con que se toparon no tenía ojos, pero se subió sin ninguna objeción a la parte trasera de la limusina. Jane lo examinó: tenía la cabeza alargada, en forma de bala, con piel lisa que se extendía desde el nacimiento del pelo hasta la nariz. Ver una deformidad era igual de delicioso que ver a Ezili desnuda.

El joker olfateó suspicaz y giró la cara hacia ella.

—¿Cuántas personas hay aquí? –inquirió, en una voz ridículamente aguda.

Jane le puso la mano entre las piernas y él dio un salto. Ezili lo detuvo empujándolo contra el asiento.

—Ey, ey –chirrió el joker–. No tienen que sujetarme. Sé lo que quieren.

Se puso a desabrocharse los pantalones abombados.

El Amo navegó el asombro de Jane como si fuera una ola.

—¿Ése es tu… equipo estándar? –le permitió preguntar.

El joker soltó una risa estridente.

—En este modelo, sí. Que Dios bendiga el wild card, ¿eh, damitas?

El Amo la hizo inclinar la cabeza. La mera anticipación del placer le daba una sensación de lo más placentera. Que Ezili la mirase le gustaba también.

♠

El bar estaba sumido en la oscuridad, salvo por el reflector blanco y caliente sobre el pequeño escenario, en donde un joker hermafrodita con pechos múltiples y un hombre normal se hacían cosas inusuales al ritmo de la música. Jane miraba con ojos nuevos, apegándose a la experiencia de curiosidad e interés. Más interesante todavía resultaba el modo en que los otros parroquianos se aproximaban a ella y a Ezili. Pasaban junto a su mesa, de camino al bar o al baño, y aminoraban el paso buscando hacer contacto visual. Le produjo euforia darse cuenta de que le bastaba una mirada para repeler a alguien. A quien todos querían era a ella; algunos miraban a Ezili, pero todos acababan por escrutarla a ella, anidada en su capa, con el espíritu del poder oculto en la espalda. *Todos saben*, pensó. Todos se percataban de que ella era la presencia que contaba, y que Ezili no llegaba más que a una sirvienta, si acaso. En realidad, sirvienta de eso que tenía Jane pegado a la espalda, pero era *su* espalda. Lo que sucediese después ya no importaría; por el momento estaba en su espalda. Aunque se fuera, aunque nunca más volviera a tenerlo, por un poco de tiempo era la Reina del Placer, y le era imposible pensar en dejar de sentir eso jamás.

Frente a su mesa se erguía un hombre joven, en actitud expectante. El Amo le ordenó a Jane que lo evaluara: flaco, joven, no más de diecisiete o dieciocho años. Sin características distintivas, más que unos cabellos rojos en desorden. Un niño bonito. Ella se inclinó hacia delante.

—Nos estás tapando la vista. ¿Por qué mejor no te sientas?

Indicó una silla al lado de ella.

El chico se sentó, mirándola con intensidad. A continuación, sin decir una palabra, se deslizó de la silla y se hincó frente a ella. Mientras se alzaba el vestido, sabía que era la criatura la que le movía los brazos, pero ella aportó todo su entusiasmo, dejándose ir con él alegremente, aceptando el placer que le daban sus dedos enroscando el cabello del muchacho. *Pelo rojo*, se dijo para sus adentros, soñadora. *Me imaginaré que es él, Jumpin' Jack Flash…*

Pasó por su persona una onda suave de placer, como si algo se estuviese distrayendo. Sin querer, miró sobre el hombro a Ezili.

—Ya me estoy aburriendo –se oyó decir, en un tono de voz plano–. A lo mejor es que ofrece demasiado poca resistencia, o le faltan ideas propias. Toma la capa, Ezili.

Los ojos de Ezili soltaron un destello en la oscuridad.

—Muévete con cuidado, mi amor.

Ezili musitó unas palabras en francés y se metió bajo la capa a un lado de Jane, pasándole el brazo sobre el cuerpo.

Jane aferró con mayor fuerza la cabeza del chico, dolorosamente sorprendida. ¿Iba a dejarla? ¿En ese instante? Mientras pensaba, sintió que se le retiraba del cuello. Sobrevino un momento de dolor agudo, seguido por una sensación de vacío, como si se hubiera *apagado* un interruptor. Sintió que la criatura pasaba de su espalda a la de Ezili. Quiso darse vuelta y apoderarse de ella, pero era incapaz de moverse.

La capa volvió a acomodarse en los hombros de Ezili, ahora convertida en la Reina del Placer.

Ezili se levantó de su silla como si levitara, y miró a Jane con un gesto de desprecio triunfal.

—¿Por qué? –rogó Jane–. Yo pensé… pensé que…

Ezili pasó la mano por la cabeza de Jane, con rudeza, igual que se acaricia a un perro.

—Yo no olvido a mis viejas favoritas. Los nuevos placeres tienen sus emociones, sí, pero una vieja favorita como esta montura sabe cómo darme gusto. La riqueza de sus apetitos... tienes mucho camino por delante, mi pequeña montura, antes de poderte comparar con ésta.

Ezili se tomó los pechos con las manos y los exhibió con orgullo.

Jane giró, temblando. Ezili se inclinó y le puso su boca junto al oído.

—Se mete derecho al centro del placer del cerebro, ¿sabías? –le comentó, en la odiosa voz de Ezili–. Sí. Quizás encuentres alguna droga que te haga lo mismo. Para que soportes las horas sin él. Puedes intentar eso, tal vez te ayude. Y a ver si te portas mejor conmigo ahora, pedazo de carne blanca. Si quieres volver a sentir el beso.

Le metió la lengua por la oreja, y Jane soltó un breve grito, y le dio una bofetada. Ezili se rio, y moviéndose en torno a la mesa se dirigió a la salida.

—¡Espera! –gritó Jane sobre el sonido de la música–. ¿Adónde vas?

Ezili hizo alto y la miró con sorna.

—Afuera, a buscar algo de acción de verdad.

—¿Y yo qué? –gritó Jane, desesperada.

Ezili se rio de nuevo, y la capa onduló con gracia mientras se iba hacia la salida.

Jane se quedó helada en su silla un momento. *¡La ahogo!*, pensó, pero su mente se rehusó a buscar la concentración requerida. El placer que venía pulsando a través de ella, como las vibraciones suaves de un motor, se esfumó, dejando un hueco espantoso. Al despegarse, la criatura parecía llevarse todo lo que ella tenía adentro.

Entonces bajó la vista y vio al joven entre sus piernas, que la miraba sonriente, con la boca y el mentón empapados.

—¡Quítate de aquí! –gritó Jane y se puso a darle golpes como enloquecida, horrorizada de sí misma, del muchacho y del modo en que la criatura la había abandonado.

—¡Ey! ¡*Ey*! –chilló el muchacho, tratando de detener la lluvia de golpes–. ¡Manomán, *auxilio*! ¡La puta se ha vuelto loca!

Varios pares de brazos la agarraron por detrás, sujetándole los brazos.

—¡Suéltenme!

Trató de zafarse, pero los brazos la aferraron con mayor fuerza, oprimiendo sus costillas. Quiso convocar agua para arrojarla al rostro de su captor, pero su poder la había abandonado; todo estaba hueco dentro de ella. Tuvo un acceso de pánico.

—¡Auxilio! ¡Policía! ¡Alguien!

—¡Cállate esa boca de mierda, puta! –le dijo al oído una voz profunda de hombre, en la misma oreja en que Ezili le había metido la lengua.

Jane se removió, llena de repulsión, y los brazos la volvieron a apretar, causándole dolor. Intentó aflojar el cuerpo y, tras un momento, los brazos se relajaron un poco, aunque preparados para volver a aferrarla en caso de que volviera a resistirse.

—¿Qué has dicho sobre la policía? ¿Acaso has visto cometer un crimen?

Jane miró a su alrededor. Todos tenían la vista fija en ella, todas las personas en las mesitas dispersas por el salón, pero los rostros no mostraban ninguna emoción. En el escenario, el hermafrodita y el hombre se habían detenido, y estaban sentados en una plataforma, con las piernas entrelazadas, mirando la penumbra con gestos de molestia. El/la hermafrodita se cubrió la frente con una mano para bloquear el reflector, tratando de ubicar la causa de la interrupción.

—¡Oye! –gritó–. ¿Quieres hacerme el jodido favor? Necesito *concentrarme* aquí. ¿Crees que es fácil manejar esta mierda de macho hembra?

—¡Vete a la mierda! –chilló otra voz, más ronca–. ¡Es la última función, mi vida!

—Venga, puta, lárgate de aquí –dijo la voz del hombre en el oído de Jane–. Echaste a perder la función.

Los brazos la alzaron y la arrastraron hacia el fondo de la sala, donde se ubicaba una salida distinta de la utilizada por Ezili. El joven pelirrojo corrió para abrir la puerta, y Jane se vio lanzada a un callejón estrecho y sucio. Cayó sobre las rodillas y las manos, llorando de rabia y de dolor.

—¡Fuera de aquí, puta! Y no vuelvas a aparecer por aquí nunca más.

Se levantó, lista para protestar, pero dio un salto atrás, chocando con unos botes de basura, al ver que el hombre parado junto a la puerta, que no era más alto que ella, estaba dotado de un amplio torso deformado de donde brotaban tres pares de brazos.

Tras él, el muchacho pelirrojo le lanzaba miradas de furia, limpiándose la boca.

—No pagó, Manomán.

El aludido echó un vistazo al chico. Se aproximó a Jane, con movimientos más ágiles de lo que ella lo creía capaz.

—Nadie se aprovecha de mis muchachos, y menos una puta flaca que se pone a llamar a gritos a la policía –le advirtió–. Paga, zorra, y te puedes ir.

Antes de que ella pudiera correr, ya lo tenía encima, pasando todas las manos sobre su cuerpo, cacheándola.

—Venga, ¿dónde guardas los billetes?

Una mano se metió entre sus piernas. Jane abrió la boca para gritar, pero otra mano se la tapó, mientras las demás seguían buscando.

—¡Cállate! ¿Lo tienes guardado abajo, en tu caja de seguridad? Te doy una oportunidad de que te lo saques tú sola, y si no yo me encargo del asunto.

Jane lo miró con ojos suplicantes, y él retiró la mano de su boca.

—¿Y bien?

—¡No tengo! –musitó–. ¡Me dejaron aquí sin nada!

El hombre la alzó del suelo y la arrojó por el aire. Jane cayó pesadamente sobre su costado en un montón de basura.

—Eso es tu problema, puta. Pero te dejo ir con una advertencia: no se te ocurra presentarte nunca más por aquí.

Jane se incorporó con dificultades, recogiendo las piernas en actitud de defensa. El hombre empezó a darse la vuelta, pero de pronto hizo la finta de lanzarse sobre ella. Jane soltó un chillido, y el hombre se rio de ella, y también el joven pelirrojo, que seguía en la puerta, recargado en el quicio, como si se tratara de una tarde cualquiera de verano y estuviese entretenido viendo jugar a sus amigos. Mirándolo a la luz se notaba que su edad era menor de lo que ella creía. En su interior surgieron sentimientos de repugnancia y de lástima, pero se cortaron al toparse con la gran ausencia de Ti Malice en su cuerpo y su mente. Estalló en lágrimas, y de pronto algo dentro de ella cedió. Estaba cubierta de agua.

—¿Qué carajos es eso? –musitó Manomán, retrocediendo–. ¿Quién carajos eres?

Ver al joker de seis brazos asustarse de su potencia para convocar agua le dio un breve y amargo respiro. Concentrándose, logró encontrar su poder, y sacó del aire unos ocho litros de agua, que procedió a arrojarle a la cara. Mientras el joker balbuceaba furioso, ella aprovechó para levantarse y salir corriendo.

Lo mejor que pudo, llamó al agua que empapaba su ropa para secarse. Su poder aún era débil, por lo que se quedó algo húmeda, andando sin dirección por las calles de Jokertown al anochecer, bajo la última luz del día. ¿Sin dirección? Más bien, sin vida. Vacía y sin vida, pero buscando el automóvil de Hiram. Quizás Ezili estaba de vuelta con Hiram, o tal vez Hiram se había ido a Aces High. Si llamaba a Hiram, él podría enviar a alguien que la recogiera...

Sus recuerdos sobre lo que acababa de suceder con Hiram le ponían el estómago en un puño. Veía su cara, el sufrimiento, la rabia, la desesperación, la rara curiosidad extraterrena, y de remate, Ezili; no sólo Ezili, también *ella misma*...

Sin advertir las miradas de los transeúntes, Jane se encorvó, en las garras de un fuerte acceso de náuseas. Oh, Dios, ¿cómo fue capaz, qué le había pasado? –¡con Ezili, además!–. Loca, tuvo que haberse vuelto loca, sólo estando *poseída*...

Alguien tropezó con ella y la hizo tambalearse contra un edificio, llorando con la cara en las manos. Sí, poseída, pero el abandono del Amo era peor que cualquier otra forma de soledad. El vacío en su interior crecía. Vio una imagen de sí misma siendo arrastrada a un enorme desagüe. Vivir sin la plenitud que aquella criatura generaba, existir sin ningún placer, resultaba insufrible.

Temblando, se encorvó todavía más, y lloró con mayor intensidad. Necesitaba más, precisaba sentirse entera de nuevo, anidada en el resplandor del placer que le otorgaba la criatura, y que nadie más podía darle. Si era preciso volver a Ezili, o a Hiram y Ezili juntos, si tenía que volver a aquel bar y subir al escenario con el hermafrodita y con el hombre, y también con el joker de seis brazos y el muchacho pelirrojo, con todos a la vez, si para eso la cosa aquella le pidiera cortarse la garganta al terminar, no le parecería excesivo...

—Ey, *ey*. Tranquilízate.

Unas manos la tomaron por los hombros con suavidad. Ella giró, con angustiada esperanza que se hundió tan pronto vio una grotesca cara de payaso.

—Váyase –empujó sin fuerza al hombre extraño.

—Serénate, te digo, sólo te quiero ayudar. Que no te confunda mi cara. Es una tontería. Mi mala suerte fue que tenía el maquillaje puesto cuando se manifestó el virus, y ya no me lo puedo quitar. No es lo peor que podría suceder, supongo, sobre todo viéndote sufrir.

El hombre la ayudó a ponerse de pie y a apoyarse en el muro, enjugando con un pañuelo sus lágrimas. La tristeza de sus ojos daba un aspecto aún más absurdo a la pintura blanca y la bola roja en la nariz, pero ella no tenía el menor deseo de reírse.

—Vete –gimió Jane–. No me puedes ayudar. Nadie puede, sólo él. Tengo que encontrarlo a él.

Llorando, se miró los brazos. Secos. Se tocó la cara. Estaba seca también. Ni siquiera tenía fuerza para llamar a sus propias lágrimas. ¿Se le había acabado lo último en el callejón, un poco antes?

—¡Agua! –exclamó–. ¡Quiero el agua!

—Sí, sí, te daremos un poco de agua –prometió el payaso, tratando de sujetarla.

—¡Por favor! ¡Él me quitó el agua!

Se abandonó en los brazos del joker, llorando sin lágrimas.

Acostada en la cama en posición fetal, oyó que el payaso hablaba con una de las enfermeras de la clínica, sin escuchar en realidad nada de lo que decían. De cuando en cuando, un escalofrío le recorría el cuerpo, pero seguía seca. *Me he secado*, pensó, *sin él me he quedado seca, sin beso, ni placer, ni plenitud.*

—…algo sobre el agua –decía el payaso.

—Histérica –comentó la enfermera–. La condición de moda por aquí es la histeria, por lo visto.

—No, es algo peor que eso. Me da muy mala espina. Deben ponerla bajo observación.

La enfermera suspiró.

—Puede que tengas razón, pero no tenemos suficiente personal. Llegan casos nuevos casi más rápido de lo que podemos registrarlos, todos jokers o peor. Si no damos con la causa, corremos el riesgo de que toda la ciudad quede infectada. Tú mismo estás en peligro, Boze.

El payaso dejó escapar un gruñido.

—¿Qué tiene que perder un joker?

—Si vieras la sala de cuarentena, sabrías la respuesta.

—La sala de cuarentena que tienen aquí es una sala pequeña con la puerta cerrada. Afuera hay una gran sala de cuarentena abierta, y todos somos prisioneros en ella. Cuando salgo a andar por la calle, veo a mi hermano otra vez, alrevesado, con su interior por fuera, gritando con cada latido de su corazón. Con mil diablos, no necesitas asignar a nadie para que la cuide. Yo me encargo y la observo para detectar cualquier signo de infección.

Una nueva serie de estremecimientos pasó por el cuerpo de Jane. Ella trataba de dominarse para escuchar lo que decían.

—Es muy generoso de tu parte, Boze, pero por el examen superficial que le hicimos en urgencias, me parece que sufre de abstinencia de alguna droga, no de una nueva infección de wild card.

Esa idea inundó la mente de Jane de una luz brillante. Se incorporó y miró a la enfermera.

—Droga. Necesito una droga.

La enfermera se volvió al hombre payaso.

—¿Qué te dije, Boze? Es sólo una adicta jugando con el sida.

—NO soy una drogadicta, perra. ¡Soy un AS, y exijo ver al doctor Tachyon, DE INMEDIATO!

Los gritos le desgarraban a Jane la garganta; imaginó que oía los ecos de sus palabras rebotando por toda la clínica y que llegarían a los oídos de Tachyon en persona, dondequiera que se hallara.

Por lo visto, su imaginación no estaba equivocada, pues poco después Tachyon apareció en la puerta, con una expresión de alarma en su rostro fatigado y tenso.

La enfermera quiso hablarle, pero con un gesto el médico apartó sus palabras. Acercándose a la cama, tomó a Jane de la mano.

—Water Lily –dijo, y su voz rebosaba compasión–, ¿qué es lo que te ha pasado?

La pregunta tuvo el efecto demoledor. Jane se aferró a él, sollozando sin lágrimas. La sostuvo en sus brazos, esperando que ella sacara toda su angustia, y luego la empujó suavemente para que se reclinara en la cama.

—¡No me dejes así! –lloró ella, agarrándole las manos.

—Shh, Jane, no te voy a dejar. Al menos no enseguida.

La mujer veía que estaba no sólo cansado, sino a punto de caer en un agotamiento total, pero hizo a un lado esa observación. Él estaba ahí para ayudarla. *Tenía* que ayudarla. Para empezar, todo era por su culpa, y si eso significaba que a veces se agotaba trabajando, era *su* problema, no el de Jane, y además no era nada comparado con lo que *ella* sufría.

—Necesito alguna droga –pidió, y su voz temblaba–. Me dieron algo, no fue mi culpa, no quería, pero me lo dieron a la fuerza. No quiero más, pero necesito que me lo den. Puedo morirme si no me lo dan. No sé.

—¿Qué es lo que te dieron? –le preguntó con voz serena, sosteniéndola en la cama, pues de nuevo quería incorporarse.

—¡No lo sé! –replicó, exasperada–. Es algo que va directamente al sitio del placer, hace que uno… yo tuve que… Pero han de tener alguna droga. Algo que puedas hacer en tu mundo. Algo que me cure, o que lo sustituya, como la metadona.

—¿Necesitas *metadona*? –reaccionó desolado Tachyon.

—No, no, metadona no, pero algo *similar*, pero que venga de tu mundo, algo que me haga parar de desear…

Tachyon le pasó la mano por la cara.

—Por favor, trata de serenarte, lo que dices no tiene sentido. Si te has hecho adicta a alguna droga, te puedo enviar a otra clínica…

—¡No es una droga! –aulló Jane, y Tachyon se tapó los oídos con las manos–. ¡Oh, perdón, cómo lo siento! Pero no es una droga, no exactamente, pero se le *parece*…

Tachyon se apartó de ella y se presionó la frente con las palmas de las manos.

—Jane, te lo suplico, he perdido la cuenta de las horas que llevo sin dormir. Ni siquiera puedo mover mi mente para tranquilizarte. La enfermera te dará un sedante, y te mandaremos a otro hospital.

—¡Por favor, no! ¡No me saques de aquí!

Se aferró a su brazo, pero él logró deshacerse de sus manos.

—No puedes permanecer aquí. Necesitamos las camas para casos nuevos.

—Pe… pero…

Con ademanes firmes, Tachyon se mantuvo lejos de ella.

—La enfermera te dará el nombre de una clínica que no queda lejos de aquí. Pueden ayudarte. O también afuera de la clínica habrá quienes te pueden dar algún contacto, si lo que en realidad buscas es drogarte.

Tachyon se acercó con paso lento a la puerta, pero antes de irse le echó una mirada.

—Esperaba algo diferente de ti, Water Lily. Hiram Worchester debe haber sufrido una decepción tremenda contigo.

Y se fue.

Sin poder hablar, Jane se dejó caer sobre las almohadas y miró al techo. Tachyon estaba agotado, al grado que no había visto en ella más que otra drogadicta. *¡Una decepción tremenda para Hiram Worchester!* Mas el pensamiento de Hiram le produjo un acceso de deseo con una intensidad que tuvo que saltar de la cama y correr hacia la puerta.

En el umbral chocó contra la enfermera.

—¡Oye, espera un minuto! –dijo la enfermera, y le dio una hoja de papel–. El doctor Tachyon me dijo que te diese el nombre de esta clínica.

Ella le arrebató el papel y lo miró, queriendo ahogarlo en un brote de agua que lo disolviera, pero su terrible necesidad volvió a bloquearla. Alzó la vista a la enfermera.

—¿No me van a dar alguna droga? –inquirió, beligerante.

—Aquí no, mujer –replicó la enfermera, mirándola con ojos duros.

Todavía logró convocar un poco de agua, aunque de manera bastante convencional. Escupió sobre el papel, lo hizo bola y se lo arrojó a la cara a la enfermera. A continuación, corrió por el pasillo hacia la puerta.

Al cuarto número que llamó, el mensaje de la máquina contestadora se interrumpió y una voz queda dijo:

—Será mejor que esto valga la pena.

Jane se encontró sin poder hacer uso de su voz. Agarrada al teléfono público, sólo podía abrir y cerrar la boca en un gesto de impotencia.

—Está bien, nene. La semana pasada tuvimos aquí al señor Guardado, pero ya lo dejamos irse. Mejor háblale a tu mamá.

Jane se dio cuenta de que él estaba a punto de cortar la comunicación.

—¡Croyd! –gritó.

Pudo sentir que él cambiaba de tono al oír una voz femenina.

—Habla. Aquí estoy, escuchando.

—Soy yo, Jane. Jane Dow –explicó ella, en un tono de serenidad forzada.

—Jane. *¡Vaya, pues!*

Su risa, llena de placer, le hizo sentir dolor.

—Así que guardaste los números que te di. Tu voz suena un poco sin aliento. ¿Todo anda bien?

—No. Es decir, sí. Pero…

Se recargó sobre el costado de la caseta de teléfono, mientras agarraba el auricular con ambas manos.

—¿Jane? ¿Sigues ahí?

—Sí, claro.

Poco a poco trató de recomponerse y recuperar sus modales de recepcionista de Aces High, la misma que flirteaba con facilidad ante el hombre de los ojos labrados en facetas. El enorme vacío interior que experimentaba convertía a aquella mujer en un ser extraño.

—Aquí estoy yo, pero tú estás allá, y creo que uno de nosotros no está donde debiera.

Su voz se quebró en la última palabra. Tuvo que morderse los nudillos de la mano para ahogar el ruido de su llanto.

—Si hablas de rectificar la situación, ésa es la mejor noticia que he oído en lo que va del día –repuso él–. Oye, ¿seguro que estás bien?

Desde la parte de atrás de su mente, notó por la voz que Croyd andaba al límite, pero no hizo caso. Si alguien podía conseguir alguna droga, esa persona era Croyd. Nada sería demasiado para recompensarlo; estaba dispuesta a hacer lo que fuese.

—Estaré mejor cuando me des tu dirección –dijo ella, pero le temblaba la voz.

Como él guardaba silencio, ella insistió:

—De verdad quiero verte. ¿Por favor?

—Soy incapaz de resistirme a las mujeres que dicen por favor. Indícame dónde estás, y te diré la mejor manera de llegar aquí…

♣

Por la rendija de la puerta, lo primero que vio fueron las gafas reflejantes, que brillaban con frialdad de insecto. Croyd se pasó la lengua por los labios y abrió del todo.

—Pasa a mi sala, Ojitos Brillantes. Ruego que me disculpes. Me temo que no hay más que sala.

La voz sonaba diferente y el hombre se veía más alto. Su piel se había vuelto blanca del todo, pero las palabras eran características del más puro Croyd.

Entró a un apartamento desaliñado de una sola habitación, iluminado con unas cuantas lámparas colocadas en lugares raros. Casi no había muebles: un viejo buró proveniente de alguna tienda de segunda mano, como las lámparas, una vieja mesa de madera, un par de sillas y un sofá desvencijado cerca de la ventana. Había estado en lugares más congruentes, pensó, pero en todo caso no andaba buscando congruencia.

—No suelo recibir visitas en este lugar –decía Croyd, mientras cerraba la puerta y corría cuatro cerrojos.

Se volvió a mirarla, alzando una mano hacia las gafas, y volvió a lamerse los labios.

—Por esa razón –prosiguió–, no tengo mucho que ofrecerte, pero puedo preparar cualquier tipo de gin and tonic que prefieras.

Ella se rio y se abrazó a sí misma, nerviosa.

—¿Cuántos tipos hay? –reviró.

—Bueno, está el gin and tonic, por supuesto. Agua tónica con ginebra –explicó él, acercándose.

Ella retrocedió, aún abrazándose. Croyd siguió hablando.

—Ginebra, con muy poca agua tónica. Ginebra sin nada de agua tónica. Ginebra con cubitos de hielo. Eso a mí me suena bien. Piénsalo.

Su lengua volvió a pasar por sus labios por tercera vez en el mismo número de minutos.

Jane le dio la espalda, tratando de controlar los escalofríos que pasaban por su cuerpo. Al estar en compañía de un hombre que la deseaba, el vacío interior la corroía como un ácido. No le importaba que la nueva personalidad de Croyd fuera el dios del eros. Estar junto a él en la habitación no hacía sino recordarle, con un gran tormento, que el placer sólo vendría de Ti Malice, y que cualquier otra cosa no era sino un intento pálido de matar el tiempo.

—¿Te decides? —insistió él y le tocó un hombro, haciéndola saltar y alejarse de él, sobándose como si le hubiese hecho daño.

—No, nada para mí, creo.

Volvió a soltar una risa nerviosa, haciendo una mueca de sufrimiento. Él la examinó con curiosidad. Jane se vio reflejada dos veces en las gafas. Las figuras distorsionadas sugerían alguien que trataba de ocultarse dentro de sí misma.

—¿Estás segura? —volvió a la carga Croyd.

Se llevó el vaso a los labios y tomó un par de hielos, que masticó ruidosamente. Ella vio que en el vaso sólo había hielos.

—¿Nada de nada?

—No, bueno, *nada* no —hizo otra mueca y suspiró—. ¡Oh Dios, no sé cómo hacer esto!

—¿Hacer? ¿Qué? —preguntó Croyd mientras se comía otro hielo—. ¿Qué es lo que no sabes hacer, Ojitos?

De repente se le aflojaron las rodillas, y cayó sobre el sofá. Croyd se movió de inmediato junto a ella, con otro cubito de hielo en la boca. Puso el brazo sobre el respaldo del sofá, pero ella se encogió, resistiendo la posibilidad de contacto. Él puso la otra mano sobre el brazo de Jane, pero ella lo quitó. Cuando bajó el brazo para tocarle el hombro, su rodilla rozó la de ella, con un movimiento muy leve. Se extendió para dejar el vaso sobre el alféizar de la ventana detrás del sofá, lo que empujó la cortina un poco; ella notó que le temblaba ligeramente la mano. Jane miró el vaso, luego a Croyd. Se pasaba la lengua por los labios con frecuencia casi constante, más como un tic que expresión de deseo.

—Háblame, Jane —le pidió, con suavidad, mientras ella retrocedía al extremo del sofá.

Puso la otra mano sobre su brazo. Jane reaccionó como si le doliera, con el disgusto de que no fuera Ti Malice quien la tocaba. Lo veía a él correr desde una gran distancia, a toda velocidad, en lugar de verlo sentado con ella en el sofá, queriendo abrazarla.

—Vamos, Jane, háblame. Cuéntame.

Las palabras llegaron a los labios de Jane sin pensar en ellas:

—Cuando el Durmiente se droga, habrá sangre corriendo.

Se quedó helado. Jane miró las gafas, sin ver más que los reflejos gemelos de su persona. Tuvo el impulso de quitarle las gafas, y tendió la mano, pero él se puso fuera de su alcance.

—No.

Se dio vuelta, en busca de más cubos de hielo. Jane inclinó la cabeza hacia el alféizar.

—Gracias. La anfetamina lo seca a uno.

—¿Dónde las consigues? –inquirió ella.

—¿Qué, las anfetas? ¿Por qué? –replicó, masticando más hielos–. ¿Piensas pasar la noche sin dormir?

—No, sólo me preguntaba si tu proveedor… en fin, si tendría otro tipo de cosas –aclaró ella, respirando hondo–. Otra clase de drogas.

Él le lanzó una mirada penetrante y de pronto se arrojó sobre ella, aferró su brazo y jaló de él.

—¡Para! –gritó ella–. ¡Me haces daño!

Jane quiso alejarse de las gafas de espejo que tenía encima de la cara, y trató de quitar los dedos que le apretaban el brazo.

—¿Te hace falta droga? ¿*Por eso* viniste a verme? –le preguntó él, casi riéndose.

Ella logró soltarse y comenzó a ponerse de pie, pero se tropezó y acabó tirada en el suelo.

—Levántate –mandó él, la ayudó a levantarse y la echó al sofá con rudeza–. Háblame, y dime algo que no sepa. ¿Te hace falta *droga*?

—No es lo que crees –repuso ella, sin mirarlo.

—Nunca es lo que uno cree, Ojitos.

Seguía pasándose la lengua por los labios, y ella sintió que se estaba volviendo loca.

—Entonces, ¿qué clase de droga andarás buscando? ¿Caballo? ¿Dama? ¿Sueños azules? ¿Rojos? ¿Cruzacamino blancas? ¿Bombas negras, nocauts amarillos? ¿Cuál es tu *placer*?

Su voz sonaba fea y dura. Ella se dio cuenta, muy sorprendida, de que lo decepcionaba, igual que a Tachyon.

—Dios mío, ¿qué se supone que debo ser? ¿La Dulce As Virgen, Rebeca de Sunnybrook Farm? –exclamó Jane–. Se supone que debo estar encima de un pedestal, en el papel de la niñita buena de Dios, para que me den palmaditas en la cabeza y me consideren virtuosa mientras se atascan de todo? ¡Querida Water Lily, blanca como un lirio es Water Lily, Lirio de Agua, *blanco y virginal*? ¡Pues no es así! Todos ustedes tenían que arrastrarme a esto, involucrarme en sus juegos estúpidos, en sus jodidas guerras de pandillas, querían usarme para sus propios fines, y ahora me salen con que se escandalizan sólo porque aparezco con la misma mierda que todos ustedes me han estado echando encima. *¿Qué se esperaban?*

Se dio cuenta de que se había puesto de rodillas en el sofá, y le gritaba a la cara. En las gafas había gotitas de saliva. Él se le quedó mirando, con la boca abierta.

—Supongo –observó, haciendo una pausa para lamerse los labios– que las anfetaminas no son lo único que te hace secarte.

Jane se encorvó sollozando, pues el dolor del vacío dentro de ella renovó sus accesos. Sintió que la mano de Croyd se posaba ligera sobre su pelo y gritó:

—¡No me toques! *¡Duele!*

—Me pareció raro que en este punto no estuvieras, ah, húmeda, pero no estaba seguro. A estas alturas, todo me parece un poco raro –admitió, masticando el último hielo del vaso–. ¿Qué es, entonces? ¿Simple heroína o algo más exótico?

Ella alzó la cabeza del cojín mohoso.

—No me vas a creer si te cuento.

—Haz la prueba. Dime qué andas buscando.

Con un gran esfuerzo ella logró incorporarse y se quedó sentada sobre sus piernas.

—Necesito algo que actúe directamente sobre el centro del placer en el cerebro y lo estimule de manera continua.

—¿Y quién no? –repuso en tono agrio Croyd, bebiendo la última gota del vaso.

—¿Entonces? –inquirió ella después de una breve pausa.

—Entonces, ¿qué?

—¿No sabes de nadie que tenga una droga así y me la quiera vender?

Él dejó escapar una risita breve sin alegría.

—Por todos los diablos, no.

Ella, que fijaba los ojos en él, tuvo la sensación de que el vacío se tragaba su esperanza junto con el resto de su persona, y entonces, de un modo absurdo, estornudó.

—¡Salud! –dijo él en forma automática–. Mira, no existe esa cosa en el reino animal, vegetal o mineral. Con la posible excepción de cinco horas de sexo cochino y fantástico, y hablando con franqueza, yo ya no rindo más de una hora por cada ocasión. Es terrible tener que admitirlo.

Ella se había levantado ya del sofá e iba hacia la puerta.

—¡Eh, tú, espera!

Jane se detuvo, giró y lo miró inquisitivamente.

—¿Adónde vas?

—Al único lugar donde *puedo* ir.

—¿Y dónde es?

Ella meneó la cabeza.

—Te equivocas, Croyd. Sí existe esa cosa, y yo la conozco. Y espero que tú no la toques. Es lo peor del mundo.

Él volvió a lamerse los labios y se secó la boca con la palma de la mano.

—Eso me parece dudoso, Ojitos.

—Qué bueno –replicó ella–. Espero que nunca cambies de parecer. Quédate donde estás. Puedo salir yo sola.

Pero no podía. Tuvo que esperar con paciencia mientras Croyd descorría los cuatro cerrojos, antes de huir de los reflejos gemelos de su propia cara desesperada.

◆

Hiram le abrió la puerta, Hiram, que estaba solo en el apartamento vacío.

—Te ha dejado –dijo, en voz baja.

—Sí –musitó ella, de pie con la cabeza gacha.

—¿Estás…? –la voz se ahogaba en su garganta–. ¿Estás bien?

Ella lo miró, y vio en sus ojos el mismo vacío que la torturaba a ella por dentro.

—Sabes de sobra que no, Hiram. Ni tú tampoco.

—Supongo que no –admitió él y marcó una pausa–. ¿Puedo ofrecerte algo? ¿Un vaso de agua, o algo de comer, o…?

Sus palabras quedaron colgadas del aire entre ellos, cosas fútiles y absurdas. Era como ofrecer una lágrima para apagar un incendio forestal.

Para no aumentar el dolor, Jane alzó la cabeza con toda la dignidad que pudo reunir.

—Me gustaría una taza de té caliente, gracias.

No era cierto, y además ella casi nunca bebía té caliente, pero al menos podían hacer eso en lugar de estar de pie y sufrir juntos.

Él se ocupó en la cocineta y ella se sentó junto a una mesa pequeña, mirando al vacío. Si el placer era algo real, entonces la ausencia del placer era palpable; el arrobamiento que producía cada movimiento era sustituido por el dolor del vacío que él dejaba. *Mi Amo*, pensó, con un sentimiento opaco de revulsión. *Lo llamé Mi Amo.*

—No podía dejarte ir una vez que me habías visto –dijo Hiram de manera abrupta, sin volverse hacia ella, que tampoco alzó la vista–. Estoy seguro de que lo entiendes, ahora que ya lo sabes.

Ella hizo un ruido parecido a un murmullo, pero sin decir nada.

—Él ya te había visto muchas veces en mis pensamientos. Así que al llegar tú aquí…

Hizo una pausa.

—Pero ¿por qué viniste?

El recuerdo la hizo estallar en carcajadas. Alarmado, Hiram giró desde la barra en que preparaba el té para mirarla. Se veía tan asustado que ella quiso controlar su risa, pero no pudo. Sólo siguió riéndose, meneó la cabeza y lo detuvo con un gesto de la mano cuando él trató de aproximarse.

—¡Está bien! –logró decir al fin, con voz entrecortada–. De verdad. Es que resulta tan…

Otra vez le vino el acceso de risa, que le duró casi un minuto, mientras él la observaba. La sensación de malestar emanaba de él como ondas que casi se podían sentir en el aire.

—Es que resulta tan… *insignificante* –articuló por fin, cuando recuperó el habla–. Brightwater nos entregó una carga de pescado descompuesto, y lo tuve que devolver. Nadie sabía qué hacer para conseguir pescado y abrir la barra de sushi, y Tomoyuki dijo que mister Cenafuera vendría esta noche para hacer un reportaje sobre el sushi del crepúsculo, enviado por la revista *New York Gourmet*.

Se volvió a reír, pero con menos fuerza.

—Supongo que no abriremos la barra de sushi esta noche –añadió–. Le dije a Tom que se reportara enfermo si yo no estaba de vuelta en una hora. Eso fue hace… no sé. ¿Qué hora es?

Hiram no respondió.

—No, supongo que no importa, ¿verdad? –declaró ella, mirándolo a los ojos–. Encontré la dirección debajo del secante de tu escritorio, pero no pensaba usarla a menos que fuera necesario, y me pareció que la ocasión lo ameritaba. Todos se están poniendo en tu contra, Hiram. Emile anda por ahí diciendo que te has vuelto un drogadicto.

—Es la verdad –admitió Hiram en voz débil–. Lo soy.

Examinó la tetera y la llevó a la mesa, con dos tazas.

—Igual que tú. Y Ezili. Y cualquiera a quien él haya besado.

—¿Así lo consideras? –inquirió ella mientras él servía el té–. ¿No tienes una palabra mejor?

—No. Es una adicción instantánea y permanente –añadió Hiram en tono neutro–. Acude al centro de placer del cerebro en forma directa. Por eso todo se siente tan rico. Comer. Moverse. Hacer el amor. O tan sólo respirar. Y cuando te abandona es la muerte. No hay cura, no hay alivio. Sólo el beso. Haré lo que sea para tenerlo. Y también tú.

—No.

Hiram hizo una pausa en el acto de alzar la taza.

—Tenemos que superar esto. Debe haber alguna cura que podamos tomar, una droga que sirva como sustituto o como bloqueo, o algo.

—No, no hay nada –objetó Hiram, sacudiendo la cabeza con autoridad.

—*Tiene* que haber algo. Podríamos buscar juntos, tú y yo. Fui a la clínica de Tachyon.

Hiram depositó con violencia la taza sobre el plato.

—¿Hiciste *qué*? ¿Fuiste a ver a *Tachyon*?

La cara se le puso gris. Ella pensó que Hiram podría morir de horror.

—No te apures. No le dije nada. Y él no se enteró de lo que me pasaba. Está inundado de nuevos casos de wild card. No se molestó en leer mi mente. Pero si vuelves conmigo y los dos hablamos con él…

—¡No! –rugió él, con tal fuerza que la hizo brincar y derramar el té sobre la mesa.

Hiram de inmediato fue por una toalla y empezó a limpiar lo derramado.

—No –repitió, en voz mucho más serena–. Si lo descubren, lo matarán. No puede sobrevivir sin un anfitrión humano. Nos quedaríamos sin él, pero tampoco podrían curarnos. Tendríamos que quedarnos así para toda la vida. ¿Podrías soportarlo?

—No, por Dios —musitó ella, apoyando la frente en una mano.

—Entonces deja de decir locuras —le aconsejó Hiram, que tiró la toalla al fregadero y la tomó de la mano—. La verdad es que hay ratos en que no se está tan mal. En serio. Lo que quiero decir es que él no pide tanto a cambio del placer que proporciona, ¿no crees? Y te deja en paz, y no es que sea malvado, de verdad. Si fueras su única montura, ¿le negarías su vida? Si supieras que sin ti no sobreviviría, ¿lo dejarías morir?

Ella retiró la mano, meneando la cabeza.

—Hiram, no tienes ni idea de lo que me ha pasado.

—¡Tú tampoco sabes lo que me ha pasado a *mí*! —chilló él y se arrodilló de pronto frente a ella, con los ojos arrasados de lágrimas, lo cual la hizo sentir horror—. ¡Lo que hayas hecho tú no es nada comparado a lo mío! ¿No crees que he pasado por las cosas más viles? El miedo a que me descubran, la falta de poder… He pensado en suicidarme, no creas que no, pero lo peor es que si hay vida después de la muerte y él no está ahí, ¡eso será un verdadero infierno! ¿Hablas de lo que te ha pasado a ti? ¿Quieres saber lo que me pasó a *mí*? ¡Yo le permití que se apoderase de una amiga mía! Juré que no lo haría, y sin embargo lo hice. *¡Lo dejé apoderarse de ti!*

Ella se apartó.

—Oh, Jesús, Hiram, quisiera haber muerto aquella noche cuando el Astrónomo atacó Aces High. ¡Que me hubieras dejado caer!

—¡Sí! ¡Yo quisiera lo mismo, también! —vociferó él.

El silencio que sobrevino conservaba el eco de la confesión de Hiram. Era el fin, se dio cuenta Jane, con cierto asombro. Todo se terminaba: Aces High, sus obligaciones con Hiram, su vida como as, si es que alguna vez la había tenido. Él y ella no tenían nada ya.

—No estás mojada —observó muy a destiempo Hiram.

Antes de que ella pudiera responder, se oyó que llamaban a la puerta.

Hiram hizo un movimiento con la cabeza para indicar la recámara y ella obedeció sin protestar, acostándose en un ovillo sobre el suelo junto a la cama. No se sentía preparada para enfrentar lo que estuviera ahí.

De pronto, el agotamiento la venció. Apoyó la cabeza en el costado del colchón y se dejó entrar en un estado de sueño a medias. Oía voces en el otro cuarto, pero no le produjeron ninguna impresión, ni siquiera cuando Hiram alzó la suya con enfado. Después de un lapso indefinido de tiempo, Jane sintió que alguien se aproximaba, y trató de hundirse más en la inconsciencia, lejos de aquella presencia, con la fantasía de que Hiram de nuevo la había convertido en un ser que no pesaba, que podía subir flotando al cielo.

Pero unas manos fuertes la hicieron levantarse y la arrojaron sobre la cama. Ella resistió débilmente, pestañeando alarmada. Enseguida sintió el contacto de dedos pequeños en la espalda, ligeros como plumas, y estiró el cuello hacia atrás, lista para recibir el beso.

La escena que vio en la sala era perturbadora, pero ella flotaba muy por encima de eso, transportada por su amo. Ahí estaba Hiram, por supuesto, y también Ezili, además de dos hombres que ella no reconoció ni quiso saber quiénes eran, y, por absurdo que pareciera, también Emile, amordazado y atado de manos y pies, sobre la alfombra. El Amo exigía su atención y ella se la otorgaba, al tiempo que gozaba del nuevo contacto.

—Jane –dijo Hiram, lleno de tensión.

Ella se volvió hacia él, con ojos opacados por el placer. Él mostraba dificultad para mantener su mirada sobre ella, o tal vez sobre su Amo. Era poco importante. Todo estaba bien, de nuevo.

—*Jane*.

—Te oigo –repuso ella, del todo feliz–. ¿Qué quieres?

—¿Por qué le diste a Emile la llave extra de mi oficina?

El Amo le mandó contestar, y resultaba exquisito obedecer.

—Lo dejé a cargo del negocio mientras no estaba yo. Fue una decisión lógica.

—Cuando te di la llave, te dije con claridad que nadie, *nadie más que tú*, podía tenerla, por *ningún* motivo.

—Esa llave me la diste hace mucho tiempo, antes de irte de viaje, y cuando regresaste pensé que se te había olvidado. Creí que daba lo mismo, porque a ti ya no parecía importarte el tema.

Ella hablaba sonriendo, en un sueño feliz.

Hiram había cerrado el puño, pero ella no se preocupaba. Estando con el Amo, toda preocupación se desvanecía. Le maravillaba sentir que la entrega era mucho más profunda la segunda vez. La tercera la haría perderse del todo en él, con seguridad, y *eso* sería la perfección absoluta. Casi no podía esperar.

—No entiendes lo que has hecho, Water Lily –le reprochó Hiram, que expresaba gran tristeza–. Has matado a este hombre.

Algo en ella saltó al oír su nombre de as, pero no le hizo caso. Al Amo le gustaba. Le gustaba el agua que le corría por el rostro y le escurría del pelo, mojando la alfombra a sus pies.

—Si ella es la responsable –dijo su voz, bajo las órdenes del Amo–, entonces que ella se ocupe, ¿no te parece, Hiram?

—Eso la matará –advirtió Hiram–. O la hará enloquecer.

—Loca ya está –el Amo se reía a través de ella–, y no es alguien demasiado interesante, a no ser por sus poderes.

Volvió la cara hacia Emile. Los ojos del cautivo se desorbitaban, y hacía ruiditos desesperados a través de la mordaza.

—Prepáralo, Ezili –dijo el Amo–. Tengo curiosidad por ver qué hace ella.

Con dificultades, Ezili le bajó los pantalones a Emile, que se resistía retorciéndose. Uno de los hombres que Jane no conocía puso a Emile de espaldas, aplastó contra el suelo sus manos atadas, y se sentó en sus hombros. Emile gritaba a través de la mordaza, pero no se oía sino un ruido ahogado. Con los pies amarrados, trataba de patear, pero el hombre hizo más fuerza sobre sus hombros hasta que Emile se quedó quieto.

Después de un poco de tiempo, Ezili se levantó, y se limpió la boca con delicadeza.

—Hazlo gozar un poco, muchachita.

Jane se puso junto a Emile y se arrodilló en el suelo. Sin usar palabras, el Amo ya le había explicado lo que deseaba de ella. No era demasiado pedir. Si él deseaba saber qué se sentía, su única misión en la vida era satisfacer ese deseo. Se alzó el vestido y con la mayor naturalidad se quitó los calzones.

El horror en los ojos de Emile alimentaba sus sensaciones al tiempo que Jane se colocaba sobre él para montarlo y bajaba el cuerpo para ser penetrada. Él se puso duro, y lo oyó gemir de dolor. El agua lo salpicaba en emisiones rítmicas. Más sensaciones. Se abandonó a esos sentires, dejó que se disolviese su conciencia, que se volvió también fluida. Perdida en todo el placer, había una Jane pequeñita que aullaba en contra de tal atrocidad, pero esa mujercita minúscula nada podía frente al magnífico poder de sus placeres. Lo que se tuviera que sacrificar al placer de Ti Malice sería sacrificado; si Emile lo supiera, él mismo se ofrecería de buena gana. Era más que un honor, era una bendición, un estado de gracia. Era...

Sus ojos se encontraron con los de Emile. Sin moverse, tieso bajo ella, miraba a Ti Malice. Las olas de placer se abrieron por un instante, y apareció una pequeña división entre Jane y su Amo. Abrió la boca para gritar, pero las olas volvieron a cubrirlo todo y Jane cayó hacia delante. El agua brotó, los inundó a ambos.

Ti Malice le hablaba al tiempo que revisaba todas sus sensaciones y pensamientos. Se rio de los recuerdos de la clínica y del doctor Tachyon (*No, mi pequeña montura, no existe ninguna droga que active el centro del placer, como tú lo llamas*), y quedó advertido de los peligros del contagio del virus (*Tú nunca me arriesgarías a eso, pequeña montura, darías tu vida antes de dejar que eso sucediera*). Aun mientras su cuerpo se movía y se retorcía de gozo, adoraba esa cosa que se pegaba a su espalda y le prometía todo lo que quisiera, todo lo que ella tenía. *Lo que quieras. Siempre.*

Sintió que el Amo la obligaba a tomar conciencia plena y concentrar su atención sobre Emile.

Lo que quieras. Siempre. Él la hizo sacar lágrimas de los ojos de Emile, y juntos lo vieron resistirse, tratando de quitárselas parpadeando. Al Amo le gustaba convocar el agua, y quería más. Ella obedeció, llamó al agua que él tenía en el cuerpo, ya no del aire que los rodeaba, porque eso era lo que más le agradaba al Amo. Ti Malice le sugirió algo más, y el placer subió de tono mientras Emile se arqueaba bajo ella, una acción involuntaria que enseguida se convirtió en dolor para él. *¡Si tan sólo supiese a quién servía su cuerpo!*, pensó ella.

El poder actuaba con mayor facilidad que nunca antes. Estaba de nuevo completa, pensó mientras veía rezumar la sangre a través de los poros de la piel de Emile, que gritaba bajo la mordaza. Jane sintió el placer de Ti Malice. Se daba cuenta de la delicia que significaba eso, quitarle la humedad al cuerpo de un ser viviente, en lugar de sacarla del aire sin vida. Si se dejaba ir por completo, era lo mejor de todo, mejor que el sexo que tanto hacía gozar a Ti Malice.

Por fin el Amo le concedió permiso, y se dejó ir, todo el camino

hasta el fin. *Lo que quieras. Siempre.* Más allá del placer le sobrevino una explosión de sensaciones, algo de verdad ajeno a la experiencia humana, que quitaba los residuos de humanidad en ella y en Ti
Malice, y en su lugar aparecía esa cosa dura, luminosa y ardiente que,
en un acto de conquista irrevocable, se lanzaba sobre ellos. Por un
solo instante, se convirtieron en el virus wild card en estado puro,
no sólo viviente, sino con plena conciencia de existir.

Enseguida, volvió en sí misma, a través de una niebla de sensaciones moribundas que hacían temblar al mismo Ti Malice, abrumado
por la nueva conciencia. Aquello lo sobrepasaba aun a él. Ni siquiera
pudo protestar ella cuando la abandonó de nuevo para irse con Ezili.

Un poco después, Jane se dio cuenta de que se había cegado al sacar del cuerpo de Emile los últimos líquidos. Vio que sólo quedaba
en el piso un montón de ropa y una sustancia que parecía polvo es-
parcido sobre ese lugar.

De pronto Jane se dejó arrastrar a la oscuridad y cayó en ella durante un largo tiempo, acompañada por sus aullidos.

De la oscuridad surgieron varios rostros que se le acercaban, pero
los hizo desaparecer. En determinado momento, mirando el rostro
de Hiram, no pudo hacerlo desvanecerse. Por lo visto, quería explicarle algo, pero no tenía el menor sentido. *Renuncio*, logró responderle al fin, y eso hizo que se fuera.

Hay que limpiarla, ponerle algo de ropa y sacarla de aquí. Por ahora,
dijo Ezili en su propia voz. *Me hace sentir… incómodo.*

Sonaron unas risas.

Entonces le volvió el apetito, y la ausencia de Ti Malice excedió
su capacidad de aguante. Su mente se plegó, se metió en una caja
diminuta y desapareció.

♠

Caminaba por un país de maravillas desolado y raro, acompañada
por Sal. No la sorprendía tanto estar con él; pensó que Ti Malice le
había quitado todo y ella ya no existía como entidad completa. Pero
resultaba grato que entre todos los fantasmas posibles su compañero fuera Sal. Encontrarse a Emile sería de lo más desagradable, aunque tal vez no llevara suficiente tiempo muerto para convertirse en

fantasma. Hablaron de todo lo sucedido en los primeros minutos de estar juntos: la degradación, las mentiras, las promesas rotas.

Sal le preguntó qué eran esas promesas rotas.

¡Vaya!, que ya no buscaría apoyo en nadie, Sal. ¿No te acuerdas? Eso lo prometí después de los Cloisters. Y mírame ahora. Me apoyé a tal grado que me he caído.

Enseguida se dio cuenta de que Sal ya lo sabía, y que le preguntaba sólo para que ella lo dijera, lo admitiera.

Conforme. Lo admito. Todo lo admito. Dije que nunca volvería a matar a nadie, por malvado que fuese, aun si era en defensa de mi propia vida. Y maté a Emile, sólo porque él deseaba verlo morir.

No era necesario explicarle quién era él. Sal ya sabía eso también.

Y también prometí siempre ser… responsable con mi cuerpo. Tal vez me resultó más fácil aislarme que aceptar una separación definitiva.

A Sal eso le hizo mucha gracia. A fin y al cabo, no solamente era gay, sino que era un gay *muerto*, y llevaba bastante tiempo en esa condición.

Vaya, Sal, por estar muerto no tienes idea de lo fácil que es permanecer fiel a la memoria de alguien. Es lo más fácil cuando las personas vivas te dan tanto miedo. ¡Cómo intimidan los vivos, Sal!

Él respondió que sabía de qué hablaba ella.

Sí, supongo que sabes, siendo quien eres. ¡Qué extraña coincidencia! Que mi primera vez hiciera el amor con una mujer, y que además el primer hombre que realmente poseí fuese homosexual.

¡Y qué tendría que ver eso!, comentó Sal. Era irrelevante.

Bueno, es una especie de tema recurrente.

Sal insistió en que no había tal cosa.

No importa. Me consuela que no hayas vivido para ver a lo que he llegado. Eso has logrado evitar al ahogarte en la bañera, Sal, eso y la gran epidemia de sida. O sea, si ibas a morirte, mucho mejor ahogado. No morir de sida. O por mi causa.

Sal replicó que él nunca fue paranoico.

En estos días sobran motivos de paranoia. Me enteré de que existe una forma contagiosa del virus wild card. Nadie sabe cómo se transmite. Casi todos los infectados se mueren.

Sal consideró que aquel estado de cosas era un asco.

Bien dicho, es cierto. Y ¿sabes qué, Sal?

Sal le preguntó a qué se refería.

No hay manera de saber quién ha estado expuesto. Hasta que se declara. Tal vez yo ya lo tenga. Tal vez me muera de eso. Sólo espero que no se lo haya contagiado a nadie.

—Querida, no eres la única.

Jane estaba a punto de replicar cuando advirtió que la voz de Sal había sonado de verdad. Sólo que no sonaba mucho a Sal. Se volvió hacia él, sorprendida al ver que no era Sal quien estaba a su lado, sino un extraño, un hombre flaco con cara de rata, cubierta de pelo sarnoso, hocico en punta y bigotes.

—No es cara de rata, sino de ratón, señora –dijo el hombre en voz fatigada–. Se nota en los dientes, si acaso tiene conocimientos elementales sobre los roedores. Yo trabajaba como exterminador, ¿entiende? Si le parece chistoso, búrlese, si quiere. La he venido acompañando por curiosidad, para ver lo que una pollita como usted andará buscando en Jokertown a estas horas de la noche. Para hablar francamente, señora, usted sí tiene problemas mucho más graves que yo, y no quiero saber nada más del asunto.

Se esfumó, y ella se quedó sola en la acera, debajo de un farol que zumbaba.

—¿Sal? –le preguntó al aire, pero no percibió respuesta alguna.

Al principio temió haber regresado al mismo bar de antes, pero pronto se dio cuenta de que era diferente. Por ejemplo, faltaba el escenario para el espectáculo de sexo en vivo, y la clientela parecía más animada, vestida con ropas llamativas. Algunos llevaban máscaras y disfraces.

Cuando notó al hombre sin ojos al otro lado de la barra sintió pánico, pero enseguida advirtió que no era el mismo de la limusina. ¿Cuándo fue aquello? ¡Por lo menos mil años antes! Con pasos de sonámbula se movió hacia el bar y se sentó en una de las bancas. El cantinero sin ojos, que trabajaba moviéndose como experto, de pronto volvió el rostro hacia ella.

—¿Hay algún problema, Sascha?

Un enano se materializó junto a Jane, y la aferró del brazo con una mano gruesa.

El cantinero retrocedió un paso.

—No quiero que se acerque. Aléjala de mí.

—Ándale, guapa. No tienes que irte a tu casa, pero aquí no puedes estar.

El enano empezó a jalarla para quitarla de su sitio.

—Por favor, no –suplicó ella, tratando de soltarse de la mano que la aprisionaba–. Necesito ver a alguien.

Ya sabía en qué lugar estaba. Era el único sitio donde podría encontrar lo que necesitaba; Chrysalis –o alguien cercano a ella– sabría dónde encontrar una droga para llenar el hueco de lo devorado por Ti Malice en su interior. Se volvió hacia el cantinero.

—¡Por favor! –volvió a rogar–. No le haré daño a nadie.

—Sácala de aquí –exigió el cantinero–. No puedo soportar la sensación de su presencia.

Jane echó una mirada desesperada a su alrededor y alcanzó a distinguir a Chrysalis sentada frente a una mesa. Con toda su fuerza, logró desasirse del enano.

—¡Ey! –exclamó él.

Sin hacer caso de la gente que la miraba, Jane se lanzó entre las mesas hasta el rincón en donde se encontraba sentada Chrysalis, que contemplaba su entorno con sus raros y flotantes ojos azules.

—¡Te tengo! –anunció el enano, le rodeó la cintura, y ella cayó de rodillas, tuvo que avanzar a gatas los últimos metros que la separaban de Chrysalis, mientras arrastraba al hombre tras ella.

Chrysalis alzó un dedo. Los brazos del enano se aflojaron, pero no la soltó del todo.

—Necesito información –dijo Jane en voz baja–. Es sobre una droga.

Chrysalis no respondió. Era imposible leer en su rostro peculiar expresión alguna.

—Me he vuelto adicta, contra mi voluntad, a una droga. Necesito... necesito...

Se buscó en los bolsillos y, como de milagro, se encontró con unos billetes doblados. Los sacó de prisa y los ofreció.

—Tengo dinero. Puedo pagar, pagar por...

Chrysalis examinó los billetes que Jane tendía hacia ella: tres billetes, dos de diez y uno de veinte. ¡Cuarenta dólares! Un mal chiste.

Chrysalis meneó la cabeza y sacudió la mano.

—Como te decía hace rato, linda –intervino el enano–, vas de salida.

Tras agarrar los billetes arrugados en una mano, Jane se apoyó en el muro del edificio. El vacío en su interior se hacía más ancho, a un grado en que sintió que su necesidad la partía en dos.

—Discúlpame.

Kim Toy.

Parpadeó, y enseguida advirtió que no era Kim Toy. Esta mujer tenía mayor estatura y rasgos diferentes.

—Vi que Chrysalis te trató de la patada. ¡Qué atrevida! El estúpido ese pasó junto a mi mesa cuando te sacaba, y me quedé pensando que yo te conocía de algo.

Jane quiso apartarse de ella.

—Déjame en paz –murmuró, pero la mujer seguía acercándose.

—¡Eso es! Creo que tú trabajabas para Rosemary Muldoon. ¿Es cierto?

Jane se alejó de la mujer, tropezó y cayó sobre las manos y las rodillas, presa de un temblor incontrolable. Bajo su dolor sentía otra presencia, la de una enfermedad de índole física. Como si fuera a darle gripe, o algo peor. La idea era tan absurda que casi pudo reírse.

—Ey, ¿te encuentras mal, o algo así?

La mujer se inclinó sobre ella y le puso las manos en sus hombros.

—¿Te has quedado sin droga? –inquirió en voz baja.

Jane lloraba sin lágrimas.

—Levántate –dijo la mujer, mientras la ayudaba a ponerse de pie–. Cualquier amiga de Rosemary Muldoon es también mi amiga. Creo que voy a poder ayudarte.

A pesar del vacío que la devoraba, Jane se sintió abrumada al percibir el lujo del apartamento. La sala, en un nivel inferior, tenía las dimensiones de una pista de baile. El color predominante era un rosa perla que se extendía al empapelado de las paredes y al enorme candelero de cristal.

La mujer la hizo bajar por unos escalones y la ayudó a sentarse en un sofá muy acolchonado.

—Te gusta, ¿eh? Parece una choza por fuera y es el cielo por dentro. Tuve que engrasarles la mano a muchos funcionarios para que me dejaran mantener el signo "EDIFICIO CONFISCADO" en el exterior. Terminé de decorarlo la semana pasada, y me muero por recibir visitas. ¿Qué quieres beber? .

—Agua –musitó Jane.

Al otro lado del cuarto, en el bar lleno de vistosos ornamentos, la mujer la miró sobre el hombro, casi sonriendo.

—Yo pensé que eso lo sabías hacer tú sola.

Jane se puso tiesa.

—¿Tú sabes?

—¿No te dije que te conocía? ¿Crees que traería a mi casa a alguien sin saber quién es?

La mujer le trajo un vaso de cristal cortado lleno de agua con hielo y se sentó frente a ella.

—Claro que el lugar no es todo mío. Pertenece en realidad a la gente para quien trabajo. No necesito decirte que es el mejor empleo que he tenido en mi vida.

Jane bebía su agua a sorbitos. Le empezaron a temblar las manos sin poder controlarse, y le dio el vaso a la mujer frente a ella antes de derramarlo. La sensación de una enfermedad corporal le hormigueaba, como un calambre extendido por todo el cuerpo. Se quedó muy quieta hasta que se le pasó.

—Espero que tu padecimiento no sea contagioso –dijo la mujer, en tono bondadoso–. ¿Qué te sucedió? ¿Caíste en las garras de alguno de los socios cochinos de Rosemary y te volvió adicta a la heroína?

Jane meneó la cabeza.

—No. Nada que ver con Rosemary.

—¿Ah, no? ¡Qué lástima! Me refiero a que tenía la esperanza de que me pusieras en contacto con Rosemary, porque me gustaría verla.

Se inclinó para abrir una cajita rosa laqueada en la gran mesita de sala.

—¿No quieres un cigarrito de marihuana? Le quita un poco el filo a las situaciones desagradables. De veras. No se parece a nada que hayas probado antes.

—No. No me serviría –dijo Jane, y apartó la vista del cigarro que ofrecía la otra.

—¿Qué droga es la que usas, en todo caso?

—Es algo que va derecho al centro de placer del cerebro. Es mejor que no sepas.

O ¿no era mejor que supiese?, pensó de repente Jane. Sus pensamientos se enroscaban en torno a un plan. ¿No podría volver al apartamento con esta mujer para ofrecérsela a Ti Malice? Sabía que le gustaba estrenar monturas…

—Oh, si es muy fácil –dijo la mujer.

—¿Qué dices? –exclamó Jane, sorprendida.

La mujer inclinó la cabeza a un lado, mirándola con curiosidad.

—Un socio mío ha diseñado algo que va directo al centro de placer del cerebro.

—¿Quién? –balbuceó Jane, agarrando a la mujer por el hombro–. ¿Puedo conocerlo? ¿Dónde lo encuentro? ¿Cómo…?

—¡Uy, uy, chica! Serénate –replicó la mujer y se quitó de encima las manos de Jane–. Esto es asunto muy secreto. He sido imprudente al mencionártelo, pero como eres amiga de Rosemary y todo eso, me he ido de la lengua. Serénate, anda. Hablemos de Rosemary.

Encendió el cigarro con un mechero de cristal que adornaba la mesa, aspiró hondo y se lo pasó a Jane.

Aceptó el cigarro, y trató de imitar las acciones de la otra mujer. El humo le quemaba los pulmones, y tuvo un acceso de tos.

—Hay que seguir practicando –indicó la mujer, riéndose–. De verdad que le quita el filo al dolor.

Unas cuantas fumadas después ya sabía cómo hacerlo. Así que a esto se referían cuando hablaban de ponerse hasta atrás, pensó. Era algo que más bien se sentía dentro, no fuera, y tal vez hubiera servido de algo, pero no podía interponerse entre ella y el vacío. Trató de devolverle el cigarro a la mujer. Ella le sugirió que se lo quedara, pues Jane lo necesitaba más. Sin embargo, lo dejó cuidadosamente en el cenicero de cristal sobre la mesa.

—¿No te gusta? –preguntó sorprendida la mujer.

—Está… bien –repuso Jane, y su voz parecía estirarse y estirarse, como algo lento y elástico. Sintió que su cabeza estaba a punto de flotar sobre los hombros como un globo hasta dar con el techo. Se preguntó si Hiram sabría de eso.

Pero la mujer quería hablar de Rosemary, y a Jane le costaba mucho seguir el hilo, ocupada en que no se le fuera flotando la cabeza y en luchar contra la necesidad de Ti Malice. Si la mujer se callase, podría encontrar un equilibrio, algo que la estabilizara lo suficiente para ser capaz de romper el vaso de cristal contra la mesa y usar un trozo de vidrio para cortarse la garganta. Era la única solución, por el momento;

la droga la ayudaba a ver eso. Jamás sería libre de su necesidad de Ti Malice, y si volvía, o, mejor dicho, cuando volviera, se sometería a cosas peores, más degradaciones, más matanzas, todo ello hecho voluntariamente, con tal de sentir la bienaventuranza de su presencia en ella. Lo que deseaba para Hiram, que encontrara a alguien para que su vida fuera completa, lo había encontrado ella, excepto que se trataba de Ti Malice, no del hombre sin identificar que se le mostraba en sueños, que se parecía a veces a Sal y a veces a Jumpin' Jack Flash, y a veces incluso a Croyd. Otro mal chiste de la serie. ¡Había que ponerle fin!

La mujer hablaba sin cesar. En ocasiones se presentaban largas pausas silenciosas, y Jane salía de su neblina para darse cuenta de que la mujer ya no estaba allí, sentada con ella. Entonces se recostaba en los almohadones, contenta por el silencio, pero la mujer no tardaba en volver a materializarse a su lado, hablando sin parar sobre Rosemary Muldoon, hasta que Jane pensó que sería capaz de cortarle la garganta, con tal de huir de la voz.

Pero eso sería una ingratitud. Esa mujer no trataba más que de ayudarla. Sabía eso. Debía darle algo a cambio. Ofrecerle algo.

El número de teléfono de Rosemary flotaba hacia la superficie de su mente, y estaba ahí, esperando a que ella lo recogiese. Después de un rato, acabó por hacerlo, y la mujer desapareció por más tiempo que antes.

Alguien la despertaba. Lo primero que subió a su conciencia fue la *necesidad*, y se encorvó, batiendo los puños sobre el sofá porque no era Ti Malice, sino un hombre delgado de rasgos orientales arrodillado en la alfombra junto a ella, sonriendo con empatía.

—Es el socio de quien te he hablado –la ayudó a incorporarse–. Enróllate la manga.

—¿Qué? ¿Por qué? –preguntó Jane, pero todavía no lograba ver claramente la habitación. Sentía la cabeza pesada y espesa.

—Es mi manera de darte las gracias.

—Pero ¿de qué?

Mientras hablaba sintió que le subían la manga y le ponían algo frío y húmedo sobre el brazo.

—Por el teléfono de Rosemary.

—¿La llamaste?

—Oh, no. Tú eres quien se va a encargar de eso.

La mujer ató una goma en torno al brazo de Jane y apretó con fuerza.

—Y, en recompensa, un viaje al paraíso.

El hombre oriental alzó una jeringa y se sonrió, como si mostrara el premio en un juego.

—Pero...

La mujer le entregaba un teléfono inalámbrico.

—¿Acaso no te gustaría verla de nuevo?

Jane dejó caer el teléfono en el regazo.

—No estoy tan segura de eso, en realidad –se limpió la cara con la mano, cansada.

—Pues será mejor que estés bien segura.

La voz de la mujer se había endurecido. Jane la miró, sorprendida.

—Me refiero a que yo estoy segura de que tengo muchas cosas que hablar con Rosemary. Mientras antes hables con ella, antes te irás al cielo. Quieres irte al cielo, ¿no es verdad?

—No sé si pueda... No sé si siquiera me tome la llamada.

La mujer se inclinó y le habló directamente a la cara.

—No tienes elección. Necesitas droga, no tienes adónde ir. No puedo permitir que te quedes aquí, sabes. La empresa dueña de este lugar no va a querer que yo comparta mi apartamento. Claro, podrían modificar su opinión si tú me estás ayudando.

Jane se hizo un poco hacia atrás.

—¿Para quién trabajas?

—No te metas. Basta con que hagas la llamada. Haz que venga a verte aquí, si es posible, o queden de verse en otro lugar, si se requiere.

Estaba a punto de decir que no, pero tuvo un acceso de abstinencia que le ahogó la palabra en la garganta.

—Esta droga –miró la jeringa–, ¿es buena?

—La mejor –el rostro de la mujer no tenía expresión–. ¿Quieres que marque yo?

—No –repuso Jane, y agarró el teléfono–. Yo lo hago.

El hombre colocó la punta de la aguja en el hueco del codo y la dejó ahí, esperando, con la misma sonrisa de maestro de ceremonias de algún concurso.

No lograba poner su atención en la voz de Rosemary; no había manera de que su propia voz sonara firme. Al principio quiso sonar amigable, pero Rosemary no tardó en detectar que andaba metida en problemas. Por lo visto, al hombre y a la mujer no les importaba lo que dijera, así que siguió adelante, y le rogó a Rosemary que viniera a verla.

Pero Rosemary insistía en enviar a alguien a recogerla, y Jane tuvo que decir repetidamente que eso no serviría de nada, que tendría que ser Rosemary en persona quien acudiese a ella. Nadie más, especialmente ningún hombre. Se echaría a correr si viera a cualquier hombre. Eso último pareció agradar mucho a la mujer y al de la jeringa.

Consiguió al fin que Rosemary accediera, y le leyó la dirección impresa en una tarjeta que la mujer le puso enfrente. Rosemary titubeaba, pero se rindió tras repetidas imploraciones de Jane. Pero ahí no, no a esa dirección. Algún otro sitio. Un lugar abierto. La Plaza Sheridan. Una mirada le dio a entender a Jane que eso era aceptable para sus nuevos amigos, y le dijo a Rosemary que ahí estaría.

—Trabajadora social, genio y figura –comentó la mujer, mientras colgaba el teléfono y asentía hacia el hombre–. Métesela.

—¡Espera! –dijo Jane, debilitada–. ¿Cómo voy a ir allá si...?

—No te preocupes de nada –dijo la mujer–. Allí estarás.

La aguja entró y se apagaron las luces.

Poco a poco se encendieron algunas luces. Jane se encontró apoyada en el muro de un edificio. Se trataba de la Compañía del Teatro del Ridículo, y ella estaba ahí esperando entrar a ver una obra teatral. Una función nocturna, muy, muy tarde, pero no le importaba. Amaba la Compañía del Teatro del Ridículo, era su favorita, y eso que ella iba mucho al teatro, a los pequeños de SoHo y a los del Village, y al Teatro de Jokertown, que había cerrado sus puertas poco antes de que comenzara a trabajar para Rosemary...

Rosemary. Tenía que recordar algo sobre Rosemary. Rosemary había traicionado su confianza. Pero eso era justo, ya que ella misma decepcionaba tanto a Hiram.

La sensación la golpeó con tal fuerza que debió caer al suelo, pero su cuerpo no se movió. Por sus venas corría algún jarabe dulce y tibio. Pero por debajo de la cálida languidez permanecía el hueco, abierto, que la devoraba por dentro. Su lasitud tenía el efecto de posibilitar que su querencia le moliera los huesos sin resistirse. Su estómago dio una vuelta lenta y su cabeza empezó a punzar.

A sus pies, una sombra parloteaba con suavidad. Miró hacia abajo y vio una ardilla que la miraba, en actitud de contemplación. Las ardillas no eran más que ratas con colas elegantes, recordó nerviosa, y quiso alejarse de ella, pero su cuerpo seguía sin hacer movimiento alguno. Otra ardilla respondió desde arriba, y algo más pasó corriendo, casi rozándole las piernas.

¿Cuándo abriría el teatro, para alejarse de esos bichos? La Plaza Sheridan se había deteriorado desde su última visita, cuando había visto al difunto Charles Ludlam en una reposición de *Barba Azul*. ¡Charles Ludlam! Lo amaba, también, y era una injusticia que hubiese muerto de sida…

Suspiró, y oyó una voz que la llamaba.

—¿Jane?

¡La voz de Rosemary! Prestó atención. ¿Había quedado en ir al teatro con Rosemary? ¿O se trataba de una coincidencia afortunada? No importaba. Estaba contenta de verla.

Trató de mirar en torno a ella. ¡Qué oscuro estaba todo! ¿Iba a haber una función tan tarde? Y las ardillas, que no paraban de charlar, la iban a enloquecer. Sería exquisito si estuviera Ti Malice, pero ella sola no podía sufrirlo.

El haz de luz de una linterna cortó la oscuridad. Jane hizo un gesto de dolor.

—¿Jane? –volvió a preguntar Rosemary, acercándose–. Jane, tienes muy mal aspecto. ¿Qué te pasó? ¿Te hizo alguien…?

Se oyó un sonido de garras que arañaban el costado del edificio. Jane se dio vuelta en dirección al ruido, y vio a Rosemary de pie a unos metros de ella. La débil iluminación de los faroles no dejaba ver más que una silueta con detalles. Qué curioso, pensó de pronto Jane, que el teatro no tuviera luces de seguridad afuera, para desalentar a ladrones o vándalos. Una sombra más oscura fluía en torno a los pies de Rosemary, que acabó resolviéndose en forma de gato. Rosemary miró al gato, y enseguida de nuevo a Jane.

—¿En qué clase de tribulación andas, Jane? –preguntó, con un tono de ligero enfado.

—La peor de todas –respondió una voz de hombre–. Igual que usted, miss Muldoon.

Jane sacudió la cabeza, tratando de aclararse. Algo iba recordando, sobre una mujer oriental que no era Kim Toy, un hombre con una aguja y un teléfono que ella marcaba.

Una sombra de mayor tamaño apareció detrás de Rosemary, y enseguida le pasó un brazo para sujetarla por la garganta y apuntó una pistola a su cara.

—Qué apropiado: un encuentro en las sombras –dijo la voz de hombre.

Rosemary estaba perfectamente inmóvil, mirando más allá de Jane. Jane siguió su mirada y vio al otro hombre, apoyado con naturalidad al otro lado del edificio, con su propia pistola en la mano, listo para entrar en acción. Jane sintió que se quedaba dormida y se forzó a alzar la cabeza. Le picaba la cara, y las ansias por Ti Malice estallaron en ella con tal fuerza que quiso encorvar el cuerpo. Sin embargo, no pudo más que sacudirse con un leve espasmo.

Me mintieron, pensó, con una sensación miserable. *La mujer y su amigo me mintieron. ¡Con qué facilidad miente la gente!*

En torno a ellas surgían de las sombras más hombres rodeándolas. Aun en la niebla espesa de su mente, Jane sentía las armas y la malignidad de sus intenciones. La mujer que la llevó a su casa no era amiga de Rosemary, ni de ella, para el caso. Pero era un poco tarde para hacer deducciones inteligentes.

—¿No le parecen graciosos los drogadictos, miss Muldoon? –dijo el hombre que sostenía a Rosemary–. Ésta la traicionó a cambio de una dosis de heroína común y corriente.

¡No! ¡No es cierto!, quiso gritar, pero su voz se cortaba por el hueco devorador. Sus ojos se habían ajustado a la oscuridad, y pudo ver que Rosemary la miraba con la expresión de quien ha recibido un golpe terrible.

—Jane –le dijo–, si queda en ti algo de la persona que fuiste, puedes darle la vuelta a esto.

—N-no… drogadicta –dijo Jane, pesadamente, mientras sus ojos rodaban hacia arriba.

—Los que se drogan no son grandes ases –el hombre soltó una risa–. Ella no va a…

Se oyó ruido de alas, y algo apareció volando en la noche, aleteando directamente contra la cabeza del hombre.

—¡Ey! –gritó, y quitó el brazo de encima de Rosemary, que lo empujó para soltarse.

Rosemary tropezó y cayó a gatas, al tiempo que varias cosas que corrían junto a Jane se abrían fluidas para evitar a Rosemary y lanzarse contra los hombres.

—Bagabond –dijo, sin aliento, Rosemary, y de repente estallaron gritos de furia y aullidos, humanos y animales.

El hombre que poco antes estaba de pie en actitud tan retadora al otro lado del edificio luchaba contra una paloma que le golpeaba la cabeza con sus alas, mientras intentaba defenderse de algo que le atacaba la pierna. Una rata, percibió en su torpeza Jane. Nunca había visto una rata tan audaz.

Rosemary se había puesto de pie y se alejaba del grupo de hombres envueltos en la batalla. De la noche salían nuevas formas que se arrojaban contra los hombres, aullando, gruñendo y bufando con furia evidente. Uno de ellos se desprendió del grupo y se echó a correr más allá de Rosemary y Jane, vociferando mientras trataba de sacudirse una rata del brazo y una ardilla del cuello. Algo hizo ruido al caer a los pies de Jane, y ella miró hacia abajo: una pistola.

Sus piernas se rindieron, y se deslizó por el muro del edificio hasta quedar hincada. Tomó la pistola y la miró. Lo siguiente que supo fue que Rosemary la estaba sacudiendo por los hombros.

—¡Ven! –le ordenó, la hizo levantarse y la forzó a correr por la andadera frente al teatro, y luego por la acera hasta el otro lado de la Plaza Sheridan.

Varios perros callejeros las esperaban en una formación rara, poco definida. Jane parpadeó al verlos, sin apenas sentir los brazos de Rosemary que la sostenían. Tras un momento, los perros rompieron filas y se lanzaron en la dirección de la que venían las mujeres. Los gritos de amenaza de los hombres se convirtieron en gritos de dolor revueltos con los ladridos de los canes.

Jane avanzaba tambaleándose por la calle, todavía sujeta por Rosemary.

—Maldita seas, ¡corre! –exclamó Rosemary al lado de su oído.

Al borde de la conciencia, corrió a tropezones hasta que los ruidos terribles se perdieron a sus espaldas. La ausencia de Ti Malice de nuevo la abrumaba, vencía a las drogas en su sangre, hacía que cada paso doliera más que el anterior, a medida que recuperaba el sentido de sí misma.

Le dio un empellón a Rosemary y se separó de ella, tambaleándose hasta agarrarse de un poste. Miró a su alrededor: las calles estaban desiertas, excepto por ellas dos.

—Jane –dijo Rosemary, con la voz cargada de tensión–, te llevaré a algún lugar seguro. Y ahí me vas a explicar…

—¡Aléjate de mí! –gritó Jane, con una mano alzada.

Rosemary retrocedió con rapidez, y pudo entender por qué: aún tenía la pistola en la mano, y la apuntaba a la otra mujer. Su primer impuso fue arrojarla y explicarle a Rosemary que no quería hacerle ningún mal, que la habían engañado, que ni siquiera se daba cuenta de que tenía agarrada una pistola. Pero eso era lo de menos. Aunque no quisiera hacerle daño a Rosemary o a ninguna otra persona, todos los de su entorno estarían en un riesgo terrible mientras ella viviera.

—Vete tú de aquí, Rosemary –balbuceó, todavía con la pistola apuntada hacia la otra mujer–. Vete a algún sitio donde estés segura, y da gracias a Dios de tener un lugar así. ¡Porque para mí ya no lo hay!

Rosemary abrió la boca para decir algo, y Jane adelantó la mano con el arma.

—¡Vete!

Rosemary retrocedió unos pasos, y enseguida se dio la vuelta y se echó a correr.

Sujetándose del poste como si fuera una borrachita de comedia, Jane estudió la pistola que tenía en la mano. No sabía nada de armas, fuera de lo que sabe todo el mundo. Pero con eso sería suficiente.

Sólo te la pones en la boca. Apunta el cañón hacia la cabeza, cuenta hasta tres y serás libre. Nada más fácil.

Su mano giró con mucha lentitud, como si quedara en ella todavía algo de resistencia.

A menos que desees seguir así por otros cuarenta años, desde luego. Las llamas de su abstinencia surgieron furiosas, y movió la mano rápidamente. *El cañón en la boca. Nada más dale vuelta para que el gatillo apunte al cielo.* El metal tenía un sabor agrio y hacía que le dolieran los dientes de abajo. Tragó con la boca abierta y agarró con más firmeza la pistola.

Uno, dos, tres, y serás libre. Recordó la sensación experimentada la primera vez que Ti Malice montó su espalda, y la manera en que sus manitas la tocaban, hambrientas, voraces, confiadas. Ella había mirado a Hiram igual que Rosemary la miraba a ella. (Un espasmo de escalofríos la recorrió, signo de la enfermedad física que venía sintiendo, pero logró mantener la pistola en el mismo sitio.)

Uno, dos, tres, y serás libre. Se acordó de Croyd, y de andar al lado de Sal, que acabó siendo un hombre con cara de ratón. No era Hiram Worchester quien se había decepcionado de ella, sino Sal, porque éste había creído en lo que ella era. Hiram en realidad ni siquiera la conocía. (Sintió que su carne estaba a punto de hervir.)

Uno, dos, tres, y serás libre. Supo que nada de lo que le estaba pasando tendría la menor importancia si alguien le trajera a Ti Malice en ese instante, en ese preciso segundo, y se lo pusiera en los hombros. Arrojaría la pistola para dar la bienvenida a la amada presencia dentro de ella, y todo aquello se volvería banal en el universo de placer con el que él colmaría su vacío, ese vacío que seguía creciendo incluso allí, donde estaba parada, con la boca abierta y el cañón de la pistola presionando con dureza su paladar. (Los hervores de su cuerpo se desataron.)

Uno, dos, tres, y serás libre. Un pequeño movimiento captó su atención: al borde de la acera, una ardilla la miraba con ojitos curiosos y brillantes. Jane volvió a tragar con la boca abierta, y se puso a contar sin prisa.

Uno. Dos. Tres.

Sus dedos apretaron el gatillo. En su mente, aunque fuera absurdo, se oyó la voz de Sal.

—¡Ea!, cara mía, y ahora, ¿qué diablos crees que estás haciendo?

En el silencio total, el chasquido del detonador fue ensordecedor.

Disparo fallido.

Se hundió hasta el suelo, y una marea oscura y caliente de fiebre la cubrió por completo.

◆

Entró a un reino suave de muchos colores, que iban y venían hablando con voces humanas y a veces se dirigían a ella, aunque no podía responderles; no pertenecía a aquel reino, sólo se encontraba ahí esperando. Además, decían cosas muy extrañas. Cosas como: *El coma es un síntoma inequívoco, no sucede igual en todos los casos, pero cuando se presenta podemos reconocerlo*, o también: *¿Por qué no la ponemos en una bañera y la dejamos en paz? Con la manera en que le brota el agua, se le va a pudrir la piel antes de que pueda morir.* Y la más rara de todas: *Jane, ¿por qué no fui capaz de ayudarte? Nunca debí permitir que la fatiga me hiciera fallarte.* Esa voz era del más brillante de los colores, un tono extraordinario de rojo que a veces tenía matices amarillos.

Poco después, todos los colores se fueron (*Desconecten las máquinas y llévenselas a otra parte, no va a despertar*), y por un rato sólo hubo paz. De pronto, sonó un timbre de teléfono en la distancia. Alguien dijo "es para ti", y Jane se imaginó que se referían a ella.

Jane. Ya es hora.

Se alzó a un estado de conciencia raro y suave, que le recordó un sueño lúcido. La voz que le hablaba sonaba conocida. *¿Eres tú, Sal? Te he buscado por todas partes. ¿Dónde estás?*

Eso no importa, por el momento. Ya es hora.

¿Hora de qué, Sal?

Hora de que te levantes. Necesitas hacer una cosa muy importante. Venga ya, abre los ojos y sal de la cama.

Se incorporó, mirando en torno. Estaba en la clínica de Tachyon. ¿Cómo había llegado hasta allí?

No te preocupes de eso. Date prisa.

Está bien, Sal.

Se bajó de la cama y cruzó el cuarto, descalza. Al llegar a la puerta se volvió y miró la cama, en donde una forma pálida yacía en el colchón y se desvanecía lentamente como una fotografía trucada.

¿Ésa soy yo, Sal?

Ésa fuiste tú. Ya no. Ve por el corredor. Rápido, ahora mismo, no hay tiempo que perder.

Avanzó flotando por el corredor, con los dedos de los pies a varios centímetros del suelo. Era una excelente manera de viajar, pensó. Estar muerta le pareció algo muy recomendable en términos de comodidad.

No estás muerta.

Lo aceptó con ecuanimidad. No valía la pena discutir el asunto.

Ésta es la puerta. A la derecha. Entra al cuarto.

Entró a la habitación y flotó hacia una de las dos camas. Miró al ocupante. En otra situación, su aspecto le habría podido infundir miedo y lástima. Ahora lo miraba con una serenidad del todo racional, observó la enorme cabeza sobre la almohada, llena de cráteres como la cara de la luna, sólo que dentro de cada cráter se veía un ojo. Casi todos los ojos estaban abiertos. La miraban a ella, al parecer, con la misma serenidad.

Cerca de uno de los cráteres se abrió un pequeño orificio, y oyó el silbido de una respiración.

—¿Quién eres? ¿Una doctora?

Pon mucha atención, pues me tengo que ir y es preciso que recuerdes esto.

Sintió una punzada de miedo. *¿Me vas a dejar de nuevo? ¿Es necesario?*

Sí. Pero te dejo con un regalo. Es un regalo muy importante. Es un regalo que te dio Croyd.

¿Qué es?

Ya lo verás.

Algo se alteró en el aire suave que la rodeaba, y supo que se había quedado a solas con el joker.

Sin que su voluntad concurriese, retiró con la mano la sábana que cubría el resto del cuerpo del joker, lleno de cráteres con más ojos, casi por todas partes. Mientras los observaba, se iban formando ante sus ojos. Iba a necesitar trabajar rápido para no lastimarlo.

Se acostó en el colchón junto a él y le sonrió. Por fortuna, un área de su cuerpo estaba indemne, y empezó su labor ahí, moviéndose con delicadeza.

—Oiga, ¿qué hace?

Ella no podía responderle, mas no era necesario. Sin duda él podía ver con toda claridad lo que ella estaba haciendo.

—¡Hammond! ¡Eh, Hammond! ¡Despierta! ¡Dime que no estoy soñando!

Jane no hizo caso de los ruidos de la cama de al lado, no hizo caso sino de la tarea que tenía en las manos, si acaso se le podía denominar *tarea*, término que resultaba equivocado. Amar a alguien no era una *tarea*. Amar a alguien creaba milagros.

Jane sintió que las manos de él se movían cuidadosamente sobre ella, temblando de dolor. Los ojos. Cómo debían doler cada vez que algo los tocaba, pensó, y se preguntó por qué lo tenían tapado con una sábana. Tal vez sólo estaban esperando que muriera, después de todo era la sección de casos terminales.

—No te preocupes –le dijo–. Yo lo haré todo.

—¡Haz lo que quieras! –gimió de placer mientras ella lo acogía.

Era muy diferente cuando había amor, pensó, sintiéndose feliz. Con amor no había dolor, no había vergüenza, estaba clarísimo. Con amor, se deseaba curar al otro de todo lo que le hacía daño. Y con amor, eso era de verdad posible.

Pasó las manos sobre el pecho de él, tocándolo con suavidad, y puso la cabeza junto a su corazón, para poder escuchar sus latidos. Él puso sus brazos en torno a ella, y Jane percibió que en ellos palpitaba ya una nueva fuerza, al tiempo que sus cuerpos se mecían juntos. Al lado de esto, el beso de Ti Malice era una imitación burda y patética.

Con aquel pensamiento, vio que el terrible vacío en su interior se había esfumado. Era libre. Se enderezó, dando un grito de júbilo.

Le respondieron muchas voces que llenaban el cuarto.

Era como si se hubiese accionado de pronto un interruptor: de repente se encontraba despierta, *realmente* despierta. Se daba cuenta de que estaba montada sobre un hombre en una cama de hospital. El hombre era enteramente normal, con dos –sólo dos– ojos verdes, que la miraban con expresión de beatitud desde un rostro joven, común, enmarcado por sus cabellos color arena.

—Señora mía –dijo el muchacho–, ¡esto sí que es *medicina*!

Al girar, se dio cuenta de que el cuarto estaba repleto de jokers de todas las variedades, y entre ellos, retenidas a la fuerza, dos enfermeras y un doctor.

Los profesionales lograron desembarazarse de sus captores y corrieron hacia la cama. Hicieron a un lado a Jane y examinaron al hombre.

—¡Lo veo y no lo creo!

—Ante mis propios ojos…

—¡Yo había dado a éste por muerto!

—¿Tú quién eres? ¿En qué cuarto estás?

Ella se alejó de sus interrogadores para acudir a los brazos de los jokers que la aguardaban. Un hombre malformado, cuyos rasgos habían sido revueltos, adelantó su cara distorsionada y pidió:

—¿Puedo ser yo el siguiente?

—¡No, *yo*! –gritó alguien más.

Enseguida muchas manos la aferraron y empezaron a jalonear su cuerpo en todas direcciones, tratando de tirarla al piso.

—¡sal! –gritó ella.

De pronto la habitación se llenó de niebla, y un muro de agua irrumpió por la puerta, derribando a todos los que estaban ahí. Jane se dejó llevar por la corriente al otro lado del cuarto, hacia la cama del exjoker. Rodó sobre la cabecera y se deslizó al suelo. El cuarto volvió a ser penetrado por la niebla, y eso le permitió abrirse paso entre la multitud confusa, empapada y vociferante que chapoteaba en agua hasta los tobillos, y huyó atravesando la puerta abierta.

Cuando las alarmas se pusieron a sonar, ella había salido del edificio.

El comedor no tenía nada en común con Aces High, y la clientela dejaba propinas mucho más pequeñas, pero tampoco esperaban demasiado a cambio. La mayoría de ellos ni siquiera la miraban: una mesera con pelo corto, peinado a la moda punk, vestida con un uniforme blanco que no le quedaba bien, no llamaba la atención en esa parte de la ciudad. La dueña era una mujer corpulenta llamada Giselle, que llamaba Corderita a Jane y no exigía a sus empleados más que llegaran a tiempo y trataran de acordarse de los chistes que contaban los clientes. Giselle coleccionaba chistes, y los clientes habituales se los proveían contentos.

Como el hombre de dos cabezas, que iba lunes, miércoles y viernes por la mañana para comerse un sándwich de huevo con tocino. Siempre tenía –¿tenían?– un chiste nuevo que ofrecer.

—¿Ya te sabes el último? –decían ellos, o él, mientras ponía su plato en la mesa–. ¡Hay una buena noticia y una mejor noticia!

Ella le sonrió atentamente a cada cabeza. El hombre de las dos cabezas era de los que dejaban las mejores propinas.

—La buena es que ¡anda por ahí una mujer que te convierte en norm haciéndote el amor!

La sonrisa de Jane se le congeló en la cara, pero él o ellos no parecieron notar nada.

—¿Sabes cuál es la mejor noticia?

Ella meneó la cabeza, incapaz de pronunciar palabra.

—¡Que está bien buena! –remató el joker, y las dos cabezas se soltaron riendo, tanto que chocaron entre sí.

Jane quiso reírse con las cabezas, pero apenas pudo articular un ja-ja-ja bastante tenue.

Las cabezas se callaron y la miraron, un poco desilusionadas por su pobre reacción.

—Ey, supongo que necesitas ser joker… –comentó una cabeza.

—…para apreciarlo –concluyó la otra y volvió a reírse.

—La verdad… es muy buen chiste –le trató de dar un sonido alegre a su voz–. Tendré que acordarme de contárselo a Giselle cuando venga. No creo que lo haya oído aún.

—Bueno. Que no se te olvide…

—…decirle quién…

—…¡te lo contó primero!

—No se me olvidará –lo tranquilizó ella, dirigiendo su helada sonrisa a cada cabeza–. Te lo prometo.

La catástrofe

por Leanne C. Harper

R OSEMARY SE QUEDÓ MIRANDO LA LLUVIA PRIMAVERAL. El exterior, gris y sucio, daba una atmósfera más bien de invierno. Chris Mazzucchelli hablaba en un zumbido monótono. ¡Santo Jesús! ¿Cómo pudo ella involucrarse con semejante tipo? Vivir escondida junto a él le había enseñado la diferencia entre tratar a Chris en ocasiones específicas y estar a su lado veinticuatro horas al día. Quien antes a sus ojos era un rebelde romántico, a últimas fechas estaba reducido a un bravucón rencoroso. El problema consistía en que ese bravucón era *suyo*.

Volvió a poner su atención en la crisis inmediata, pero su mirada fue captada enseguida por la cola de rata de Chris, que le rebotaba en la espalda al caminar de un lado a otro dentro del mezquino cuartucho de hotel alquilado en Alphabet City como casa de seguridad. Hablaba:

—Perdimos ocho capos en la emboscada. Fiore, Baldacci, Schiaparelli. Hancock *y mi hermano*. Muertos. Vince Schiaparelli quedó como un guante vuelto al revés. La piel de Fiore convertida en piedra, y él estrangulado. Hancock y Baldacci ni siquiera reconocibles: unos charcos con huesos. Mi hermano…

Un acceso de náusea lo hizo parar. Titubeó antes de seguir:

—Otros tres, peor que muertos. Pero Matriona y Cheng salieron por su propio pie. Están *bien*, sin problema. Desde entonces no hemos logrado más que mantener algunas posiciones, si acaso.

—Y, a cambio de eso –intervino Rosemary Gambione, meneando la cabeza–, ¿qué obtuvimos? ¡Sin Ma! Algo que ya sabíamos. Por Dios, hasta tratamos de secuestrarla en dos ocasiones. Conocíamos de sobra a la jefa de las Garzas Inmaculadas. Pero seguimos sin saber quién es el líder final. Aun si Croyd descubrió algo de verdad útil, no conseguimos que lo dijera. ¡Genial! Los Puños deben de haber acabado con él. Echamos abajo unas cuantas operaciones de los Puños, perdemos más gente nuestra y seguimos sin avanzar un milímetro. Lo peor es que han desatado una especie de guerra biológica en contra de nosotros. Me pregunto de qué lado estará Croyd.

—Bueno, oh, líder que no conoce el miedo, ¿no se te ocurre ninguna idea? Yo he hecho ya todo lo concebible —se defendió Chris, y giró hacia ella con una cara en que se mezclaban el miedo y la rabia—. Y hazme un favor. Te ruego que no me vuelvas a mencionar al cabrón de tu padre. ¡Ya estoy harto de eso también!

—Debes encontrar a tu informante, a ese Croyd —aconsejó Rosemary—. Es posible que sepa algo más. Averiguar cómo es que los Puños de Sombra consiguieron el virus de wild card que están utilizando. Si ellos lo tienen, lo necesitamos.

Sin decirlo en voz alta, Rosemary pensó que si las Familias en realidad no podían ya alcanzar sus objetivos, lo más sensato era dar la guerra por perdida. Ella era la única dirigente que quedaba viva. Los Puños habían liquidado a todos los demás. Aquella guerra era ya como la de Vietnam, y el lado de Rosemary no era el que iba ganando.

—Haré lo que pueda —replicó Chris, sin mostrarse impresionado por los consejos de la mujer—. A estas alturas ha de estar en la jodida Mongolia Exterior.

—Chris. Tráemelo.

Con toda deliberación, Rosemary usó su tono de sargento para hablar. Sospechaba que él no siempre seguía sus órdenes. Se preguntaba por qué los periódicos habían descubierto con tanta facilidad las verdades sobre su persona, y si acaso esa información provenía de alguien dentro de la Familia. Sorprendió a Mazzucchelli mirándola con un aborrecimiento que enseguida él quiso disimular.

—Lo que tú digas, querida —accedió Chris, ya de camino hacia la puerta—. A propósito, quizá te divierta saber que nuestro muchachito Garrote le dio una paliza de órdago al habitante de las cloacas, Jack Robicheaux, hace varias noches. Se enteró de que Jack nos rechazaba, supongo, y se echó a cuestas la labor de darle una lección de modales a ese puerco cajún. Le di un dinero extra por ese trabajito, por supuesto que en tu nombre.

Rosemary se quedó sentada en la cama. No era ésa la manera en que ella estaba acostumbrada a conducir su vida. Chris le había dicho que solamente así se podía garantizar su seguridad, pero la situación le resultaba demasiado onerosa para soportarla. Puso los ojos en la puerta de la habitación. No se sentía como una todopoderosa dirigente de la Mafia, sino como una prisionera.

Bagabond abrió ella misma la puerta del loft de C. C. Ryder, esperando que ella estuviera en su estudio. En cambio, se encontró a Cordelia dándole la lata a C. C. de nuevo. Se preguntó qué querría. Bagabond había tenido que andar en medio de muchedumbres donde todos llevaban tapabocas. No sentía ninguna lástima por aquéllos que se dejaban arrastrar por el pánico ante el nuevo brote del virus wild card. Tal vez el miedo les sentaba bien, como un tónico. Acompañada por la gata jengibre, Bagabond se aproximó al sofá y se sentó en el suelo a un lado de C. C. La jengibre puso la cabeza en su regazo. Las dos mujeres la saludaron con un movimiento de cabeza y reanudaron su conversación.

—En eso de Shrike hay algo raro. Puedo sentirlo –aseveró Cordelia, echando adelante el cuerpo para dar más fuerza a su argumentación–. Lo que están haciendo con Buddy no es correcto. ¡Él escribió esas canciones!

—Cordelia –objetó C. C., meneando la cabeza algo fastidiada–, Shrike Music es un negocio del todo legítimo. Yo conozco gente que graba para ellos. Son gente de negocios. Si Holley les cedió los derechos sobre sus canciones, fue una decisión que él quiso tomar. En el oficio se hacen trueques todo el tiempo. Es así como funciona. A estas alturas, ya deberías saberlo. Buddy tiene sus nuevas canciones. Son buenas. Deja en paz ese asunto

—Al hablar con Buddy, una se da cuenta de que en realidad no fue su decisión. Sólo que no quiere contarme lo que le pasó.

Por la expresión de su rostro, Bagabond supo que Cordelia no se dejaría persuadir, y se levantó para ir a la cocina. La obsesión de Cordelia por salvar al mundo le traía recuerdos incómodos de algunas de las monjas más jóvenes que había conocido en su infancia. Todas ellas querían ser santas de verdad.

—A las estrellas de los viejos tiempos les robaban: mira el caso de Little Richard – explicó C. C., sacudiendo la cabeza, con un gesto de cansancio–. No fue justo, no estuvo bien. Pero lo hicieron dentro de la ley. No puedes hacer nada al respecto. Buddy ya tiene otras cosas en que pensar. El concierto fue un éxito. Déjalo en paz.

—Pero tú misma lo viste hace unas cuantas semanas. ¡Tocando en un Holiday Inn de Nueva Jersey! ¡Alguien tiene que ayudarlo, y yo lo haré!

En los ojos de Cordelia refulgía el fervor de una nueva fe.

—Deja que Buddy viva su vida.

—Ey, la idea no ha sido mía esta vez. Son ellos quienes quieren verme –puntualizó Cordelia, moviendo las manos en un gesto de inocencia.

C. C. meneó la cabeza, resignada.

—Entonces, ¿cuál es el gran plan que has urdido?

Bagabond cortó un buen pedazo de queso para ella y otro para la gata. Mordisqueando el suyo volvió a la sala.

—Tengo una cita el día de mañana con uno de los ejecutivos de Shrike. Quise dejarlo para después del concierto. Y necesito saber qué les voy a pedir.

Cordelia se acurrucó en el sofá y se abrazó las rodillas.

—¿Y me lo preguntas a mí? –suspiró C. C., y tendió la mano para pedirle un trocito de queso a Bagabond.

—Eso es, a ti. Mi experta en contratos discográficos –sonrió triunfal Cordelia–. Lo que les voy a pedir es que me enseñen los contratos originales. ¿Qué te parece?

—*Te garantizo* que no te permitirán ver el contrato de Holley.

—Encontraré la manera –dijo despreocupada Cordelia–. Uh, amiguitas, me tengo que ir.

Mientras lo decía se encaminaba ya hacia la puerta.

—Nos vemos más tarde. Adiós, chicas.

◆

Chris Mazzucchelli entró de golpe al cuarto para encararse con el cañón de la Walther de Rosemary. Agitó dos manos lánguidas en el aire, las bajó y se dejó caer en la cama.

—¡Guarda esa cosa antes de que te pegues un tiro! ¡Santo Jesús, mujer!

—Hace días que no te veo. ¿Dónde diablos has estado? –replicó Rosemary, bajando la pistola pero sin volver a meterla en la funda.

—He sido niño bueno. Me he dedicado a localizar a Croyd, tal como me pediste –informó Chris, rodando para apoyarse en un codo–. Tengo una dirección para ti.

—No seas ridículo, Chris. No pienso salir de esta habitación –objetó Rosemary, mientras se sentaba en una silla al otro lado del cuartucho–. Es demasiado peligroso.

—Tal vez deberías exponerte un poco a eso que llamas "peligroso", para empezar a darte cuenta de lo que tenemos enfrente –insistió Chris, incorporado del todo–. Te aseguro que no tienes la menor idea, con mil diablos. ¿O es tu corazón demasiado sensible para eso? Tu padre jamás habría aceptado esconder así la cara, aunque le costara la vida.

—Está bien –acató Rosemary, consciente de que se trataba de una trampa, aunque dudaba que Chris tuviera las agallas para matarla–. ¿Dónde?

—En Jokertown. Un hotel cerca del muelle –sonrió Chris, triunfante–. Muy apropiado, ¿no te parece?

Chris se levantó para acercarse a ella. Le acarició una mejilla. Ella se puso tensa, pero no se alejó.

—Venga, cariño, tenemos hasta el día de mañana.

Le llevó varias horas librarse de él, pero al fin se marchó –aduciendo los preparativos finales para su seguridad–, y tan pronto se vio libre de él, Rosemary fue al baño y abrió la ventana. Poniendo un pie en el lavabo y otro en el tanque del agua, logró salir a la escalera de incendios.

Rosemary trepó la escalera hasta la azotea y maldijo cada rechinido del hierro oxidado. Una vez arriba, se movió en silencio hacia un grupo de palomas que zureaban a un lado del edificio. Al ver que no volaban al acercarse ella, les arrojó unas migas de los sándwiches que desde semanas antes eran su único alimento.

—Bagabond, ayúdame.

Trataba de captar los ojos de cada paloma, preguntándose cuánto tiempo podía su diminuto cerebro guardar su imagen. No tenía ninguna otra salida.

—Bagabond, te necesito. Chris me va a matar.

Bagabond era su última esperanza. Chris no se atrevería a matarla de un tiro, pues eso sería demasiado obvio para los mafiosos que eran aún leales a su padre y al nombre de los Gambione. Le iba a tender una trampa, algo menos directo. Rosemary se sentía segura de eso.

Bagabond se quitó los audífonos de un tirón. Un eco lejano en su mente había interferido en su concentración mientras oía las nuevas cintas grabadas por C. C. Siguió su pista por las líneas de conciencia que se intersectaban en sus pensamientos e identificó el medio: una mente de pájaro. A continuación encontró a la paloma que transmitía la visión. De nuevo, Rosemary la llamaba a través de la memoria de una paloma.

Rosemary ya le había dado su dirección. Bagabond conocía bien el rumbo. Se sentó, acariciando a la gata jengibre, mientras se debatía en su interior sobre el llamado de Rosemary. Ya no podía confiar en esa mujer. En el mensaje que había dejado entre las palomas, Rosemary le prometió a Bagabond revelar la identidad real de la persona que había matado a Paul. La jefa de la Mafia parecía sincera, pero Bagabond la había visto en acción. Era abogada. Su adiestramiento la hacía decir lo que más útil resultara para sus propósitos en cada momento.

Sin embargo, ni siquiera la preparación de Rosemary podía ocultar el terror comunicado por cada una de las palomas a quienes se había presentado. Su miedo era auténtico. Bagabond recordaba la primera vez que se encontraron.

La trabajadora social estaba también asustada en aquel tiempo, pero lo que le daba miedo era no poder ayudar, no ser capaz de hacer más por la gente de la calle. Bagabond rememoró la curiosidad de Rosemary sobre sus encuentros con Paul, cómo iba con ella de compras para conseguir la ropa que le haría una buena impresión a él. Rosemary le había devuelto una parte de su vida.

Pero esa deuda la había pagado. Ya le había salvado la vida en una ocasión, cuando la traicionó Water Lily. Traición. ¿Y Paul? Ayudar a Rosemary... ¿no equivalía eso a traicionar a Paul? Bagabond aún sospechaba que Rosemary estaba más involucrada en su asesinato de lo que admitía.

Bagabond se levantó y la gata cayó al suelo. Recogió sus viejos abrigos y se envolvió en ellos. Aun decidiendo que Rosemary le mentía sobre la muerte de Paul, había sido demasiado importante en su vida como para abandonarla en aquel momento. Apagó el tocacintas y el amplificador. Las lucecitas verdes que iluminaban ligeramente la habitación se fueron apagando. Los ojos de Bagabond se ajustaron casi instantáneamente a la oscuridad, y sin titubeos se dirigió a la puerta del loft y salió a la noche de la ciudad de Nueva York.

Una vez en la calle, reunió sus fuerzas. Bagabond hizo contacto con las palomas, los gatos y los perros, y también con colaboradores más raros, como la pareja de halcones peregrinos, el lobo que se había escapado de sus presuntos dueños y la ocelote que se dedicaba a cazar perros callejeros en los parques. Los seres salvajes oyeron su llamado y accedieron a seguirla.

Rosemary estaba al norte, cerca de Jokertown, y era preciso andar un largo trecho hasta el hotel, al encuentro de aquello que la amenazaba. Bagabond se metió a una boca del metro y empezó a abrirse paso por los túneles hacia Jokertown. Llevaba casi una milla bajo tierra cuando recibió el llamado de Jack.

Desde aquella noche del concierto no se había vuelto a saber de él. Cordelia se preocupaba, pero supuso que su tío estaría en sus cosas, y no hizo ningún esfuerzo por hallarlo. Él y Bagabond perseveraban en la actitud de no tener nada que ver entre sí, y ella tampoco había seguido sus huellas. La fuerza del envío fue increíble. Bagabond puso una rodilla en el suelo y luego cayó, abrumada.

Captaba fragmentos de imágenes, suficientes para saber que él estaba en un hospital. Pero el mensaje no era ése. Jack pasaba por un rápido ciclo entre hombre y cocodrilo, usando su personalidad reptil para establecer contacto con ella, y la humana para comunicarse. Era sobre Cordelia. Estaba en problemas. A través del filtro de las percepciones de Jack, Bagabond entendía que Cordelia andaba buscando a Jack, pero que él era físicamente incapaz de atenderla.

Además de estar a medias entre hombre y cocodrilo, Jack alternaba entre estados de coma y de conciencia, y gastaba toda la energía que podía suscitar para pedir su ayuda.

Bagabond se concentró. El miedo de Cordelia resonaba en todo lo que Jack enviaba. En la mente de Bagabond las imágenes caían como una cascada. Una aguja, el dolor de una inyección. Una calle, sin peatones ni tráfico. Edificios anónimos. Parecían apartamentos, pero en un barrio desconocido para Bagabond.

—¿Dónde, Jack, dónde?

En algún otro lugar, el concreto áspero le hería a Cordelia las manos y las rodillas. Estaba al norte, tenía que ser, por lo que había visto de los edificios de apartamentos trepados en los cerros. Con una parte de su mente fragmentada trató de comparar esa visión con las de los pájaros y otros animales del norte de Manhattan. De pronto, perdió el contacto con Jack.

—¡Jack!

Durante una pausa de varios largos segundos no hubo nada. La comunicación estaba muerta, y Bagabond temió que sus esfuerzos hubiesen sido fatales. De pronto, vio la puerta principal del edificio con los ojos de Cordelia.

—¡La calle, Cordelia! ¿La calle?

No supo si Cordelia la habría escuchado o no, pero aparecieron letreros de calles en las esquinas. Washington Heights. Sintió también manos ásperas en los brazos, y un arma apuntada a la cabeza. Pudo identificar la niebla que envolvía las imágenes: a Cordelia le habían administrado alguna droga psicoactiva, y estaba demasiado desorientada para poder resistir a sus atacantes, además de que eso iba en contra de sus principios.

El rostro de Cordelia apareció en su mente, coloreado por sus recuerdos y los de Jack. Su entusiasmo joven y su energía, su devoción a la vida y su interés por ayudar a otros; todo eso impulsaba a Bagabond al norte, hacia ella. Pero la cara de Cordelia quedaba cubierta por la de Rosemary. La gata jengibre soltó un maullido que expresaba la confusión en el cerebro de Bagabond.

Había prometido ayudar a Rosemary. Cordelia poseía las aptitudes para sobreponerse a la amenaza, si tan solo quisiera usarlas. Pero la cuestión era si podría hacerlo bajo el efecto de la droga; además, estaba el riesgo de que al utilizarlas su personalidad quedara destruida, como le había sucedido a Bagabond. Rosemary había matado a Paul, o causado su muerte. Bagabond sabía eso sin una sombra de duda. La cegaba su deseo abrumador de conservar la amistad de Rosemary. Pero ella había elegido su propio camino. En cambio, Cordelia ni siquiera había tenido tiempo de elegir el suyo.

A medio vuelo, los halcones describieron un arco y se enfilaron al norte, seguidos por la ocelote.

♠

Rosemary, seguida por los guardaespaldas, avanzó por el corredor mugroso de la posada de mala muerte en donde estaba escondido Croyd, si acaso de verdad se encontraba ahí. Recordaba las películas de tema carcelario en que se presentaba a un condenado a quien escoltaban a su ejecución. Los dos corpulentos mafiosos no decían nada. Ni siquiera sabía sus nombres. Chris prometió que él la esperaría afuera, para vigilar. Las paredes estaban sucias y cubiertas de moho; el pasillo apestaba a humo de cigarro y orina. Con un movimiento abrupto, los dos hombres se detuvieron. El de pelo oscuro, a su derecha, indicó que ella avanzara.

No sabía si Bagabond estaría allí, vigilando y esperando. Rosemary pensaba en un plan para resolver dos de sus problemas. Sabía que podría convencer a Bagabond de que la muerte de Paul era culpa de Chris; eso haría que Bagabond matara a Chris, en venganza. Una vez que Chris desapareciese, tal vez pudiera alcanzar un acuerdo con los Puños de Sombra. Escapar con vida. Tal vez.

Dios santo, por favor, que la ayudara Bagabond.

Bajo tierra, Bagabond encontró uno de los carritos motorizados de Jack. Él le había hecho memorizar el sistema de túneles que corría por debajo de toda la isla. Formuló su gratitud en silencio, al pasar de una vía a otra, arriesgándose a sufrir una colisión al darle al carro la máxima velocidad. Los letreros de los muros volaban a su lado al tiempo que se acercaba al norte. Por encima de ella y por los túneles paralelos a su ruta, sus animales la siguieron lo mejor que podían.

Los halcones llegaron primero y giraron en torno al edificio. A través de sus ojos, Bagabond pudo ver movimientos de hombres en

el interior. Cordelia estaba acurrucada en un rincón, pero seguía
con vida. Bagabond intentó mandar ese dato a Jack, pero no obtuvo
respuesta. Resultaba difícil apartar de su mente el silencio de Jack
mientras disponía a sus guerreros para el momento de la llegada.

Una ventana del piso superior de aquella construcción de los años
cuarenta estaba rota, e hizo entrar a los halcones a través de ella,
para que la esperaran en la parte de arriba del cubo de las escaleras.
La ocelote casi había llegado, pues viajaba por los tejados, además
de las calles, y adelantaba a los demás. El lobo se encontraba aún
a varias cuadras de distancia, ya que intentaba moverse sin que lo
vieran. Los gatos negro y pinto iban junto a Bagabond, pero había
enviado a la jengibre por delante, al interior del edificio, para actuar
como dos de sus ojos. Llamó a otros que halló en los alrededores.
Muchas construcciones estaban deshabitadas, y eran vivienda de sus
criaturas. A medida que convergían los animales, ella percibió que
su propia fuerza iba en aumento.

Cuando al fin trepó por las escaleras de la estación de metro de la
Calle Doscientos, estaba en el lugar correcto. Hizo una ronda por
las conciencias de sus animales, a fin de establecer control y tener-
los listos para entrar en acción, intentando al mismo tiempo tocar la
mente de Cordelia. Puesto que Jack no estaba amplificando sus pensamientos, no logró ver nada ahí. La parte de su mente que conservaba cualidades humanas le recordaba por qué razón estaba ahí.
Bagabond envió un mensaje urgente a Cordelia: que usara el don
que se le había dado para protegerse.

Dejó al gato negro tras ella, vigilando la vagoneta subterránea. Eso
no le agradó al animal, pero Bagabond no quiso ponerlo en riesgo. A
la joven gata pinta la llevó consigo, pero la puso a vigilar a una cuadra del edificio. La combinación de varios puntos de vista le permitió
saber que en la entrada principal del edificio de apartamentos par-
cialmente renovado estaban dos hombres. La ocelote, inquieta, se
paseaba de un lado a otro de un callejón oscuro a un lado de esa construcción de tabique rojo. Al ser tocada por un pensamiento, dio un
salto y emprendió una carrera de cazadora silenciosa hacia los hombres. Desgarró la garganta de uno antes de que se diera cuenta de ser
atacado. El otro hombre tuvo tiempo suficiente para sacar su pistola, pero su primer tiro fue sin dirección. No tuvo tiempo de volver a

disparar. Al penetrar en el edificio de cinco pisos, Bagabond verificó que nadie hubiera advertido el ruido ni la presencia de la vagabunda. El ruido de una alarma de automóvil a unas cuadras de distancia la sobresaltó, pero sólo la ocelote, siempre nerviosa, prestó atención.

Perseveraba en el intento de leer algo en la mente de Cordelia, pero en vano. Envió a la ocelote y a la gata jengibre hacia arriba, subiendo por la escalera de incendios. Callada, subió tras ellas, mientras revisaba la presencia de sus criaturas dentro y fuera del edificio. Extendió una red viviente en el cuarto piso, centrada sobre Cordelia y un hombre de aspecto oriental, vestido con elegancia, que la enfrentaba. Las ratas que corrían por los muros y el piso le comunicaron que la adolescente aún vivía.

Al alcanzar el cuarto tramo de escaleras. Bagabond oyó voces que resonaban por la puerta abierta. El oriental interrogaba a Cordelia. No podía entender lo que le decía. El rostro de Rosemary se apareció como un destello en su mente y perturbó su concentración, pero empujó esa imagen fuera de su conciencia, junto con el sentimiento de culpa que la acompañaba, y hundió todo en la parte sumergida, por completo humana, de su persona.

De los cuartos vecinos brotaron hordas de ratas que corrieron por el pasillo. Bajo las luces de unos focos desnudos, tres guardias estaban de pie cerca de la puerta, golpeadores pesados con trajes que solían ocultar las armas que ya estaban sacando. Bagabond se preguntó qué podrían temer estas personas de alguien como Cordelia.

El lobo subía ya las escaleras al otro lado del corredor, y la ocelote iba a su lado. Los matones elegantes estaban alterados por la invasión de las ratas. Utilizó sus otros ojos para mirar dentro del cuarto donde seguía Cordelia, ovillada sobre el suelo mientras la interrogaban. Bagabond maldijo el síndrome de mártir católica, al no detectar el menor movimiento en el poder de Cordelia. O bien la chica estaba cumpliendo su promesa de abstinencia, o bien estaba incapacitada para actuar. Un hombre gigantesco, con aspecto de luchador de sumo, que cubría su torso con una camiseta de Man Mountain Gentian, estaba parado en un rincón, en silencio, pero a pesar de las limitaciones visuales de la mirada de una rata, Bagabond percibía sus deseos de hacer correr la sangre por el modo en que se movía, abriendo y cerrando los puños al mirar a Cordelia.

De pronto, Bagabond hizo que la gata jengibre saliera al pasillo soltando un maullido aterrador. Tal como lo esperaba, los hombres sacaron sus pistolas, pero, viendo que se trataba nada más de un gato, no hicieron fuego.

—Se lanza contra las ratas. ¡Genial! —adivinó uno de los hombres, volviendo a enfundar el arma.

Los otros dos mostraron su acuerdo, al tiempo que la ocelote se desprendió de un salto de donde estaba junto a Bagabond. Un solo zarpazo deshizo la cara del hombre y le desgarró la yugular, y la felina utilizó su hombro como plataforma para caer sobre el otro. Del lado opuesto, el tercer guardia disparó sobre la forma gris que corría por el raído suelo de madera y cobraba fricción con las garras. Un solo disparo logró rozar el flanco trasero del lobo antes de que éste cayera sobre su adversario y cerrara sus mandíbulas en su garganta. El segundo había logrado trabar un antebrazo en la boca de la ocelote, a la cual golpeaba con la culata de su pistola, pero enseguida el lobo le mordió el brazo libre.

Bagabond sabía que el ruido pondría sobre aviso a los hombres que estaban adentro. Su esperanza residía en que Cordelia pudiera usar esa distracción para su beneficio mientras ella llegaba. El gigante estaba demasiado cerca de Cordelia para detenerlo.

Al entrar tras los restos de los guardias al apartamento donde interrogaban a Cordelia, Bagabond vio tan solo una pierna de un pantalón bien cortado y un zapato italiano que desaparecían tras una puerta que daba a otra habitación. No vio al luchador de sumo. Cordelia se puso de pie tambaleándose y diciendo algo a Bagabond, que se adelantó para auxiliarla. Una mano enorme apretó su garganta y no le permitió continuar.

—¿Te olvidabas de mí, perra loca?

El luchador de sumo hablaba con acento británico. Saliendo de un clóset, la hizo girar hacia él. A Bagabond se le cortó la respiración, y sintió que su garganta se cerraba bajo esa fuerza inhumana. Lo atacó de manera directa, pero su telepatía no logró afectarlo. Él también era humano, se daba cuenta de eso desde la parte de su mente que aún percibía los aspectos irónicos en la creciente oscuridad. La gata jengibre había clavado sus garras en la pierna del hombre, pero sin producir efecto alguno. Bagabond convocó a la ocelote y el lobo, pero su poder mental desaparecía junto con el de su cuerpo. Por lo visto, no era suficiente para apartarlos de su deseo de devorar a sus víctimas. Al considerar todas las muertes que había percibido, se preguntó cómo reaccionarían las criaturas salvajes al morir ella misma. ¿Se acordarían de ella? Quiso propinar una patada al grandulón, pero no lograba mover las piernas, enredadas en sus faldas y su abrigo.

El aire desplazado por el paso del halcón le devolvió el sentido lo suficiente para oír sus silbidos de cacería. Sintió gotas de sangre caer sobre su cara, antes de ser lanzada a un lado. Estaba cegada, pero a través de los ojos de la jengibre logró ver que su atacante era empujado hacia la ventana. En medio de una lluvia de fragmentos de vidrio, el gigante cayó desde una altura de casi quince metros. Bagabond creyó sentir que el edificio entero se sacudía con el impacto de su cuerpo, pero pensó que alucinaba por la carencia de oxígeno.

La ocelote y el lobo se arrastraron contritos hacia ella y se apoyaron en su cuerpo, para darle fuerza. Podía percibir a las ratas rampantes por todo el edificio, mientras los gatos corrían en medio de ellas sin atacarlas, pero dispersándolas. Hasta donde llegaban sus poderes de percepción, todos sus animales salvajes enloquecían. Hizo todo lo posible para que volvieran a un estado de normalidad. A todos aquellos a quienes pudo alcanzar, los hizo volver sus hogares, antes de volver al apartamento. Al abrir los ojos, vio a Cordelia, todavía con las manos atadas a la espalda, que se inclinaba hacia ella.

—Niña, a ver si te haces responsable de ti misma y de quien eres en realidad. No vuelvo a pasar por una de éstas. ¡Ni siquiera por Jack! O aprendes a usar lo que tienes, o te vas a vivir a un convento.

Bagabond se iba deslizando de nuevo hacia una oscuridad tibia. No estaba segura de haber hablado en realidad con Cordelia, o si tan sólo se lo había imaginado.

Rosemary se sentía cada vez más asustada del cariz que tomaba la situación. Sentía con claridad que Chris tramaba algo. No había que ser telépata como Bagabond para percibir que la acechaban grandes dificultades. No había visto animales en torno a ella, ni siquiera una rata. No era buena señal. ¿Dónde diablos estaba Bagabond?

A propósito aminoró el paso al avanzar por corredor. Trató de enfocar bien el peligro para poderlo utilizar a su favor. ¿Qué le esperaba en el cuarto mugroso al que estaba a punto de entrar? Rosemary sacó su pistola.

Probó el pestillo. La puerta no estaba con cerrojo. La abrió y entró a la habitación, en la que había un solo ocupante. El hombre que le había sido descrito como Croyd estaba ahí de pie, por lo visto a punto de salir.

—¿Quién diablos eres tú? –exclamó, con evidente sorpresa de ver una mujer.

Con el arma, Rosemary le indicó que se sentara en la cama con marco de fierro. Ella mantuvo la espalda contra la pared.

—¡Santo Jesús, si eres Maria Gambione!

—Necesito saber qué descubriste.

Ella mantenía el arma apuntada hacia el hombre al otro lado del pequeño cuarto, con la firmeza que tenía tan practicada.

—No vas a ninguna parte –añadió.

Afuera, en la escalera de incendios, Chris estaba esperando que Rosemary cayera víctima del virus. La urgía mentalmente a que se acercara más a Croyd. No podía oír lo que decían. Le daba lo mismo, siempre y cuando Croyd le hiciese a Rosemary lo mismo que les había hecho a los capos. Chris sabía que Croyd debía tener acceso al virus, de algún modo. Ninguna otra cosa podría haber tenido aquel efecto. Pero ¿por qué no se acercaba?

La vio alzar la pistola, pero Croyd se movió con más velocidad. Antes de que Chris pudiera hacerse a un lado, Croyd había arrojado la lámpara al lado de la cama contra la ventana y estaba saliendo a través de ella para alcanzar la escalera de incendios. Chris intentó echarse atrás pero Croyd estaba ya al otro lado de la reja de hierro, en sus prisas por escapar de Rosemary, y en cuanto lo vio lo derribó y lo arrojó al siguiente tramo escalera abajo. Chris perdió el aliento y trató de arrastrarse para bajar por los escalones. Un disparo pasó cerca de Croyd, quien trepó por la escalera de dos en dos escalones.

Rosemary se quedó helada al ver salir a Croyd por la ventana. Cuando resonaron los ecos del estruendo por toda la posada, oyó que sus guardaespaldas venían por ella. Siguió a Croyd por la ventana rota y lo vio subir por la escalera de incendios. Disparó una vez más, sin intentar herirlo, sino para que siguiese subiendo. La única manera de huir de allí era bajando por esa misma escalera. En el descansillo, Chris tosía y se convulsionaba. Al oír que los hombres rompían la puerta de la habitación, corrió escaleras abajo, y no se paró ni siquiera al saltar sobre su amante.

—¡Hijo de puta! –le espetó al dejarlo atrás.

Se propuso alcanzar la calle, consciente de que los hombres de Chris la matarían tan pronto la viesen. Iba a necesitar movimientos rápidos y una dosis de suerte, pero tal vez pudiera librarse de los guardaespaldas y de los vigilantes de la entrada. Era la única oportunidad.

Concierto para sirena y serotonina

VI

CROYD TOMÓ UN TAXI PARA CRUZAR AL OTRO LADO DE LA ciudad y continuó a pie por una ruta indirecta hacia su apartamento en Morningside Heights. Adentro no había luz, y entró rápida y silenciosamente, con un paquete envuelto para regalo que contenía analgésicos, antihistamínicos, psicodélicos y una caja de chocolates de dos kilos y medio. Encendió la luz del recibidor y pasó a la recámara.

—¿Veronica? ¿Estás despierta? –susurró.

No obtuvo respuesta y se acercó a la cama, se sentó en ella y palpó las cobijas. Su mano encontró sólo ropa de cama.

—¿Veronica? –repitió, en voz más alta.

De nuevo, silencio.

Encendió la lámpara junto a la cama. El lecho estaba vacío, y sus cosas ausentes. Buscó a ver si le había dejado una nota. No, nada. Tal vez en la sala. O en la cocina. Sí. Seguramente pegada al refrigerador, para asegurarse de que él la viese.

Se levantó para ir, pero de súbito se detuvo. Ese ruido ¿era de un paso? ¿En la sala?

—¿Veronica? –volvió a llamar, pero de nuevo no consiguió réplica.

¡Qué descuido suyo dejar la puerta abierta!, pensó, aunque no había visto a nadie en el corredor… Alargó la mano y apagó la lámpara. Fue hacia la puerta, se dejó caer al suelo en silencio y asomó la cabeza por el hueco al nivel del suelo, pero enseguida la retiró.

Vacío. No había nadie en el recibidor. Tampoco se volvió a oír ningún ruido. Se levantó y salió al recibidor para entrar a la sala.

En la débil luz del corredor, al dar vuelta a una esquina, vio un tigre de Bengala, que sacudió la cola una vez antes de lanzarse sobre él.

—¡Mil veces mierda! –gritó Croyd, tirando el regalo de Veronica y saltando a un lado.

El yeso de la pared se desprendió al chocar con ella, y un hombro color naranja y negro lo rozó al pasar. Aprovechó para lanzarle un puñetazo que resbaló sobre su espalda. Lo oyó gruñir al saltar hacia la sala. El tigre se dio vuelta enseguida para ir tras él, y Croyd alzó una silla pesada y se la arrojó a la bestia en el momento en que volvía a saltar.

El felino rugió al recibir el golpe de la silla, y Croyd volteó una mesa gruesa de madera, la alzó como escudo y acometió al animal. El tigre se sacudió, gruñendo, haciendo la silla a un lado de un zarpazo. Al darse vuelta, la superficie plana de la mesa le pegó en los músculos suaves del hombro. El animal lanzó otro zarpazo por encima del borde superior de la mesa. Croyd se agachó y empujó hacia delante.

El felino cayó hacia atrás y se ocultó a sus ojos. Los segundos se arrastraban como cucarachas drogadas.

—¿Minino? –inquirió Croyd.

¡Nada! Bajó la mesa unos treinta centímetros, y el tigre se le abalanzó rugiendo. Croyd movió la mesa hacia arriba; no recordaba haber manejado un mueble con tanta velocidad nunca antes. El borde de la mesa dio un golpe terrible al tigre bajo la mandíbula, y se oyó un gemido casi humano cuando giró a un lado y cayó al suelo. Croyd alzó la mesa y, como si fuese un matamoscas gigante, la azotó contra el cuerpo de la bestia. La volvió a alzar, pero se detuvo y se quedó mirando.

No había tigre.

—¿Minino? –repitió, y de nuevo no oyó respuesta.

Bajó la mesa, y por fin la hizo a un lado. Se movió hacia la pared y accionó el interruptor de la luz. Fue así como se dio cuenta de que tenía rota y ensangrentada la parte frontal de la camisa. Desde la clavícula a la cadera tres surcos rojos lo recorrían del lado izquierdo.

Sobre el piso, un pedacito de algo blanco...

Se agachó para tocar el objeto, lo alzó y lo examinó: una de esas figuritas de papel doblado. Recordó el nombre japonés, origami. El que tenía en la mano representaba... un tigre de papel. Sintió un escalofrío, y al mismo tiempo no pudo evitar reírse un poco. Eso era casi sobrenatural. ¡Qué mierda más pesada! Se le ocurrió en ese momento que acababa de repeler el ataque de otro as que poseía un poder incomprensible, lo cual no le agradó en lo más mínimo. Menos aún con la ausencia de Veronica. No sin saber siquiera cuál de los lados en pugna había enviado a un as tan raro a fin de sacarlo de la jugada.

Cerró la puerta que daba al recibidor. Abrió el regalo destinado a Veronica, sacó la botella de Percodán y se tragó un par de pastillas antes de ir al baño, quitarse la camisa y lavarse el pecho. A continuación tomó una cerveza del refrigerador y la usó para deglutir una pastilla verde de las francesas, como contraste al Percodán. No había ninguna nota pegada al refrigerador, ni en el cartón de la leche, ni en el compartimento de los huevos. Eso lo hizo sentir aún más triste.

Cuando dejó de sangrar, se volvió a lavar, colocó vendajes donde era necesario y se puso una camisa limpia. Ni siquiera sabía si lo habrían seguido o si ya esperaban su llegada. En todo caso, no pensaba quedarse ahí. Odiaba abandonar a Veronica, pues alguien estaba acechando el apartamento, pero por el momento no le quedaba elección. Era un sentimiento familiar: de nuevo andaban tras él.

Croyd se transportó, alternando el metro y varios taxis, y anduvo durante más de cuatro horas, escondido tras sus gafas reflejantes, recorrió la isla en pautas de evasión calculadas para confundir a cualquiera que lo siguiese. Por primera vez en su vida, vio su nombre en luces en los anuncios luminosos de Time Square.

CROYD CRENSON, decían las letras de luces que pasaban corriendo, EMERGENCIA LLAMAR A DR T.

Croyd se quedó parado, leyéndolo una y otra vez. Cuando se convenció de que no era una alucinación, se alzó de hombros. Los de la clínica deberían confiar en que él pasaría por ahí y pagaría la cuenta pendiente tan pronto tuviera ocasión. Era una humillación, sugerir a todo el mundo que era cliente moroso. Era probable que quisieran cobrarle el equivalente de una cama, y el clóset de las escobas tenía que ser mucho más barato. En fin, se lo querían joder, igual que todo el mundo. ¡Bien podían esperar!

Maldiciendo, corrió a una boca de metro.

Camino al sur en la línea de Broadway, mientras chupaba un par de corazones púrpura y un pyrahex suelto que se había encontrado al fondo de un bolsillo, Croyd se quedó atónito al verificar que el senador Hartmann se identificaba tanto con el pueblo que viajaba en metro, pues se subió al vagón en la estación de Canal Street. Tras él entró otro senador Hartmann. Lo miraron un instante, hablaron entre ellos, y a continuación uno asomó la cabeza por la puerta y gritó algo, y más ejemplares de Hartmann llegaron corriendo. Los había altos y chaparros, Hartmann gordos y hasta un Hartmann que tenía una extremidad de más: en total, siete Hartmann. Croyd no era tan poco sofisticado como para ignorar que, cerca como andaban de Jokertown, la careta del día para los Hombres Lobo era la de Hartmann.

Se cerraron las puertas, el tren comenzó a moverse y el más alto de los Hartmann giró hacia él y, mirándolo, se le aproximó.

—¿Es usted Croyd Crenson? –le preguntó.

—Para nada –repuso Croyd.

—Creo que sí es.

Croyd se encogió de hombros.

—Usted puede creer lo que le dé la gana, pero hágalo en otro lugar, si desea mi voto.

—Vamos, arriba.

—Estoy arriba, mucho más alto que tú. Arriba y listo para lo que sea.

El Hartmann alto quiso agarrarlo mientras los otros Hartmann empezaron a avanzar en pauta oscilante.

Croyd extendió la mano y aferró la que se tendía hacia él, que enseguida se llevó a la cara. Se oyó un sonido de algo que se rompía, y el Hartmann alto pegó un grito, al tiempo que Croyd volvía la cabeza y escupía un dedo pulgar al suelo, mismo que acaba de cercenar de un mordisco de la mano que aún sostenía. Se puso de pie, aferrando con la mano izquierda al Hombre Lobo por la muñeca del brazo derecho. Zarandeó al hombre hacia delante y hundió los dedos de la mano libre en su abdomen, clavándolos hondo y tirando hacia arriba. Brotó sangre, y varias costillas quedaron expuestas.

—Siguiéndome todo el tiempo –le dijo–. Eres peor que un dolor donde te dije. ¿Dónde está Veronica?

El hombre fue presa de un espasmo de tos. Los otros Hombres Lobo se detuvieron en cuanto empezó a correr la sangre. A continuación,

Croyd hizo bajar su mano. Con el brazo enrojecido hasta el codo, estaba extrayendo un tramo de intestino. Los otros reaccionaron con náuseas y retrocedieron a la parte posterior del vagón.

—Ésta es mi declaración política –anunció Croyd y acto seguido alzó al desgarrado Hartmann y lo lanzó contra los otros–. Nos vemos en las elecciones de noviembre, bola de cabrones.

Croyd salió a toda velocidad del vagón en la estación de Wall Street, se quitó la camisa ensangrentada y la tiró a un bote de basura. Se lavó las manos en una fuente pública, antes de salir de la zona, y le ofreció cincuenta dólares por su camisa a un hombre negro corpulento, que le dijo:

—¡Tú sí que eres un blanco auténtico!

Se puso la camisa, una prenda color azul claro de poliéster que le quedó a la medida. A paso de trote se dirigió hacia Nassau, y siguió luego hacia el norte, hasta llegar a Centre. Se detuvo en un lugar de comida griega bajo un letrero que rezaba ABIERTO TODA LA NOCHE y se compró dos vasos gigantes de poliestireno llenos de café, uno para cada mano, para ir sorbiendo mientras andaba.

Prolongó sus pasos hasta Canal, y ahí giró a la izquierda. Se desvió para entrar a un café conocido, donde ordenó un bistec con huevos y café y jugo y más café. Sentado al lado de una ventana, se puso a mirar cómo la calle se iluminaba y volvía a la vida. Se tomó una píldora negra como medicina, y una roja para la suerte.

—Uh –le comentó al mesero–, es usted la sexta o séptima persona que veo con un tapabocas el día de hoy…

—Es por el virus de wild card –repuso el mesero–. Ha vuelto a aparecer.

—Sólo unos brotes aislados, aquí y allá –objetó Croyd–, según se dice.

—Escuche con más atención –respondió el hombre–. Cerca de cien casos, ya. Tal vez más.

—Así y todo –comentó Croyd–, ¿piensa usted que un trocito de tela como ése le puede servir de algo?

El mesero se alzó de hombros.

—Peor es nada… ¿Más café?

—Sí. Y una docena de donas para llevar.

—Claro que sí.

Siguiendo Broome Street, Croyd llegó al Bowery, y de ahí bajó a Hester. Al acercarse, observó que el puesto de periódicos aún no estaba abierto, y que Jube no andaba por ahí. ¡Qué pena! Intuía que la Morsa podría estar en posesión de información útil, o que al menos le daría algún consejo valioso para lidiar con el hecho de que periódicamente –digamos, cada tercer día– los dos lados de la guerra de pandillas en curso se tomaban la molestia de intentar matarlo. ¿Sería un efecto de manchas solares? ¿O tendría mal aliento? Los esfuerzos de la Mafia por recuperar el dinero pagado por su investigación ya no tenían efectividad, si se consideraba el costo. El personal de Sin Ma había hecho suficientes intentos de atacarlo para compensar la pérdida de prestigio causada por él.

Siguió su camino hacia el apartamento que tenía en Eldridge, mordiendo una de sus donas. Más tarde. No tenía prisa. Ya hablaría con Jube en alguna otra ocasión. Por el momento, podría relajarse en su sillón grande, con los pies en el otomano, cerrar los ojos un momento...

—¡Mierda! –comentó, tirando media dona por el cubo de la escalera a una vivienda vacía en un semisótano, al dar la vuelta a la esquina de su edificio. ¿Acaso ya le estaba llegando el tiempo?

Con la misma fluidez de movimientos que en esa encarnación le había caído en suerte, siguió al pedazo de dona hacia la oscuridad. El ruido de la respiración asmática de un viejo perro lo habría distraído de no ser por el hecho de que, aun mientras descendía, tenía a la vista un clásico cerco de vigilancia en la calle de su edificio.

—¡Hijos de puta! –profirió, asomando sólo la cabeza al nivel del suelo, desde un punto de observación diáfano a no ser por un fragmento vertical de tubería que sostenía el barandal.

Más allá del edificio, un hombre se encontraba dentro de un automóvil, vigilando la entrada principal. Otro estaba sentado en un escalón, donde se limaba las uñas. Desde ahí cubría un ángulo de la parte trasera del edificio que daba al callejón lateral.

En respuesta a su juramento, Croyd oyó un ruido ahogado de pánico, muy diferente de los sonidos caninos habituales. Al mirar hacia las sombras de abajo, logró ver la figura amorfa y temblona de Mocomán, quien en general era considerado como el habitante más repulsivo de Jokertown: se acurrucaba en un rincón y se comía los restos de la dona de Croyd.

Cada centímetro cuadrado de la superficie de la cara del joker parecía estar cubierto de un moco verde que secretaba de continuo y terminaba acumulándose en el charco maloliente sobre el cual se agazapaba. La ropa que pudiera llevar puesta estaba tan saturada de moco que no podía distinguirse del resto de sus rasgos.

—¡Dios santo! Esa dona está sucia, y me la estaba comiendo yo –le indicó Croyd–. Agarra una de éstas.

Extendió la bolsa a Mocomán, que no hizo ningún movimiento.

—Está bien –añadió Croyd.

Dejando la bolsa de donas en el escalón de abajo, volvió a observar a los vigilantes. Mocomán se terminó la media dona descartada y se quedó inmóvil un rato. Por fin, preguntó:

—¿Para mí?

Su voz hacía un ruido líquido, viscoso, de mucosidad.

—Sí, hombre, acábatelas. Yo estoy lleno –ofreció Croyd–. No sabía que eras capaz de hablar.

—No tengo nadie con quien hablar –replicó Mocomán.

—Pues… sí. Mala suerte la tuya.

—Todos dicen que se les quita el apetito al estar conmigo. ¿Es por eso que ya no quieres tus donas?

—No, nada que ver. Tengo un problema, y trato de pensar qué debo hacer. Unos sujetos vigilan mi casa. Estoy pensando si me conviene liquidarlos o es mejor irme de aquí. Tú no me molestas, aunque te cubra toda esa mierda. He pasado por alguna ocasión en que mi aspecto no era mejor que el tuyo.

—¿Tú? ¿Cómo?

—Soy Croyd Crenson, al que llaman el Durmiente. Cada vez que me duermo, adopto una forma nueva. A veces esa forma es mejor. Otras veces no.

—¿Puedes hacer eso?

—¿Qué dices? Ah, ¿cambiar otra vez? Lo que pasa es que soy un caso especial. No sé si exista alguna manera para compartir eso con otras personas. Te aseguro que nadie querría una dieta regular de estas transformaciones.

—Con una vez sería suficiente para mí –repuso Mocomán mientras abría la bolsa y extraía una dona–. ¿Por qué te tomas una pastilla? ¿Estás enfermo?

—No. Es algo que me ayuda a permanecer despierto. No puedo permitirme dormir por ahora, ni por mucho tiempo.

—¿Por qué no?

—Es una larga historia. Muy larga.

—A mí ya nadie me cuenta historias nunca.

—¡Qué diablos! Y ¿por qué no? Hay tiempo –dijo Croyd.

Lazos de sangre

IV

*B*ABY, TU AMO ES UN IDIOTA.

No, Amo.

Sí, Baby.

Blaise estaba acostado entre las almohadas de la enorme cama de postes que casi llenaba todo el espacio de la cabina del puente en el yate de Tachyon. Dos de las paredes curvas de superficie lustrosa presentaban una miniatura del esquema de la ciudad de Nueva York, en que líneas de distintos colores unían una serie de marcas en rojo. En la tercera pared los casos de wild card se clasificaban por edificio y tipo de negocio. La sucursal de Jokertown del Chase Manhattan Bank, tres edificios de apartamentos (uno de ellos en Harlem), una tintorería en el Bowery especializada en sombreros de copa y diversos restaurantes, bares, farmacias y tiendas departamentales.

Es un vector humano.

Tachyon se levantó del suelo donde se encontraba sentado y se sacudió el asiento del pantalón. Percibió la irritación de la nave espacial, que se consideró insultada por un gesto que no apreciaba sus virtudes de limpieza. A veces las naves asumían sus prioridades de manera sesgada. Una indirecta sobre la presencia de polvo en el piso resultaba mucho más importante que la declaración de que había un apestado que amenazaba la población de Manhattan.

¿He hecho bien, Amo?

Extraordinariamente bien. Sólo quisiera no haber sido tan lento yo para entender.

—Blaise, *kuket*, ya nos vamos. Pon el brazo en mis hombros. Eso es, chico.

Con el niño en brazos salió de la nave. En la puerta de la bodega hizo una pausa para manipular el cerrojo sin perturbar al pequeño dormido que cargaba. Tachyon era un hombre de talla pequeña. El nieto daba señales de que sería mucho más alto que su bajito ancestro.

El ambiente de la noche a las dos de la madrugada lo sofocaba. Imaginó lo que iba a decir Victoria Reina cuando la despertara a esa hora. Pero era menester examinar la situación con alguien de su confianza. Había una fuente de contagio que recorría o dormía en las calles de Nueva York.

Al darse cuenta de la verdad del asunto, sus brazos se apretaron convulsivos en torno al cuerpo del niño. *Nadie estaba a salvo*. La monstruosa enfermedad podía aparecer y poner en riesgo a su hijo Blaise mientras jugaba en el parque, o yendo a la clínica, o comiendo en un restaurante. Él era su línea de descendencia, su futuro. El pensamiento casi lo hizo volver a la nave. El mal no podía entrar en *Baby*. Pero sintió que rondaba la histeria. ¿Qué probabilidad real había de encontrarse al portador entre los millones de habitantes del área urbana de Manhattan?

Eso depende de la identidad del portador.

¿Cómo establecer esa identidad? ¡Ideal! Parecía una tarea imposible.

—Es una tarea absolutamente imposible –dijo Victoria Reina.

—Gracias por esa observación tan útil.

La jefa de cirugía y Tachyon cruzaron miradas de rabia. Chrysalis golpeó con la uña el borde de su copa, haciendo sonar una sola nota. Finn tomó otro bocado de Avena Quaker cruda.

—Entrevistar a familiares de las víctimas y a sus amigos –propuso Tachyon–. Entrevistar también a los sobrevivientes. Buscar ahí la hebra común, algún individuo que todos recuerden.

—Resulta casi increíble que cualquiera de ellos pueda acordarse –suspiró Finn.

Tachyon enfocó toda la fuerza de su mirada sobre su asistente.

—¿Sugieres entonces que nos sentemos a esperar que esa persona se dé cuenta de que la gente se muere como moscas a su alrededor?

Eso ni siquiera nos ayudaría –Tachyon meneó la cabeza, disgustado por su propia ironía–. El periodo de incubación al parecer es de unas veinticuatro horas. El portador, quienquiera que sea, puede no darse cuenta del poder del contagio.

—¡Poder! –bufó Chrysalis.

—Sí, poder. Está claro que el regalo de wild card a esta persona consiste en el poder de dar el wild card a otros. Probablemente haya contraído el virus durante el brote más reciente. Si hubiera sucedido antes, habríamos enfrentado la misma crisis hace meses, o incluso años.

—Doctor –sugirió Finn, apartando un grueso mechón de la crin de su frente–, eso tiene que significar una mutación del virus.

—Sí, mucho me temo que tienes razón. El doctor Corvisart se va a poner eufórico.

—¿Quién? –preguntó Reina.

—Es un investigador francés que está del todo convencido de que el virus está mutando. Yo quise explicarle que sabemos de un solo caso de un virus en constante mutación, y eso se debe a que en eso consiste el poder de ese hombre.

—¿Qué? ¿Qué poder es ése? –preguntó Finn, observando que en el rostro de Tachyon se congelaba la expresión.

El extraterrestre aflojó los dedos que aferraban el borde del escritorio. Él y Chrysalis se quedaron mirándose a los ojos.

—¿Estás pensando lo mismo que yo?

—¡Ohhh, sí!

—Y ¿por qué no nos hacen el favor de iluminarnos a los que no estamos pensando en nada? –gruñó Reina, con amargura, pero enseguida se sonrojó y quiso suavizar–. Sobre su manera peculiar de pensar, digo.

—Hay en esta ciudad un individuo que es todo un veterano en el tema wild card. Cada vez que se duerme el virus vuelve a infectarlo. ¿Cuántas veces se ha transformado en los últimos cuarenta años? ¿Doce? ¿Veinte? ¿Treinta?

—Sería la más increíble coincidencia –advirtió Chrysalis.

—De acuerdo, pero es necesario investigar ese aspecto –declaró Tachyon, poniéndose de pie.

Finn, de un salto, también se puso de pie.

—¿Al *dormir*? –preguntó.

—Sí –repuso Tachyon, con signos de impaciencia.

A todo lo largo del cuerpo del pequeño centauro pasó una sacudida que comenzó en la cabeza y vibró hasta la cola, al tiempo que un profundo gemido salía de sus pulmones.

—Él estuvo aquí.

—¿QUÉ?

—Fue en marzo. Vino a verte a ti, pero aún no habías vuelto. Estaba saturado de anfetaminas y, según dijo, le había prometido a alguna chica que no saldría con ella en tal estado. Quería ayuda. Lo hice dormir.

—¿Cómo, por el Ideal? Esto puede ser decisivo.

—Con adiestramiento del cerebro y sugestión.

—¿Cuándo despertó y salió de aquí?

—Hum, como a mediados de mayo.

—¡Mayo! ¡No me dijiste nada!

—No me pareció que tuviese importancia.

—Lleva un mes despierto –le dijo Chrysalis a Tachyon.

—¿Aún crees necesario que hagamos esas entrevistas? –preguntó Reina.

—Sí, porque pueden ser útiles para establecer su forma física actual. Supongo que no lo viste cuando se fue.

—No. Una mañana ya no estaba aquí.

—¿Dónde lo pusiste? –preguntó Chrysalis, por curiosidad.

—En el clóset de la limpieza.

—¿No hemos perdido a ningún conserje? –inquirió Tachyon, con humor panteonero.

—¡Qué suerte hemos tenido! ¡Es increíble! –murmuró Finn santiguándose.

—Señores, esto hay que mantenerlo del todo confidencial. ¿Pueden imaginarse el pánico si estas noticias llegan a la población?

—Tarde o temprano habrá que informar a las autoridades –observó Victoria Reina.

—Eso no será necesario si Chrysalis y yo tenemos éxito.

—¡Qué *molesto* es que seas tan pagado de ti mismo!

—Tachyon, ella tiene razón. Nos vamos a sentir como una mierda si no logramos encontrar a Croyd, o si lo encontramos y resulta que no es él, ¿Cuántos más morirán, Tachyon? –preguntó Chrysalis.

Tachyon se sirvió una dosis generosa de coñac en una copa, alzó las persianas y miró la denodada lucha de la luz del sol por penetrar las capas de neblina y smog.

—Creo que estoy justificado al intentar hacer esto yo solo en una primera instancia. ¿Qué quieren que le diga al alcalde? Su Excelencia, creemos que hay un transmisor de wild card. Creemos que es Croyd Crenson. No, señor, no podemos dar una descripción, pues no sabemos qué aspecto tiene él, porque cambia cada vez que se duerme.

—Supongo que de nada serviría algo sencillo y tonto, como poner anuncios en la radio y los periódicos: ¿"Croyd: llama a casa"? –sugirió Finn.

—¿Y por qué no? Estoy dispuesto a intentar todo. La pregunta clave consiste en cuántas anfetaminas se habrá tragado en las últimas semanas –reflexionó Tachyon, apartándose de la ventana para encararse con Chrysalis–. Ya sabes cómo se pone hacia el final de cada episodio.

—Psicótico –enunció Chrysalis sin ambages.

—Y a menudo paranoico, así que si oye o ve anuncios, supondrá que lo perseguimos –suspiró el taquisiano–. ¡Y tendrá razón!

Tachyon se sirvió otro trago y se lo tomó, hizo una mueca al sentirlo descender dentro de su garganta.

—¡Qué desayuno más saludable! –comentó con sequedad la dueña del Palacio.

—Le echo un huevo, si te parece más aceptable.

—Le estás dando duro a la botella en estos últimos tiempos.

—Díselo tú –murmuró Reina en voz muy baja.

Tachyon las miró indignado.

—No quisiera sonar demasiado vulgar, pero diré que he estado sufriendo considerable presión en días recientes.

—Fuiste alcohólico, Tachyon. No deberías tocar la bebida en absoluto –le recordó Chrysalis.

—¡Huesos y Sangre! ¿Qué bicho te ha picado? Pensaría que te has unido a una asociación de templanza. ¿Vas a andar con el padre Calamar tocando la pandereta? Tú regenteas una cantina, Chrysalis.

Observó cómo la circulación de la sangre ascendía al rostro transparente de la mujer.

—Tú me importas, Tachyon, y no me obligues a lamentarlo. Eres importante para Jokertown –declaró, nerviosa, hundiendo las uñas en el brazo de su sillón–. Tal vez incluso para el país. No vayas a rajarte escondiéndote adentro de la botella y cagándote en todo. Tienes el prestigio suficiente para enfrentarte a los jefes criminales y a... otras cosas. Nadie más en este espectáculo de monstruos puede hacer lo mismo que tú.

En cada una de sus palabras había un sabor amargo. Tachyon sabía que le costaba mucho esfuerzo a Chrysalis admitir lo que acababa de declarar. Su orgullo de sí misma y del lugar que ocupaba podía rivalizar con el suyo. Poco a poco se acercó a ella, se obligó a inclinarse y puso su mejilla en contacto con la de Chrysalis. No pudo evitar que sus ojos se cerraran involuntariamente, aunque la sensación no tenía nada de desagradable. Si bien su piel era invisible, resultaba suave y cálida al tacto. Podía ser cualquier mujer adorable, mientras él mantuviera cerrados los ojos.

Dio un paso atrás y se puso el dedo en los labios.

—Corre la voz por tu red. Esto es más importante que ninguna otra cosa.

—¿Más que los Puños y los Gambione?

—Sí. ¿De qué nos vale ganar Jokertown si perdemos todo el jodido mundo?

—Te guardaré una pandereta.

—No. Yo quiero encargarme de toda la sección de trompetas.

—¿Por qué no me causa sorpresa esto? –le preguntó Reina a Finn.

Concierto para sirena y serotonina

VII

C UANDO MOCOMÁN SE ENFERMÓ, CROYD ECHÓ EL CERROJO a la puerta tras él, haciéndolo entrar a la polvorienta ruina de un apartamento pequeño de dos habitaciones. Era obvio que el propietario lo utilizaba para almacenar muebles dañados. Localizó un sofá raído y acostó en él al tembloroso joker. Enjuagó un frasco de mermelada que encontró en el cuarto de al lado y se lo llenó de agua, que le dio a beber. Haciendo a un lado un montón de vieja parafernalia de drogas, Croyd se sentó en un banquito agrietado y miró al otro tomar sorbitos.

—¿Has estado enfermo? –le preguntó.

—No. Es decir, siempre estoy con una sensación de catarro, pero esto es diferente. Me siento un poco como hace mucho tiempo, cuando todo esto comenzó.

Croyd tapó al joker, que se estremecía de frío, con unas cobijas que encontró en un rincón y se volvió a sentar.

—Termina de contarme lo que te pasó –le pidió Mocomán después de un rato.

—Ah, sí.

Croyd se tragó una metanfetamina seguida de una dex y prosiguió su relato. Cuando Mocomán perdió el conocimiento, Croyd no se dio cuenta. Siguió hablando hasta notar que la piel de Mocomán se secaba. Se quedó en silencio, observándolo, pues los rasgos del hombre parecían irse recomponiendo poco a poco. Aun bajo el efecto de las drogas aceleradoras, Croyd logró identificar el inicio de un ataque de wild card. Sin embargo, esto no tenía ningún sentido, a pesar del efecto de las anfetaminas. Mocomán ya era joker, y Croyd nunca había sabido de ningún caso, exceptuando el suyo, de reinfección.

Se levantó, sacudió la cabeza, dio varios pasos por la habitación y terminó por volver afuera. Ya era por la tarde, y tenía hambre de nuevo. Tardó unos cuantos segundos en ubicar a los reemplazos del nuevo turno de vigilancia de su vivienda. Decidió que no valía la pena disponer de ellos. Lo más sensato, decidió, sería comer un bocado y después volver para atender la transformación de Mocomán en su crisis y ver en qué paraba. Y a continuación, desparecer. Como si se lo tragara la tierra.

A lo lejos se oyó el sonido de una sirena. Otro helicóptero de la Cruz Roja pasó volando por encima de él, a poca altura, desde el sureste, hacia la parte alta de la ciudad. Se le inundó la cabeza de imágenes de aquellos tiempos del primer brote de wild card. Croyd decidió que convendría conseguir una nueva vivienda, aun antes de comer. Sabía de un lugar mugroso, no lejos de allí, en donde sin tener que contestar preguntas podía resguardarse de la calle, siempre y cuando tuvieran lugar disponible. Pero siempre solían tener. Dio un rodeo para pasar a asegurarse.

Como un reclamo de celo animal, otra sirena respondió a la primera desde la dirección opuesta. Croyd saludó con la mano a un hombre colgado de los pies desde la parte de arriba de uno de los postes del alumbrado público, pero éste se sintió ofendido, o tuvo miedo, y se fue volando.

Desde algún sitio empezó a sonar un altavoz diciendo su nombre. ¡Seguro que lo acusaban de cosas terribles!

Sus dedos se tensaron sobre el parachoques de un auto estacionado. El metal chirrió al arrancarle una tira larga. Se puso a darle vueltas y doblarlo, mientras sangraba de una cortada en la mano. Encontraría ese altavoz y lo destruiría, donde estuviese, ya fuera arriba de un edificio o sobre un auto de policía. Los haría callar, que dejaran de decir cosas sobre él. Los haría…

Sin embargo, en un momento de claridad, vio que eso lo delataría a sus enemigos, que seguramente eran muchos. Podría ser cualquiera, menos el hombre que tenía el acceso de virus wild card. Mocomán no podía ser enemigo de nadie en ese momento. Croyd lanzó el trozo de metal al otro lado de la calle. A continuación echó la cabeza atrás y se puso a aullar. Las cosas se complicaban de nuevo. Se ponían muy feas. Necesitaba algo para calmar sus nervios.

Metió la mano ensangrentada al bolsillo, sacó un puñado de pastillas y se las tragó sin mirar qué eran. Tenía que ponerse presentable para ir a conseguir una habitación.

Se pasó los dedos por el pelo, se sacudió las ropas y echó a andar a paso normal. No quedaba lejos.

Lazos de sangre

V

La mano del hombre aferró a Tachyon por la muñeca con dedos unidos por membranas. Por señas indicó que quería un papel para escribir y garrapateó: *¿Cuánto tiempo me queda de vida?*

—No más de unos días.

Tachyon vio el gesto de dolor de Tina Mixon. Sabía que ella consideraba su franqueza como algo casi brutal, pero él no creía en mentirle a la gente. Un hombre necesitaba tiempo para prepararse a morir. ¡Estos humanos y su delicada sensibilidad! O bien no querían hablar de la muerte, o bien la cubrían con eufemismos. En cambio, no les preocupaba en absoluto causar la muerte de los otros.

En el cuarto sonaba el ruido sibilante del respirador, mientras el hombre hacía otro esfuerzo por escribir: *Se puede encontrar a esa mujer.*

—Ha desaparecido, mister Grogan. Lo siento.

Use sus poderes. ¡Encuéntrela!

Tachyon inclinó la cabeza y recordó la escena (¿sólo tres días antes? ¡Parecía una eternidad!) que había visto sin dar crédito a sus ojos. Fue al responder a un mensaje sobre un disturbio en el tercer piso. Al entrar a la habitación, en el acto se había quedado helado. Al bajar la mirada vio que el agua cubría sus zapatos.

En un cuarto para diez personas, no menos de sesenta jokers empapados y sucios se aferraban a sus camas como sobrevivientes de un naufragio. Los encargados de limpieza empujaban sus trapos por el suelo inundado. Un hombre con pelo color de arena estaba de pie en una de las camas, mientras que un par de mujeres joker le tocaban las rodillas y aumentaban el pandemonio generalizado...

—¡Una visión! ¡Una visión dorada, carajo! ¡Mírenme ahora! –gritaba el rubio–. ¡Miren nada más!

—¿Y por qué necesita ser mujer? –gimió una de las mujeres–. ¡Tal vez te dio su poder! ¡Cógeme! ¡CÓGEME!

Sin sentir el menor escrúpulo Tachyon la controló con la mente. También al hombre que vociferaba, y a todos los demás que parecían capaces de causar problemas. El resto de los jokers se le habían quedado mirando como objetivos en una feria de disparar a pavos.

Sin embargo, ya no estaban igual de intimidados. Un ejemplo de ello era ese patético intento de chantaje por parte de un moribundo.

—Lo lamento –le dijo Tachyon a Grogan, y abandonó la habitación.

Tropezó con un grupo de jokers que lo acechaban.

—Buenos días.

—¿Qué tienen de buenos? –gruño un joker grandulón, que en lugar de dientes tenía la boca llena de pestañas ciliares. Su dicción era, por lo tanto, confusa, y Tachyon hubo de esforzarse para entender.

—Está usted vivo, mister Konopka, y eso es más de lo que pueden afirmar muchos que no han sido tan afortunados –replicó cortante el alienígena, que se quitó el estetoscopio y lo sostuvo en las manos.

—¿Puede llamarse vida esto? –intervino una mujer–. Me veo como monstruo, mi marido me dejó y perdí mi empleo…

—Cada quien tiene su historia –comentó Tachyon, queriendo abreviar, y se echó andar por el corredor. Los jokers lo seguían.

Konopka se paró frente a él.

—¿Qué están haciendo para encontrar a esa mujer?

Por un momento, Tachyon sintió el combate de emociones en conflicto. Apaciguarlos con una mentira piadosa o arriesgarse a que lo maldijeran y decirles la verdad.

El joker volvió a poner el dedo en el menudo pecho del extraterrestre, con una uña afilada en la punta.

—¿Qué, pues? ¿Eh, eh? ¡Responda!

A Tach se le terminó la paciencia.

—No estoy haciendo nada para encontrar a esa mujer.

—¡Maldito hijo de puta! ¡Yo lo mato! –estalló Konopka, amenazándolo con el puño.

Otro hombre gritó:

—¡No le importa lo que pase con nosotros!

Tachyon giró sobre sus talones y lo asió por los hombros.

—¡No! ¡Eso no es cierto! Xuan, me importa mucho más de lo que puedes concebir. Pero es preciso también proteger a Jane. ¡Nada más miren!

Recorrió el grupo con una mirada como rastrillo.

—Son ustedes una jauría de animales en cacería.

—¡Esa joven nos puede curar! Tienen que encontrarla.

La furia se evaporaba de Xuan, reemplazada por una humilde súplica. Konopka jaló de un brazo al extraterrestre para encararse con él.

—¡Nos lo debes, Tachyon! ¡Tú tienes la culpa de lo que somos, y no puedes hacer un carajo para curarnos!

Hubo varios gritos de apoyo.

Tachyon echó un vistazo al mostrador de enfermeras, donde Tina estaba manipulando el conmutador. Le hizo un movimiento infinitesimal de cabeza. Todo lo que requería la situación era la presencia del personal de seguridad...

—Todos ustedes: vuelvan a sus cuartos.

—¡No pretendas librarte así de nosotros, Tachyon!

—¡Escuchen! –les rogó–. Esa joven es una persona, un ser humano. No es una jodida máquina para curar jokers. Hace tres días la hubieran matado. Consideren qué terrible dilema enfrenta *ella*. No piensen sólo en ustedes, piensen también en *ella*. ¿Cómo confiar en ustedes, si ni siquiera soy capaz de confiar en mí mismo para hacer lo correcto y apropiado para Jane?

Finn había salido de un ascensor y estaba con una pata delantera alzada, como para rascar el suelo de linóleo. Entre murmullos, el grupo se fue dispersando. Todos menos Konopka, que agarró el saco de satín escarlata y alzó los pies de Tach del suelo. Finn avanzó de lado caracoleando y le propinó una formidable y precisa coz en el culo a Konopka. Rugiendo, el joker soltó a Tachyon y giró para responder al nuevo atacante.

—¡Basta! –explotó Finn–. ¡Con mil diablos, vuelva a su cuarto!

Konopka le lanzó un puñetazo. Finn danzó hacia atrás, pero cuatro patas son menos fáciles de coordinar que dos, y el puño encontró su objetivo.

—¡Lameculos! –lo insultó Konopka.

Tachyon lo hizo caer al suelo, roncando.

—¿Por qué no le hiciste eso antes? –le preguntó Finn, mientras se sobaba el pómulo enrojecido.

—A lo mejor me canso de hacerlos mis víctimas.

Tachyon se dio vuelta, agitando su chaquetón de colas largas. Finn tuvo que trotar para llevarle el paso.

—No es culpa tuya.

—¿Qué parte no es mi culpa? ¿La creación del virus? No, eso no fue del todo culpa mía. ¿El hecho de que Croyd se haya vuelto portador? De nuevo, eso no quedaba bajo mi control. ¿Que Jane se haya vuelto la persona más perseguida de Jokertown? Es probable que tampoco sea culpa mía. Pero ella está bajo mi responsabilidad. Estoy obligado a encontrarla y protegerla en lo que pueda.

Tachyon pegó un puñetazo en la pared del ascensor; se abrió la piel de los nudillos.

Finn le tomó de la mano y con su pañuelo le limpió la sangre.

—Tranquilízate. La encontraremos.

—¿Crees que vamos a poder dar con ella? –inquirió Tachyon, se lamió las heridas con expresión pensativa–. La cuestión de hecho es ¿*debemos* buscarla?

—¡Ajá! Te destrozo con mi ataque mental asesino. ¡Y yo llego a salvo! Has perdido otra vida.

Tachyon arrojó el pequeño marcador de cartón a la pila de los descartes.

—Puedo hacer eso de verdad, además –presumió Blaise, con el reflejo de la lámpara lanzando destellos desde los ojos–. Apuesto a que si me ejercitara, te podría matar con la mente.

Polyakov alzó la mirada de su periódico.

—No es un talento a cultivar, ése.

—¿Puedes hacerlo tú?

—No hablemos de eso, Blaise. Para.

—¿Puedes?

—¡Dije que pares!

El pequeño mentón se endureció, y los labios formaron una línea de necedad.

—Entonces quizá tenga que practicar con alguien, ya que tú no...

Tachyon se alzó de la mesa del comedor, y avanzó hacia el niño, le soltó un bofetón que lo hizo caer de la silla.

—¡*Tachyon*! –tronó el ruso.

—¡Blaise! ¡Blaise! ¡Perdóname! ¡Cómo lo siento! ¿Estás bien?

Consternado, quiso tomarlo en sus brazos.

—¡Oh, Ideal! Perdóname.

El niño lanzó un golpe salvaje, que fue a dar encima del ojo de Tachyon. Sus poderes emanaron de él en olas plateadas que trataban de penetrar los escudos de su abuelo. Tachyon tranquilizó a Blaise con una brizna de su poder.

—Escucha, niño. Tengo un cansancio horroroso, y estoy bajo mucho estrés. Sé que no es la excusa adecuada. Es una explicación que ofrezco. No quiero que aprendas a matar. Eso afecta tu alma, porque quedas estrechamente unido a tu víctima. No es un juego.

Hizo un gesto hacia el tablero abandonado de Talismán.

—Tienes que entrar en lo más profundo, desgarrar capa tras capa de la mente antes de que puedas matar a una persona.

—¿Tú lo has hecho? –farfulló Blaise entre labios que empezaban a inflamarse.

—Sí. Es algo que me persigue hasta el día de hoy.

Polyakov se acercó al lado del extraterrestre y le puso una mano en el hombro.

—Puse en la balanza la vida de Rabdan contra la vida de la Tierra. Él tuvo que morir, fue necesario, pero...

Abrazó al niño más estrechamente.

—Hay que aprender la bondad, Blaise. Ni siquiera en broma hables de practicar con humanos. Nuestro pecado original fue tratarlos como animales de laboratorio. No hagas tú lo mismo.

Lo interrumpió el timbre del teléfono.

—Doctor. Habla Jane.

—Jane, ¿dónde...?

—No, nada de preguntas. Escuche. Tengo una dirección y un número de teléfono de Croyd. Sólo uno. He oído los anuncios. Creo entender la razón por la que necesitan encontrarlo.

—Jane, ¡cómo siento no haberte ayudado antes!

—No te apures. Estaba con un tremendo acceso de abstinencia.

Oye, no le van a hacer daño a Croyd, ¿verdad? Odio la idea de traicionarlo, pero...

—Va a morir más gente si no me lo dices. Es bueno que nos ayudes.

—Conforme. Tiene un apartamento en la calle Eldridge. Eldridge tres veintitrés. Tercer piso. Cinco cinco cinco cuatro cuatro nueve uno.

—Gracias, Jane, muchas gracias. Querida niña, tenemos que...

Pero se encontró que hablaba con el zumbido de una línea desconectada. Colgó el teléfono y se enfrentó a un amargo dilema moral. Si lograban... mejor dicho, *cuando* capturasen a Croyd y él se despertara en una nueva forma sin el virus, todo estaría bien. Pero si esa mutación se mantenía, la decisión sería más difícil. ¿Mantenerlo aislado el resto de su vida?

O matarlo...

◆

...Una mujer yacía entre almohadas y sábanas arrugadas. Sobre sus pechos morenos y su vientre brillaba el sudor. El pelo de su pubis aplanado por la humedad...

La imagen tridimensional se fragmentó y apagó. *Lo siento*, gimió Video en la mente de Tachyon. *Nos equivocamos de apartamento.*

¡Espera! Ella podría ser Croyd.

Alcanzó a tocar la mente de la mujer. No, no era Croyd.

Flotador y Video volvieron a trepar despacio por el muro trasero del edificio de apartamentos.

Sonaron risas nerviosas dentro de la camioneta van. Elmo se movió, incómodo. Su traje para ambiente de alto riesgo biológico apenas podía acomodar su volumen, y su aspecto era el de una salchicha mal embutida. Habían logrado armar trajes para Troll y Ernie a partir de otras cuatro piezas individuales. Los sellos aislantes se sostenían, pero Tachyon arrugaba la cara cada vez que se acordaba del costo. Video y Flotador tenían un traje cada uno, y Tachyon se había puesto su traje espacial diseñado por el Network.

Resultó imposible proteger a Serpentina. Intentaron un casco y una fuente de oxígeno, pero los tanques de aire se resbalaban sobre su cuerpo de serpiente, y se desconectaban las mangueras. Tach le ordenó permanecer al margen de la pelea. Sería una última línea de defensa si Croyd los sobrepasara.

…Una habitación que sorprendía por lo limpia. Un hombre alto y delgado en un sillón leía la revista *Newsweek*. Ultrapálido, ojos raros, pelo castaño con raíces blancas…

…Otro hombre sentado en la cocina, jugando solitario. En verdad apuesto, pero con un rostro fácil de olvidar…

Bill Lockwood.

Tachyon leyó en él un profundo sentimiento de gratitud y un compromiso de proteger… *¡a Croyd!*

Desplazó su atención al albino. El sudor le nubló sus ojos y cubrió su labio superior mientras se esforzaba por hacer contacto con su mente. Pasó la mano por la burbuja transparente del casco, se limpió el sudor y volvió a intentar. *Un oscuro remolino como en un hoyo negro primordial.* Era una barrera mental, pero una de las más extrañas con que se había topado nunca. Pasó veinte minutos más tratando de encontrar camino para penetrarla, pasar por debajo, por arriba, o alrededor de ella. Acabó por concluir que era un caso de inmunidad, más que un escudo.

Explicó la situación a sus tropas, y añadió:

—Basta con irrumpir y caer sobre él. No puede ser tan difícil. Recuerden, si no tienen el traje puesto, *no* entren en esa habitación.

Todos bajaron del vehículo. Con un gesto de la mano indicó a Serpentina y a Ernie que se dirigiesen al callejón lateral. A continuación, él, Elmo y Troll subieron los escalones de la entrada principal. Había timbres, pero como el cerrojo de la puerta estaba desprendido resultaban inútiles. Con precaución, fueron entrando y comenzaron a subir por las escaleras hacia el piso tercero.

Por fortuna, el traje no permitía la entrada de olores, pero Tachyon se los podía imaginar. Había realizado incontables visitas domiciliarias en edificios iguales a ése. El tufo a grasa rancia. El aroma enfermo y dulzón de desechos humanos y animales en los rincones del cubo de la escalera. El sudor, el miedo, la pobreza y la desesperación, cada cosa tenía su olor. Las paredes estaban tapizadas de grafiti, eslóganes y aullidos indignados en diversos lenguajes.

Estoy en posición.

Video le envió otra imagen del apartamento. Nada había cambiado.

¿La ventana?, preguntó Tachyon a su equipo de reconocimiento.

Abierta, envió Flotador en respuesta. *¿Qué esperabas, con este calor?*

¿Van a entrar?, preguntó Video.

Sí.

El alienígena hizo una señal a Troll. El jefe de seguridad agarró la manija, aspiró hondo y retuvo el aliento.

…El albino vio a Flotador con Video montada sobre sus hombros, que entraba por la ventana. Se levantó con velocidad cegadora, soltó un juramento y sacó una pistola…

—¡Ahora! –gritó Tachyon.

Troll forzó la puerta. El cerrojo saltó con un grito de metal ofendido y madera desgarrada. Tach y Elmo se abalanzaron al cuarto. El albino disparó y falló. Serpentina, que desobedecía u olvidaba sus órdenes, entró desenrollándose de la escalera de incendios por la que había trepado, como una boa de cacería en un árbol. Usando la cola como látigo, le quitó de un golpe la pistola que el albino agarraba con la mano.

—¡Cabrones!

El grito provenía del hombre joven, que apartó de un empujón la mesa. Las cartas volaron como mariposas asustadas. Lanzó un golpe con el puño derecho, que Tachyon quiso bloquear con un brazo, pero cuando su brazo hizo contacto con el de Lockwood se encontró prensado como si lo sujetaran con unos alicates. Tach perdió el aliento. Troll, gruñendo de irritación, lanzó un golpe de arco amplio que impactó su enorme puño en la mandíbula de Lockwood.

El trancazo no tuvo ningún efecto. Tach y Troll dieron un paso atrás, alarmados.

Croyd trataba de atar a Serpentina en nudos. Elmo quiso intervenir y fue lanzado a un lado sin la menor contemplación. Volvió a la carga, moviendo los brazos como pistones. Ernie se metió a la refriega. Flotador trataba de huir por el techo hacia la ventana.

Se oyó un ruido como de un bistec que cae sobre el concreto. El niño bonito había atinado a darle un puñetazo a Troll. El enorme joker se encorvó, mientras Tachyon observaba, con el alma en un hilo.

¡Gracias, Santo Jesús, de que a mí no me pegó!

Troll impactó dos fuertes golpes de derecha e izquierda en el abdomen de Lockwood.

¡Nada!

Lockwood giró y acertó a golpear a Tachyon en la cabeza. El casco de la Red aguantó el golpe, pero la fuerza quinésica arrojó al pequeño alienígena al otro lado del cuarto, donde chocó con la pared y quedó gimiendo, adolorido. Troll soltaba una lluvia de golpes sobre Lockwood. El joven, sonriente, respondió con una serie de ataques que enviaron a Troll a través de la habitación. El joker gigante se quedó de pie meciéndose, con los brazos cubriendo el casco que le protegía la cabeza. Lockwood le propinó una fuerte patada en el bajo vientre, y a continuación con las dos manos hizo caer su fuerza sobre la nuca de Troll.

Así suena un árbol que cae en el bosque, pensó Tachyon al tiempo que el cuerpo de tres metros de altura del joker se desplomaba como buey en un matadero.

—¡Mierda! –comentó desde las alturas Flotador.

Tachyon tendió su mente con un poderoso mandato. De él emanaban líneas plateadas de potencia, pero no conseguían formar una red en torno a la mente de ese hombre. En cambio, el imperativo se hundía como una piedra en arenas movedizas.

¡¡¡¡¡DUERME!!!!!

El poder rebotó hacia él, golpeó sus escudos y pasó a través de ellos.

Poder de búmeran, fue el último pensamiento consciente de Tachyon.

♠

Bailaba una coreografía intrincada y maravillosa de un set triple menor, pero en la danza no había ningún otro hombre. Sólo él, y una larga línea de mujeres. Blythe y Saaba y Dani y Angelface y Morat y Jane y Talli y Roulette y Peregrine y Victoria y Zabb lo agarraban por el hombro para que bailara con ellas. Murmurando y gruñendo, Tachyon hundió la cara en la almohada. Lo enfurecía el olor a antiséptico y la textura áspera de la funda de la almohada. *No pienso soportar una cama como ésta. ¿Cómo se atreven? ¡Qué descaro!*

Se forzó a despegar los párpados y vio los ojos azules y ceñudos de Victoria Reina.

—Bailas divinamente –le dijo a su ayudante, con una sonrisa.

—¡Oh, mejor despierta de una vez! –exclamó ella y le clavó una aguja en el brazo.

—¡Au!

—Un estimulante. Nuestro héroe. Por fin te encontraste a alguien con un poder de control mental superior al tuyo, en el peor momento posible, sin duda.

—¡Superior *no*! ¡Fue mi propio poder que rebotó en mi contra! Ninguna otra cosa podría haber penetrado mis... –se interrumpió, avergonzado por su justificación indignada.

En tono sereno, continuó:

—¿Los atrapamos?

—No.

—¡Oh, ancestros! –exclamó, mientras se tapaba la cara con las dos manos–. ¡Qué desastre!

—Sí –concurrió ella y salió de la habitación.

Croyd había escapado. ¿Habría muerto Serpentina? ¡Otra víctima de sus fracasos!

Se oyó el ruido de cascos ligeros sobre el mosaico.

—¿Qué sigue, jefe?

—Que me suicide.

—Respuesta equivocada.

—Acudir a la policía.

—Les dará horror –señaló el joker, que deshacía los nudos de sus crines blancas.

—¿Qué otra opción me queda? Quise mantenerlo en secreto, evitar el pánico, pero ahora Croyd sabe que lo estamos persiguiendo. Se va a encerrar en algún escondite. Requeriremos de muchos hombres para encontrarlo. ¡Y con ese compañero que ha conseguido! Llama a Washington, y que SCARE busque en sus archivos si tiene datos de un joker con poderes de búmeran.

El taquisiano se enderezó en la cama, muy tieso. Hizo un gesto de dolor al tocarse un golpe en el hombro. Se pasó la mano por sus rizos revueltos.

—Manejé esto de la peor manera.

—No había manera de saber lo que enfrentabas.

—¿Cómo se encuentran las tropas?

Finn bajó la cabeza y se miró las manos.

—¿Qué pasa? ¿Qué sucedió? ¿Troll? ¿Serpentina?

—Serpentina. Unos minutos después de caer dormido tú, entró en reacción de Reina Negra.

—El periodo de incubación…

—Se debe estar acortando.

—El virus continúa mutando en su cuerpo.

—¿Es posible que las mutaciones continúen hasta que se vuelva no viral?

—¡No tendría yo tanta suerte! Todo lo que toco lleva a la muerte.

—¡Basta! ¡Eso no es verdad! No tenemos tiempo para sentirnos culpables. Si alguien ha de cargar con la culpa, seré yo, que lo dejé salir de aquí.

—No podías saber que se había convertido en portador.

—Eso es lo que quiero demostrarte. Lo hecho, hecho está. Vamos sobre el futuro.

—Si acaso tenemos uno.

—Lo haremos posible.

—¿Cómo puedes ser tan optimista y ajustarte tan bien a todo esto?

—He de ser demasiado tonto para pensar de otro modo.

Todos los caballos del rey

VI

L
A ENORME PUERTA METÁLICA DE LA COCHERA RESONÓ AL
deslizarse por sus rieles. El mecanismo abridor era viejo y ruidoso, pero aún funcionaba. El polvo y la luz del día se filtraron
al búnker subterráneo. Tom apagó la linterna y la colgó de un gancho en la viga de madera que soportaba el muro de tierra apisonada.
Le sudaban las manos. Se las limpió en los jeans y se puso a contemplar los cascarones metálicos frente a él.

La escotilla del caparazón más antiguo, el Volkswagen blindado,
estaba abierta. Reponer bulbos, aceitar los rieles de las cámaras y
verificar el cableado le había llevado toda la semana anterior, deján-
dolo en las mejores condiciones posibles.

—Esto me pasa por irme de la lengua —dijo Tom, y sus palabras resonaron dentro del búnker.

Pudo usar un camión alquilado, quizás un tráiler. Joey le habría
ayudado. Ponerlo al borde del búnker, cargar los caparazones y lle-
varlos a Jokertown con la mayor facilidad. Pero no. Tuvo que ir y
soltarle a Dutton que él llevaría los caparazones volando. Ese joker
dejaría de creerle para siempre si, después de lo dicho, le entregaba
los artefactos por mensajería.

Miró la escotilla abierta y trató de imaginar que se metía a esa oscuridad y sellaba la puerta tras él, que se encerraba en ese ataúd de
metal. Sintió que la bilis le subía a la garganta. No iba a poder.

Sólo que no quedaba otra opción, ¿verdad? Ya no era dueño del
depósito de chatarra. En poco menos de tres semanas llegarían los
trabajadores para limpiar toda la mierda que se había acumulado en
los últimos cuarenta años. Si los caparazones seguían ahí cuando llegaran con sus bulldozers, nada tendría remedio.

Tom se forzó a dar unos pasos al frente. No es tan difícil, dijo para sus adentros. El caparazón estaba bien, iba a poder llevarlo al otro lado de la bahía, lo había hecho mil veces. No tenía más que volar una vez más. Una vez más, y quedaría libre.

Ni todos los caballos ni todos los hombres del rey...

Tom flexionó las rodillas, agarró el borde de la escotilla y tomó aire, lenta y hondamente. El metal se sentía helado en sus dedos. Agachó la cabeza y, alzándose con los brazos, entró, cerró la escotilla tras él. El portazo retumbó en sus oídos. Dentro del caparazón la negrura era completa, y hacía frío. Se le secó la boca. Podía oír el sonido de los latidos de su corazón dentro del pecho.

Tanteó en la oscuridad para hallar el asiento, y al sentir la tapicería de vinilo rota se movió hacia ella. Bien podía hallarse en una cueva al centro de la tierra, o muerto y sepultado: tal era la oscuridad. Unas líneas de luz fina y débil se filtraban por el contorno de la escotilla, insuficientes para ver nada. ¿Dónde carajos estaba el interruptor de encendido? Los caparazones más recientes estaban todos dotados de controles empotrados en los brazos del asiento para tener mando en la punta de los dedos, pero no era el caso de aquella vieja cubeta, oh, no. Tom se puso a tentalear en la oscuridad encima de su cabeza. Sintió dolor al machucarse los dedos con algo metálico. El pánico se agitó en su interior, como un animal temeroso. ¡Qué negrura del carajo!, ¿dónde estaban las luces?

De pronto, sintió que caía.

Una gran ola de vértigo reventó sobre él. Tom se aferró a los brazos del asiento, diciéndose que eso no podía estar pasando, aunque lo *sentía*. La oscuridad iba dando tumbos y maromas. El estómago se le revolvió y se inclinó hacia delante, con el resultado de darse un tope en la frente contra la pared curva del caparazón.

—¡No estoy cayendo! –gritó a pleno pulmón. Las palabras resonaron en sus oídos mientras se sentía caer, indefenso, encerrado en su catafalco blindado. Se soltó a lanzar manotazos y a tocar superficies, deslizó las manos sobre vidrio y vinilo y movió interruptores en todas partes, sin aliento.

A su alrededor, las pantallas de televisión despertaron a una tenue vida.

El mundo recuperó su equilibrio. La respiración de Tom volvió a la normalidad. No caía, no. Podía ver el búnker afuera, y él estaba sentado dentro del caparazón, seguro al fondo de un hoyo, eso era todo. No caía.

En las pantallas aparecieron imágenes borrosas en blanco y negro. Los televisores de aquel caparazón eran de todas las marcas y tamaños. Quedaban algunos evidentes puntos ciegos, y una de las pantallas se había trabado en un lento corrimiento vertical del cuadro. A Tom no le importaba ninguna de esas cosas. Podía ver. No caía.

Localizó los controles para mover las cámaras y las accionó. Las imágenes en las pantallas se desplazaron despacio a medida que escudriñaba los rincones del búnker. Los otros dos caparazones, los cascarones vacíos, estaban a unos metros de distancia. Encendió el sistema de aire y oyó que un ventilador se echaba a andar. Sintió enseguida el soplo de aire fresco en la cara. Le caían gotas de sangre en los ojos. En su acceso de pánico, se había hecho una cortada en la frente. Se limpió con el dorso de la mano y se hundió en el asiento.

—Muy bien –anunció en voz alta.

Había llegado a ese punto. El resto sería un caramelo. Arriba, arriba y volar a lo lejos. Fuera del búnker, al otro lado de la bahía de Nueva York, el último vuelo, nada más sencillo. Empujó hacia arriba.

El caparazón se meció con lentitud de un lado a otro, se alzó un par de centímetros del suelo y cayó de golpe.

Tom gruñó. *Ni todos los caballos ni todos los hombres del rey*, pensó. Quiso acumular toda su concentración y volvió a intentar. Nada.

Allí se quedó, mal encarado, mirando sin ver las imágenes deslavadas en blanco y negro de los televisores, tratando de admitir la verdad. La verdad que había ocultado a Joey DiAngelis, Xavier Desmond y aun a sí mismo.

El caparazón no era lo único que se había roto.

A lo largo de veintitantos años, se había creído invulnerable una vez dentro de sus armaduras. Tom Tudbury era un hombre lleno de dudas, miedos e inseguridades, pero la Tortuga no. Su poder de telequinesis, alimentado por la sensación de invencibilidad, crecía todo el tiempo, un año tras otro, cada vez que se metía en su caparazón.

Hasta el Día Wild Card.

Había sido abatido antes de saber siquiera lo que pasaba.

En aquella ocasión, iba volando a buena altura sobre el Hudson en respuesta a un pedido de auxilio, cuando de pronto un poder de as había penetrado su armadura como si no existiese, lo hizo sentirse enfermo y débil, y tuvo que esforzarse para no desvanecerse, con el caparazón dando tumbos a medio vuelo al fallar sus poderes de concentración. Poco antes de perder claridad visual, había percibido al muchacho colgado de un ala delta, que se acercaba desde arriba. Lo siguiente fue un estallido, tan fuerte que le dolieron los tímpanos, y el caparazón se había muerto.

Todo dejó de funcionar. Las cámaras, las computadoras, los sistemas de sonido y ventilación, cada cosa fundida o arrebatada del cascarón en una fracción de segundo. Después pudo leer en el periódico que había sido golpeado por un pulso electromagnético, pero él sólo supo que se había quedado ciego e indefenso. Por un instante, la sensación de sorpresa fue más fuerte que el miedo, y en el frenesí de recuperar la potencia, trató de accionar los botones de control en la oscuridad.

Ni siquiera supo que se trataba de una bomba de napalm, sólo que con el impacto la debilidad se volvió a apoderar de él. Entonces se sintió perdido, y el caparazón, dando volteretas, comenzó a caer hacia el río. Y fue en ese momento que al fin perdió el conocimiento.

Tom hizo a un lado sus recuerdos y se pasó los dedos por el pelo. De nuevo respiraba con agitación y lo cubría una fina capa de sudor que le adhería la camisa al pecho. *Enfréntalo*, se dijo, *estás aterrado*.

Era inútil. La Tortuga había muerto. Tom Tudbury era estupendo para alzar por el aire pastillas de jabón y cabezas de robot, pero de ninguna manera podía con dos toneladas de placas blindadas. Mejor sería rendirse de una vez. Llamar a Joey, tirar los viejos caparazones a la bahía, abandonar la empresa. Nada importaba el dinero. ¿Qué significaban ochenta mil dólares? No el precio de su vida, en todo caso; además, Steve Bruder lo haría rico. La fría y oscura extensión de las aguas de la bahía de Nueva York lo separaba de Manhattan. Había agotado su buena suerte aquella otra vez, cuando el maldito caparazón explotó al tocar el fondo del río. Un accidente raro provocado por el napalm o la presión del agua había permitido que lo despertara la sensación del agua fría, y pudo alcanzar la superficie y dejarse llevar por la corriente hasta llegar de milagro a la orilla en Jersey City. ¡Tenía que haberse muerto!

Sintió que en la boca del estómago se le rebelaba el desayuno y lo vencía el vómito. Estaba vencido. Se desabrochó el cinturón de seguridad, con las manos temblando. Apagó los ventiladores, los motores de las cámaras y la energía. La oscuridad se cerró a su alrededor de nuevo.

Se suponía que el caparazón lo haría invulnerable, pero se había convertido en una trampa mortal. Nunca más le sería posible alzarlo, ni siquiera para ese último viaje. *No podía.*

La oscuridad que lo rodeaba volvió a temblar, y tuvo una sensación de caída inminente. Tenía que salir de ahí, de inmediato, se estaba ahogando. Pudo morir en aquella circunstancia.

Pero no se había muerto.

La idea le vino de la nada, desafiante. Pudo morir, pero no se había muerto. Ahora se encontraba incapaz de alzar el caparazón, pero en aquella noche infausta sí que lo había elevado.

El mismo caparazón en el que estaba sentado. Cuando aquel día pudo alcanzar al fin el depósito de chatarra, medio ahogado, exhausto, atontado por el impacto, se encontró lleno de vida, exaltado, eufórico por el sencillo hecho de que estaba vivo. Extrayendo del búnker su caparazón primitivo, había cruzado la bahía y sobrevolado Jokertown con giros acrobáticos, montó de inmediato al caballo que lo acababa de tumbar, y todos veían que sí, la Tortuga estaba vivo, lo habían atacado con todo lo que tenían, lo noquearon y lo tiraron como una piedra al fondo del río Hudson, y él seguía vivo.

Lo habían ovacionado con vítores en las calles.

Las manos de Tom se movieron y tocaron un interruptor, y enseguida otro. Las pantallas se encendieron y se oyó el zumbido del ventilador.

No lo hagas, susurró la voz de su miedo. *No puedes. Habrías muerto de no explotar el caparazón.*

—Pero el caparazón explotó –dijo Tom.

El napalm, la presión del agua, algo…

Recordó las paredes de la recámara. Vidrios rotos por todas partes, las almohadas desgarradas, las plumas flotando en el aire.

En la oscuridad cerrada y caliente, el gorgoteo del agua. El mundo daba tumbos, hundiéndose. Demasiado débil y mareado, no podía moverse. Los dedos helados del agua le subieron desde los pies por las piernas y le provocaron un choque al tocar sus genitales: eso fue lo que lo hizo despertar. Se zafó del arnés del asiento con los dedos entumidos, pero era demasiado tarde, el frío le acariciaba el pecho, y quiso ponerse de pie, pero no encontró ya el suelo. El agua le cubrió la cabeza, dejó de respirar y todo se volvió negro, oscuro como la tumba… Debía salir de ahí, debía salir…

Las grietas en las paredes de su recámara, más cada vez que le volvía la misma pesadilla. Las fotos de la revista: fragmentos retorcidos de las placas blindadas, soldaduras destrozadas, remaches reventados, el caparazón roto como cáscara de huevo. La armadura doblada *hacia fuera*. *¡Con un carajo!*, pensó. *Fui yo. Yo lo hice explotar.*

Miró la pantalla más próxima a él, agarró los brazos del asiento y empujó hacia abajo con la mente.

El caparazón se alzó con suavidad, atravesó el búnker, pasó junto a la puerta de cochera del techo y salió a la luz de la mañana. La luz del sol besó la descascarada pintura verde de su armadura.

Emergió del cielo al oriente, desde Brooklyn, con el sol detrás de él. El viaje se hacía más largo siguiendo ese trayecto, dando la vuelta sobre Staten Island y los Narrows, pero disimulaba el ángulo de su camino, y después de tortuguear durante veinte años se sabía ya todos los trucos. Se aproximó sobrevolando los enormes contrafuertes del puente de Brooklyn, a poca altura y rápido, y en sus pantallas miró a los paseantes tempraneros allá abajo alzar los ojos atónitos al tiempo que su sombra se deslizaba sobre ellos. Era algo nunca visto antes en la ciudad, y que no se volvería a ver jamás: tres Tortugas volando sobre el río este, tres fantasmas de hierro salidos del pasado y de la tierra de los muertos, que cruzaban el aire en formación estrecha, describían arcos y daban vueltas al unísono, hacían un espectacular rizo doble sobre las azoteas de Jokertown.

Para Tom, tripulante del caparazón central, las reacciones en las calles hacían que todo valiera la pena. Al menos, se despedía con el mejor estilo. ¡A ver si esto se lo podían atribuir al planeta Venus!

Había sido una labor de mil diablos sacar los otros caparazones del búnker. Aun sin los equipos del interior, el blindaje les confería abundante peso, y por un momento, flotando sobre el depósito de chatarra en Bayonne, no creyó poder manejar los tres al mismo tiempo. En ese punto se le ocurrió una idea. En lugar de esforzarse por manejar cada uno de ellos por separado, los visualizó pegados a los vértices de un triángulo invisible, y alzó el triángulo por el aire. A partir de ahí, volar había sido un dulcecito.

Dutton tenía dispuesta una de las cámaras en el puente de Brooklyn, y otra en la azotea del Famoso Museo Wild Card del Bowery. Con las tomas obtenidas, nadie dudaría de que los caparazones eran genuinos.

—Todo bien –anunció Tom a través de sus altavoces, una vez que los caparazones se posaron sobre la amplia azotea–. Se acabó el show. ¡Corte!

Una cosa era que filmaran su llegada y el aterrizaje; otra muy distinta que lo fotografiasen a él saliendo por la escotilla. Con máscara o sin ella, no deseaba correr ese riesgo. Dutton, alto y sombrío, sus facciones cubiertas por la capucha, hizo un ademán perentorio con una mano enguantada, y el personal de rodaje –compuesto exclusivamente por jokers– empacó el equipo y se fueron de la azotea. Cuando el último trabajador desapareció por las escaleras. Tom respiró hondo, se puso su careta de rana, apagó la corriente y salió del caparazón bajo el sol de la mañana.

Después de salir, se dio vuelta para echar una mirada postrera a lo que dejaba tras él. Ahí, a la luz del día, lucían distintos. Dentro del búnker, por ejemplo, no parecían tan pequeños. Ni desaseados.

—Te resulta difícil dejarlos, ¿verdad? –comentó Dutton.

Tom se dio vuelta.

—Así es –admitió.

Bajo la capucha Dutton llevaba una máscara de cuero: un león de larga melena dorada.

—Esa máscara la compraste en Holbrook –afirmó Tom.

—Soy el dueño de Holbrook –replicó Dutton, mientras examinaba los caparazones–. Me pregunto qué hacer para meterlos al interior del museo.

Tom se alzó de hombros.

—Carajo, comparado con meter una *ballena* al Museo de Historia Natural, unas cuantas tortugas parecen tarea sencilla.

No sentía tanta despreocupación como trataba de aparentar. A lo largo de muchos años, la Tortuga había hecho rabiar a varias personas, desde pandilleros de barrio hasta Richard Millions Nixon. En caso de cualquier indiscreción de Dutton, cualquiera de ellos bien podría estar al acecho, esperándolo. Aunque no fuera así, debía considerar la cuestión de irse a pie a su casa con ochenta mil dólares en efectivo.

—Concluyamos –propuso–. ¿Tienes el dinero?

—En mi oficina –replicó Dutton.

Descendieron por las escaleras, con Dutton por delante y Tom detrás, mirando con cautela en cada descansillo. El interior del edificio era fresco en la penumbra.

—¿Cerrado otra vez? –preguntó Tom.

—Los negocios van muy mal –admitió Dutton–. La ciudad está atemorizada. El nuevo brote de wild card ha alejado a los turistas. Incluso los jokers evitan las multitudes y los lugares públicos.

Cuando llegaron al sótano y entraron al sombrío taller con muros de piedra, Tom vio que el museo no estaba del todo vacío.

—Preparamos varias instalaciones nuevas –explicó Dutton mientras Tom se detenía para admirar a una esbelta jovencita, un poco andrógina, que vestía una réplica de cera del senador Hartmann. Le anudaba la corbata con dedos largos y ágiles.

—Ésta es para el diorama de Siria –añadió el joker, mientras observaba a la chica ponerle una chaqueta deportiva a cuadros a la figura del senador. Un hombro presentaba un desgarrón, donde una bala había penetrado, y la tela en torno estaba manchada de sangre falsa.

—Se ve muy real –apreció Tom.

—Gracias –repuso la joven, que se volvió y le tendió la mano.

Tom notó que tenía ojos raros, en que todo era iris, de un tono negro rojizo profundo y brillante, como de la mitad del tamaño de ojos normales. Sin embargo, sus movimientos no correspondían a los de una persona ciega.

—Me llamo Cathy, y me encantaría hacer tu figura en cera –le propuso al estrechar Tom su mano–. ¿Quizá sentado en uno de tus caparazones?

Ella inclinó a un lado la cabeza y se quitó un mechón de pelo de sus extraños ojos oscuros.

—Uh –dijo Tom–, prefiero que no.

—Eres prudente –lo elogió Dutton–. Si Leo Barnett llega a la presidencia, varios de tus compañeros ases deberían guardar perfiles discretos también. En estos días no conviene darse a notar demasiado.

—Barnett no saldrá electo –arguyó Tom acaloradamente, e indicó con la cabeza la figura de cera–. Hartmann lo va a detener.

—"Otro voto para el senador Gregg" –citó Cathy, y le sonrió–. Si cambias de opinión sobre tu estatua, dímelo.

—Serás la primera en saberlo –le aseguró Dutton, y agarró a Tom del brazo–. Ven.

Pasaron otros elementos del diorama sirio en diversos estados de ensamblaje. El doctor Tachyon ataviado como árabe, con todo y babuchas en los pies, y el gigante Sayyid de más de tres metros de altura; Carnifex lucía su ropa de combate de un blanco cegador. Dutton pasó a su lado con una leve inclinación de cabeza.

En ese momento Tom observó algo que lo hizo detenerse de golpe.

—¡Santo Dios del carajo! –exclamó en voz alta–. Ése es...

—Tom Miller –confirmó Dutton–. Aunque, según tengo entendido, él prefería ser llamado Gimli. Va en camino al salón de la infamia, me temo.

El enano les hacía un gesto de rabia, miraba hacia arriba, un puño alzado sobre la cabeza, como si arengara a una multitud. El odio hervía en sus ojos de vidrio, que parecían seguirlos por todas partes. La imagen no era de cera.

—Un trabajo brillante de taxidermia –comentó Dutton–. Tuvimos que actuar con mucha rapidez, antes de que empezara a descomponerse. La piel se le agrietó en una docena de lugares. Todo lo de adentro se había disuelto: huesos, músculos, órganos internos, todo. El nuevo wild card puede ser tan despiadado como el viejo.

—Es su piel –protestó Tom, asqueado.

—En el Smithsonian tienen el pene de John Dillinger –explicó Dutton, sereno–. Por aquí, por favor.

La ocasión, en la oficina de Dutton, ameritaba una celebración, y Tom aceptó un trago por esa vez.

Dutton tenía el dinero acomodado en fajillas y empacado en una vulgar maleta verde con señas de mucho uso.

—Billetes de diez, veinte y algunos de cien –indicó–. ¿Los quieres contar?

La mirada de Tom se quedó fija en todos esos billetes verdes. No se acordaba del trago que tenía en la mano.

—No es necesario –declinó en voz suave, tras una larga pausa–. Si falta algo, sé dónde vives.

Dutton soltó una risita cortés, fue tras el escritorio y sacó una bolsa marrón de papel con asas, con el logotipo del museo impreso.

—¿Qué es eso? –preguntó Tom.

—¡Vaya! La cabeza. Pensé que la querrías llevar en una bolsa.

La verdad es que a Tom casi se le había olvidado la cabeza de Modular Man.

—¡Ah, sí, claro! –aceptó la bolsa.

Echó un vistazo adentro. Modular Man le devolvió la mirada desde el interior. Tom cerró la bolsa rápido.

—Está perfecto así –dijo.

Cuando salió del museo con la maleta verde en la mano derecha y la bolsa de papel en la izquierda era casi mediodía. Parpadeó a la luz del sol, parado sobre la acera, y enseguida se puso en marcha por el Bowery a buen paso, examinando el entorno para verificar que nadie lo seguía. Las calles estaban casi vacías, le pareció que no sería difícil detectar cualquier presencia.

A tres cuadras de distancia, Tom sentía una razonable certeza de no traer a nadie tras sus talones. Las escasas personas que encontró eran jokers que llevaban tapabocas o artículos más elaborados para tapar la cara, y vio que se alejaban mutuamente todo lo que podían para no pasar cerca unos de otros. De cualquier manera, siguió andando, para estar todavía más seguro. El dinero pesaba más de lo que se había figurado, y Modular Man, en cambio, resultaba muy ligero. Se detuvo dos veces para cambiar de manos su carga.

Al llegar a la Casa de los Horrores, bajó la maleta y la bolsa y, tras mirar en torno suyo, vio que no había nadie. Se quitó la máscara de rana y se la metió al bolsillo de la chamarra.

La Casa de los Horrores estaba cerrada con candado. CERRADO HASTA NUEVO AVISO, rezaba un letrero en la puerta. Poco después de ingresar Xavier Desmond al hospital, habían resuelto suspender actividades. Esa noticia le produjo una enorme tristeza, y lo hizo sentirse aún más viejo de lo que ya creía.

Con la cara descubierta, nervioso, Tom se puso a esperar un taxi, desplazando su peso de un pie a otro.

El tránsito era muy escaso, y al alargarse la espera empezó a sentirse incómodo. Le dio cincuenta centavos a un borracho que se le acercó, sólo para librarse de él. Tres jovenzuelos al estilo punk, con los colores de los Demon Prince, echaron una mirada atenta y calculadora a Tom y su maleta, pero como su ropa era tan raída como su equipaje, decidieron que seguramente no valía la pena el esfuerzo.

Por fin consiguió su taxi.

Suspirando de alivio se metió al asiento trasero de un Checker grande, color amarillo, y puso la bolsa de papel a su lado y la maleta sobre los muslos.

—Voy a Journal Square –anunció.

Desde ahí podría tomar otro taxi a Bayonne.

—Oh, no, oh, no –dijo el taxista, un hombre moreno y peludo–. Jersey no.

Tom echó un vistazo a la licencia. Era paquistaní.

—Jersey no –repitió el conductor–. Oh, no, a Jersey no voy.

Tom extrajo un billete arrugado de cien dólares del bolsillo del pantalón.

—Mira, ten esto –dijo–. Quédate con el cambio.

El taxista miró el billete y en su cara apareció una amplia sonrisa.

—¡Qué bien! –exclamó–. Muy, muy bien. Nueva Jersey, oh, sí. Qué amable soy.

Embragó la palanca de velocidades.

Tom se sentía ya prácticamente en casa. Abrió un poco la ventanilla y se arrellanó en el asiento, disfrutó la sensación del aire sobre la cara y el reconfortante peso de la maleta sobre las piernas.

Una sirena se dejó oír sobre las azoteas: un sonido agudo, alto, urgente.

—Oh, ¿qué es eso? –preguntó el taxista, desconcertado.

—Una sirena de ataque aéreo –indicó Tom, alarmado, inclinándose hacia delante.

Más cerca de ellos, una segunda sirena se puso a aullar, a todo volumen.

Los autos se detenían al lado de la acera. Los peatones se paraban, miraban a los cielos brillantes y vacíos. A lo lejos, Tom oía ya más sirenas que se unían a las dos primeras. El ruido se acumulaba de modo continuo.

—¡Carajo! –maldijo Tom.

Recordó la historia. Habían hecho sonar las sirenas antiaéreas el día en que murió Jetboy, y el wild card había sido distribuido a una ciudad desprevenida.

—Enciende la radio –pidió.

—Oh, perdón, señor, no funciona radio, oh, no.

—Maldición –volvió a jurar Tom–. Bueno. Más rápido, entonces. Llévame al túnel Holland.

El taxista metió velocidad y se pasó una luz roja.

Estaban en Canal Street, a cuatro cuadras del túnel Holland, cuando el tráfico se detuvo del todo.

El taxi se paró detrás de un Jaguar color plata, con un permiso de circulación provisional pegado a la ventanilla de atrás. No había el menor movimiento. El taxista hizo sonar la bocina. Otras bocinas sonaban a lo largo de la calle, y su sonido se mezclaba con las sirenas antiaéreas. Tras ellos, una Chevy van, hizo chirriar los frenos y se puso a tocar la bocina con impaciencia, una y otra vez. El taxista sacó la cabeza por la ventana y gritó algo en un lenguaje incomprensible para Tom, aunque el significado era claro. Detrás de la Chevy van se estaba acumulando más el tránsito.

El taxista volvió a sonar la bocina, y a continuación giró para explicarle a Tom que no era culpa suya. Eso no era noticia para Tom.

—Espérame aquí –dijo, sin ser necesario, pues los autos estaban embotellados con los parachoques tocándose. Nadie se movía, y no había manera de que el taxi pudiera salir de donde estaba, por más que quisiera.

Con la puerta abierta, Tom se paró sobre la línea central, miró por Canal Street. Hasta donde le llegaba la vista, el tránsito estaba detenido, y el embotellamiento crecía con rapidez tras ellos. Tom fue a la esquina, en busca de un punto de vista mejor. La intersección estaba por completo trabada. Los semáforos cambiaban de rojo a verde y a amarillo y de nuevo a rojo sin que nadie se moviese un milímetro. Se oía música a alto volumen desde varios autos, que formaba una cacofonía de transmisoras y canciones diferentes, con las sirenas y las bocinas haciendo contrapunto, pero en ninguna radio se oían noticias.

El conductor de la Chevy se acercó a Tom por detrás.

—¿Dónde carajos está la policía? –demandó.

Era muy gordo, con una cara de grandes cachetes, picada de viruela. Por su actitud, parecía querer emprenderla a golpes contra algo, pero no dejaba de tener razón. La policía brillaba por su ausencia. Un poco más adelante, un niño prorrumpió en llanto, su voz tan aguda como la de las sirenas de alarma, sin palabras. Un escalofrío de miedo pasó por el cuerpo de Tom. Esto no era sólo un embotellamiento de tránsito, pensó. Algo andaba mal. Algo andaba de verdad muy mal.

Volvió al taxi. El conductor golpeaba con el puño el volante, pero era el único en ese lado de Broadway que no hacía sonar la bocina.

—Se descompuso el claxon –explicó.

—Aquí me bajo –dijo Tom.

—No devolución.

—¡Vete a la mierda! –le espetó Tom, que en todo caso había pensado dejarle los cien dólares al taxista, pero su tono de voz lo hizo enfadar.

Sacó la maleta y la bolsa de papel del asiento y le enseño el dedo al conductor antes de emprender la marcha a pie por Canal Street.

Una mujer bien vestida, de unos cincuenta años, estaba al volante del Jaguar plateado. Le preguntó a Tom:

—¿Sabe usted qué está pasando?

Por toda contestación, él se encogió de hombros.

Mucha gente se bajaba de sus autos. Un hombre junto a un Mercedes 450 SL estaba con un pie en el coche y el otro en la calle, el teléfono celular en la mano.

—El número de emergencias sigue ocupado –comunicó a la gente en torno suyo.

—¡Joder con la policía! –se quejó alguien.

Tom había llegado a la intersección cuando vio el helicóptero que volaba sobre Canal Street, justo al nivel de las azoteas. Se alzó el

polvo y en las cloacas se echaron a temblar los restos de papel periódico. ¡Los rotores hacían *tanto* ruido, incluso a distancia! *Yo nunca
metí tanto jodido ruido*, pensó Tom. Por raro que fuese, algo con respecto a ese helicóptero lo hizo pensar en la Tortuga. Oyó el ruido de
un altavoz, pero en el ruido de la calle las palabras eran ininteligibles.

Un adolescente con granos en la cara se asomó desde una pickup
Ford blanca con placas de Jersey.

—¡Es de la Guardia! –gritó–. ¡Ése es un helicóptero de la Guardia!

Agitó un brazo hacia el aparato volador.

El fap fap fap de los rotores se confundía con las bocinas y las sirenas y los gritos, de modo que resultaba imposible oír el altavoz. Las
bocinas se fueron apagando.

—...*a sus hogares*...

Alguien en la calle comenzó a vociferar obscenidades.

El helicóptero bajó un poco más y se acercó. Aun desde donde se
encontraba, Tom distinguió las marcas militares y la insignia de la
Guardia Nacional. Los altavoces resonaron:

—...*cerrado*... *Repito: el túnel de Holland está cerrado. Vuelvan a sus
hogares de manera pacífica.*

Al pasar el helicóptero directamente sobre su cabeza el viento lo
golpeó en todas direcciones. Tom puso una rodilla en el suelo y se
cubrió la cara para protegerse del polvo y otras basuras.

—*El túnel está cerrado* –volvió a oír, mientras la nave se alejaba–.
*No intenten salir de Manhattan. El túnel Holland está cerrado. Regresen
en forma pacífica a sus hogares.*

Cuando el helicóptero llegó al final del tránsito detenido, dos cuadras atrás, se elevó por los aires para convertirse en una pequeña forma negra en el cielo, que describió un círculo antes de reiniciar la
vuelta. Los que estaban en la calle se miraron unos a otros.

—No pueden referirse a mí. ¡Yo vengo de Iowa! –declaró una mujer gorda, como si tal cosa fuese relevante.

Tom la entendía.

Por fin llegaron unos policías. Dos autopatrullas avanzaban por la
acera con cuidado, pasando entre lo peor de la congestión de tránsito. Un policía negro salió de su auto y se puso a dar órdenes. Una o
dos personas obedientes volvieron a sus coches. El resto de la gente rodeó al policía, todos hablando a la vez. Otros muchos habían

abandonado sus automóviles. Un río humano avanzaba por Canal Street, hacia la entrada del túnel Holland.

Tom iba con ellos, menos apresurado que la mayoría, luchando con el peso de su equipaje. Sudaba. Una mujer pasó corriendo a su lado, perturbada y cerca de la histeria. El helicóptero volvió a descender hacia la calle, con los altavoces a todo volumen ordenando a la gente que regresara.

—¡Ley marcial! –gritó el conductor de un tráiler desde la cabina del semi. Un muro de gente se formaba en torno a ese camión, y Tom se quedó atrapado en medio. Lo habían empujado contra la rueda trasera, al congregarse la gente para oír las noticias.

—Lo acabo de oír en la banda ciudadana por mi radio –dijo el chofer–. Estos hijos de puta han declarado estado de sitio. No sólo en el túnel Holland. Han clausurado todos los puentes y los túneles, incluso el ferry de Staten Island. Nadie puede salir de la isla.

—¡Oh, Dios! –dijo la voz de un hombre detrás de Tom, grave pero llena de temor–. ¡Oh, Dios, es el wild card!

—Todos moriremos –profetizó una mujer–. Yo vi lo que pasó en el cuarenta y seis. No nos dejarán salir de aquí.

—Es culpa de esos jokers –sugirió un hombre que llevaba un traje de tres piezas–. Barnett tiene razón, no deberían vivir al lado de la gente normal, extienden la enfermedad.

—No –objetó Tom–. El wild card no es contagioso.

—Eso lo dirás tú. ¡Oh, Dios, es probable que ya todos lo hayamos contraído!

—Hay un portador –gritó el conductor, alzando la voz sobre los sonidos de su radio–. Un cabrón joker. Lo extiende doquiera que va.

—Eso no es posible –replicó Tom.

—¡Tú eres un jodido que ama a los jokers! –lo acusó alguien.

—¡Mis *bebés*! ¡Están en casa! –aulló una mujer joven.

—Tranquilícense... –empezó a aconsejar Tom, pero era demasiado tarde, por mucho.

Oyó alaridos, imprecaciones y obscenidades. La multitud explotaba, con gente corriendo en una docena de direcciones. Alguien lo golpeó con mucha fuerza. Tom se tambaleó, retrocedió, y cuando lo manotearon desde un lado se cayó al suelo. Casi perdió la maleta, pero se aferró a ella con todo lo que pudo, aun cuando una bota le aplastó la pantorrilla, lo que le causó mucho dolor. Pudo rodar hasta ponerse debajo del camión, entre la agitación de muchos pies. Reptó entre las ruedas del tráiler, arrastró el equipaje consigo, hasta salir del otro lado y ponerse de pie en la acera, bastante aturdido. Esto es una *locura del carajo*, pensó.

Al otro extremo de Canal Street, el helicóptero regresaba. Tom lo observó acercarse, mientras la multitud se alborotaba alrededor suyo. *El helicóptero los tranquilizará*, reflexionó, *tiene que hacerlo*.

Cuando empezaron a llover las bombas de gas lacrimógeno, dejando estelas de humo amarillento, Tom giró y se hundió en el primer callejón que encontró, en donde echó a correr.

El ruido fue apagándose en sus oídos a medida que iba corriendo por callejones y vías laterales. Había avanzado unas tres cuadras, y ya jadeaba cuando advirtió una puerta a un sótano que estaba abierta, bajo una librería. Titubeó un momento, pero cuando oyó el ruido de pies que corrían por la calle de la esquina, no quedó sino una elección posible.

Adentro del sótano hacía fresco. Estaba en silencio. Tom agradeció poder al fin soltar la maleta, y se sentó en el suelo con las piernas cruzadas. Se apoyó contra la pared e intentó escuchar. Las sirenas de alarma antiaérea al fin se callaron, pero se oían bocinazos, una ambulancia y el furioso griterío distante como un murmullo.

A la derecha oyó que un pie se arrastraba por el suelo. Su cabeza giró.

—¿Quién anda ahí?

Silencio. El sótano era oscuro y opresivo. Tom se puso de pie. Juraría que algo sonaba. Dio un paso adelante, pero se detuvo de pronto e inclinó la cabeza. No le quedó ninguna duda. Había gente ahí, atrás de esas cajas. Podía oírlos respirar.

Tom no quiso seguir adelante. Retrocedió hacia la puerta y aplicó un empujón telequinésico a las cajas. La pila completa se vino abajo, los cartones se abrieron y docenas de ejemplares en encuadernación brillante del libro *Más chistes asquerosos de jokers* cayeron como una cascada al suelo. Tras las cajas alguien gruñó de sorpresa y dolor.

Tom avanzó un poco y, usando sus manos, empujó las cajas de una pila que se agitaba un poco.

—¡No me hagas daño! —suplicó una voz bajo las cajas.

—Nadie te va a hacer nada –replicó Tom.

Alzó una caja rota, que derramó más libros sobre el suelo. Medio enterrado entre las cajas, un hombre se anillaba en posición fetal y se cubría la cabeza con las manos.

—Venga, sal de ahí.

—No estaba haciendo nada malo –musitó el hombre en el suelo, en voz muy fina–. Sólo quería esconderme.

—Yo también entré a esconderme –admitió Tom–. Está bien. Anda, sal de ahí.

El hombre se agitó, se desdobló y se puso de pie, en actitud precavida. Algo andaba terriblemente mal con su modo de moverse.

—No soy agradable de ver –advirtió en esa voz fina, como un ruido de hojas secas.

—No me importa –dijo Tom.

Con un extraño movimiento lateral, como de cangrejo, el hombre dio unos pasos adoloridos hacia la luz, y Tom lo pudo ver a su gusto. Un momento de repugnancia dejó lugar de inmediato a un sentimiento repentino y abrumador de lástima. Aun en la penumbra del sótano, apreciaba con cuánta crueldad había sido alterado el cuerpo del joker. Una pierna era mucho más larga que la otra, con tres articulaciones y vuelta hacia atrás, de modo que la rodilla se doblaba en la dirección contraria. La otra pierna, la "normal", terminaba en un pie equino. De la carne inflamada de su antebrazo derecho brotaba un cúmulo de minúsculas manos vestigiales. Su piel era, en distintos parches por todo su cuerpo, de color negro brillante, blanca como hueso, marrón como chocolate y roja como cobre, y era imposible determinar a qué raza habría pertenecido anteriormente. Sólo su cara era normal. Era un rostro hermoso, con ojos azules, rubio, fuerte. Cara de estrella de cine.

—Soy Malhecho –musitó el joker, tímido.

Pero al hablar, los labios de la cara de estrella de cine no se movían, y no se percibía vida en sus ojos azules, claros y profundos. Enseguida Tom notó la segunda cabeza, una horrenda cara de mono que se asomaba, cautelosa, de la camisa desabotonada. Salía torcida de la amplia barriga del joker, púrpura como un viejo moretón.

Tom tuvo náuseas. Se debió de haber expresado en su rostro, pues Malhecho se dio vuelta.

—Perdón –murmuró–. Mis disculpas.

—¿Qué pasó? –se forzó a preguntar Tom–. ¿Por qué te escondes aquí?

—Los vi –le contó el joker, dándole la espalda–. Eran varios, norms. Atraparon a un joker y lo estaban moliendo a golpes. Me habrían agarrado a mí también, pero me les escabullí. Decían que es culpa nuestra. Tengo que llegar a mi casa.

—¿Dónde vives? –le preguntó Tom.

Malhecho hizo un ruido húmedo y sordo que podía ser de risa, y giró un poco hacia su interlocutor. La cabecita se alzó para mirar a Tom.

—En Jokertown –dijo.

—Claro –comentó Tom, sintiéndose estúpido: ¿dónde carajos iba a vivir?–. Eso queda a pocas cuadras de aquí. Te acompaño hasta allí.

—¿Tienes carro?

—No –dijo Tom–. Tendremos que ir andando.

—Es que yo no puedo andar muy bien.

—Iremos despacio –propuso Tom.

◆

En efecto: despacio.

Ya se hacía de noche cuando por fin Tom emergió del refugio del sótano, con la mayor cautela. La calle llevaba horas de estar en silencio, pero Malhecho tenía demasiado miedo para aventurarse antes de que cayera la oscuridad.

—Me van a hacer daño –repetía.

Aun mientras anochecía, el joker se resistía a moverse, y Tom salió primero a explorar la calle. Había luces en algunos apartamentos, y oyó un televisor ruidoso en la ventana de un tercer piso. En la distancia, seguían sonando algunas sirenas de policía. Por lo demás, un silencio mortal. Dio la vuelta a la manzana poco a poco, avanzaba de un portal a otro como un soldado en una película de guerra. No había autos ni peatones, ni nada. Todas las tiendas estaban con las luces apagadas, cubiertas por rejas de acordeón y aseguradas mediante cerrojos de acero. Hasta los bares del barrio habían cerrado sus puertas. Vio algunas ventanas rotas, y al torcer una esquina, los restos carbonizados de un auto de policía con las ruedas hacia arriba, en medio de la intersección. Un enorme cartel publicitario de Marlboro había sido pintarrajeado en grandes letras rojas: MUERTE A TODOS LOS JOKERS, rezaba. Decidió no llevar a Malhecho por esa calle.

Cuando volvió, el joker lo esperaba. Había movido la maleta y la bolsa de papel cerca de la puerta.

—Te dije que no tocaras esto —dijo Tom, molesto, pero se sintió culpable tan pronto advirtió que Malhecho temblaba bajo su voz.

Recogió el bagaje.

—Vamos —propuso, y volvió a salir a la calle.

Malhecho lo siguió; ejecutaba a cada paso una grotesca danza de miembros retorcidos. Despacio, pero avanzaban. Con cada cuadra, la maleta se sentía más pesada.

Pararon junto a un contenedor de basura junto a Church Street a fin de recobrar el aliento. Un tanque pasó rodando junto a la boca del callejón, seguido por una media docena de Guardias Nacionales a pie. Uno de ellos echó un vistazo a la izquierda, vio a Malhecho y comenzó a alzar el rifle. Tom se incorporó y se puso frente al joker. Por un instante sus ojos y los del guardia se miraron: era apenas un muchacho, advirtió Tom, que no tendría más de diecinueve o veinte años. El chico se quedó mirando a Tom durante unos largos segundos, y por fin bajó el rifle, asintió con la cabeza y reanudó su camino.

Broadway estaba desierta, una visión rara. Una camioneta solitaria de policía se abría paso en un camino de obstáculos compuesto por autos abandonados. Tom la observó pasar mientras Malhecho se agazapaba detrás de unos botes de basura.

—Vamos —indicó Tom.

—Nos van a ver —objetó Malhecho—. No quiero que me hagan daño.

—No te harán nada —prometió Tom—. Mira qué oscuro está todo.

Iban a la mitad de la avenida, avanzando de un auto a otro, cuando de pronto, en silencio, se encendió el alumbrado público. Desaparecieron las sombras. Malecho soltó un ladrido de terror.

—Muévete —le urgió Tom.

Trataron de avanzar al otro lado de la calle.

—¡Alto ahí!

El grito los detuvo al borde de la acera. Casi, pensó Tom. Pero el "casi" sólo contaba si jugabas con herraduras o granadas. Se dio vuelta despacio.

El policía llevaba un tapabocas de gasa blanca, pero su tono era del todo profesional. La funda de su pistola estaba desabrochada, y ya tenía el arma en la mano.

—Oiga, no necesita... –arrancó Tom, nervioso.

—¡Cállate la boca, carajo! –dijo el policía–. Están violando el toque de queda.

—¿Toque de queda? –preguntó Tom.

—Oíste lo que dije. ¿No escuchan la radio? –preguntó, pero no esperó la respuesta–. Quiero ver identificaciones.

Tom bajó con cuidado su equipaje.

—Vengo de Jersey –explicó–. Iba de vuelta a mi casa, pero cerraron los túneles.

Sacó su cartera y se la entregó al policía.

—Jersey –dijo el policía, mientras examinaba la licencia de conducir antes de devolverle la cartera–. ¿Por qué no estás en la Autoridad de Puerto?

—¿Autoridad de Puerto? –repitió Tom, confuso.

—El centro de reubicación –masculló el policía.

Aunque su tono seguía siendo severo, resultaba obvio que no los consideraba una amenaza. Enfundó la pistola.

—Los de fuera de la ciudad deben reportarse a la Autoridad de Puerto. Ahí, si pasan el examen médico, les dan una tarjeta azul y los mandan a casa. Si estuviera yo en tu caso, me iría para allá de inmediato.

La terminal de autobuses de la Autoridad de Puerto era siempre un zoológico, aun en las mejores circunstancias. Tom se imaginó en qué condiciones se encontraría en aquellos momentos. Todos los turistas, más la gente que iba a Manhattan a trabajar, pero vivía fuera de la isla, y toda clase de visitantes estarían allí, junto con muchos residentes que se harían pasar por fuereños, todos esperando turno para el examen médico o luchando por conseguir asiento en uno de los autobuses que salían de la ciudad, con la policía y la Guardia Nacional tratando de mantener el orden. No hacía falta tener mucha imaginación para visualizar la pesadilla que tendría lugar en la Calle Cuarenta y Dos.

—No lo sabía. Iré para allá –mintió Tom– tan pronto ayude a este amigo a llegar a su casa.

El policía miró con dureza a Malhecho.

—Estás corriendo muchos riesgos, tú. Se supone que el portador es una especie de albino, y nadie ha dicho que tenga varias cabezas, pero en la oscuridad todos los jokers se parecen, ¿o no? Esos chicos de la Guardia Nacional andan muy tensos, además. Si se encuentran por ahí con un par como ustedes dos, podrían disparar antes y mirar las identificaciones después.

—¿Qué carajo está pasando? –inquirió Tom, sintiendo que las cosas en realidad estaban mucho peor de lo que se imaginaba–. ¿Qué es todo esto?

—Conviene encender la radio de cuando en cuando –comentó el policía–. Puede ayudar a que no te vuelen la cabeza de un tiro.

—¿A quién buscan?

—Un jodido joker ha estado extendiendo un nuevo tipo de wild card por toda la ciudad. Es un fenómeno de fuerza, dicen, y está loco. Muy peligroso. Y lleva un amigo con él, un as nuevo, al parecer, que luce normal pero las balas rebotan en su cuerpo. Si estuviera yo en tus zapatos, dejaría al monstruo y me apresuraría a llegar a la Autoridad de Puerto.

—Pero yo no hice nada malo –musitó Malhecho.

Su voz era débil, apenas audible, pero era la primera vez que se atrevía a hablar y el policía lo oyó.

—Cállate la boca, con un carajo. No estoy de humor para sufrir argumentos de jokers. Cuando quiera oírte hablar, te haré una pregunta.

Malhecho se acobardó. Tom se sintió escandalizado por el odio que expresaba la voz del policía.

—Oiga, no tiene derecho de hablarle así.

Un error. Un gran error. Por encima del tapabocas, los ojos del policía se entrecerraron, observándolo.

—¿Eso piensas? ¿Tú qué eres, uno de esos putos que andan cogiendo con jokers?

No, idiota de mierda, pensó Tom, furioso. *Soy la Tortuga, soy grande y poderoso, y si estuviera dentro de mi caparazón te tiraba a la basura, porque te lo mereces.* Pero en cambio dijo:

—Lo siento, oficial. No me lo tome a mal. Ha sido un día duro para todos, ¿no es así? Tal vez es mejor que nos pongamos en marcha.

Trató de sonreír mientras recogía la maleta y la bolsa de papel.

—Vamos, Malhecho –dijo.

—¿Qué llevas en esas cosas? –dijo de pronto el policía.

A Mod Man y ochenta mil dólares en efectivo, pensó Tom, pero no lo dijo. No pensaba haber roto ninguna ley, pero para decir la verdad tendría que escuchar preguntas que no estaba preparado para responder.

—Nada –repuso–. Algo de ropa.

Pero había tardado demasiado en contestar.

—Vamos a echar un vistazo –dijo el policía.

—No –barbotó Tom–. No puede. ¿No se necesita una orden judicial, o una causa probable, o algo así?

—Aquí tengo toda la causa probable que necesito –el policía sacó la pistola–. Estamos bajo ley marcial, y tenemos autoridad para matar a todo saqueador que detectemos en el acto. Pon las valijas en el suelo, poco a poco, cabrón, y hazte para atrás.

El momento pareció durar una eternidad. Entonces Tom obedeció.

—Más lejos –dijo el policía.

Tom se retiró a la acera.

—Tú también, monstruo.

Malhecho se puso al lado de Tom. El policía avanzó, se agachó y agarró una de las asas de la bolsa de papel para ver qué había adentro.

La cabeza de Modular Man salió volando disparada y le dio en la cara, aplastando su nariz con un crujido. El policía comenzó a sangrar, manchando su tapabocas. Lanzó un grito ahogado y dio varios pasos hacia atrás. La cabeza se lanzó directamente contra su panza, como una bala de cañón. El policía gruñó, sintiendo que sus pies desaparecían bajo su cuerpo, y cayó de culo contra el suelo.

La cabeza voló a su alrededor. Con las dos manos, el policía alzó la pistola y vació el cargador, destrozó una ventana en un segundo piso, mientras la cabeza tomaba vuelo y se le estrellaba contra la sien. El policía quiso golpearla con el cañón de la pistola, pero algo le arrancó el arma de la mano y la lanzó por una coladera.

—Hijo de puta –pudo articular el policía.

Trató de ponerse de pie, con ojos igual de vidriosos que los de

Modular Man. La nariz le seguía sangrando y el tapabocas estaba impregnado de rojo.

La cabeza volvió al ataque, y el policía logró agarrarla y detenerla a unos cuantos centímetros de la cara. El largo cable que colgaba del cuello cercenado cobró vida propia y se le metió como víbora por una de las fosas sangrantes. El policía pegó un grito y quiso agarrar el cable. La cabeza se impulsó y las dos frentes chocaron con fuerza. El agente de la ley de desplomó. La cabeza describió un círculo sobre él. Con un gemido, el policía rodó. No hizo ningún intento de moverse más.

Tom recuperó el aliento.

—¿Está *muerto*? –inquirió ansioso Malhecho.

El corazón de Tom seguía excesivamente acelerado por la adrenalina, y tardó un poco en poder escuchar las palabras del joker.

—¡Carajo! –exclamó.

¿Qué diablos había *hecho*? ¡Todo pasó tan rápido!

La cabeza de Mod Man cayó al suelo, rebotó en la coladera y rodó a un lado. Tom se arrodilló junto al policía caído y le tomó el pulso.

—Está vivo –dictaminó Tom–, pero respira mal. Tal vez esté conmocionado. Puede que tenga fracturado el cráneo.

Malhecho se acercó hasta situarse a su lado.

—Mátalo.

La cabeza de Tom se volvió de golpe y miró al joker, horrorizado.

—¿Estás loco?

La fea cabecita de mono color púrpura se estiraba todo lo que podía desde la camisa. En los labios delgados brillaba la humedad.

—Él iba a matarnos. Tú lo oíste, oíste lo que dijo, los nombres con que nos llamó. No tenía derecho. Mátalo.

—Claro que no –dijo Tom.

Se levantó y se limpió las manos en los jeans compulsivamente. Ya se le había pasado la euforia, y se sentía más bien enfermo.

—Él sabe quién eres –susurró Malhecho.

A Tom se le había olvidado ese detalle; el policía había visto su licencia de conducir.

—Joder joder *joder* –juró.

—Te andarán buscando –insistió Malhecho–. Saben que fuiste tú, y vendrán por ti. Mátalo. Hazlo. No se lo diré a nadie.

Tom retrocedió, meneando la cabeza.

—No.

—Entonces yo lo hago –declaró Malhecho.

Los labios dejaron al descubierto una hilera de afilados dientes amarillos, y la cara arrugada se disparó hacia abajo, a la garganta del policía. La camisa de Malhecho se aflojó en el lugar donde tenía la panza. La cabeza de mono se puso a trabajar sobre los tejidos blandos bajo el mentón de su víctima, al otro extremo de una extensión de un metro de largo de tubo translúcido conectada al torso del joker. Tom oyó ruidos húmedos y voraces de succión. Los pies del policía se agitaron, débiles. Brotó sangre. Malhecho tragaba y chupaba, y por la carne vidriosa de su cuello empezó a viajar un líquido rojo.

—¡No! –gritó Tom–.¡Para!

La cara de mono seguía comiendo, pero la segunda cabeza, arriba del cuerpo del joker, con cara de estrella de cine, se volvió para mirar a Tom con sus ojos azules, y le sonrió con expresión beatífica.

Tom buscó con su telequinesia a Malhecho, pero no encontró nada en su mente. La furia que lo desbordó cuando el policía los amenazaba se había esfumado; solamente quedaba horror y miedo, y sus poderes lo abandonaban siempre que sentía temor. Se quedó de pie, incapaz de moverse, abría y cerraba las manos al tiempo que Malhecho devoraba con dientes crueles y filosos como navajas.

Por fin logró reaccionar y de un brinco agarró al joker por detrás, rodeó el torso deformado con los brazos y jaló para separarlo de su víctima. Forcejearon durante un momento. Tom estaba pasado de peso, y no en buena forma, y en todo caso nunca había sido fuerte, pero el cuerpo del joker era tan débil como grotesco y se tambalearon hacia atrás. Malhecho trataba de librarse de los brazos de Tom, hasta que la cabeza tuvo que soltarse de la garganta del policía, con un chasquido. El joker se puso rabioso, y con un ruido sibilante enroscó el largo cuello sobre el hombro, y lo miró con ojos enloquecidos de frustración desde la cara embarrada de sangre. Los dientes enrojecidos lanzaban mordiscos, pero el cuello no tenía alcance suficiente.

Tom lo hizo girar y lo empujó. Las piernas mal hechas del joker se enredaron con las suyas, lo que lo hizo tropezar y caer al arroyo.

—¡Lárgate de aquí! –vociferó Tom–. Vete ahora mismo, o te daré una dosis de lo mismo que le hice a él.

Malecho siseaba como serpiente y movía la cabeza de un lado a otro. De pronto, la sed de sangre desapareció tan súbitamente como había surgido, y el joker volvió a encogerse de miedo.

—Por favor, no –musitó–, sólo trataba de ayudar, señor, no me haga daño.

Hundió de nuevo el cuello en la camisa poco a poco, el regreso de una larga y gruesa anguila de vidrio a su guarida, hasta que no quedó más que la carita acobardada asomada de la camisa, temblando entre los botones. Malhecho se había puesto de pie. Le lanzó a Tom una última mirada de súplica y se echó a correr, con los brazos y las piernas moviéndose en una coreografía grotesca.

Tom logró detener la hemorragia del policía con un pañuelo. Todavía tenía pulso, pero lo sintió débil. Era obvio que el hombre había perdido mucha sangre. Esperaba que no fuese demasiado tarde.

Miró los autos abandonados a su alrededor y se acercó a uno que le pareció posible tomar prestado. Joey le había mostrado alguna vez cómo arrancar el motor sin llaves. Esperaba acordarse todavía.

♠

En la sala de espera de la clínica de Jokertown no había dónde sentarse. Tom colocó su maleta apoyada en la pared y se sentó en ella. Se puso entre las piernas la bolsa de papel, con la ensangrentada cabeza de Modular Man adentro. En la ruidosa sala hacía calor. No hizo caso de la gente atemorizada que colmaba el lugar, ni de los gritos de dolor del cuarto de al lado, y se quedó con la mirada puesta en los mosaicos del piso, mientras trataba de no pensar en nada. Debajo de la careta de rana el sudor le cubría la piel.

Llevaba media hora de espera cuando entró un vendedor de periódicos gordo, que mostraba colmillos de jabalí y vestía una camisa hawaiana y un sombrero pork pie. Llevaba bajo el brazo un montón de periódicos. Tom compró un ejemplar del *Grito de Jokertown*, se sentó en la maleta y se puso a leer. Leyó todas las noticias de todas las páginas, y al terminar empezó de nuevo.

Los encabezados no hablaban sino de la ley marcial y de la cacería por toda la ciudad de Croyd Crenson. Croyd el Apestado, lo llamaba el *Grito*; cualquier contacto con él representaba un riesgo de contraer el wild card. Era natural la ola de pánico. El doctor Tachyon había dicho a las autoridades que era una forma mutante del virus, con la capacidad de reinfectar incluso a los ases y jokers estables.

La Tortuga podría capturarlo, pensó Tom. Cualquier otro, ya fuera policía, guardia o as, se arriesgaba a infectarse y morir si trataba de aprehenderlo, pero la Tortuga podía traerlo con perfecta seguridad, tan fácil como comer dulces. No le era necesario acercarse demasiado para que sus poderes de telequinesis funcionaran, y el caparazón le confería abundante protección. Sólo que no tenía caparazón, y la Tortuga no existía ya.

Tras los disturbios del túnel Holland, sesenta y tres personas habían necesitado atención médica. Los daños materiales se calculaban en más de un millón de dólares, según el periódico.

La Tortuga podía haber disipado a la multitud sin lastimar a nadie. Era suficiente *hablar* con ellos, tomarse el tiempo de calmar sus miedos, y si las cosas se salían de su cauce, apartarlos usando telequinesis. No hacían falta ni pistolas ni gases lacrimógenos.

Por toda la ciudad había reportes de violencia contra los jokers. Dos jokers muertos, y una docena más hospitalizados eran el saldo de palizas y pedradas.

Se reportaban saqueos extendidos por buena parte de Harlem.

El local del cuartel general de Jokers por Jesús fue destruido por un incendio provocado. Los bomberos que respondieron a la alarma fueron recibidos con una lluvia de tabiques y excremento de perro.

Leo Barnett rezaba por las almas de los infectados y exigía una cuarentena en nombre de la salud pública.

Una estudiante de veinte años de Columbia había sido víctima de una violación tumultuaria sobre una mesa de billar en el Sótano de Squisher. Más de una docena de jokers había observado la violación desde el bar, sentados en sus bancas, y la mitad de ellos estaba esperando su turno para cuando terminaran los primeros violadores. Alguien les había dicho que si tenían comercio sexual con esa mujer se curarían de sus deformidades.

La Tortuga había muerto. Y Tom Tudbury estaba sentado en una maleta vieja y desastrada que contenía ochenta mil dólares en efectivo, en medio de un mundo de una locura cada vez más delirante.

Ni todos los caballos ni todos los hombres del rey, volvió a pensar.

Estaba por terminar su tercer repaso al periódico cuando una sombra cayó sobre el papel. Tom alzó la vista y vio a la corpulenta enfermera negra que le había ayudado a cargar al policía desde el auto.

—El doctor Tachyon lo recibirá ahora –le anunció.

Tom la siguió a un pequeño cubículo en la sala de emergencias, donde encontró a un fatigado Tachyon sentado tras un escritorio metálico.

—¿Y bien? –preguntó Tom una vez ida la enfermera.

—Vivirá –dijo Tach.

Los ojos color lila observaron los rasgos verdes y gomosos de la careta de Tom.

—Estamos obligados por la ley a presentar un reporte en este tipo de casos. La policía deseará interrogarlo cuando haya pasado la crisis. Necesitamos su nombre.

—Thomas Tudbury –repuso Tom. Se quitó la careta y la dejó caer al suelo.

—¡Tortuga! –murmuró Tach, muy sorprendido, mientras se levantaba.

La Tortuga ha muerto, pensó Tom, pero no lo dijo en voz alta. El doctor Tachyon frunció el ceño y lo miró inquisitivo.

—Tom, ¿qué pasó allá afuera?

—Es una historia larga y fea. Si quieres, entra en mi jodido cerebro y tómala ahí. No quiero hablar del tema.

Tach lo miró con expresión pensativa. De pronto hizo un gesto de dolor y volvió a su asiento.

—Al menos –declaró Tom–, con el cabrón del Astrónomo uno podía distinguir entre los buenos y los malos.

—Él tiene tu nombre –dijo Tach.

—Uno de mis nombres. ¡A la mierda! Necesito que me ayudes.

Tach seguía unido a su mente, y alzó la vista con expresión adusta.

—Eso no lo haré.

Tom se alzó sobre el escritorio y se acercó al hombre menudo.

—Sí que lo harás –afirmó–. Me debes, Tachyon. No hay manera de que yo pueda matarme si no me ayudas.

Mortalidad

por Walter Jon Williams

CORREN PROGRAMAS.

La conciencia trazó una trayectoria como un rayo cruzando su mente. Llegaba por rachas, como líneas de texto de una impresora láser muy rápida... no, era algo más complejo: un maestro tejedor confeccionaba el tapiz más grande e intrincado del universo en cuestión de segundos, y todo lo hacía dentro de su cerebro.

Abrió los ojos. El fuego de Santelmo brillaba frente a él como una aurora polar. Sus oídos fueron asaltados por un ruido de gritos. Ondas subsónicas le surcaron el cuerpo como olas de un tsunami.

Los ruidos se apagaron. Los circuitos internos efectuaron verificaciones a la velocidad de la luz. El radar pintó una imagen en su cerebro y la puso sobre las impresiones visuales.

—Todos los sistemas monitoreados funcionando –se oyó decir.

Las fluorescencias de Santelmo se desvanecieron, para revelar unas vigas vencidas en el techo, un tragaluz abierto a medias, con el vidrio pintado de negro por dentro, diagramas pegados de cualquier manera en las paredes, cables eléctricos colgando por doquier. Laboriosos, los ventiladores eléctricos hacían circular el aire. Algo se movió en la habitación, detectado primero por el radar, enseguida por la visión. Reconoció la figura del hombre alto de pelo blanco con nariz de halcón y ojos despectivos: Maxim Travnicek. Una sonrisa frígida curvaba los labios de Travnicek. Habló con acento de algún país de Europa del Este:

—Bienvenido, Tostador. Te espera la tierra de los vivos.

—Exploté –enunció Modular Man, tras examinar con fría imparcialidad la cuestión, al tiempo que se ponía un traje de una pieza. Una mosca zumbó a lo lejos.

—Explotaste –confirmó Travnicek–. Modular Man, el androide invencible, se hizo volar en pedazos. En la gran batalla de Aces High, contra el Astrónomo y los Masones Egipcios. Por fortuna, tenía un respaldo con toda tu memoria.

Por los interruptores microatómicos del androide pasaron los recuerdos. Modular Man reconoció el nuevo loft de Travnicek en Jokertown, al que se tuvo que mudar cuando lo echaron de una casa más amplia que alquilaba en las calles bajas del lado este. Hacía un calor agobiante, y los ventiladores eléctricos conectados a los cables de extensión no contribuían mucho a crear un ambiente de hogar. Partes del equipo, los grandes generadores de flujo y las computadoras, se amontonaban en plataformas de construcción casera y estantes de madera contrachapada sin terminar. Las ondas ultrasónicas habían reventado los tubos de imagen de dos de los monitores.

—¿El Astrónomo? –dijo–. Nadie lo había visto en meses. No me acuerdo de que haya regresado.

Travnicek hizo un gesto con la mano como para aclarar la cuestión.

—Ese combate tuvo lugar después de la última actualización de tu memoria.

—¿Exploté? –volvió a preguntar el androide, a quien no le agradaba pensar en eso–. ¿Cómo fue posible que explotara yo?

—Exactamente. Una enorme sorpresa para los dos, tú y yo. Se supone que un horno de microondas semiinteligente no debería explotar.

Travnicek estaba sentado en una silla de plástico de tercera mano, con un cigarrillo en la mano. Lucía más delgado que antes, los ojos enrojecidos hundidos en sus cuencas. Se veía varios años más viejo. Su pelo liso, que solía llevar peinado hacia atrás desde la frente, estaba desarreglado en mechones. Por lo que se veía, se cortaba el pelo él solo. Iba vestido con unos pantalones de tienda del ejército demasiado grandes, color verde olivo, y una camisa formal, con escarolas al frente color crema, que ostentaba manchas de comida. No llevaba corbata.

El androide no había visto nunca a Travnicek sin corbata. Algo había debido sucederle, se dio cuenta. Enseguida se produjo un pensamiento aterrador en su mente.

—¿Cuánto tiempo llevo…?

—¿Muerto?

—Sí.

—Explotaste el último Día Wild Card. Hoy es quince de junio.

—¡Nueve meses! –dijo el androide, horrorizado.

Travnicek se mostraba irritado. Tiró su cigarro al piso de madera contrachapada y lo aplastó con el pie.

—¿Cuánto tiempo crees tú que toma construir una licuadora dotada de poderes como los tuyos? Santo Jesús, nada más descifrar las notas que tomé la última vez me llevó varios meses –declaró Travnicek, mientras señalaba a sus alrededores con un ademán amplio de la mano–. Mira este lugar. He estado trabajando noche y día.

Había envoltorios de comida por todas partes, una variedad desconcertante que representaba sobre todo platillos chinos, pizzas y Kentucky Fried Chicken. Entre los paquetes volaban las moscas. Dentro de y entre los cartones había restos de comida, papeles de bloc amarillo, trozos de bolsas de papel, cartones de cigarros desechados e interiores de cajitas de cerillos. Todo con notas que Travnicek se dejaba a sí mismo durante la fiebre de la construcción, la mitad de ellas tiradas por el suelo y cubiertas de pisadas. Los ventiladores eléctricos que usaba Travnicek para mover el aire estancado contribuían a la tarea de dispersarlas por todas partes.

Travnicek se levantó y se dio vuelta, encendió otro cigarro.

—Este lugar necesita una buena limpieza –dijo–. Ya sabes dónde encontrar la escoba.

—Sí, señor –se resignó Modular Man.

—Después de pagar la renta de este cuartucho de mierda me quedan sólo cincuenta dólares. Suficiente para una pequeña celebración –declaró Travnicek, haciendo sonar unas monedas en los bolsillos–. Tengo que hacer una breve llamada por teléfono. Tú no eres el único que tiene novias.

Modular Man volvió a hacer sus verificaciones internas y se miró el cuerpo, cubierto por su overol con el cierre subido a medias.

Nada parecía estar fuera de lugar.

Sin embargo, pensó, algo no andaba como era debido. Fue a buscar la escoba.

Media hora después, cargando dos bolsas de plástico llenas de los empaques de comida, el androide abrió el tragaluz, flotó a través de él, cruzó la azotea y se dejó caer por el conducto de aire que conducía al callejón trasero. Su propósito consistía en tirar la basura en un contenedor que, según sabía, se encontraba allí.

Los pies se posaron en concreto quebrado. Del callejón salían ruidos: una respiración profunda, un gemido gutural. También un sonido extraño, lírico, como canto de pájaro.

En Jokertown los ruidos podían significar cualquier cosa. La víctima de un ataque, que sangraba apoyada en una pared; el triste y horroroso joker Mocomán tratando de respirar; un drogadicto desmayado que soñaba sus pesadillas; un cliente de Freakers demasiado borracho, o movido por visiones asquerosas, vaciando su estómago...

El androide era precavido. Sin hacer ruido, dejó las bolsas de basura en el suelo y flotó en silencio a un metro de la superficie. Colocó su cuerpo en horizontal y examinó el callejón.

La respiración profunda provenía de Travnicek. Tenía a una mujer contra la pared, a la que acometía con los pantalones bajados alrededor de los tobillos.

La mujer llevaba puesta una elaborada máscara sobre la parte inferior de la cara: era una joker. La mitad de arriba del rostro no estaba desfigurada, pero tampoco era bonita. No era joven. Vestía un top de tubo, reluciente chamarrita plateada y minifalda roja. Sus botas de plástico eran rojas. Los gorjeos salían de debajo de la máscara. Seguramente por un ratito en el callejón le cobraría a Travnicek unos quince dólares.

Travnicek masculló algo en checo. El rostro de la mujer estaba impávido y contemplaba el callejón con ojos soñadores. El sonido musical parecía ser algo constante en ella, no relacionado con sus acciones. El androide decidió que no le interesaba seguir viendo eso.

Dejó las bolsas de basura en el conducto de aire. Los gorjeos de la mujer lo perseguían como una bandada de pájaros.

Alguien había pegado un cartel rojo, blanco y azul sobre la cabina de plástico del teléfono público: BARNETT PARA PRESIDENTE. El androide no sabía quién era Barnett. Con sus dedos de plástico tocó la ranura para monedas del aparato. Se oyó un chasquido y enseguida sonó la señal para marcar. Tiempo atrás había descubierto el androide su afinidad con los equipos de comunicación.

—¿Hola?

—¿Alice? Habla Modular Man.

Se produjo una breve pausa.

—No tiene la menor gracia.

—De verdad. Soy Modular Man. He vuelto.

—¡Modular Man *explotó*!

—Mi creador me ha vuelto a construir. Tengo la memoria original casi completa.

Los ojos del androide escudriñaron la calle de arriba abajo. Para una cálida tarde de junio, casi no se veía gente en la calle.

—En mi memoria tú eres una persona muy destacada, Alice.

—Oh, Dios.

Otra pausa, más larga. El androide pudo ver que los escasos transeúntes andaban lo más lejos posible unos de otros. Uno de ellos se cubría medio rostro con un tapabocas de gasa. En el asfalto se movían muy pocos automóviles.

—¿Podemos vernos? –preguntó él.

—Ya sabes que tú también fuiste alguien muy importante para mí.

—Qué alegría, Alice.

El androide presintió la proximidad de un desastre al sentir que ella lo ubicaba en tiempo pasado.

—A lo que me refiero es que todos los hombres con quienes he estado me hacían tantas demandas. Querían esto, querían lo otro. Ninguno tenía tiempo para saber qué quería *Alice*. Entonces te conocí: alguien que me concedía todo el espacio que necesitaba, alguien que no me pedía nada, porque no podía querer nada, porque era una *máquina*, sabes, y me llevaba a cenar a las mejores mesas de Aces High, y me hacía bailar y volar con la luna…

Otra pausa, más breve.

—Fuiste de verdad importante para mí, Mod Man. Pero no te puedo ver. Me he casado.

Una sensación palpable de pérdida recorrió sus interruptores microatómicos como nieve arrastrada por el viento.

—Me alegro por ti, Alice.

Un jeep de la Guardia Nacional pasó en evidente función de patrullaje. Lo tripulaban cuatro guardias con uniforme de combate. Modular Man, que había establecido buenas relaciones con los guardias en el ataque del Enjambre, los saludó con la mano. El jeep aminoró su velocidad, y los de a bordo lo miraron sin modificar la expresión en los rostros. A continuación, aceleró y siguió su camino.

—Creía que habías *muerto*. ¿Sabes?

—Te comprendo –declaró él, sintiendo que su voz no sonaba muy resuelta–. ¿Te puedo llamar más tarde?

—Sólo al trabajo –respondió ella de inmediato–. Si me llamas a casa, Ralph me va a interrogar. Sabe mucho sobre mi pasado, pero mi relación con una máquina le resultaría algo demasiado raro. Yo sé que fue algo bueno, y tú también lo sabes, pero me imagino que no es fácil explicárselo a nadie.

—Comprendo.

—Él es tolerante sobre diferencias en estilos de vida, pero no sé si toleraría una diferencia en *mí*. Sobre todo si es algo de lo que nunca ha sabido, que ni siquiera se le ha ocurrido.

—Te llamaré, Alice.

—Adiós.

Ella cree que yo nunca he querido nada para mí, pensó el androide al colgar el teléfono. Por alguna razón, eso era lo que le entristecía más que nada.

Sus dedos volvieron a tocar la rendija de monedas y marcó un número de California. El teléfono sonó dos veces antes de que una grabación le dijera que el número había sido desconectado. Cyndi se habría mudado. Tal vez, pensó, podría llamar a su agente más tarde.

Marcó a continuación un teléfono de New Haven.

—Hola, Kate –saludó.

—¡Oh!

Oyó el ruido de alguien que inhala humo de un cigarro. Al volver a sonar la voz, tenía un claro timbre de alegría.

—Siempre creí que alguien iba a volver a ensamblarte un día.

Sintió una corriente de alivio.

—Alguien lo ha hecho. Espero que esta vez sea algo definitivo.

Oyó una risa suave.

—Un buen hombre se levanta después de que lo derriban.

El androide reflexionó un momento.

—Podríamos vernos, tal vez –sugirió.

—No voy a viajar a Manhattan. Los puentes están cerrados, en todo caso.

—¿Puentes cerrados?

—Puentes cerrados, sí. Ley marcial. Pánico en las calles. Oye, realmente no estás al tanto de nada, ¿verdad?

Modular Man volvió a mirar la calle a ambos lados.

—Supongo que no.

—Hay un nuevo brote de wild card, sobre todo en la parte baja de Manhattan. A centenares de personas les ha tocado la Reina Negra. Es una forma mutante. Se supone que la fuente de contagio es un portador llamado Croyd Crenson.

—¿El Durmiente? He oído su nombre.

Kate le dio otra chupada a su cigarro.

—Han cerrado los puentes y los túneles para evitar que salga de la isla. Declararon estado de sitio.

Eso explicaba la presencia de la Guardia Nacional en las calles.

—Ya me parecía que había poca actividad –comentó Modular Man–. Pero nadie me dijo nada.

—Increíble.

—Supongo que cuando estás muerto –postuló el androide, con voz hueca– no tienes modo de ver las noticias.

Meditó en el tema durante unos segundos. Enseguida, quiso pasar a cuestiones más alegres.

—Yo sí puedo visitarte. Volando. A mí no pueden detenerme los retenes.

—Pero podrías ser... –comenzó ella, y tuvo que carraspear–. Pudiera darse el caso de que tú fueras portador, Mod Man.

Hizo un intento por reír. Añadió:

—Convertirme en joker arruinaría de verdad mi floreciente carrera académica.

—No puedo ser portador. Soy una máquina.

—¿Oh? –replicó ella, sorprendida–. A veces se me olvida.

—Entonces, ¿voy?

—Hum... –reflexionó Kate–. Será mejor que no. No, hasta después de que pasen los exámenes.

—¿Exámenes?

—Necesito pasar tres días encerrada en un infierno muy pequeño e incómodo, con los más aburridos poetas romanos. Pensándolo despacio, parece toda una experiencia. Estoy estudiando como loca.

De verdad no puedo permitirme hacer vida social hasta que saque mi título.

—Oh. Bueno, ya te llamaré luego, ¿te parece bien?

—Tendré grandes deseos de verte. Adiós.

Modular Man colgó el teléfono. Por su mente pasaron otros números, pero los primeros tres ya resultaban suficientes en términos de desaliento. No quiso seguir intentando.

Miró la calle casi vacía. Siempre podría ir a Aces High y encontrar a alguien, pensó.

Aces High. Donde había muerto.

Algo frío tocó su mente. De pronto, ya no quería ir a Aces High en absoluto.

Pero enseguida decidió que era preciso saber.

Con el plato de radar girando, se elevó en silencio por el aire.

El androide aterrizó en el mirador abierto. Hiram Worchester, de pie en medio de la sala, se dio vuelta de pronto, con el puño alzado… Sus ojos parecían hoyos oscuros en su rostro pálido y fofo. Miró a Modular Man un buen rato, como si tratara de reconocerlo, y a continuación tragó saliva, bajó la mano y logró hacer aparecer una sonrisa en su rostro.

—Siempre pensé que te reconstruirían –afirmó.

El androide sonrió también.

—Me vencieron –admitió–. Pero estoy funcionando.

—Hace bien oírte decir eso –dijo Hiram, con una risa metálica que parecía salir del altavoz de una antigua victrola–. En todo caso, no es a diario que un cliente habitual regresa de los muertos. Tus bebidas y tu próxima comida, Modular Man, van por cuenta de Aces High.

Además de Hiram, el restaurante estaba casi desierto: sólo vio a Correparedes y a otros dos parroquianos.

—Gracias, Hiram.

El androide se acercó al bar y puso un pie en el riel. El gesto le era familiar, cálido, agradable y hogareño. Sonrió al cantinero, a quien no había visto antes, y ordenó:

—Un zombi, por favor.

Atrás de él, Hiram hizo un ruido como si se atragantara. El androide se volvió a mirar al gordo.

—¿Algún problema, Hiram?

Hiram le ofreció una sonrisa nerviosa.

—Para nada.

Se ajustó la corbata de moño y se limpió de la frente un sudor imaginario. Hablaba en tono forzado. Sonaba como si le costara mucho trabajo articular sus palabras.

—Durante varios meses guardé partes tuyas aquí –le contó Hiram al androide–. Tu cabeza quedó más o menos intacta, pero no hablaba. La guardaba esperando que apareciese tu creador y supiera cómo volver a ensamblarte.

—Él prefiere permanecer en secreto. No le gusta aparecer en público. Pero no dudo que se alegrará de recibir las piezas.

Hiram lo miró con ojos profundos y muertos.

—Lo siento mucho, pero alguien se las robó. Supongo que sería algún coleccionista de recuerdos.

—Oh. Qué decepción para mi creador.

—Su zombi, señor –dijo el cantinero.

—Gracias.

El androide observó que una fotografía autografiada del senador Hartmann, que antes se encontraba en un rincón, había sido reubicada en un lugar muy prominente sobre la barra.

—Te ruego que me disculpes, Modular Man –se excusó Hiram–, pero en verdad necesito estar en la cocina. El tiempo y los *rognons sautés au champagne* no esperan a nadie.

—Suena delicioso –concedió el androide–. Tal vez pida tus *rognons* para cenar. Aunque no sé qué son.

Se quedó mirando a Hiram, que desplazaba su masa hacia la cocina. Algo andaba mal con Hiram, pensó, algo que desafinaba en su modo de reaccionar. La palabra *zombi*, el extraño comentario sobre la cabeza. Parecía estar hueco, de algún modo. Como si su enorme cuerpo se estuviera consumiendo desde el interior. Era del todo distinto de lo que recordaba Modular Man.

También Travnicek. De hecho, todos con quienes había hablado.

Por su mente sopló un aire helado. Quizá sus percepciones anteriores fuesen defectuosas, y su memoria grabada se deformara por la acción no intencional de un sesgo cibernético. Pero era igual de probable que las nuevas percepciones tuvieran la culpa. Tal vez el trabajo de Travnicek tenía fallas.

Tal vez iba a explotar de nuevo.

Se alejó de la barra y se aproximó a Correparedes. Él era cliente fijo de Aces High, un hombre negro de treinta y tantos años de edad, sin ocupación conocida, a quien el wild card le había otorgado el don de andar por las paredes y los techos. Llevaba una máscara de dominó de tela que hacía poco por ocultar sus rasgos. Por lo visto, tenía recursos monetarios amplios, y al androide le pareció que ofrecía un prospecto de compañía agradable. Nadie sabía cómo se llamaba. Correparedes alzó la vista y se sonrió.

—Hola, Mod Man. Luces bien.

—¿Puedo acompañarte?

—Espero a alguien –advirtió con una voz que a Modular Man le sonaba con un leve acento de las Indias Occidentales–. Pero me puedes acompañar en lo que llega.

Modular Man tomó asiento. Correparedes lo miró sobre el borde de su tarro de porter Sierra.

—No te había visto desde que… explotaste –comentó, meneando la cabeza–. ¡Menudo lío aquello, hombre!

Modular Man tomó sorbitos de su zombi. Los receptores de gusto de su cerebro produjeron un sonido cataclísmico nulo.

—Me pregunto si tú podrías contarme lo que sucedió aquella noche.

El radar del androide le pintó una imagen de Hiram que se asomaba al bar, miraba ansioso a derecha e izquierda, y volvía a desaparecer.

—Oh. Bueno. Me atrevo a suponer que tú no lo recuerdas, ¿verdad? –reflexionó, frunció el ceño–. Creo que fue un accidente. Querías rescatar a Jane del Astrónomo y te cruzaste en el camino de Croyd.

—¿Croyd? ¿El mismo Croyd que anda…?

—…¿esparciendo el virus? Sí. El mismo caballero. Tenía el poder de… aflojar el metal, o alguna otra locura. Trataba de usar ese poder contra el Astrónomo, y no pudo controlarlo bien y te golpeó a ti. Te derretiste como si fueras de goma, y empezaste a disparar gas lacrimógeno y humo, hombre. Unos segundos después, explotaste.

Modular Man guardó silencio unos instantes mientras sus circuitos examinaban posibilidades.

—El Astrónomo ¿estaba hecho de metal?

—No. Solamente era un viejo, de aspecto frágil.

—Entonces el poder de Croyd de nada hubiera servido, de cualquier modo. No contra el Astrónomo.

Correparedes alzó las manos.

—Hombre, todos estaban disparando con todo lo que tenían. Teníamos aquí adentro un *elefante* adulto. Luces apagadas, el lugar lleno de gases lacrimógenos...

—Y Croyd aplicó un talento de wild card que solamente funcionó contra mí.

Correparedes se alzó de hombros. Los otros dos clientes se apartaron del bar. Modular Man se puso a pensar un poco.

—¿Y quién es esa Jane?

Correparedes lo miró.

—¿Tampoco te acuerdas de ella?

—No creo.

—Se suponía que tú eras su guardián. Le dicen Water Lily, hombre.

—¡Oh! –suspiró el androide, sintiendo un alivio relativo al oír algo que podía recordar, por fin–. La conocí muy brevemente. Durante el operativo contra los Cloisters. Sin embargo, pensé que su nombre real era Lirio.

¿No nos conocimos en la fuga del simio?, le había preguntado él. No la había vuelto a ver. Tal vez ella tuviera respuestas para sus preguntas.

—Hombre, por lo que sé, ella prefiere que la llamen Jane. Mientras estuvo trabajando aquí, ése era el nombre que usaba.

Yo no tengo nombre, pensó de pronto el androide. *Tengo una etiqueta, Modular Man, pero eso es una marca comercial, no es nombre de persona, como Bob o Simon o Michael. A veces la gente me llama Mod Man, pero porque les parece más fácil. La verdad es que no tengo nombre.*

Se le llenó la mente de tristeza.

—¿Tú no sabes cómo localizar a esta Jane? –le preguntó a su amigo–. Me gustaría preguntarle algunas cosas.

Correparedes se rio en voz baja.

—¡Hombre! Tú y media ciudad. Ha desaparecido, y es probable que haya huido para salvar su vida. Lo que se dice es que ella puede curar a las víctimas de Croyd.

—Ah, ¿sí?

—Cuando se los coge.

—Oh.

En las corrientes del pensamiento del androide los hechos formaban remolinos de desesperación. Nada de lo que oía tenía el menor sentido. Croyd lo había hecho explotar, y extendía la muerte por toda la ciudad; la mujer que podía curar el daño infligido por Croyd se había esfumado; Hiram y Travnicek se comportaban de manera rara, y Alice se había casado.

El androide miró con la mayor atención a Correparedes.

—Si todo esto que me cuentas forma parte de una especie de broma rara —conminó con expresión de gran seriedad—, dime ahora mismo. De lo contrario, estoy dispuesto a hacerte mucho daño.

Los ojos de Correparedes se dilataron. El androide tuvo la sensación de que el hombre no estaba demasiado intimidado.

—Nada de lo que te cuento es fantasía, Mod Man. Croyd anda repartiendo Reinas Negras. Water Lily ha huido, hay estado de sitio.

De pronto se oyeron gritos en la cocina.

—¡No sé adónde fue, carajo! —estalló la voz de Hiram—. ¡Se fue, y ya!

—¡Él te andaba buscando a ti!

Se oyó un estruendo de una pila de cazuelas al caer al suelo.

—*¡No sé! ¡No sé! ¡Se fue, carajo!*

—¡Él no se iría a ningún lado sin mí!

—¡Se fue y nos dejó a los dos!

—¡*Jane* no puede haberse ido!

—¡Los dos se fueron, nos abandonaron!

—¡No te creo!

Más estruendo de cazuelas.

—*¡Vete! ¡Vete! ¡Fuera de aquí!*

La voz de Hiram era ya un alarido. De pronto apareció, salió en estampida de la cocina con un hombre en los brazos, un hombre de aspecto asiático con uniforme de chef. No parecía pesar más que una pluma.

Hiram lanzó al hombre contra la puerta de salida, pero como no pesaba lo suficiente, el impacto no tuvo la fuerza para abrirla, y empezó a deslizarse al suelo. La cara de Hiram se encendió, corrió hacia la puerta y sacó de un empellón al otro del restaurante.

El restaurante se llenó de silencio, interrumpido sólo por la respiración entrecortada de Hiram. El restaurantero echó una mirada desafiante al bar y se metió en su oficina.

Uno de los clientes pagó apresuradamente su consumo y se fue.

—Maldita sea –dijo el otro cliente, un hombre que no parecía encontrarse a gusto en sus ropas bien cortadas–. Me pasé *veinte años* esperando para poder entrar a este lugar, y mira nada más lo que me encuentro cuando por fin llego.

Modular Man miró a Correparedes. El negro sonrió con tristeza:

—En todas partes se han echado a perder las costumbres.

El androide derivó un curioso sentido de confort de la escena. Hiram sí había cambiado. Lo que él percibía no estaba causado por un error de programación.

Volvió a enfocar su mente en el Día Wild Card. Los circuitos recorrieron posibilidades.

—¿Tú crees que Croyd haya estado trabajando para el Astrónomo?

—¿En el Día Wild Card? –aclaró Correparedes, que pareció encontrar interesante esa idea–. Él es una especie de mercenario, es posible. Pero el Astrónomo mató a casi todos los elementos de sus fuerzas, un verdadero baño de sangre, hombre, y Croyd ahí sigue.

—¿Cómo es que sabes tanto de Croyd?

—Hombre, mantengo una oreja pegada al piso –dijo Correparedes sonriendo.

—¿Qué aspecto tiene?

Modular Man tenía el propósito de evitarlo.

—No puedo darte una descripción de su aspecto actual. Este tipo cambia todo el tiempo de aspecto y de poderes, ¿entiendes, hombre?, ése es su wild card. La última vez que apareció alguien andaba con él, una especie de guardaespaldas, y nadie sabe quién es quién. Uno de ellos, Croyd o el otro, es albino. Seguro que se tiñe el pelo y usa gafas oscuras, a estas alturas. El otro es joven, apuesto. Hace varios días que ninguno de ellos ha sido visto, y tampoco se han presentado casos del wild card. Quienquiera que sea Croyd, es posible que ya no tenga el mismo aspecto. Tal vez ya no sea portador de la plaga.

—En tal caso, se acabó la emergencia, ¿no es así?

—Supongo. Pero todavía queda el tema de la guerra de pandillas.

—No quiero ni saber del asunto.

—Y las elecciones. Ni siquiera yo mismo logro creer quiénes son los candidatos.

En el radar, vio a Hiram salir de la oficina, echar otra mirada de ansiedad al bar y desaparecer de nuevo. Los ojos de Correparedes lo siguieron por encima del hombro del androide. Su rostro mostró señas de preocupación.

—Hiram no está bien.

—Me pareció diferente.

—El negocio va muy mal, hombre. Los ases ya no estamos tan de moda como antes. Las masacres del Día Wild Card fueron un golpe importante contra todos los talentos wild. Y luego la gira de la OMS, violencia y sangre en todas partes; Hiram anduvo en eso… Perdón, hombre, eso es algo de lo que seguramente tampoco estás informado.

—No importa –dijo el androide.

—Bueno. Y ahora, con Croyd repartiendo jokers y Reinas Negras por toda la ciudad, hay una reacción a toda esa mierda. Pronto puede resultar… políticamente insensato… andar en compañía de ases.

—Yo no soy as. Soy una máquina.

—¡Pero vuelas, hombre! Tienes fuerza descomunal, disparas rayos de energía. Nadie sabe la diferencia.

—Supongo que tienes razón.

Alguien entró al bar. La imagen de radar era tan extraña que Modular Man alzó la cara para obtener impresión óptica.

El pelo y la barba color castaño del recién llegado llegaban casi al suelo. Un crucifijo colgaba de una cadena suspendida del cuello, por afuera de los pelos. El resto de su atuendo constaba de una camiseta sucia y jeans azules cortados. Iba descalzo.

Nada de eso era tan anormal para sugerir necesariamente el wild card, pero al acercarse el sujeto peludo, Modular Man vio que los iris de sus ojos ostentaban varios colores diferentes, anaranjado, amarillo, verde, en círculos concéntricos como de un tiro al blanco. Tenía deformadas las manos, los dedos eran delgados y velludos. En una mano llevaba una botella de seis onzas de Coca-cola.

—Es la persona que estaba esperando –dijo Correparedes–. Por favor, discúlpame.

—Tal vez nos veamos más tarde –sugirió Modular Man, poniéndose de pie.

El extraño de los pelos se acercó a la mesa, miró a Correparedes y anunció:

—Yo te conozco.

—Tú me conoces, Flattop.

Modular Man se aproximó al bar y ordenó otro zombi. Hiram apareció y enseguida expulsó a Flattop por no ir calzado. Cuando el peludo salió acompañado de Correparedes, el androide observó que llevaba enchufada la botella de Coca-cola en el interior del codo, como si fuera una aguja hipodérmica.

El bar quedó vacío. Hiram se veía tenso, además de deprimido, y el cantinero resonaba con el estado de ánimo del patrón. El androide ofreció una disculpa y se marchó de ahí.

Nunca volvería a beber zombis. Los recuerdos asociados a esa bebida resultaban deprimentes.

—Sí. Tienes que conseguirnos algo de dinero, procesador de alimentos. ¿Qué opinas?

Maxim Travnicek escarbaba en un montón de notas escritas a sí mismo durante el ensamblaje de Modular Man.

—Quiero que mañana vayas a la oficina de patentes. Consigue unas formas. Joder, cómo me pica el pie.

Se frotó la punta del zapato izquierdo contra la pantorrilla derecha.

—Puedo tratar de volver a *El mirador de Peregrine* mañana. La paga es a escala, pero…

—Esa zorra está embarazada, ¿sabes? El parto será un día de estos, por lo que dicen.

Otra cosa de la que no he oído nada, pensó el androide. *¡Qué maravilla! Sólo faltaba que le dijeran que Francia ahora se llamaba Freedonia y se había mudado a Asia.*

—Pero ¡qué tetas! Si antes las tenía buenas, deberías ver las tetas que trae ahora. ¡Fantásticas!

—Volaré a su lugar para visitar a su productor.

—Cuerdas bosónicas –dijo Travnicek.

Tenía uno de sus papeles en la mano, pero no parecía estarlo mirando mientras hablaba:

—Menos uno a la enésima potencia es menos uno para el vector sin masa, así que épsilon es igual a uno.

Los ojos se le empañaron. Su cuerpo se columpiaba de adelante hacia atrás. Por lo visto, estaba en una especie de trance.

—Para supercuerdas –prosiguió– menos uno a la enésima potencia es más uno para el vector sin masa, por lo tanto épsilon es igual a menos uno... Todas las n matrices antihermitianas multiplicadas por n, en su conjunto, representan $U(n)$ en el caso complejo... Un choque potencial con la unitaridad...

Un terror frío recorrió al androide. Nunca había visto a su creador comportarse así.

Durante varios minutos, Travnicek se mantuvo en esa modalidad. De pronto, pareció despertar. Se volvió a Modular Man.

—¿Dije algo? –le preguntó.

El androide le repitió todo, palabra por palabra. Travnicek escuchaba, ceñudo.

—Eso es para cuerdas abiertas, está bien –comentó–. El problema reside en el operador de la cuerda fantasma. ¿Dije algo sobre Sigma sub más uno sobre dos?

—No, lo siento –puntualizó el androide.

—Maldición –masculló Travnicek, sacudiendo la cabeza–. Soy físico, no matemático. He estado trabajando demasiado. ¡Y tengo una comezón del carajo en el pie!

De un salto, se sentó en su catre y se quitó zapato y calcetín. Empezó a rascarse entre los dedos.

—Si pudiera tener de dónde agarrar el jodido vértex de emisión de fermiones, resolvería el problema de la pérdida de potencia que aparece cuando se aplica una rotación fuera del espectro normal. Las partículas sin masa son fáciles, es el...

De pronto dejó de hablar y se miró el pie.

Dos de los dedos se le habían desprendido. Un líquido azulenco goteaba con deliberación de las heridas.

El androide miraba la escena, incrédulo. Travnicek se puso a hablar a gritos:

—¡Los operadores en cuestión son fermiónicos sólo en el sentido bidimensional de un mundo plano, no en el sentido de un espacio-tiempo de D dimensiones!

♦

Tendido en una camilla en el cuarto E de la Clínica Rensselaer, Travnicek había vuelto a caer en trance. Modular Man se preguntaba si eso tendría algo que ver con el "operador fantasma" mencionado antes por su creador.

—Al truncar el espectro a un sector par de paridad G... se elimina el tachyon del espectro.

—Es wild card –anunció el doctor Finn a Modular Man, aunque el caso no presentaba dudas desde el comienzo–. Pero es un caso raro. No puedo entender los espectros.

Miró una serie de hojas impresas por la computadora, mientras sus cascos resonaban nerviosos sobre el piso.

—Parece que hay dos cepas de wild card –añadió.

—Un medidor cónico de luz libre de fantasmas... la invariancia de Lorentz es válida...

—He informado a Tachyon –declaró Finn.

El doctor Finn era un centauro a escala de pony, y su mitad humana llevaba una bata blanca de laboratorio y un estetoscopio. Miró a Travnicek, y enseguida al androide.

—¿Puede usted asumir responsabilidad por este paciente, en caso de que nos decidamos a aplicarle el suero? ¿Es usted un familiar?

—No puedo firmar documentos legales. No soy persona. Soy una máquina de inteligencia de sexta generación.

Finn absorbió esa información.

—Esperemos a Tachyon –decidió.

Las cortinas de plástico se abrieron. Los ojos violeta del alienígena se abrieron, sorprendidos.

—¡De regreso! –exclamó.

Modular Man se dio cuenta de que nunca antes había oído una expresión tan lacónica de labios de Tachyon. El taquisiano iba vestido con la bata blanca de laboratorio, sobre la cual se había puesto una chaqueta de húsar con suficiente bordado en oro para ataviar a un Guardia Real de Ruritania. Encima de todo, traía una correa con una Colt Python enfundada en un cinturón negro con adornos de plata y turquesa.

—Llevas una pistola de seis balas –dijo Modular Man.

Tachyon se recobró enseguida de su sorpresa. Agitó una mano, despreocupado.

—Hemos sufrido… amenazas. Sin embargo, logramos resistir. Me agrada mucho ver que has sido ensamblado de nuevo.

—Gracias. He traído a un paciente.

Tachyon agarró los papeles impresos por la computadora y se puso a examinarlos.

—El primer paciente de wild card en tres días –comentó Tachyon–. Una infección vieja y una nueva. Si podemos descubrir dónde se infectó este paciente, tal vez podamos dar con Croyd.

—¡Invariancia en la reparametrización de la cuerda bosónica! –gritó Travnicek, con la frente cubierta por gotitas de sudor–. ¡Hay que preservar la medición de covariantes!

Los ojos de Tachyon se entrecerraron mirando los resultados impresos.

—Hay dos cepas de wild card –comentó–. Una vieja y una nueva.

Modular Man miró a Travnicek sorprendido. Las probabilidades llenaron su mente. Travnicek siempre había tenido wild card. Su capacidad de construir a Modular Man había sido función de su talento adquirido, no de su genio de nacimiento.

Tachyon miró a Travnicek.

—¿Se le puede despertar de este estado?

—No sé.

Tachyon se inclinó sobre la camilla y miró con intensidad a Travnicek. Modular Man entendió que usaba poderes mentales.

Travnicek pegó un grito y manoteó sobre los brazos del extraterrestre. Se incorporó, mirando fijamente.

—¡Es la cabrona de Lorelei! –acusó–. Me está haciendo esto sólo porque no quise darle propina.

Tachyon se le quedó mirando.

—A ver, señor…

Travnicek alzó un dedo.

—Deja de cantar mientras lo hacemos, le pedí, y tal vez te dé propina. ¿Quién necesita esa clase de distracción?

—Señor –dijo Tachyon–, vamos a necesitar una lista de sus contactos durante los últimos días.

El sudor cubría la cara de Travnicek.

—No he visto a nadie. He estado en el loft los últimos tres días. Sólo he comido algunas rebanadas de pizza del refrigerador –su voz iba subiendo de tono, cada vez más agudo–. ¡Es la Lorelei esa, le digo! ¡Ella me lo está haciendo!

—¿Está usted seguro de que esa Lorelei ha sido su único contacto?

—¡Santo Jesús, sí! –exclamó Travnicek, y extendió la mano, donde seguían dos dedos de su pie–. ¡Mire lo que esa zorra me está haciendo!

—¿Sabe dónde localizarla? ¿Dónde se podría estar escondiendo?

—Servicios Shangri-la. Están en la guía de teléfonos. Sólo hay que pedir que la manden.

La rabia le inundó los ojos.

—¡Cinco dólares para el taxi!

Finn miró a Tachyon.

—¿Es posible que Croyd se haya vuelto hembra en los últimos tres días?

—Muy poco probable, pero es la única pista que tenemos. Al menos, esta Lorelei puede ponernos tras las huellas de Croyd. Llama al escuadrón. Y a la policía.

—Sí, señor.

Los cascos de Finn repiquetearon graciosamente sobre el piso de mosaicos al salir del área encortinada. La atención de Tachyon volvió a Travnicek.

—¿Tiene usted una historia de wild card? –inquirió–. ¿Ha habido manifestaciones anteriores?

—Claro que no –Travnicek trató de tocarse el pie desnudo, pero retiró enseguida la mano–. ¡No tengo sensación en los dedos! ¡Maldición!

—La razón por la cual le pregunto esto, señor, es que ésta es la segunda dosis que recibe de wild card. Tuvo una infección previa.

La cabeza de Travnicek se enderezó de repente. El sudor salpicó la bata de Tachyon.

—¿Qué es eso de una infección previa? No he tenido nada parecido.

—Al parecer, sí la ha tenido. Su estructura genética está infiltrada por el virus completamente.

—Jamás he estado enfermo en mi vida, matasanos.

—Señor –interrumpió el androide–, usted posee habilidades en desuso. En cosas como... ¿invariancia de la reparametrización de la cuerda bosónica?

Travnicek se le quedó mirando por un largo momento. La comprensión brilló en su rostro, para ser sustituida por el horror.

—¡Dios mío! –exclamó.

—Señor, tenemos un suero, con un veinte por ciento de probabilidades de éxito.

Travnicek seguía mirando al androide.

—Éxito –repitió–. Eso significa que las dos infecciones desaparecen, ¿verdad?

—Así es. Si acaso funciona. Pero hay un riesgo...

Sonaron los cascos sobre el piso. La cabeza de Finn apareció entre las cortinas.

—Listo, doctor.

Traía consigo un maletín, que abrió junto a la camilla, revelando botellitas y jeringas.

—He traído el suero. Y también las formas para la autorización.

Travnicek pareció fijarse en el centauro por primera vez.

—¡No te me acerques, monstruo!

Finn se cohibió. Tachyon se irguió lo más alto que pudo endureciendo su expresión.

—El doctor Finn está encargado de su caso. Es un médico autorizado.

—¡No me importa si está autorizado para jalar carretas en Central Park! ¡Esto me lo ha causado una joker, y no voy a permitir que me trate otro joker!

Travnicek titubeó y miró los dedos del pie que sostenía en la mano. Sus ojos expresaron una decisión. Arrojó los dedos al suelo.

—De hecho, no quiero que me pongan su jodido suero –declaró, y volvió los ojos al androide–. Sácame de este lugar. Ahora mismo.

—Sí, señor.

La congoja recorrió al androide. Estaba construido de tal modo que no podía rehusar una orden directa de su creador. Tomó en brazos a Travnicek y se elevó en el aire, mientras Tachyon los observaba, con los brazos cruzados, lleno de una hostilidad implacable.

—¡Espere! –pidió Finn, en tono angustioso–. ¡Necesitamos que firme un papel donde rehúsa el tratamiento!

—¡A la mierda! –ladró Travnicek.

Modular Man flotó sobre los biombos que separaban a los pacientes de la sala de emergencias y se fue moviendo hacia la salida. Pasó junto a un joker verde de más de dos metros de altura, que se mostró sorprendido al verlos encaminarse a la calle. Una vez fuera, aceleró.

—Después de llegar a casa, quiero que encuentres a Lorelei. Tráela al loft. La haremos desactivar su wild card.

En las calles bajo la noche, la gente miraba volar al androide y su carga. La mitad de los transeúntes llevaban tapabocas de gasa. La sensación de congoja de Modular Man se intensificó.

—Señor, esto es una infección viral –indicó–. No creo que nadie le esté haciendo *esto*.

—¡Santo Dios del carajo! –exclamó Travnicek, dándose una palmada en la frente–. ¡Los dos hijos de puta en el corredor! ¡Se me olvidaron!

Hizo una mueca que pretendía ser sonrisa.

—No es la pajarita, después de todo. Cuando bajé al teléfono público para llamar a Lorelei, en el corredor de abajo me tropecé con estos dos sujetos. Choqué con uno. Se metieron al apartamento que está bajo el nuestro. Uno de los dos ha de ser ese fulano, Croyd.

—¿Era albino uno de ellos?

—No les presté atención. En todo caso, llevaban esos tapabocas –relató Travnicek, cada vez más excitado–. ¡Llevaba gafas oscuras! ¡En un corredor sin luz! ¡Era para ocultar sus ojos color rosa!

Estaban ya en el edificio de Travnicek. El androide sobrevoló el callejón, entró por el conducto de aire y subió a la azotea. Una vez ahí, abrió el tragaluz y con mucho cuidado hizo descender a Travnicek a través de él. Al poner a Travnicek de pie en su habitación, advirtió que dos de los dedos que le quedaban en el pie estaban colocados en un ángulo raro.

Travnicek, sin darse cuenta de eso, parloteaba andando de un lado a otro del apartamento.

—Ya había pensado yo que en aquel apartamento vivía un joker –decía–. Una vez vi uno subiendo las escaleras. Lo único que me importaba entonces era que no se quejara con el casero por el ruido de mis generadores de flujo.

Uno de dedos del pie se le desprendió y se fue rodando bajo la mesa.

—Está debajo de nosotros. El cabrón me está *haciendo* esto, y ahora va a pagar por ello.

—Quizá no es capaz de controlarlo –comentó el androide, mirando el lugar por donde se había caído el dedo y pensando si debía recuperarlo–. Es posible que no pueda invertir el proceso.

Travnicek giró sobre sus talones. El sudor le cubría la cara y tenía los ojos afiebrados.

—¡Tiene que parar lo que me está haciendo! –gritó–. ¡De lo contrario, morirá! ¡*No* voy a convertirme en un joker! ¡Soy un *genio*, y seguiré siéndolo! ¡Encuentra a ese cabrón y tráelo aquí!

—Sí, señor.

Resignado, el androide se acercó al casillero de metal en donde se guardaban sus piezas de repuesto. Hizo girar el cerrojo de combinación, abrió la puerta y vio que no estaban los dos lanzadores de granadas. Por lo que sabía, uno estaba cargado de gas lacrimógeno y el otro con granadas de humo, y fueron destruidos en Aces High. Eso le dejaba el dazzler, el cañón de 20 mm y el láser de microondas.

Croyd, pensó, ya lo había destruido en una ocasión.

Abrió los cierres de los hombros de su traje y ordenó a las rendijas de los hombros que se ensancharan. Puso en sus sitios el cañón y el láser. El cañón era casi tan alto como él, y pesaba mucho; urdió pautas de software para compensar su equilibrio. Junto al cañón puso un tambor de municiones de 20 mm. Accionó el cargador con un movimiento de ida y vuelta, y la primera bala quedó en la cámara.

Se preguntó si iba a morir otra vez.

Encendió sus escudos de flujo. Alrededor suyo el ozono crepitó. Una débil aura de Santelmo danzaba ante sus ojos. Se hizo insustancial y se filtró a través del suelo.

Lo primero que vio el androide fue un televisor. El aparato estaba implosionado. Un gancho metálico para ropa hacía las veces de antena.

En medio del piso estaba un catre de campaña sin sábanas, con el colchón envuelto en plástico. El resto de la habitación estaba atiborrado de muebles baratos.

El androide volvió a su estado sustancial y se materializó, suspendido en medio de la habitación. Oyó voces. Dirigió su armamento hacia el sonido y se colocó para entrar en acción.

—Algo rompió todo lo que es de vidrio —decía una voz, hablando rápido, con intensidad—. Aquí pasan cosas raras.

—Puede haber sido una onda sónica —repuso otra voz, más profunda y mucho más serena.

—¿Y los vasos de los *estantes*? —insistió la primera voz, hablando con tal rapidez que las palabras se amontonaban—. Algo hizo que los vasos se rompiesen. Las *ondas sónicas* no hacen *eso*, no en Nueva York. Es *otra* la causa.

El hombre no dejaba en paz el tema.

Modular Man flotó hacia el marco de la puerta. En la cocina del apartamento había dos hombres que se inclinaban para examinar el contenido de un pequeño refrigerador. De sus repisas goteaban leche y jugo de naranja.

El hombre más cercano a él era joven, de pelo oscuro, y con la apostura de algunos actores de cine. Vestía jeans azules y una chamarra marca Levi's. En la mano tenía un fragmento de una botella de jugo de naranja.

El otro era un hombre delgado, pálido y nervioso con ojos color de rosa.

—¿Quién de ustedes es Croyd Crenson? —inquirió el androide.

El de los ojos rosa giró y soltó un grito:

—¡Oye, tú volaste en pedazos!

Con una rapidez que no permitía seguir sus movimientos, metió la mano bajo su chamarra para sacar una pistola.

Modular Man consideró que había suficientes síntomas de una conciencia culpable. El techo era demasiado bajo para poder maniobrar por encima del primer hombre, así que al adelantarse lo empujó con el brazo, para lanzarlo contra el refrigerador y despejar su camino hacia el albino.

El hombre ni siquiera se movió cuando el androide le dio un empellón. Tampoco cambió la actitud de su cuerpo, inclinado a medias hacia el refrigerador. Modular Man se detuvo, y empujó con mayor fuerza. El hombre se enderezó, sonriendo, y no se movió un ápice.

El presunto Croyd disparó su arma, atronando la pequeña cocina.

El primer tiro falló, el segundo arrancó piel de plástico del hombro del androide, y el tercero y cuarto pegaron en su compañero.

El hombre seguía sin reaccionar, aun después de recibir los balazos. Las balas no rebotaron, ni tampoco se aplastaron al impactar su cuerpo. Cayeron al raído suelo de linóleo.

Las balas no sirven de nada, pensó el androide. *Desechar el cañón.*

Modular Man retrocedió, se dejó caer al suelo y soltó un golpe directo sobre el pecho del joven, que seguía sin moverse y ni siquiera cambiaba la expresión del rostro. Las balas de Croyd zumbaron por el aire. Un par de ellas le dieron a su amigo, ninguna al androide. Modular Man volvió a plantar un golpe usando toda su fuerza, con el mismo resultado.

El hombre joven y apuesto lanzó un puñetazo con una rapidez no natural que, al impactar a Modular Man, lo sacó de la cocina. El androide fue a dar contra las viejas láminas del muro más distante y las atravesó, hasta salir casi por el otro lado. El polvo de varias docenas de capas de pintura descendió como una nieve gris de las decrépitas paredes. En la mente del androide se encendieron luces rojas de alarma de daños.

Modular Man se extrajo de la pared; el largo tubo del cañón se atascó, y el androide tuvo que dar un tirón de hombros para zafarlo. Vio al albino acometerlo a una velocidad sobrehumana, con el refrigerador en alto. El androide quiso quitarse de donde estaba, pero la pared quedaba de por medio y Croyd hacía movimientos demasiado rápidos. El choque del refrigerador volvió a hundir a Modular Man en la pared y ensanchó el hoyo. Se podía oír chapotear el jugo de naranja dentro del refrigerador.

Modular Man accionó sus generadores de vuelo y voló directamente hacia delante, con el refrigerador como pica de demolición. Croyd perdió el equilibrio, se tambaleó girando hacia el cuarto principal, manoteó en el aire hasta dar con la parte de atrás de las piernas en el catre de campaña y cayó al suelo. El androide no se detuvo, con toda su fuerza condujo el refrigerador contra el compañero de Croyd.

El hombre, de nuevo, ni siquiera se movió al recibir el trancazo. Los generadores del androide subieron la potencia al máximo, y los fuegos de Santelmo llenaron el corredor. El hombre seguía sin moverse.

Al diablo con éste. ¡Es mejor atacar a Croyd!

El androide soltó el refrigerador y alteró su pauta de vuelo para enfocarla sobre el albino. A gran velocidad, antes de que su atacante pudiera moverse más de unos cuantos centímetros, el joven lanzó un golpe con el otro brazo sobre la parte de arriba del refrigerador.

Modular Man volvió a atravesar la pared, cruzó el apartamento del vecino, chocó con una pecera de sesenta litros que hizo pedazos, y se estrelló en el muro exterior. Algunos fragmentos de la conciencia del androide se quedaron traumados. Una inundación verde cubrió el tapete, donde cayeron agonizantes varios peces tropicales.

Volvió a su mente la conciencia del día y su largo advenimiento de desesperación. Se arrancó de la pared. Sus energías necesitaban volver a cargarse. Por el momento no podría volverse insustancial, ni debía tratar de volar. El cañón de 20 mm colgaba doblado sobre un hombro. En cambio, el láser lucía intacto.

El apartamento había sido decorado con esmero: gráfica abstracta, una alfombra oriental, más peceras. Del techo colgaba un móvil. El inquilino no parecía estar en casa. A lo lejos oyó el sonido de la llegada de la policía. El androide pasó por el hoyo al apartamento de Croyd, vio que el albino y su acompañante ya no estaban ahí, y subió por la escalera al loft de Travnicek. En el camino, su conciencia desapareció dos veces, durante intervalos de medio segundo. Al recuperarla, se movió más rápido.

Oyó los pasos de la policía abajo.

Travnicek le abrió la puerta cuando Modular Man llamó. Los dos pies estaban descalzos, y ninguno tenía dedos ya. De cada herida salía algo azul y peludo.

—Cafetera de mierda –dijo Travnicek.

El androide sabía que las cosas no iban a mejorar.

—Croyd no me dio tantos problemas como la otra persona.

El androide se había quitado su traje y se dedicaba a reparar la herida en su carne sintética. Dejó el cañón sobre la mesa. Tendría que conseguir un repuesto en el depósito de municiones de uso militar de donde había obtenido el otro.

♠

Travnicek se puso a trabajar con los componentes rotos. Había dicho a los policías que, a pesar de oír disparos, tuvo miedo de bajar a telefonear para pedir ayuda, una explicación que fue aceptada sin comentarios, y no entraron al apartamento donde el android se escondía dentro de un casillero.

—No hay daños graves, Tostador –comentó Travnicek–. El monitor de campo se soltó. Por eso andabas perdiendo el sentido. Esta vez voy a atar esa porquería con correas. Por lo demás, algunos detallitos a reparar por aquí y por allá.

Se enderezó. Los ojos se le empañaron.

—Daños en el interruptor de funciones renormalizadoras –dijo–. Hay que reemplazarlo de inmediato.

Meneó la cabeza, arrugó el entrecejo un momento y se volvió al android.

—Ábrete el pecho de nuevo. Me acabo de acordar de algo.

Travnicek se rascaba una mano cerca de las articulaciones de los dedos. Se dio cuenta de lo que hacía, y se detuvo de pronto. Estaba algo pálido.

—Después de la reparación –indicó– has de salir a la maldita calle. Ese Croyd va a usar sus poderes para transformar a más personas. Eso te permitirá ubicarlo. Quiero que lo busques.

—Sí, señor.

El android se abrió el pecho. Notó que el cuello de su creador se estaba inflamando, y que su carne tomaba un matiz azul.

Decidió que sería más conveniente no mencionar sus observaciones.

El android anduvo de patrulla toda aquella noche, recorriendo las calles en busca de figuras conocidas. Su receptor interno de radio estaba sintonizado a las frecuencias de la policía y de la Guardia Nacional. Leyó en un ejemplar del *Times*, robado de un montón de impresos dejados al lado de un puesto cerrado, que se habían declarado seis casos de wild card en las dos horas tras su encuentro con Croyd, tres de ellos en Jokertown, y los otros tres a bordo del expreso número 4 de Lexington Avenue en dirección al norte. Croyd y su acompañante habían tomado el metro al menos hasta la estación de la Calle Cuarenta y Dos.

Leyó además en una copia de *Newsweek* tomada de un bote de

basura que Croyd y su protector desconocido habían combatido y frenado a un grupo de jokers dirigido por Tachyon unos días atrás.

Deseó haber sabido eso antes. Aunque el artículo mencionaba pocos detalles, las cosas habrían sido distintas de haber estado él preparado para enfrentar a un par de hombres sabidamente peligrosos.

Al tiempo que sobrevolaba las calles, con los ojos y el radar procurando identificar imágenes conocidas, revisó los pormenores de la pelea en el apartamento. El desconocido no se había movido al recibir sus golpes. Los puñetazos hacían su impacto y ahí paraba todo. Cuando el androide quiso aplastarlo con el refrigerador, el movimiento cesó de pronto. Las balas no rebotaban de su cuerpo, sino que perdían su energía y caían intactas al suelo.

Perdían su energía, pensó el androide. Perdían su energía y morían.

Por lo tanto, el desconocido absorbía energía cinética, que enseguida transformaba para sus propios ataques. Necesitaba que lo golpearan antes de entrar en acción, dedujo, pues cada uno de sus golpes se había producido después de absorber su ataque.

Un sentimiento de satisfacción recorrió su mente. Todo lo que se necesitaba para neutralizar al otro era abstenerse de pegarle. Si no se le proporcionaba energía que pudiera absorber, sería incapaz de hacer nada.

Si las cosas tomaban mal camino, el androide podría echar mano del láser de microondas, como un último recurso. El desconocido absorbía la energía cinética, pero no la radiación.

El androide se sonrió. Para el encuentro siguiente, ya tenía un as. Sólo se precisaba dar con ellos.

A las dos treinta y uno, dos personas se sacaron Reinas Negras en la Calle Cuarenta y Siete, cerca de la Plaza Dag Hammarskjold. La radio transmitía un diluvio de órdenes del Departamento de Policía de Nueva York y de la Guardia Nacional para reforzar la vigilancia del edificio de las Naciones Unidas, en caso de que Croyd intentara ingresar al edificio de la ONU.

Unos segundos después de la alarma, Modular Man sobrevolaba la escena. Las dos víctimas yacían en la calle, a media cuadra de distancia entre sí. Uno se había quedado inmóvil, con el cuerpo convertido en algo monstruoso, mientras que el otro se retorcía de dolor al disolverse sus huesos y ser aplastado por el peso de su propio cuerpo.

Varias ambulancias M. A. S. H. color verde olivo habían respondido, y en la distancia se oía la sirena de otra, municipal. Modular Man no podía hacer nada por las víctimas. Ejecutó una pauta de vuelo de búsqueda rápida alrededor de la cuadra y se puso a volar en círculos cada vez más amplios. Otra víctima de wild card al oeste de las dos anteriores, en la Tercera Avenida, dio a su exploración un nuevo punto focal.

En ese momento vio a uno de sus objetivos, el compañero de Croyd. El hombre de pelo castaño seguía vistiendo igual a la última vez que el androide lo había visto, con jeans y chamarra Levi's. Caminaba hacia el este por la Calle Cuarenta y Ocho, desandando sus pasos, y avanzaba rápido, con las manos en los bolsillos y los ojos fijos en los transeúntes que andaban delante de él.

Modular Man voló hasta meterse detrás del parapeto de un edificio al otro lado de la calle, en trayectoria paralela al joven guapo, y asomaba la cabeza de cuando en cuando para verificar la posición de su objetivo. Había muy poca gente en la calle, y le resultó fácil seguirlo. El joven seguía andando con la mirada fija. Se oían sirenas distantes de ambulancias.

El hombre apuesto tomó por la Segunda Avenida hacia el norte. Avanzó tres cuadras, y a continuación empujó las puertas giratorias del edificio de piedra blanca para entrar a las oficinas grandes de un banco.

El androide flotó sobre el edificio al otro lado de la calle, mientras pensaba en qué decisión tomar. Resuelto, voló hacia la Segunda Avenida y descendió sobre el pavimento, cuidándose de ocultar sus movimientos de quienes estaban dentro del banco. En la acera, varios peatones con tapabocas se apartaron de él.

El androide se hizo insustancial para traspasar los gruesos muros del banco y asomó la cara al otro lado. El guardián de Croyd, tras cruzar el vestíbulo, estaba moviéndose más allá del mostrador de cajas, y se puso a hablar con un guardia regordete de pelo blanco, sentado en una silla cerca de una de varias puertas. Le enseñó al guardia una tarjeta y una llave. El empleado asintió, presionó un botón y se abrió una puerta corrediza. El joven entró a un ascensor y la puerta se cerró tras él.

Modular Man retrocedió y salió del edificio. Por lo que se veía, el compañero de Croyd se dirigía a una caja de seguridad. El androide se dejó caer a través del pavimento, lo cual provocó algunas reacciones audibles de un par de peatones.

Aunque se le oscureció el sentido de la vista, sus sistemas internos de navegación lo mantenían alineado con la mayor precisión. Descendió y luego se movió hacia delante. La parte superior de su cabeza, sólo hasta el radar y los ojos, asomó tentativa a través de un muro: el androide percibió una bóveda enorme con una empleada sentada tras un escritorio, que le daba la espalda. Sobre la superficie del escritorio se apilaban fajos de billetes nuevos, envueltos con la mayor pulcritud.

No era la bóveda que estaba buscando. El androide retrocedió, hizo un desplazamiento lateral seguido de otro al frente y atravesó una hilera de cajas de seguridad.

Estaba en la bóveda correcta. La insustancialidad consumía sus reservas de energía. Ya no podía seguir así por más tiempo.

Acompañado por otro guardia, el amigo de Croyd iba hacia una caja grande. Él y el guardia insertaron cada uno su llave, y el joven extrajo la caja. El androide memorizó su ubicación y tomó nota de los monitores de seguridad y todas las cámaras.

Se le agotaba la energía. Se movió hacia atrás, se elevó a través de la acera y se hizo sustancial de nuevo. Voló hacia la azotea del edificio al otro lado de la calle, donde se posó. Probablemente el contenido de la caja no sería tan importante. De ser necesario, siempre podía volver.

El amigo de Croyd estuvo en el banco diez minutos más, suficientes para que se restaurase toda la energía del androide. Al salir del banco, el joven volvió sobre sus pasos, avanzó primero hacia el sur, giró al oeste en la Calle Cincuenta para evitar las ambulancias y los retenes militares en la Cuarenta y Siete, y se apresuró a llegar a la Avenida Lexington, donde volvió a avanzar hacia el sur. El androide lo seguía, volando de una azotea a otra. El hombre siguió hacia el sur hasta la Cuarenta y Cuatro, y una vez ahí se dirigió al oeste, a una de las entradas laterales de la Grand Central Station.

Haciéndose insustancial, el androide atravesó el muro para ingresar al segundo nivel de la estación. Se posó en el balcón de mármol pulido y observó al joven avanzar por el piso de abajo.

La estación estaba casi desierta. Las entradas a los andenes las resguardaban rangers del ejército regular con boinas negras. Iban equipados para combate de guerra biológica, con sus cascos y máscaras antigás a la mano. El compañero de Croyd bajó por las escaleras a los niveles de los comercios.

El androide se mantuvo tras él, con movimientos cautelosos, volviéndose insustancial cuando era necesario, para asomarse en las esquinas. El joven siguió descendiendo, para lo cual hubo de cruzar una puerta para trabajadores de mantenimiento que se veía reventada, y a continuación se metió a los túneles que partían de la estación hacia el norte. En el subsuelo, columnas de hierro oxidado sostenían lo que parecía ser medio Manhattan. Algunos focos ocasionales desprendían una débil iluminación. Había olores a metal y a humedad. El androide mantuvo su objetivo dentro del campo del radar y lo siguió sin ninguna dificultad.

Encontró un cadáver: el cuerpo de un hombre vestido con varias capas de ropa raída, cuya carne se había calcificado. El vagabundo se había quedado acurrucado, el rostro congelado en una expresión de horror y sufrimiento. Croyd había pasado por ahí, en efecto. Cien metros más adelante se topó con otro cadáver, el de una mujer de cierta edad que aún aferraba sus bolsas. El androide la miró con más atención.

No era la mujer de las bolsas que él conocía. El androide sintió alivio.

—¿Lo tienes? ¿Lo conseguiste? —sonó la voz ansiosa del albino en la oscuridad.

—Sí.

—Déjame ver.

—Un montón de llaves. Un sobre con dinero.

—Dame la llave de la caja.

El androide se acercó un poco. Un tren se aproximaba ruidoso desde el norte.

—Ten —dijo el guardaespaldas—. No debiste salir, te estás arriesgando.

—No sabía si podría confiar en ti. Y tu firma no estaba en la tarjeta.

La voz rápida del albino falseaba con suspicacia.

—El guardia apenas la miró. Creo que estaba borracho.

—Dame la pistola.

—¡Cómo pesa! ¿Qué es?

—Automag cuarenta y cuatro. El arma de mano más potente que se haya fabricado.

Croyd se puso un arnés con una funda gigante bajo el hombro.

—Si el robot viene contra nosotros de nuevo –dijo–, quiero poder abollarlo. Esta pistola usa municiones para rifles de la OTAN.

—¡Santo Jesús!

El albino dijo algo a continuación, pero Modular Man no pudo oírlo. El tren se acercaba. Su faro hizo destacar los puntales de hierro. Croyd y su compañero se pusieron en marcha hacia donde se hallaba Modular Man. El androide hizo un vuelo silencioso al techo mugroso y se refugió en la sombra de una viga.

La luz amarilla iluminaba los pilares de hierro al tiempo que el tren ganaba terreno hacia el sur. Croyd y su guardaespaldas pasaron bajo el androide.

Croyd miró hacia arriba, aprensivo, quizá por haber percibido a Modular Man en su visión periférica. El grito del albino fue ahogado por el estruendo del tren. Con una velocidad increíble echó mano a su pistola. Su compañero empezó a darse vuelta.

Modular Man se dejó caer del techo, abrazando al albino por detrás. El tren iluminó la escena con truculentos claroscuros. Croyd gritó, mientras intentaba sacudirse de un lado a otro. Su fuerza era considerablemente superior a la de un hombre normal, pero no tanta como la del androide. Modular Man se alzó por el aire, sujetó con sus piernas las de Croyd y se echó a volar hacia el sur. El viento producido por el tren lo impulsaba.

—¡Ey! –gritó el compañero, que corría tras ellos agitando los brazos–. ¡Tráelo aquí!

La enorme pistola, que seguía atorada junto a la axila de Croyd, disparó hacia abajo a través de la chamarra de Croyd. La bala rebotó en un puntal de hierro y sacó una lluvia de chispas.

El guardián de Croyd cambió de dirección. Se puso directamente en el trayecto del tren.

Hubo un destello de luz y un chasquido de electricidad. El tren se paró en seco. El joven fue lanzado a cincuenta metros. Al dar en el suelo, hubo un nuevo estallido de electricidad entre él y un riel cercano.

El joven se puso de pie de un salto. A la luz del tren, el androide distinguió una sonrisa macabra en su rostro.

Modular Man realizó unos cálculos rápidos sobre la cantidad de energía cinética poseída por un tren cargado a una velocidad de unos veinticinco kilómetros por hora. Aunque el guardián de Croyd no la había absorbido toda, pues el exceso se había derramado en forma de chispas –por fortuna, su poder tenía *algunos* límites–, el total de lo que podía haber acumulado era inmenso. El láser del androide zumbó mientras intentaba ubicar al hombre parado en las vías.

El joven se agazapó, con los pies encima de la vía, y saltó. Dirigió su impulso para adelantarse al androide y cortarle el camino, pero dio varios tumbos en el aire. Resultaba evidente que no tenía costumbre de moverse de esa manera. Se impactó en un puntal y cayó al suelo. No hubo derrame de electricidad. Se levantó, miró al androide y le enseñó los dientes apretados. Su ropa echaba humo.

Cálculos veloces pasaron por sus circuitos microatómicos, seguidos de una sensación de remordimiento surgida a la velocidad de la luz. Modular Man nunca antes había disparado contra una persona de verdad. No quería hacerlo. Pero Croyd seguía matando gente aunque se escondiese en los túneles debajo de la Grand Central Station. Y si el guardián de Croyd ponía las manos en el androide, podría hacer pedazos su esqueleto de aleaciones.

El androide disparó. De pronto se encontró cayendo, sin ninguna fuerza en los brazos. Croyd se tambaleó sobre el suelo. El androide se estrelló en el piso a los pies del joven. Éste lo agarró por los hombros. El androide trató de moverse y no pudo.

Modular Man se dio cuenta de que el protector de Croyd absorbía energía no solamente cinética. Absorbía cualquier tipo de energía, y tenía la capacidad de devolverla al instante.

¡Qué error más grave!, pensó.

De pronto, se sintió volar de nuevo hasta impactarse contra un costado del tren de cercanías, que agujeró para caer sobre varios asientos en medio de una lluvia de vidrios rotos y fragmentos de aluminio. El portafolios de alguien cayó al pasillo, se abrió y se esparcieron un montón de papeles por el aire. El androide oyó a alguien que gritaba. Sus sensores registraron olor a fuego.

Los escasos pasajeros, ejecutivos cuyas labores los obligaban a ir a la ciudad bajo cuarentena, se apresuraron a ayudarlo. Lo alzaron de su poco digna posición sobre los asientos y lo acostaron en el pasillo.

—¿Qué es eso que tiene en la cabeza? –preguntó un hombre de pelo y bigote blancos.

No tenía imagen del radar. La unidad de control se había fundido al devolverle el guardián de Croyd el pulso coherente de microondas. El monitor que controlaba su capacidad de hacerse insustancial también estaba arruinado. Un hoyo de contorno regular se abría en la capa de metal bajo la piel. El exceso de energía había hecho volar muchos de sus circuitos. El androide restauró los que le fue posible, y sintió que recuperaba el control de sus miembros, pero no pudo reparar varios circuitos.

—Disculpen ustedes –dijo, y se levantó.

La imagen de la gente se desvaneció. El tren dio una sacudida y empezó a moverse de nuevo, y el androide dio un tumbo hacia atrás, con los brazos dando vueltas, y cayó sentado en el pasillo. La gente se le volvió a acercar, y sintió al lado derecho de su cuerpo que varios pares de manos lo ayudaban, pero no tenía ninguna sensación en el izquierdo. El equilibrio y la coordinación estaban perturbados. Volvió a secuenciar sus circuitos internos y se dio cuenta de que algo seguía sin funcionar.

—Con su permiso –añadió.

Bajó el cierre y se quitó la parte superior de su traje. Los pasajeros del tres se quedaron sin aliento. Alrededor de la herida, la carne de plástico se había ennegrecido. Modular Man se abrió el pecho y buscó con una mano en el interior. Alguien se dio la vuelta y empezó a vomitar, pero otros pasajeros mostraban curiosidad. Una mujer con gafas de carey se paró encima de un asiento para asomarse a ver las entrañas del androide.

El androide removió una de sus unidades de orientación interna, vio varias conexiones fundidas y suspiró mentalmente. Repuso la unidad. El regreso a casa iba a ser un asunto difícil. No podía volar.

Alzó la mirada a la gente que iba en el tren.

—¿Tendrá alguno de ustedes cinco dólares para un taxi? –preguntó.

El viaje a Jokertown fue humillante, además de peligroso. Aunque varios pasajeros le brindaron apoyo para salir de la estación, cayó al suelo un par de veces. Con algo de dinero que le dio el hombre de bigote tomó un taxi que lo llevó al otro lado de la cuadra del edificio de Travnicek. Metió los billetes por la ventanilla de la partición a prueba de balas del automóvil, y salió tambaleándose a la acera. A ratos andando y a ratos a gatas, avanzó hasta llegar al edificio, y logró alzarse por la escalera de incendios hasta la azotea. Una vez ahí, se arrastró hasta el tragaluz y bajó al loft.

Travnicek estaba acostado en su catre de campaña, desnudo de la cintura para arriba. La piel se le había puesto de un tono azul claro. Pequeños cilios, cubiertos de pelo, brotaban de los muñones de los dedos de las manos y pies. Una mosca revoloteaba sobre su cabeza.

La piel inflamada del cuello ostentaba una amplia abertura por la que se asomaba un ramillete de órganos. Algunos de ellos eran reconocibles, como orejas en forma de trompeta, y una serie de ojos amarillentos, algunos de tamaño normal y otros no. Sin embargo, varios de los órganos expuestos eran del todo desconocidos.

—Los únicos fantasmas con capacidad de movimiento a la izquierda –masculló– son los fantasmas de la reparametrización.

Su voz era un sonido grueso, indistinto. El androide recibió la impresión de que se le estaban pegando los labios. Las palabras parecían desconocidas, como si él mismo ya no comprendiera del todo su significado.

—¡Señor! –anunció Modular Man–. Señor, he sido herido de nuevo.

Travnicek se incorporó de pronto. Los ojos arracimados en el cuello giraron para enfocarse en el androide.

—Ah, mi Tostador. Qué interesante… luces… de este modo.

Los ojos de la cara estaban cerrados. Al androide le pareció que ya no los volvería a abrir.

—Necesito reparaciones. El compañero de Croyd hizo rebotar el rayo láser contra mí.

—Pero ¿por qué le disparaste, Licuadora? Todas las formas de energía son lo mismo. Igual que la *materia*, para el caso.

—No lo sabía.

—¡Imbécil de mierda! Podrías haber heredado un poco de mi inteligencia.

Travnicek se levantó del catre de un salto, con movimientos muy rápidos, más que los de un ser normal. Con una de sus manos aferró una de las vigas del techo, y giró todo el cuerpo hasta voltearlo de cabeza. Plantó los pies en el techo, extendiendo los cilios. Enseguida retiró la mano agarrada a la viga y se quedó suspendido. Los ojos amarillentos no dejaban de mirar al androide.

—¿Qué te parece? No está mal, ¿eh? ¡Hace años que no me sentía tan bien!

Se movió cauteloso por el techo hacia el androide.

—¡Señor! Se ha quemado el control del radar. He perdido un estabilizador. El control de flujo está dañado.

—Te oigo –repuso Travnicek, con voz serena, como a la deriva–. De hecho, no solamente te oigo, sino que te percibo de muchas otras maneras. Aún no sé qué son, algunas.

Travnicek se agarró a otra viga del techo, osciló hacia el suelo y se dejó caer de pie. En la distancia se oyó zumbar a la mosca. La mente analógica del androide se llenó de tristeza. Al fondo de sus pensamientos, como ruido blanco, aparecía un atisbo creciente de miedo.

—Ábrete el pecho –ordenó Travnicek–. Dame el monitor. Tengo un repuesto para la unidad de orientación en el casillero.

—Tengo un hoyo en el pecho.

Los ojos amarillos lo miraron. El androide se preparó para un estallido de cólera.

—Será mejor que tú mismo te lo parches –aconsejó Travnicek con suavidad–, cuando tengas tiempo.

Tomó el monitor de flujo y se acercó al banco de trabajo.

—Se vuelve difícil pensar en estas cosas –comentó.

—Preserve su genio, señor –suplicó Modular Man, tratando de no expresar su desesperación–. Luche contra la infección. Yo le traeré a Croyd.

Un toque de vinagre apareció en la voz de Travnicek:

—Sí. Haz eso. Déjame pensar en las coordenadas fermiónicas, ¿quieres?

—Sí, señor –repuso el androide, un poco aliviado.

Tambaleándose fue al casillero y empezó a buscar un nuevo giroscopio.

♥

El póster de BARNETT PARA PRESIDENTE había sido vandalizado. La foto del candidato estaba rasgada en varios lugares con cuchillo o lima de uñas, y habían escrito MUERTE JOKER en letras gruesas de color rojo. A un lado aparecía un dibujo a mano alzada de la cabeza de un animal –¿un perro negro? –, realizado con un marcador grueso.

—Hola. Necesito hablar.

Kate exhaló humo.

—Bueno. Un ratito nada más.

—¿Cómo van tus poetas romanos?

—Si el latín no fuera ya una lengua muerta, Estacio la habría matado.

Modular Man estaba otra vez encorvado sobre el teléfono público. El giroscopio de repuesto funcionaba, y podía andar y volar. A no ser por la pesada presencia de la Guardia Nacional, las calles estaban casi desiertas. La mitad de los restaurantes y cabarets de Jokertown se mantenían cerrados.

—Kate –dijo el androide–, creo que me voy a morir.

La sorpresa produjo un momento de silencio. Al fin ella habló.

—Cuéntame.

—Mi creador ha sido infectado de wild card. Se está convirtiendo en joker, y se olvida de repararme. Me manda a perseguir al portador de la plaga, con la esperanza de que ese hombre logre hacerla parar.

—Ya veo – dijo Kate con voz cautelosa–. ¿Qué más?

—Él cree que ese hombre lo daña a propósito. Pero casi toda la gente piensa que ese tipo no es más que un portador. Si eso es cierto y se lo traigo, hay probabilidades de nueve a uno de que al reinfectarse mi creador se saque una Reina Negra.

—Sí.

—El hombre a quien persigo se llama Croyd. Es el hombre que me mató antes. Pero ahora Croyd tiene a su lado un protector más poderoso que él. Ya nos hemos enfrentado dos veces, y en ambas ocasiones me vencieron. La última vez estuve a punto de morir. Y mi creador no puede ponerme bien. Pierde sus aptitudes. Tal vez no sea ya capaz de reparar los daños del último ataque.

Kate chupó su cigarro y exhaló.

—Ay, Mod Man –comentó–. ¡Necesitas ayuda!

—Sí. Por eso te he llamado.

—Me refiero a otros wild card. No puedes encararte a esos dos tú solo.

—Pero si acudo a SCARE o algo así, y capturamos a Croyd, entonces tendré que luchar contra los ases de SCARE para llevármelo. Sería un delincuente.

—Tal vez puedas llegar a un acuerdo con ellos.

—Lo pensaré. Haré el intento.

Un sentimiento de desesperación lo abrumaba.

—Voy a *morir* –dijo.

—Cómo lo siento. ¿No puedes irte de ahí?

—Estoy programado para obedecerle. No puedo dejar de cumplir ninguna orden directa. Y también me programó para luchar contra los enemigos de la sociedad. En esas cosas no tengo libertad de elección. Gente como la Tortuga o Ciclón, ellos deciden lo que quieren hacer. Yo no puedo. No soy humano en ese sentido.

—Ya veo.

—Tarde o temprano voy a perder una pelea. No me curo como la gente; necesito que alguien me repare. No podré restaurar mis partes dañadas. Si no me muero, seré un inválido, con piezas mutiladas o inútiles.

Igual que Travnicek, pensó, y un estremecimiento helado pasó por su mente.

—Aunque me mutilen –prosiguió–, tendré que seguir luchando. No puedo elegir otra cosa.

Una pausa larga.

—No sé qué decirte –dijo ella al fin, con la voz ahogada.

—Antes era algo así como inmortal –rememoró Modular Man–. Mi creador iba a producirme en masa, para venderme a los militares. Si cualquier unidad fuera destruida en combate, las demás irían adelante. Como sus programas iban a ser idénticos, seguirían siendo *yo*, al menos en lo principal. Eso ahora ya no sucederá.

—¡Cómo lo siento!

—¿Qué les pasa a las máquinas cuando se mueren? Me he estado haciendo esa pregunta.

—Yo...

—Tus filósofos de la antigüedad no pensaron en eso nunca, ¿verdad?

—Supongo que no. Pero hablaban mucho de la mortalidad en general. Platón dijo, citando a Sócrates: "¿No deben todas las cosas ser devoradas por la muerte?".

—Gracias. Eso es de verdad un consuelo.

—No hay ningún consuelo para la muerte. Lo siento.

—Nunca me preocupé de eso. Nunca me había *muerto* antes.

—La mayoría de nosotros ni siquiera tenemos un regreso como tuviste tú. Ninguno de los que mataron el Día Wild Card ha vuelto.

—Tal vez esto sea una aberración temporal. La normalidad podría volver en cualquier momento.

El androide se dio cuenta de que hablaba a gritos. Sus palabras resonaban en la calle vacía. Rápidamente compuso un fragmento de programa para mantener nivelada su voz.

Kate hizo una larga pausa para pensar. Al fin habló:

—La mayoría de los seres humanos tenemos toda la vida para acostumbrarnos a la idea de morir. Tú apenas has tenido unas cuantas horas.

—Me cuesta mucho alejar mi mente de eso. Tengo todos estos circuitos de retroalimentación en el cerebro, y mis pensamientos no hacen más que dar vueltas y más vueltas. Cada vez ocupan más espacio.

—En otras palabras, estás en pánico.

—¿Pánico? –preguntó, y se quedó pensando un momento–. Supongo que sí.

—El prospecto de morir, citando mal a Samuel Johnson, debería producir un maravilloso poder de concentración mental.

—Me ocupo en ello.

Puso sus palabras en acción y cortó la lógica computacional que corría desordenadamente entre demasiadas incógnitas e infinitudes que no hacían más que llenar sus sistemas lógicos de paja microatómica. Lo indicado sería abordar el problema desde una perspectiva más fría y sistemática.

—Ya lo hice.

—Bueno. Qué rapidez.

—Uno punto seis seis seis segundos.

Ella se rio.

—No está mal.

—Me alegro de que hayas reconocido lo que me pasa. En realidad mi cableado no sirve para manejar cuestiones abstractas. Nunca antes me había atorado de esta manera.

—Aún eres sobrehumano. Ningún ser humano podría hacer lo que tú –observó Kate, y después de pensar un momento, ofreció una idea–: ¿Conoces a Millay? "He encendido mi vela por los dos cabos; no me durará la noche; pero ah, adversarios míos, y oh, mis amigos, ¡qué hermosa luz me da!"

El androide consideró los versos.

—Supongo que desde el punto de vista de la estética, es posible que yo haya producido una luz de belleza objetiva cuando exploté. Es para mí un pensamiento yermo de consuelos, quizá porque no estuve ahí para apreciarlo.

—Me parece que no me has entendido –le explicó con paciencia–. Tu rapidez para la acción y para las cuestiones cognitivas es increíble. Tus potencias para aprender lo que te rodea son más completas y agudas que las de cualquier ser humano. Eres capaz de experimentar tu existencia de manera más plena e intensa que nadie en el planeta. ¿No podría eso compensar la falta de duración?

La noción fue codificada y lanzada al remolino de la mente electrónica del androide, y ahí arrastrada hacia una fría corriente de electrones.

—Tendré que pensar en eso –dedujo.

—En los pocos meses que estuviste sobre el planeta lograste existir mucho. Has tenido abundantes experiencias que la gente considera claves de sabiduría. La guerra, la camaradería, el amor, la responsabilidad, incluso la muerte.

El androide miró el rostro mutilado del candidato presidencial Barnett, y se preguntó quién sería el hombre de la foto.

—Supongo que he estado siempre ocupado –concluyó.

—Mucha gente envidiaría una existencia como la tuya.

—Trataré de no olvidar eso.

—Tu luz es muy brillante. Atesora eso.

—Haré el intento.

—Tal vez no te consumas. Luchaste contra el Enjambre sin recibir heridas graves, y ellos eran cientos de miles. Estos no son más que dos tipos.

—Dos tipos.

—Vas a poder lidiar con ellos. Tengo fe en ti.

—Gracias –repuso el androide mirando el letrero MUERTE JOKER en el cartel–. Creo que me has dado algo a considerar.

—Espero haberte ayudado. Llámame si necesitas hablar de nuevo.

—Gracias. De verdad me ha servido mucho.

—A tus órdenes.

Modular Man colgó el teléfono y se alzó en silencio al cielo. Llegó a la oscuridad, flotó unas cuadras hasta el apartamento de Travnicek, y entró por el tragaluz. *Muerte joker*, pensaba.

Travnicek yacía en la cama. Al parecer, dormía. El catre estaba rodeado por latas vacías de comida. Por lo visto, se había alimentado directamente de las latas. Algunos de los órganos del cuello de Travnicek habían florecido un poco y emitían sonidos ultrasónicos, con un periodo decreciente a medida que el androide se introducía al apartamento. Ondas de sonar, pensó el androide. Travnicek abrió los ojos del cuello.

—Tú –dijo.

—Sí, señor.

—Creo que he podido reconstruir el módulo. Algunos de mis recuerdos no son muy claros.

El androide se sintió atemorizado. Una mosca pasó volando y la espantó con la mano.

—Voy a probarlo.

Se abrió traje y pecho, y tomó el módulo que estaba listo en el banco.

—Me parece que mi cerebro evoluciona –dijo Travnicek, con voz soñadora–. Pienso que el virus está aumentando las secciones del cerebro que se ocupan de recibir sensaciones. Percibo las cosas de todas las maneras posibles, y con gran intensidad. Nunca había tenido una experiencia tan intensa como la de estar aquí, acostado, observando cosas.

Soltó una risa hueca.

—¡Por Dios! ¡Nunca habría pensado que comer maíz con crema de una lata fuese algo tan sensual!

Modular Man se insertó el módulo y ejecutó pautas de prueba. El alivio lo inundó. ¡El monitor funcionaba!

—Muy bien, señor –dijo–. Siga aguantando.

—Eres tan interesante de esta manera –comentó Travnicek.

La mosca volaba cerca de las latas vacías. Hubo un movimiento repentino. Uno de los órganos del cuello de Travnicek se desenrolló con la velocidad de un rayo y pescó a la mosca. La extrusión volvió a encogerse y metió la mosca a la boca de Travnicek.

El androide no podía dar crédito a sus ojos.

—¡Maravilloso! –exclamó Travnicek, chasqueando los labios.

—Siga resistiendo, señor –volvió a decir Modular Man.

Su campo de flujo soltaba chispas. Salió volando por el techo, hacia la negrura.

Al llegar al banco, el androide se hizo insustancial y quemó con su láser de microondas todos los sensores de bóvedas, para que los guardias no pudieran ver sus movimientos. Enseguida se introdujo en la bóveda, se solidificó y arrancó la caja de seguridad del lugar en donde estaba.

De pronto se detuvo. Una luz amarilla de advertencia apareció en su mente, parpadeó y se volvió roja.

Quiso volverse insustancial de nuevo. Efectuó una rotación de noventa grados a partir de lo real durante una fracción de segundo, pero sintió que algo fallaba y se hizo sólido otra vez, de pie en la bóveda del banco. Olió algo quemado.

El monitor de flujo no funcionaba. Las reparaciones que hacía Travnicek no eran permanentes. Una fría ola de miedo cubrió la mente del androide al pensar que eso podría haberle pasado mientras aún estaba dentro del muro de concreto y acero de la bóveda. Miró a su alrededor y examinó la puerta y la cerradura. Si lo encontraban ahí por la mañana, pensó, su reputación como hombre de bien sufriría un decisivo descalabro.

Un aspecto afortunado de la situación residía en que las bóvedas se construyen para impedir la entrada, no la salida, de las personas desautorizadas. Cuarenta y cinco minutos de trabajo paciente con el láser de microondas hicieron un hoyo en el interior laminado de la puerta, lo cual le permitió acceso al aparato de la cerradura. Metió la mano y tocó el mecanismo, para sentir su funcionamiento. Realizó una manipulación electrónica; fue igual de fácil que llamar gratis por teléfono, y los pesados cerrojos se movieron.

Salió del banco por la escalera de emergencia y quemó todas las cámaras que encontró a su paso. Una vez afuera, voló a la azotea de un edificio cercano, forzó la caja y examinó su contenido.

Encontró los contratos de alquiler a largo plazo de varios apartamentos pequeños en el área de Nueva York. Llaves. Fajos de dinero. Joyería y monedas de oro. Frascos con cientos de píldoras. Un par de pistolas y varias cajas de balas. Es decir, la reserva secreta de Croyd donde guardaba dinero, armas, drogas y las llaves de sus escondites.

El androide reflexionó. Travnicek se deterioraba aceleradamente. Tendría que actuar rápido, y debía conseguir ayuda.

—No quiero tener que buscarlos –dijo Modular Man–. Si me vuelven a ver, se pondrán en camino. Y extenderán la plaga.

—Me parece muy bien.

Los ojos violeta de Tachyon relucían al tiempo que sus manos jugaban con las solapas de terciopelo de su chaqueta color lila claro. Su pistola .357 y la funda respectiva estaban sobre el escritorio, frente a él. En la pared de la oficina, al lado de varios diplomas y títulos honoríficos, se apreciaba un cartel con letras rojas, blancas y azules: EL HOMBRE: HARTMANN. EL AÑO: 1988. EL PLAN: EL FUTURO DE NUESTROS HIJOS.

—Mi escuadrón de jokers puede ayudar. Algunos han probado ser capaces de vigilancia subrepticia.

—Está bien. Yo debería permanecer aquí con tu personal más potente. Entonces podremos actuar al mismo tiempo.

El contenido de la caja de depósito de Croyd estaba extendido sobre el escritorio de Tachyon para ser examinado.

—Sólo hay tres direcciones dentro de Manhattan –dijo Tachyon–. Sospecho que intentará primero esos lugares, antes de aventurarse por los túneles y los puentes. Sofía la Ciega puede aplicar su gran agudeza de oído para percibir lo que se dice tras una ventana cerrada, utilizando las vibraciones del vidrio como diafragma. Squish es taxista, así que su presencia no despierta suspicacias... puede hacer preguntas que en otra persona serían causa de sospecha. No obstante, el compañero de Croyd… el joven guapo, va a resultar difícil de enfrentar.

A Tachyon se le había fruncido el ceño al soltar esas últimas palabras.

—Ya he luchado con él en dos ocasiones. Pero creo que he logrado averiguar cómo funciona su poder.

Tachyon se quedó mirando al androide. Se inclinó sobre el escritorio e hizo a un lado pistola y funda.

—Absorbe energía y luego la devuelve. Solamente le es posible atacar después de ser atacado. Puede absorber todo tipo de energía: cinética, radioactiva…

—Psiónica –murmuró Tachyon.

—Si no se le golpea, no tiene más fuerza que una persona normal. No importa lo que hagamos con él, siempre y cuando no lo ataquemos. No hacerle caso, aunque se ofrezca como el objetivo más tentador.

—Sí, ya veo, muy bien, Modular Man. Mereces un elogio.

El androide miró a Tachyon y su mente se llenó de aprensiones.

—Necesito llevarme a Croyd cuanto antes. No puedo pescar el wild card de él, y creo que debería enfrentarlo a solas. Él tiene suficiente poder para penetrar las defensas de sus trajes para guerra bioquímica. Tengo la potencia necesaria para someterlo, si no me distrae ninguna otra cosa.

—Ése será tu trabajo.

¡Qué sencillo había resultado! En el androide surgió una sensación triunfal. Se apoderaría de Croyd y lo llevaría sin interferencia a Travnicek. Por fin las cosas tomaban un aspecto más favorable.

El teléfono del escritorio de Tachyon sonó. El alienígena contestó.

—Aquí Tachyon.

Modular Man vio que los ojos de Tachyon se dilataban.

—Qué bien. Mereces un encomio, Sofía. Quédate ahí hasta que lleguemos.

Colgó el teléfono y se volvió a Modular Man.

—Sofía piensa que están en la calle Perry. Ha oído a dos personas. Uno de ellos habla sin parar, como si estuviera bajo el efecto de estimulantes.

De un salto, el androide se puso de pie. Ya tenía preparada su mochila de emergencia y se la colgó a la espalda. Tachyon presionó uno de los botones de su teléfono.

—Avisa al escuadrón que se pongan sus trajes –dijo al aparato–. Y después de un intervalo decente, informa a la policía.

—Yo me adelanto volando –propuso el androide.

Abrió la puerta de golpe y estuvo a punto de chocar contra un hombre delgado, negro, erguido, que estaba parado junto a la puerta en la oficina de la secretaria. Llevaba un traje bioquímico y una máscara de calavera blanca y negra, adornada con plumas. Despedía un olor terrible, a carne podrida. Un joker.

—Disculpe, señor –le dijo el hombre al androide, en la voz educada, teatral, de un barítono–. ¿Podría llevarme con usted?

El software de Modular Man tejió varias subrutinas para eliminar de sus precepciones sensoriales el olor de aquel hombre.

—Me parece que no lo conozco.

—Mister Cadaverina –se presentó, con una minúscula inclinación–. Formo parte del escuadrón del buen doctor.

—¿No puede usted ir en la ambulancia?

Bajo la máscara de drama, el androide adivinó una sonrisa.

—Mucho me temo que, en el confinamiento de un automóvil, mi aroma se vuelve un poco… excesivo.

—Ya entiendo.

—Cadaverina –dijo Tachyon, con voz ahogada–. ¿Qué hacías en la oficina de mi secretaria? ¿Tratabas de escuchar lo que hablábamos?

—Le recuerdo, doctor, que mi nombre es *Mister* Cadaverina.

La voz profunda de actor expresaba enfado.

—Le pido disculpas –la voz de Tachyon sonaba mormada, pues trataba de bloquear su nariz.

—Para responder a su pregunta, estaba esperando hablar con nuestro amigo artificial. Pensé que los demás del escuadrón apreciarían el hecho de no soportar mi abrumador… perfume.

—Ya veo –aceptó Tachyon, con los dientes apretados–. Haz lo que quieras, Modular Man.

El androide y Mister Cadaverina se alejaron de la clínica a buen paso, y en un momento dado Modular Man puso los brazos en torno del cuerpo del joker por detrás y se alzó con él. El aire aplanaba las plumas de la máscara de Mister Cadaverina.

—Señor —dijo el androide—, ¿tiene usted otros poderes aparte de...
este...?

—¿De mi olor? —replicó la voz profunda, poco complacida—. Ya lo
creo. Además de oler como si estuviera muerto, tengo las potencias
de la muerte. Puedo dar a mis enemigos el frío de la tumba.

—Eso parece... útil.

Era un caso de locura, pensó el androide. El joker llevaba demasiado tiempo oliendo su propio perfume y por eso se habría vuelto loco.

—Además, soy duro y veloz.

—Qué bien. Croyd tiene esas dos características.

El androide hizo una breve descripción del albino y sus capacidades, y también las de su guardaespaldas.

—Ah, se me olvidaba —añadió—. Croyd carga una pistola. Un Automag cuarenta y cuatro.

—Un arma absurda. Ha de sentirse inseguro.

—Qué bueno que no le dé miedo.

El edificio de piedra de la calle Perry ya estaba a la vista. Modular Man se posó en el suelo, de cara al viento, cerca de una mujer de
edad madura, delgada y de pelo largo, con gafas negras y un bastón
blanco que estaba de pie en las sombras junto a un umbral. La mujer
alzó la cara y arrugó la nariz.

—Cadaverina —dijo.

—*Mister* Cadaverina, por favor.

—En ese caso —replicó Sofía la Ciega—, yo soy miss Yudkowski.

—Señora, jamás me he referido a usted usando un nombre que no
sea ése.

Un par de orejas de contorno redondo, como los ratones de las ca-
ricaturas, parecían estarse inflando a los lados de la cabeza de Sofía,
y se alzaban como globos más allá de los largos cabellos negros que
pretendían disimularlas. Inclinó la cabeza hacia Modular Man.

—Hola, quienquiera que seas. No te había oído hasta ahora.

—No creo haber hecho el menor ruido.

—Llegan un poco tarde, caballeros —anunció Sofía—. Los dos hombres se fueron de aquí hace un par de minutos, justo después de que
volví de telefonear.

Por los circuitos del androide pasó una onda de molestia.

—¿Y por qué no nos lo dijiste antes?

—¡No permita Dios que interrumpa yo cuando Mister Cadaverina me corrige la forma de hablar!

—Pero ¿adónde se fueron?

—No dijeron. Creo que salieron por la puerta de atrás.

Sin decir una palabra más, el Modular Man abrazó a Mister Cadaverina de nuevo y se alzó hacia el cielo. Hizo un reconocimiento rápido del distrito, buscó con el radar. Mister Cadaverina se dejaba llevar, pasivo, callado como una tumba, pensó el androide.

—Vamos en camino –anunció la voz de Tachyon en los receptores de Modular Man.

—Hay un problema –dijo Modular Man, enviando el pulso silencioso de ondas de radio hacia la clínica.

Les dio una rápida explicación.

—Modular Man, seguimos acercándonos a tu posición –anunció Tachyon.

—¡Ahí! –señaló Mister Cadaverina, apuntando.

Dos imágenes de radar de dimensiones humanas salieron de la sombra de un pilar de fierro oxidado que sostenía el Viaducto expreso del lado Oeste.

El androide quedó sorprendido. El joker gozaba de una extraordinaria agudeza visual en la oscuridad de la noche. Sin hacer el menor ruido, el androide flotó hacia el par de hombres. Tuvo que aproximarse a unos trescientos metros antes de cerciorarse de que se trataba de Croyd y su compañero.

La inquietud se apoderaba de él. Casi había muerto la vez anterior. *¡Qué intensa luz!* La voz de Kate resonó en su mente.

Iban cargados. El joven portaba un paquete voluminoso, y Croyd llevaba al hombro un motor fuera de borda. Croyd hablaba sin cesar, pero el androide no podía oír lo que decía. Los dos caminaban rápido por una calle de concreto corroído hacia una cerca de malla de alambre, que aislaba un embarcadero del río Hudson de la tierra firme. El albino puso en el suelo su carga e inspeccionó el candado y la cadena de la entrada. Con un giro rápido de los dedos hizo saltar la aldaba. A continuación, los dos cruzaron la valla y pasaron junto a una caseta de guarda vacía con ventanas rotas.

El embarcadero estaba desierto, de no ser por ellos. En el puerto de Nueva York no había nada, excepto por algunos barcos atrapados por la cuarentena, en contraste con el resplandor de actividad en la costa de Jersey.

—Tratarán de salir de la isla –dijo Mister Cadaverina.

—Eso parece.

—Póngame en tierra. Podemos lidiar con esto.

—Espere un momento. Debo hacer contacto con Tachyon.

Envió un mensaje de radio a Tachyon, no obtuvo respuesta y tuvo que elevarse más de doscientos metros hasta que su pulso alcanzara a la ambulancia. Mister Cadaverina manifestaba inquietud.

—¿Qué hace, hombre? ¡Se escapan! ¡Bájeme!

Tan pronto oyó que habían recibido su mensaje, Modular Man descendió a toda velocidad. Iba a luchar contra Croyd de nuevo, pensó. Recordó los primeros momentos de su existencia, el vuelo confuso en torno al Empire State Building, con el pelo de Cyndi flotando como estrella reluciente en la mano oscura del simio. Intensa luz, volvió a evocar.

Dejó a Mister Cadaverina junto a la entrada. El joker se sacudió el polvo.

—¿Qué andaba usted haciendo? –demandó.

—Luego explico.

Los dos dieron un brinco al oír un gemido junto a ellos. La alarma del androide desapareció al ver a un hombre regordete, tirado junto a la valla, con una botella de bourbon al lado de su mano tatuada. El borracho llevaba pantalones de cuero, botas y una gorra de la policía de Nueva York; tenía el pecho desnudo, que ostentaba anillos de acero colgados de sus pezones perforados.

Modular Man fijó la imagen en su memoria. Una visión para atesorar, pensó.

—¡No podemos esperar! –insistió el joker–. ¡Esos dos habrán escapado para cuando llegue la ambulancia!

Mister Cadaverina se dio vuelta y se quitó la máscara. Por detrás, Modular Man no vio ninguna deformidad. El joker se puso la capucha y máscara antigás y avanzó veloz por el embarcadero, siguiendo unas vías de tren oxidadas. El silencio de sus pasos era sorprendente.

—¡Aguarde! –dijo Modular Man–. Lo van a ver.

El joker no le hizo caso. Avanzó al borde del embarcadero, se agachó para cruzar un barandal y desapareció. En la mente de Modular

Man sonó una alarma. Se alzó en el aire y rodó hasta ponerse bajo la cubierta del embarcadero.

Mister Cadaverina seguía andando, volteado, sobre las viejas planchas corroídas, con paso enérgico, con el Hudson, oscuro y silencioso, rodando bajo su cabeza. El androide voló hasta su lado.

Se le ocurrió una posibilidad. Su mente corrió programas de escaneo y verificación.

La posibilidad se confirmó como mayor al noventa por ciento. Complexión, talento, raza, edad aproximada... todo coincidía. Los acentos eran del todo distintos, y el tono y timbre de las voces muy diferentes entre sí, pero al analizar palabras clave surgían correspondencias sorprendentes.

¿Por qué, se preguntó Modular Man, Correparedes olía mal y se disfrazaba de joker?

¿No sería ésa otra manifestación del wild card de Correparedes? Quizás a ratos fuese Correparedes, y cuando comenzaba a oler mal se volvía Mister Cadaverina.

O tal vez se había vuelto loco. ¿Por qué querría nadie disfrazarse de joker?

Decidió no hablar de sus conclusiones con el as que caminaba invertido a su lado.

—No mencionó el poder de andar volteado de cabeza.

—¿Ah, no? –la voz quedaba ahogada por la máscara antigás–. A veces tengo mala memoria.

—¿Algo más que me convendría saber? –preguntó Modular Man, pero empezó a oír la voz de Croyd.

Mister Cadaverina lo miró.

—¡Shhh! Callado –indicó el joker, y el androide percibió una sonrisa torva bajo la máscara–. ¡Como el silencio de una tumba!

Avanzaron. Mister Cadaverina se movía con soltura bajo el muelle entre una maraña de soportes de madera y metal, con aspecto de esqueleto de un extinto y gigantesco animal que se alzaba en torno a ellos. La voz de Croyd se dejaba oír con más claridad. Modular Man recordó la lluvia de estrellas flameantes que señaló el descenso del Enjambre. ¡Qué intensa luz!

—Jamás tuve la menor oportunidad –se lamentaba Croyd–. Nunca aprendí nada del jodido mundo. Nada de álgebra. Nada de nada.

Se rio.

—Así y todo, les he enseñado varias cosas que *ellos* no sabían. Quédate conmigo, chico. Les vamos a dar unas lecciones *muy interesantes*, tú y yo.

El androide pensó en Cyndi, en Alice, en las otras. *¿No nos conocimos en la fuga del simio?* Pensó en la intensa luz y quiso hacer movimientos precisos, perfectos. Buscó el sentido maravilloso de la situación, mientras volaba debajo de un embarcadero con el agua del río bajo él, al lado de un as disfrazado, probablemente loco, que andaba volteado con pasos decididos.

A medio camino del muelle se encontraron con una escalera de madera que bajaba al agua oscura. La voz de Croyd les llegaba justo desde arriba.

—Venga, chico. Larguémonos de aquí. No te apartes del Durmiente. Yo sé qué hacer para sobrevivir en el mundo.

Mister Cadaverina se volvió al androide y le dio a entender, con gestos estorbados por sus ropajes pero de significado claro, que volara al lado opuesto del muelle, mientras él esperaba en el mismo lugar donde estaba.

Genial, pensó el androide. *Ataco y, mientras me matan a mí, Cadaverina los agarra por detrás. Magnífico.*

—Dame el paquete, chico –dijo la voz de Croyd.

No había tiempo para discutir con Mister Cadaverina. El androide flotó al otro lado del muelle, esquivando los soportes de metal, y se alzó al otro lado.

Croyd estaba de pie junto a la escalera, de cara a su compañero y, por coincidencia, en posición de ver al androide. El amigo de Croyd tenía un pequeño cuchillo y había cortado la cuerda y el papel que envolvían su paquete. De repente, el cuerpo de Croyd se enderezó, alarmado.

—¡Carajo! ¡El robot!

Su brazo se borró en un vertiginoso movimiento sacando la pistola. *No de nuevo*, pensó el androide. Se lanzó hacia el albino.

Croyd hacía movimientos frenéticos tratando de sacar la mano. La gran pistola plateada parecía estar atorada en su axila. El compañero, que no tenía la velocidad de los otros, giró despacio y se interpuso entre Croyd y el androide.

Los circuitos de Modular Man le presentaron un panorama de decisiones. No podía pegarle al guardaespaldas de Croyd sin cargarlo de energía, pero tampoco podría llegar a Croyd sin pasar sobre el otro. Se lanzó a la superficie del muelle, cayó sobre las manos y dio un tumbo. Las astillas desgarraron su traje. Vino a parar a los pies del joven, que se le quedó mirando.

Se oyó un desgarrón de ropa, seguido del grito triunfal de Croyd, que sacó el arma y la apuntó. Del bolsillo interior roto cayó una cascada de píldoras negras.

Mister Cadaverina se alzó por detrás de Croyd, repentino y ominoso como un espectro. Extendió el brazo y cerró sobre la pistola una mano enguantada. A continuación jaló hacia atrás y la Automag se disparó con un ruido como del fin del mundo.

El joker gritó al sentir el golpe de la pistola. El arma cayó sobre la superficie del muelle. La bala, que había dado al guardián de Croyd, cayó también al suelo.

¡*Uy!*, pensó Modular Man.

El joven se lanzó contra él, con el puño derecho cerrado. Modular Man rodó a un lado. El hermoso guardián tropezó con él y agotó su carga de potencia al meter el puño entre las planchas. El androide le aplicó una patada y lo tiró de espaldas. Probablemente le había dado una carga pequeña, nada por qué preocuparse.

Mientras eso sucedía, Croyd había golpeado con el codo el esternón de Mister Cadaverina. El joker rebotó contra el barandal, con lo que hizo rechinar los clavos oxidados. Croyd recogió del suelo el motor fuera de borda y lo lanzó con toda su fuerza no a sus enemigos, sino a su guardián. El androide pensó que la intención del albino era cargar a su compañero de energía.

Voló para interceptar la trayectoria del motor, que lo golpeó de lleno en el hombro y lo empujó hacia atrás. El amigo de Croyd agarró los pies del androide. Con fuerza desesperada, sus dedos trataron de hundirse en la carne de plástico.

Mister Cadaverina se arrojó desde el barandal, para golpear a Croyd por detrás con el antebrazo. Croyd giró, con las manos en actitud de garras, y los ojos rosa encendidos con las peores intenciones. Lanzó zarpazos al joker, queriendo rasgarle el traje, pero Mister Cadaverina los esquivaba, danzando. Los dos se movían con velocidad innatural.

Modular Man se elevó al cielo, con el joven aferrado a sus piernas. Patearlo, pensó el androide, sólo tendría el efecto de hacerlo más fuerte.

De pronto, Croyd se estremeció. Se le cortó la respiración y se agarró la cintura. La temperatura cálida del clima veraniego bajó unos cuantos grados.

El frío de la tumba, pensó el androide. No era una metáfora rebuscada, no. El joker había hecho una descripción literal. Al otro lado del embarcadero aparecieron unas luces destellantes y se oyó el aullido de una sirena. Era la ambulancia de la Clínica de Jokertown que por fin llegaba.

Croyd retrocedió tambaleándose. Agarró el paquete y se lo arrojó a Mister Cadaverina. El joker lo esquivó sin problema alguno, y el envoltorio cayó al agua detrás de él.

—La muerte es fría, mister Crenson –comentó Mister Cadaverina.

Su grave voz actoral resonaba a través de la máscara antigás, sobre el ruido de la ambulancia.

—La muerte es fría –repitió–, y yo soy el frío de la muerte.

El joker alzó el puño cerrado, y la temperatura volvió a descender. Mister Cadaverina, dedujo Modular Man, se robaba el calor del aire. Croyd se tropezó y cayó en una rodilla. Su rostro blanco se volvió azul. Su compañero gritó, indignado, y se dejó caer al suelo, sobre la superficie del embarcadero, justo frente a la Automag. Agarró la pistola y la apuntó a la figura ataviada con traje bioquímico.

Croyd cayó boca abajo, los miembros presa de convulsiones incontrolables. El androide bajó a máxima velocidad. El disparo de la pistola fue como la descarga de un trueno. Una bala pesada rozó la subestructura de metal de Modular Man y se perdió en la noche. La energía de la bala puso a girar al androide. Sin poder detenerse a tiempo, rompió el barandal y fue lanzado al aire sobre el Hudson. Estabilizó sus giros y volvió a la pelea.

Las luces de la ambulancia se veían al otro lado del muelle. En el agua, el paquete arrojado por el albino se inflaba de modo automático. Una balsa de hule.

Mister Cadaverina, que se seguía moviendo con velocidad innatural, danzó alejándose del guardián de Croyd. El joven no lograba apuntar con eficacia al manejar la pesada pistola. Disparó dos veces, y falló ambas.

Mister Cadaverina alzó el puño.

—¡No! –gritó Modular Man, queriendo prevenir al joker.

La temperatura descendió de nuevo. El guardaespaldas de Croyd se tambaleó y desplomó, y la pistola cayó de su mano.

Eso sí funciona, pensó el androide. Se daba cuenta en ese instante de que las potencias de Mister Cadaverina no disparaban frío, sino que sustraían calor. Al reducir la energía, en lugar de incrementarla, el talento del guardián resultaba inútil contra el joker maloliente.

Modular Man surcó el aire ejecutando un rizo, descendió sobre el albino y agarró a Croyd por el cuello y el cinturón. Los frenos de la ambulancia chirriaron al detenerse, y jokers con trajes bioquímicos se desparramaron del auto. Bajo su máscara antigás, Mister Cadaverina se reía.

El androide se elevó al cielo con su trémula carga, y aceleró. Desconcertados, los jokers miraban al cielo a través de sus máscaras, que limitaban su visión, tratando de ver adónde se llevaba a Croyd.

Modular Man sacudió a Croyd como a una muñeca de trapo.

—¿*Por qué me hiciste explotar?* –le gritó.

Los dientes de Croyd castañeteaban tanto que no era fácil entender lo que decía.

—En su momento me pareció buena idea.

Bajo ellos los edificios pasaban con rapidez. La furia recorría la mente del androide. Volvió a sacudir a Croyd.

—¿Por qué?

Croyd se puso a forcejear. Modular Man no tuvo dificultad en reprimir los movimientos mal coordinados del albino.

El androide se dio cuenta que había ganado la pelea. Con cautela, quiso atesorar esa emoción.

◆

Croyd temblaba sin controlarse cuando Modular Man aterrizó en una azotea y se quitó de la espalda la mochila de emergencia que se había puesto en la clínica. Contenía un traje bioquímico, una cobija, una lona impermeable, un saco y un rollo de cuerda. El androide envolvió al albino en la cobija, antes de embutirlo en el traje protector contra armas bioquímicas.

—¿Para quién trabajas? –preguntó Croyd–. ¿Para la mafia? ¿Para los otros?

Los dientes al entrechocar hacían más ruido que su voz.

El androide le gritó:

—¿Por qué me hiciste explotar?

En la oscuridad, los ojos de Croyd tenían el color de la sangre.

—En aquel entonces, parecía buena idea –repuso–. Y ahora parece aún mejor.

Un puño trémulo lo golpeó. Los dientes sonaban como castañuelas. La piel del albino había quedado de un intenso color turquesa, igual que Travnicek. Se mantenía apenas consciente. El androide cerró el casco del traje y le puso el saco de harina sobre la cabeza. A continuación envolvió a Croyd en la lona impermeable y lo ató firmemente con la cuerda. Incluso alguien de fuerza desusada sería incapaz de desatarse de ligaduras que no le permitían ningún movimiento.

El androide recogió su carga y reanudó el vuelo hasta llegar a un lado de la claraboya en la azotea de Travnicek. Se veía luz a través de las grietas en la pintura negra sobre los vidrios. Se acercó al tragaluz.

—Aquí estoy, Tostador.

Travnicek estaba de pie, desnudo, sobre el techo inclinado de un depósito de agua del edificio vecino. Su voz no emanaba de su boca, que parecía haberse sellado; uno de los órganos que salían de la garganta se encargaba de esa función. Sin embargo, su acento de Europa oriental había quedado intacto tras la transformación.

—Traes ahí a esa persona, Croyd, ¿sí?

—Correcto –replicó el androide y se llevó su carga a la azotea de al lado, en donde lo acomodó sobre una superficie alquitranada que conservaba algo del calor del sol de verano. Travnicek saltó desde los diez metros de altura del depósito y aterrizó suavemente junto a la figura amarrada. Se inclinó, con su ramillete de órganos murmurando al enfocarse sobre el albino. Desde el interior del saco de harina se oía el castañetear de dientes.

—Puedo ver a los organismos del virus ahí mismo –anunció Travnicek–, adentro de esa bolsa que le pusiste sobre la cabeza. No sé cómo, pero los veo. Los wild cards están muy vivos, ansiosos por entrar en mi cuerpo y… subvertir mi programación.

Desde su trompeta parlante se oyó su risa. Un escalofrío recorrió la mente del androide al percibir ese ruido inhumano, una risa producida sin ninguna garganta que la generase.

Modular Man se inclinó sobre la trémula figura de Croyd.

—¡Señor! Abriré el envoltorio y el casco. Si usted se acerca e inhala, señor, podrá recibir otra dosis del virus.

Volvió a escucharse la risa de Travnicek.

—Qué tonto eres, Tostador. Muy tonto —empezó a decir, entre carcajadas.

El sentimiento que surgía en el androide no era ya desesperado, sino una amarga confirmación.

—Usted me ordenó que se lo trajera. *Usted quería* reinfectarse.

—Eso era antes de darme cuenta de lo que soy —explicó, interrumpiéndose por un nuevo acceso de risa—. Soy fuerte. Soy joven. Percibo el mundo de maneras en que ningún humano soñó jamás que fuesen posibles.

Dio la espalda al androide y se acercó al parapeto. De pie a la orilla de la azotea dejó que las luces de Jokertown se le reflejaran en la piel azulada.

—Esta ciudad es tan *sabrosa* —declaró—. Puedo sentir la luz, percibo todo lo que se mueve, el viento.

Alzó el ramillete de órganos al cielo.

—Oigo cantar a las estrellas. Mis sentidos abarcan de lo microscópico a lo macrocósmico. ¿Por qué desearía perder esto?

—¡Su genio, señor! El genio que fue capaz de crearme a mí. Si no lo recupera…

—¿De qué me sirvió eso? ¿Qué placer me produjo? —preguntó, y se volvió a reír—. Años de comer mal y dormir peor, años de oír el parloteo de voces en la mente, años de no tener amigos, de coger con putas baratas en los callejones, porque no me atrevía a meterlas al taller…

Soltó un gruñido y se volvió al androide.

—Todo eso va a cambiar, Licuadora. Ahora sí que voy a tener una *vida* de verdad. Y lo primero es que me consigas dinero.

Hizo una pausa y añadió:

—Dinero de verdad. Para empezar, unos doscientos mil dólares. No tienes sino que entrar a una bóveda de un banco y agarrarlo.

El androide miró el racimo de ojos amarillos.

—Sí, señor –dijo.

—Y deshazte de este Croyd. Tíralo donde no moleste a nadie.

—Sí, señor.

Travnicek se desplazó del parapeto a la base de hierro del depósito de agua y pegó un salto de unos dos metros para quedar adherido a un costado con manos y pies. Con determinación ascendió hasta la punta del depósito y se agazapó ahí, mirando la ciudad.

—El mundo es para mí una ostra –dijo–. Tú me la vas a servir abierta.

La cálida noche de junio se enfrió. Croyd agitó las piernas gritando. Modular Man lo recogió y voló en la noche, en dirección a la clínica.

La risa producida por la flor trompeta lo siguió mientras ascendía en silencio.

Travnicek, vestido en un traje hecho a la medida, estaba con una mujer en el mirador de Aces High. Ella tenía cabellos rubios y rizados, y llevaba un vestido ligero y escotado, casi transparente. En los pies calzaba botas blancas de plástico. Travnicek se inclinó hacia ella y la lamió con lenguas azules que brotaban de su ramillete de órganos y dejaban marcas mojadas en su rostro. Ella se estremeció y se apartó de él.

—Al carajo con esto. No pagas lo suficiente.

Travnicek se metió una mano al bolsillo y extrajo un fajo de billetes.

—¿Cuánto *suficiente* quieres? –preguntó, enseñando un billete de cien dólares.

La mujer rubia titubeó. En su rostro se endureció una determinación.

—Mucho más que eso.

Hiram pasó junto a ellos como un fantasma, sus ojos recorrieron el restaurante sin ver nada.

—Santo Jesús –comentó un cliente por encima del sonido de

conversaciones en el restaurante–. Nunca antes Hiram consintió este tipo de cosas.

Modular Man hizo una mueca de desagrado y apartó la vista. Su asiento junto a la ventana, desde donde se oía lo que se decía en el mirador, le permitía ver ampliamente a Travnicek, más de lo que era deseable.

Algunas experiencias le parecían imposibles de atesorar.

Kate miró sobre el hombro a la pareja y encendió un cigarro.

—Qué manera de abordar a la mujer.

—Parece darle buenos resultados.

Ella lo miró.

—Me parece notar que tu comentario es filoso. ¿Lo conoces?

—Digamos que lo he conocido.

—Bueno, no te haré más preguntas.

Riéndose, Travnicek le dio a la mujer un puñado de billetes. Sus lenguas, o lo que fuesen, continuaron explorándola. En el bar se oyeron reacciones de repugnancia.

Sin hacer caso de los comentarios, la mesera pelirroja se aproximó a la mesa.

—¿Postre? –inquirió.

—Sí –dijo el androide–. La crostata, la tarta de naranja y el pay de sabayón de chocolate.

—Sí, señor. ¿Y para la dama?

Kate miró a Modular Man y le sacó la lengua.

—Para mí, nada. Cuento mis calorías.

—Muy bien. ¿Café?

—Sí. Gracias.

Kate sacudió la ceniza de su cigarro en el cenicero. Era una mujer pequeña, con pelo castaño suelto y ojos cálidos, como los de Jeanne Moreau.

—Me parece que ni siquiera Epicuro daría su aprobación a tu glotonería –comentó.

—Tengo los días contados. Quiero probarlo todo –se justificó, y sonrió–. Además, a mí no se me acumulan las calorías.

—Ya sé, son amperes para ti –alargó el brazo y le apretó la mano–. ¿Estás bien? ¿Ahora que has caído del Olimpo y vives entre los mortales?

—Creo que me voy acostumbrando. Pero eso no significa que me guste.

—¿Y tu creador?

—Se le acabó la genialidad.

—Así que eres autónomo.

—No. Sigo obligado a obedecerle. Y en mi tiempo libre, he de luchar contra los enemigos de la sociedad.

Y abrir cajas fuertes, añadió para sus adentros. *Disfrazado, para que no me reconozcan.*

Ella parecía preocupada.

—Quisiera que pudiésemos hacer algo.

—Por lo visto, no hay nada que hacer.

—Aun así –le dio un golpe a su cigarro–. Podrías aprender física. Metalurgia. Cosas de ese tipo. Para darte mantenimiento tú solo.

—Es cierto. Podría inscribirme en una escuela nocturna.

—¿Por qué no tomas un programa completo?

Él se encogió de hombros.

—¿Por qué no?

Kate se rio.

—Si una persona no paga sus colegiaturas pueden impedir que entre al aula. No sé qué harán con una máquina.

—Tal vez lo descubra yo –el androide miró a su compañera de mesa–. Gracias. Me has ayudado a poner las cosas en la perspectiva adecuada.

—De nada –sonrió–. Cuando quieras.

La cabeza de alguien se asomó por encima del balcón del mirador: Correparedes. El androide se sobresaltó, al recordar a Mister Cadaverina. ¿Por qué querría nadie disfrazarse de joker?

El joven as bajó al balcón y entró al bar.

La mesera trajo una bandeja con los postres y una jarra de café. Kate, mirando los postres con rencor, empujó su silla.

—Es hora de pasar al baño. Y después –suspiró– tendré que volver a Estacio y compañía.

La mesera movió la bandeja de los postres para permitir el paso a un cliente. El androide reconoció al hombre de cabeza color café que había estado en el restaurante el mismo día que habló con Correparedes. Inclinó la cabeza al hombre, mientras hablaba con Kate.

—Gracias por acompañarme –le dijo–. Todo el tiempo sentí que alguna emergencia iba a interrumpirnos. Una invasión de extraterrestres, la fuga del simio o algo así.

Kate se mostró sorprendida.

—¿No has oído lo del simio?

El corazón del androide dio un vuelco.

—No sé nada.

—Ya no es un simio. Él...

Modular Man alzó la mano.

—Prefiero que no me cuentes.

El cliente de pelo café los miró.

—De hecho –dijo–, *yo soy* el simio.

El androide se le quedó viendo. El hombre extendió la mano.

—Jeremiah Strauss –se presentó–. Qué gusto conocerlo.

El androide se dejó estrechar la mano.

—Hola –dijo.

—Ya no hago de simio –declaró Jeremiah Strauss, quien por lo visto tenía sed de compañía–. Pero todavía puedo hacer a Bogart. ¡Miren!

El exsimio se concentró, y sus rasgos poco a poco cambiaron de forma.

—No voy a pagar los platos rotos por ti, linda –imitó la manera bogartiana de hablar. Su rostro tomó el aspecto de la cara del cadáver de Bogart.

—Muy bien –dijo Modular Man horrorizado.

—¿Quieren ver cómo hago a Cagney?

Miró a Kate, que mantenía la mirada fija.

—Tal vez en algún otro momento –se excusó ella.

Strauss reaccionó como si recibiera un golpe.

—Demasiado ansioso, ¿verdad? –comentó–. Lo siento mucho. Todavía no logro recuperarme. Si tú piensas que lo pasaste mal por estar muerto un año, hombre, debieras probar ser simio durante veinte. Santo Jesús, la última vez que oí hablar de Ronald Reagan él todavía era *actor*.

—Voy al baño –anunció Kate y miró a Strauss–. Gusto en conocerlo.

Huyó. Modular Man le dio la mano a Strauss y le dijo adiós.

La mesera volvió a acercar los postres a la mesa y le entregó su orden.

—Hace un par de días recibimos un mensaje para ti –le guiñó un ojo–. Una llamada de California. Pero pensé que a lo mejor no era buena idea dártelo mientras estabas con otra dama.

Buscó en un bolsillo y sacó un trozo de papel color de rosa. Tenía escrito un número de larga distancia.

Bienvenido de vuelta. Nuevo número de teléfono. Llámame pronto. Amor, Cyndi. P. S.: ¿Tienes puesto el corazón?

Modular Man memorizó el número, sonrió y arrugó el papel.

Atesorar, pensó.

—Gracias –le dijo a la mesera–. Si la dama vuelve a llamar, dígale que la respuesta es sí.

Se preparó para sus postres.

El mundo ofrecía nuevas experiencias por todas partes.

Lazos de sangre

VI

DE NO SER TAN GRAVE LA SITUACIÓN, PODRÍA HABER TENIDO mucha gracia: Modular Man alejándose por el aire sobre las azoteas, con Croyd en los brazos, mientras el escuadrón de jokers y Tachyon se quedaban nada más mirando como tontos. Troll carraspeó, con una explosión de sonido que sonaba a una revolvedora de grava y cemento. Ofreció al taquisiano la figura flácida de Bill Lockwood, como un pescador presenta su mejor pieza.

—Bueno, por lo menos tenemos a éste –propuso, tímido.

—¡Para lo que nos sirve! Bueno, supongo que habrá que darle tratamiento –masculló rabioso Tach.

Todos regresaron a la clínica.

Unas horas más tarde, la temperatura corporal del hombre había vuelto a su nivel normal. Acostado en una cama y sujeto con correas, parpadeaba mareado. Tachyon tomó una silla y miró el rostro apuesto e insípido.

—Has de saber que hemos pasado por un infierno gracias a ustedes dos. ¿Por qué has protegido a Croyd como desesperado? ¡Son directamente responsables de que cientos de personas inocentes hayan muerto!

La cara del joven se descompuso en un gesto de tristeza, y Tachyon se deprimió al ver que se echaba a llorar.

—Quería solamente ayudar a Croyd –sollozó, mientras Tachyon le limpiaba las lágrimas con un pañuelo–. Él es el único que ha tenido un gesto de bondad conmigo. Me regaló sus donas. Me convirtió en as.

—¿Quién diablos eres tú?

—¿No me vas a leer la mente?

—Estoy demasiado cansado y de mal humor para leer tu mente.

Tachyon sintió que de una manera inexplicable había decepcionado a ese hombre.

—Yo fui... Mocomán, pero ya no hay que usar ese nombre. Ahora soy un as.

—¡Mocomán...!

La voz de Tachyon se apagó, y meneó la cabeza.

Por su mente corrían recuerdos como una proyección de diapositivas. La horrible figura cubierta de moco huyendo del guardia que lo perseguía con un bat de beisbol... Los Príncipes Diablos atormentando al miserable joker hasta que la sangre brotaba mezclada con el moco verde... Los repugnantes ruidos adenoidales que salían de los contenedores de basura donde dormía Mocomán...

—Oh, ¡naves y ancestros!, él te transformó en as, y tu agradecimiento...

De nuevo, no lograba hallar las palabras.

—¿Qué harán conmigo? –preguntó Bill Lockwood.

—No sé.

En el vestíbulo se produjo un tumulto: Troll mugía como un toro indignado, y la voz aguda de Tina pegaba gritos estridentes. Del pandemonio surgió un nombre: Tachyon.

Modular Man daba vueltas en el aire, con Croyd envuelto en una sábana como una momia furiosa. Tachyon y Troll se apresuraron a ponerse sus trajes, y el androide metió a Croyd a la cámara de aislamiento. Tachyon la había preparado semanas antes: vidrio de seguridad para cárceles, puerta de acero reforzada. Estaban listos.

En poco menos de dos minutos, Croyd rompió el vidrio, sólo para desaparecer bajo una pila de cuerpos que lo sometieron. Unas horas después, un nuevo vidrio estaba ya puesto y las paredes se cubrieron de una malla de alambre electrificado.

Croyd tardó sólo minuto en desbaratarlo a golpes. La electricidad actuaba como estimulante para él.

Troll, que había colocado su enorme cuerpo de tres metros de longitud encima de Croyd, esposado con cadenas de acero, alzó la mirada.

—Doc, no puedo pasarme la vida sentado encima de él.

Se reemplazó de nuevo el vidrio. Tachyon habló sobre el uso de cortinas de acero con expertos en seguridad de Attica, que se limitaron a señalar que las paredes no podrían soportar tanta tensión.

Finn salió entonces con una idea salvaje y descabellada.

—Consideremos el caso de las vacas –había comentado, mientras daba golpecitos en el piso con uno de sus delicados cascos delanteros–. Son tan estúpidas que no pisan las líneas pintadas de la carretera porque piensan que son protectores para que no pase el ganado.

—Sí, pero Croyd es un hombre, no una vaca –explicó Tachyon.

—Un hombre muy sugestionable.

—¿Cómo lo sabes?

—Yo lo hice dormir mediante adiestramiento de las ondas cerebrales y sugestión, ¿te acuerdas?

Conectaron las terminales y volvieron a intentar el mismo truco, pero no funcionó. Así que pintaron barrotes en la ventana y en la puerta.

Después de eso, Croyd se volvió muy dócil.

Siempre y cuando nadie intentara entrar en la habitación.

Por favor, duérmete. Por favor, Croyd, duérmete.

Durante cuatro días, Tachyon había hecho la misma plegaria, pero sin obtener respuesta del albino, que seguía andando, nervioso, tras el vidrio con rejas pintadas del cuarto de aislamiento.

Tachyon quiso ayudar a la naturaleza. Tras el fracaso del adiestramiento con ondas cerebrales, inyectó gases narcóticos al aire de la habitación y añadió barbitúricos a la comida. Pero Croyd insistía en permanecer despierto e infeccioso. Cada hora que pasaba, el virus seguía realizando mutaciones.

Croyd era un holocausto andante. Era necesario tomar una decisión. Tachyon se miró las manos. Recordó el impacto de la pistola en la mano cuando mató a Claude Bonell. Y la Mujer en Llamas. Y Rabdan.

¡Ideal! Estoy cansado de causar muerte. Indulgencia, padres míos. No quiero hacerlo de nuevo.

♣

Peregrine le sonrió desde su lecho de hospital, pero enseguida hizo un gesto y se mordió el labio con fuerza al pasar por su cuerpo otra contracción dolorosa. Había un brillo excesivo en sus ojos, y su proverbial buen humor parecía más maniático que natural. Tachyon, inundado de ternura por ella, tenía que esforzarse para mantener la sonrisa en la cara. En unas cuantas horas más, Peregrine daría a luz. Ambos sabían lo que esa experiencia podría hacerle al feto que se esforzaba por salir de su cuerpo hinchado.

Con suavidad, puso la mano en el monte de su vientre y sintió una nueva contracción de sus músculos.

—Una cesárea podría ser más fácil para el niño.

—No. McCoy y yo tenemos una gran convicción al respecto.

—¿Dónde está él?

—Salió a tomarse un café.

—¿Sigues insistiendo en su presencia?

—Sí…

—Los maridos son una peste.

—Entiendo tus sentimientos, querido Tachy.

Lograba lucir sexy a pesar de su condición.

—Y por cierto –añadió–, no nos hemos casado.

Otro espasmo la puso a jadear.

—¿Cuánto falta? –preguntó.

—Apenas comienza.

—¡Genial!

—Un parto es más duro a tu edad.

—En lugar de darme ánimos, me insultas.

—Perdón.

Ella alargó el brazo para tocarlo.

—Tach, es en broma.

—Trata de reposar. Te veré en unas horas.

—Es una cita.

Troll asomó la cabeza por la puerta de la oficina.

—No me necesitas, ¿verdad?

—¿Por qué?

—Hay problemas en el Club Caos. Acaba de entrar la llamada.

—No te necesito, puedes ir.

—Me parece raro. Esos matones no han dicho ni pío durante días. Ya deberían aprender.

—Bueno, por lo visto necesitan otra lección, Troll.

—¿No quieres venir?

—Peregrine ha empezado el trabajo de parto.

—Oh. Hasta luego, Doc.

Tachyon llamó a Tina y se enteró de que se habían llevado a Peregrine a la sala de partos. En los vestidores se quitó su ropa color durazno y plata, se enfundó en una bata quirúrgica verde y se lavó cuidadosamente.

El intercomunicador zumbó. Usó el codo para apretar el botón. Era la voz de Finn.

—Jefe, tenemos un diluvio de jokers aquí.

—Estoy atendiendo un parto.

—Ah, bueno –dijo Finn y cortó la comunicación.

La sala de urgencias se estaba llenando de jóvenes jokers que ostentaban una variedad de golpes y cortadas. Iban llegando más y más. Finn trotó hacia el adolescente más próximo, pero se echó atrás al advertir que la cortada en la frente del muchacho no era sino un efecto ingenioso de maquillaje.

La hoja de quince centímetros de una navaja de resorte relució bajo la nariz de Finn.

Una ambulancia arribó ruidosa y descargó una partida de hombres con armas pesadas. Finn alzó las manos. Su mamá no había criado tontos.

Cuando se propuso la idea de apoderarse de la clínica de Tachyon, Brennan se opuso enérgicamente al plan.

Pero desde arriba llegó la orden: *Tachyon puede conducirnos a una mujer capaz de curar a un joker durmiendo con él. Encuéntrenla. Y Tachyon necesita aprender una lección. Tráiganlo.*

A Brennan no le sorprendió esa orden. Un año antes, Kien había utilizado a la adorable joven vietnamita Mai para curar jokers. Todo lo que se necesitaba era dinero, mucho dinero, y uno quedaba curado. Pero Brennan había matado a Scar y rescatado a Mai, y ahora otra mujer tomaba su sitio. Una joven que curaba con el sexo. ¿Qué hombre joker no pagaría una fortuna por curarse cogiendo con una hermosa mujer?

La ironía del caso fue que el mando del asalto se le encomendó a Brennan. Después de quitarle a Kien su máquina de curar, se encontraba a punto de proporcionarle otra. Mala fortuna para Tachyon y su clínica, pero Brennan tenía su propia agenda que cumplir.

El único problema consistía en que la promoción se había brincado a Danny Mao, y el Oriental no apreciaba ese salto de escalafón. Por otra parte, su nombramiento indicaba que Brennan había conseguido distinguirse dentro de la estructura bizantina de Kien. Era probable que el paso siguiente consistiera en ser admitido al círculo inmediato de Kien en persona; sería en ese punto que Brennan tendría la venganza a su alcance. No pudo, por eso, rehusar el encargo. Llevaba demasiados años de trabajar para demoler la fachada de Kien Phuc y revelar la pudrición que ocultaba.

Brennan introdujo un cargador a su Browning de alta potencia y se palpó los bolsillos del chaleco, para verificar que los repuestos estaban listos. La orden era limitar el número de muertos. Sólo una persona estaba sentenciada a morir: Tachyon.

Las once veintisiete.

Brennan observaba la clínica desde el auto, sentado al lado del conductor. Estaban a punto de llegar. ¡Qué lástima lo de Tachyon! *Si deseas encontrar la verdad diáfana, no te fijes en el bien ni el mal.*

Mala o buena, él tenía su propia agenda.

McCoy se estaba portando bastante bien. Al menos no había sido necesario sacarlo desmayado de la sala de partos. Hasta se acordaba a veces de darle instrucciones a Peri: jadea, puja, respira. Las respuestas de ella a estos recordatorios bienintencionados eran directas y no muy halagadoras. Otro frágil grito escapó de su garganta, y su cuerpo se arqueó sobre los estribos. Tachyon, en tanto alternaba los ojos entre los monitores y el dilatado cérvix, le hablaba con suavidad:

—Vas muy bien, Peri. Un poco más y ya.

Quiso tocar la mente no formada del bebé que luchaba por salir del canal de parto. Miedo, furia por la revolución abrupta de su confortable mundo; sin duda, hijo de Fortunato. La mente de Tachyon lo acarició y consoló, y observó que el pulso frenético bajaba de ritmo.

Todo va a estar bien, hombrecito. No me des el disgusto de tener la razón.

¿Cuántas veces había recibido entre las rodillas de una madre a una criatura que enseguida se convertía en papilla en sus manos? ¡Demasiadas!

Un estruendo lo hizo girar en el banco donde se encontraba sentado, y el extraterrestre miró atónito a los tres hombres armados que irrumpieron por las puertas de la sala de partos. Peregrine se alzó sobre los codos y los miró con odio.

—¡OH, CRISTO!

—¿Qué diablos significa esto?

Tach retrocedió un poco ante el agresivo ademán de un cañón de Uzi dirigido hacia él. Los otros dos intrusos tragaron saliva, mientras miraban con caras enrojecidas las partes íntimas de Peregrine.

—¡Están invadiendo la integridad estéril de esta sala! ¡Fuera de aquí!

—Hemos venido por usted.

—Ahora mismo estoy un poco ocupado. Estoy atendiendo un nacimiento. ¡FUERA!

Tachyon hizo ademanes expresivos con sus manos enguantadas.

—¡A la mierda con esto! –explotó McCoy, e hizo justo lo que Tachyon rezaba para que no hiciera.

Mediante el control mental, Tachyon derribó al fotógrafo al suelo. En el forcejeo con el pistolero los tiros del arma fueron a dar al techo. A su alrededor llovieron fragmentos de vidrio de las luces destrozadas.

—¡McCoy! –forcejeó Peregrine con Tina.

—¡Acuéstate! Él está bien. Sobrevivirá para seguir haciendo estupideces.

—Suelte a mi compañero o lo mato. Uno de nosotros lo hará, a usted o a estas mujeres –ordenó el joven oriental, nervioso.

El doctor Tachyon liberó a su cautivo mental.

—Ahora, venga con nosotros.

—Señores, no tengo idea de por qué están aquí ni quiénes son, pero estaré a sus órdenes en cuanto nazca este bebé. No podré escaparme por el desagüe, debo salir por esas puertas, así que tengan la bondad de esperar en la antesala.

Puso el banco en su sitio entre las piernas de Peri y prosiguió su sereno monólogo externo e interno con la madre y el niño.

—McCoy –llamó jadeando la as.

—Está dormido.

Los gritos y las contracciones de Peregrine llegaban en oleadas. A Tach no le agradaba presionarla, pero… De pronto, el bebé se deslizó, libre. Llevó su mano a la vagina y sostuvo la cabecita en la palma, para ayudar a que John Fortune apareciera en su nuevo mundo.

Tach sintió el sabor de la sangre y se dio cuenta de que se mordía el labio inferior. Envolvió a la criatura en oleadas de calor y consuelo. *¡No te transformes! ¡Por el Ideal, no te transformes!*

El bebé que sostenía en sus manos era un hombrecito perfectamente formado, con abundante pelo negro. Succionaron el moco de la boca que parecía un capullo. Tachyon lo volteó y acarició la pequeña espalda, y un grito potente salió del niño. Tach, con los ojos llenos de lágrimas, limpió de mucosidad y sangre el cuerpecito del bebé, y enseguida lo puso sobre el vientre flácido de su madre.

—Está bien, ¡está bien! –los dedos de Peregrine acariciaban suavemente al pequeño llorón.

—Sí, Peri, es un niño perfecto. Tenías razón.

Se resolvieron los últimos detalles; Tachyon cortó el cordón, lavaron cuidadosamente al infante y lo envolvieron en lana de cordero. Tachyon y Tina pasaron a Peregrine a una camilla, y arrojaron a McCoy, que roncaba, a otra. Una cara se asomó a la sala de partos. Tach encorvó los hombros y lo ignoró.

—Doctor, ¿qué está pasando?

—No lo sé, querida, pero supongo que esos caballeros armados me lo dirán enseguida.

Brennan entró a la antesala y miró a sus hombres, quienes, culpables, apagaron el cigarro que compartían y miraron al suelo.

—¿Dónde está Tachyon?

—Ahí adentro.

—¿Por qué ahí adentro?

—Es que estaba atendiendo un parto.

—¡Dios, fue repugnante!

—Daba vergüenza estar ahí –dijo un tercero–. Nos prometió que...

—Me entregaría a ustedes. Sí, señores, lo prometí y aquí me ven. Sin embargo, ¿podrían auxiliarme? Supongo que tienen...

Sus ojos se encontraron con los de Brennan; titubeó, tosió, y continuó:

—Que tienen sometidos a mis enfermeros, y uno de mis pacientes necesita ser llevado al pabellón de maternidad. La madre debe volver a su cuarto.

¡Tú! ¡Dioses míos! ¿Qué haces aquí?

Me apodero de tu clínica.

Pero ¿por qué? ¿POR QUÉ?

—Si tienen la bondad de asistirme con las camillas.

La conversación externa fluía sobre el intercambio telepático.

Los tres hombres miraron a Brennan.

—Póngalos en la cafetería, con los demás.

—¡En la cafetería! ¡No estarán moviendo a los enfermos peligrosos o a los niños!

—No diga estupideces –intervino Brennan, disgustado–. Ellos no representan ninguna amenaza.

—El hombre que está en aislamiento... ¿no lo habrán soltado?

—No. Él es nuestra cubierta.

—¿Cubierta?

—¿Por qué pierdo el tiempo batiendo la lengua con usted? ¡Muévase! –gritó Brennan–. Llévese al crío a maternidad. En el camino hablaremos.

Brennan, con su Browning firmemente aferrada, y Tachyon, con John Fortune en brazos, avanzaron por los pasillos, anormalmente silenciosos.

Todo el personal de enfermería había sido removido, así que Tachyon preparó un biberón y alimentó al niño. Brennan dio vuelta a una silla y se sentó a caballo en ella, con los brazos doblados sobre el respaldo.

—Bueno –dijo Tachyon, con una ecuanimidad que no sentía–, ¿de qué se trata esto?

—Se trata de dos cosas. La primera es que tu escuadrón de matones ha molestado a uno de los jugadores principales. Además, tienes un tesorito que desea poseer.

—Te ruego que no hables como matón de tercera en película de bajo presupuesto. ¡Tesorito! –resopló el alienígena.

—Jane Lillian Dow.

—No sé en dónde está.

—Eso no se lo cree mi jefe.

—Pues tu jefe se equivoca –indicó Tachyon, mientras limpiaba una gota de leche del mentón del bebé–. Presumo que habrán inventado alguna historia para justificar la clausura de la clínica, ¿no es así?

—Sí. Hemos dicho a la gente que el portador anda suelto dentro del hospital.

—Qué listos –Tachyon cambió al bebé de posición. Examinó sus ligeros pliegues epicánticos, y luego echó una mirada significativa a los alterados de Brennan.

—Nunca te pregunté para qué querías esa cirugía.

—Lo sé. Lo aprecio.

—Pude descubrirlo, pero no lo hice. Respeté tu intimidad.

—Sí, ya lo sé.

—¿Así me pagas?

—Debía ingresar a esta… organización. He arriesgado todo por esto.

Tachyon extendió el brazo.

—¿Esto? ¿*Esto*? ¿Invadir mi clínica? ¿Arriesgar a mis pacientes?

—No, no, esto no. Otras… cosas –la voz de Brennan perdía volumen.

—No te entregaría a Jane aunque supiera en dónde está.

—Mis órdenes consisten en comenzar a matar a tus pacientes hasta que nos lo digas.

Tachyon palideció, y su mano apretó la botella. Se puso a Johnny sobre el hombro y le dio palmaditas en la espalda hasta que soltó un sonoro eructo, y regurgitó un poco de leche sobre la tela color durazno.

—Tus órdenes consisten en matarme *a mí*, no importa qué pase.

—¡NO TE METAS EN MI MENTE!

Brennan se dio vuelta y metió los puños cerrados entre los muslos.

—No lo haré.

—No, claro, alguien más lo hará por ti. Qué mente más flexible la tuya, capitán. Hubieras sido un buen taquisiano. Tal vez por eso siempre te he tenido aprecio.

Se levantó y acostó a Johnny en una cuna.

—¡MALDITO SEAS!

—¿Por qué?

—Todos ustedes me están acosando, enredándome en estos lazos, me estorban, me ahogan.

—Me pregunto qué diría tu Jennifer sobre lo que estás haciendo.

—¡MALDITA SEA! ¡NO TE METAS! ¡CON UN CARAJO, NO TE METAS EN ESTO! NO QUIERO PENSAR EN ESO –concluyó bajando la voz

—Es el precio que pagas por ser un hombre, Brennan. A veces, los sentimientos son lo que importa.

—Sí me importan –repuso, con voz de agonizante.

—Por los muertos, sí. Tal vez sea interesante que un día escojas a los vivos.

—¡Eso no es justo! –exclamó Brennan cuando Tachyon le dio la espalda–. ¿Qué hago con Mai?

—Mai ya se fue. Esto es el aquí y el ahora, y tú vas a tener que elegir.

Las horas pasaron arrastrándose. La admiración de Tachyon por Bradly Latour Finn iba en aumento de un instante al otro. El pequeño joker daba consuelo a los viejos, bromeaba con los jóvenes y jugaba con los niños. La sonrisa no abandonaba su rostro. Ni siquiera cuando sus captores, cada vez más nerviosos, volcaban maldiciones o golpes sobre su cabeza. Ni cuando salió un grito histérico de la boca de Victoria Reina:

—¡Nos van a matar a todos! ¿Cómo carajos puedes estar tan tranquilo?

—¡He de ser demasiado tonto para notarlo!

Trotó hacia Tachyon, con los cañones de las armas siguiendo cada uno de sus movimientos en la cafetería atiborrada. Se detuvo un momento junto una mesa en donde Deadhead parloteaba sin parar. Asintió con expresión seria durante varios segundos.

—No *podría* estar más de acuerdo con usted.

—¡Sentado! –aulló uno de los guardias.

Con delicadeza, Finn retrocedió a una silla. Sacudió los cuartos traseros. Asumió una expresión triste y trotó hacia Tachyon. El extraterrestre sintió cortársele el aliento al notar la cola del joker, que no había visto. ¡Estaba cortada justo en la raíz!

—¡Tu cola!

—Algún Hombre Lobo adornará su chamarra con ella.

Ese detalle tuvo la virtud de enfurecer a Tachyon más que ninguno de los otros sucesos de la jornada.

—Tu cola, Finn –volvió a lamentarse.

—Volverá a crecer. Además, era un exceso de vanidad de mi parte –admitió, y se acercó al otro médico–. Doctor, algunas personas necesitan sus medicamentos.

—Ya lo sé.

Tachyon se bajó de la mesa donde estaba sentado, y con la mano sobre los restos del pelo de Finn, se aproximó a Brennan. Era una estampa ridícula. El pequeño alienígena, vestido con calzones largos, la corbata de encaje de su camisa desanudada y cayendo como espuma de una cascada, su rizada cabellera cobriza sacudiéndose mientras caminaba. A su lado, el pequeño centauro palomino haciendo cabriolas como un lipizzano.

—Varios de los presentes necesitan sus medicamentos. ¿Puedo ir con algunos empleados a conseguir las drogas?

—¡Drogas! Eso suena bien –se rio un Hombre Lobo.

—Danos lo que queremos –dijo Brennan.

—No.

—¡MIERDA! –Danny Mao aplastó un cigarro sobre una ensalada del chef envuelta en celofán–. ¿Cuánto tiempo vamos a estar aquí sentados?

—El tiempo necesario –replicó Brennan, con sequedad.

—Venga, Cowboy, vamos matando a algunos de estos cabrones tan feos –Danny Mao miró con repugnancia a los jokers apiñados–. Les estaremos haciendo un favor.

Brennan se encaró a Tachyon.

—La chica.

—No.

¿Por qué haces esto? ¿Por qué?

Pasaron otros veinte minutos agónicos. Tachyon, con los ojos entrecerrados, movía los dedos sobre una rodilla, mientras marcaba el compás de una sonata de violín silenciosa con la cabeza.

—Cowboy, él tiene poderes mentales. ¿Quién sabe si está llamando al escuadrón de jokers ahora mismo?

Lee se puso al alcance del otro oriental del grupo.

—Danny tiene razón.

—No va a pedir ayuda. Sabe los riesgos de un ataque desde el exterior. ¿Cuántos de éstos caerían muertos en un intento de rescate? –Brennan abarcó con el brazo a los aterrados pacientes y el personal, y volvió sus ojos grises y duros a Tackyon–. ¿Cuántos caerán por esa traición?

—¡Traición! –Tacyon saboreó la palabra.

Los ojos grises se enfrentaron a los ojos violeta. Los grises fueron los que bajaron.

—Ya veo que no quieres empezar a matar a viejecitas –dijo Danny, mientras miraba a una mujer con desagrado–, aunque sean más feas que un culo sin limpiar. ¿Por qué no lo usamos *a él*?

Con el pulgar indicó a Deadhead, que con actitud culpable devoraba una rebanada de tarta, mientras mantenía su monólogo incesante.

—Para eso lo trajimos –insistió Danny Mao.

Brennan se limpió el sudor de la frente.

—No sabemos qué efecto tendrá Tachyon sobre él. Es un metabolismo extraterrestre.

Danny se aproximó a un anciano, lo agarró por sus escasos pelos blancos y le metió el cañón de su Colt Python en la boca desdentada. Victoria Reina soltó un gemido. Una ola de inquietud recorrió al grupo de rehenes. Tachyon se levantó a medias de su silla, pero se tranquilizó al darse cuenta de que el chino tenía la vista fija en Brennan.

—Yo digo que te faltan agallas, Cowboy –declaró Danny, en voz baja y amenazante–. Creo que fue un error ponerte a cargo de la operación. Así que si no tienes los huevos para actuar, yo lo haré.

—¡Está bien! –gritó Brennan–. Usemos a Deadhead.

Danny sacó la pistola de la boca del joker y puso la punta del cañón contra la cabeza de Tachyon. Se dejaron oír sonidos reprimidos de alarma entre los prisioneros.

—Aquí no. Vamos a su oficina. Tú, Deadhead…

El as alzó la mirada e hizo una pausa en su enérgica masticación.

—Trae una cuchara.

Brennan dejó a cinco hombres vigilando la cafetería. Miró a Tachyon, que estudiaba a los quince hombres que lo rodeaban en el ascensor, todos mucho más altos que él. Tenía la actitud de un hombre que calcula sus probabilidades y no le gusta el resultado.

Isida, mi roshi, ¿qué debe preponderar? ¿Lo que busca el alma de un hombre, o las amistades transitorias del mundo?

No obtuvo respuesta. Brennan supo que aunque el viejo maestro estuviera presente, no podría responder a su pregunta.

El rostro estrecho de Tachyon mostraba compostura. Se resignaba a morir, claramente. Brennan dudó que el extraterrestre enfrentara la muerte sin resistencia. Haría un último intento antes de dejarse matar.

Deadhead eructó y se dio unas palmadas en el estómago.

—Ojalá no me hubiese comido esa rebanada de tarta. Espero tener lugar para esto. Oye, ¿cómo le vamos a abrir la cabeza?

Los ojos de Tachyon se abrieron. De pronto, se encorvó y vomitó sobre los zapatos de Danny Mao.

—¡Oh, mierda! –gritó el oriental.

—Leer mentes no es un gran poder, ¿verdad? –le restregó Brennan–. Ya verás lo que te espera. Lee, baja a la sala de cirugía y trae una sierra.

—¿Por qué no lo llevamos ahí de una vez? –lloriqueó el muchacho, y se tapó la nariz contra el olor.

—Porque no quiero.

En sus palabras había tensión y furia.

Entraron a la oficina de Tachyon, y Brennan cerró con cuidado la puerta tras de sí. Danny cortó cartucho y le sonrió sobre el hombro.

—Yo me encargo de él, Cowboy. Tú no tienes estómago para esto, por lo que se ve.

No fue una decisión consciente. Brennan movió la mano y apagó la luz. El resplandor de Nueva York formaba una línea plateada en el contorno de las ventanas con las cortinas bajadas, pero el resto de la habitación se sumió en una oscuridad estigia.

Tachyon se arrojó al suelo al tiempo que casi lo cegaban dos re-

lámpagos simultáneos soltados por sendos cañones. Un cuerpo cayó
sobre él.

—¡Mierda! ¡Tiene una pistola! —oyó que exclamaba Brennan.

Deseaba tener una, más que nada en el mundo.

Empujándose sobre los codos y las rodillas, Tachyon reptó por la
gruesa alfombra. Un pie le dio fuerte en las costillas, y tuvo que reprimir un grito. El hombre recibió un impacto y descargó su Uzi en
una larga ráfaga al caer. Alguien gritó.

A tientas, con manos sudorosas, Tachyon dio con la manija de la
puerta, la abrió y se salió. Cerró de un portazo, al tiempo que las balas atravesaban la madera y le lanzaban una lluvia de astillas en las
mejillas. Se echó a correr.

Equilibrándose con una mano, giró en una esquina al tiempo que
se abría la puerta de su oficina y daba comienzo la persecución. Volvió a sonar la voz de Brennan.

—La mitad de ustedes, vengan conmigo. Le cerraremos el paso.

De quince, quedaron catorce, luego trece y quizá doce, si los últimos disparos de la Uzi habían dado en alguno de ellos. Así que eran
seis contra uno. Las probabilidades no eran favorables. Seis eran demasiados para ejercer control mental, a menos que lograra separar-
los. Esa idea no le gustaba.

Entonces... ¿adónde ir?

Éste es el Lugar de la Muerte.

Tachyon abrió de un tirón la puerta a las escaleras, y descendió
por los escalones de dos en dos, saltando como un ciervo bajo cacería. Sus perseguidores iban un piso arriba de él.

*Pero el ciervo vivió... porque él llegó primero en la carrera por su
vida.*

Era una jugada desesperada, pero era preciso intentarlo. Abajo, a
dos pisos, estaba su gente, temblando. Si sus perseguidores recorda-
ban eso, y volvían para amenazarlos...

Mientras sacaba las llaves, metió mayor velocidad a su carrera. En
la garganta, su respiración entraba en sollozos entrecortados. No
podía ver a Croyd a través de la amplia ventana de observación de la
sala de aislamiento. El cerrojo cedió, y el extraterrestre esperó, con
la mano en la perilla. Los perseguidores aparecieron en el cubo de la
escalera, ladrando de excitación.

598 J<small>UEGO SUCIO</small>

—¡Ahí está!

Se lanzó al interior de la sala, rodando. Pasó junto a Croyd, que se encontraba agazapado junto a la puerta, aunque no esperaba la llegada de ese bulto compacto que rodaba. Tachyon se alzó de un brinco.

—¡Croyd, ayúdame! ¡Vienen tras nosotros!

Una mano quiso alcanzarlo. Tach logró esquivarla, permitiendo que la inercia alejara a Croyd a casi un metro de él. Su única esperanza era evitar contacto. Si Croyd lograba echarle mano, lo destrozaría como si fuese de vidrio. Los ojos rojos estaban enloquecidos, y la cara pálida se deformaba en una mueca inhumana.

Llegaron los cazadores. Tachyon se lanzó en un clavado largo y plano que lo llevó hasta la cama. Croyd rugió, confundido, buscando. Sus ojos encontraron al pistolero que iba en punta, con su metralleta Uzi. El hombre aulló como el vapor de una locomotora y comenzó a derretirse. En segundos, su cuerpo se había fundido hasta las rodillas, hundidas en un charco color de rosa, viscoso y espumante, que iba aumentando de tamaño.

La mano de Croyd se tendió hacia otro de ellos y lo pescó de la articulación del hombro y el cuello. Tachyon se prensó desesperado contra la pared, mientras oía cómo le fracturaba los huesos. El hombre se desplomó con el cuello roto. La habitación se llenó de gritos.

De repente se produjo un destello de incandescencia, y otro de los cazadores se convirtió en una antorcha humana. En unos segundos, no quedó de él más que la pestilencia de mosaicos quemados y carne asada, sobre una mancha negra en el suelo.

Uno de los sobrevivientes logró hacer un disparo. La bala se incrustó en el pie descalzo de Croyd. El albino echó atrás la cabeza aullando de dolor. Agarró la pistola y se la arrancó de la mano al hombre. A continuación, Croyd se puso a pegarle con el cañón. La piel se le desgarraba crujiendo y la mira de la pistola se hundía en la carne blanda de las mejillas.

A los pies de Tachyon, otro hombre se retorcía. Las convulsiones eran tan violentas que su cuerpo parecía un arco tensado al máximo, con la cabeza tocando los talones. La sangre le corría de la boca, pues se había mordido la lengua.

La Reina Negra. Sin manifestación joker. Tres de siete. ¡Sangre y línea! ¡Dejadme vivir! Quiero vivir.

Sentía el miedo como algo viviente que le agarraba la garganta e impedía el paso de aire a los pulmones. Tachyon luchó por recuperar el aliento. El muchacho, Lee, iba hasta el final entre los cazadores. Aterrado, tiró su pistola y se fue corriendo. Croyd hizo a un lado a su atacante, que se desplomó como un títere ensangrentado sin vida, y se lanzó a perseguirlo.

Tachyon, volviendo la cabeza como si su cuello fuese de vidrio, observó la carnicería. Luego se miró el breve cuerpo. Sollozó de alivio. Se separó de la pared. Recogió una Uzi y salió al corredor. La ventana a la escalera de incendios estaba arrancada de la pared. Al asomarse, logró distinguir una figura en las sombras, que se escondía entre contenedores de basura del callejón. Aborreciéndose a sí mismo, disparó, y oyó el lamento de las balas rebotando contra tabiques y metales, pero nada más. Croyd había desaparecido.

Los tobillos se le aflojaban, y estuvo a punto de caer. Un brazo fuerte lo tomó por la cintura, y el taquisiano gritó de terror. Soltó un latigazo con su poder mental, pero se congeló en cuanto reconoció la mente del otro.

—Brennan.

♦

Contaban con unos minutos antes de la llegada de la policía. Tachyon se sentó tras el escritorio, sirvió dos buenas dosis de brandy y saludó al impávido humano.

—Te considero… como mi amigo. Gracias.

Brennan estaba recostado en su silla, con los pies enfundados en botas. El cadáver de Danny Mao yacía en la alfombra a un lado.

—Me llevó mucho tiempo decidirme.

—Tenías demasiado en juego. Estoy muy agradecido.

—Cállate. Ya me diste suficientes gracias. Me largo de aquí.

Brennan buscó en el bolsillo y sacó un as de espadas que puso encima del cuerpo de Danny.

—Esto les dará en qué pensar.

—A la policía… y ¿a *quién más*?

—¿De qué me hablas? –se tensó Brennan en su camino a la puerta.

—¿Quién está detrás de esto?

El silencio se alargó entre ellos.

—Daniel, exijo que me lo digas. Eso me lo *debes*.

El humano se dio vuelta, despacio, para encararlo.

—Es peligroso.

—¿Me vas a decir algo que no sepa? Este hombre oprime a mi gente, devora mi territorio, me hace la guerra. Debe parar.

—¿Cómo te propones detenerlo?

—Haciéndole creer que soy más peligroso para él de lo que él es para mí.

Una sonrisa pasó por la fuerte boca, se esfumó y luego regresó poco a poco, cada vez más amplia. Tachyon lo miró, fascinado. Era la primera vez que veía sonreír a Brennan.

—Esto es lo que te propongo.

♠

Se restauró el orden. Finn trató a varios pacientes en estado de shock, Peregrine amamantó a su bebé, se hicieron declaraciones a la policía y se contaron los cuerpos o sus fragmentos. Los cinco hombres de guardia en la cafetería habían huido, así como el horripilante Deadhead. Una cacería masiva de Croyd se puso en marcha. Tachyon lamentaba su decisión y se arrepentía. Quizá debería haber aceptado la muerte en lugar de soltar a Croyd, pero ¡qué muerte!, con esa repulsiva criatura devorando su cerebro. Decidió que a él la nobleza no le alcanzaba para tanto.

Hacia las 5 a.m. dejaron ir al alienígena. Hizo preparativos, llamó a la limusina y se encontró con Brennan. Con el humano al volante, se dirigieron a la Quinta Avenida esquina con la Calle Setenta y Tres.

Se estacionaron en un callejón detrás del edificio de apartamentos de piedra gris de cinco pisos. Tachyon extendió un mantel sobre el cofre de la Lincoln y preparó un servicio de desayuno: croissants calientes, termos de té y café. Una selección de quesos. Enseguida, mientras mordisqueaba una rebanada de camembert, envió el llamado. Una orden a través de una sirena. Diez minutos después, Kien Phuc salió de la puerta trasera al callejón. Lo acompañaba Wyrm. El joker se movió para sacar su pistola, pero se detuvo siseando al notar que Brennan giraba despacio, con una flecha de cacería de punta ancha enganchada a la cuerda del arco y dirigida hacia Kien. Tachyon aflojó la compulsión, y el vietnamita hizo un ademán a su joker/as para que desistiera.

Tachyon extendió las manos en un gesto de bienvenida.

—¿No gusta usted acompañarme a desayunar? Nuestros lugartenientes garantizan que nos portemos bien.

Tachyon ofreció un plato y se encogió de hombros al ver que Kien permanecía inmóvil.

—Usted ha conseguido… irritarme, mister Phuc, pero me dio gusto que realizara su patético atentado contra mi clínica. Me ha dado la oportunidad que andaba buscando.

—¿Para qué?

La voz de Kien sonaba como una máquina oxidada que se echara a andar tras años de abandono.

—Para advertirle que soy un enemigo de alto riesgo –dijo alegre el extraterrestre, y extendió mermelada sobre un croissant.

—¿Qué quiere?

—En primer lugar, demostrarle con qué facilidad puedo apoderarme de su mente y obligarlo a hacer lo que yo quiera. En segundo lugar, aclarar que Jokertown es territorio mío. Y en tercer lugar, proponer una tregua.

—¿Una tregua?

—Yo tengo mis propios intereses que proteger, así como usted tiene los suyos, que incluyen la prostitución, la lotería ilegal y el tráfico de drogas, pero sin incluir la venta de protección, extorsiones ni batallas a balazos en mis calles. Yo quiero que mi gente viva en seguridad.

Los ojos de Kien se posaron en Brennan.

—Este chacal adiestrado ¿es suyo?

—Oh, no, él también tiene sus propios intereses que atender.

Los ojos grises de Brennan se clavaron implacables en los ojos negros de Kien.

—He venido por ti, Kien.

—Usted tiene gente –sonrió Tachyon– que puede matarme desde la sombra. Yo tengo gente que puede hacerle lo mismo a usted. Estamos tablas.

—¿No va a interferir en mis negocios?

—No –suspiró Tachyon–. Creo que exhibo una lamentable falta de moralidad, pero no soy cruzado de ninguna causa. Los hombres tienen apetitos respecto a las mujeres, y las mujeres se venden para satisfacer esos apetitos. El consumo de drogas no puede evitarse. No somos ángeles, no. Pero insisto: paz en mis calles.

El taquisiano cambió de tono, abandonando la ligereza y asumiendo severidad.

—No más niños muertos por estúpidos tiroteos en Jokertown. Mi clínica y mis pacientes han de estar seguros.

—¿Qué respecto a Jane Dow?

—Ese tema no está a discusión en estas negociaciones, mister Phuc.

Kien se alzó de hombros.

—Bueno.

—¿Estamos de acuerdo?

—He aceptado sus condiciones.

Tachyon sonrió.

—Nunca se debe planear una traición en presencia de un telépata. Brennan, mátalo.

El vietnamita se puso pálido.

—¡No! ¡Aguarde! ¡Espere!

—Bueno, hagamos otra vez el intento. ¿Estamos de acuerdo?

—No del todo –crujió la voz de Kien.

Se quedó mirando a Brennan, que le devolvió la mirada con tranquilidad.

—Hace algún tiempo recibí un mensaje tuyo.

Brennan asintió.

—Ésta es mi respuesta –espetó el vietnamita.

El odio y la rabia le daban filo cortante a las palabras del hombre, y señaló a Brennan con la mano izquierda como si fuese un arma.

—Si persistes en molestarme, si, como dices, me vas a tumbar, entonces no me quedará ningún motivo para vivir. Y entonces, te lo juro, esa Espectro, tu Jennifer Maloy, morirá. Atrás, capitán Brennan. Retrocede, o ella morirá. Eso es lo que yo te prometo.

Tachyon miró de Kien a Brennan. El rostro del arquero tenía la dureza y la tenacidad de un puño cerrado.

—¡Qué fatiga! –exclamó Tachyon–. Sus amenazas me aburren. ¡Largo de aquí!

Mandó de regreso al edificio al vietnamita acompañado de su chacal.

♥

De vuelta en la clínica, Tachyon se sentía algo eufórico. Se detuvo para dar palmaditas de gratitud a cada león de piedra al subir las escaleras. Croyd no podía ya permanecer despierto mucho más tiempo. Lo más probable era que su poder de contagio desapareciera en su siguiente transformación. Por el momento, Kien quedaba neutralizado. Claro que el vietnamita no cumpliría su palabra, pero tal vez para entonces Brennan habría conseguido sus objetivos, en cuyo caso Kien dejaría de ser un problema.

Tachyon bajó al sótano y apagó la serie de complicados cerrojos electrónicos que protegían su laboratorio privado. Era allí en donde fabricó la droga para Angelface y el lugar donde proseguía sus esfuerzos por encontrar un virus triunfo perfeccionado.

Por fuerza de hábito, se extrajo sangre y dio inicio a la prueba XVTA. Era obvio que se encontraba bien. El Ideal y los porcentajes lo habían acompañado aquella noche.

Puso el vidrio en el microscopio electrónico, enfocó y leyó su destino en la enmarañada red del virus wild card. Dando un grito, de un manotazo tiró de la mesa una bandeja de portaobjetos y probetas. Se puso a dar golpes en la mesa, con todo su ser denegando el resultado. ¡Calma! ¡Calma! El estrés podía activar el virus.

Más sereno, enderezó el banco y se sentó, con las manos cruzadas, y se puso a considerar el estado de cosas. Si se manifestara el virus, lo más probable sería que muriese. Eso podría ser aceptable. O convertirse en un joker. Eso resultaba inaceptable. ¿El triunfo? La última medida.

¡Jane!

Enseguida notó la ironía de un hombre impotente salvado por el sexo, y se echó a reír. Pero se contuvo, al sentir que sus carcajadas brotaban de la histeria, no de su humor.

¿Y el futuro?

Buscar a Jane. Quitar todo el estrés de su vida, hasta donde pudiera. Seguir viviendo. La casa de Ilkazam no criaba cobardes.

Y lo más importante: *Blaise.*

El niño era todo lo que le quedaba. Su sangre y su semilla estaban envenenadas. No habría más hijos.

Concierto para sirena y serotonina

VIII

D E NUEVO LO PERSEGUÍAN. SI YA NO SE PODÍA CONFIAR NI en el propio médico de uno, ¿en quién, entonces?, se preguntó. Los aullidos de las sirenas eran una especie de constante lámina sonora.

Arrojaba pedazos de concreto, rompía los faroles del alumbrado público y avanzaba moviéndose entre callejones y umbrales. Se agazapaba dentro de los autos estacionados. Miraba pasar los helicópteros, oyendo el rítmico *fut-fut* de sus aspas. De cuando en cuando escuchaba partes de llamados que emanaban de altavoces en diversas partes. Le hablaban a él, le mentían, le pedían que se entregara. Eso le daba risa. ¡Nunca llegaría el día!

¿Era otra vez todo culpa de Tachy? Una imagen pasó como destello en su mente: el pequeño aeroplano de Jetboy volando como un pececito entre enormes ballenas que apacentaban en el cielo medio nublado de una tarde. Cuando comenzó todo. ¿Qué habría sido de Joe Sarzanno?

Olió humo. ¿Por qué siempre que había dificultades se quemaban las cosas? Se frotó las sienes y bostezó. En un gesto automático se buscó en los bolsillos una píldora, pero no encontró ninguna. Frente a una gasolinera cerrada arrancó la puerta de una máquina de Coca-Cola, forzó la caja de monedas y las usó para meterlas al mecanismo y sacar dos cocas, una para cada mano, y se echó a andar, tomándoselas a sorbitos.

Después de un rato se encontró frente al Museo de Jokertown. Quería entrar, pero se dio cuenta de que estaba cerrado.

Durante unos diez segundos se quedó de pie, decidiendo qué hacer. Enseguida una sirena sonó cerca de allí. A la vuelta de la esquina, tal vez. Se movió hacia delante, quebró el cerrojo y entró. Dejó el importe de admisión en el pequeño escritorio a su izquierda, y, después de una reflexión momentánea, agregó algo más a cuenta de la compostura del cerrojo.

Se quedó sentado un rato en una banca, mirando las sombras. De cuando en cuando se levantaba, daba un paseo y volvía. Volvió a ver la mariposa de oro, en actitud de elevarse de la llave de tuercas dorada, ambas transmutadas por el as Midas, de vida breve. Volvió a contemplar los frascos con fetos jokers, y un fragmento torcido de una puerta de metal que ostentaba la huella de la pezuña de Devil John.

Anduvo entre los dioramas de Grandes Sucesos de la Historia del Wild Card, presionando repetidamente el botón de la batalla entre la Tierra y el Enjambre. Cada vez que lo accionaba, Modular Man disparaba su rayo láser contra los monstruos del Enjambre. Luego encontró otro botón, que hacía gritar a la estatua de Aullador...

No fue sino cuando le quedaba sólo el último trago de coca que vio la diminuta piel humana dentro de una vitrina. Se acercó un poco, con los ojos entrecerrados, y leyó la cédula, en donde se informaba del hallazgo de la pieza en un callejón. Inhaló de pronto cuando reconoció los rasgos.

—¡Pobre Gimli! –conmiseró–. ¿Quién te habrá hecho esto? ¿Dónde está lo de adentro? Se me voltea el estómago al verte. Y tus bromas, ¿qué fue de ellas? Ve a hablar con Barnett, anda, dile que predique hasta congelar todo el infierno. A fin de cuentas, él perderá el pellejo también.

Se apartó. Volvió a bostezar. Sintió peso en los miembros. Al dar vuelta a una esquina, notó tres caparazones, suspendidos de cables largos en medio del aire. Se detuvo y los contempló, dándose cuenta de inmediato de lo que eran.

Sintió el impulso de saltar y pegarle una palmada al que quedaba más cerca, un cascarón blindado de Volkswagen. Resonó como campana, y se columpió ligeramente. Saltó de nuevo y lo volvió a hacer sonar, antes de que lo acometiese otra serie de bostezos.

—Con caparazón, a viajar –masculló–. Siempre a salvo ahí dentro, ¿no, Tortuga? Nunca diste la cara.

Se rio en voz baja, pero se interrumpió al ver el cascarón, que siempre recordaba por hacerle mucha impresión: con el modelo del mundo de los años sesenta, aunque la altura no le permitía ver el símbolo de la paz del costado, sólo el letrero "Haz el amor, no la guerra", pintado sobre un mandala en forma de flor.

—¡Carajo, díselo a los que me quieren matar! Siempre he querido saber cómo es por dentro –añadió, y de un saltó logró colgarse del borde con los dedos y alzar el cuerpo.

El vehículo se meció, pero soportaba su peso sin la menor dificultad. En un minuto se encontró encerrado en el interior.

—¡Ah, dulce claustrofobia! –suspiró–. Me siento seguro en este lugar. Podría…

Cerró los ojos. Después de un rato, una débil luz comenzó a vibrar en su cuerpo.

"¡Qué ruda bestia…!"

♣ ♦ ♠ ♥

por Leanne C. Harper

Bagabond miró a su amigo Jack Robicheaux sobre el lecho. Las transformaciones sobrevenían más despacio y duraban más tiempo. En aquel momento era humano, y probablemente permaneciese en esa forma durante varios días. Había dedicado tiempo a reflexionar sobre si ella habría causado, en parte, sus transformaciones continuas. Jack sabía que sólo podía comunicarse con ella en su forma de cocodrilo. Aun en estado de coma era posible que se diese cuenta de que era necesario transformarse para poderle contar sobre Cordelia.

Al alzar la vista, vio que C. C. la miraba, y alzó los hombros.

—Sé que prometí ya no sentirme culpable. Lo voy a extrañar.

Las dos mujeres miraron a Cordelia, que entraba en la habitación.

—¡Hay buenas noticias, chicas! El doctor Tachy dice que Jack pudiera estar mejorando. No está seguro, pero cree que el tiempo que Jack pasa como cocodrilo tiene el efecto de matar el virus VIH.

Cordelia cruzó la habitación y depositó un beso sobre los labios de Jack.

—Ya lo ves, *Oncle*. No me puedes fallar.

C. C. Ryder y Bagabond se miraron sorprendidas sobre la cabeza de Cordelia. Bagabond permitió que se asomara una sonrisa en su rostro, disimulada por sus cabellos enredados.

La cantante pelirroja le tomó la mano a Bagabond.

—Te lo dije, chica.

—¿Qué? –preguntó Cordelia–. No importa. Ustedes hablan siempre en taquigrafía. Es peor que los cajún. ¿Cuándo se van de gira?

La joven estaba de pie junto a la cabeza de Jack y lo miraba como si pudiera ver en su interior.

—El avión sale mañana. Te dejé el itinerario en tu oficina hace un rato. Si hay algún cambio, podrás avisarnos de inmediato.

C. C. miró a su amiga.

—Suzanne necesita saberlo cuanto antes.

—¿Hay teléfonos en Guatemala?

—Sí, Cordelia –suspiró C. C.

—Tráiganme un indio –bromeó Cordelia, que tenía la mano de su tío en la suya, con una sonrisa irresistible–. Vamos a ayudarlos, pero no a conseguirles esposas norteamericanas.

—¿Quién habla de matrimonio?

Las emociones mercuriales de Cordelia se ubicaron en la seriedad, de pronto.

—Bagabond, te prometo que cuidaré de él. Sé que a veces no piensas muy bien de mí, pero…

—Sólo necesitas crecer. No hagas a nadie, ni a ti misma, promesas que no puedas cumplir. El mundo no necesita más santos.

Cordelia se sonrojó. Bagabond miró con franqueza los ojos de la joven.

—Además, no creerás que voy a dejar a Jack desatendido, ¿verdad?

Bagabond se abrió el abrigo, de donde salió de un salto el gato negro, que sacudió el cuerpo antes de sentarse y lamerse para poner cada pelo en su sitio. Cordelia se arrodilló a su lado y trató de rascarle tras las orejas, pero el gato retrocedió y de un brinco subió a la cama, donde se acomodó con la cabeza sobre la almohada, junto a la de Jack.

—Teléfono o no, cuando me necesites se lo dices al gato negro. Estaré lejos, pero no creo que la distancia sea obstáculo –Bagabond miraba el suelo–. Me siento mal de irme, sin embargo.

—El doctor Tachyon se dedicará a cuidar al Tío Jack, y yo lo apoyaré, y el negro lo protegerá. Él querría que tú fueras –Cordelia miró a su tío pálido y silencioso bajo los tubos y conexiones que lo mantenían con vida.

—Ya lo sé. Él dijo que me haría bien ir.

Bagabond echó un vistazo a C. C., que estaba de pie a su lado.

—No puedo acostumbrarme a toda esa gente que no para de decirme lo que según ellos me conviene –agregó–. Pero siempre he deseado hablar con un jaguar negro. Además, ninguna estrella de rock puede andar sin su guardaespaldas.

—¡Estrella de rock! –C. C. levantó los ojos al cielo–. Me dices todo el tiempo que una selva es igual a cualquier otra. No sé quién se va a llevar el choque cultural más intenso, nosotros o ellos. Esa pobre gente intenta construir un país nuevo. ¡Para qué necesitan una estrella de rock pasada de años y una vagabunda sin hogar!

Cordelia estiró los brazos para abrazar a C. C.

—No les sería fácil encontrar mejores personas.

Bagabond la miró con aprecio y enseguida alargó la mano. Cordelia titubeó, pero enseguida la apretó entre sus dos manos.

—Tú sabes cuidar de ti misma. Nunca te quites algo que forma parte de ti –Bagabond alzó la cabeza para contemplar a Jack–. Ése error lo cometimos él y yo, de una u otra manera. Jack te daría el mismo consejo. No te mutiles. No vale la pena el esfuerzo.

—Creo que eso ya lo entendí. Fue una noche, hace poco tiempo.

Cordelia soltó la mano de Bagabond, un poco avergonzada. Bagabond se acercó a Jack y miró su rostro sereno. Le puso la mano en la mejilla. Con el rostro cubierto por el pelo, era imposible verla hablar. Pero abrigaba la esperanza de que Jack la oyera, doquiera se encontrara su alma.

—Te amo.

Al salir del cuarto, un hombre se acercó a la puerta. Bagabond tardó un poco en reconocerlo.

—¡Michael!

Llevaba una gran cesta de frutas que casi le tapaba la cara. Lo que podían ver de su expresión mostraba miedo. Nadie habló por un momento.

—También es mi amigo –Michael bajó unos centímetros la canasta–. ¿Me permiten que lo vea?

Bagabond y Cordelia se miraron, sometían a juicio al hombre que unos meses antes había abandonado a Jack. Fue Cordelia quien asintió.

—Todos lo queremos mucho.

Meciéndose de atrás hacia delante, Rosemary Gambione se estrujaba las manos, sentada en la cama, esperando que el abogado de los

Puños de Sombra lo declarase oficial: todo había terminado. La Mafia estaba derrotada.

Las caras de los líderes de las familias, los capos y hasta los soldados eran su continua compañía, incluso durante el día. La pesadilla convertida en su propia realidad.

Sudaba. Su cuartito era un horno en la humedad de agosto en Nueva York. En la cama estaba su maleta empacada, lista para el viaje. No importaba adónde, pero fuera de la ciudad.

Al oír que llamaban a su puerta, se secó las palmas de las manos en sus jeans y agarró la Walther. En los últimos meses la había usado a menudo. Sentir su peso en las manos le daba seguridad.

—¿Quién es?

Alzó la pistola para quitarse un mechón de la cara.

—El Pez Espada. ¿O prefiere usted otra contraseña?

La voz era elegante, con un toque de cansancio. Rosemary la reconoció de inmediato como la misma que había oído esa mañana por teléfono pidiendo una cita. Sosteniendo la pistola en la mano derecha, abrió torpemente la puerta con la izquierda. Vestido con un traje sastre blanco, el hombre que conocía por el mote de Trampas entró a su cuarto.

—¡Válgame Dios! —miró el arma antes de examinar la habitación—. En verdad vivimos tiempos difíciles, ¿no es así? Ni siquiera hay un escritorio, según veo.

—Usa la maleta, Latham.

Rosemary vio que enderezaba de golpe la cabeza al oír el sonido de su propio nombre. Durante muchos años lo había visto en todas las cenas de la barra de abogados. Le sorprendió no haber reconocido su voz.

—Eso es. Me agrada más que "Trampas", un apelativo con el que estoy asociado de manera permanente, por lo que se oye. Por favor, señora Gambione, tome asiento. ¿O prefiere el apellido Muldoon?

—Gambione. Vamos a liquidar este asunto.

Rosemary se sentó frente al abogado sobre la cama, al otro lado de la maleta, pero puso la Walther en su regazo.

—Por cierto, mis... socios están colocados por todo el edificio y también en la calle —le advirtió el abogado—, a fin de garantizar la privacidad necesaria para esta transacción.

Rosemary suspiró y sacudió la cabeza.

—Trampas, no te voy a secuestrar ni a matar. ¿Para qué? Sólo deseo tramitar esto para poder irme de aquí. No quiero que muera más de mi gente. Veamos el contrato.

Latham se lo dio y la observó mientras lo leía. Rosemary se preguntó si él sentiría curiosidad por ver hasta dónde podía humillarse alguien de su propia índole. Aunque en realidad él nunca la había considerado a su altura. Si no fuera porque quería proteger a los que quedaban con vida entre los suyos, matar a Latham sería una forma muy agradable de cometer suicidio.

—Parece estar todo en orden. Los intereses que representas se apoderan de todas mis operaciones en la ciudad y se quedan con mi personal.

—Los que hayan sobrevivido y no estén incapacitados.

—Sí, claro —Rosemary apretó la pistola entre las manos—. Firmaré. ¿Tienes una pluma?

—Por supuesto —extrajo una Mont Blanc de su portafolio y desenroscó la tapa con cuidado—. Por favor…

Rosemary apoyó el contrato sobre su maleta, y en su último acto como una Gambione, lo firmó. Al fondo del papel vio el rostro de su padre, y le tembló la mano. La firma salió un poco titubeante, pero garantizaba de cualquier modo la seguridad de su gente.

Latham alzó el contrato y examinó la firma. Rosemary no podía saber si le repugnaban las huellas de humedad de su mano en el papel, o si era sólo su expresión habitual. Él no sudaba, notó.

—Quiero mi dinero y mi boleto —declaró Rosemary.

—Todo está arreglado, mi estimada.

Latham volvió a abrir su portafolios para meter el contrato y sacar dos sobres. El más grande, en papel manila, estaba lleno a reventar.

—Doscientos mil dólares y un boleto a Cuba. Según tengo entendido, es muy agradable en esta temporada del año. Espero que disfrute su viaje.

Se irguió y echó a andar hacia la puerta. Al poner la mano en la manija, volvió a hablar:

—A propósito, me enteré de que usted buscaba al señor Mazzucchelli. Tengo informes de buena fuente que lo ubican en la dirección escrita en el sobre. Le deseo suerte.

Rosemary miró el sobre blanco sobre la maleta. No lo tocó. Tras un momento, alzó la vista a Latham.

—Un obsequio —se alzó de hombros–. Los intereses que represento no carecen de compasión, mi estimada señora.

Diez minutos después de que Latham cerrara la puerta, Rosemary recogió el sobre blanco. Le dio la vuelta, y sonrió adolorida al ver el sello de lacre color rojo sangre.

◆

Uno de los puntos que pidió incluir en el acuerdo consistía en que los hombres que entraban en la bodega frente a ella serían atendidos de la mejor manera posible. La mayor parte no eran hombres ya. Eran los jokers que habían sobrevivido el encuentro con Croyd. Seguía preguntándose cómo había organizado Chris aquello.

Cuando llamó a sus parientes para informarles sobre la operación contra Chris, esperaba una reacción de alegría por su parte, pero en cambio encontró una aceptación sin emociones. Se cobraría venganza, pero sólo porque era apropiado, no porque nadie, víctima o guardián, derivara ningún placer de ello. Eso le produjo una sorpresa, pero una vez que llegó al lugar comprendió. No sentía ningún agrado por la idea de lo que estaba a punto de ocurrir. No sentía nada.

Más temprano había encontrado una entrada lateral a la bodega abandonada de Jokertown, y la manera de llegar al entrepiso. Si Chris había estado ahí, ella no lo veía. Mientras se colocaba en su punto de observación, oyó el movimiento de sus víctimas en la bodega, que lo buscaban. Los ruidos que hacían eran nauseabundos, pero se obligó a mirar. Después de todo, la culpa era suya.

Los ruidos aumentaron de volumen. Localizó a su objetivo y ahogó un grito: no se esperaba aquello. Lo que antes había sido un hombre de treinta años se había vuelto una cosa cubierta de pelo que se tambaleaba. Rascaba el suelo con sus garras, pues se daba cuenta de que lo perseguían. Al volver la cabeza para observar a sus contrincantes, los dientes afilados del hocico en punta relucieron a la luz de la luna que se filtraba por los tragaluces rotos. Lo único reconocible era la enredada cola de rata que seguía cayendo por su espalda.

Sus víctimas, que también lo eran de ella, se bamboleaban y escurrían por los corredores de la bodega hacia el autor de sus sufrimientos. ¿Sabía aún alguno de ellos lo que había sido antes, o cómo se convirtieron en las criaturas monstruosas que convergían sobre Chis Mazzucchelli? Se oyeron murmullos de excitación al detectarlo. Él lanzó un bufido a sus perseguidores y arañó el aire con las garras extendidas. Pero eran implacables. Aun después de que él derramara sangre, seguían rodeándolo, con cuidado de quedar fuera de su alcance.

Chris se hallaba arrinconado en un lugar de la bodega donde se apilaba maquinaria oxidada. No podía escalar las máquinas, y sus torturadores se acercaron para caer sobre él. Rosemary se forzaba a mirar, pero en lugar del hombre que había querido matarla, sólo podía recordar al hombre cariñoso que había tomado por amante. Miró hacia abajo la ejecución sólo un momento, antes de sentir náuseas. Volvió la espalda a los gritos estridentes que fueron seguidos por gorgoteos líquidos.

Incluso aquellos sonidos fueron más de lo que era capaz de soportar. Rosemary huyó de ahí, pero los ruidos la persiguieron en la memoria mucho después de haber abordado el barco, acostada en la cama, los oídos tapados con las manos.

Sólo los muertos conocen Jokertown
Epílogo

LOS CANDADOS NUEVOS INSTALADOS POR JENNIFER ERAN TAN eficientes que Brennan no pudo entrar a su apartamento. Eso era buena señal, pensó. Era probable que los necesitara.

Se sentó en la salida para incendios a un lado de su recámara y contempló el tránsito de la ciudad que pasaba bajo él. Al principio, cuando acababa de llegar, odiaba la ciudad. La seguía odiando, de hecho, pero también detestaba la idea de irse de ella.

Y tenía que irse. Antes, nada lo hubiera frenado en su proyecto de derrocar a Kien. Habría sacrificado el cielo y el infierno para conseguirlo. Pero ya no era el mismo hombre. Permitirse sentimientos era una debilidad, y tenía que pagar el precio. Kien había ganado la partida. Su proyecto de venganza estaba terminado. Miró la ciudad moverse bajo sus pies, y por primera vez se dio cuenta de la soledad que tendría que soportar en las montañas.

La cálida tarde de primavera era ya crepúsculo cuando un leve ruido a sus espaldas le hizo girar. Jennifer, de vuelta en casa después de salir de la biblioteca, miraba hacia la ventana y lo observaba. Un momento después cruzó la habitación, abrió la ventana y Brennan entró.

—¡Vaya! –exclamó Jennifer–. Cada tantos meses apareces, como reloj.

Estaba enojada, y Brennan sabía la razón. No la había visto desde la emboscada tendida en su apartamento por los Puños de Sombra el invierno anterior, y se sentía frustrada. Él volvería para verla, tal fue el acuerdo no dicho, pero implicado, y hasta ese momento no cumplido.

—Tengo que avisarte –anunció, sabiendo que no sería fácil decirlo–.

Me voy de la ciudad. Kien prometió que te dejaría en paz, pero no confío en su palabra.

Jennifer frunció el entrecejo.

—¿Soy yo la causa de que te vayas?

—Digamos que he elegido –repuso Brennan, alzando los hombros– a los vivos sobre los muertos.

El ceño de la mujer se hizo más profundo.

—Me *usó* a mí para amenazarte –adivinó–. Dijo que mandaría a sus matones contra mí si seguías persiguiéndolo.

—Algo por el estilo –admitió Brennan–. Me hizo saber que él no tendría ninguna razón para vivir si lo derrocaba. Y que ninguna amenaza de mi parte podría evitar que él te matase.

—Ya veo –asintió lentamente Jennifer–. ¿Significa tanto mi vida para ti que abandonas tu venganza y dejas que gane Kien?

Brennan exhaló un suspiro profundo y movió la cabeza afirmativamente.

Jennifer se sonrió.

—Es bueno saber eso. Hará más fáciles las cosas.

—¿Cosas? –preguntó Brennan, suspicaz–. ¿Qué cosas?

—Cosas que ni tú ni Kien tomaron en cuenta. El hecho de que yo no acepto ser rehén de nadie. Y que no podrán hacerme nada si no saben dónde estoy.

Hizo una pausa muy larga para mirar a Brennan, que sintió una punzada de dolor al contemplar el amor y la belleza que asomaban a su rostro.

—Adiós, Daniel. Buena cacería.

Se volvió fantasma. Salió de su ropa y desapareció atravesando el muro de su recámara. Brennan se quedó mirando la pared, presa de la mayor confusión. Se había desvanecido, como un espectro tras el exorcismo.

—¡Espera...! –graznó Brennan, pero era demasiado tarde.

La habitación estaba vacía, salvo por él y las pertenencias de ella, abandonadas para siempre.

—¡Espera...! –repitió, sentándose en la cama, abrumado por el shock y una sensación abrumadora de pérdida que lo golpeó con toda la fuerza de un golpe físico–. No has comprendido –explicó, en una propuesta de su nuevo entendimiento, recién adquirido, a la habitación vacía, aunque en realidad se dirigía a sí mismo y también a la ausente Jennifer–. Kien me dio a elegir, pero he tomado una decisión libre. La vida sobre la muerte. Te quiero más a ti, sobre mi venganza contra él. Quiero amor más que odio… la vida más que la muerte…

Su voz se perdió en la habitación y se quedó mirando la pared por donde se había esfumado Jennifer. Sus ojos casi se le salieron de las órbitas cuando ella asomó la cabeza de vuelta a través de la pared.

—¡Qué bien! –comentó–. Tenía la esperanza de que dijeras algo así.

Se alzó disparado de la cama.

—¡Señor de las Misericordias! ¡Vuelve a entrar y hazte sólida!

—¿Para qué? ¿Me vas a besar o quieres pegarme?

—Tendrás que arriesgarte… –empezaba a decir Brennan, mas no pudo seguir porque ella le puso sus labios en la boca.

—¿Sabes qué pienso? –dijo Jennifer cuando recuperaron el aliento–. Tal vez nos convenga jugar al juego de Kien… al menos por ahora.

Brennan asintió. La tenía abrazada por la cintura con el brazo derecho, y su mano izquierda le acariciaba el rostro, siguiendo las curvas delicadas del mentón y la mandíbula.

—Tienes razón –accedió él, y el sonido de su voz hizo que Jennifer lo mirara a los ojos.

Su mirada era soñadora. Ella se sorprendió y luego se llenó de dicha al ver en esos ojos una expresión de felicidad, y aun de conformidad.

—Tengo un lugar muy hermoso en las Catskills que me encantaría enseñarte –dijo él–. Y no he estado en Nuevo México desde… uf, desde… ¡Jesús! ¿Ha sido tanto tiempo en realidad?

Ella sonrió y lo volvió a besar.

—¿Y Kien? –le preguntó ella al concluir el beso.

Brennan se encogió de hombros.

—Estará aquí. Puedo esperar.

Brennan volvió a sonreír, pero con una expresión helada que la asustaba y atraía al mismo tiempo, como si fuera una polilla volando hacia una llama.

—Esperar es la mayor virtud de un cazador.

Todos los caballos del rey

VII

—¡NO SEAS RIDÍCULO!

Bruder montó en cólera. Tenía en la mano un par de guantes de cuero para conducir y se azotaba las piernas con ellos compulsivamente mientras hablaba:

—¿Te das cuenta de lo que estás haciendo? Estás tirando una fortuna. ¡Millones de dólares! Además de que irás a juicio. Tudbury y yo éramos socios; esta tierra debería ser de mi propiedad.

—Eso no es lo que dice el testamento –objetó Joey DiAngelis, sentado en el cofre corroído de un Edsel Citation 1957, con una lata de cerveza Schaefer en la mano, mientras Bruder andaba de un lado a otro frente a él.

—Voy a interponer un recurso para anular ese jodido testamento –amenazó Bruder–. Maldita sea, él y yo pedimos los préstamos juntos.

—Los préstamos serán pagados –indicó Joey–. Tuds tenía un seguro de cien mil dólares. Queda mucho aún después de pagar el funeral. Tendrás tu dinero, Bruder. Pero no te quedarás con el depósito de chatarra, porque es mío.

Bruder le apuntó con el dedo, los guantes colgados de la mano.

—Si crees que no te voy a llevar a juicio, piénsalo de nuevo. Te quitaré todo lo que te pertenece, cabrón, incluyendo este jodido tiradero de chatarra.

—Vete a la mierda –replicó Joey DiAngelis–. Demándame. ¡Qué me importa! Yo también puedo gastar dinero en abogados, Bruder. Tuds me dejó todas sus cosas, la casa, la colección de comics, su parte del negocio. Lo venderé todo, si es preciso, pero me quedaré con el depósito de chatarra.

—DiAngelis —gruñó Bruder, tratando de sonar más conciliatorio—, sé razonable. Tudbury quería vender este lugar. ¿De qué sirve un depósito de chatarra abandonado? Piensa en toda la gente que necesita viviendas. Este desarrollo inmobiliario dará un gran impulso a toda la ciudad.

DiAngelis dio un trago a su cerveza.

—¿Crees que soy idiota o qué? No estás construyendo refugios para los que no tienen casa. Tom me enseñó los planos. Se trata de mansiones de un cuarto de millón de dólares, ¿verdad?

Joey miró las hectáreas de basura y metales oxidados, y agregó:

—Al carajo con todo eso. Yo me crié en este depósito de chatarra, niño Stevie. A mí me gusta así como está.

—Eres un imbécil, entonces —le espetó Bruder.

—Y tú estás en mi propiedad —indicó Joey—. Más te vale largarte de aquí, porque te expones a que te meta un tubo de escape por ese culo tan apretado que tienes.

Aplastó la lata de cerveza con la mano, la aventó a un lado y se deslizó del cofre del Edsel para venir a quedar cara a cara con el otro hombre.

—No puedes intimidarme, DiAngelis —advirtió Bruder—. Ya no somos niños en un patio de escuela. Soy más grande que tú y hago ejercicio tres días por semana. Sé artes marciales.

—Sí —admitió Joey—. Pero yo sé pelear sucio.

Se sonrió. Bruder titubeó, pero acabó por girar sobre los talones y encaminarse a su auto.

—¡Esto no se acaba aquí! —le gritó, mientras echaba en reversa su coche.

Joey siguió sonriendo al tiempo que lo veía alejarse.

Cuando Bruder partió, Joey fue a su propio automóvil y sacó otra Schaefer del paquete de seis colocado al lado del asiento del conductor. Comenzó a bebérsela junto al agua, mientras miraba los movimientos de la marea desde la orilla de la bahía. Era un día húmedo, nublado y ventoso. En una hora sería una noche húmeda, nublada y ventosa. Joey se sentó en una roca y contempló los arcoíris pintados por la luz sobre las manchas de petróleo en el agua. Pensaba en Tuds.

El velorio y el funeral habían sido con ataúd cerrado, pero Joey había entrado al cuarto de atrás de la funeraria y le había comunicado a uno de los empleados que deseaba ver el cuerpo. Lo que había dejado de Tom el wild card no se le parecía nada. El cadáver tenía piel de armadillo, dura y con escamas, y un vago resplandor verde, como si fuese radiactivo o alguna otra mierda. Los ojos eran grandes bolsas de gelatina color de rosa, pero llevaban los anteojos de aviador de Tom, y había reconocido el anillo de graduación del bachillerato en el dedo meñique de una de las manos membranosas.

No había lugar a dudas, sin embargo. El cadáver fue encontrado en un callejón de Jokertown, con la ropa de Tom y con todas sus identificaciones. El doctor Tachyon en persona había realizado la autopsia y comparado los registros dentales de Tom. El certificado de defunción estaba firmado por Tachyon.

Joey DiAngelis suspiró, aplastó otra lata de cerveza con la mano y la lanzó a un lado. Recordó el tiempo en que Tom y él construyeron el primer caparazón. En aquel tiempo las latas de cerveza eran de acero, y se necesitaba mucha fuerza para poder aplastarlas. En cambio, en los tiempos que corrían, cualquier debilucho podía.

Agarró el paquete de cervezas por un anillo vacío de plástico y se echó a andar hacia el búnker.

La puerta grande estaba abierta, y abajo, adentro del hoyo, Joey percibió el resplandor de un soplete de acetileno. Se sentó en la entrada, con las piernas colgando en el borde, y extendió el brazo, haciendo oscilar el paquete de cervezas.

—¡Ey, Tuds! –gritó hacia abajo–. ¿Listo para un descanso?

Se apagó el soplete. Tom emergió de atrás de la estructura de un gran caparazón nuevo, a medio construir. *¡Menudo monstruo!*, pensó Joey de nuevo, al observar el esqueleto; era del doble del tamaño que cualquiera de los caparazones anteriores, hermético al aire, a prueba de agua, autosuficiente en sus funciones, del todo computarizado, blindado de aquí al infierno, un caparazón de ciento cincuenta mil jodidos dólares, todo el dinero de la maleta y la mayor parte de la compensación del seguro. Tuds incluso hablaba de canibalizar esa cabeza que había traído, para ver si podía arreglar el radar y conectarlo con sus circuitos.

Tom se quitó las gafas protectoras, que dejaron círculos pálidos alrededor de sus ojos.

—¡Oye, cabrón! –gritó hacia arriba–. ¿Cuantas veces tengo que decirte que Tudbury está muerto? Aquí no hay nadie más que tortugas.

—A la mierda entonces –repuso Joey–. Las tortugas no beben cerveza.

—Ésta sí. Pásame una, ese soplete calienta demasiado.

Joey dejó caer lo que quedaba de las seis latas.

Tom atrapó el atado, le arrancó una cerveza y la abrió. La cerveza brotó rociándole la cara, y él rompió a reír.